II

Berlin, 1989: Die junge Architektin Ylvi lernt in der Mauerfallnacht den Gärtner Theo kennen. Eine Begegnung, die ihr Leben auf den Kopf stellt, denn sie ist verheiratet – und jetzt ist sie schwanger. Als ihre Mutter, die auf Teneriffa lebt, stirbt, findet sie in deren Hinterlassenschaft einen Brief ihres Vaters. Er ist eine Beichte und eine Bitte. Ylvi reist nach Ahrenshoop an der Ostsee, um endlich zu erfahren, wer sie wirklich ist …
Die Sommerromane der Berliner Autorin Patricia Koelle sind Wellness pur – wie ein wunderbarer Tag am Strand, ein erfrischendes Bad im Meer oder ein entspannender Spaziergang in den Dünen.
»Der Horizont in deinen Augen« ist der dritte Teil der Ostsee-Trilogie von Patricia Koelle. Der Roman schließt die Handlung von »Das Meer in deinem Namen« und »Das Licht in deiner Stimme« ab. Alle drei Bücher können auch einzeln gelesen werden.

Patricia Koelle ist eine Berliner Autorin mit Leidenschaft fürs Meer – und fürs Schreiben, in dem sie ihr immerwährendes Staunen über das Leben, die Menschen und unseren sagenhaften, unwahrscheinlichen Planeten zum Ausdruck bringt.

Weitere Informationen finden Sie auf www.fischerverlage.de

Patricia Koelle

Der Horizont in deinen Augen

Roman

FISCHER Taschenbuch

MIX
Papier aus verantwortungsvollen Quellen
FSC® C083411
FSC
www.fsc.org

2. Auflage: Juli 2016

Erschienen bei FISCHER Taschenbuch
Frankfurt am Main, Juli 2016

Satz: Fotosatz Amann, Memmingen
Druck und Bindung: CPI books GmbH, Leck
Printed in Germany
ISBN 978-3-596-03298-3

Für alle, die ihren Ort gefunden haben.

Und für alle, die noch auf dem Weg dorthin sind.

Prolog
2005

»Da!« Regina machte große Augen und zeigte mit zitternder Hand auf den fernen Gipfel, der noch eine Mütze aus Schnee trug.

Ylvi legte die Schaufel beiseite, mit der sie gerade einen Hibiskus umtopfte, kniete sich neben ihre Mutter auf die sonnenwarme Terrasse und steckte die Decke wieder fest, die von den dünnen Beinen gerutscht war.

»Es ist alles in Ordnung, Mama«, sagte sie beruhigend. »Florentina kommt auch gleich wieder.« Immer wenn die fröhliche spanische Krankenschwester fort war, wurde Regina noch unruhiger als sonst. Jetzt packte sie Ylvi mit überraschender Kraft am Ärmel.

»Der Vulkan! Der Vulkan wird das Geheimnis verraten!«

»Der Vulkan schweigt seit über hundert Jahren, Mama. Er wird alle Geheimisse für sich behalten.«

Meins auch, falls er es kennt, dachte Ylvi und sah zu dem dunklen Berg hinüber. Friedlich ragte er mitten auf der Insel in den hellblauen Frühlingshimmel, ungerührt vom Passatwind, der Reginas weiße Haare und Ylvis feinen blonden Pferdeschwanz Richtung Westen wehen ließ. Es konnte sein, dass er es kannte, so oft hatte sie in seine Richtung geträumt, wenn sie an ihr Geheimnis dachte. An jene Nacht, die so lange zurücklag. An die Nacht, in der keine Regeln galten …

Ylvi

1989

Berlin

1

Das tödlich geheime Land

Das Gesicht tief in ihren Schal vergraben, lief Ylvi die dunkle Osloer Straße entlang zum U-Bahnhof. Nur ihrer Freundin Heike zuliebe war sie beinahe bis Mitternacht auf der Party geblieben. Heike hatte die Einweihung ihrer neuen Wohnung gefeiert. Sie fand die Gegend toll, aber Ylvi war die Atmosphäre in der Wohnung und dem ganzen Stadtteil unheimlich. Zum Glück hatte sie vor dem Aufbruch noch ein Glas Bowle getrunken, sonst hätte sie sich noch mehr vor dem Heimweg gefürchtet. Wenn jetzt jemand hinter einer Ecke hervorsprang und sie in einen Keller zerrte, würde sie nicht einmal so bald jemand vermissen.

»Vielleicht übernachte ich bei Heike, wenn es spät wird, und helfe ihr morgens beim Aufräumen. Warte nicht auf mich«, hatte sie zu Ricky gesagt. Er hatte nur kurz hochgeblickt, mit seinem verschmitzten Lausbubengrinsen, in das sie auch nach einem ganzen Ehejahr noch verliebt war.

»Alles klar. Vielleicht ist er bis dahin fertig!« Ricky wies auf den Roboter, an dem er tüftelte.

»Was soll er denn können? Was macht ihr zwei überhaupt im Badezimmer?«

»Er übt, die Rolle Klopapier auf den Halter zu schieben. Phantastisch, oder?«

»Meinst du, das ist unverzichtbar für die geistige Weiterentwicklung der Menschheit?«

»Klar. Heute schiebt er Rollen auf Klopapierhalter, morgen

schmeißt er den ganzen Haushalt und die Menschen haben viel mehr Zeit, sich geistig zu entwickeln.« Er sprang auf und gab ihr einen langen Abschiedskuss. »Ich fahr noch mal in die Uni. Ich brauche Teile.«

»Okay. Ich warne dich. Wenn ich zurück bin, gehe ich davon aus, dass ich nie wieder selbst Klopapier aufhängen muss.«

Bei Heike zu übernachten war aber dann nicht in Frage gekommen. Die hatte nämlich mit einem schmierigen Typen herumgeknutscht, der wohl über Nacht bleiben würde. Da war es Ylvi lieber, sich durch das finstere Viertel zum Bahnhof durchzuschlagen.

Doch so leer, wie sie erwartet hatte, waren die Straßen nicht. Tatsächlich waren seltsam viele Menschen unterwegs, ganze Gruppen sogar. Eine Spannung völlig fremder Art dehnte die Luft wie ein Gummiband. Ylvi konnte nicht deuten, ob das gut oder ungut war. Die Menschenmenge wurde dichter, spülte sie mit sich fort, dann bewegte sie sich hin zu etwas.

»Ich will nach Hause!«, brummelte Ylvi unwirsch vor sich hin, während sie versuchte, sich zu orientieren. Wo war nun der U-Bahnhof?

»Bestimmt nicht. Niemand will heute nach Hause!«, sagte eine Stimme neben ihr, die scheinbar körperlos war. Mit Mühe machte sie die Umrisse eines schlanken Mannes in dunkler Kleidung aus, der ein schwarzes Fahrrad schob.

»Was ist hier bloß los?«

»Wo kommst du denn her? Kein Radio gehört, kein Fernsehen geguckt?«

»Nee, Umzug gefeiert. Klärst du mich auf? Was ist passiert?«

So war das in Berlin, unter jungen Leuten. Man duzte sich. Der Mann stellte sich trotzdem höflich vor. Sein Händedruck war fest und warm. »Ich bin Theo. Ich kann es zwar noch nicht glauben, aber du und ich, wir erleben hier einen historischen Moment. So was verpasst man nicht.« Er räusperte sich unnötig, als bekäme er die Worte an seinem eigenen Zweifel nicht vorbei. »Halt dich fest: Die Mauer ist offen!«

Ylvi starrte den Unbekannten an, so gut das ging im Dunkeln, und war vollkommen verwirrt. War der irre oder die Bowle doch zu viel gewesen? Nein, verhört hatte sie sich nur, natürlich. Oder?

»Die Mauer. Wie?«, sagte sie, bekam keinen vernünftigen Satz zusammen. Bilder aus den Nachrichten der letzten Zeit flimmerten durch ihren Kopf: verzweifelte Menschenmassen in Botschaften, schreiende Kinder, die über Zäune gereicht wurden, Genscher auf dem Balkon, Jubel.

Jubel war auch jetzt zu hören, der in Wellen gegen die gespannte Stille aufbrandete, mit dem Novemberwind durch die Häuserschluchten gedrückt.

Konnte es wahr sein, was Theo behauptete? Konnte wahr sein, was nicht wahr sein konnte? Ylvi spürte ein Prickeln unter den Ärmeln ihrer dicken Jacke, erst heiß, dann kalt.

»Ich kann es auch nicht glauben«, wiederholte er, »lass uns nachsehen. Komm mit, ja? Meine Frau und mein Sohn sind in Westdeutschland, bei meiner Schwiegermutter, leider. So einen Moment sollte man nicht allein erleben. Wo ist deine Familie?«

»Mein Mann ist zu Hause. Er arbeitet. Für die Technische Universität. Er baut Roboter. Vielleicht ist er auch im Institut geblieben, er brauchte noch Teile und vergisst oft die Zeit, wenn er arbeitet …« Himmel hilf, sie plapperte wirres Zeug. Vor Nervosität, Aufregung, Verwirrung. Jetzt nur nicht noch erzählen, dass dieser Roboter Klorollen auf Halter schob. Nicht in einem Augenblick, der Weltgeschichte schrieb.

»Na ja. Konnte ja auch keiner wissen, dass die Mauer geöffnet wird. Kommst du mit?«, fragte Theo noch einmal.

»Haben wir eine Wahl?« Längst wurden sie unerbittlich von anderen geschoben. Es gab kein Entrinnen. Theo hielt eisern sein Fahrrad fest. Gefallene Lindenblätter schimmerten im spärlichen Laternenlicht unter den vielen Füßen, ihr rauchig-moderiger Geruch stieg Ylvi vertraut in die Nase, zusammen mit dem fremden Aftershave.

»Übrigens, wenn das stimmt – ich wollte schon immer …« Ylvi brach ab.

»Was?«

»Als ich klein war. Das Land hinter der Mauer. Sie sagten, die Menschen dort sind nicht frei. Aber wir waren es, die nicht aus der Stadt fahren konnten, nicht auf einem Feld oder einer Wiese Picknick machen wie die Kinder in meinen Büchern.« Ylvi begann, schwer zu atmen. Sie rannten fast, so eilig hatte es die Menge. »Ich wollte so gerne durch ein Tor in der Mauer spazieren und auf einem Feld Drachen steigen lassen. In dem ›Geheimen Land‹. Ohne dass man erst auf die großen Ferien warten musste, ohne dass man stundenlang fahren und sich vorher und nachher von grimmigen Grenzsoldaten anstarren und herumkommandieren lassen musste.«

»In dem ›Geheimen Land‹?« Ylvi mochte die freundliche Neugier in seiner Stimme, verlor aber den Anfang ihrer Antwort im Gedränge, als sie von hinten angerempelt wurde.

»Hoppla!« Theo fing sie auf, ließ ihren Arm sicherheitshalber nicht mehr los. Noch ein fremder Geruch rollte heran. Auf einmal kamen ihnen Autos entgegen, teilten im Schritttempo die Menge. Kleine, eckige Autos. Blumen lagen auf ihren Dächern, Arme winkten aus allen Öffnungen.

»Trabis! Du, das sind Trabis!«, rief Ylvi, immer noch ungläubig. Es war für sie, als spazierten Dinosaurier die Straße entlang oder Kängurus – unmöglich, märchenhaft, großartig. Traum – Illusion – Wirklichkeit? Trabis kamen nicht durch die Mauer, noch nie.

Es sei denn …

»Sie ist offen! Die Mauer ist offen!« Die Trabis waren der Beweis. Ylvis und Theos Stimmen reihten sich jetzt unwillkürlich ein in den Ruf, der um sie herum hallte. Jemand drückte ihnen eine angebrochene Flasche Sekt in die Hand. »Offen!«, das gemeinsame Wort überholte sich selbst, brach sich an den Hauswänden, geriet unter aufgeregte Füße, begegnete seinem Echo und schwang sich wieder in den aufklarenden Himmel.

Dann sahen sie es. Grenzübergang Bornholmer Straße. Der spie die Trabis aus und auch Menschen; diese Lücke gebar den Jubel. Es wurde gewunken, geschrien, geweint, gestammelt, jeder umarmte jeden.

Auf der Mauer, ja wirklich: auf DER MAUER standen Menschen wie Ausrufezeichen, und einer davon schwang von oben herab einen Vorschlaghammer gegen den Beton, langsam, gleichmäßig. Ein Metronom, das dem Sterben einer Grenze einen Takt gab, dem Rausch der verblüfften Menschenmenge einen Herzschlag.

Sie standen, lauschten, verloren sich im Unbegreiflichen. Zeit spielte keine Rolle, es gab sie gerade nicht. Bis Theo, der jetzt im Scheinwerferlicht der Raum erobernden Autos besser zu sehen war, sich zu Ylvi umdrehte. »Wollen wir?«

»Keiner schießt!«, stellte diese fest, aus ihrer Fassungslosigkeit aufgeschreckt. »Warum hat keiner geschossen?«

»Wollen wir? Komm schon!«

»Was? Wohin?«, fragte sie begriffsstutzig.

»Na, rüber. In dein ›Geheimes Land‹.«

»Du meinst, wir sollen …«

»Wenn alle in diese Richtung können, kann man auch in die andere. Oder?«

»Und wenn wir nicht zurückkommen? Wenn sie wieder zumachen?«

»Das da«, seine Geste umfasste das gesamte Eilen, Strömen, Hüpfen und Umarmen um sie her, »das hält niemand mehr auf. Da hat keiner den Überblick. Wir interessieren die nicht. Und notfalls haben wir einen Westausweis. Los, halt dich an mir fest.«

Er schob das Fahrrad am Rand gegen den Strom, Schritt für Schritt. Ylvi ging dicht hinter ihm, die Hand auf dem Sattel. Ein paar verwirrte Blicke prallten gegen sie, sonst beachtete sie niemand. Kurz bevor sie den offenen Schlagbaum erreichten, blieb Theo stehen.

»Ich weiß immer noch nicht, wie du heißt!«

»Verzeihung – Ylvi. Ich bin Ylvi.« Plötzlich fing sie an zu lachen. Was für eine Situation.

»Freut mich. Willkommen im Osten, Ylvi!«

Ehe sie es begriff, waren sie durch, ließen die Grenzanlagen hinter sich, die Menschenmenge lockerte sich auf, auch wenn sie sich noch immer gegen die Strömung arbeiten mussten. Hier waren es nur Rinnsale, die aus allen Richtungen einem gemeinsamen Ziel entgegenstrebten.

So viel anders war es auf dieser Seite nicht, nicht im Dunkeln. Es herrschte derselbe Geruch wie gerade noch drüben: nach Herbstblättern und den Abgasen der ungewohnten Autos. Die Häuser, die man gegen den Himmel gerade noch erahnen konnte, waren vielleicht höher und eckiger, die Beleuchtung war spärlicher.

»Komm, steig auf!« Theo zeigte auf den Gepäckträger.

»Auf dem Gepäckträger bin ich nicht mehr gefahren, seit ich in der fünften Klasse in Paul Untertrifalla verliebt war«, erinnerte sich Ylvi belustigt.

»Das kriegst du schon hin. Was wurde aus Paul?«

»Er hat mir einen Frühling lang Gummibärchen geschenkt, und kurz darauf ist er sitzengeblieben und kam in ein Internat. Nach Westdeutschland.« Unerreichbar, damals.

»Wo entlang möchtest du?« Die Straße teilte sich.

»Rechts«, sagte Ylvi, weil dort mehr Sterne funkelten.

Theo folgte ihrem Wunsch, reichte ihr aber einen Schlüsselbund nach hinten.

»Da ist eine Taschenlampe dran und ein Kompass. Lass uns Richtung Osten fahren, bis wir aus der Stadt kommen. Das wolltest du doch? Ein Feld, eine Wiese. Einfach so.«

»Bist du Pfadfinder?«

»Den Kompass hat mir meine Schwester geschenkt. Ich solle mich im Leben nicht verlaufen. Im Übrigen bin ich Gärtner. Die haben immer allerhand Werkzeug bei sich.«

Die Straßen waren holpriger als die im Westen. Ein rhythmisches Holpern, sie kannte es auch von der Autobahn, von den Transitstrecken. Betonplatten, die mit Nähten aus Teer verbunden waren, jede Naht ein kleiner Schreck für die Räder.

»Erzähl mir von deinem ›Geheimen Land‹, als du klein warst«, bat Theo sie.

Ylvi hörte seinen schweren Atem. Hier ging es leicht bergauf zwischen Häuserreihen, die alle gleich aussahen. Wenige Bäume, weniger als im Westteil der Stadt. Die Zeit hatte sich wieder zurückgezogen, alles war jetzt.

»Ich dachte, wenn ein Land hinter einer Mauer versteckt und von Soldaten mit Gewehren bewacht wird, muss es besonders schön und voller Schätze und Geheimnisse sein. Märchenhafte Blumen. Wiesen, Schafe, Strände, bunte Kiesel. Das waren für mich Schätze. In der Stadt gab es die ja nicht. Nur in den großen Ferien, wenn wir in den Harz oder an die Nordsee fuhren. Aber da mussten wir erst durch die DDR. An der Grenze stehen im Stau, stundenlang. Die Grenzsoldaten starrten uns an, ob wir auch wie unser Passfoto aussahen. Wir hatten die Koffer zu öffnen, und die Männer wühlten in unserer Wäsche herum. Sogar die Sitzbänke mussten wir hochklappen, ob nicht klein zusammengefaltete Menschen auf der Flucht darunter waren. Na, du kennst das ja.«

»Ich glaube, das wird nie mehr so sein. Nie wieder. Nicht hier.« So wie er das sagte, klang es wahr. Unverrückbar wie der Findling, an dem sie gerade vorbeigefahren waren.

»Ich dachte, wenn die so sorgfältig und streng sind, muss es ein sehr geheimnisvolles Land sein, das sie bewachen. Die Leute, die von dort zu uns wollten, haben sie sogar erschossen, damit sie nichts erzählen. Von den Transitstrecken aus sah man nichts außer einförmigen Wäldern, ab und zu ein Kornfeld. Der eigenartige Geruch um Bitterfeld herum und die einzige, ewig gleiche Werbung an einer Brücke. Von der Autobahn abbiegen durfte man nicht. Das ›Geheime Land‹ blieb hinter den Wäldern verborgen. Es war so geheim, dass es auf den Landkarten in unserem Schulatlas weiß war, einfach nicht da. Erst Westdeutschland war wieder grün. Es war schön dort, aber das Schöne war nur geliehen, für die Dauer von drei Wochen.«

»Und das hat dir nicht genügt.«

»Nein, ich wollte barfuß eine Wiese erobern, wann immer es mir passte. Loslaufen, Mohn auf einem Kornfeld pflücken. Jede Stadt hatte einen Rand. Nur unsere nicht. Da war die Mauer, da kam man nicht weiter, Punkt. Sie teilte die Straßen in zwei Hälften. Die eine hörte einfach auf – und die andere blieb eben geheim. Die Wachleute auf den Türmen beachteten mich nicht. Ich habe gewunken, aber keiner winkte zurück. Ich stellte mir vor, man müsste nur den Schlüssel finden, wie in dem Kinderbuch, ›Der geheime Garten‹.« Sie schluckte. » Und jetzt hat ein ganzes Volk den Schlüssel gefunden!«

»Mir hat einmal einer gewunken.« Theo hörte auf zu treten. Hier ging es sanft bergab. Mehr Sterne sah man hier, viel mehr als drüben, weil die Stadt nicht so viel verirrtes Licht in den Himmel streute. »Ich kannte eine Stelle, da hatte die Mauer einen Spalt auf meiner Augenhöhe. Der Todesstreifen war wie kahlrasiert, nur Sand mit ein paar müden Grashalmen. Kaninchen haben sich dort vermehrt, aber sie sahen hungrig aus. Ich stellte mir vor, da einen Rosengarten zu pflanzen, den ganzen nackten breiten Streifen entlang, rund um Berlin, sobald die Mauer einmal nicht mehr da wäre. Nicht rote Rosen, sondern Rosen in den Farben des Sonnenaufgangs. Aprikosenfarben und goldgelb. Vielleicht bin ich deshalb Gärtner geworden. Mein Vater hat immer gesagt, eines Tages wird die Mauer wirklich weg sein. Er hatte wohl recht. Wer weiß, was jetzt passiert!«

Ylvi lauschte seiner Stimme im Fahrtwind. Sie wusste kaum noch, wo die Geschichten aufhörten und die Wirklichkeit anfing. Ihre Welt hatte sich verbogen, war in Stücke geborsten und setzte sich erschütternd neu zusammen.

»Wart ihr nie mit einem Visum in der DDR, für einen Tag wenigstens?«, fragte Theo.

»Nee. Meine Eltern lehnten das kategorisch ab. Sie fanden es schlimm genug, sich beim Transit an der Grenze demütigen lassen zu müssen. Sie wollten der Diktatur keine Devisen zukommen lassen.«

»Ach so. Und später?«, fragte Theo.

»Nicht dazu gekommen. Da war mein Architekturstudium, das Austauschsemester in Spanien. Vielleicht wollte ich auch nichts entzaubern. Keine Ahnung. Und in letzter Zeit steckte ich in den Prüfungen, hab kaum noch Nachrichten gehört oder Zeitungen gelesen.«

»Das ›Geheime Land‹ blieb also geheim.« Er drehte sich zu ihr um. Ylvi glaubte, ein Glänzen in seinen Augen zu sehen. »Und jetzt sind wir hier – mittendrin! Ist das nicht phantastisch?«

Eine neue Straßenkreuzung.

»Wo ist Osten?«, fragte er. »Warte, ich kann auch nach den Sternen gucken. Du, ich glaube, hier ist der Stadtrand! Da sind kaum noch Häuser!«

Sie knipste die Taschenlampe an. »Der Kompass sagt da lang, wo Ahrensfelde auf dem Schild steht.« Sie fasste ihn an der Schulter, umklammerte sie aufgeregt. »Wahnsinn! Da vorne ist ein Feld! Und dahinter eine Wiese, glaub ich. Es riecht so. Riechst du das? Der Wind erzählt von Gras und Herbsterde und Fallobst! Da halten wir, ja, direkt an der Wiese?«

Theo lächelte im Schein der Lampe. Er stellte sich wohl die fünfjährige Ylvi vor, die Stimme heller, die Ungeduld und die Sehnsucht dieselbe. Ihr war egal, was er dachte. Sie hatten eine Wiese gefunden, einfach so! Er ließ das Rad ausrollen, an dem abgeernteten Stoppelfeld vorbei, und bog in einen schmalen Weg ein, der das Feld von der Wiese trennte. Ylvis Nase hatte sie nicht getäuscht. Er bremste, stellte das Rad an einen Holunderbusch, rieb sich die klammen Hände. An den Zweigen baute Raureif eine zarte Illusion von Dornen.

Ylvi wies auf einen fernen Umriss. »Wer zuerst bei dem Baum ist!«, und schon rannte sie los.

Theo lachte laut auf, streckte sich, holte sie dann kurz vor dem Ziel mühelos ein und umfing sie von hinten. Sie wandte sich um, sah zu ihm auf, blickte in seine dunklen Augen, einen Moment lang. Ja, es gab keine Zeit heute Nacht, Unvorstellbares war bereits passiert, es galten keine Regeln, alles war ungültig geworden.

Dann ließ er sie los und nahm ihre Hand. »Komm!« Sie liefen das letzte Stück zusammen, ließen sich schnaufend in langes Gras fallen. Breiteten die Arme aus, spürten die weite Erde unter sich. Da waren Knubbel. »Walnüsse! Das ist ein Nussbaum!«, sagte Theo.

Der Mond kam jetzt gelegentlich hinter den Wolken hervor und warf silbriges Licht auf die Landschaft. Die Reste eines Schuppens standen windschief hinter ihnen, daneben ein Zaun mit Lücken wie ein nicht lesbarer Satz vor dem Horizont. Theo kramte in seinem Rucksack, reichte Ylvi eine angefangene Wasserflasche. Als sie ihren Atem wiedergefunden hatten, erkundeten sie die Gegend.

»Meine Nase hat mich nicht getäuscht! Falläpfel!«, stellte Ylvi stolz fest, als sie hinter dem Schuppen auf einen weiteren uralten Baum traf. »Hier, probier mal! Hat dir schon einmal ein Apfel *so* gut geschmeckt?«

»Passt perfekt zu den Walnüssen.« Er knackte ihr eine mit nur einer Hand. Das behelfsmäßige Mahl schmeckte nach einer Mischung aus Herbst und Weihnachten, mit einem Hauch Frühling, genau wie ihnen zumute war. Gestärkt wanderten sie herum, entdeckten weitere Reste eines vergessenen Gartens.

»Hier blüht noch eine Rose!« Theo pflückte die Blüte nicht, stellte nur die Lampe davor auf den Boden und wies Ylvi darauf hin. Trocken, märchenhaft raureifgerändert, und dennoch konnte man die Farbe noch erkennen, irgendwo zwischen Goldgelb und Aprikose, fast kupfern. Ylvi sah, wie sich die Rose vor dem Lichtpunkt winzig in Theos dunklen Augen spiegelte und noch einmal in seiner Brille, zusammen mit dem weiten, neuen Horizont. Sie konnte dort beinahe schon den Garten sehen, den er nun eines Tages rund um die Stadt auf dem einst kahlen Todesstreifen anlegen würde.

Theos Hand suchte auf der Erde, wischte braune Blätter zur Seite. »Da! Diese Ranke hat Wurzeln gezogen. Ich nehme sie mit, daraus kann ich einen Ableger ziehen.« Behutsam hob er seinen Fund aus der Erde. »Du hattest recht. Es gibt wirklich Schätze in deinem geheimen Land!«

»Hörst du das?«, fragte Ylvi nach einer Weile.

Er lauschte.

»Diese Stille ohne Boden und Wände, die für erschöpfte Großstadtohren Musik ist? Darf ich bitten?« Sie nahm seine Hand und zog die Schuhe aus.

»Bist du verrückt? Es friert!«

»Ich wollte doch barfuß auf eine Wiese!«

Sie tanzten zu der großartigen Stille, bis Ylvi hinter dieser Stille eine tonlose, wundervolle Musik hörte und die Ungeheuerlichkeit des Geschehens der Nacht sie überrollte, und plötzlich weinte sie, weil alles so groß war. Theo hielt sie und weinte ungeniert mit. Danach wickelte er sie in eine Decke, die er im Schuppen gefunden hatte.

Sie hörte ein Knirschen. »Was machst du?«

Er knipste die Taschenlampe wieder an. Sie sah, wie er ein loses Stück Brett vollends aus der Schuppenwand löste, dann sorgfältig etwas darauf schrieb, mit einem Zimmermannsbleistift aus seiner Tasche. Feierlich überreichte er es ihr. Sie las.

Ylvi, möge deine Zukunft stets in einem geheimen Land voller Wiesen, Wind und Wunder stattfinden.

In Erinnerung an eine Nacht wirklicher Wunder.

Theo

Die alte Decke reichte für sie beide, wie sich herausstellte. Jedenfalls froren sie nicht in dieser zugleich märchenhaften und unfassbar wahren Nacht, die von allen Grenzen befreit war. Später radelten sie in der Morgendämmerung zurück, sprachlos, wie aus einem Traum erwacht. Nebel ließ das Land unwirklich erscheinen, das an diesem Tag begann, nicht nur Ylvi seine Wunden und seine Möglichkeiten zu offenbaren. An der Grenze herrschten noch immer Gedränge, Verwirrung, Tränen und Jubel. Diesmal wurden sie mit dem Strom gespült. Jemand drückte ihnen einen Blumenstrauß in die Hand, weil sie aus dem Osten kamen.

Zu Hause fand Ylvi eine Walnuss in ihrer Tasche. Sie pflanzte sie in einen Topf. Für den jungen Baum würde sie später in ihrem Garten einen besonderen Platz finden, und eines Tages würde er Früchte tragen.

Erst dabei fiel ihr ein, dass sie gar nicht Theos Nachnamen kannte.

2

Überraschung

Ylvi hatte einen seltsamen Traum gehabt von einer großen Möwe mit hellen Augen. Der Vogel war aufgeregt an ihrem Fenster auf und ab geflattert wie die Meisen, die sie dort immer aus der Hand fütterte. Die Möwe trug etwas im Schnabel, aber was Ylvi erst für einen Fisch gehalten hatte, war eine Rose! Eine Rose wie die, die Theo gefunden hatte, nur war diese Blüte nicht erfroren, sondern gerade erst aufgeblüht. Aber warum blickte der Vogel so streng?

Ylvi befreite sich aus ihren verschwitzten Decken. Ricky schlief noch. Auf dem Weg zum Badezimmer wurde ihr erst schwindelig, dann übel. Sie stützte sich hastig auf das Tischchen im Flur. Der Adventskranz darauf verlor vor Schreck einige trockene Nadeln.

»Ist dir schlecht?« Rickys Stimme klang erst besorgt, dann hoffnungsvoll. »Schon wieder? Bist du vielleicht doch endlich schwanger?«

Ylvi wandte mühsam den Kopf und starrte ihn ungläubig an. Wie im schnellen Vorlauf eines Films rasten Bilder der letzten Wochen durch ihr Hirn. So war es angeblich kurz bevor man starb. Aber hier handelte es sich um das Gegenteil vom Tod, wenn Ricky recht hatte. Und in ihr war eine plötzliche eiskalte Gewissheit, *dass* er recht hatte.

Nur seine Freude konnte sie nicht teilen.

Der Film in ihrem Kopf trug sie zurück an jenen Morgen nach dem Mauerfall. Sie sah sich selbst die Walnuss aus ihrer Tasche holen und zärtlich in einen Blumentopf betten.

Ylvi hatte dem Kern den besten Platz auf dem Fensterbrett geschenkt. Hoffentlich würde die Walnuss keimen und genug Licht bekommen, dem langen Winter zum Trotz, der bevorstand. Obwohl sie kaum geschlafen hatte, fühlte sie sich so wach wie noch nie.

Ricky war nicht zu Hause an diesem Morgen des zehnten November, sein Bett ebenso unberührt wie ihres. Gerade als sie den Topf fertig gegossen hatte, hörte sie den Schlüssel in der Tür, dann Rickys schnellen Schritt im Flur.

»Ylvi? Ylvi, wo bist du? Es gibt Neuigkeiten!«

»Unglaublich, oder?« Wo er wohl den Mauerfall erlebt hatte? Mit den Kollegen in der Uni vor dem Fernseher?

Seine Haare standen wild in die Höhe, sein T-Shirt trug Ölspritzer, und seine Augen waren dunkel umrandet vor Müdigkeit, aber sie blitzten vor Aufregung. »Stell dir vor, wir haben heute Nacht Herrn Nilsson weiterentwickelt! Wir hatten eine Art kollektiven Geistesblitz. Wir werden ihn für den Wissenschaftspreis anmelden. Das kann eine ganz große Sache werden, Süße! Herr Nilsson hat Kriechen und Klettern gelernt. Der wird einmal in Erdbebengebieten helfen, Menschen in Ruinen zu finden. Oder unterirdische Rohre reparieren.«

»Herr Nilsson? Wer ist Herr Nilsson?« Ylvi war verwirrt.

»Na, der Roboter. Lukas hat ihn so getauft, nach dem Affen in Pippi Langstrumpf. Weil er so gut klettern kann und oft noch nicht das tut, was man ihm sagt. Lukas liest Pippi Langstrumpf gerade seiner kleinen Tochter vor, deshalb. Das wird unser Durchbruch!« Er packte sie bei den Schultern und wirbelte sie durch die Küche. »Machst du Frühstück? Ich habe einen Riesenhunger, aber erst muss ich unter die Dusche.«

»Ricky, das hört sich toll an, aber was sagst du zum Mauerfall?

Ich kann das immer noch nicht glauben, und dabei war ich drüben! Einfach so. Ohne Grenzkontrolle. Und keiner hat geschossen!« Gerade das konnte sie noch immer nicht begreifen. Es war ein Wunder. Dann gab es die also tatsächlich – wirkliche Wunder! Es war das erste, das sie erlebte.

Ricky sah sie verwirrt an.

»Wie, Mauerfall? Wovon sprichst du?«

Ylvi war sprachlos. »Hat denn keiner von euch Radio gehört? Nicht mal im Auto? Ist dir nichts aufgefallen auf den Straßen?«

»Nein, wieso? Bisschen voll auf den Straßen vielleicht. Ich war mit den Gedanken noch bei Herrn Nilsson. Was soll denn sein?«

Ylvi erzählte. Sie erzählte von den jubelnden, tränenüberströmten Menschenmassen, von den Trabis mit den Blumen und von dem Mann mit dem Vorschlaghammer. Und dass niemand geschossen hatte.

Theo erwähnte sie nicht.

Ricky blieb in der Tür stehen. Er nahm zur Kenntnis, was sie sagte, doch sie sah in seinen Augen, dass er es nicht wirklich glaubte und die Bedeutung nicht begriff. Er war im Kopf schon halb im Badezimmer und mit der anderen Hälfte seiner Aufmerksamkeit bei der Weiterentwicklung von Herrn Nilsson. Sie nahm es ihm nicht übel. Man musste dabei gewesen sein, um das Große dieser Nacht glauben und verstehen zu können. Ricky mochte einen historischen Moment versäumt haben, aber vielleicht hatte er in dieser Zeit etwas anderes Historisches erschaffen. Etwas, das Menschenleben retten konnte. Sie liebte ihn so, wie er war.

»Geh duschen. Ich mache Frühstück«, sagte sie, nahm ihm die verschwitzte Jacke ab und schob ihn aus der Küche.

Laut klappernd deckte sie den Tisch, als könnte sie mit dem

Krach die Schuld aus ihrer Seele vertreiben. Theo! Wie hatte ihr das nur passieren können?

Die Geschehnisse dieser Nacht waren eine Art Rausch gewesen. Ein Ausnahmezustand. Fast ein Schock.

Ricky sah ihr das schlechte Gewissen nicht an. Mit Appetit verputzte er Brote, trank Kaffee und überflog seine Notizen. »Ich leg mich ein paar Stunden hin und gehe dann wieder ins Institut«, sagte er, küsste sie auf den Scheitel und verschwand.

Ylvi holte die Zeitung aus dem Kasten. Wenn dort nichts vom Mauerfall erwähnt wurde, hatte sie alles doch nur geträumt. Dann stand die Mauer zwar leider noch, aber dann hatte es auch Theo nie gegeben, und alles war gut.

Doch der Topf auf der Fensterbank war Wirklichkeit, und in der Zeitung stand eine Menge, groß und dick auf Seite eins.

In den nächsten Wochen gewöhnte Ylvi sich daran, dass überall Trabis fuhren und parkten und die Stadt zum Bersten voller Menschen und Aufregung war. Die Mauer zerfiel in Staub und Brocken, auch Ylvi schlug sich ein Stück heraus und legte es in ihren Bücherschrank. Den einzigartigen hallenden Klang der Hämmer auf dem Beton würde sie nie wieder vergessen. So viele Berliner und Touristen aus aller Welt schleppten Bruchteile in Plastiktüten fort, dass bald nicht mehr viel übrig war. Theo würde sich beeilen müssen, wenn er seinen Rosengarten um die Stadt ziehen wollte, denn schon wucherten Trampelpfade und Klee im Todesstreifen. Kinder liefen Rollschuh, wo früher die Grenzsoldaten Patrouille gefahren waren, und gassigehende Dackel in karierten Mäntelchen hinterließen ihre Häufchen dort, wo vor kurzem noch die scharfen Wachhunde jaulend an ihren Ketten auf und ab gerannt waren. Für Theos Rosen würde bald kein Platz mehr sein.

Theo!

»Könntest du bitte aus meinen Gedanken verschwinden?«, fragte Ylvi mit gerunzelter Stirn den Walnusskeimling auf der Fensterbank, der zwei grüne Blätter ins Licht reckte. Zwei. Eins für Theo und eins für sie. Eine Einheit. Warum nur konnte sie ihn nicht vergessen?

Doch die stumme Melodie jener Nacht geisterte durch ihre Gedanken und Gefühle wie ein hartnäckiger Ohrwurm.

Bei Ylvi war es schon immer so gewesen, dass eine Landschaft für sie eine stille Musik spielte. Hell und leicht war die Melodie in den österreichischen Bergen gewesen, als sie dort mit Ricky einmal Urlaub gemacht hatte. Hier in ihrem eigenen Haus, das sie mit Ricky eingerichtet hatte, war die Melodie ruhig und gleichbleibend, anheimelnd und vertraut. Auf Teneriffa, wo sie mit ihren Eltern als Kind einst die Sommerferien verbracht hatte, war die stumme Musik dunkel und geheimnisvoll wie der schwarze vulkanische Sand, manchmal auch beschwingt und verträumt wie die vielen Regenbögen, die man dort sah. Sie versuchte, die Melodie vor sich hinzupfeifen, bis ihr Spielkamerad Yeray sie scherzhaft »Pinzon«, Fink, nannte.

»Ich schenke dir lieber eine Piccoloflöte, das geht besser als Pfeifen!«, sagte ihr Vater einmal und überreichte ihr ein schmales Päckchen und einen Gutschein für Unterrichtsstunden. Sie mochte den jungen Musiklehrer, aber seine Noten fand sie weniger interessant. Lieber zog sie sich zurück und versuchte, die Lieder der Landschaften nachzuspielen.

In der Nacht des Mauerfalls hatte der verlassene Garten eine Melodie in ihr zum Klingen gebracht, die sie berührt hatte wie noch keine andere zuvor. Aber so einen Moment, in dem etwas derart Gewaltiges, Historisches geschah, hatte sie auch noch nie zuvor erlebt.

Immer wieder kamen ihr diese Töne in den Sinn und mit ihnen Theos Geruch, seine Hände und das zärtliche Staunen in seiner Stimme, als er die Rose fand. Der süßlich-herbe Geschmack der Falläpfel, die sie geteilt hatten, lag noch immer auf ihrer Zunge. Sie stürzte sich in die Arbeit, bestand die letzte Prüfung mit einer glatten Eins und machte sich eifrig daran, die Stellenanzeigen zu durchforsten. Sie wollte endlich in ihrem Traumberuf arbeiten.

»Lass dir Zeit«, sagte Ricky. »Finanziell kommen wir doch auch so gut klar.«

Aber Ylvi hatte keine Zeit. Sie war siebenundzwanzig, voller Tatendrang, sie wollte vorwärts, in Bewegung bleiben, auch damit die Vergangenheit sie nicht einholte. Sie war neugierig auf die Zukunft. Jetzt würde in der Stadt so viel gebaut und renoviert werden wie noch nie. Da wollte sie dabei sein, ein Teil davon werden. Nicht nur Theo … nicht nur andere hatten Träume und Vorstellungen, was man mit einer Stadt ohne Mauer anfangen konnte, mit den Räumen, die sich erschlossen.

Der alte Steinbaukasten ihres Vaters war ebenso schuld an ihrem Wunsch, Architektin zu werden, wie ein Spruch ihrer Mutter, die einmal ausgerufen hatte: »Das sind doch nur Luftschlösser!«

Das bezog sich auf einen vagen Plan ihres Vaters, irgendwann nach Teneriffa auszuwandern. Aus diesem Plan wurde dann auch nie etwas, aber der Begriff Luftschloss faszinierte die sechsjährige Ylvi, die von da an mit dem Steinbaukasten nur noch »Luftschlösser« baute.

Als sie älter wurde, war ihr klar, dass die Gebäude, die sie bauen würde, nicht am Himmel, sondern auf der Erde stehen mussten und keine Schlösser sein konnten. Doch sie war bereit, sich damit zu begnügen, denn wenn sie für Familien Traumhäuser bauen konnte, dann waren das doch auch Luftschlösser, die in Erfüllung gingen.

Und nun, da sie ihren Abschluss in der Tasche hatte, wollte sie in einem Architekturbüro anfangen und endlich etwas mit der Wirklichkeit zu tun haben.

»Du schaffst das schon! Hauptsache, du machst einen Anfang!«, ermutigte ihr Vater sie.

Doch es fiel ihr schwer, sich auf ihre Bewerbungsmappe zu konzentrieren. Wenn sie nur nicht so müde wäre – manchmal war ihr sogar übel. Sie schob es auf ihr schlechtes Gewissen.

An eine Schwangerschaft hatte sie nicht gedacht. Dabei hatten Ricky und sie seit einiger Zeit versucht, ein Kind zu bekommen.

Ricky war beglückt. »Siehst du, alles funktioniert. Einen besseren Zeitpunkt hätte es nicht geben können! Du hast deinen Abschluss, und ich bin auf dem besten Weg zu einem Riesenerfolg.«

Ylvi ging zum Frauenarzt. Vielleicht war es ja doch ein Fehlalarm? Aber er bestätigte ihr, was sie ohnehin wusste.

Er sagte ihr auch, in welcher Woche sie war.

Prompt wurde ihr wieder übel, doch diesmal lag es nicht an den Hormonen. Sie konnte nun nicht mehr verdrängen, dass es eine kleine, aber erschreckend reelle Chance gab, dass nicht Ricky der Vater war.

Ging ihr Theo darum nicht aus dem Kopf? Verstummte die Melodie des Gartens deshalb nicht in ihr? Wie betäubt verließ Ylvi die Praxis, schob den Schnee von einer Bank im Park und setzte sich. Sie konnte ihre Gefühle nicht einordnen. Wenn Theo der Vater wäre – dann war dieses Baby nicht nur das Ergebnis der

Vereinigung zweier Menschen, deren Leben sich in einem verzauberten und historisch einmaligen Augenblick kurz, aber nachhaltig berührt hatten. Es wäre auch ein Kind der versöhnlichen und wundersamen Vereinigung zweier sich schon lange fremd gewordener Hälften eines Landes.

Sie musste Theo finden! Aber wie sollte sie das anstellen? Außer seinem Vornamen wusste sie nur, dass er Gärtner war und Frau und Sohn hatte. Selbst wenn sie ihn finden könnte, es war ziemlich sicher, dass er nicht gefunden werden wollte. Und Ricky?

»Oh je!«, stöhnte sie und vergrub das Gesicht in den Händen.

»Kann ich Ihnen helfen? Geht es Ihnen schlecht?« Ylvi sah auf. Vor ihr stand ein Mann, schlank und groß und dunkelhaarig, und sah sie besorgt an. Er ähnelte Theo ein wenig, nur war er etwa zwanzig Jahre älter. Ylvi spürte, wie kalt ihre Füße geworden waren und stand etwas mühsam auf.

»Nein.« Zu ihrer eigenen Überraschung strahlte sie den Mann an. »Ganz im Gegenteil. Es geht mir hervorragend. Ich bekomme ein Kind!«

»Na, dann gratuliere ich Ihnen. Aber wenn das so ist, sollten Sie bestimmt nicht so lange in der Kälte sitzen. Haben Sie es weit bis nach Hause? Soll ich Ihnen ein Taxi besorgen?«

»Nein, vielen Dank. Es ist nicht weit. Auf Wiedersehen!« Fröhlich stapfte sie los. Sie spürte eine ganz neue, funkelnde Kraft in sich. Das war doch das einzig Wichtige. Sie bekam ein Kind! Alles würde gut werden. Die Wahrscheinlichkeit, dass Ricky der Vater war, war hoch.

Aber ganz tief im Inneren ahnte sie, dass etwas geschehen war, das den Gesetzen der Wahrscheinlichkeitsrechnung ebenso wenig folgte, wie es der friedliche Mauerfall getan hatte.

Die Bewerbungen konnte sie nun erst mal vergessen. Stattdessen stürzte sie sich, nachdem der Schnee getaut war, in die Gartenarbeit. Seit Leben in ihr heranwuchs, machte es ihr besondere Freude, erst die Krokusse wachsen zu sehen, dann die Tulpen und die Osterglocken. Auch dieser Garten begann, eine Melodie zu haben, aber sie war verhalten, und die Töne passten noch nicht zusammen. Ylvi pflanzte ein Apfelbäumchen und Brombeeren und, als es warm wurde, in einer geschützten Ecke den kleinen Walnussbaum, der erst eine Handspanne hoch war. Sie baute einen kleinen Käfig aus Kaninchendraht um ihn herum, damit ihn niemand zertrat oder anknabberte. Von Tag zu Tag bekam er hoffnungsvolle neue Triebe, während sich Ylvis Bauch rundete.

Sie baute auch ein Vogelbad, und ihre gefiederten Freunde kamen in Scharen. Doch so sehr sie sich auch mühte, seit jener Novembernacht hatte sie das unbestimmte Gefühl, dass sie nicht am richtigen Ort war.

Immer wieder grübelte sie, ob sie Ricky ihren Seitensprung beichten sollte. Aber was waren die Worte für so etwas? Sie hatte Angst. Sie wollte Ricky nicht verlieren. Er würde sicher nicht nur verletzt, sondern auch zutiefst in seinem Stolz gekränkt sein.

Insgeheim aber befürchtete sie vor allem, dass er so etwas sagen würde wie: »Ach, wirklich? Du, wir haben gestern Herrn Nilsson eine Elektrode eingesetzt, die es ihm ermöglicht, Kreuzworträtsel zu lösen.«

Denn so sehr sich Ricky über ihre Schwangerschaft freute, er war dennoch immer mit seiner Aufmerksamkeit bei seiner Arbeit, seinen Kollegen, seinen Plänen und Entwürfen. Sie konnte es ihm nicht vorwerfen. Seine Begeisterungsfähigkeit für alles, was er anpackte, war einer der Gründe gewesen, warum sie sich in ihn verliebt hatte.

Irgendwann kam er doch mit zur Ultraschalluntersuchung und bestaunte mit ihr den winzigen Herzschlag auf dem Monitor.

»Möchten Sie wissen, was es wird?«, fragte die Ärztin. »Jetzt kann man es erkennen.«

»Mir ist das egal«, sagte Ylvi verträumt.

»Doch, verraten Sie es uns«, bat Ricky.

»Ein Mädchen. Sie bekommen eine Tochter.«

»Aha.« Bildete sie sich das ein, oder klang Ricky enttäuscht? Nun, sie würde ihn schon noch aufklären, dass auch Mädchen sich für Roboter interessieren konnten.

Wobei es natürlich möglich war, dass gerade dieses Mädchen sich mehr für Blumen begeistern würde. Aber jetzt, da er das Herz schlagen gehört und das Ultraschallbild gesehen hatte, war wohl endgültig der Zeitpunkt vorüber, Ricky die Wahrheit zu sagen.

Nach der Geburt würde sie einen Weg finden, die Vaterschaft feststellen zu lassen, und sicher war alles so, wie es sein sollte. Bestimmt sah das Mädchen Ricky sogar ähnlich. Wenn nicht – ja, wenn nicht, dann konnte sie ihm immer noch alles gestehen; und sicher würde er das Kind bis dahin schon so sehr lieben, dass er sich so oder so als Vater fühlte. Er würde Ylvi verzeihen und verstehen, dass in jener verrückten Nacht des Mauerfalls die Wirklichkeit und alle ihre Gesetze für kurze Zeit außer Kraft gesetzt waren. Dass der Seitensprung eigentlich kein Seitensprung gewesen war, sondern eine Entladung von Wunder und Euphorie und einer völlig überraschenden lebensbejahenden Kraft, die wie eine Sturmwelle über den Alltag hinweggerollt war und sie ohne jede Vorwarnung mitgerissen hatte.

Ab diesem Tag entspannte sich Ylvi. Es würde kommen, wie es eben kam. Sie kümmerte sich um ihren Garten, zeichnete Entwürfe für Luftschlösser, die sie schließlich zu einem Bilderbuch für das Kind zusammenband, und besuchte häufig ihre Eltern.

»Ich kann es kaum erwarten, Großvater zu werden«, sagte ihr Vater jedes Mal wieder, und Ylvis Mutter hörte nicht auf zu strahlen, als sie das erste Mal unter ihrer Hand das Kind strampeln fühlte.

Ylvi bekam einen ungewöhnlichen Heißhunger auf Currywurst, dabei aß sie sonst wenig Fleisch. Aber irgendetwas fehlte ihr noch dazu. Sie stöberte im Kühlschrank und fand ein Glas mit der Aufschrift »Wildapfelgelee«. Sie öffnete es und kostete. Genau was sie gesucht hatte! Wie himmlisch. Es schmeckte herb und rauchig und süß und geheimnisvoll, alles auf einmal. Fast war ihr, als hätte der Geschmack auch eine Musik, dunkel und weich und doch voller Licht, genau wie die dunkelgoldene durchsichtige Farbe des Gelees. Es musste die Melodie der Landschaft sein, in der die Früchte gereift waren. Sie fügte ein paar Löffel davon ihrer Currywurst hinzu.

»Ich hoffe, ich verderbe dir nicht deinen Geschmack, aber ich kann nicht anders«, sagte sie zu dem kleinen Wesen in ihrem Bauch und aß gierig. »Dafür bleiben dir die sauren Gurken erspart.« Nach zwei Tagen war das Gelee alle. Auf dem Preisschild entzifferte Ylvi, dass sie das Glas bei ihrem Lieblingsfeinkosthändler in Schöneberg mitgenommen hatte. Hoffentlich hatte er noch mehr davon. Zeit genug hatte sie ja und machte sich auf den Weg.

»Da haben Sie Glück«, sagte der Inhaber Herr Herbst, den sie schon seit Jahren kannte. »Hier sind noch drei Gläser. Und hier, kosten Sie doch einmal. Das könnte Ihnen auch schmecken. Birnenkonfekt.« Er entnahm einer kleinen Kiste mit seiner silbernen Zange eine Praline und legte sie auf ihre Handfläche.

Ylvi schloss die Augen, als sich das Aroma auf ihrer Zunge ausbreitete. Es schmeckte nach allen guten Tagen des letzten Sommers. Nach Wärme und nach Sonne. Wie die Essenz von Träumen und von Hoffnung. Und ihr war, als hätte sie diesen Geschmack schon vor langer Zeit gekannt, konnte sich nur nicht mehr erinnern. Er gab ihr Kraft.

»Das muss ich unbedingt haben, Herr Herbst. Wo kommt das her?«

»Ich packe Ihnen auch noch ein paar getrocknete Birnenringe dazu. Es sind dieselben Früchte.« Er machte sich an Tüten und Kisten zu schaffen. »Seit dem Mauerfall fahre ich gelegentlich in der DDR herum auf der Suche nach Besonderem. Die Leute dort haben Obstsorten, von denen wir lange nichts gehört haben. Die haben dort einfach die Zeit überdauert wie in einem Dornröschenschlaf. In Ahrenshoop auf dem Darß an der Ostsee habe ich in einem Teeladen das Wildapfelgelee entdeckt, und dieses Birnenkonfekt und die getrockneten Ringe und noch einige andere Marmeladensorten. Der Besitzer des Ladens erklärte mir, dass eine alte Frau namens Kaja Benjes all dies herstellt. Sie hat einen Garten, in dem es Obstbäume gibt, die zum Teil mehrere hundert Jahre alt sind, jedenfalls der Wildapfelbaum. Ich finde, man schmeckt es. Ich frage mich, ob sie dem Gelee nicht etwas Seetang zugefügt hat.«

Diesen Garten hätte Ylvi gern einmal gesehen. Auf jeden Fall half ihr der Geschmack seiner Früchte über die schwereren Tage der Schwangerschaft hinweg. Das Kauen der Birnenringe wirkte sogar gegen die morgendliche Übelkeit.

Gelegentlich schlenderte sie mit klopfendem Herzen durch Berliner Gärtnereien, doch kein Theo tauchte dort auf. Auch unter den Kleinanzeigen in der Zeitung war keine, in der ein Theo eine Ylvi suchte, mit der er auf dem Fahrrad in der Mauerfallnacht in den Osten aufgebrochen war.

Ylvis Zukunft würde wohl Theo-los bleiben, und so gehörte es sich auch.

Wann immer ihr doch mulmig zumute wurde, zog sie sich hinter die Hecke zurück und spielte auf ihrer Piccoloflöte. Angeblich hörten die Babys ja schon im Bauch die Musik in der Umgebung. Sie hoffte, dass sie auf diese Weise nicht nur sich selbst, sondern auch das kleine Mädchen beruhigte, das kräftig in ihr strampelte.

Sie wusste immer noch nicht, ob sie fürchtete oder sich wünschte, dass dieses Kind sie eines Tages mit Theos Augen ansehen würde.

Birnenkonfekt

1 kg reife Birnen
500 g aromatische Äpfel
Saft von 3 Zitronen
100 g Mandelsplitter, geröstet
etwa 1 kg Zucker
1–2 Päckchen dunkle Kuvertüre

Birnen und Äpfel vierteln oder achteln, mit wenig Wasser weichkochen und durch ein Sieb streichen. Das Mus mit der gleichen Gewichtsmenge Zucker und dem Zitronensaft dick einkochen. Zuletzt die Mandeln unterrühren. Die Masse etwas abkühlen lassen und dann 1 cm dick auf die mit Folie belegten Trockengitter streichen und trocknen. Dabei einmal über frischer Folie wenden. Dunkle Kuvertüre im Wasserbad schmelzen lassen. Konfekt damit bestreichen. Wenn alles getrocknet ist, in Würfel oder Rauten schneiden.

Myra

1943

Ahrenshoop / Ostsee

3

Der Schmuggler

Für Mitte Oktober war es heute ungewöhnlich mild. Myra Webelhuth stand bis über die Knie im Wasser und genoss das Prickeln der eisigen Wellen an ihrer Haut. Der Herbstwind zog an ihren langen dunkelblonden Haaren, die sich in der feuchten Luft leicht lockten. Außer ihr wäre jetzt niemand hier barfuß ins Meer gelaufen, aber sie war es von klein auf gewohnt. Nichts schreckte Myra so leicht. Sie war gerade erst siebzehn geworden, aber in diesen Zeiten wurde man schnell erwachsen. Myra sowieso.

»Du hast jetzt die Verantwortung, Mädchen«, hatte ihr Vater gesagt, als er freiwillig in den Krieg zog. »Ich verlasse mich auf dich. Du machst das schon, auch wenn du nur eine Frau – nur ein Mädchen bist.« Da war sie dreizehn gewesen.

Sie hatte kein enges Verhältnis zu ihrem Vater. Das Einzige, was er und sie gemeinsam hatten, war das Wissen, dass ihre Mutter keine Frau der Tat war. Anfänglich hatte sie für Myra gesorgt, wie man für kleine Kinder eben sorgen muss. Doch dann war es Jonas Webelhuth, der nach und nach den Haushalt organisierte und sich um alles kümmerte, bis Myra mit zehn anfing, mehr und mehr davon selbst zu übernehmen. Ihre Mutter war die Tochter eines Feriengastes aus der Großstadt, sie hatte sich in dem rauen Küstenklima nie zu Hause gefühlt. Sie verbrachte ganze Tage auf dem Sofa, zog die Gardinen zu und bestickte Tischdecken mit immer denselben Mustern. Als Jonas Webelhuth in den Krieg verschwand, öffnete sie die Gardinen nur noch selten und verließ das

Haus kaum. Sie schloss den Krieg und die Wirklichkeit aus ihrem Leben aus; und als es kein feines Garn mehr gab, dröselte sie einen alten Pullover auf und stickte weiter Vergissmeinnicht und Veilchen.

Myra brachte ihr Essen und drängte sie gelegentlich dazu, wenigstens eine Stunde auf der Terrasse zu sitzen. Länger hielt es Myra selbst nicht dort aus. Sie war voller Bewegungsdrang und Tatendurst, putzte das Haus, pflanzte im Garten Kartoffeln und Rüben, damit sie etwas zu essen hatten, fuhr mit ihrem Fahrrad in der Gegend herum und tauschte Bernstein gegen Lebensmittel, Kleidung und Medikamente. So versorgte sie nicht nur ihre Mutter und sich selbst, sondern auch die kleine Henny Badonin von nebenan und deren nicht mehr sehr rüstige Großeltern. Myra brauchte das. Sich um andere zu kümmern gab ihr das Gefühl, dass dieses verrückte Leben noch einen Sinn hatte.

Es war großes Glück, dass sie ein solches Talent hatte, Bernstein zu finden. Manche behaupteten, sie müsse ihn riechen – ein Unsinn, den sie belächelte. Bernstein entfaltete seinen Duft nach uralten Wäldern nur, wenn man ihn schliff oder anderweitig erhitzte. Andere tuschelten sogar, es ginge bei Myra nicht mit rechten Dingen zu.

Der alte Oskar aus Prerow, der Bernsteinschmuck herstellte und verkaufte, war einer ihrer besten Kunden. Er schüttelte immer den Kopf, wenn Myra ihm ihre Funde anbot.

»Wie machst du das nur immer, Myra Webelhuth? Auch ich weiß, wann der Bernsteinwind weht und das Wasser die richtige Temperatur hat und an welchen Stellen man den meisten Bernstein findet. Aber egal, wie sorgfältig und wie oft ich suche, meine Ausbeute ist immer mager. Willst du mir nicht endlich dein Geheimnis verraten?«

»Ach, Oskar, du verdienst genug mit deinen Waren, auch wenn du mich für das Material bezahlen musst.«

»In Friedenszeiten vielleicht«, brummelte er. »Wollen wir hoffen, dass die irgendwann wiederkehren!«

Das hoffte Myra auch. Sie wollte nicht ewig ihre schönsten Funde gegen Fleisch und Mehl eintauschen müssen. Am liebsten wollte sie alle behalten und ein kleines Bernsteinmuseum einrichten, damit Feriengäste aus der ganzen Welt sehen konnten, was für zauberhafte und verwunschene Schätze die uralten Sommer von vor Jahrmillionen im Meer hinterlassen hatten. Die meisten Menschen ahnten nicht, wie viele verschiedene Farben Bernstein haben konnte: Weiß und fast Schwarz, mitunter Blau und Grün, und dann waren da noch die Geheimnisse in seinem Inneren. Spuren von Erde, ganze Ameisen, kleine Blüten, unversehrte Samen oder der fein gezeichnete Flügel einer Biene, die durch eine Welt geschwirrt war, in der von Menschen und von Krieg noch lange keine Rede gewesen war. Obwohl es auch damals sicherlich nicht nur friedlich zuging, denn irgendwie musste der Biene ja der Flügel abhandengekommen sein. Myra stellte sich einen jungen Flugsaurier vor, der seine erste Beute fing und dabei seine Krallen in die Rinde eines Nadelbaums schlug, so dass ein Tropfen Harz zu Boden fiel, gleichzeitig mit dem Flügel des Insekts, das er gerade verschlang.

Nachdem ihr Vater fort war und sie die ganze Last allein tragen musste, bedeutete ihr das Bernsteinfischen besonders viel. Nicht nur weil es ihr den Lebensunterhalt ermöglichte, sondern weil ihr diese Momente hier draußen allein am Flutsaum mit den Wellen, dem Wind und dem Sand Momente kostbarer Freiheit und Leichtigkeit gaben. Daraus zog sie ihre Kraft, darum war diese Kraft unerschöpflich und reichte auch für Henny und die Großeltern

Badonin und nun auch für Nicholas, diesen zarten, verschüchterten kleinen Bengel, den Henny kürzlich angeschleppt hatte. Er weckte sofort Myras Beschützerinstinkt. Zerbrechlich war er und liebebedürftig und gleichzeitig so talentiert. Seine Bilder beeindruckten durch fesselnde Lebendigkeit, und seine Augen waren Myra fast ein wenig unheimlich. Sie wirkten, als ob sie mehr sähen als andere – Dinge, die womöglich niemand sonst wahrnahm.

Als er zögernd von seinem brutalen Vater erzählte, weil Myra die blauen Flecken und roten Striemen entdeckt hatte, flog ihm ihr Herz zu. Sie konnte Ungerechtigkeiten nicht ertragen, und das Wissen über Nicholas' Vater trug dazu bei, dass sie Männer noch weniger mochte als ohnehin. Männer enttäuschten einfach zu oft. Da war Hennys Vater Hendrik Badonin, der nach dem Tod seiner Frau sein Baby im Stich gelassen hatte und verschwunden war. Da war ihr eigener Vater, der die erstbeste Gelegenheit ergriffen hatte, von seiner wehleidigen Frau und seiner Tochter fortzukommen, die nicht der ersehnte Sohn geworden war. Und nun Justus Ronning, der seinen kleinen Sohn auf die Dächer prügelte, damit er ihm beim Reparieren helfen sollte und auch ein »Mann« werden, der sich vor nichts fürchtete.

Aber sie, Myra, würde das Zarte, Ungewöhnliche in Nicholas nun beschützen. Sie würde Fleisch auf seine Knochen bringen und dafür sorgen, dass er nicht mehr ständig frieren musste. Und Henny konnte ihn das Lachen lehren. Myra hielt einen Bernstein, den sie gerade zu ihren Füßen ertastet hatte, gegen den heller werdenden Himmel und lächelte. Ein schönes Stück. Dafür würde sie Wolle eintauschen, für einen Pullover für Nicholas.

Eine Bewegung hinter ihr und ein kaum hörbares Plätschern rissen sie aus ihren Gedanken.

»Wenn Sie kein Wassergeist sind oder das Bild eines Traumes, dann würde ich diesen Schatz gerne erwerben!« Der Wind trieb die Stimme in ihre Ohren, bevor sie sich umdrehen konnte. Eine Männerstimme, die das Rauschen der Wellen mühelos übertönte, ohne laut zu werden.

Aus dem Nebel sah sie ein Boot auftauchen. Wasser vom letzten Schlag tropfte noch von den Ruderblättern, obwohl der Mann regungslos und aufrecht saß. Das Erste, was ihr an ihm auffiel, waren seine rauchgrauen Augen mit einem Leuchten darin wie der Morgen, dessen Licht sich jetzt ringsum diffus im herbstlichen Dunst über dem Meer brach und dem Tag ein weiches Schimmern verlieh wie der Perlmuttglanz im Inneren einer Muschel.

Myra ließ die Hand mit dem Bernstein sinken.

»Über einen guten Handel kann man immer sprechen«, sagte sie kühl. Sie ärgerte sich, dass sich jemand angeschlichen und sie in einem Moment überrascht hatte, in dem sie sich allein wähnte mit dem Meer und dem Himmel und sich ihnen hingegeben hatte. Sie fühlte sich verletzlich, da sie kaum Zeit hatte, ihre gewohnte Unnahbarkeit wieder wie einen schützenden Umhang anzulegen.

»Es tut mir leid, dass ich mich so angeschlichen habe«, sagte er, als hätte er ihre Gedanken gelesen. »Es war nicht meine Absicht. Der Nebel hat alle Geräusche verschluckt, bis er überraschend dieses wunderschöne Bild freigab.«

Diese Augen ließen sie nicht los. Bewunderung lag darin. Er machte einen einzigen weiteren Ruderschlag, der ihn näher zu ihr hintrieb.

»Ich hörte bereits, dass dieses Dorf ein Künstlerdorf ist. Nun verstehe ich, warum! Als ich Sie da im Morgennebel stehen sah, den Bernstein zum Himmel gereckt und Wind in den Haaren, hielt ich Sie fast für eine Tochter Neptuns. Mit blauen Augen, klar und tief wie das Meer, und mit Haaren, dunkelblond wie der Strandhafer. Leider kann ich Sie nicht malen, sondern Ihnen nur einen fairen Handel anbieten. Ein Tauschgeschäft. Sie haben nicht zufällig noch einen zweiten Bernstein?«

Myra starrte ihn an.

Du willst ein wenig angeben, Myra?, raunte da die Stimme in ihrem Kopf, die sie gelegentlich zu hören glaubte und die doch Einbildung sein musste. *Nur zu, warum nicht? Gehe drei Schritte auf die Buhne zu und sieben nach links ins tiefere Wasser.*

Wie oft hatte sie sich schon gefragt, ob es das Meer selbst war, das zu ihr sprach. Doch im Moment war wichtiger, dass die Stimme recht behielt, egal woher sie kam. Myra antwortete dem Fremden nicht, sondern konzentrierte sich auf ihre Schritte und dass die Wellen sie nicht aus dem Tritt brachten. Drei Schritte vor, sieben auf den Horizont zu. Das Wasser wurde tiefer hier, aber zu ihren Füßen im Strömungsschatten der Buhne fühlte sie ein Knäuel aus Tang und Treibholz. Sie bückte sich und tastete darin herum. Da! Sie spürte es am Gewicht und an der Oberfläche. Ein Bernstein, fast hühnereigroß. Sie befreite ihn aus dem Knäuel, schloss ihre Hand darum und watete zurück. Triumphierend hielt sie dem Ruderer ihren Fund entgegen. Er hatte sie nicht aus den Augen gelassen. Nun nahm er das Stück skeptisch entgegen, wog es in der Hand, hielt es gegen das Licht.

»Donnerwetter. Das gibt es doch nicht. Woher wussten Sie das? Die genaue Stelle? Es sah aus, als würden Sie den Bernstein rufen und der käme zu Ihnen. Was sind Sie, eine Bernsteinbeschwörerin?«

Das Wort gefiel ihr so gut, dass sie ihm ihr bestes Lächeln schenkte. Seine Augen weiteten sich, dann kniff er sie zusammen und betrachtete Myra genauer. Er schwang die Beine über den

Bootsrand, sprang ins Wasser und kam auf sie zu. Das Ruderboot zog er am Tau hinter sich her.

Er kam ihr nahe, so nahe, dass sie in dem Nebelgrau seiner Augen eine heitere Wärme entdeckte.

»Bist du überhaupt schon geschäftstüchtig? Ich glaube, wir können Du sagen. Ich bin neunzehn, und du?«

Myra hatte ihn für älter gehalten, wahrscheinlich weil er einen ganzen Kopf größer war als sie, was sie nicht gewohnt war, und weil Seewind und Sonne bereits Spuren auf seiner Haut hinterlassen und Fältchen in seine Augenwinkel gezeichnet hatten. Sie musste über seinen Akzent lächeln.

»Du bist also aus Dänemark. Ich bin siebzehn. Und ich vermute, du meinst geschäfts*fähig*. Geschäfts*tüchtig* bin ich auf jeden Fall. Und nach der Geschäfts*fähig*keit fragt schon lange niemand mehr. Es ist Krieg.«

»O ja. Das weiß ich wohl. Gestatten, Frederic fünf, Kapitän. Das da draußen ist mein Schiff.« Er wies in Richtung Fahrrinne. Der Nebel hatte begonnen, sich zu heben. Myra sah den Umriss eines breiten, eher zuverlässigen denn eleganten Rumpfes, nicht besonders groß.

»Ein alter Fischkutter. Von wegen Kapitän! Niemand ist mit neunzehn Kapitän. Und warum Frederic fünf? Ist das ein Deckname? Hast du etwas zu verbergen? Bist du Pirat? Oder Schmuggler?«

»Haben wir in diesen Zeiten nicht alle etwas zu verbergen? Meinen richtigen Namen verrate ich niemandem. Es ist sicherer so. Aber es ist mein Schiff, und ich entscheide, wohin es fährt. Also bin ich der Kapitän. Es mag ein Fischkutter sein, aber ein frisierter Fischkutter. Du würdest dich wundern, was der Motor leistet! Und die alte *Fremtid* segelt auch besser, als sie aussieht.«

»*Fremtid*? Was bedeutet das?«

»Zukunft. Ich fand, in diesen Zeiten ist das der beste Name für ein Schiff.«

Das gefiel Myra. Zukunft, das konnte man brauchen, auch in Form eines schwerfälligen Schiffes, das möglicherweise zu mehr fähig war, als man ihm ansah.

»Nun gut, Kapitän Frederic, was ist mit unserem Tauschhandel? Was hast du anzubieten gegen zwei wertvolle Bernsteine?«

»Außer dem Bernstein möchte ich noch deinen Namen. Wie heißt du, wunderschöne Neptunstochter und geheimnisvolle Bernsteinbeschwörerin? Und was hättest du gerne im Tausch gegen deine Schätze?«

Sie war Schmeicheleien nicht gewohnt und rettete sich in die Rolle der Geschäftsfrau. »Myra Webelhuth aus Ahrenshoop. Hast du zufällig Wolle an Bord? Dicke, stabile Wolle, aus der man warme Pullover stricken kann?«

Er schüttelte bedauernd den Kopf. »Damit kann ich leider nicht dienen. Aber wie wäre es mit ein paar Metern warmes Tuch, aus dem man eine Winterjacke schneidern kann?«

Myra wurde hellhörig. Genau was sie brauchte, um nicht nur für Nicholas, sondern auch für Henny etwas Warmes zu nähen.

»Nicht nur ein paar Meter. Für zwei so große Steine möchte ich den ganzen Ballen. Ich poliere sie dafür auch noch vor.«

Sie waren inzwischen zum Strand gewatet, und Frederic hatte das Boot an Land gezogen. Myra ging zu ihrer Tasche, zog ein Stück Sandpapier, ein grobes und ein weiches Tuch heraus und machte sich daran, ihre beiden Funde zu säubern und zu polieren, bis die Oberfläche zu glänzen begann. Ein würziger Geruch nach Harz mischte sich in den Herbstwind. Frederic sah ihr zu und schüttelte den Kopf.

»Für den ganzen Ballen braucht es noch eine weitere Dreingabe.«

Sie reichte ihm den ersten, fertigen Bernstein, und er fuhr mit dem Finger andächtig über das glatte Schimmern. Myra fragte sich, ob er die Steine bei nächster Gelegenheit gegen etwas anderes eintauschen würde oder ob er sie für eine bestimmte Frau wollte. Doch um keinen Preis würde sie ihn das fragen. Was war bloß los mit ihr, sie war doch sonst nicht so neugierig? Leben und leben lassen war ihr Motto. Die Dinge waren wesentlich einfacher, wenn sich jeder um seinen eigenen Kram kümmerte. Außer wenn jemand Hilfe brauchte natürlich.

»Was für eine Dreingabe hast du im Sinn?«, fragte sie.

»Sag du es mir. Lass dir was einfallen. Ich kann nichts wissen über deine Geheimnisse.«

»Und woher soll *ich* wissen, ob der Stoff etwas taugt?«

Er breitete die Arme aus. »Würde ich es wagen, eine Frau zu betrügen, die Bernstein aus dem Meer heraufbeschwören kann?«

Verflixt, sie mochte dieses verschmitzte Funkeln in seinen Augen! Für einen Schmuggler wirkte er ehrlich. Myra überlegte und wühlte in ihrem Beutel herum. Aus einer Seitentasche zog sie zögernd ein Blatt dickes Zeichenpapier und hielt es ihm vor die Nase.

»Wie wäre es damit? Ein Stück Sommer, vielleicht für deine Mutter?«

Er nahm das Blatt behutsam in die Hand und sah lange darauf. Es war die Zeichnung einer Mohnblume, groß und stolz in kräftigen Farben, die fiedrigen grünen Blätter wie Hände zum Himmel gestreckt, die Blüte weit offen, um nichts vom Sonnenlicht zu verpassen. Myra hatte die Zeichnung am Vortag gemacht, in einem Anfall von Sehnsucht nach Farbe und Leben, nachdem sie eine Stunde bei ihrer Mutter gesessen hatte. Frederic rollte das Papier sorgsam zusammen und steckte es in seine Brusttasche.

»Für meine Mutter und meine Tante sind bereits die beiden Bernsteine gedacht«, sagte er. »Doch meine Großmutter wird sich sehr über ein solch lebendiges und kräftiges Stück Sommer freuen.«

Der Bernstein war also nicht für seine Freundin. Hatte er schon wieder ihre Gedanken gelesen, dass er sie dies wissen ließ?

»Du sorgst wohl gut für deine Familie? Sie scheint groß zu sein.« Myra biss sich auf die Lippen. Hatte sie neidisch geklungen? Eine große Familie, das wünschte sie sich manchmal auch. Dabei hatte sie doch Henny und deren Großeltern und nun auch noch Nicholas.

Frederic stand auf. »Ich versuche es. Man darf nicht nur für Nahrung sorgen. Man muss auch an ihre Seelen denken, jetzt, da alles so schwer ist. Darum danke ich dir, Bernsteinbeschwörerin, für die lebendige Schönheit in den Dingen, die ich von dir erwerben darf. Ich werde rasch zur *Fremtid* hinausrudern und dir das Tuch holen. Wartest du hier auf mich oder soll ich es dir irgendwo hinbringen? Ist dir kalt?«

»Nein, alles in Ordnung. Ich wollte ohnehin Zeit am Strand verbringen, darum bin ich ja hier. Ich warte.«

Sie sah ihm nach, wie er mit kräftigen Schlägen zu dem alten Kutter hinausfuhr. Er sorgte also wie sie gern für seine Familie. Myra fühlte, wie ihre letzte Abwehr bröckelte. Sie konnte nicht anders. Er war ein Mann – und trotzdem fand sie ihn sympathisch.

Der Oktoberwind hatte zwar aufgefrischt und jagte Silberpappelblätter vom Deich herunter über den Sand, aber dafür löste die Sonne den Nebel auf und legte letzte Wärme auf den Strand.

Myra ließ sich rücklings in eine schützende Kuhle am Fuß der Dünen fallen und sah den kleinen Wolken zu, die weit oben in den Westen reisten. Ein dunkler Pfeil Kraniche war dagegen Richtung Süden unterwegs. Ihre glockenähnlichen Rufe waren gerade noch zu hören neben dem Wellenrauschen. Was sie sich wohl zu sagen hatten? Myra blickte ihnen versonnen nach und fragte sich, warum sie sich so ungewöhnlich leicht fühlte, als ob sie auch fliegen könnte mit den großen Vögeln, auf Schwingen, die sie hintrugen, wo sie wollte.

»Das muss ein schöner Traum gewesen sein«, sagte Frederic.

Myra blinzelte an ihm hinauf.

»Wie lange stehst du schon da?«

»Ich wollte mir das Bild einprägen, für traurige Zeiten. Dieses Lächeln und deine Haare im Sand wie Seetang, gekrönt von silbernen Blättern. Könnte ich malen wie du, ich hätte es getan.«

Myra setzte sich hastig auf. »Du solltest die Bilder meiner Nachbarin Henny sehen. Sie ist zehn und schon eine Künstlerin. Meine Zeichnungen sind nichts dagegen.«

Frederic blickte amüsiert. »Bescheidenheit passt nicht zu dir. Hier, wie gefällt dir der Stoff?« Er kniete sich neben sie und reichte ihr eine dicke Rolle. Eifrig befühlte sie das dicke Tuch. Weich schmiegte es sich in ihre Hand, und seine Farbe war die des Meeres am Abend.

»Oh, Frederic! Der ist wundervoll. Mit einer solchen Qualität hatte ich nicht gerechnet. Das ist mehr wert als zwei Bernsteine und eine schlechte Zeichnung.« Erschrocken sah sie ihn an. In ihrer Begeisterung vergaß sie ganz, Geschäftsfrau zu sein. Sie sah bereits Henny und Nicholas vor sich, von dem warmen Stoff geschützt gegen Wind und Frost, vielleicht auch irgendwie gegen Traurigkeit und Krieg.

»Das geht schon in Ordnung. Wenn du wirklich Gewissensbisse deswegen hast, dann kannst du mir möglicherweise noch mit einer Information weiterhelfen. Weißt du, wo eine gewisse Kaja Benjes wohnt?«

Myra runzelte die Stirn. »Kaja Benjes? Ja, sie lebt mit ihrem kranken Vater in der alten Krähenkate. Ich kenne die Benjes kaum. Sie bleiben gern für sich und haben wenig Kontakt. Es ist unwahrscheinlich, dass sie Besuch möchten. Worum geht es?«

»Ich habe eine Lieferung für sie. Das Herzmedikament für ihren Vater ist momentan nur noch in Dänemark zu bekommen. Mein Vater hat dort eine Apotheke.«

»Ach so. Wenn das so ist, komm mit. Ich zeige dir den Weg.«

»Dieses Angebot nehme ich sehr gerne an. Und danach trage ich dir den Stoff nach Hause.«

Das war keine Frage, und Myra widersprach nicht.

Sie stapften am Flutsaum entlang, gegen den Wind gestemmt, Frederic mit dem Stoffballen auf der Schulter. Über Himmel und Erde redeten sie und über die Merkwürdigkeiten der Menschen, die sich nicht in Frieden lassen konnten, obwohl es doch so viel Staunenswertes gab, mit dem man sich besser beschäftigen könnte als mit Kämpfen. Noch nie war Myra der Weg zum Anfang der Steilküste so kurz vorgekommen.

Kaja Benjes war erleichtert, Frederic mit der Medikamententüte in der Hand zu sehen. Zum Dank bat sie beide herein und servierte ihnen frisches Kräuterbrot mit Marmelade, die nach besseren Zeiten schmeckte.

»Selbstgebacken im Steinofen und selbstgemacht aus dem Obst unserer alten Bäume«, sagte sie stolz. Im Tausch gegen die Medikamente bekam Frederic drei Gläser Marmelade und eine Schachtel Birnenkonfekt.

»Ein guter Handelstag«, sagte er zufrieden, als sie wieder draußen standen. »Und auch sonst ein sehr guter Tag.«

Myra wagte nicht zu fragen, was genau er meinte.

Er begleitete sie wie versprochen nach Hause. Sie befürchtete, er würde erwarten, dass auch sie ihn hereinbat, und dann würde sie ihrer Mutter die fremde Stimme im Flur erklären müssen.

Doch wieder schien er zu spüren, was in ihr vorging, reichte ihr nur mit einer galanten Verbeugung den Stoffballen und lupfte seine Mütze.

»Ich muss los, bevor es dunkel wird. Ich bedanke mich für ein gutes Geschäft und angenehme Stunden. Vielleicht kreuzen sich unsere Wege wieder einmal.« Er beugte sich vor und zog sanft an einer ihrer langen windzerzausten Haarsträhnen. »Wenn du mir einen Gefallen tun möchtest, Bernsteinbeschwörerin, erzähle bitte niemandem, dass du die *Fremtid* und ihren Kapitän jemals gesehen hast. Dir, Bernsteinbeschwörerin, vertraue ich.« Er beugte sich vor und flüsterte in ihr Ohr: »Mein wirklicher Name ist Kjell.«

Abends stöberte sie auf dem Dachboden ein altes Deutsch-Dänisches Wörterbuch auf. Kjell bedeutete im Altdänischen »Quelle«.

Und wenn sie sich weit aus dem Dachfenster lehnte, konnte sie die Lichter in der Fahrrinne sehen. Eines davon gehörte der *Fremtid*. Der Zukunft.

Ylvi

1990

4

Die Stimme im Gewitter

Ende Juni lag ungewöhnliche Hitze auf der Stadt. Ylvi, rund und schwerfällig geworden, hatte das Gefühl, kaum noch Luft zu bekommen. Ricky war sehr fürsorglich – wenn er zu Hause war, was immer seltener wurde. Herr Nilsson machte gute Fortschritte, und Rickys Arbeitsgruppe hatte die beantragten Gelder erhalten.

»Ich muss zwei Tage nach Warnemünde, einen Kollegen treffen«, sagte er beim Abendbrot. Ylvi schob lustlos ihr Käsebrötchen auf dem Teller hin und her. »Möchtest du nicht mitkommen?«

»Nach Warnemünde?« Ylvi konnte sich noch immer nicht ganz daran gewöhnen, dass man einfach so in die DDR reisen konnte.

»Na klar. Warum nicht? Der Kollege hat mir sowieso ein Doppelzimmer gebucht, weil es kein anderes gab. Du kannst ein wenig am Strand spazieren gehen und frische Meeresluft atmen. Es wird dir guttun.«

Die DDR. Das »Geheime Land«. Nun war es nicht mehr geheim. Aber für Ylvi blieb es dennoch geheimnisvoll, so fremd und so neu. Immer dachte sie dabei auch an Theo. Mit ihm hatte sie es in der Mauerfallnacht erobert, und mit ihm würde es für sie untrennbar verbunden sein. Besser gar nicht daran denken, schon gar nicht gerade jetzt, da Ricky so lieb zu ihr war! Aber die Aussicht auf Meeresluft schien verlockend.

»Klar, das ist eine schöne Idee. Das machen wir«, sagte sie kurz entschlossen.

Unglaublich, wie schnell sie dort waren. Kein Stau mehr an der Grenze, und man brauchte sich nicht an die alte Transitstrecke halten.

Die kleine Pension mit dem Doppelzimmer war weit weg vom Meer und ziemlich heruntergekommen, aber sie ließen nur die Koffer dort und fuhren gleich an den Strand. Dort trafen sie auf den Kollegen, der sie in ein Restaurant einlud. Ylvi lauschte dem Gespräch der beiden Männer nur halb und widmete sich mit Genuss ihrem Essen. Der Störtebeker-Salat, den ihr der Kellner empfohlen hatte, war köstlich. Wo kam nur dieser Heißhunger her? Eigentlich hatte sie in letzter Zeit wenig Appetit gehabt.

Später wanderten die beiden Männer noch immer fachsimpelnd am Flutsaum entlang und verschwanden aus Ylvis Sichtweite. Dankbar streckte sie sich auf ihrem Handtuch aus. Die Autofahrt hatte ihr Rückenschmerzen gemacht, und sie hatte eindeutig zu viel Salat gegessen. Doch der Geschmack lag immer noch wunderbar frisch auf ihrer Zunge. Sie schloss die Augen und atmete die klare Luft tief ein, horchte auf das Rauschen der kleinen Wellen und das Geschrei spielender Kinder in der Ferne. Das Baby in ihr bewegte sich energisch. »Hat dir der Salat auch geschmeckt? Bald werde ich deine Stimme hören, kleines Mädchen«, flüsterte Ylvi, bevor sie eindöste.

Als sie wieder aufwachte, blickte sie direkt in ein strenges, gelbes Auge.

Erschrocken fuhr sie hoch. Direkt neben ihr saß eine große Silbermöwe und sah sie unverwandt an. War das nicht der Vogel aus ihrem Traum an jenem Morgen, als ihr ihre Schwangerschaft bewusstgeworden war? Oder träumte sie nun wieder?

Nein, sie träumte nicht. Die Möwe stieß einen Ruf aus, der zu durchdringend war, um nicht wirklich zu sein.

»Ich habe kein Futter für dich«, sagte Ylvi entschuldigend und rückte ein Stückchen ab. Die Möwe legte den Kopf schief und breitete die Flügel aus, ohne aufzufliegen. Donnerwetter! Die hatte bestimmt eine Spannweite von anderthalb Metern. Ylvi fröstelte. Noch nie war ihr ein Vogel so unheimlich erschienen. Mit langsamen Bewegungen, um ihn nicht zu reizen, zog sie ihren Pullover an, klaubte ihre Sachen zusammen und stand mühsam auf. Gelassen faltete die Möwe ihre Schwingen und stolzierte davon. Am Flutsaum spaltete sie mit einem gewaltigen Hieb ihres Schnabels eine Muschel, pickte den Inhalt heraus und flog über die Dünen fort.

Ylvi watete vorsichtig ins Wasser. Es kam ihr sehr kalt vor, und das im Hochsommer. Sie sah sich um. Der alte Leuchtturm gefiel ihr, aber der riesige Betonklotz von Hotel in unmittelbarer Nähe war abscheulich. Überhaupt, die Farben von Sand und Meer kamen ihr blass vor, nichtssagend. Und nirgends sah sie Blumen, außer in einem Kübel auf der Terrasse eines Cafés.

Wie anders war es auf Teneriffa gewesen, in den Sommerferien ihrer Kindheit! Hibiskus und Oleander leuchteten überall, das satte Grün der Palmwipfel schwang im sanften Passatwind, und das Wasser leuchtete in Türkis- und Smaragdtönen und fühlte sich immer warm an. Sie konnte sich an heißen, fast schwarzen Sand erinnern, mit silbernen Pünktchen drin. Wie ein Weltall mit Sternen, nur greifbar. Wie gern wäre sie wieder einmal dort, auch wenn ihre damaligen Spielgefährten Maria und Yeray nun ebenso erwachsen waren wie sie selbst. Ob sie schon Kinder hatten? Vielleicht konnte sie mit Ricky einmal dort Urlaub machen, und sie würden sich treffen und über ihre Kinder reden.

Dann würde sie auch die Eltern von Maria und Yeray wiedersehen, Donna Aitana und den Fischer Salva, mit dem sie manchmal aufs Meer hinausfahren durften. Am liebsten hatte Ylvi ihm geholfen, am Strand seine Netze zu flicken, und dabei seinen abenteuerlichen Geschichten gelauscht. Er stammte direkt von den Ureinwohnern, den Guanchen, ab, und er erzählte von den Dämonen, die angeblich im Meer lauerten. Einige hatten auch ihren Sitz im Vulkan El Teide, der so kolossal über ihnen thronte. Ylvi empfand ihn eher als einen gutmütigen Wächter. Ausgebrochen war er seit über hundert Jahren nicht mehr. Wie gern hätte sie ihn wiedergesehen und von seinen Hängen auf den silbrigen Wolkenteppich herabgeblickt.

Der strenge Blick der Möwe aber erinnerte sie aus irgendeinem Grund an Salvas Dämonen im Meer.

An Teneriffa war jedoch vorerst nicht zu denken. Ylvi sah sich bedauernd um und fühlte, wie der alte Ärger auf die Mauer und die DDR wieder in ihr hochstieg. Hätte es die Grenze nicht gegeben, wäre ihr diese nahe Küste von klein auf vertraut gewesen und käme ihr jetzt nicht kalt und fremd vor. Ganz sicher wären sie an den Sommerwochenenden oft hierhergefahren. Doch ihre Eltern hatten das Anstehen an der Grenze und die Schikanen der Soldaten immer abgelehnt.

»Und wenn wir sowieso fliegen müssen, dann können wir auch ins Warme reisen«, hatte ihre Mutter gesagt. Da Donna Aitana eine alte Schulfreundin von ihr war – sie hatte eine deutsche Mutter und einen Vater, der aus Teneriffa stammte, und war nach dem Abitur in die Heimat ihres Vaters gezogen –, bot sich Teneriffa an und wurde bald zur lieben Gewohnheit.

»Sicher wird es für dich anders«, sagte Ylvi und strich sich über den Bauch. Dieses Kind würde kein getrenntes Deutschland erleben. Und möglicherweise konnte Ylvi sich mit diesem kalten

Meer im ›Geheimen Land‹ ja doch noch anfreunden. Sie wusste nur nicht recht, wo sie anfangen sollte. So sehr sie auch in sich hineinhorchte, sie konnte die stumme Melodie dieser Landschaft nicht vernehmen. Das geschah ihr selten. Nur ein paar blecherne, dissonante Töne trieben durch ihren Sinn. Und über dem Horizont lagen dicke graue Wolken, die ein bedrohliches Grummeln über das Meer schickten. Erleichtert sah sie Ricky auf sich zukommen.

»Hier, für dich. Sanddorneis. Ich habe es gekauft, weil es eine so schöne Farbe hat, aber es schmeckt auch überraschend gut.« Er reichte ihr eine Waffel und leckte genüsslich an seinem eigenen Eis.

»Bist du fertig mit der Besprechung?« Das Eis schmeckte tatsächlich. Die Farbe war von so einem warmen Orangegelb, dass sie fast überrascht war von der Kälte an ihrer Zunge.

»Ja, alles geklärt. Er hatte einige interessante Anregungen. Hör mal, wie findest du den Namen Remona?« Sie hatten schon lange hin und her überlegt, aber sich noch nicht entscheiden können, wie das Kind heißen sollte.

»Remona.« Sie sagte es probehalber vor sich hin. »Gefällt mir. Wie kommst du darauf?«

»Ach, ich habe ein Buch des Kollegen durchgeblättert, und da war eine Widmung drin. *Für Remona.* Ich fand, das klang schön.«

Ja, es klang wirklich schön. Und wenn Ricky den Namen aussuchen durfte, vielleicht würde das Kind dadurch noch ein bisschen mehr seines.

Remona!

Überrascht drehte Ylvi sich um. Ihr war, als hätte hinter ihr vom Meer aus jemand diesen Namen gerufen. Doch es war niemand mehr im Wasser. Angesichts des drohenden Gewitters waren alle dabei, ihre Sachen zusammenzuraffen und sich anzuziehen.

Remona … Diesmal war es ein Flüstern im Wind oder vielleicht auch nur in ihrer Einbildung. Das Wellenrauschen hatte sich mit den aufkommenden Böen verändert, wahrscheinlich war es das Wasser gewesen, das so geklungen hatte.

»Remona. Das ist es! So soll unser kleines Mädchen heißen.« Mit dem Rest ihrer Eiswaffeln stießen sie darauf an.

Ein Blitz zuckte über das Meer, so dass es für den Bruchteil eines Augenblicks zu einem gleißenden Spiegel unter dem dunklen Himmel wurde. Die Wolken hatten auf einmal einen seltsam gelben Rand. Schwefelgeruch mischte sich in das Aroma von Sanddorn und den Duft nach Sonnencreme und Seetang. Dann krachte der Donnerschlag, und gleichzeitig brach ein heftiger Platzregen los.

Ricky warf ihr seine Jacke um. »Komm, schnell! Da oben können wir uns unterstellen. Gib mir deine Tasche.«

Sie rannten los, doch schon nach drei Schritten schoss ein solcher Schmerz in Ylvis Rücken, dass ihre Beine einknickten. Sie fiel auf die Knie und wusste sofort, dass sie keinen Schritt weitergehen konnte. Wie dumm sie gewesen war! Das waren keine Rückenschmerzen. Das waren Wehen. Wahrscheinlich schon von Beginn der Autofahrt an.

»Ylvi! Was ist?« Ricky kniete besorgt neben ihr.

»Remona! Wir hätten sie nicht bei ihrem Namen rufen sollen. Nun kommt sie.« Ylvi kicherte hysterisch, dann überrollte sie die nächste Schmerzwelle und riss sie mit sich in dunkle Tiefen.

Danach konnte sie sich kaum an etwas erinnern. Aufgeregte Stimmen, jemand hob sie auf. Irgendwann hörte sie die Sirene eines Krankenwagens, während der Schmerz noch schneidender und schneller wurde. Dann war da das verschwommene Gesicht eines Arztes im Kittel über ihr. »Gut so, Sie machen das gut. Ich kann schon das Köpfchen sehen. Die Kleine hat es mächtig eilig!«

Vor dem Fenster zuckte ein Blitz. Fenster? Dann hatten sie es wohl doch in die Klinik geschafft.

So kam es, dass Remona Matthis zwei Wochen früher als erwartet, aber kerngesund, mitten in einem Gewittersturm an der Ostsee geboren wurde. Im nicht mehr so geheimen Land, das sie in jener folgenreichen Nacht mit Theo zum ersten Mal betreten hatte.

Fast hätte Ylvi im Donnerschlag den ersten Schrei ihrer Tochter überhört. Aber sie sah deutlich, dass auf dem Fensterbrett eine große Silbermöwe mit stechend gelben Augen saß und ins Zimmer spähte.

Die Augen aber, aus denen ihre winzige Tochter sie ansah, waren babyblau. Genau wie Rickys.

Ob sie so bleiben würden? Auf diese Antwort würde sie warten müssen. Doch war das wichtig? Im Moment ganz sicher nicht. Sie hatte eine Tochter! Eine wunderschöne Tochter, und Ricky lächelte wie ein stolzer Vater auf sie hinunter.

Ylvi lehnte sich erschöpft zurück und prägte sich dieses Bild genau ein. Jetzt, in diesem Moment, war es die Wahrheit. Und sie war glücklich.

Den Geschmack und Geruch von Sanddorn würde sie für immer mit Remonas Geburt verbinden, mit der Erinnerung an unerträglichen Schmerz und unfassbares Glück. Und sie würde Gewitter lieben.

»Das schönste kleine Mädchen der Welt«, sagte Ylvis Mutter zwei Wochen später zärtlich. Auch ihr Vater hing verliebt über dem Kinderwagen. »Sie ist hinreißend«, sagte er.

»Findet ihr, dass sie Ricky ähnlich sieht? Er ist überzeugt davon.« Ylvi hatte den Verdacht, Ricky hätte diese Überzeugung bei jedem Kind gehabt, egal wie es aussah. Aber sie war sehr froh darüber.

Ihr Vater warf ihr einen scharfen Blick zu.

»Das Thema bringst du jetzt zum dritten Mal zur Sprache. Gibt es einen Grund, warum du diese Frage stellst?«

Sie hätte es wissen müssen. Er war Arzt. Er besaß eine überragende Menschenkenntnis. Und seine Tochter kannte er am allerbesten.

»Ich finde, sie hat deine Nase«, sagte Regina Matthis. »Und die Augen, naja, ob sie deine dunkelblauen oder Rickys babyblauen bekommt, kann man ja noch lange nicht sagen.«

»Ist es denn wichtig, ob sie Ricky ähnlich sieht?« Ylvis Vater ließ nicht locker. Aber hatte Ylvi es nicht eigentlich darauf angelegt? Sie wusste nicht wohin mit ihrer Ungewissheit. Sie hatte sich das einfacher vorgestellt. Doch jedes Mal, wenn sie Ricky mit dem Baby sah, plagte sie das schlechte Gewissen. Außerdem war da die Sehnsucht nach Theo, die seit Remonas Geburt immer stärker wurde.

Wenn ihr jemand mit seinem Rat helfen konnte, dann war es ihr Vater. Rainer Fellner entging nichts um sich herum. Noch nie hatte sie ihn ein abfälliges Wort über seine Mitmenschen sprechen hören. Nie verurteilte er irgendjemanden wegen irgendeiner Handlung. Das Gleiche galt für ihre Mutter.

»Deine Eltern sind den Sünden anderer gegenüber dermaßen tolerant, dass man meinen könnte, sie hätten selbst etwas zu verbergen«, hatte einmal eine Studienfreundin zu Ylvi gesagt.

Das war natürlich Unsinn, aber es stimmte, sie hatte sich niemals davor gefürchtet, ihren Eltern irgendetwas zu beichten, was sie angestellt hatte. Niemals zogen sie über ihre Nachbarn her, wie man das bei anderen oft erlebte.

Jetzt tigerte ihr Vater mit seinen langen Beinen im Zimmer herum, ohne sie dabei aus den Augen zu lassen. Er konnte nie stillsitzen. Man sah ihm sein fortgeschrittenes Alter nicht an.

»Ylvi, gibt es einen Grund, warum Remona Ricky nicht ähnlich sehen sollte?«, hakte er schließlich noch einmal nach.

»Aber Rainer«, sagte seine Frau vorwurfsvoll.

»Warum? So was passiert.«

Ylvi holte entschlossen Luft.

»So was könnte tatsächlich passiert sein.«

Die Kleine krähte fröhlich in die plötzliche Stille.

»Es war nur einmal«, schob Ylvi hastig nach.

Ihre Mutter stand wortlos auf und nahm sie in den Arm.

Ihr Vater blieb stehen und sah sie an. Keine Kritik lag in seinen Augen. Womit hatte sie nur diese wunderbaren Eltern verdient? »Darum geht es nicht«, sagte er ruhig. »Die Frage ist nur, ob du die Wahrheit wissen möchtest. Ob dir das guttun würde. Meistens ist es besser, die Wahrheit zu kennen.«

»Du meinst, wenn Ricky nicht der Vater ist, sollte ich es ihm sagen?« Ylvi hob das Kind aus dem Wagen und drückte sie an sich. Wie tröstlich der Babygeruch in ihre Nase stieg!

»Das habe ich nicht gesagt. Die Wahrheit zu kennen ist eine Sache. Wem man sie wann mitteilt und ob das besser für denjenigen ist oder nicht, ist eine völlig andere Geschichte«, sagte er mit Entschiedenheit.

Ylvis Mutter verließ den Raum so hastig, dass sie über die Türschwelle stolperte. Wahrscheinlich wieder ihre unberechenbare Verdauung.

Rainer sah ihr nach. Täuschte sich Ylvi, oder flog eine kurze Traurigkeit über sein Gesicht? Dann wandte er sich wieder ihr zu.

»Wenn du möchtest, kann ich dir helfen. Ich bin zwar Arzt im Ruhestand, aber ich habe natürlich noch Kontakte. Wenn du einen Vaterschaftstest möchtest, brauchst du es nur zu sagen. Es ist deine Entscheidung.«

»Ist das nicht illegal? Ich meine, wenn der Vater nichts davon weiß? Also, der angebliche Vater. Der, der auf der Geburtsurkunde steht.«

»Ich sagte ja, ich habe meine Kontakte. Mehr braucht dich nicht zu kümmern. Sag mir einfach Bescheid.«

Remona war eingeschlafen. Vertrauensvoll lag ihr Köpfchen an Ylvis Schulter.

»Danke, Papa. Ich werde darüber nachdenken. Ich bin so froh, dass ich euch habe!« Vorsichtig, um das Baby nicht zu wecken, umarmte sie ihren Vater.

»Egal, wer sie gezeugt hat, sie ist dir jedenfalls wunderbar gelungen. Ein ganz besonderes kleines Geschöpf«, sagte er und strich seiner Enkelin über das Köpfchen. Über ihre Haarfarbe konnte man noch nichts sagen, es war nur ein Hauch von Flaum vorhanden.

Auch nach einigen Wochen konnte Ylvi nicht feststellen, wem Remy – wie ihre Tochter mittlerweile von allen genannt wurde – ähnlich sah oder sehen würde. Ihre Augen schienen nicht dunkelbraun zu werden wie Theos, aber sie ähnelten auch in keiner Weise mehr denen von Ricky. Nicht mal ihren eigenen. Das Blau wurde immer heller. Außerdem war Remy sehr zierlich gebaut, und selbst jetzt schon wirkten ihre Bewegungen seltsam anmutig, um nicht zu sagen elegant. Das aber hatte sie weder von Ricky noch von Theo, und ganz bestimmt nicht von Ylvi.

Remy schien ganz sie selbst zu sein und lieferte Ylvi keine Antwort auf die Frage, die in ihr brannte.

Sie besuchte ihre Eltern oft, besonders da Ricky so selten zu Hause war. Die Vaterschaftsfrage wurde nicht mehr erwähnt. Es war, wie ihr Vater gesagt hatte, ihre Sache, und darauf nahmen sie Rücksicht. Doch es kam der Tag, da Ylvi diese Ungewissheit nicht mehr ertragen konnte.

Sie saßen im schon leicht herbstlich gefärbten Garten. Ylvi half ihrer Mutter Bohnen putzen, Remy strampelte auf einer Decke im Gras, und ihr Vater gönnte sich eine Zigarre und sah ihnen zu.

»Erzählt mir doch noch einmal, wie das war, als ihr mich adoptiert habt«, sagte Ylvi, um noch ein wenig Zeit zu gewinnen. Ihre Eltern hatten nie einen Hehl daraus gemacht, dass Ylvi nicht ihr leibliches Kind war. Sie konnte sich nicht erinnern, es jemals nicht gewusst zu haben. Die Tatsache hatte sie nie belastet.

»Aber die Geschichte kennst du doch«, sagte ihre Mutter.

»Schon, aber es ist so lange her, seit ich sie gehört habe. Ich muss sie doch genau kennen, damit ich sie Remy eines Tages erzählen kann.«

»Stimmt«, sagte ihr Vater und blies einen Rauchring. Der Wind trieb ihn zwischen die reifen Trauben, die über ihnen an der Pergola hingen wie dicke Ausrufezeichen des fast vergangenen, ereignisreichen Sommers. Alle hatten schon probiert, noch schmeckten die Früchte bittersüß. Es fehlten noch ein paar warme Tage und die erste Frostnacht. Ylvi lauschte der beruhigenden Melodie ihres Kindheitsgartens nach. Sie war so vertraut und hüllte sie schützend ein wie ein weicher Kokon. Harfenmusik war darin und runde, weiche Altflötentöne. Ein bisschen heitere Geige und wehmütige Gitarre. Warm und hell.

»Wenn du das einmal der kleinen Remy erzählst, wird es für sie wahrscheinlich wie ein Märchen klingen, das vor langer Zeit oder womöglich sogar niemals geschehen ist«, begann Rainer. »Es war einmal eine blonde junge Frau namens Elena, Mitte dreißig und alleinstehend. Sie war Russin, sprach nicht allzu gut Deutsch, aber sie war sehr freundlich und arbeitete bei unseren Nachbarn, dem alten Ehepaar Weiss. Sie hatte keine Familie mehr, und sie war schwanger von einem Mann, der weder an ihr noch an dem Kind irgendein Interesse hatte und ins Ausland verschwunden war. Eines Tages wurde sie bei der Arbeit ohnmächtig, und weil die Familie Weiss wusste, dass ich Arzt bin, riefen sie mich. Als Elena wieder zu sich kam, erzählte sie mir mit Hilfe eines russischen Krankenpflegers, dass sie schon öfter umgefallen war und dass sie ein inoperables Aneurysma im Gehirn hatte, also ein fehlerhaftes Blutgefäß, das jederzeit platzen und sie umbringen konnte. Das hatte sie von ihrer Mutter geerbt, die daran früh gestorben war. Elena wusste, dass ihr früher oder später wahrscheinlich das Gleiche passieren würde, und hatte mit ihrem Leben eigentlich schon abgeschlossen. Die Schwangerschaft stellte ein erhebliches Zusatzrisiko für sie dar. Sie wollte das Kind auf jeden Fall zur Adoption freigeben, damit es sich gar nicht erst an sie gewöhnte – falls sie die Geburt überhaupt überlebte.«

»Eine schreckliche Situation«, sagte Ylvi, die jetzt, da sie selbst Mutter war, die Geschichte völlig anders empfand als früher. Was für eine Vorstellung, nicht für Remy da sein zu können!

»Ja, aber Elena sah das seltsam gelassen. Ich glaube, auch wenn sie gesund gewesen wäre, hätte sie sich nicht um das Kind kümmern können oder wollen. Jedenfalls fasste sie Vertrauen zu uns und fragte uns, ob nicht *wir* das Baby adoptieren könnten. Und da wir ohnehin schon mit dem Gedanken gespielt hatten, ein Kind anzunehmen, da deine Mutter keines bekommen konnte, obwohl wir es uns sehnlichst wünschten, haben wir nicht lange überlegt. Du warst ein Geschenk für uns. Es war, als sollte es so sein.« Ihr Vater drückte sorgfältig seinen Zigarrenstummel aus. Der letzte Rauch hing noch einen Moment in der Luft, schimmernd und flüchtig, wie die heraufbeschworene Gegenwart von Elena. »Ich habe mich von da an um Elena gekümmert, und sie war dankbar dafür. Wir konnten den Papierkram schon vor der Geburt vorbereiten, und sie hat alles unterschrieben, so dass es keinerlei Probleme gab. Leider kam es wie erwartet, sie hat die Geburt nicht überlebt. Aber du warst kerngesund. Das war es, was sie sich vor allem gewünscht hatte.«

Eine Sorge beschlich Ylvi, an die sie noch nie gedacht hatte. »Glaubst du, wir sollten Remy durchchecken lassen, ob sie auch dieses erbliche Aneurysma hat?«

Ihr Vater machte eine heftig abwehrende Handbewegung.

»Das ist auf keinen Fall nötig. Du hast es nicht, also kann sie es auch nicht haben.«

Ylvi runzelte die Stirn. Wenn sie sich richtig an die Mendel'schen Gesetze erinnerte, war das unlogisch. Aber er musste es wissen, er war Arzt, und außerdem wollte sie es allzu gerne glauben. »Was für ein Glück, dass Elena euch gefunden hat. Wer weiß, wo ich sonst gelandet wäre. Ich bin so froh, dass ich euch habe.« Sie hob Remy auf, die sie glücklich anstrahlte.

»Papa, wenn ich dir ein Haar von Remy und Ricky gebe, würdest du dich dann um den Vaterschaftstest kümmern? Ich glaube doch, es ist wichtig, dass man zumindest weiß, welche Geschichte man später erzählen sollte, wenn man es für richtig hält.«

Störtebeker-Salat

8 Matjesfilets
Buttermilch
1 mittelgroße Zwiebel
2 Äpfel
2 große Salzgurken
2 hart gekochte Eier
200 g saure Sahne
2 EL Zitronensaft
Salz und Pfeffer
1–2 EL Kapern
Schnittlauchröllchen

Die Matjesfilets einige Zeit in Buttermilch einlegen, damit sie besonders zart werden, dann in mundgerechte Stücke schneiden. Zwiebel schälen und in Ringe schneiden. Äpfel waschen und schälen, vom Kerngehäuse befreien und stifteln. Salzgurken und Ei in Scheiben schneiden.
Für das Dressing die saure Sahne mit Zitronensaft verrühren, mit Salz und Pfeffer abschmecken. Das Dressing mit Matjesstückchen, Zwiebelringen, Kapern, Gurkenstücken gut vermengen. Mit dem Ei garnieren, mit Schnittlauch bestreut servieren.

Myra

1944

5

Ein Sommer für das Leben

Noch nie war Myra ein Winter so endlos lang erschienen. Es wurde immer schwieriger, ausreichend Lebensmittel zu beschaffen. Ihre Mutter war kaum noch dazu zu bewegen, aus dem Bett aufzustehen. Die Knochen von Hennys Oma Matilda schmerzten in der Kälte mehr denn je, so dass Henny und Myra die meisten Arbeiten im Haushalt übernehmen mussten. Auch der kleine Nicholas half mit. Zu Hause hielt er es nicht aus, denn bei dem Wetter war es fast unmöglich, auf den Reetdächern zu arbeiten. Daher saß sein Vater untätig zu Hause herum und tyrannisierte die Familie. Myra dagegen sorgte dafür, dass die Kinder nicht nur arbeiteten, sondern auch spielten und lachten, und wenn sie dafür neue Spiele erfinden musste. Auch Oma Matilda konnte auf diese Art abgelenkt werden.

Wann immer Myra sich trotz allem ein wenig Zeit stehlen konnte, ging sie Bernsteinfischen. Jeder wusste, dass man im Winter am meisten Bernstein findet, wenn das Wasser eine bestimmte Temperatur hat, die den Bernstein nach oben treibt. Doch nicht einmal sich selbst gegenüber gab sie zu, dass es in diesem Jahr nicht nur der Bernstein war, nach dem sie Ausschau hielt. Es waren die Schiffe in der Fahrrinne, die sie nicht aus den Augen ließ, und es war das Plätschern von Rudern, auf das sie lauschte. Anfangs war sie noch voller kribbelnder Vorfreude, wenn sie zum Strand lief. Irgendwo in ihr lag wie ein heimlicher Schatz die Gewissheit, dass sie Kjell wiedersehen würde. Und dass auch er sie treffen wollte.

Doch als am Ufer dünne Eisschollen zu klirren begannen und Schneestürme die Wellen gegen die Buhnen schleuderten, wurde ihr klar, dass in nächster Zeit keine *Fremtid* am Horizont auftauchen würde. Sie versuchte, die Enttäuschung, die sie empfand, zu ignorieren, und sagte sich, dass es gut war, wenn sich Kjell nicht in Gefahr brachte. Dann wieder machte sie sich Sorgen. War ihm womöglich etwas zugestoßen? Nein, er war viel zu vernünftig, um sein Schiff im Sturm zu riskieren! Im Frühling, wenn es wieder hell wurde über dem Meer und das Wasser friedlich und klar, dann konnte sie erneut hoffen. Bis dahin musste sie Geduld haben und sich um die wichtigen Dinge kümmern, davon gab es weiß Gott genug. Wahrscheinlich ging es Kjell genauso. Der hatte schließlich eine viel größere Familie zu versorgen.

Und außerdem, vielleicht hatte er ja an jeder Küste ein Mädchen, und Myra war nur eine kleine Romanze gewesen.

»Nein!«, sagte sie über den Wind hinweg laut zu der aufgeplusterten Silbermöwe auf der Buhne. »Das war keine Romanze. Auf so etwas würde ich mich nie einlassen. Ich mache keine halben Sachen!«

Aber versprochen hat er dir nichts, sagte ihre Vernunft. Myra seufzte, bückte sich und griff tief ins Wasser, wo sie einen großen Bernstein vermutete. Die schneidende Eiseskälte an ihren Armen und durch ihre Gummistiefel hindurch würde ihr die Flausen schon aus dem Kopf treiben.

Der Alltag war so schwierig geworden, dass die Festtage fast überraschend kamen. Eine der letzten Tannen mochte Myra nicht morden, um einen Weihnachtsbaum aufstellen zu können. Die Menschen hatten schon viel zu viele Bäume gerodet, nur um heizen zu können. Aber Myra hatte sich in den Kopf gesetzt, dass

Henny und Nicholas ein anständiges Weihnachten haben sollten. Im Morgengrauen zog sie mit dem Spaten los und hackte im Wald mit verbissener Anstrengung einen winzigen Baum, gerade so lang wie ihr Unterarm, mitsamt Wurzelballen aus der gefrorenen Erde. Sie hatten selbst nicht viel zum Heizen, so dass es in der Stube kühl genug war, dass das Bäumchen in einem Topf überleben und dann in den Garten oder zurück in den Wald gepflanzt werden konnte.

In Oma Matildas geräumiger Wohnküche stellte sie die junge Tanne auf eine Säule aus Kartons, festlich umhüllt von einem roten Tischtuch, damit sie nicht so klein wirkte. Aus Kerzenhaltern im Schrank kratzte Myra Wachsreste zusammen und knetete drei Kerzen daraus, richtige echte Kerzen für die Zweige. Einen glücklichen Nachmittag verbrachten sie alle zusammen damit, Strohsterne zu basteln.

Mit sehr viel Überredungskraft und der großmütterlichen Liebenswürdigkeit von Oma Matilda, der niemand jemals etwas abschlagen konnte, bekamen sie Myras Mutter an Heiligabend dazu, das Haus zu verlassen und mit ihnen um den tapferen kleinen Weihnachtsbaum zu sitzen.

Myra hatte das Wunder fertiggebracht, dass es für alle ein Geschenk gab. Vom alten Oskar hatte sie Schlittschuhe für Nicholas und Henny erfeilscht. Für ihre Mutter hatte sie in Rostock einen warmen Morgenmantel erhandelt, für Opa Winfried eine kleine Schachtel Zigarren und für Oma Matilda eine Portion Birnenkonfekt von Kaja Benjes.

»Das schmeckt wie der Frieden selbst«, sagte Oma Matilda und kaute genüsslich.

»Und die Kerzen brennen im Frieden auch nicht heller, im

Gegenteil«, stellte Opa Winfried fest und paffte genüsslich einen Rauchring. »Myra, du bist so ein Schatz.«

Henny fuhr andächtig mit einem Finger an den blanken Kufen entlang. »Die habe ich mir schon immer gewünscht! Ein Glück, dass der Bodden zugefroren ist. Ich würde es nicht aushalten, wenn ich jetzt noch wochenlang warten müsste. Wir probieren sie gleich morgen aus, Nicholas, ja?«

Nicholas fand gar keine Worte. Das Gefühl, dass er etwas geschenkt bekommen hatte, war so neu, dass er es erst einmal verdauen musste. Er saß regungslos und hielt seine Schlittschuhe fest, als fürchtete er, dass sie im nächsten Moment wieder verschwunden sein würden.

»Aber nur, wenn Kapitän Flömer euch bestätigt, dass das Eis fest genug ist!«, sagte Myra bestimmt.

Sie selbst war auch nicht leer ausgegangen. Die Kinder hatten ihr eine wunderschöne Collage gebastelt. Auf einem alten Brett, kunstvoll angemalt, entfaltete sich eine Landschaft aus festgeklebten Kiefernzapfen, Ästen, Rindenstückchen, getrockneten Blättern, Muscheln, kleinen Kieseln und Sand. »Das habt ihr toll gemacht! Ich danke euch!« Gerührt drückte sie die Kinder an sich. Oma Matilda hatte trotz der Schwierigkeiten mit ihren gichtgeplagten Händen ein warmes Schultertuch für Myra gefertigt, weiß der Himmel, wo sie die schöne weiche Wolle aufgetrieben hatte. Dankbar kuschelte sich Myra hinein, glücklich nicht nur über die Wärme, sondern über die Liebe, von der sie spürte, dass sie hineingestrickt worden war.

»Myra, ich habe auch etwas für dich«, kam die leise Stimme ihrer Mutter vom Sofa. »Komm her, bitte.«

Myra kniete sich neben sie. Ihre Mutter richtete sich auf und löste eine Goldkette von ihrem Hals, ohne die Myra sie nie gesehen hatte. Die Glieder waren ungewöhnlich gearbeitet, fein ziseliert und apart gebogen. »Das ist ein Erbstück von meiner Großmutter. Jetzt sollst du sie haben. Du kannst deine schönen Bernsteine daran hängen.«

»Aber Mutter, das musst du nicht. Diese Kette gehört doch zu dir!«

»Ich gehe ohnehin nicht mehr aus. Ich brauche so etwas nicht. Sie wird dir gut stehen.« Mit ungewohnter Bestimmtheit drückte sie Myra die Kette in die Hand. »Ich möchte wirklich, dass du sie nun trägst. Lass sehen, wie sie aussieht.«

»Wenn es dein Wunsch ist.« Myra legte sich die Kette um und spürte noch die Wärme ihrer Mutter auf dem edlen Metall.

»Schön! Du bist so schön geworden, und die Kette steht dir wunderbar. Sie soll dir Glück bringen.« Zufrieden lehnte sich ihre Mutter zurück, als hätte sie dieses Geschenk alle Kraft gekostet.

Myra war gerührt, und trotzdem ließ dieses Geschenk ein Gefühl des Unbehagens in ihr zurück. Irgendetwas stimmte nicht, aber sie konnte nicht sagen, was genau es war.

»Du hast recht, Lina«, sagte Oma Matilda. »Deine Tochter ist eine Schönheit geworden. Die Kette ist ein wunderbares Geschenk.«

Es war trotz der kargen Bedingungen ein leuchtendes Weihnachten. Die Kinder strahlten, und alle wurden satt, während die Kerzen mit ihrem tapferen Licht Schattenspiele in die Ecken warfen und der Winterwind im alten Reetdach Geschichten flüsterte.

Ihren größten Wunsch behielt Myra für sich. Erst im Frühling würde sie erfahren, ob er sich erfüllte.

Im Februar schien alles so dunkel, dass sie kaum noch an etwas glauben konnte. Die Menschen und die Nachrichten sprachen nur von Krieg und Tod und Untergang, und im Haus verschwand ihre Mutter immer mehr in ihr inneres Exil. Myra konnte sie nicht halten. Als Lina Sölm sich einst in Jonas Webelhuth verliebt hatte, hatte sie nicht geplant, jemals ohne ihn zurechtkommen zu müssen. Sie hätte froh sein müssen, gerade jetzt hier am Rande des Landes zu leben, auf einer schmalen Halbinsel, die niemanden interessierte, während Städte wie die, aus der sie stammte, in Trümmer fielen. Aber Lina war alles gleichgültig.

Das einzig Helle war das Lachen von Henny und Nicholas, doch auch das hatte einen ernsten Unterton bekommen. Sie wagten kaum noch zu lachen in dieser unverständlichen Welt der Erwachsenen.

Einmal fand Myra am einsamen winterlichen Strand einen Bernstein, der, von Wind und Wellen hingeworfen, auf einer zersprungenen Eispfütze lag, goldglänzend und gesäumt von frostigen Reifnadeln. Darin entdeckte Myra, als sie sich hinhockte und mit dem Handschuh darüberpolierte, eine Ameise, Millionen Jahre alt und doch unversehrt, zwei feine Fühler fragend erhoben.

»Wenn etwas so Zartes so lange überdauert, dann müssen wir das auch schaffen«, sagte Myra zu dem winzigen urzeitlichen Insekt. Sie stand auf, den Bernstein in der Faust, und schrie in den Wind über das Meer hinaus: »Wir gehen nicht kaputt! Wir nicht!«

Wie sehr sehnte sie sich nach dem hellgrünen Leuchten junger Blätter an alten Buchen und nach dem Gesang der Lerchen, der aus einem blauen Himmel in die Stille der Boddenwiesen fiel.

Ende März schließlich kam ein Sturm vom Meer her und drückte mit lautem Klirren die Eisschollen an Land, bis sie sich stapelten. Er brach krachend Äste von den Kiefern und riss an den Silberpappeln. Am Morgen danach war Myra unterwegs, schob die Eisschollen hin und her und untersuchte die Tangklumpen dazwischen. Die Bernsteinernte war gut an diesem Tag. Doch viel beglückender war für Myra, dass auf einmal Milde in der Luft lag. Die Sanddornbüsche wirkten, als stünden sie aufrechter als zuvor, und das Grün der Kiefern hatte sich verändert. Auch das Meer hatte die Farbe gewechselt.

Frühling! Wer hier nicht zu Hause war, hätte es noch lange nicht gespürt, aber Myra war sich sicher. Die Wolken lagen leichter auf dem Horizont, der Himmel wirkte nicht mehr so schwer, und die Kälte hatte ihren Biss verloren.

Als sie fragend den Kopf hob, fand sie die Bestätigung, die sie suchte. Über ihr flog ein Pfeil Wildgänse Richtung Norden.

Wenn die Gänse nach Norden reisten, dann war es möglich, dass auch bald Schiffe nach Süden segelten. Die Zeit der Hoffnung und der Rückkehr war angebrochen.

Irgendwann war es wie beim ersten Mal. Ein Sonnenaufgang, goldgelb und nebelweich. Doch bückte sich Myra diesmal nicht nach Bernstein, sondern stand nur da, lauschte auf die Stille, spürte dem Licht nach und wartete.

Und dann wusste sie, wo das Tauwetter herkam. Wahrscheinlich hatte Kjell es auf der *Fremtid* ins Land geschmuggelt! Sie schmunzelte unwillkürlich über diesen Gedanken, und so erblickte Kjell sie, als er wieder wie herbeigezaubert aus dem Dunst ruderte, nur diesmal eilig und zielstrebig.

Sein Lächeln war so voll von ungebrochener Lebendigkeit und Zuversicht wie der Frühling selbst. Er sprang aus dem Boot, zog es an Land und kam mit langen Schritten auf Myra zu. Sie rührte sich nicht. Um nichts auf der Welt wäre sie ihm entgegengelaufen. Er sollte nicht glauben, sie hätte auf ihn gewartet.

»Ich hatte es nicht zu hoffen gewagt und mir doch jeden Tag gewünscht«, rief er, kaum dass er in Hörweite war. »Und nun bist du wirklich hier! Ich hatte schon gefürchtet, du wärest damals nur ein Traum gewesen, ein Phantasiegebilde Neptuns oder eine verirrte Meerjungfrau, die hier nicht zu Hause ist.« Seine Stimme wurde leiser, nun da er vor ihr stand. »Es tut mir so leid, dass ich nicht vorher kommen konnte. Bist du mir böse?«

»Nein, warum sollte ich?« Hoffentlich klang sie gelassener, als sie war. In Wirklichkeit konnte sie kaum glauben, dass er nun endlich vor ihr stand. So dicht, dass sie seine Wärme spürte. Er roch nach Kernseife und nassem Tau und Segeltuch. Ein Dreitagebart malte Schatten in sein Gesicht, und seine grauen Augen waren dunkel vor Besorgnis. Er befürchtete wohl, dass sie ihm grollte, und eine warme Freude stieg in ihr auf und fegte den langen Winter beiseite. »Ich vermute, du hattest gute Gründe.«

Seine Augen wurden hell vor Erleichterung. Er sah sich um, nahm ihre Hand und zog sie die Düne hinauf in das Sanddorndickicht dahinter. »Ich musste mich eine Zeitlang verstecken. Auch jetzt darf man mich möglichst nicht sehen.«

»Es ist niemand hier. Es ist zu früh und zu kalt.«

»Man kann nie vorsichtig genug sein.« Er sprach leise und beugte sich zu ihrem Ohr. »Du hast vielleicht von der Aktion im Oktober gehört, als eine Menge dänischer Juden gerade noch vor der Deportation gerettet werden konnten, indem sie auf Booten nach Schweden geschmuggelt wurden. Ich war mit der *Fremtid* dabei. Manche wurden geschnappt. Auch mich haben sie fast erwischt, aber nur fast. Ich musste eine Weile ganz untertauchen und sollte auch jetzt noch sehr vorsichtig sein, zumal …« Er brach ab.

»Zumal du auch noch andere Dinge zu verbergen hast. Ich habe von der Aktion gehört. Das war großartig.« Myra glaubte nicht an Helden, und doch imponierte ihr, was Kjell da riskiert und vollbracht hatte.

»Nun ja. Manche haben sich das auch teuer bezahlen lassen.« In Kjells Stimme lag Wut auf diese ›manche‹ seiner Landsleute.

»Hauptsache, viele Menschen wurden gerettet.« Aus einem Impuls heraus legte sie seine Hand auf seine. Er blickte darauf und legte seine andere auf ihre. Es fühlte sich gut und richtig an. Eine Weile blieben sie so sitzen, in der zugewucherten Senke zwischen Dünen und Deich, geschützt vor Wind und Blicken, und schlossen schweigend ein Bündnis gegen Krieg und Verrat und Hoffnungslosigkeit, ein Bündnis für Liebe und Leben und Zukunft. Myra war, als ob die jungen grünen Blätter in diesen wenigen Momenten begannen, sich aus ihren Knospen zu schieben und zum Frühlingshimmel hin zu öffnen.

»Hast du nicht Angst, dass die *Fremtid* zu auffällig ist?« Sie machte sich Sorgen um ihn. Gleichzeitig ärgerte sie sich darüber. Das Letzte, was sie brauchen könnte, war noch jemand, um den sie sich Sorgen machen musste.

»Ein Freund von mir hat sie sich ausgeliehen und ist damit unterwegs. Er hat mich hier nur abgesetzt. Ich bleibe ein paar Wochen und gehe meinen Geschäften nach. Dann holt er mich wieder ab.«

Er blieb hier? Myras Herz machte einen Sprung. Es war Frühling, und sie würde wenigstens eine kleine Weile nicht so allein sein, wie sie sich in den letzten Wochen gefühlt hatte. Das war die erste gute Nachricht seit langem.

»Hast du denn eine Unterkunft?«

Er lächelte sie an. »Ja, hier und dort, aber je weniger du weißt, desto besser ist es. Ich werde viel unterwegs sein, aber ich würde mich freuen, wenn wir uns so oft wie möglich hier treffen könnten.

Wenn du möchtest! Ich habe von dir geträumt, Bernsteinbeschwörerin. In den dunkelsten Momenten warst du mein Licht, so dass ich nicht untergehen konnte.« Er strich ihr eine Locke aus der Stirn.

»Ich musste auch viel an dich denken«, gab sie zu.

»Wirklich?« Seine Augen leuchteten. Doch dann wurde er ernst. Er nahm ihre Hände. »Myra Webelhuth, Neptunstochter, eines musst du aber wissen. Ich kann dir nichts versprechen! Die Zukunft ist ungewiss, und die Vergangenheit bringt Verpflichtungen mit sich.«

Es fühlte sich gut an, wie er sie hielt, fest, aber nicht besitzergreifend.

»Gibt es aus dieser Vergangenheit eine, die du liebst?«

»Nein«, war seine Antwort. »Aber eine alte Freundschaft, ein Nachbarsmädchen. Sie ist Jüdin. Sie war unter denen, die wir nach Schweden gebracht haben. Doch ihre Familie war auf einem anderen Boot, und es ging etwas schief. Ich habe ihrem Vater einst versprochen, mich um sie zu kümmern, falls etwas geschieht. Wenn ich in dieser Sache oder von meiner eigenen Familie gebraucht werde, möchte ich bei ihnen sein.«

»Das ist gut und richtig so«, sagte Myra. »Ich würde es genauso halten, du pflichtbewusster Kapitän. Lass uns die Tage, die wir haben, als Geschenk nehmen und nicht nach morgen fragen. Unsere Zeit ist eine, in der man nicht leben kann, wenn man nachdenkt.«

Und so fing er an, Myras verrückter Sommer. Während um sie herum die Welt in Schutt und Asche fiel, während um Tote und Vermisste geweint wurde, trotzten sie in den Momenten, die sie hatten, dem Leben alles ab. Sie hielten sich an das Meer, das ewige Meer, das kein Krieg zerstören konnte und das in uraltem Rhythmus gegen die Küste rollte, ganz egal was die Menschen anstellten. In Kjells Armen spürte Myra all die Schichten des Bodens unter sich, die Zeuge waren, bis zu dem glühenden Kern tief im Inneren des Planeten. Was hatte es schon für eine Bedeutung, dass die Menschen auf der dünnen Haut der Erde verrückt geworden waren? Eines Tages würden sie entweder verschwinden oder zur Vernunft kommen. Inzwischen lebten Kjell und Myra ihre eigenen Stunden auf dieser Erde, unter dem schweigenden Himmel und bei den zeitlosen Wellen. Sie wanderten stundenlang am Strand entlang, am liebsten im weichen Frühlingsregen, wenn nicht viele Leute unterwegs waren. Kjell konnte sich dann in unförmigem Ölzeug verkleiden, und oft nahm er einen Stock und tat so, als ob er hinkte, so dass niemand sich fragte, warum er nicht an der Front war.

Die jungen hellgrünen Blätter wurden groß und dunkel, die Sonne stieg höher und war so warm wie in Friedenszeiten, das Meer verlor die Kälte, so dass sie schwimmen gingen, und die Nächte wurden sanft.

Manchmal sahen sie sich jeden Tag, dann wieder war Kjell für ein oder zwei Wochen verschwunden, doch kehrte er stets zu ihr zurück. Noch. Myra hatte alle Bedenken über Bord geworfen. Es zählte nur das Hier und Jetzt, denn ob es überhaupt eine Zukunft gab – wer wusste das schon? Sicherheit gab es auf jeden Fall nicht. Aber wenn die Sonne hinter den Dünen aufstieg und Licht über das Meer breitete, schenkte sie einen neuen Tag, und wenn in diesem Tag Zeit mit Kjell und auch mit Henny und Nicholas enthalten war, dann war er nicht vergebens.

Kjell wusste inzwischen, wie gern Myra große bunte kräftige Blumen mochte, Dahlien und Sonnenblumen, Rittersporn und Pfingstrosen: alles, was nach Fröhlichkeit und Optimismus und

Kraft aussah, alles, was ein Gegengewicht gegen die Depression ihrer Mutter und das Entsetzen des Kriegs war. Er überreichte ihr absurd große Sträuße, die er weiß Gott wo in vergessenen Gärten gestohlen hatte, und brachte Myra damit zum Lachen und zum Weinen. Einmal nahm sie Nicholas und Henny mit an den Strand und stellte Kjell vage als einen Freund namens Frederic vor. Er war wunderbar mit den Kindern, baute einen Drachen aus einem Stück Segeltuch, Angelschnur und Ästen von den Silberpappeln, und sie tobten mit dem Sommerwind am Strand entlang und vergaßen für einen Moment, dass Krieg war.

Bis der Fliegeralarm kam und sie in dem Bunker an der Steilküste auf halbem Weg nach Wustrow unterkriechen mussten. Nicholas rollte sich so klein wie möglich zusammen, hielt sich die Ohren und die Augen zu und versuchte, gar nicht da zu sein. Myra wusste, er hatte weniger Angst vor Bomben als vor dem Bunker, der ihn an den Keller seines Elternhauses erinnerte, in den sein Vater ihn zu sperren pflegte. Sie legte einen Arm um seine schmalen Schultern und den anderen um Henny, und Kjell erzählte ihnen eine Piratengeschichte und brachte sie mit seinem dänischen Akzent sogar zum Lächeln.

Kjell war schon heiser, als es schließlich Entwarnung gab. Draußen warteten der Himmel und das Meer, als wäre nichts gewesen, und der Abend vergoldete den Horizont wie ein trotziges Versprechen.

Manchmal war Myra so glücklich darüber, dass Kjell in ihrem Leben war, dass sie alles andere völlig vergaß. So sorglos spazierte sie einmal zwischen Dünen und Deich entlang, dass sie verblüfft zusammenfuhr, als eine Gestalt aus dem Gestrüpp trat und ihr den Weg versperrte.

»He, Mädchen, wohin so eilig? Hast keine Zeit für ’nen müden Soldaten?« Seine Stiefel hatten wohl einmal zu einer Uniform gehört, ansonsten trug er verdreckte und zerlumpte Kleidung, die ihm nicht passte. Sein Blick wanderte Myras lange, braungebrannte Beine entlang. Sie trug wie so oft ihre kurz abgeschnittenen Hosen, damit sie ins Wasser waten konnte, wann immer sie einen Bernstein dort vermutete. Ihre Mutter hielt diese Angewohnheit für unanständig, und selbst Oma Matilda hatte schwachen Protest geäußert. Aber dieses Stück Freiheit wollte Myra weder dem Krieg noch den Konventionen opfern. Außerdem gefiel es Kjell.

Leider gefiel es auch diesem Wegelagerer.

»Nein, ich habe *keine* Zeit!«, sagte sie laut und wich auf die Düne aus. Doch seine Hand schoss vor und griff sie unsanft am Oberarm. »Na, na! Ich bin desertiert, weißte. Hab nix mehr zu verlieren, nachdem ich meine Knochen für die hingehalten hab, die bequem zu Hause geblieben sind, so wie du. Dreck und Schmerzen und Hunger, nix sonst, monatelang. Ihr seid mir was schuldig, ihr alle!«, zischte er. Sein irrer Blick bohrte sich hasserfüllt in ihren, und seine andere Hand griff nach ihrer Bluse.

Myra war sich selbst nicht sicher, ob ihr Herz vor Angst oder vor Wut so laut klopfte. Sie überlegte, wo sie am besten zuschlagen sollte. Um Hilfe rufen würde wahrscheinlich entweder nichts nützen, weil niemand sie hörte, oder am Ende Kjell anlocken, mit dem sie ein Stück weiter oben verabredet war. Wenn er ihr unvorsichtig zu Hilfe stürmte, konnte es passieren, dass jemand ihn sah, der ihn besser nicht bemerken sollte. Doch als sie gerade die Faust ballte und zum Schlag ansetzen wollte, lockerte sich der Griff des Wegelagerers an ihrem Arm, und sie sah erstaunt, wie sich seine Augen vor Entsetzen weiteten. Sein Blick war auf etwas hinter ihr gerichtet.

Er ließ Myra los, trat einen Schritt zurück, drehte sich um und verschwand im Laufschritt. Myra sah ihm vorsichtshalber nach, bis das Dickicht ihn verschluckt hatte, doch aus dem Augenwinkel glaubte sie, eine große Gestalt hinter sich wahrzunehmen. Kjell musste doch aufgetaucht sein! Aber als sie sich schließlich umwandte, war da niemand. Nur eine große Silbermöwe spazierte oben auf der Düne entlang und warf aus gelben Augen einen stechenden Blick in ihre Richtung.

Fast hatte sie Mitleid mit dem zerlumpten Kerl. Der musste wirklich von seinen Kriegserlebnissen verrückt geworden sein, wenn er sich vor einer Möwe fürchtete.

Im Mai und Juni waren die Tage so lang, dass es Myra schien, als wären ihnen mehr Stunden geschenkt und als würde es vielleicht immer so weitergehen.

Im August aber stieg der Grillenchor wehmütig aus den Boddenwiesen, und die warmen Abende kamen auf einmal zu früh. Kjell und Myra zählten die Sterne und erfanden Geschichten dazu, während sie im taufeuchten hohen Gras lagen, wo sie niemand sehen konnte. Dabei aßen sie Oma Matildas Kriegsplätzchen, die fast nur aus Mehl und Wasser bestanden und doch süß schmeckten, weil sie sie teilen konnten.

»Was würdest du für uns heraufbeschwören, meine zauberhafte Bernsteinbeschwörerin, wenn du es könntest?«, fragte Kjell. Myra lag mit dem Kopf auf seiner Brust und hörte sein Herz schlagen. Rund um sie beide herum funkelten silberne Spinnweben, in denen so viele Tropfen hängen geblieben waren, dass die Netze wie kleine Spiegel wirkten. Myra dachte nach.

»Frieden natürlich und dass es unseren Lieben gutgeht. Dass du dich nicht verstecken musst! Ansonsten reichen mir unsere

Schätze. Du und ich, der Himmel, der Wind und das Meer. So könnte es bleiben. Mehr brauche ich nicht. Und du?«

Er hielt sie fest. »Genau dasselbe! Was sich wahrscheinlich alle Liebespaare vor uns gewünscht haben. Dass die Zeit stillsteht, die Zeit mit dir, Rav, und nie aufhört.«

»*Rav*? Was heißt das?«

»Bernstein. Das ist das dänische Wort für Bernstein.«

»Ja, das wäre wundervoll, wenn man die kostbarsten Momente in Bernstein bewahren könnte für alle Zeit«, sagte sie. »Wie die zarten Blätter und Mücken, die ich manchmal darin finde. Wenn das doch ginge!«

Dann fuhr sie zusammen. War da eine Bewegung gewesen? Stand da nicht jemand hinter Kjell, eine große Gestalt in einem Umhang?

6

Abschiede

Myra stand auf und sah sich um. Angst ballte sich in ihrem Magen. Für einen Moment war sie sich sicher gewesen, dass da noch jemand war. Sie hatte ihn gesehen, eine Anwesenheit gespürt. Was, wenn jemand Kjell auf der Spur war?

Nein, es musste wohl ein Schatten gewesen sein. Der Schatten einer Wolke oder der großen Silbermöwe, die herangestrichen war und neben ihnen landete. Kjell warf ihr Kekskrümel zu.

Aber war da nicht eine Vertiefung im hohen Gras hinter Kjell, als hätte dort jemand gestanden?

Sicher war es nur der Wind gewesen, der die Halme heruntergedrückt hatte. Doch woher kam dann der Duft nach Sandelholz, Zimt und Zitrone, der in der Luft lag?

»Hast du ein neues Rasierwasser?«, fragte sie

»Nein. Findest du, ich brauche eines? Kannst du mich etwa schon nicht mehr riechen?«

»O doch. Und wie!« Sie zog ihn zu sich herunter und schnupperte an ihm, hungrig nach seinem Geruch nach Segeltuch und Salzwind und – Kjell.

Dann musste er nach Bremen, wo er Dinge zu tun hatte, über die er nicht sprechen durfte, und war zwei Wochen fort. Myra nutzte die Zeit, um Liegengebliebenes zu erledigen. Sie musste sich um Nachschub kümmern: um Vorräte für den Herbst und den langen harten Winter, an den sie gar nicht denken mochte. Das Wetter schlug um. Wärmegewitter zogen mit Blitzen und Donnergrollen über die Halbinsel, danach wurde es kühl und grau.

An einem Morgen steckte Myra einige ihrer besten Bernsteinfunde ein. Sie war mit einem Fischer verabredet, der sie auf seinem Karren mit nach Rostock nehmen würde, wo sie beide ihrem jeweiligen Tauschhandel nachgehen konnten. Sie war froh über die Ablenkung. Es machte ihr Angst, wie sehr sie Kjell vermisste – so sehr, dass es wie ein Schmerz in ihren Knochen saß. Das durfte nicht sein. Nie, niemals wollte sie so abhängig von jemandem werden! Schon gar nicht von einem Mann, der jederzeit verschwinden konnte, wie es Männer so oft taten. Und dieser hier hatte auch noch Grund dazu, schließlich wurde er gesucht.

Ehe sie das Haus verließ, klopfte sie leise an die Zimmertür ihrer Mutter. Auf eine Antwort brauchte sie nicht warten, die kam nie. Sie ging hinein und stellte das Frühstückstablett auf dem Nachttisch ab, Kräutertee und eine Scheibe Brot mit Marmelade. Es war Kaja Benjes' beste Marmelade, in der Hoffnung, dass der Geschmack ein wenig Sommer in die Stimmung ihrer Mutter bringen würde. Aufstehen würde diese wie immer erst am späten Vormittag.

»Danke«, murmelte es aus den Kissen. Myra küsste ihre Mutter auf die Stirn. »Guten Appetit. Ich bin heute Abend zurück. Mittagessen steht in der Küche.«

Draußen lag der Herbst schon in der Luft, und die Sonne ging über den Boddenwiesen in einem dramatischen goldroten Farbrausch auf, wie sie es nur um diese Jahreszeit tat.

Genauso grandios zog viel später der Sonnenuntergang flammende Vorhänge über das Meer, als Myra nach dem langen Tag vom Karren stieg, ihre müde Rückseite rieb und ihren vollgepackten Rucksack schulterte. Der Weg war lang gewesen, und sie spürte immer noch jedes Schlagloch, über das der Karren gerumpelt war. Zäh und geduldig hatte sie verhandeln müssen. Nun war sie mit ihren Tauschgeschäften einigermaßen zufrieden. Jetzt nur noch einen heißen Tee und die Füße hochlegen! Vielleicht war ihre Mutter noch auf, und sie konnten über Myras Erlebnisse in der Stadt reden. Stadt war immer noch ein Thema, das Lina gelegentlich interessierte.

Doch im Haus war alles dunkel. Myra schaltete das Licht ein. Das Frühstückstablett stand neben der Spüle, das Geschirr war ordentlich abgewaschen. Myra sah sich um. Überhaupt war es hier ungewöhnlich aufgeräumt. Dann sah sie den Brief auf dem Küchentisch. Daneben lag der Schlüsselbund ihrer Mutter. Myra wurde eiskalt. Sie stand da und spürte, wie sich die Kälte aus ihrem Inneren ausbreitete bis in ihre Hände und Füße. Für einen Moment wünschte sie, sie würde einfach erstarren, so dass sie nicht diesen einen Schritt zum Küchentisch hin machen musste, um den Brief anzusehen.

Die Zeit dehnte sich aus, drückte Myra gegen den Spültisch, bis sie keine Luft mehr bekam. Mit aller Kraft machte sie den Schritt endlich doch und sah auf das Papier herab. Die schwarzen Buchstaben schienen herumzukrabbeln wie Ameisen. Myra musste mehrfach die Augen zusammenkneifen, bis sie endlich stillhielten.

Der Brief war nicht von ihrer Mutter. Es waren Druckbuchstaben.

»… müssen wir Ihnen mitteilen, dass Ihr Mann Jonas Webelhuth am 29. August gefallen ist …«

Dass ihre Mutter nicht im Bett sein würde, wusste Myra schon, bevor sie die Treppe hinaufgehastet war. Der Schlüsselbund war deutlich genug. Ohne ihren Jonas würde Lina in diesem Leben keinerlei Sinn mehr sehen.

Und die Kette! Die Sache mit der Kette an Weihnachten. Das war der Beginn von Linas Abschied gewesen. Jetzt, viel zu spät, wurde Myra klar, warum sie damals dieses Gefühl des Unbehagens hatte.

Myra stürmte die Treppe wieder hinunter und dachte fieberhaft nach. Die Nachricht war sicher schon am Vormittag gekommen. Sie musste sich beeilen! Warum nur war sie ausgerechnet heute nicht zu Hause gewesen? Ohne an ihre Jacke zu denken, riss sie die Haustür auf, dann blieb sie stehen. Wo um Himmels willen sollte sie zuerst suchen? Sie hatte die Gedankengänge ihrer Mutter nie verstanden. Es war ihr unmöglich, sich in Lina hineinzuversetzen.

Aber sie hatte keine Zeit zu verlieren! Der Friedhof. Der Friedhof konnte ein Ort sein, der Lina Webelhuth gefiel. Dort würde sie zuerst hingehen.

»Myra! Myrakind! Komm her, bitte!«

Oma Matilda? Oma Matilda wagte sich doch kaum noch aus dem Haus, weil ihr das Gehen so schwerfiel. Aber es war wirklich Oma Matilda, die, schwer auf ihren Stock gestützt, Myra am Gartentor durch die dichter werdende Dunkelheit entgegenhumpelte.

Da wusste Myra, dass es nichts mehr nützen würde, ihre Mutter zu suchen. Etwas war geschehen.

Oma Matilda, die, gebeugt wie sie war, Myra nicht einmal bis zur Brust reichte, versuchte Myra einen Arm um die Schultern zu legen und dabei nicht ihren Stock zu verlieren.

»Bitte komm mit ins Haus, Myrakind. Bitte! Du hast ja nicht einmal eine Jacke an. Henny hat deinen Lieblingstee gemacht.«

Aber in der gastfreundlichen Küche von nebenan würde es hell sein. Im Moment war Myra der Dunkelheit dankbar. Sie blieb stehen. Die Kälte spürte sie nicht mehr, jedenfalls nicht die von außen.

»Oma Matilda. Sag es mir! Man – man hat sie gefunden, oder?« Myra hörte, wie Oma Matilda tief und entschlossen einatmete. Das war nicht die erste schlechte Nachricht, die sie in ihrem langen Leben jemandem überbringen musste. Matilda hatte sich noch nie vor der Wahrheit gedrückt.

»Ja, Kind. Man hat sie in Wustrow gefunden. Sie wurde gleich zu Mats Harms gebracht. Du kannst sie morgen sehen und dich verabschieden. Nun lass uns hineingehen.«

Mats Harms war der einzige Bestatter in der Gegend, den es noch gab. Er war so alt, dass er für eine Einberufung nie in Frage gekommen war. Man sagte, er wäre so beschäftigt, die Toten zu beerdigen, dass er selbst keine Zeit zum Sterben hatte.

Bestatter. Er war Bestatter. Myra versuchte, dieses Wort mit ihrer Mutter in Verbindung zu bringen.

»Wustrow? Warum war sie in Wustrow?« Ihre eigene Stimme fühlte sich so fremd an wie diese Gedanken.

Oma Matilda zog ihren Mantel enger um sich.

»Die Seebrücke. Sie hat sich von der alten Seebrücke gestürzt.«

»Die Seebrücke? Das ist doch nur noch eine Ruine. Da kommt man gar nicht mehr bis zum Ende.« Das Bild der teilweise eingestürzten Seebrücke, das in ihrer Erinnerung auftauchte, sah aus wie eine lückenhafte Reihe alter, faulender Zähne. Und doch konnte sie in diesem Moment ihre Mutter verstehen. Wenn sie selbst vorgehabt hätte, was Lina plante, so hätte auch sie diesen Ort gewählt. Wild und brüchig und einsam, nah am Horizont und mitten im Wind und den Wellen, mit ein paar Möwen als Gesellschaft und vielleicht dem Kormoran.

»Aber sie hat es geschafft. Du hast deinen Dickkopf von ihr geerbt, auch wenn man es nicht glauben mag. Sie hat sich entlanggehangelt, und sie meinte es ernst, denn sie trug Stiefel und eine dicke Jacke mit Steinen in der Tasche, und sie zögerte keinen Augenblick, als sie ins Wasser sprang. Jemand hat sie aus der Ferne beobachtet und die Rettung gerufen. Aber es war zu spät, als sie sie schließlich fanden.«

Irgendwo im Wald rief ein Hirsch nach einer Gefährtin. Das vertraute Geräusch erschien Myra auf einmal so einsam und unheimlich, dass es ihr nun doch die Tränen in die Augen trieb, die sie mit aller Macht hatte hinunterschlucken wollen. Im nebelnassen Gras zu ihren Füßen zirpte eine späte Grille, und hinter dem Deich tobte das Meer unruhig gegen das herbstliche Land.

»Myrakind«, sagte Oma Matilda leise, »ohne Jonas wäre sie nie wieder glücklich geworden. Niemand hätte sie davor bewahren können, auch du nicht. Wenn du heute hier gewesen wärst, hätte sie es morgen getan. Sie hat eine Entscheidung getroffen, die ihr richtig schien.«

»Ich weiß.« Und mich hat sie nicht gefragt, fügte Myra in Gedanken hinzu. Sie hat mich nie etwas gefragt.

»Sie war so stolz auf dich. Du bist stark, hat sie immer gesagt. Und Myrakind, du bist nicht allein. Du gehörst zu uns. Und nun lass uns bitte ins Warme gehen.« Oma Matilda packte sie mit ungewöhnlicher Kraft am Arm und zog sie Richtung Haus. Dabei wäre Myra gern für immer stehen geblieben, hätte der Grille und dem Hirsch und dem Meer gelauscht und einfach an gar nichts gedacht.

In der Küche war Henny. Ihr Gesicht war verweint, aber sie sagte nichts und drückte Myra fest mit ihren dünnen braunen Armen.

Etwas in ihrer kindlichen Wärme löste die Erstarrung in Myra ein wenig. Dankbar trank sie den heißen Tee.

Lange saßen sie zusammen, weinten miteinander und erzählten sich Erinnerungen an Lina.

Erinnerungen, dachte Myra. Jetzt schon sind es nur noch Erinnerungen, obwohl ich ihr heute noch das Frühstück gebracht habe.

»Schlaf doch bei uns«, sagte Oma Matilda. »Du solltest heute Nacht nicht alleine sein!«

»Danke. Das ist lieb von dir. Aber ich brauche jetzt Zeit für mich. Außerdem kann ich mich ebenso gut gleich daran gewöhnen.«

»Wirst du dich nicht fürchten?«, fragte Henny mit großen Augen.

»Wenn, dann komme ich sofort zu euch«, versprach Myra. Sie hatte sich hier unter diesem alten Reetdach immer schon mehr zu Hause und geborgen gefühlt als in ihrem Elternhaus. Doch nun war sie unendlich müde und sehnte sich nur noch nach Stille.

Still war es im Haus wirklich. Dick wie schlammiges Wasser war die Stille und schwappte Myra schon an der Tür entgegen. Sie füllte jeden Winkel aus. Lina hatte kaum je ein Geräusch gemacht, und doch war diese Stille eine andere. Es war eine Stille wie eine Flut, in der man ertrinken konnte.

Myra biss auf die Zähne und watete hindurch. Jeder Schritt war mühsam. Sie zog nur die Schuhe aus und warf sich auf ihr Bett.

Trotz allem musste sie irgendwann eingeschlafen sein. Als sie aufwachte, dachte sie erst, der silberne Finger Mondlicht hätte sie geweckt, der durch das Fenster fiel und über ihre Bettdecke wanderte. Doch dann hörte sie das Klicken an der Scheibe, und ihr Herz machte einen Sprung. Hastig lief sie ans Fenster.

»Kjell!«

Ein warmer Funken Lebendigkeit fiel in die Leere, die in ihr gewesen war, seit sie den Brief und den Schlüssel auf dem Küchentisch gefunden hatte. Tief in ihrem Inneren flammte er auf, wurde größer und breitete sich aus mit jeder Stufe der Treppe, die sie hinunter- und Kjell entgegenlief.

Sie warf sich rückhaltlos in seine Arme, wie sie es noch nie getan hatte, und atmete tief seinen vertrauten Geruch nach nassem Segeltau und anderen geheimnisvollen Dingen ein. Überrascht und erfreut hielt er sie fest.

»Das ist ja ein wunderbares Willkommen. Ich glaube fast, du hast mich ebenso vermisst wie ich dich, Rav! Jeden Tag habe ich mir gewünscht, ich könnte dich heraufbeschwören, doch diese Gabe hast ja nur du. Schau, ich habe dir etwas mitgebracht.« Er schob sie ein wenig von sich, suchte in seiner Tasche und hielt triumphierend etwas hoch, das im Mondlicht golden glänzte. »Das ist ein Wikingeranhänger, den man in einem Schiffswrack gefunden hat. Er stellt den Hammer des Donnergottes Thor dar und die Blitze, die er damit schleudert. Ich musste sofort an dich denken, als ich ihn bei einem Händler entdeckte. Er soll dir Glück bringen und Kraft geben, wenn ich nicht bei dir sein kann.« Er nahm ihre Hand, legte den Anhänger hinein und schloss ihre Finger darum. »Und natürlich soll er dich immer an mich erinnern. Ich habe auch Kaffee und einen Sack Kartoffeln an das Küchenfenster gestellt.«

»Danke. Oh, danke!« Er hatte an sie gedacht. Er hatte sie auch vermisst, und er hatte an sie gedacht! Diese einfache Tatsache schien ihr heute wie ein unfassbares Wunder. Sie küsste ihn, lange und verzweifelt, dann hielt sie den Anhänger selbst in das Mondlicht und wendete ihn hin und her, um das Schimmern zu sehen. Jetzt erst entdeckte er die Tränen in ihren Augen und fasste sie erschrocken an den Schultern.

»Myra, Rav, was ist geschehen? Was hat dich traurig gemacht?«

»Lass uns ein Stück laufen.« Sie konnte den Gedanken, zurück ins Haus zu gehen, wo noch immer der Brief lag, nicht ertragen. Erst jetzt wurde ihr bewusst, dass sie nicht nur ihre Mutter, sondern auch ihren Vater verloren hatte. Sie hatte mit seiner Rückkehr zwar nie gerechnet. Doch jetzt erst bemerkte sie, wie fern er ihr schon lange, nein, schon immer gewesen war. Es war nicht so sehr Trauer um ihn, die sie erschütterte, sondern die Tatsache, dass sie beinahe gar nichts empfand.

Myra griff die Decke von der Bank neben der Tür.

»Oder bist du zu müde?«, fragte sie erschrocken. Sie hatte nur an sich gedacht! Wer weiß, wo Kjell gerade herkam.

»In deiner Gegenwart nie.« Er nahm sie bei der Hand. Einträchtig schweigend liefen sie in Richtung ihrer vertrauten Dünenkuhle zwischen den Sanddornbüschen, deren Früchte jetzt reif waren und herb und süß zugleich dufteten. Sie leuchteten orange durch die Dunkelheit. Der Sand hatte noch etwas von der letzten Wärme dieses herbstlichen Tages gespeichert. Kjell legte die Decke um sie beide und hielt Myra ganz fest.

»Nun sag! Was ist geschehen?«

Sie erzählte ihm alles. Ab und zu riss der Nachtwind einige der welkenden Blätter von den Silberpappeln und ließ sie auf Myra und Kjell herabtrudeln wie helle Kreisel.

»Ich bin so froh, dass du da bist. Gerade, wo ich dich am nötigsten brauche!« Myra lehnte sich an Kjell, dachte an den Frühling zurück, als diese Blätter jung und hellgrün gewesen waren und sie hier mit ihm zum ersten Mal gesessen hatte.

»Ich hatte so ein Gefühl, dass ich unbedingt bei dir sein müsste. Ich habe mich beeilt.« Sein Griff wurde noch fester. »Aber Myra, liebste Bernsteinbeschwörerin, ich werde nicht mehr lange bleiben können.«

Sie drehte sich in seinen Armen um und sah ihm ins Gesicht. »Das habe ich nie erwartet. Du hast mir nichts versprochen, erinnerst du dich? Die Hauptsache ist, dass du heute hier bist und mich hältst.«

»Das bin ich. Und wenn ich es nicht mehr sein kann, wird meine Seele bleiben, und du wirst spüren, dass ich an dich denke und dir Kraft gebe.« Er legte seine Hand auf ihr Herz. Sie schloss die Augen und prägte sich diesen Moment der Nähe für immer ein. Wieder wünschte sie sich, es gäbe einen Bernstein, in dem man ein Bruchstück Wirklichkeit wie dieses, das so unendlich kostbar und zerbrechlich war, für Jahrmillionen einschließen konnte, so dass es seinen Glanz nie verlor.

Sie spielte mit Kjells Taschenlampe, wie schon oft. Die Lampe wurde mit einem Dynamo betrieben und hatte eine Art Pedal, das man mit dem Daumen antrieb. Das rhythmische Summen, das dabei entstand, klang wie »es-wird-heller-es-wird-heller«. Myra fand es beruhigend. Mit dem tapferen kleinen Lichtstrahl, den die Glühbirne über den Sand warf, zeichnete sie »K + M« in die Dunkelheit.

»Die letzten Tage, als ich fort war«, sagte Kjell leise, »da habe ich einem alten Freund geholfen, eine jüdische Familie von einem Versteck in ein anderes zu bringen. Es ist uns gelungen, aber mein Freund und ich wurden beobachtet und verraten. Ich werde als Volksschädling gesucht.«

Myra setzte sich erschrocken auf. »Dann musst du fort! So schnell wie möglich! Deine Sicherheit ist wichtiger als ich.«

»Nein. Ein paar Tage noch!« Sein Ausruf klang wie eine verzweifelte Bitte an das Schicksal. »Ein paar Tage möchte ich noch bleiben.« Er beugte sich über sie. »Lass uns noch einige Erinnerungen machen, falls sie für die Ewigkeit reichen müssen – in diesem Leben oder danach. Außerdem muss ich ohnehin auf die *Fremtid* warten, die mich abholt. Ich werde in Schweden untertauchen.«

Wo dein hilfsbedürftiges Nachbarsmädchen auf dich wartet, dachte Myra. Aber wenigstens bist du dort in Sicherheit.

Er fuhr mit dem Finger ihren Zopf entlang. »Und wenn der Krieg vorbei ist …«

»Schhh.« Sie legte einen Finger auf seine Lippen. »Keine Versprechungen. Heute ist genug. Halt mich fest.«

»Ist dir kalt? Wollen wir nach Hause gehen?«

»Mit dir ist mir niemals kalt. Und mein Zuhause war schon immer hier, wo das Meer ist und der Wind. Lass uns bleiben, bis die Sonne aufgeht.«

»Gut, lass uns bleiben und die Nacht und den Krieg und den Tod um uns herum auslöschen. Dein Leuchten ist stärker als alles, Rav.«

Erst als die Morgendämmerung Gold auf die Kiefern und die Wiesen legte und den Nebel in den Senken silbern machte, wanderte Myra zurück. Sie war gleichzeitig so müde und so wach wie noch nie. In ihr war es klar und ruhig.

Die Stille im Haus hatte sich nicht verändert, sie schien bleiben zu wollen. Doch Myra würde damit leben können. Sie ging ins Zimmer ihrer Mutter, zog die schweren Vorhänge zurück und öffnete das Fenster weit. In diesem Raum war lange keine frische Luft mehr gewesen. Dann lief sie ins Badezimmer und nahm die goldene Kette vom Brett. Sie hatte sie selten getragen, weil es sich nicht richtig anfühlte. Nun fädelte sie den Anhänger von Kjell darauf und legte sie sich um. Entschlossen begegnete sie ihrem Spiegelbild.

Ihre Mutter und Oma Matilda hatten recht gehabt. Sie war stark. Die Liebe von Oma Matilda, von Henny und Nicholas und vor allem die von Kjell machten sie stark.

»Ich lebe!«, sagte sie laut zu der Stille und der Zukunft. »Wir werden alle leben, verdammt nochmal! Und auch dieses Haus soll wieder leben. Und dafür braucht es einen Namen. Ab heute heißt du Rav!« Sie strich mit der Hand über den alten Fensterrahmen. »Das wird mich für immer an Kjell erinnern und was er in mir sieht. Nein, an das, was ich wirklich bin.« Ein plötzlicher Windstoß fuhr über die moosigen Schieferschindeln auf dem alten Dach, und das Holz in der Wand knackte wie zur Antwort.

»Dann sind wir uns ja einig«, sagte Myra zu dem Haus und fand, dass sich die Stille nun eine Spur freundlicher anfühlte.

Sie war nicht allein. Sie hatte hier Wurzeln, die sich gegen alle Wetter so hartnäckig an den Sand klammerten wie die der Windflüchterkiefern am Steilufer.

Jeden Tag hatte sie Angst um Kjell. Jeden Tag hielt sie Ausschau nach der *Fremtid* und wusste nicht, was sie mehr fürchtete – dass das Schiff kam, um Kjell von ihr fortzuholen, oder dass es nicht kam. Es kam nicht, doch sie sprachen nicht davon, wenn sie sich trafen, und auch nicht darüber, dass Wochen vergingen, die Tage immer kürzer wurden und ein schwerer Winter bevorstand. Der Frost malte bereits stachelige Raureifränder um die Dünengräser und die Sanddornäste, und die Pappeln standen nackt. Das Meer schäumte wild in den ersten Stürmen.

Kjell und Myra wanderten weit am Strand entlang, bauten

Männchen aus Kieselsteinen und verbrachten die Nächte nun unter dem verschwiegenen Dach von Rav. Sie schliefen wenig und erzählten sich viel, alles was ihnen durch den Kopf ging, als hätten sie sich schon immer gekannt. Myra verlor jedes Zeitgefühl. Sekunden wurden zu Ewigkeiten und Wochen zu Minuten. Sie prägte sich jedes Gespräch mit Kjell ein, den Klang seiner Stimme, seinen Haaransatz, der sich wie ein Fragezeichen in seine braungebrannte Stirn kringelte, wie sich die Fältchen in seinen Augenwinkeln bewegten und wie er manchmal fast sorglos Melodienbruchstücke durch seine Zahnlücke pfiff, wenn er sich unbeobachtet glaubte.

Die Adventszeit hatte schon begonnen, als Kjell, der mit einem dicken Mantel und Schal verhüllt im Dorf gewesen war, abends anders als sonst ins Haus kam.

Myra hörte an der Art, wie er die Tür aufschloss, dass der Moment gekommen war. Sie war dabei, Brot zu schneiden und blieb einen Moment wie erstarrt stehen, ehe sie tief Luft holte und sich umdrehte, bereit für die Nachricht.

»Die SS hat in der ›Bunten Stube‹ nach mir gefragt«, sagte er. »Aber ich habe auch gehört, wo seit gestern die *Fremtid* ankert. Sie kann nicht näher kommen, die Gefahr ist zu groß. Es gibt einen zuverlässigen Fischer aus Wustrow, der mich an Bord bringen wird.« Er ließ Myra nicht aus den Augen. Es war, als fehlte ihm der Mut, die paar Schritte durch das Zimmer zu ihr hin zu machen. »Ich komme wieder, Rav, ich schwöre. Ein Teil von mir bleibt bei dir, unsichtbar, unter diesem Dach, an diesem Strand. Du weißt es!«

Myra fasste nach dem Anhänger an ihrem Hals. Ich bin stark, dachte sie. Sie machte die Schritte zu ihm hin und nahm ihn in den Arm.

»Ich weiß, mein verrückter Kapitän. Es ist gut. Ich bin von Herzen froh, wenn du in Sicherheit bist. Und da auch du ein Teil von mir bist, segle ich mit dir.« Sie legte den Kopf an seine Brust und atmete tief seinen vertrauten Geruch ein. »Wann musst du fort?«

»Ehe es hell wird. Wir gehen auf den Dachboden, von dort werde ich die Lichtzeichen des Fischers sehen. Ich muss meinen Seesack packen.«

»Ich richte dir Proviant. Aber wohin willst du? In Dänemark sind doch auch die Deutschen. Wirst du in Schweden sicher sein? Bleibst du lange dort?«

»Ich werde es machen wie bisher. Untertauchen. Nicht auffallen. Doch es gibt so viele Flüchtlinge im Osten, die gerettet werden müssen. Es gibt Aufgaben für mich und die *Fremtid.* Es ist nicht so, dass ich die Gefahr liebe, wie es manche tun. Aber ich muss morgens in den Spiegel sehen können, ohne mich schämen zu müssen! Ich möchte an einem windstillen Tag in den Bodden blicken können ohne Angst, dass mein eigenes Gesicht mich verächtlich daraus ansieht! Das verstehst du doch?« Er sah sie flehentlich an. »Ich weiß, dass du es verstehst! Du bist wie ich.« Er hielt sie fest und lehnte seine Stirn an ihre.

Myra fühlte kalte Angst in sich aufsteigen, doch sie wusste, sie konnte Kjell nicht ändern. Wollte es auch nicht. Sie liebte ihn, weil er war, wie er war.

Bisher war alles gutgegangen. Sie konnte nur hoffen, dass sein Schutzengel nicht unaufmerksam wurde. Doch leider glaubte sie nicht an Schutzengel. In der Ostsee wimmelte es von Kriegsschiffen. Da konnte nicht einmal Neptun persönlich helfen.

Um Mitternacht stiegen sie hinauf. Wie damals in der Dünenkuhle saßen sie in eine Decke gewickelt im Dunkeln auf dem Dachboden und sahen zu der Luke hinaus. Sie blickten über den

Deich und die Dünen dorthin, wo das Meer ungerührt gegen die Küste schlug und die hellen Planeten zwischen den Sternen unterwegs waren.

»Ich habe was für dich«, sagte Myra, zog etwas aus ihrer Tasche und legte es in seine Hand. Sie hatten kein Licht gemacht, damit sie die Zeichen des Fischers sehen würden, aber Kjell holte seine Taschenlampe heraus und richtete sie auf Myras Geschenk. Im Lichtkegel leuchtete es auf wie aus Gold und Honig und dem Sonnenaufgang.

»Das ist der schönste Bernstein, den ich jemals gesehen habe«, sagte Kjell andächtig. Myra hatte ihn geschliffen, so dass die Oberfläche glänzte, aber die Form hatte sie nicht verändert. Sie ähnelte von Natur aus einem Herzen, dessen eine Hälfte ein wenig größer und dunkler war als die andere. Nahe der Spitze war für alle Ewigkeit eine zarte Eintagsfliege eingeschlossen, die Flügel unversehrt und ausgebreitet zu einem zeitlosen Höhenflug.

Myra hatte ein Loch gebohrt und ein Lederband hindurchgezogen. Nun legte sie ihm den Anhänger um und schob ihn unter sein Hemd, wo er die Wärme seiner Haut annehmen würde.

»Wir fliegen gemeinsam«, flüsterte er an ihrem Hals. »Irgendwo fliegen wir gemeinsam, wenn nicht in dieser Zeit, dann in einer anderen.«

So saßen sie noch einen Augenblick, dann zeigte Myra über seine Schulter hinweg aufs Meer, wo etwas blinkte. »Der Fischer. Du musst gehen.«

Sie stand am Strand, bis die Dunkelheit das Boot verschluckt hatte. Niemand hatte Kjells Flucht verhindert. Bis zum Schluss hatte Myra befürchtet, dass im letzten Moment Soldaten aus dem Dickicht am Deich stürmen würden.

Er war schon ins Wasser gewatet, als er noch einmal zurückkehrte und ihr die Taschenlampe in die Hand drückte, die sie so mochte.

»Wenn es dunkel ist in dir, so hast du nun immer ein Licht, das von allem unabhängig ist und allein von deiner Kraft betrieben werden kann.« Das Licht der Lampe spiegelte sich zusammen mit dem jetzt heller werdenden Horizont in seinen Augen. Der Horizont, hinter dem er bald verschwinden würde.

Für den Moment war die Erleichterung, Kjell fürs Erste in Sicherheit zu wissen, größer als der Schmerz.

Als die graue Dämmerung über die Dünen stieg und auf der dünnen Linie zwischen Himmel und Meer nichts mehr zu sehen war, wandte sie sich zum Gehen. Nicholas und Henny warteten auf sie. Myra hatte viel zu wenig Zeit für sie gehabt in den letzten Wochen. Bestimmt mussten Jacken geflickt und Socken gestopft werden, und irgendwie würden sie aus den Vorräten Kekse für Weihnachten zaubern.

Sie spürte eine zarte Berührung im Nacken, dann auf dem Handrücken und auf der Nase. Sie erhob den Blick. Es schneite! Myra lächelte und beschleunigte ihren Schritt. Die Gesellschaft der zarten weißen Sterne half, die aufsteigende Übelkeit in ihr zu besänftigen.

Sie ahnte längst, dass Kjells Worte stimmten. Er war für immer ein Teil von ihr, und sie würde nicht allein sein.

Denn in jener Nacht des Tages, an dem ihre Mutter gestorben war, hatte Kjell sie nicht nur über den Tod hinweggetröstet.

Sie hatten Leben gezeugt.

Kjell hatte ihr geschenkt, was am allerbesten zu ihrem Wesen passte: jemanden, um den sie sich kümmern konnte.

Ylvi

1992

7

Luftschlösser

»Eindeutig meine Tochter!«, sagte Ricky.

Sie saßen auf der Terrasse, an einem der seltenen Sonntagnachmittage, an denen Ricky zu Hause war und nicht noch einmal zur Uni fuhr. Augusthitze lag auf den Steinen, die Sonnenblumen reichten fast bis zur Dachkante und dufteten nach Honig. Bienen summten eifrig. Ricky rührte in seiner Kaffeetasse und beobachtete die zweijährige Remy. Sie hatte sich die Fernbedienung eines aktuellen Herrn-Nilsson-Modells vom Tisch geangelt und lief nun barfuß den Gartenweg entlang, wobei sie Herrn Nilsson geschickt vor sich her steuerte. Es handelte sich um ein Testmodell mit acht Beinen, das wie eine Spinne in jede Richtung huschen konnte und Alarm schlug, sobald sein Wärmesensor etwas wahrnahm.

Bei Rickys Bemerkung zuckte Ylvi zusammen. Gerade war alles so idyllisch gewesen, nun schreckte ihr jederzeit bereites schlechtes Gewissen auf. Remy war zwar nicht Rickys leibliche Tochter, aber er stand in der Geburtsurkunde, er las ihr Gutenachtgeschichten vor, er war genauso ihr Vater wie Rainer Fellner Ylvis Vater war.

Das Ergebnis des Tests hatte Ylvis Gefühl bestätigt. Theo und sie hatten in der Euphorie der Mauerfallnacht, in der alle Regeln außer Kraft gesetzt schienen, ein Kind gezeugt. Ricky war entgegen aller Wahrscheinlichkeit nicht Remys Vater.

Sie musste es ihm sagen! Er hatte ein Recht darauf, es zu erfahren. Mehrfach machte sie einen Ansatz, aber jedes Mal überlief es sie wie ein Feuer auf ihrer Haut, ihre Hände zitterten, und ihre Stimme versagte. Sie wollte Ricky nicht verlieren. Und es durfte nicht sein, dass Remy ohne Vater aufwachsen musste! Am Ende gestand Ylvi sich ein, dass sie völlig überfordert war. Sie versteckte das Dokument im Geheimfach ihres antiken Sekretärs, dessen alter Öffnungsmechanismus dermaßen klemmte, dass es dort niemals jemand versehentlich finden würde. Sie brachte es nur mit aller Kraft fertig, die flache Schublade, die von außen wie ein Ziersims wirkte, wieder zu schließen. Wahrscheinlich bekam sie das Ding selbst nie wieder auf, und das war gut so.

»Wann hast du ihr beigebracht, so gut mit der Fernbedienung umzugehen?«, fragte sie jetzt.

»Gar nicht. Herr Nilsson ist kein Spielzeug. Ich finde, sie sollte die Finger davon lassen. Aber ich gebe zu, sie hat eine Begabung dafür.«

Mit zärtlichem Stolz sah Ylvi ihrer Tochter zu, die erst geschickt die kleinen Hebel bewegt hatte, inzwischen aber versuchte, Herrn Nilsson mit Gänseblümchen zu dekorieren.

»Das geht zu weit«, sagte Ricky, legte seine Zeitung weg und eilte Herrn Nilsson zu Hilfe. Bereitwillig reichte Remy ihm die Fernbedienung, bevor er sie ihr wegnehmen konnte, und strahlte dabei zu ihm auf.

Was für ein cleveres Mädchen, dachte Ylvi. Sie scheint instinktiv zu wissen, wie man Ricky am wenigsten reizt.

Denn reizbar war er geworden. Er schlief zu wenig und arbeitete zu viel, und wenn er ein Problem nicht sofort lösen konnte, wurde er ungeduldig und ungerecht.

Zum ersten Mal hatte Ylvi es bemerkt, als sie sich beim Frühstückmachen an der Brotmaschine schnitt, weil sie auf Remy geachtet hatte, die versuchte, ihre erste Mandarine selbst zu schälen. Es war nur eine winzige Verletzung, aber Ricky bemerkte den Tropfen Blut, der auf die Fliesen fiel, und warf den Bleistift beiseite, mit dem er auf seinen Plänen herumgekritzelt hatte.

»Wie kann man nur so blöd sein?«, fragte er ungehalten.

Ylvi erstarrte und sah ihn verblüfft an. So hatte noch nie jemand zu ihr gesprochen. Ein zweiter Blutstropfen gesellte sich zu dem ersten. Ricky fuhr sich über die Stirn.

»Entschuldige. Ich mache mir doch nur Sorgen. Zeig her. Ich hole dir ein Pflaster.«

Sie machte sich nicht lange Gedanken über den Vorfall. Ricky hatte Stress an der Uni, da kam so was vor. Sie hatte in der Schwangerschaft auch nicht immer gute Laune gehabt. Ricky war eben mit Herrn Nilsson schwanger. Im Kopf. Ylvi beschloss, ihn einfach möglichst nicht zu ärgern. Und als sie ihm einmal erzählte, was Remy und sie im Zoo erlebt hatten, und er sie anfuhr: »Kannst du einfach mal das Blabla sein lassen?«, schwieg sie und fuhr mit Remy zu ihren Eltern, damit er seine Ruhe hatte.

Schließlich hatte sie etwas gutzumachen.

Remy hatte gelernt, ihren gesamten beträchtlichen Charme zu nutzen, um ihren Vater bei Laune zu halten. Auch jetzt lächelte er zurück. Ylvi schmunzelte. Man konnte nicht anders. Remy war einfach zu süß mit ihren glänzenden dunklen Haaren und dichten Wimpern. Dazu diese blauen Augen, die im letzten Jahr ganz langsam ungewöhnlich hell geworden waren. Solche Augen hatte es nie zuvor in der Familie gegeben.

»Ungewöhnlich!«, hatte auch Ricky bemerkt, als ihm das nach der Rückkehr von einer Dienstreise auffiel. »Man hat das Gefühl, sie sieht einem direkt in die Seele und kann Gedanken lesen. Aber sie ist so freundlich dabei, dass es nicht unangenehm ist.«

Jetzt nahm er ihr sanft die Fernbedienung aus der Hand und hob Herrn Nilsson ebenso behutsam hoch. Remy schob vertrauensvoll ihre Hand in seine, und zusammen kehrten sie zur Terrasse zurück.

Ylvi genoss dieses Bild der Harmonie. Ricky gab sich Mühe mit seiner Tochter, aber oft betrachtete er sie mit hilfloser Verwunderung. Ylvi hatte das Gefühl, er hätte das Kind besser verstanden, wenn es zerlegbar gewesen und mit einer Fernbedienung geliefert worden wäre.

»Möchtest du noch einen Kaffee?«, fragte sie.

»Gerne.« Ricky streckte sich wieder in seinem Liegestuhl aus. »Danach muss ich aber schleunigst an den Schreibtisch.«

Ylvi goss ihm ein.

»Was meinst du«, fragte sie vorsichtig, »wollen wir Remy nicht im Kindergarten anmelden? Dann könnte ich mich endlich nach Arbeit umsehen.«

»Tu, was du nicht lassen kannst. Braucht dein Vater dich denn nicht mehr?«

Ylvi hatte das Thema mit der Arbeit und dem Kindergarten schon vor einem Jahr zur Sprache gebracht. Doch dann hatte ihr Vater einen Schlaganfall gehabt. Seitdem fuhr sie mit Remy jeden Vormittag zu ihrer Mutter, und sie kümmerten sich gemeinsam um das Kind und um Rainer. Er erholte sich, wenn auch langsam. Remy trug viel dazu bei.

»Wenn sie mich mit diesen Augen ansieht und ich ihr Lachen höre, fühle ich mich wunderbar«, sagte er oft und legte seinen gesunden Arm um seine Enkeltochter.

»Opa heile machen«, krähte diese dann und bewegte seinen anderen, leicht gelähmten Arm mit aller Kraft auf und ab.

Doch jetzt war Rainer fast vollständig wiederhergestellt.

»Hättest du denn ernsthaft etwas dagegen?«, fragte Ylvi.

»Nein. Es ist sicher gut, wenn Remy mit Gleichaltrigen zusammenkommt. Keine Ahnung, was das Beste für sie ist. Du machst das schon. Ich muss jetzt den Bericht für den Förderausschuss fertigschreiben.« Ricky hatte bereits das Interesse verloren, küsste sie flüchtig auf den Scheitel und verschwand im Haus.

»Und wir zwei?«, fragte Ylvi Remy, die breitbeinig auf den Steinfliesen saß und ihre Mutter mit großen Augen ansah.

»Luftschloss bauen.«

»Das ist eine gute Idee.« Ylvi holte den alten Baukasten aus dem Wohnzimmer. Das Luftschloss-Bauen machte ihr noch immer Spaß und beruhigte sie. Dabei konnte man gut nachdenken. Auch Remy liebte es, immer wieder neue Phantasiewerke aus den alten Klötzen zu zaubern. Dazu erzählte ihr Ylvi Märchen von Menschen, die in Schlössern auf den Wolken wohnten, Träume sammelten und manchmal auch wahr machten.

»Na, wie findest du das?« Ylvi rappelte sich von ihrer Lage auf dem Bauch auf und betrachtete zufrieden das Gebäude mit den fünf Türmen, die durch geschwungene Brückenbögen verbunden waren. Remy legte sorgfältig Gänseblümchen und Klee auf die Dächer und Geländer, wie sie es vorhin mit dem Roboter getan hatte. Offenbar hatte sie ein Bedürfnis, die Welt schöner zu machen. Jetzt tippte sie mit dem Zeigefinger auf einen der oberen Klötze.

»Schön, aber keine Luft«, sagte sie mit einem Unterton der Empörung, lief zum Kaffeetisch und zeigte entschieden auf den Zuckerstreuer. Der war quadratisch und aus Glas, und er war fast leer. »Da Luft.«

»So, meinst du?« Ylvi setzte den durchsichtigen Würfel auf einen der Türme.

Remy nickte und sprang vor Freude auf und ab. »Jetzt Luftschloss!«

Wo sie recht hatte, hatte sie recht. Ylvi lief in den Keller, wo sie leere Schachteln gesammelt hatte, um Geschenke einpacken zu können. Es waren einige runde und eckige aus durchsichtigem Kunststoff dabei. Ylvi trug ihre Beute auf die Terrasse, wo Remy dem Gebäude mit Begeisterung einen weiteren »Luftturm« hinzufügte. Doch die Schachteln waren zu leicht, und der Wind warf sie immer wieder um.

Ylvi erinnerte sich an einen Briefbeschwerer ihres Vaters, aus durchsichtigem Gießharz, in dem ein Seestern eingeschlossen war. Ihr Vater liebte Briefbeschwerer und hatte eine ganze Sammlung, mit der Ylvi früher gern gespielt hatte. Einer davon war aus Lavagestein und stellte den Vulkan Teide dar. Den hatten sie aus Teneriffa mitgebracht. Aber Ylvi hatte den durchsichtigen Briefbeschwerer am liebsten gemocht.

Abends, als Remy schlief und Ricky noch immer über seinem Bericht saß, stöberte sie in Katalogen und bestellte eine Packung Gießharz und alles, was man dazu benötigte. Sie ließ es sich als Eilsendung liefern, denn plötzlich konnte sie es nicht abwarten, wieder kreativ zu sein.

Am Montag meldete sie Remy im Kindergarten an, kaufte sich eine Zeitung mit Jobangeboten und sprach mit ihren Eltern.

»Aber natürlich, Kind. Wir kommen jetzt alleine klar. Dank euch geht es Rainer wieder wunderbar.« Ylvis Mutter lehnte sich dankbar an die Schulter ihres Mannes, der zur Bestätigung beide Arme zum Himmel streckte, dann Remy aufhob und im Kreis schwenkte. »Wir drücken die Daumen, dass du etwas findest, was dir Spaß macht.«

Ylvi schickte Bewerbungen los, gewöhnte Remy an den Kindergarten, was überraschend problemlos ging, und überbrückte die Wartezeit mit dem, was sie ihren »Luftschlossbaukasten« nannte. Sie goss das flüssige Gießharz in runde Dosen, eckige Dosen, Pillenschachteln, Klopapierrollen, ausgeblasene Eier und alles, was sie auftreiben konnte. Wenn es hart geworden war, löste sie es aus den Formen, schliff die Kanten glatt und polierte die durchsichtigen und praktisch unzerbrechlichen Bauklötze, die so entstanden. Manche blieben durchsichtig, in andere goss sie kleine Gegenstände ein – Federn, kleine Kieselsteine, Samenkapseln oder getrocknete Blätter. Dabei vergaß sie alle Sorgen – Rickys Reizbarkeit, ihr schlechtes Gewissen wegen der Vaterschaft und überhaupt die Welt um sich herum. Sie war glücklich, wenn sie etwas erschaffen konnte. Das wusste sie nun wieder.

»Luftschloss!« Ein verzücktes Lächeln breitete sich auf Remys Gesicht aus, als Ylvi ihr den durchsichtigen Baukasten schenkte. An diesem Tag hörte das Kind nicht mehr auf zu bauen. Als Ylvi einmal in die Küche ging, traute sie bei der Rückkehr ihren Augen kaum. Hatte es im August geschneit?

»Luftschloss auf Wolke«, sagte Remy wichtig. Natürlich! In den Geschichten, die Ylvi ihr erzählt hatte, standen die Luftschlösser auf Wolken. Remy hatte die Kosmetikwatte aus dem Badezimmer geholt und um ihr Schloss herum eine Wolke gelegt.

»Toll! Das ist bestimmt Wolke sieben«, sagte Ylvi anerkennend. Auf der schwebte sie selbst auch gerade, denn sie hatte eine Einladung zu einem Vorstellungsgespräch. In einem Architekturbüro. Morgen.

Das Vorstellungsgespräch war schnell zu Ende, nachdem sie erzählt hatte, dass sie keine Erfahrung, dafür aber ein Kleinkind hatte. Dies wiederholte sich mit schöner Regelmäßigkeit. Aus

Sommer wurde Herbst. Zu Weihnachten schuf Ylvi weitere Bauklötze für das Luftschloss. Sie hatte herausgefunden, dass man mit einem Diamantschleifer Bilder und Worte in das Gießharz ritzen konnte. Nur Worte, die sie als ihre Freunde betrachtete, kamen zu dieser Ehre. Prächtig glänzte das hohe Schloss, das sie zu dritt unterm Weihnachtsbaum bauten, denn sogar Ricky machte mit. Im Kerzenschein glänzten Worte wie *Lachen*, *Hoffnung*, *Traum*, *Zukunft* und *Liebe* zwischen Federn, Blüten und Pusteblumen, die vom Winter unzerstörbar in den durchsichtigen Würfeln zu schweben schienen.

Ylvi spürte ein Kribbeln im Bauch. Bald begann ein neues Jahr. Sie würde bestimmt bald etwas Wirkliches bauen, und wenn das nicht ging, würde sie etwas anderes schaffen. Es war nur eine Frage der Zeit und der Geduld.

Es war Ende April. Ylvi und Remy wanderten gerade durch den Garten und zählten die violetten und goldgelben Krokusse, die sich mutig durch den letzten Schnee bohrten, als das Telefon klingelte.

»Wann könnten Sie zu einem Gespräch kommen?«, fragte eine sympathische Frauenstimme. »Ginge es vielleicht gleich? Die Assistentin, die ich eingestellt hatte, ist kurz vor ihrem ersten Arbeitstag abgesprungen. Jetzt habe ich ein Problem.«

Ylvi überlegte fieberhaft und beschloss, auf so viel Offenheit mit derselben Ehrlichkeit zu antworten.

»Riesig gerne, aber ich müsste meine Tochter mitbringen. Ich habe sie vorhin schon vom Kindergarten abgeholt.«

»Kein Problem. Ich kenne das. Ich habe auch einen kleinen Sohn. Wann können Sie hier sein?«

Das Büro war hell und nicht zu ordentlich. Man sah, dass hier kreativ gearbeitet wurde. Es gab eine Sitzecke für Kunden und eine mit Kinderspielzeug und einen Schaukasten, in dem kolorierte Zeichnungen von Bauprojekten ausgestellt waren. Die Wände waren bedeckt mit Korkplatten, an denen Entwürfe pinnten und jede Menge vollgekritzelte Notizzettel. Es roch nach Filzstiften und nach dem Bienenwachs, mit dem wahrscheinlich der schöne alte Holzschreibtisch bearbeitet worden war, hinter dem eine große, dünne Frau mit einem langen braunen Pferdeschwanz und einem herzlichen Lächeln hervorkam. Ylvi schätzte sie auf Ende dreißig. Hier würde ich gern arbeiten, dachte sie. Die Atmosphäre passt. Irgendwo im Raum glaubte sie, eine helle leise Musik zu hören, von der sie wusste, dass sie nur in ihrem Kopf spielte.

»Wie schön, dass Sie kommen konnten! Ich bin Trixie. Und das ist Felix.« Sie wies unter den Schreibtisch, wo ein Junge hervorkroch, vielleicht ein Jahr älter als Remy. Mit großen Augen betrachtete er Remy, dann fasste er sie an der Hand und zog sie in die Ecke mit dem Spielzeug. Remy schob die dort liegenden Bausteine abfällig beiseite. Da Ylvi nicht gewusst hatte, dass es hier Spielzeug geben würde, hatte sie Remy eine kleine Auswahl der durchsichtigen Luftschlosssteine in einer Tüte mitgegeben.

»Mama, guck!« Felix strahlte, als er einen Baustein mit einem Schneckenhaus darin zu fassen bekam, und drehte ihn hin und her, so dass sich ein Sonnenstrahl darin fing. »Das ist ja toll.« Trixie kniete sich zu den Kindern und baute selbst einen Turm. »Wo haben Sie das denn her? Endlich mal Spielzeug mit Phantasie. Und vor allem mit Ästhetik! Die modernen Sachen sind oft so scheußlich, finden Sie nicht? Aber wir können uns duzen, oder?«

»Gerne. Ich hab die Bausteine selbst gemacht. Das war nur so eine Idee. Ich habe ursprünglich Architektur studiert, weil ich Luftschlösser bauen wollte.«

Trixie stand auf und streckte ihr die Hand hin. »Du bist eingestellt. Wenn du mir so einen Baukasten für den Schaukasten machst, um die Kunden glücklich zu machen. Und wenn nicht, dann auch. Aber ich warne dich, von Luftschlössern sind wir hier weit entfernt.«

Ylvi glaubte zu träumen. Konnte es nach all den Schwierigkeiten so einfach sein? Schnell schlug sie ein.

»Egal, Hauptsache ich kann hier arbeiten.«

»Aber hallo!« Trixie kehrte an den Schreibtisch zurück und wies auf mehrere bunte Hefter. »Ich habe hier drei Projekte in Brandenburg. In den neuen Bundesländern gibt es so viele alte Höfe, die jetzt Liebhaber gefunden haben und renoviert werden. Ich bin darüber sehr glücklich. Diese alten Häuser haben es wirklich verdient, dass man ihnen ein neues Leben schenkt und sie nicht zu Staub zerfallen lässt. Darauf habe ich mich spezialisiert, weißt du. Die Leute rufen mich an und lassen sich beraten, wie man zum Beispiel aus einer Scheune einen Hofladen macht oder wie man einen Wintergarten anbauen könnte, ohne das Gesamtbild zu verfälschen. Kleine, aber feine Projekte. Das sind mir die liebsten. Morgen habe ich einen Termin mit einer Familie, die ihren Stall zu einer Wohnung ausbauen möchte. Meinst du, du kannst mitkommen? Ich brauche jemanden, der die Ideen aufschreibt und die Wünsche. Es ist gut, wenn noch jemand den Leuten zuhört und diese Wünsche aufspürt, denn sie wissen nicht immer wirklich, was sie wollen – man muss es mit ihnen gemeinsam herausfinden. Dann sind sie hinterher glücklich. Es hat keinen Sinn, ihnen eigene Ideen überzustülpen.«

»Und wo ist das? Wie lange wird es dauern? Ich muss das wegen

Remy wissen. Meine Mutter könnte sie vom Kindergarten abholen, das geht.«

»Etwa anderthalb Autostunden von hier. Es kann insgesamt schon etwas dauern. Du, ich weiß, das ist sehr kurzfristig, aber …«

»Kein Problem. Riesig gerne. Ich habe schon lange genug auf eine solche Gelegenheit gewartet.« Ylvis Herz klopfte. Das Geheime Land! Auf einmal würden sie ihre Wege wieder dorthin führen, wo sie sich Theo nahe fühlte. Wer weiß, möglicherweise legte er dort sogar Gärten an? Vielleicht würden sich auf diese Weise ihre Wege noch einmal kreuzen?

Trixie kramte in einer Schublade und reichte Ylvi einen Umschlag.

»Hier, dein Arbeitsvertrag. Er war für die Frau, die abgesprungen ist. Ich hab nur schnell den Namen geändert. Lies ihn dir in Ruhe durch. Morgen treffen wir uns um zehn Uhr hier, in Ordnung?«

Fast ein wenig benommen vor Glück fuhr Ylvi nach Hause. Remy sang auf der Rückbank ein Lied vor sich hin, in dem der Name Felix auftauchte.

Zu Hause saß auf dem Gartentorpfosten eine große Möwe. Es war nicht ungewöhnlich, dass ab und an eine Möwe vom Wannsee her über den Garten gesegelt kam, wenn der Wind stimmte. Doch das waren meist die kleinen Lachmöwen. Das hier war eine Silbermöwe, und eine ungewöhnlich große noch dazu. Sie sah genauso aus wie die, die in der Nacht von Remys Geburt auf dem Fenstersims gesessen hatte und vorher am Strand gewesen war. Ylvi spürte ein merkwürdiges Kribbeln zwischen den Schulterblättern.

»Vogel! Groß!«, staunte Remy.

Die Möwe sandte Ylvi einen prüfenden Blick aus strengen gelben Augen, dann flog sie auf und verschwand über dem Hausdach. Eine weiße Feder trudelte herunter und fiel vor Remys Füße.

»Luftschloss!«, sagte Remy und zeigte darauf.

»O ja. Daraus können wir einen schönen Baustein machen«, stimmte Ylvi zu.

Aber jetzt musste sie erst ihren Vertrag lesen, ihrer Mutter wegen morgen Bescheid sagen und außerdem Ricky beibringen, dass sie Arbeit hatte.

Der nächste Tag war sonnig und hellblau. Ein launiger Wind, der von Frühlingsversprechen erzählte, fuhr um alle Ecken und zerzauste Ylvis Haare. Trixie öffnete die Fenster ihres alten Käfers. Auf den Feldern keimte es grün, und am Wegrand leuchteten Schlüsselblumen. Es fühlte sich nicht an wie ein erster Arbeitstag. Es fühlte sich an wie der Anfang der großen Ferien. Wie ein Abenteuer. Ylvi streckte die Hand zum Fenster hinaus, um die laue Frühlingsluft zu spüren.

Geheimes Land, ich komme!, jubelte sie stumm.

War dies nicht sogar die Richtung, in der sie und Theo damals geradelt waren? Warum hatte sie nicht vorher versucht, den Ort herauszufinden? Vielleicht war er ja längst dort gewesen und hatte ihr eine Botschaft hinterlassen?

Es war aber nicht nur der Gedanke an Theo, der sie beflügelte. Es war auch das, wofür er stand: Aufbruch. Die Aufbruchstimmung von damals, in jener verzauberten Nacht. Nun hatte sie endlich das Gefühl, dass wieder etwas geschah, was sie lebendiger machte. Sie war unterwegs.

8

Zurück im Geheimen Land

»Diese schönen Balken sollten wir erhalten, nur die hässliche Farbe muss natürlich runter.« Trixie wies mit ihrem Bleistift und ihren langen Armen so überzeugend hierhin und dorthin, als würde sie schon mit ihren Gesten die Verwirklichung ihrer Pläne heraufbeschwören. »Den alten Holzboden können wir wiederherstellen. Isolieren sollten wir von außen. Was halten Sie von einer Zwischenwand genau hier?«

Das Ehepaar und ihre halbwüchsige Tochter hörten ihr mit großen Augen zu. Das ungläubige Lächeln in ihren Gesichtern zeigte, dass sie sich schon genau vorstellen konnten, was Trixie in die Luft malte. Ylvi machte eifrig Notizen.

»Den Block kannst du jetzt wegstecken«, sagte Trixie schließlich und wedelte mit einem Arm in Ylvis Richtung. »Ich will nur noch auf den Heuboden klettern und mir das Dach ansehen, dann können wir fahren. Ich glaube, wir sind uns einig, nicht wahr, Familie Heidebrink? Die Entwürfe schicke ich Ihnen nächste Woche.«

Ylvi wanderte hinaus. Sie schlenderte herum und lauschte auf die stumme Melodie des alten Hofes, die in ihrem Kopf aufklang. Gemütlich, ein wenig behäbig, aber warm und freundlich. Doch da war ein Missklang. Ylvi sah sich genauer um, bis sie die Ursache fand.

»Frau Heidebrink, einen Moment«, sagte sie bei der Verabschiedung. »Ich habe noch eine Anregung. Hier auf der Südseite des Stalles, an dieser sonnigen Stelle, wo jetzt der Komposthaufen ist und die Schubkarre und Gerümpel herumstehen, da wäre ein wunderbarer Platz für einen Küchengarten. Ich glaube, dass dort einmal einer war, sehen Sie?« Ylvi bückte sich und hob eine Sode aus verfilztem Gras und Unkraut hoch. Darunter kamen schöne Feldsteine zum Vorschein. »Und hier, da wächst noch Thymian in den Ritzen.« Sie bückte sich und zerrieb ein Blatt zwischen den Fingern. Frisch und würzig stieg der Duft auf und zog in die Nasen der Umstehenden wie eine Aufforderung und ein Versprechen. Ylvi zog ihren Block noch einmal aus der Tasche und fing an zu zeichnen.

»Man könnte die alten Steine wieder verwenden. Am besten, man legt ihn rund an. Er könnte sich zum Beispiel aus einer traditionellen Kräuterspirale heraus entwickeln. Und in der Mitte stelle ich mir eine Sonnenuhr vor.« Sie riss das Blatt ab und reichte Frau Heidebrink die Zeichnung. »Das war aber nur so eine Idee. Sicher fragen Sie lieber einen Gärtner oder einen Landschaftsarchitekten, wie Sie Ihren Hof anlegen können.«

Frau Heidebrinks Augen leuchteten.

»Aber genau so etwas habe ich mir ja gewünscht! Ich wusste nur nicht, wie ich es beschreiben sollte. Ich kann nicht zeichnen, wissen Sie. Können Sie das denn nicht gleich mit übernehmen, wenn Sie sich ohnehin um den Stallausbau kümmern? Frank, was meinst du?«

Frank meinte dasselbe. »Natürlich, das wäre wunderbar und einfacher für uns alle. Vielleicht haben Sie noch mehr Ideen, was den Garten angeht?«

Erschrocken machte Ylvi eine abwehrende Geste. Ihr erster Arbeitstag, und schon mischte sie sich in Dinge ein, von denen sie nichts verstand. Aber ehe sie den Mund öffnen konnte, sagte

Trixie strahlend: »Aber natürlich können wir das! Meine Mitarbeiterin wird sich darum kümmern. Sie hat ein Händchen für so etwas. Machen Sie sich keine Sorgen. Wir nehmen das in den Entwurf gleich mit auf. Wir melden uns. Auf Wiedersehen!«

»Entschuldige. Ich wollte mich wirklich nicht einmischen«, sagte Ylvi zerknirscht.

»Wieso denn einmischen? Ich finde das wunderbar. Haus und Hof hängen zusammen. Man muss sich neuen Herausforderungen stellen, sonst ist das Leben langweilig«, sagte Trixie vergnügt und steuerte das Auto in atemberaubendem Tempo durch die Schlaglöcher der schmalen Landstraße.

»Aber ich bin keine Gärtnerin. Ich habe mir das nur bildlich vorgestellt, wie es aussehen müsste. Ich verstehe überhaupt nichts davon.«

»Dann finde heraus, was du wissen musst. Das klappt schon. Ich wusste es, du bist eine gute Ergänzung für uns. Lass uns bald irgendwo halten, wo es schön ist. Kreativ denken macht mich immer hungrig. In der Thermoskanne ist noch Tee, und ich habe Sandwiches gemacht. Ich hasse es, wenn mein Magen knurrt.«

Hundert Meter weiter setzte sich Ylvi so kerzengerade auf, dass sie sich beim nächsten Schlagloch den Kopf am Autodach stieß. »Halt! Hier!«, rief sie und rieb sich die schmerzende Beule. »Bitte lass uns hier Pause machen. Davon habe ich immer geträumt, als noch die Mauer stand und wir nicht einfach auf eine Wiese fahren konnten.«

»Das ging mir genauso.« Trixie fuhr bereitwillig an den Straßenrand.

Kurz darauf lag Ylvi auf dem Rücken unter blühenden Apfelbäumen, die ein duftendes weißes Dach über ihnen spannten, so weit das Auge reichte. Um sie herum im Gras tanzten gelbe und weiße Anemonen im Wind.

»Das war früher meine Vorstellung von Glück. Noch vor drei Jahren wäre das nicht möglich gewesen. Wahnsinn!« Aber ohne die DDR kein Mauerfall und ohne Mauerfall keine Remy, fiel ihr ein. Unvorstellbar.

»Was ist eigentlich mit Felix' Vater? Ist der auch Architekt? Entschuldigung, es geht mich ja nichts an …«

»Kein Problem. Der ist schon ewig weg, irgendwo in Spanien. Felix und ich kommen wunderbar alleine klar.« Trixie hatte ihre langen Beine in den Schneidersitz gefaltet und saß mit dem Rücken an einen Baumstamm gelehnt. Sie klang völlig unbekümmert.

Ylvi setzte sich auf. »Dann bist du alleinerziehend?« fragte sie bewundernd. »Hast du ihn nie vermisst?«

»Anfangs schon. Kurz. Ich habe aber sehr bald gemerkt, wie frei ich mich wieder fühlte. Männer sind toll, aber sobald du mit ihnen unter einem Dach wohnst, glauben sie, sie haben ein Recht darauf, über dich zu bestimmen. Ehrlich, mir ist es lieber so. Meine Mutter hat so eine Ehe geführt. Sie schlich am Ende nur noch wie ein Geist durch den Tag, um ja alles zu vermeiden, was meinen Vater reizen könnte. Ich habe mir geschworen, niemals so eine Beziehung zu führen. Felix und ich haben eine Menge Spaß.« Trixie tunkte ihren Brötchenrest in den Tee. »Und wenn ich einen tollen Typ treffe, habe ich gelegentlich auch mal ohne Felix Spaß«, fügte sie hinzu. Sie zwinkerte Ylvi so spitzbübisch zu, dass diese laut losprustete.

Ylvi ließ sich wieder ins Gras fallen, seltsam erleichtert. Nach Trixies Meinung von Männern zu urteilen war Rickys Benehmen also gar nicht ungewöhnlich. Gleich kam es ihr weniger schlimm vor.

»Diese Sandwiches sind göttlich. Danke, dass du die gemacht hast!« Sie nahm sich noch eins aus der Dose. »Was meinst du, eine Sonnenuhr im Kräutergarten oder doch lieber eine Vogeltränke?«

»Kann man das nicht verbinden?«, überlegte Trixie.

Wie herrlich, jemanden zu haben, mit dem man Pläne spinnen konnte, der wirklich zuhörte und nicht immer mit seinen Gedanken weit fort war!

Sie fuhren wieder los. Verfallende Höfe lagen überall wie vergessen in der Landschaft. Die Dörfer waren jetzt, zwei Jahre nach der Grenzöffnung, eine seltsame Mischung aus Alt und Neu. Einige Häuser fielen buchstäblich in sich zusammen, daneben waren andere mit neuem Verputz, leuchtenden Farben und edlen Gartenzäunen versehen. Manche wirkten, als hätte man die Prinzessin ungefragt grell geschminkt, während sie noch im Dornröschenschlaf lag. Die Frage war nur, was sie dazu sagte, wenn sie aufwachte.

»Mir ist es wichtig, die Höfe so zu renovieren, dass sie ihr Gesicht behalten«, sagte Trixie. Ihre Gedanken waren wohl auf ähnlichen Wegen gewandert. »Ich höre zwar nicht ihre stillen Melodien wie du, aber ich sehe es, wenn in einem Bild ein Missklang ist.«

Versonnen schwiegen sie eine Weile.

»Heute schlafen wir darüber, lassen die Ideen über Nacht wachsen und treffen uns morgen im Büro, um alles ins Reine zu zeichnen und die Informationen einzuholen, in Ordnung?« Trixie sah zufrieden aus.

»Ja, gerne.« In Ylvis Gedanken formte sich der Kräutergarten immer deutlicher, fast konnte sie schon Rosmarin und Maggikraut riechen und sah eine Eidechse, die sich auf den gesäuberten alten Steinen in der Abendsonne wärmte.

Auf die Straßenschilder hatte Ylvi nicht geachtet. Trixie schien genau zu wissen, wohin sie fuhr. Doch dann fielen ihr im Vorbeifahren Buchstaben ins Auge, die sich nachträglich zu einem Wort formten. Zum zweiten Mal setzte sich Ylvi hastig auf und stieß sich den Kopf an derselben Stelle.

»An der Abzweigung eben. Stand da Ahrensfelde?«

Trixie bremste etwas ab. »Ich glaube ja, warum?«

»Ich – äh – da war ich mal – ich wollte nur – ich dachte gerade – ach nichts, ist egal jetzt.«

Trixie fuhr an den Straßenrand und hielt.

»Gut, und was wolltest du sagen, wenn du deine Gedanken sortiert hast? Schieß los, wir haben Zeit. Es ist ein erfolgreicher Tag, die Sonne scheint, es ist Frühling. Also, was ist mit Ahrensfelde?«

Ylvi holte tief Luft.

»Meinst du, wir könnten einen kleinen Umweg machen? Auf den Spuren der Vergangenheit? Ich möchte etwas herausfinden.«

Trixie ließ den Motor wieder an.

»Kein Problem. Jetzt knurrt ja mein Magen nicht mehr. Wo genau liegt diese Vergangenheit?«

»Irgendwo an der Straße zwischen Ahrensfelde und Berlin.«

Trixie wendete und bog an dem Schild nach Ahrensfelde ab.

Ylvi erkannte die Straße zuerst eher an dem Rumpeln. Ihre Unebenheiten hatten einen Rhythmus, eine eigene Sprache, die ihr vertraut vorkamen. Damals hatten sie in der Dunkelheit kaum etwas gesehen, aber genau diesen Rhythmus hatte sie gespürt auf Theos klapprigem Fahrrad. Zwar fuhren sie jetzt in die andere Richtung, doch als sie an einen schmalen Weg zwischen einem

Feld und einer Wiese kamen, wusste sie sofort, dass sie hier richtig war.

Damals war es ein abgeerntetes Stoppelfeld gewesen, jetzt keimte dort zartes Grün, und die Wiese war nicht herbstlich braun, sondern voller Löwenzahn. Ein Stück den Pfad hinunter sah Ylvi den Baum. Den alten Walnussbaum neben einem verfallenen Schuppen!

Sie wollte aussteigen und Trixie bitten, kurz zu warten, doch schon rumpelte das Auto den schmalen Weg entlang. Als Trixie den Motor abstellte, herrschte Stille. Irgendwo flötete eine Amsel und verstummte dann auch.

Der alte Zaun hatte noch mehr Lücken bekommen, stellte Ylvi fest. Es sah nicht aus, als wäre in letzter Zeit jemand hier gewesen. Das Abendlicht warf lange Schatten durch den verwilderten, lange vergessenen Garten. Als Ylvi unter dem Nussbaum hindurchlief, raschelten die vertrockneten Blätter vom letzten Herbst. Ihr war merkwürdig zumute. Als wäre der Boden unter ihren Füßen nicht fest, weil die Zeit verschwamm. Hörte sie nicht Theos Stimme? Ganz deutlich, dort aus der Ecke? Sprang nicht sein Lachen durch die Schatten?

Und dann stand sie vor der Rose, die damals im November eine letzte Blüte getragen hatte.

Jetzt blühte sie nicht. So wie es aussah, würde sie es auch nie wieder tun. Ylvi hockte sich hin und brach einen kleinen Zweig ab, dann noch einen. Sie zerbröselten in ihrer Hand zu Staub. Diese Pflanze war schon lange tot.

»Ylvi, was ist los?«, fragte Trixie sanft und hockte sich neben sie.

Ylvi wischte sich mit dem Ärmel die Tränen fort.

»Hier wurde Remy gezeugt.«

»Oha.«

Gerade weil Trixie fast eine Fremde war und doch so merkwürdig vertraut, war es leicht, mit ihr darüber zu sprechen. Während die Sonne tiefer über die Wiese sank, erzählte Ylvi unter dem Walnussbaum Trixie die ganze Geschichte.

»Das ist eine schöne und sehr besondere Geschichte. Und sieh dir bloß an, was dabei herausgekommen ist! Remy ist wundervoll. Du bist eindeutig ein Glückskind.« Sie stand auf und streckte Ylvi die Hand hin. »Komm, es wird kühl. Und ich finde mich im Dunkeln nicht so gut zurecht.«

Ylvi schnäuzte sich in das Taschentuch, das sie endlich gefunden hatte. Sie sah sich noch einmal um.

»Ich hatte gehofft, dass Theo mir hier eine Nachricht hinterlassen hat. Aber vielleicht ist es besser so. Heute glaube ich wirklich, dass wir in jener Nacht mildernde Umstände hatten. Damals war einfach alles auf den Kopf gestellt. Aber heute hätten wir die nicht mehr. Schließlich hat Theo auch Familie. Frau und Sohn. Es wird seinen Grund haben, dass er mich nicht gesucht hat.«

Trixie blickte sich ebenfalls um. »Was ist mit dem Schuppen? Lass uns dort noch nachsehen.« Schon war sie darin verschwunden. Die Tür knarrte wie damals. Ylvi folgte ihr zögernd. Fast glaubte sie, eine Spur von Theos Geruch hier wahrzunehmen, wie ein Geheimnis in der modrigen Luft. Auf dem Boden lag noch die alte Decke, von Motten und Mäusen zerfressen.

Trixie wandte sich zu ihr. »Hier scheint keine Nachricht zu sein. Es tut mir leid. Wir müssen los. Ich muss Felix bald abholen.«

»Ich komme gleich. Geh schon vor.«

Als sie schließlich aus dem Schuppen trat, leuchteten draußen die jungen Blätter des alten Walnussbaums vor der tiefstehenden Sonne. Ob es daran lag, dass sie Theos Nähe wieder gespürt hatte, oder ob es einfach der schöne Tag war: Die Traurigkeit war fort, und sie fühlte sich in diesem Moment ganz und gar wie sie selbst, mit einer glücklichen Lebendigkeit, die ihr in der letzten Zeit verlorengegangen war.

»Was wirst du jetzt machen? Theo suchen?«, fragte Trixie, als sie durch die weiche Frühlingsdämmerung nach Berlin hineinfuhren.

»Du meinst, ich sollte sämtliche Berliner Gärtnereien anrufen mit der Frage, ob bei ihnen ein Theo arbeitet, der in der Mauerfallnacht einen One-Night-Stand hatte? Ich denke, ich lasse das lieber auf sich beruhen.«

»Warum nicht? Da hätten sie ein Gesprächsthema für die Mittagspause. Aber das ist vielleicht gar nicht nötig. Du hast gerade einen Auftrag für einen Küchengarten angenommen, von dem du nichts verstehst. Du wirst dich sehr viel in Gärtnereien umsehen müssen und von lauter netten Gärtnern beraten lassen. Da kommt man rum und muss viele Fragen stellen.«

Ricky war noch nicht zu Hause. Ylvi machte Remy, der schon die Augen zufielen, Brot und Tee, badete sie und las ihr eine Gutenachtgeschichte vor, kam aber nur bis Seite zwei, bevor Remy tief und fest schlief.

Unten hörte sie Ricky kommen und lief ihm entgegen.

Er strahlte sie an und fuhr mit dem Finger zärtlich über ihre Nase.

»Mir scheint, der Frühling ist da. Die drei Sommersprossen sind zurück!«

Dieses jungenhafte Grinsen hatte sie schon lange nicht mehr bei ihm gesehen. Jetzt packte er sie bei der Taille, hob sie auf den Küchentisch und küsste sie.

»Du, die Fördergelder für das neue Herr-Nilsson-Modell sind

genehmigt worden!« Seine Augen leuchteten. »Und wie war dein Tag?«

»Auch erfolgreich. Wir haben einen Auftrag an Land gezogen, und Trixie ist zufrieden mit mir.«

»Dann haben wir ja beide was zu feiern!«

Ricky hatte eine Flasche Sekt mitgebracht, die er jetzt öffnete.

Alles würde gut werden. Auf einmal nahm sie wieder die heimelige, warme Melodie ihres eigenen Hauses wahr, auf die sie lange nicht geachtet hatte.

Aber dann hörte sie in ihrem Kopf deutlich den Schrei einer Möwe, der die stumme Musik zerriss.

Und warum war ihr auf einmal zumute, als wäre sie im falschen Haus? Das Bild einer völlig anderen Küche, die sie noch nie gesehen hatte, schob sich für einen Moment über das der wirklichen.

Wahrscheinlich spielte ihr die Phantasie einen Streich, weil sie immer wieder an den Zettel denken musste. Den Zettel, den sie für Theo hinterlassen hatte, gut sichtbar an einem Splitter an der Holzwand aufgespießt, im Schuppen des verlassenen Gartens im Geheimen Land.

Myra

1945

9

Sturmkind

Der Winter war eisig. Anfang des Jahres beschlich Myra das Gefühl, dass ihr überhaupt nicht mehr warm wurde. Früher hatte sie nie gefroren. Aber jetzt, da sie das kleine Leben in sich warm halten musste, ging es ihr wie Nicholas. Sie fröstelte ständig. Seit dem Tag, da Kjell ins Ungewisse gesegelt war.

Eine Zeitlang hörte Myra wie unter Zwang Radio. Die offiziellen Nachrichten wurden immer schlechter, vor allem aber die Gerüchte. Die Kriegsmarine verwendete alle Mittel darauf, die eingekesselten Soldaten im Osten mit Nachschub und Munition zu versorgen. Um die Flüchtlinge kümmerte sich kaum jemand, sie wurden nur dann auf dem Rücktransport mitgenommen, wenn neben Waffen und Fahrzeugen noch Platz auf den Schiffen war.

Und irgendwo in all diesem Wahnsinn war möglicherweise Kjell mit der *Fremtid* unterwegs, in dem verzweifelten Versuch, den Menschen zu helfen, ohne selbst dabei auf die eine oder andere Art unterzugehen. Als ihr klarwurde, dass sie in den Nachrichten nichts über ihn erfahren würde, hörte sie auf, überhaupt welche zu hören.

»Wir zwei halten uns an das Meer!«, sagte sie zu dem ungeborenen Kind und ging am Strand spazieren, wann immer sie Zeit hatte, lauschte dem Wind und den Möwen und sah dem Schneetreiben zu, das einen gnädigen Mantel der Ruhe über die Küste legte. Das leise Klirren der Eisschollen im Rhythmus der Wellen beruhigte sie, und sie hoffte, dass das Ungeborene es auch wie

Musik empfinden würde, wie ein uraltes Wiegenlied, in das sie sich beide fallen lassen konnten.

Hatte sonst stets Myra sich um Henny und Nicholas gekümmert, so waren es jetzt die beiden, die sich um sie kümmerten. Sie nahmen ihr so viele Gänge wie möglich ab, deckten den Tisch, wuschen ab, wischten Staub und wetteiferten miteinander, es Myra bequem zu machen. Sie drängten sie zum Ausruhen, schoben ihr Kissen unter den Rücken und unter die Beine und trugen Decken herbei. »Frederic kommt bald wieder. Ganz bestimmt!«, versicherten sie immer wieder. Kjells richtigen Namen kannten sie noch immer nicht, es war sicherer so.

Henny hatte ein Kinderbuch auf dem Dachboden gefunden und las von einem Mädchen vor, das mit seinem forschungsreisenden Vater nach Madagaskar fuhr. Dankbar schloss Myra die Augen und folgte Hennys heller Kinderstimme in den Dschungel zu den Orchideen und den Makis, bis ein kräftiger Tritt sie zurück in die Wirklichkeit holte.

Erheitert hob sie die Decke.

»Henny, ich glaube du musst lauter sprechen. Unser Baby protestiert, weil es die Geschichte nicht mitbekommt.«

Unser Baby, so redeten Henny und Nicholas stets von dem Kind. Sie hatten einige Versuche gemacht, einen Namen auszusuchen. Oder vielmehr zwei, da man ja nicht wusste, was es werden würde.

»Wir können es ja so lange mit einem Doppelnamen rufen«, schlug Henny vor. »Natalie-Wilhelm zum Beispiel.« Doch Myra weigerte sich. Es konnte so viel passieren. Sie hatte kein gutes Gefühl dabei, einem Kind einen Namen zu geben, das noch nicht auf der Welt war.

»Darf ich fühlen?« Andächtig legte Henny ihre Hände auf Myras

Bauch. »O ja! Es strampelt. Nicholas, du auch!« Myra begegnete Nicholas' fragenden Augen und nickte ihm ermutigend zu.

»Klar. Du auch.«

Gerührt sah sie auf die vier kleinen Hände, die immer noch eine Spur Sommerbräune trugen. Sommer! Es würde wieder ein Sommer kommen. Und dann konnte dieses Kind im warmen Sand krabbeln, und sie musste aufpassen, dass es den Wellen nicht zu nahe kam. Denn es würde das Meer lieben. Schließlich war es in den Dünen gezeugt worden.

»Wenn Gott es so wollte, wird alles gutgehen«, hatte Oma Matilda gesagt, als sie von Myras Schwangerschaft erfuhr.

Gott. Nein, an Gott glaubte Myra schon lange nicht mehr.

Aber an das Leben glaubte sie. Dieses Kind war aus einer lebendigen Liebe entstanden, also würde es leben, ganz egal wie verrückt die Welt war, in die es hineingeboren wurde. Es würde die Zukunft sein.

Fremtid. Kjell hätte sein Schiff nicht so getauft, wenn er nicht an die Zukunft geglaubt hätte. Das mindeste, was sie tun konnte, war, auch daran zu glauben.

Entschieden schob sie die Decke von sich und stand auf.

»Lasst uns etwas backen! Ich habe Mehl und Butter eingetauscht. Und von Weihnachten ist noch etwas Zucker übrig.«

»Au ja.« Henny legte das Buch beiseite. »Und danach malen wir an dem Bilderbuch weiter, das wir für unser Baby machen, ja, Nicholas?«

Ende April wurde es mild. An den Büschen bei den Dünen zeigten sich hellgrüne Blätter. Wie vor einem Jahr, als sie mit Kjell hier gesessen hatte. Mit den Blättern keimte in Myra die Hoffnung, dass der Krieg zu Ende gehen würde. Die Spannung war fast unerträglich. Die Meldungen überschlugen sich. Nur von Kjell kam keine Nachricht.

»Wir schaffen es auch allein«, sagte Myra zu dem unruhigen Wesen in ihrem Bauch. »Vor dem Krieg konnte man sich auf Männer nicht verlassen, und jetzt erst recht nicht. Wir brauchen sie nicht! Mach dir keine Sorgen.« Nach Luft ringend blieb sie stehen und wischte sich den Schweiß von der Stirn. Sie fühlte sich so unendlich schwer.

Dagegen gab es nur eine Lösung. Silberblau funkelnd flüsterten die Wellen verlockend am Strand. Noch war das Wasser eiskalt, aber es war flach hier, und die Sonne hatte seit Tagen darauf gebrannt. Myra war schon oft bei diesen Temperaturen schwimmen gewesen.

»Das wird dir nicht schaden, im Gegenteil. Du bist ein Kind der Küste, also kannst du dich schon mal an dieses Gefühl gewöhnen. Es wird dir gefallen, Kleines.«

Mit erwartungsvollem Kribbeln im Bauch watete sie hinein. Das erste Schwimmen war jedes Jahr etwas Besonderes. Wie Weihnachten. Eigentlich noch besser. Das Meer war ihr Freund, ihr Partner, ihre Zuflucht in allen Lebenslagen. Auf das Meer konnte sie sich verlassen, in das Meer konnte sie sich hineinfallen lassen. Immer. Kein Krieg, keine Angst und keine Trauer konnten daran etwas ändern. Sie amüsierte sich darüber, wie tief ihre Füße in den nassen Sand sanken. So viel hatte sie noch nie gewogen.

Musste die Sonne gerade jetzt in eine Wolkenbank eintauchen? Es wäre schön gewesen, wenn das silberne Funkeln sie weiter begleitet hätte. Aber von dem Schatten und dem plötzlichen Wind würde sie sich jetzt nicht aufhalten lassen.

Eines Tages würde sie dieses Kind in der Kirche taufen lassen müssen. Oma Matilda und auch Henny und Nicholas bestanden darauf. Sie hatte den beiden Kleinen versprechen müssen, dass sie Patentante und Patenonkel werden durften. Zumindest inoffiziell, falls das bei Minderjährigen nicht ging.

Aber dies hier, heute, an der Schwelle zu einer neuen Zeit und einem neuen Sommer, das war für Myra die wirkliche Taufe für das Kind. Dieser Moment gehörte ihnen beiden ganz allein: zum ersten Mal im Meer! Damit es sich später niemals davor fürchten sollte. Und damit das Meer es kennenlernte.

»Patenonkel und Patentanten hin oder her, es soll das Meer sein, das immer für dich da ist und dich für alle Zeit beschützt, dir zuhört und dir Mut macht«, flüsterte sie. »Das soll unser Geheimnis sein.« Sie watete hinein, bis sie gerade noch Boden unter den Füßen spürte. Wunderbar leicht fühlte sie sich nun, getragen und geborgen in ihrem Element.

»Als er mich das erste Mal sah, sagte dein Vater, ich hätte auf ihn gewirkt wie Neptuns Tochter. Er wusste es nicht, aber als Kind habe ich mir oft vorgestellt, dass Neptun mein Vater ist.« Myra hatte gelesen, dass Babys im Bauch die Stimme ihrer Mutter hören und später wiedererkennen. Ob ihr Baby sie wohl auch hier mitten im Rauschen der Wellen hören konnte? Auf jeden Fall würde es später dieses Rauschen wiedererkennen. Das Lied des Meeres würde ihm vertraut sein. Das wenigstens konnte sie ihm schenken.

Die Wellen wurden höher, als wollten sie dem Kind auch etwas erzählen. Myra genoss das wilde Schäumen gegen ihren müden Rücken und sah den Tropfen zu, die in den Himmel flogen und dabei etwas von ihren Sorgen mitnahmen. Die Kälte machte sie wach und frisch. Das Wasser nahm ihr die Last ihrer Schwangerschaft ab, sie fühlte sich leicht und frei und jung. Sie hatte fast vergessen, dass sie so jung war.

Bis irgendwo draußen auf dem Meer ein großes Schiff vorbeifuhr, das die Wellen noch heftiger werden und höher schlagen ließ. Oder war es ein verirrter Sturmwirbel, der diesen Druck aufbaute? Eine davon traf Myra heftig ins Kreuz. Sie versuchte, ihr Gleichgewicht wiederzufinden, doch dann folgte die zweite Welle, und Myra stürzte kopfüber ins Wasser. Sie war eine hervorragende Schwimmerin und hatte schon mit vielen Wellen gekämpft und dabei stets auch über die tückischen Strömungen triumphiert. Doch nun fehlte ihr vielleicht die nötige Kraft, wahrscheinlich war es aber der ungewohnte Schwerpunkt durch das Kind in ihrem Bauch. Zudem war das Wasser doch kälter als gedacht und machte ihre Glieder steif. Sie verlor die Orientierung, wusste nicht, wo oben oder unten war, spürte nur, dass das Meer sie hin und her riss und der Boden unter ihren Füßen nicht mehr zu erreichen war.

Myra versuchte, Ruhe zu bewahren und die Oberfläche wiederzufinden, doch sie musste husten und schluckte Wasser. Panik stieg in ihr auf. Angst um das Baby, für das sie nun verantwortlich war. Sie war nicht mehr allein, sie waren wieder zu zweit, nachdem von ihrer Familie sonst niemand mehr geblieben war. Und jetzt drohte das Meer, sie beide zu verschlingen! Weil sie leichtsinnig gewesen war und nur an sich gedacht hatte. Sie strampelte verzweifelt, tastete nach dem Boden oder dem Himmel, öffnete die Augen gegen das Brennen des Salzwassers und versuchte, irgendwo Helligkeit zu entdecken. Doch um sie war nur eine trübe Brühe aus aufgewirbeltem Sand. Ihre Lungen schmerzten. Bloß nicht einatmen jetzt, durchhalten, nicht aufgeben …

Etwas hob sie von unten, sie spürte es deutlich. Es war nicht die Strömung. Später hätte sie schwören können, dass es Hände waren. Hände, die sie an die Oberfläche schoben und hielten, bis sie Wasser ausgespuckt hatte und wieder Luft bekam. Hände, die sie sanft in Richtung Strand schoben und sie stützten, bis sie wieder Boden unter den Füßen hatte.

Keuchend lag sie im Sand. Langsam richtete sich nach einer Weile die Welt wieder auf, Himmel und Strand waren zurück an ihrem Platz, die Wellen beruhigten sich. Es war kalt, aber ihre Haut kribbelte und brannte und fühlte sich zutiefst warm an, wie sie es immer tat nach einem Bad im kalten Wasser. Wäre Myra nicht so erschrocken gewesen, hätte sie sich wie neugeboren gefühlt. Außerdem schützte ihre Jacke sie, die sie über sich gebreitet hatte.

Aber … hatte die Jacke nicht oben am Fuß der Dünen gelegen? War also doch jemand hier gewesen und hatte Myra aus dem Wasser gezogen? Doch es war weit und breit niemand zu sehen. Nur eine Silbermöwe lief am Flutsaum auf und ab, pickte nach Miesmuscheln und sah hin und wieder mit schiefgelegtem Kopf zu ihr hin.

»Brauchst mich nicht auslachen. Ich weiß schon, dass ich mich wie ein sehr dummer Mensch verhalten habe.« Myra rappelte sich auf und machte sich auf den Weg zu ihrer Kleidung, die dort lag, wo sie sie hinterlassen hatte. Das Kind bewegte sich in ihr. Sie war erleichtert.

»Es tut mir leid, wenn du seekrank geworden bist. Hoffentlich bist du nun nicht für alle Zeit wasserscheu.« Ach was, dachte sie, als sie gegen den Wind nach Hause stapfte. Das Kind war ein oder eine Webelhuth. Ihre Tochter oder ihr Sohn. So schnell würde es sich nicht einschüchtern lassen.

Woher aber kam jetzt die tiefe Traurigkeit, die in ihr lag wie Blei und schmerzhaft in alle Richtungen an ihrer Seele zog, wie es vorher die Strömung getan hatte?

Sie wusste es genau, sie fürchtete sich nur davor, diesem Gefühl ins Gesicht zu sehen.

Dort im Wasser, da hatte sie ganz deutlich eine Anwesenheit gespürt. Jemand war bei ihr gewesen. Jemand hatte sie gestützt und getragen. Jemand, der ihr ganz nahe war. Wer außer Kjell sollte das gewesen sein?

Oft hatte sie dem einen oder anderen Seemannsgarn gelauscht in ihrem Leben an der Küste. Es ließ sich nicht vermeiden. Und immer wieder war erzählt worden, dass Menschen, die auf See gestorben waren, genau im Moment ihres Todes zu Hause von ihren Angehörigen in der Zimmerecke gesichtet wurden. Oder zumindest, dass man ihre Nähe gespürt und ihren Tod geahnt hatte.

»Sie kommen vorbei, um sich zu verabschieden, in diesem Moment zwischen Leben und Tod«, hatte der alte Oskar erklärt.

Wenn daran auch nur der Hauch einer Wahrheit war, dann war Kjell heute etwas zugestoßen. Das Entsetzen, das dieser Möglichkeit anhaftete, lag wie ein Gewicht auf Myra und machte es ihr schwer, den Weg bis nach Hause zu schaffen.

Sie war froh, dass der alte Doktor Clemens, der ab und zu bei Oma Matilda vorbeischaute, gerade an diesem Abend kam, mit seinem beruhigend professionell wirkenden Stethoskop auf die Herztöne des Kindes lauschte und Myra allerhand Fragen stellte.

»Alles in Ordnung«, sagte er. Er war schon achtzig, aber der einzige in der Gegend übriggebliebene Arzt. Alle anderen waren im Krieg. Immerhin hat er eine Menge Erfahrung, dachte Myra.

»Wann wird es so weit sein?«, fragte sie.

»Oh, es gibt keine Hinweise darauf, dass sich irgendwas an dem errechneten Termin ändern wird. Sie haben bestimmt noch vier Wochen Zeit. Gönnen Sie sich Ruhe, und trinken Sie ausreichend.«

Aber Ruhe war nicht Myras Sache. Im Gegenteil, seit ihrem Schreck im Meer ertrug sie es nicht, still zu sitzen. Ein Kinderzimmer auf Rav hatte sie bereits vorbereitet. Doch als sie jetzt darin stand und sich umsah, gefiel es ihr nicht. So praktisch, wie sie veranlagt war, hatte sie es auch eingerichtet. Aber seit jenem Schreck im Meer und der Erkenntnis, wie sehr sie das ungeborene Wesen liebte, hatte sie das Gefühl, dass »praktisch« nicht genügte.

Sie bat Oma Matilda, aus alten, zart verwaschenen Tischdecken Vorhänge zu nähen und einen Baldachin für das Kinderbett. Sie besuchte einen alten Malerfreund, dessen Hände zu sehr zitterten, um noch den Pinsel zu halten, und schwatzte ihm seine Farbreste ab. Das Kinderzimmer bekam einen Fries aus großen bunten Blumen, wie Myra sie liebte. Aus einem alten Lampenschirm und einem Garderobenständer, den sie mit steifem Packpapier ummantelte und anstrich, erschuf sie einen mannshohen Leuchtturm, der in der Ecke über das Kind wachen und die Dunkelheit verscheuchen sollte.

Henny und Nicholas bat sie, Papierschiffchen zu falten und anzumalen, und daraus wurde ein Mobile, das an der Decke über dem Bettchen hing.

Aus einer alten Plüschdecke nähte sie einen mächtigen Seehund, den sie mit Lumpen ausstopfte. Dort konnte sie sich anlehnen, wenn sie das Kind stillte, und später würde es darauf sitzen können und in seiner Phantasie durch die Meere reiten, als wäre es wirklich Neptuns Enkel.

Nicholas und Henny waren begeistert von dem Zimmer. »Am liebsten würde ich selbst hier einziehen«, sagte Henny. »Wenn wir verheiratet sind und Kinder bekommen, dann machen wir auch so ein schönes Zimmer, ja, Nicholas?«

Nicholas wurde rot. »Ich muss unbedingt nach Hause, sonst bekomme ich wieder Ärger«, murmelte er hastig und flüchtete.

»Da hast du es«, sagte Myra amüsiert. »Ich sag es ja immer, auf Männer kann man sich nicht verlassen.«

»Auf Nicholas schon«, sagte Henny. »Kommst du noch mit nach Hause, Oma Matilda von dem Zimmer erzählen?«

»Ja, ich wollte sowieso nach ihr sehen. Sie sagte heute früh, ihre Knochen tun besonders weh, es würde ein Sturm kommen. Ich denke, sie hatte recht.« Myra lauschte nach draußen. Der Wind pfiff um die alten Ziegel. »Ich glaube, das Fenster muss ich abdichten. Wir wollen nicht, dass unser Baby sich erkältet.«

Draußen war es bereits dunkel. Der Wind war noch heftiger, als Myra angenommen hatte. Sie nahm Henny bei der Hand und beide kämpften sich vorwärts. Gerade als sie beim Haus angekommen waren, fielen die ersten Tropfen, gemischt mit Graupelkörnern. Ein Blitz zuckte durch die Nacht, und ein Donnerschlag ließ die Scheiben klirren. Hastig drückte Myra die Haustür hinter ihnen zu. »Das wird heftig! Ein richtiger Frühlingssturm.«

Sie erzählten Oma Matilda und Opa Winfried von dem schönen Zimmer, dann machte Myra Abendbrot für alle. Beim Abwaschen dachte sie, dass ihr der Käse, den sie beim Bauern Fiebusch eingetauscht hatte, wohl nicht bekommen war. Oder war die Sache mit dem Leuchtturm zu anstrengend gewesen? Vielleicht hatte sie sich an der Papierrolle verhoben. Jedenfalls tat ihr Rücken verdammt weh.

»Ich geh nach Hause und leg mich hin«, sagte sie und stand auf.

»Geh nicht durch den Sturm! Bleib heute Nacht hier«, bat Oma Matilda.

»Ja, es ist besser, wenn wir alle zusammen sind. Möglicherweise fällt der Strom aus«, sagte Opa Winfried. Myra öffnete den Mund, um zu antworten, doch da fuhr ein Schmerz wie ein Messer durch sie, und sie konnte sich nur krümmen.

Oma Matilda vergaß prompt ihre Knochen und stand auf.

»Winni, bring Myra hinauf in Hennys Zimmer in das zweite Bett. Henny, zieh dir eine dicke Jacke an und Winnis Ölzeug und hol den Doktor Clemens! Unser Baby kommt!«

Myra fand ihre Sprache wieder und protestierte.

»Das kann noch nicht sein. Und du kannst Henny nicht allein in diesen Sturm schicken!«

»Henny ist hier geboren. Sie schafft das. Wir haben keine Wahl.«

Henny war schon halb draußen.

»Ich liebe Sturm. Mach dir keine Sorgen, Myra. Der Doktor ist gleich hier.«

Die Laken waren angenehm kühl unter ihrer verschwitzten Haut, und das schräge alte Reetdach über ihr war wie eine schützende Muschel.

»Warum hat dieses Haus eigentlich keinen Namen, Oma Matilda?«, fragte sie, um sich abzulenken.

»Henny möchte ihm erst einen geben, wenn sie heiratet. Sie will den Namen zusammen mit ihrem Mann aussuchen. Du weißt ja, es ist ihr Haus. Das einzige Geschenk von ihrem treulosen Vater, dem Taugenichts.« Oma Matilda stopfte Myra noch ein Kissen unter den Kopf. Draußen heulte der Wind, der vom Meer kam, um den Giebel und klopfte drängend mit dem Fensterladen, als wollte er hereinkommen und Zeuge sein von der Geburt eines neuen Wesens in seinem Reich. Durch die Ritzen stahl sich feuchte Luft, die dem Unwetter zum Trotz nach Mai und Frühling duftete.

Myra wälzte sich zwischen den Wellen des Schmerzes hin und

her. Oma Matilda summte ein altes Wiegenlied und klang dabei zunehmend verzweifelt. Henny und der Arzt ließen auf sich warten.

Die letzte Stunde des Tages hatte begonnen, als Schritte auf der Treppe polterten und die Tür aufflog. Doch es war Opa Winfried, der mit wild hochstehendem weißen Haar und leuchtenden Augen auf der Schwelle stand. Seine Stimme war vor Aufregung eine Oktave höher gerutscht.

»Die Kapitulation der deutschen Wehrmacht ist soeben in Kraft getreten«, verkündete er. »Der Krieg ist zu Ende! Dieses Kind wird im Frieden geboren!«

Myra schloss die Augen, kniff sie fest zusammen, um den Schmerz auszuhalten. Hinter ihren Lidern entstanden Muster aus leuchtenden Farben, die sich von einer Mitte her ausbreiteten und aussahen wie die großen bunten Blüten, die sie immer malte. Wie die Blumen, die Kjell für sie gestohlen hatte. Frieden!, dachte sie. Die Zukunft wächst und wird bunt sein.

Irgendwo klopfte es.

»Um Gottes willen geh runter, Winfried, und lass den Arzt herein!«, rief Oma Matilda.

Opa Winfrieds Schritte verklangen auf der Treppe. Draußen wurde der Wind noch lauter, dann hallte erneut ein Donnerschlag. Das Glas Wasser auf dem Nachttisch erzitterte. Im nächsten Moment fiel der Strom aus.

Myra war alles egal, sie versuchte nur, die nächste Wehe auszuhalten. Sie umklammerte den Anhänger von Kjell und glaubte zu spüren, wie Kraft daraus in sie überging.

Dann stahl sich ein Geräusch durch die Dunkelheit.

»Es-wird-heller-es-wird-heller«, sang der Dynamo von Kjells

Taschenlampe. Henny hatte die kleine Lampe in der Hand und wies dem Doktor damit den Weg ins Zimmer.

»Der Doktor Clemens war nicht da. Er ist nach Zingst gerufen worden«, sagte Henny. »Aber er hatte einen Gast, einen Flüchtling aus Berlin. Er ist auch Arzt.«

Myra blinzelte zu dem Fremden auf. Oma Matilda hatte inzwischen einige Kerzen angezündet, so dass es tatsächlich etwas heller wurde. Er war jünger und schlanker als Doktor Clemens, hatte ein ernstes Gesicht hinter einer großen dunklen Brille. Hauptsache jemand sorgte dafür, dass ihr Kind gesund auf die Welt kam. Sie fasste instinktiv Vertrauen zu diesem fremden Arzt. Seine Hände wirkten fein und geschickt.

Wenn er es schafft, mache ich ihn zum Patenonkel, dachte Myra. Das Kind braucht jemand Erwachsenes, neben Henny und Nicholas. Es soll allen Schutz haben, den es bekommen kann.

Oma Matilda schickte Henny hinaus. Jetzt, da der Arzt da war, hatte Matilda ihre Fassung wiedergewonnen.

Die Kerzen warfen tanzende Schatten an die Wand und ließen das Bild der fliegenden Schwalben, das Henny mit zehn gemalt hatte, so lebendig wirken, dass Myra sich mit ihnen über die Wiese fort in den Sommerhimmel träumte.

Es-wird-heller-es-wird heller summte wie damals in den Dünen der kleine Dynamo. Oder nein, er sprach jetzt: *Es-ist-Frieden-es-ist-Frieden.*

Es ist gut, dass das Kind hier geboren wird, fuhr es Myra durch den Kopf, in einer der Lücken zwischen dem Schmerz, in denen sie denken konnte. Hier in einem Haus, in dem nicht wie auf Rav vor kurzem ein Mensch seinen Tod beschlossen hat, sondern dessen Wände getränkt sind von Gastfreundschaft, Fröhlichkeit und Liebe.

Draußen hatte der Wind etwas nachgelassen. Myra war sich sicher, dass sie in einer Pause zwischen den Böen den Schrei einer Silbermöwe vor dem Fenster hörte. In diesem Moment spürte sie deutlich, dass Kjell lebte. Doch! Bestimmt! Sie hatte sich geirrt, neulich im Meer. Er war irgendwo da draußen und dachte an sie.

Noch einmal schrie die Silbermöwe. Im gleichen Augenblick schrie auch Myra und dann zum ersten Mal das Kind, während unten im Wohnzimmer, wo Opa Winfried auf und ab humpelte und Henny mit krampfhaft verschränkten Händen auf der Ofenbank saß, die alte Uhr begann, Mitternacht zu schlagen.

»Es ist ein Mädchen!«, sagte der Arzt mit seiner warmen Stimme. Er klang selbst erstaunt über das, was sie zusammen fertiggebracht hatten. »Ein gesundes Mädchen. Herzlichen Glückwunsch!«

Myra lauschte auf die neue Stimme unter dem Reetdach und musste darüber lächeln, wie empört sie klang. Meine Tochter, dachte sie. Kjells Tochter. *Unsere* Tochter. Wie lebendig sie klingt. So lebendig wie die Schwalben auf dem Bild.

»Sie soll *Liv* heißen! Leben!«, sagte sie laut, damit es alle hörten, alle. Vielleicht auch Kjell, wo immer er sein mochte.

Schon nach wenigen Tagen staunten alle, wie ähnlich die Kleine Myra sah.

»Dieselben dunkelblauen Augen. Dasselbe dunkelblonde Bernsteinhaar«, stellte Oma Matilda fest. Tatsächlich hatte Liv eine erstaunliche Menge Haar für ein Baby.

Neptuns Enkelin, dachte Myra. Sie war erleichtert, dass das Kind nicht Kjell ähnlich sah. Das jeden Tag zu sehen hätte seine Abwesenheit noch schwerer zu ertragen gemacht. Sie suchte in dem Gesichtchen nach irgendeinem Hinweis auf ihn, doch vergeblich.

Bis Liv das erste Mal lächelte.

Der Sommer kam, wurde bunt und groß und welkte wieder, der Frieden gedieh dabei und mit ihm Liv.

Als das Kind unerwartet früh die ersten Schritte machte – am Strand, auf das Meer zu –, stieg in Myra eine dunkle Angst auf, dass sie Liv nicht immer würde beschützen können.

Ylvi

1992

10

Gartenzauber

Da! Ylvi starrte auf die Zeitungsanzeige und ärgerte sich, dass vier Buchstaben so mühelos ihr Herz zum Klopfen bringen konnten. *Theo.* Da stand es. Nach ewigem Suchen tauchte hier der Name beiläufig auf, obwohl sie schon längst nicht mehr daran geglaubt hatte.

»Gärtnerei Blaue Blume. Wir sind ein engagiertes vielseitiges Team und stehen Ihnen in allen gärtnerischen Fragen mit Rat und Tat zur Seite. Tina, Theo, Fritz und Sandra. Kommen Sie vorbei und testen Sie uns. Wir freuen uns auf Sie!«

Gärtnerische Fragen hatte sie jede Menge. Den Plan für den Küchengarten hatte sie zwar gezeichnet, genau wie sie ihn sich vorstellte, und die Auftraggeber und Trixie waren in jedem Punkt einverstanden. Aber wie sie das umsetzen sollte, welche Pflanzen in Frage kamen und was für Bedürfnisse sie hatten, dieses Wissen fehlte ihr. Noch. Und das sollten die Kunden besser nicht bemerken.

Was war falsch daran, wenn sie in die Gärtnerei Blaue Blume fuhr, um sich dort schlauzumachen? Selbst wenn dieser Theo nicht der richtige Theo war, würde er ihr ebenso gut weiterhelfen können wie jeder andere Gärtner.

Und wenn er tatsächlich der richtige Theo war, dann – ja, dann wusste sie auch nicht weiter. Das würde sich zeigen.

»Ich habe dir schon letztes Mal gesagt, dass ich keinen Estragon mehr im Salat haben möchte. Das Zeug schmeckt furchtbar«, nörgelte Ricky beim Abendbrot. »Es kann doch nicht so schwer sein, sich das zu merken. Was bist du denn so zerstreut?«

»Sorry.« Ylvi stand auf und räumte den Salat weg. Im Salat war kein Estragon. Wahrscheinlich war er wieder mit einer Idee schwanger.

Um das dichte Schweigen zu verscheuchen, fing sie an, von dem geplanten Garten zu erzählen. Ricky hob abwehrend die Hand.

»Kannst du ausnahmsweise mal das Blabla sein lassen? Ich muss mich konzentrieren. Ich muss gleich noch eine Berechnung machen.«

Ylvis Hand zitterte, als sie die Teller abräumte. Ricky musste das bemerkt haben, denn er sprang plötzlich auf, umarmte sie von hinten und küsste sie auf den Scheitel.

»Es tut mir leid. Ich habe es nicht so gemeint. Es gibt ein Problem mit Herr Nilsson, weißt du, und ich stehe unter Druck. Andere Teams arbeiten inzwischen auch an so was. Das ist ein verdammter Wettlauf! Die Konkurrenz um die Forschungsgelder ist brutal.«

Sie drehte sich um und sah ihn an. Aus seinen Augen leuchtete die Begeisterung, die einer der Gründe war, warum sie sich in ihn verliebt hatte.

»Es sind aber nicht die Forschungsgelder. In Wirklichkeit willst du es einfach nur hinbekommen, stimmt's?«

Sein jungenhaftes Grinsen flog über sein Gesicht. Der zweite Grund.

»Stimmt«, gab er zu. »Weißt du, dieses Modell soll in brennende Häuser kriechen und mit seinen Sensoren melden, ob noch Lebewesen darin sind. Auch wenn es zu heiß wird, soll er weitersuchen, bis er eben schmilzt. Sich opfert, sozusagen.«

»Und das klappt nicht?«

»Das Problem ist: Wenn es heiß wird, verursachen seine Sensoren, dass er sich zurückzieht. Im Moment noch.«

Ylvi versuchte, das Kichern herunterzuschlucken, aber es gelang ihr nicht. Ricky starrte sie finster an. Doch dann fing auch er schallend an zu lachen.

»Du hast recht. Ein Roboter, der ein Feigling ist, *ist* komisch. Zumindest wäre es komisch, wenn es nicht so ernst wäre. Es soll ein bezahlbares Modell werden. Eins, das sich jede kleine Feuerwehr leisten kann. Auch in armen Ländern.«

»Kein Feigling. Eher menschlich. Der arme Herr Nilsson. Du schaffst das schon.«

Er umarmte sie und legte sein Kinn auf ihren Kopf wie früher. »Weißt du was? Wenn ich es wirklich geschafft habe, fahren wir in Urlaub, wir drei. An die See vielleicht, das Hirn freipusten lassen.«

»Das wäre schön. Remy kennt das Meer noch gar nicht, obwohl sie dort geboren ist.«

»Versprochen. Und jetzt gehe ich weiterrechnen.«

Sie konnte ihm nie lange böse sein. Aber morgen würde sie in die Blaue Blume fahren, und auf einmal hatte sie kein schlechtes Gewissen mehr deswegen. Das, was Ricky als »Blabla« bezeichnete, war ihr Leben, und lebendig wollte sie sich fühlen.

Die blaue Blume war ein altes Symbol für Sehnsucht, Liebe und Fernweh.

Vormittags arbeitete sie bei Trixie im Büro. Nachmittags holte sie Remy aus der Kindergruppe ab und schnallte sie in ihren Kindersitz.

»Fahren wir zu Oma und Opa?«, fragte Remy hoffnungsvoll.

»Heute nicht. Wir beide fahren jetzt etwas über Blumen lernen.«

Als sie ankamen, war Ylvi war froh, dass die Blaue Blume offensichtlich zu den kleineren Gärtnereien gehörte. Der Verkaufsraum war übersichtlich, und die Gewächshäuser und Beete, die sich draußen erstreckten, waren nicht so einschüchternd, wie sie es aus den Gartenabteilungen in den Baumärkten kannte.

»Kann ich Ihnen helfen?« Eine dunkelhaarige Frau mit einem strahlenden Lächeln kam auf sie zu.

Ylvi nahm allen Mut zusammen. »Könnte ich vielleicht Theo sprechen?«

»Ach, Sie kennen Theo? Klar, der müsste draußen bei den Rosen sein. Gehen Sie einfach dort hinter dem Gewächshaus nach rechts.« Sie zeigte aus dem Fenster.

Ylvis Puls beschleunigte sich wieder. Bei den Rosen. Natürlich. Wie passend. Ob der Ableger, den er damals im vergessenen Garten mitgenommen hatte, angewachsen war? Wie ihr Nussbaum?

Sie nahm Remy fest an der Hand und machte sich auf den Weg, der immer länger wurde, an Reihen mit jungen Sonnenblumen vorbei und einem Teich, in dem Remy einen Frosch entdeckte, von dem sie kaum fortzulocken war.

Zunächst sah Ylvi niemanden zwischen den Rosen. Dann erblickte sie unter der grünen Schleife einer Gärtnerschürze ein recht umfangreiches Hinterteil.

Sie räusperte sich. »Hallo?«

Der Mann richtete sich auf. Er war kaum größer als Ylvi, dafür aber wesentlich breiter. Seine wilden dunklen Locken waren von weißen Strähnen durchzogen, und er hatte einen eisgrauen Bart. Tiefe Lachfältchen legten helle Spuren in sein braungebranntes Gesicht.

Es war eindeutig nicht der richtige Theo.

Aber er sah sie so erwartungsvoll und freundlich an, dass sie nicht anders konnte, als zurückzulächeln. Das half ihr, die brennende Enttäuschung herunterzuschlucken, die ihr jetzt schwer im Magen lag. Gleichzeitig war da auch Erleichterung. Wenn dies Theo gewesen wäre, hätte sie eindeutig mehr Probleme gehabt, als es jetzt der Fall war.

»Wie schön! Zwei Prinzessinnen in meinem Rosengarten. Wie kann ich helfen?« Seine Stimme hatte einen leichten Akzent, war tief wie der Teich, in den Remy beinahe hineingefallen wäre, und vertrauenerweckend.

»Ich möchte bitte einen Frosch!«, sagte Remy und lief auf ihn zu.

Der Gärtner hockte sich hin, um auf ihrer Augenhöhe zu sein. »Dafür brauchst du einen Teich, damit er darin wohnen kann«, sagte er. »Wie wäre es, wenn du erst mal einen Frosch fütterst? Ich bin übrigens Theo. Eigentlich Kristianos Theodorus. Du kannst dir also aussuchen, ob du mich Kristianos oder Theo nennen möchtest.«

Remy sah ihn nachdenklich an, den Finger im Mund.

»Kristi-Jannos«, sagte sie schließlich entschieden.

Ylvi atmete auf. Das war ihr wesentlich lieber.

Kristianos holte ein Schälchen mit Mehlwürmern und zeigte Remy, wie sie diese dem Frosch füttern konnte.

»Und wie kann ich Ihnen helfen?« Er richtete sich auf und sah Ylvi fragend an. Sein Blick war so freundlich und so weise, dass ihr fast die Tränen kamen. Sie hatte das Gefühl, er könnte sehen, wie ihr zumute war.

»Sie haben traurige Augen«, sagte er dann auch sanft. »In einem Garten muss man keine traurigen Augen haben.«

Ylvi schluckte.

»Es ist nur – ich habe einen anderen Theo gesucht«, platzte sie heraus.

»Oh. Das tut mir leid. Aber vielleicht finden Sie ihn noch. Dann kann ich Ihnen gar nicht helfen? Wie schade.«

Ylvi putzte sich die Nase.

»Doch. Sie können mir sogar sehr helfen. Ich habe versprochen, einen großen Küchengarten anzulegen, und habe keine Ahnung, wie man das macht. Ich habe nur ein Bild, einen Entwurf.«

Kristianos strahlte und breitete die Arme weit aus.

»Da sehen Sie. Nun kann ich doch helfen. Zeigen Sie.«

Ylvi breitete ihren Plan auf den sonnenwarmen Steinfliesen aus, und sie beugten sich darüber, während Remy mit dem Frosch eine ausgiebige Unterhaltung führte.

»Das ist wunderbar, ich kann die Kräuter schon riechen. Sie haben eine Vision! Das ist gut. Pflanzen trösten, sie machen Musik in der Seele.«

Ylvi setzte sich überrascht auf.

»Wieso sagen Sie das?«

»Mir geht es so. Ich sehe ein Blumenbeet, dann höre ich Musik.«

»Das kenne ich«, sagte Ylvi aufgeregt. »Für mich hat jede Landschaft eine Musik. Das hat mir bisher nur noch niemand geglaubt.«

»Dann hast du ein Gärtnerherz. Wie ich. Das ist gut. Wir machen aus deiner Vision einen Garten. Das lernst du schnell, wenn du die Musik hören kannst.«

Kristianos führte die beiden durch die Gärtnerei, stellte Ylvi die Pflanzen vor, die sie brauchen würde, erzählte ihr alles darüber, berechnete mit ihr die nötigen Mengen und schrieb ein Kostenangebot. Am Ende gab er ihr noch seine Telefonnummer.

Der Mann war wie eine Wärmflasche für Ylvis angeschlagenes Gemüt. Er war schon lange in Deutschland, erzählte er, der Liebe wegen. Seine deutsche Frau und er hatten fünf Kinder, aber die Enkelkinder ließen auf sich warten.

Darum kam ihm Remy gerade recht. Das war gut, denn in der folgenden Zeit musste Ylvi ihn immer wieder besuchen. Es ergaben sich mehr Fragen als gedacht, und es war auch viel mehr Material nötig, als sie vorausgesehen hatte. Erde, Dünger, Etiketten, eine endlose Liste. Remy fühlte sich in der Gärtnerei wie zu Hause und hatte nicht nur dem Frosch einen Namen gegeben, sondern auch allen Goldfischen und einigen Apfelbäumen.

Als der Küchengarten fertig war, staunte nicht nur Ylvi über das Ergebnis. Die Auftraggeber waren hin und weg. Am meisten freute sich Trixie.

»Du hast keinen grünen Daumen, du hast Regenbogenfinger! Wenn du sie in die Erde steckst, kommen in kurzer Zeit alle möglichen Farben dabei heraus und wachsen in den Himmel. Schau dir nur diese Sonnenblumen an. Wie konnten die so schnell so groß werden? Und hier die Ringelblumen. Wie Feuer am Wegrand. Gehören die überhaupt in einen Küchengarten? Egal, es sieht toll aus.«

»Kristianos sagt, sie sind gut für die Kräuter. Und für die Menschen. Es ist eine Heilpflanze. Außerdem kann man die Blüten essen. Im Salat sieht das toll aus und macht gute Laune.«

»Übrigens«, sagte Trixie, »die Auftraggeber haben uns weiterempfohlen. Im übernächsten Hof möchten die Leute einen Obstgarten haben. Und du sollst dich darum kümmern, während ich den Dachboden ausbaue.«

So kam es, dass Ylvi noch mehr Zeit in der Gärtnerei verbrachte. Sie stellte fest, dass es sie glücklich machte. Wenn sie mit den Händen in der Erde arbeitete, sprang eine geheimnisvolle Kraft auf sie über, als käme sie direkt aus dem flüssigen Feuer in der Tiefe oder dem magnetischen Kern des Planeten. Luftschlösser waren eine feine Sache, aber das hier war echtes Leben, das war wirklich, und es tat ihr gut.

Es spielte sich ein, dass sie die Vormittage im Büro bei Trixie oder auf den Baustellen verbrachte und die Nachmittage mit Remy bei Kristianos. Auch Remy tat das gut, sie bekam Farbe und wurde kräftig, hungrig und glücklich. Wenn sie beide abends nach Hause kamen, war Ylvi manchmal zu müde, um die Erdkrümel wegzusaugen, die sie auf dem Teppich verteilten. Wenn Ricky darüber schimpfte, nahm sie es gelassen und dachte an ihre Blumen. Tatsächlich hatte sie in ihrem Kopf einen geheimen Garten angelegt, in den sie sich vor Rickys Ungerechtigkeiten flüchtete.

Ihre Freundin Heike hatte sich nach Remys Geburt zurückgezogen. Mit Kindergeschrei, kurzen Abenden und Verpflichtungen hatte Heike nichts am Hut.

Ylvis alte Sehnsucht nach einer großen Familie wurde in dieser Zeit wieder stärker als je zuvor. Wie gern hätte sie Geschwister gehabt, mit denen sie zusammen aufgewachsen wäre. Gütige Großeltern, weise Onkels, bei denen sie sich Rat holen konnte, Tanten, die sie trösteten. Cousinen, mit denen sie Erfahrungen austauschen und über Rickys Eigenarten hätte lachen können, Cousins, die mit ihr Scherze trieben und sie zum Lachen brachten. Nichten und Neffen, die sie hätte verwöhnen können und die Gefährten für Remy sein könnten.

Aber so wie Ylvis Geschichte verlaufen war, konnte sie froh sein, dass sie überhaupt Eltern hatte. Und dann noch so wundervolle. Doch sie waren alt geworden, und Ylvi wollte sie nicht mehr mit all ihren Sorgen belasten.

Einmal blickte sie von ihrem Schreibtisch in Trixies Büro auf und sah einen großen, schlanken, dunkelhaarigen Mann mit Brille unten auf der anderen Seite des Bürgersteigs stehen. Er musterte das Haus. Ylvi schluckte und ließ den Stift fallen, der vom Tisch rollte und klirrend zu Boden fiel. Als das Geräusch verstummte, war die Stille seltsam dick im Raum. Ylvi hörte ihren eigenen Atem.

Theo?

Hatte er ihren Zettel im vergessenen Garten gefunden und war gekommen? Und was sollte sie machen, wenn er es war? Tausend Gedanken huschten im Schnelldurchlauf durch ihren Kopf. Sollte sie ihm von Remy erzählen? Was würde sie sagen, wenn er sie fragte, ob sie mit Ricky noch glücklich war? Ob sie etwas für ihn, Theo, empfand? Und was war mit seiner eigenen Ehe? Seinem Sohn? Siedend heiß fiel ihr zum ersten Mal ein, dass Remy einen Halbbruder besaß, den sie vermutlich nie kennenlernen würde. Es war verrückt, aber daran hatte sie noch nie gedacht.

Mit zitternden Knien stand sie auf und schob die Gardine beiseite. Er sah die Bewegung und blickte auf, und sie erkannte, dass es nicht Theo war. Im nächsten Moment sah sie, dass er nur auf eine Frau gewartet hatte, deren Hund drei Laternen weiter das Bein hob.

Ylvi holte sich ein Glas Wasser und trank es hastig aus. Es war gut so, redete sie sich ein. Theo würde nie kommen. Warum auch? Die Nacht des Mauerfalls war ein einmaliges Ereignis gewesen, und Theo war ein Teil davon. Es war nur ein Rausch gewesen. Wahrscheinlich erinnerte er sich kaum noch daran.

»Du hast so viel Talent und hast bei mir nun so viel gelernt, dass du eigentlich schon eine halbe Gärtnerlehre gemacht hast«, sagte Kristianos zu Ylvi, als sie sich fast ein Jahr kannten. »Wie wäre es, wenn wir das offiziell machen und du es zu Ende bringst? Dann kannst du als Gärtnerin arbeiten, wenn du einmal keinen Job als Architektin findest. Sei ehrlich, es macht dir doch ohnehin mehr Spaß.« Er funkelte sie mit so viel Begeisterung in den Augen an, dass die Idee auf sie übersprang.

Tatsächlich ging es ihr nie so gut, als wenn sie mit den Händen in der Erde wühlte, zarte Wurzeln hineinbettete, Sämlinge pikierte, Dünger verteilte, Samen aussäte und Schösslinge an Stangen band, damit Wind und Wetter sie nicht knickten. Sie liebte diese Arbeit bei Regen und bei Sonne, auch mit steifgefrorenen Fingern, kalten Füßen oder wenn ihr der Schweiß in den Nacken lief. Immer klang dabei Musik in ihr, und sie hatte das Gefühl, mit den wachsenden Pflanzen eine Verbindung zwischen Erde und Himmel zu schaffen, in der eine vibrierende Energie floss, von der sie ein Teil war.

»Weißt du was, ich glaube, du hast doch den richtigen Theo gefunden«, sagte Trixie, als sie wieder einmal ein Projekt beendet hatten. »Vielleicht nicht den, den du gesucht hast, aber den, der gut für dich war! Die Kunden sind auch diesmal hochzufrieden mit dem Paradies, das du ihnen geschaffen hast. Und du machst einen deutlich glücklicheren Eindruck als damals, als du in mein Büro geschneit kamst.«

Trixie hatte recht, dachte Ylvi. Kristianos Theodorus war wirklich ein Glücksfall gewesen.

Wenn es so etwas wie Schicksal gab, war ihr Theo vielleicht nur begegnet, um sie zu ihrer wahren Bestimmung zu führen, dem

Gärtnern? Und natürlich, um ihr Remy zu schenken. Denn inzwischen war Ylvi sich ziemlich sicher, dass Ricky zeugungsunfähig war. Das mit dem Geschwisterchen für Remy klappte jedenfalls nicht. Eine große Familie schien Ylvi einfach nicht bestimmt zu sein.

Der Gedanke, dass Theo ihrem Leben zwei entscheidende Wendungen gegeben hatte, auch wenn sie ihn nie wiedersehen würde, tat ihr gut. Sie fühlte sich leichter. Sie würde diesen Weg weitergehen und die Gärtnerlehre abschließen.

Theo hatte einst den Wunsch gehabt, auf dem nackten Todesstreifen einen Rosengarten anzulegen. So würde sie es nun selbst machen: Sie würde auf den kahlen Stellen ihres Lebens Blumen pflanzen! Große, bunte, übermütige Blumen, die ihre Wurzeln tief in die Erde trieben und sich weit zum Himmel emporstreckten.

Ylvi hoffte, die Wurzeln all dieser Pflanzen würden den Boden unter ihren Füßen oder vielmehr den ihrer Seele zusammenhalten, der sich manchmal anfühlte, als drohte er auseinanderzubrechen.

Ylvi

1996

11

Gespräche vom Vulkan

Ylvis Plan ging auf wie die Sonnenblumensamen, die Remy um das Haus säte. Er funktionierte ein Jahr lang. Er funktionierte sogar mehrere Jahre. Wenn er Brüche bekam, pflanzte sie noch mehr Blumen und noch mehr Bäume. Und vielleicht hätte es für immer funktioniert oder wenigstens bis zu Remys Volljährigkeit.

Wenn sich nur Ricky nicht schneller verändert hätte, als die Bäume in den Himmel wachsen konnten.

Ylvi griff nach dem jungen Pflaumenbaum, den Kristianos ihr reichte, doch er hielt ihn fest und sah sie forschend an.

»Die Pflanzen hättest du auch morgen früh abholen können. Was machst du noch hier? Warum seid ihr nicht beide zu Hause? Es ist Zeit für das Abendessen. Duschen. Hausaufgaben. Bett.« Er wies mit dem Kinn auf Remy, die wieder einmal am Teich kniete und nach ihren Freunden, den Fröschen, Ausschau hielt. »Warum hängst du hier noch herum, wie damals in deiner Lehrzeit? Was ist los, Ylvi?«

Unter seinem freundlichen, klugen Blick senkte sie ihre Augen. Der Schlamm auf ihrer Haut fing an zu jucken. Kristianos hatte vollkommen recht. Sie müssten längst zu Hause sein, sauber geduscht, Essen richten und Zahlen üben. Hausaufgaben hatte Remy zwar in der ersten Klasse noch nicht, und mit Buchstaben und Worten konnte sie dank der Luftschlosssteine schon wunderbar umgehen, aber mit den Zahlen stand sie auf Kriegsfuß.

Doch der Gedanke an ihr Zuhause widerstrebte Ylvi. Wer

wusste, in welcher Laune sich Ricky wieder befand! Aber Kristianos hatte eigentlich auch schon Feierabend. Und der freute sich auf seine Familie. Sie sollte also besser schnell die Setzlinge in ihren Anhänger laden und verschwinden.

In den letzten Jahren waren sie enge Freunde geworden, aber von Rickys Entgleisungen mochte sie Kristianos dennoch nicht erzählen. Sie schämte sich. Für Ricky. Für sich selbst. Weil sie wahrscheinlich mitschuldig an allem war. Und weil sie nicht wusste, wie sie es ändern konnte. Mit Wasser und Dünger war da nichts zu machen. Darum konnte ihr Kristianos sowieso nicht helfen.

Ausgerechnet ihre Schwiegermutter hatte sie einst gewarnt. Rickys Eltern lebten schon lange getrennt, beide in anderen Städten. Ylvi bekam sie nicht oft zu Gesicht. Rickys Vater war Jurist mit einem eleganten, selbstbewussten und charmanten Auftreten, seine Mutter, die eine kühle, sachliche Ausstrahlung hatte, war irgendwo sporadisch im Buchhandel tätig. Bei der Verlobungsfeier nahm sie Ylvi unter dem Apfelbaum zur Seite.

»Was du machst, ist deine Sache«, sagte sie. »Ich freue mich, wenn mein Sohn eine Frau wie dich bekommt. Aber ich hätte ein schlechtes Gewissen, wenn ich es dir nicht wenigstens einmal sagen würde.« Hier verfiel Ina Matthis in Schweigen und schob eine Pastete auf ihrem Teller hin und her.

Ylvi widerstand der Versuchung, sich unter einem Vorwand hastig davonzumachen. »Was ist denn, Ina?«, fragte sie.

Warum war ihr, als sei die Sonne an diesem schönen Mainachmittag plötzlich verhangen? Mütter nörgelten doch immer über ihre Söhne – wenn sie sie nicht gerade in den Himmel lobten. Das hatte nicht Großes zu bedeuten. Nur machte Ina selten viele Worte um irgendwas.

»Richard ist ein charmanter, intelligenter Mann. Aber er ist wie sein Vater.« Ina zögerte erneut. »Ist ja auch kein Wunder, Leonhard war sein großes Vorbild. Er hat ihn erzogen. Tja, und Richards Großvater, mein Schwiegervater, war auch nicht anders.«

Ylvi wartete und beobachtete, wie die Avocadocreme auf Inas Teller in der Hitze einen braunen Rand bekam.

»Sie sind alle gelegentlich unbeherrscht, weißt du. Ich vermute, so war es auch in den Generationen davor. In der Öffentlichkeit sind sie galant und souverän. Aber wenn sie schlecht gelaunt sind, vergreifen sie sich zu Hause im Tonfall, und es wird deutlich, dass sie im Grunde wenig Respekt vor Frauen haben.«

»Wie … wie soll ich mir das vorstellen?«, fragte Ylvi.

Ina stellte den Teller mit der Pastete auf einem Tischchen ab, holte tief Luft und sah Ylvi direkt in die Augen.

»Heute würde man sagen, sie haben eine geringe Frustrationstoleranz. Sobald den Herren irgendeine Laus über die Leber läuft, lassen sie es zu Hause, wo es ihrem Image nicht schadet, an ihrer Frau aus, weil sie eben da ist. Ich habe versucht, Richard ein besseres Vorbild zu sein. Das hat aber das Beispiel seiner männlichen Bezugspersonen nicht aufwiegen können. Warum auch immer – die Herren glauben, ein Recht dazu zu haben. Und zwar ein exklusives. Wehe dir, wenn du dich wehrst und widersprichst. Abgesehen davon, dass man sich selbstverständlich nicht auf dasselbe Niveau begeben möchte. So, mehr wirst du von mir dazu nicht hören. Aber es musste gesagt sein. Ich wünsche euch Glück.« Ina leerte ihr Weinglas und stellte es neben den Teller.

Ylvi sah ihr nach. So sollte Ricky sein? Sie konnte sich das beim besten Willen nicht vorstellen. Ina mochte ja die Wahrheit sagen über ihren Mann und ihren Schwiegervater. Aber Ricky war ein moderner Mann. Ylvi hatte nie etwas an ihm bemerkt, was in diese Richtung ging. Nicht ein einziges Mal war er ihr gegenüber unhöflich gewesen.

Tatsächliche rutschte Ricky weder vor der Hochzeit noch in den ersten zwei Jahren danach jemals ein böses Wort heraus.

Sie konnte sich nicht einmal mehr erinnern, wann es zum ersten Mal passiert war. Anscheinend hatte sie es erfolgreich verdrängt. Oft gelang ihr das sogar jetzt noch. Vor allem, wenn sie nicht zu Hause war.

»Es ist eben so schön draußen um diese Jahreszeit«, sagte sie jetzt zu Kristianos und nahm den Pflaumenbaum an sich. Das war nicht gelogen. Die Bäume trugen ein sattes Maigrün, aus dem Nachtigallenlieder klangen. Ylvi schmunzelte vor sich hin, als sie hörte, wie zwei Kundinnen rätselten, was das wohl für Vögel wären. Viele Leute wussten nicht, dass Nachtigallen auch bei Tag sangen. Der Waldmeister unter den Bäumen war so dicht voller weißer Sterne wie die Milchstraße selbst, und es duftete nach Flieder, Maiglöckchen und Veilchen. Die geballte Lebenskraft, die sich entfaltete, war wie ein allgegenwärtiges Vibrieren. Ylvi hörte so viel stumme Musik an allen Orten, dass sie ineinanderfloss und ein Chaos in ihrem Kopf anrichtete, weil es unmöglich war, die Töne noch zu sortieren. Auch Remy war voller Energie und hüpfte glücklich auf einem Bein durch die Blumenbeete. Was war gegen so viel Vitalität, gegen so viel Hellblau und Himmelgrün und Apfelblüten schon ein böses Wort hin und wieder?

Kristianos ließ den Pflaumenbaum widerwillig los. Er wusste, dass Ylvi ihm etwas verschwieg, und ihr war klar, dass er es wusste, aber zu mehr war sie im Augenblick nicht bereit.

Sie luden die jungen Bäume in den Anhänger, die für einen

Obstgarten im Storchendorf Linum gedacht waren. Dann rief sie Remy.

»Komm, Schatz, wir fahren noch bei Opa und Oma vorbei.«

»Au ja.« Remy drückte sich an einer Kiste Lavendel auf dem Rücksitz vorbei und schnallte sich ordentlich an. In ihrem dunklen Pferdeschwanz hingen weiße Kirschblütenblätter.

Ylvi fand ihre Eltern auf der Terrasse.

»Wie schön, euch zu sehen!« Ihre Mutter öffnete den Deckel einer großen Schüssel. »Ihr kommt gerade recht zum Nachtisch. Es gibt Himbeertraum.«

»Lecker, Oma!« Remy kletterte eifrig auf einen Stuhl.

Ylvi beugte sich über ihren Vater und küsste ihn. Er lächelte sie an. Dünn und zerbrechlich war er geworden in den letzten Jahren. Er sprach nicht mehr viel, und sein Lächeln war müde, aber voller Güte. Er hatte bereits mehrere Herzinfarkte hinter sich. Er war ja auch um einiges älter als ihre Mutter. Oft hatte er gesagt, dass Ylvi ein spätes Geschenk für ihn gewesen war, auf das er nicht zu hoffen gewagt hatte.

»Das Leben ist so merkwürdig«, hatte er einmal gesagt. »Aus den tragischsten Ereignissen entsteht oft am Ende das größte Glück.«

»Du meinst, weil meine leibliche Mutter so jung gestorben ist und wir nur dadurch eine Familie geworden sind?«, fragte Ylvi. Er hatte mehr mit sich selbst gesprochen, zuckte nun zusammen und sah seltsam erschrocken zu ihr auf.

»Ja, natürlich«, murmelte er. »Die arme Elena.«

»Sie war ganz bestimmt sehr froh zu wissen, dass ich bei euch so gut aufgehoben bin«, tröstete ihn Ylvi.

Nun, da er fast nur noch ein Schatten schien, leicht wie ein

Pusteblumensamen, der jederzeit mit dem Wind fortfliegen konnte, war sie doppelt froh, dass er sie und Remy als Geschenk betrachtete und sie ihn immer noch aufheitern konnten.

Der Himbeertraum schmeckte nach Sommer und nach Kindheit. Immer wenn sie die ersten Himbeeren der Saison kostete, hatte Ylvi das Gefühl, dass alles gut war mit der Welt. Auch ihr Vater aß versonnen vor sich hin, ein Lächeln um die Mundwinkel. Sein Blick ruhte auf Remy, die ihren Himbeertraum löffelte. Dann beugte er sich vor und stellte seine Schüssel auf den Tisch, plötzlich ernst.

»Ylvi, denke an den Vulkan!«, sagte er eindringlich.

Ylvi runzelte die Stirn. Wie kam er ausgerechnet jetzt auf Teneriffa?

»Was hatten wir für schöne Zeiten dort«, sagte ihre Mutter verträumt. »Weißt du noch, Rainer, der Sommer, als du unbedingt Salva beim Fischen helfen wolltest?«

»Der Arme. Ich habe alle Netze verheddert, die Fische verjagt und das Boot fast zum Kentern gebracht«, erinnerte sich dieser und lehnte sich wieder entspannt zurück. »Aber es hat einen Riesenspaß gemacht.«

O ja, Ylvi erinnerte sich. Sie erinnerte sich an blühende Mandelbäume, an schwarzen, heißen Sand und an den sanften Passatwind. An Salvas Stimme, die die alten Sagen der Guanchen erzählte, während er Netze flickte, von den Dämonen, die im Meer und zwischen den erkalteten Lavasäulen wohnten. Salvas Frau Donna Aitana und die Kinder Yeray und Maria, mit denen sie an den langen hellen Tagen Hütten aus Palmwedeln baute, bei der Weinernte half und den Touristen Streiche spielte, wenn sie sich nicht gerade mit Papas Arrugadas vollstopften, den unglaublich leckeren Kartöffelchen mit Salzkruste, die nach Erde, Rauch und Meer schmeckten, nach dem Leben selbst und nach Abenteuern. Besonders ihre Mutter war dort immer sehr entspannt gewesen und half mit Begeisterung Donna Aitana in ihrer Wirtschaft.

Ja, das waren wirklich gute Zeiten gewesen. Und über allem hatte der Vulkan Teide gewacht, seine große tröstliche Gegenwart ein unerschütterlicher Zeiger zum Himmel, ein unverrückbarer Fixpunkt, mal in Wolken gehüllt, mal trotzig nackt, mal geheimnisvoll in der Dämmerung, dann wieder majestätisch im Sonnenaufgang.

»Er schweigt, doch in ihm brodeln die Geheimnisse der Erde«, sagte ihr Vater einmal. »Und irgendwann kommen sie an die Oberfläche.« Er warf seiner Frau einen nachdenklichen Blick zu.

»Ach was. Der ist seit hundert Jahren nicht ausgebrochen. Das wird nicht mehr passieren«, sagte diese merkwürdig heftig. »Lasst uns essen gehen.«

An diesen Wortwechsel dachte Ylvi jetzt. Warum war der Vulkan ihrem Vater noch immer wichtig? Was wollte er ihr damit sagen?

»Opa, was ist ein Vulkan?« Remy war mit Essen fertig und kletterte auf den Schoß ihres Großvaters. Er legte die Arme um sie.

»Ein Vulkan ist ein Berg, der ein Geheimnis hat. Er hat ein feuriges Herz. Und wenn es ganz doll anfängt zu schlagen, weil das Geheimnis so wichtig ist, dann bricht er aus, und das Feuer fließt heraus«, erklärte er.

»Ist das gefährlich?« Remy hörte mit großen Augen zu und drehte an seinem Hemdknopf.

»Das kann sehr gefährlich sein, wenn man zu nah dran ist«, sagte Regina mit zusammengezogenen Augenbrauen. »Und Salva als alter Guanche dachte immer, dass Dämonen darin wohnen.«

»Aber es sieht auch sehr schön aus. Und vor allem lässt es sich nicht ewig aufhalten.« Rainer sah über Remys Kopf hinweg seine Frau auffordernd an, doch die wandte den Blick ab.

Ylvi spürte ein Frösteln wie Ameisen zwischen ihren Schulterblättern krabbeln. Wovon war hier eigentlich immer wieder die Rede?

»Eines Tages solltest du Remy den Vulkan zeigen«, sagte ihr Vater.

»Ich habe auch schon daran gedacht, dass wir endlich einmal Urlaub machen sollten. Ich hätte Lust, Yeray und Maria zu besuchen«, sagte Ylvi.

»Maria arbeitet zur Zeit doch in Amerika«, erinnerte sie ihre Mutter.

»Stimmt. Aber ich würde auch gern Salva und Donna Aitana wiedersehen. Ich werde mit Ricky sprechen. Für Remy wäre es bestimmt ein schönes Erlebnis. Aber jetzt müssen wir nach Hause.«

»Warte, ich gebe dir noch Himbeeren für Ricky mit«, sagte ihre Mutter und verschwand im Haus.

»Du wirst doch auf deine Mutter aufpassen?«, fragte ihr Vater, und sein Blick suchte Ylvis und hielt ihn fest.

Es tat weh zu spüren, wie bewusst ihnen beiden in diesem Augenblick war, dass er nicht mehr viel Zeit hatte. Und wie dankbar war sie für die Zeit, die ihnen zusammen geschenkt worden war! Ylvi hielt seinem Blick stand.

»Das ist ein Versprechen, Papa.«

Er lächelte und legte einen Arm um sie.

»Ich weiß. Es tut trotzdem gut, es noch einmal zu hören. Ich bin so stolz auf dich.« Seine Stimme wurde leiser. »All diese schönen Gärten, die du anlegst. All die Blumen und Bäume, die du pflanzt, die in den Himmel wachsen und den Menschen Freude machen werden. Und die schönste Blume von allen ist diese hier.« Er drückte Remy mit dem anderen Arm an sich. »Was bin ich für ein reicher Mann.«

»Warum ist Papa nicht wie Opa?«, fragte Remy auf dem Heimweg.

Ylvi trat versehentlich auf die Bremse, und das Auto hinter ihr hupte.

»Wie meinst du das?«

»Na, immer nett. Der Opa schimpft immer nie.«

Ylvi dachte nach. »Stimmt. Aber die Oma schimpft doch manchmal, genau wie Papa. Zum Beispiel wenn du vergisst, deine Schuhe sauber zu machen, ehe du ins Haus gehst.«

»Ja, aber Oma schimpft anders als der Papa. Liest du mir heute Abend noch etwas von den Mumins vor?«

»Na klar, mein Schatz.« Ylvi war froh über den Themenwechsel.

Zu Hause stand ein kleiner Turm aus Luftschlossbausteinen auf dem Küchentisch. »Bin um sieben zurück. Kuss, Ricky«, ergaben die Worte in den durchsichtigen Quadern. Selbst er hatte sich angewöhnt, die Bausteine anstelle von Notizzetteln zu benutzen. Es war ein gutes Zeichen, wenn er Nachrichten hinterließ. Ylvi pfiff vor sich hin, während sie gefüllte Eier und Käsehäppchen mit Schnittlauch vorbereitete. Sie konnten auf der Terrasse essen. Der Abend war so herrlich.

Draußen im Garten wehte der Wind die rosa Blütenblätter der Zierpflaumen herab wie Konfetti. Remy sammelte sie auf und legte Buchstaben daraus.

»Versuch es auch mal mit Zahlen!«, rief Ylvi ihr zu. Lächelnd sah sie, wie Remy eine Handvoll Blütenblätter zu ihrem Lieblingsplatz trug, auf die Bank unter dem Walnussbaum, und dort mühsam eine Eins, dann eine Zwei, dann eine Vier legte.

Remy liebte den kleinen Walnussbaum, der gerade groß genug war, um so viel Schatten zu werfen, dass sie darin sitzen konnte.

Der Walnussbaum aus dem vergessenen Garten.

Reginas Himbeertraum

250 ml Sahne
500 g Quark
2–3 Beutel Vanillezucker
1 Päckchen Sahnesteif
500 g Himbeeren
100 g Baiser
Schokoraspeln

Sahne mit Sahnesteif und Vanillezucker steif schlagen. Quark unterrühren, so dass eine cremige, leicht feste Masse entsteht. Das Baiser in einen Gefrierbeutel füllen und mit einem Hammer oder einer Pfanne zerbröseln. Es geht auch mit der Hand.
Nun in eine große Schüssel abwechselnd Quark-Sahne-Creme, Himbeeren und Baiserstückchen schichten. Die letzte Schicht sollte Quark-Sahne sein.
Die Schüssel 3–4 Stunden in den Kühlschrank stellen.
Mit Himbeeren und Schokoraspeln dekorieren.

12

Verletzungen

»Mmmh, hier riecht es nach Himbeeren!«

Ylvi hörte schon an seinem Schritt, dass er heiter gestimmt war. Vielleicht würde es ein guter Sommer werden.

Ricky küsste sie, legte einen Arm um ihre Schultern und stibitzte sich eine Beere vom Teller.

»Die sind von meiner Mutter. Ich soll dich schön grüßen.«

»Danke. Wie geht es deinem Vater?«, fragte er.

Er hatte sich von Anfang an wunderbar mit ihren Eltern verstanden. Eine der vielen Seiten, die sie an ihm liebte.

»Es geht so. Remy tut ihm gut.«

»Du bestimmt auch. Wo ist meine Tochter?« Er wanderte zum Nussbaum hinüber und hockte sich hin. Ylvi sah, wie er die fehlende Drei zwischen die anderen Zahlen legte. Hand in Hand kehrten die beiden auf die Terrasse zurück. Remy schien vergessen zu haben, was sie im Auto gesagt hatte.

»Kann Herr Nilsson schon schwimmen?«, fragte sie ihren Vater.

Ricky war mit Herrn Nilsson sehr erfolgreich gewesen. Er und sein Team hatten nun einen Namen in der Branche. Jetzt arbeiteten sie an einem Modell, das unter Wasser funktionierte und zum Beispiel in Schiffswracks zur Anwendung kommen konnte oder bei schadhaften Bohrinseln.

Er setzte Remy mit Schwung auf ihren Stuhl.

»Noch nicht ganz. Er muss noch üben. Du bist da schon besser.«

Remy hatte bereits ihr Seepferdchen gemacht. Sie war ganz verrückt nach Wasser.

Sie plauderten über dies und jenes, während die Dämmerung sich auf den Rasen senkte und der Duft von Tau aufstieg. Ylvi dachte an die vielen Gärten, in denen in diesem Frühling blühen würde, was sie in den letzten Jahren gepflanzt hatte. Überall im Geheimen Land, das nicht mehr geheim war, sondern das sie inzwischen gut kannte. Sie freute sich auf den Garten, in den sie morgen den Pflaumenbaum und einiges andere einfügen würde und in dem Störche brüteten. Jeder dieser Gärten hatte eine eigene stumme Melodie.

Und dennoch versuchte sie noch immer, die einzigartige Melodie des vergessenen Gartens wiederzufinden. Sie vermisste nicht nur Theo. Sie vermisste die Musik aus jener verzauberten Nacht. Eine ganz bestimmte Melodie, die warm und voller Hoffnung und Aufbruch und überraschendem Glück gewesen war, perfekt auf ihre Art, ohne falschen Ton darin und mit einem Nachklang, der für immer blieb.

Wenn sie jemals genau diese Melodie an einem Ort wiederfinden würde, dann, so glaubte sie, würde sie an genau der richtigen Stelle angekommen sein, an die sie gehörte.

»Soll ich uns noch einen Wein aufmachen, wenn du Remy ins Bett gebracht hast?«, fragte Ricky.

»Ja, gerne.« Ylvi atmete auf. Es war wirklich ein guter Tag.

Ricky stand auf und half, die Teller zusammenzustellen.

»Übrigens, nächste Woche fahre ich ein paar Tage auf einen Kongress nach Frankfurt.«

Ylvi zögerte. Sie musste es ihm sagen. Auch auf die Gefahr hin, dass sie damit den Abend verderben würde. Ricky hatte Flugangst. Er würde also mit dem Auto nach Frankfurt fahren.

»Denkst du daran, dass der Wagen vorher zum TÜV muss?«

Er fuhr herum.

»Was? Wieso sagst du mir das erst *jetzt*? Und warum kümmerst *du* dich nicht darum?«

Ylvi atmete tief durch.

»Weil du mich letztes Mal angebrüllt hast, dass die Mängelliste unnötig lang und damit die Rechnung der Werkstatt zu hoch gewesen sei, dass man das besser machen kann, wenn man sich nicht so dumm anstellt, und dass ich in Zukunft die Finger davon lassen soll. Und ich habe dir schon vor zwei Wochen gesagt, dass es dringend wird.«

Ricky knallte die Teller in die Spüle.

»Das mit dem TÜV ist *dein* Job! Ich habe weiß Gott anderes zu tun.«

»Du hattest mir ausdrücklich verboten, mich darum zu kümmern, weil es dir dann immer zu teuer ist.«

»Ist die blöd!«, sagte Ricky zu den Tellern in der Spüle.

Diese Angewohnheit, so zu tun als sei sie gar nicht anwesend, hasste sie fast am meisten. Ylvi wandte sich ab und wischte sich unauffällig die Augenwinkel.

»Lass das Geheule«, sagte Ricky. »Ich kümmere mich darum.« Er warf das Geschirrtuch hin und verschwand. Tränen waren für ihn grundsätzlich nur eine Taktik, mit der Frauen versuchten, etwas zu erreichen.

»Macho!«, rief sie ihm hinterher. Sie wusste, dass das alles noch schlimmer machte. Meist sagte sie lieber gar nichts. Aber ihre Verzweiflung brach sich Bahn.

Ylvi ließ das Wasser laufen, bis es kalt aus der Leitung kam, und wusch ihr Gesicht, bis ihre Augen aufhörten zu brennen. Sie wünschte, es wäre kälter, so wie im Winter.

Wann hatte das nur angefangen, dass sie sich gegenseitig so verletzten?

Jedes seiner Schimpfwörter, die mit den Jahren immer schlimmer geworden waren, schlug einen Krater in ihre Seele. Es gab keinen Schutz gegen diese Worte. Ob es irgendwo einen Ort gab, an dem die Stille so tief war, dass Worte gar nicht existierten?

Sie trank ein Glas Wasser, räumte die Küche fertig auf und setzte sich an ihre Entwürfe. Es würde eine lange Nacht werden. Ins Bett wollte sie nicht. Sie konnte Rickys Nähe nicht ertragen. Aber sie mochte auch nicht zum ersten Mal auf der Couch schlafen. Das hatte noch nie einer von ihnen gemacht. Das wäre ein endgültiger Schnitt, den keiner von beiden wollte. Sie würde arbeiten und einen wundervollen Garten entwerfen, bis sie wusste, dass Ricky tief schlief, und sich dann ins Bett schleichen. Morgen früh würde er sie in den Arm nehmen, und sie würden sich aneinander festhalten, weil es so schön war, dass der andere da war, und weil die bösen Worte nur mit einem Bruchteil ihrer Wirklichkeit zu tun hatten und es noch tausend andere Dinge gab, die sie verband.

Gewitter gehörten nun mal zum Leben, und danach wurde es immer wieder hell.

Und Ricky bemühte sich. Doch immer, wenn er sich ein Wort abgewöhnte, nicht weil er es einsah, sondern weil sie ihn darum gebeten hatte, trat ein anderes, oft schlimmeres an seine Stelle. Jedes davon hinterließ eine weitere Narbe auf ihrer Seele und machte sie ängstlicher. Und am meisten Angst hatte sie davor, dass irgendwann ein solcher Einschlag ihre Liebe unwiederbringlich zertrümmern würde.

»Gab es wieder Ärger?«, fragte Trixie am nächsten Morgen nach einem Seitenblick auf die Ringe unter Ylvis Augen. Trixie war die Einzige, mit der Ylvi manchmal über diese Sache reden konnte.

»Mmmh.«

»Ich habe noch nie verstanden, warum Frauen bei Männern bleiben, die sie schlagen«, sagte Trixie und stellte die Tüte Ingwerschokolade auf den Tisch, die sie für Notfälle stets im Büro hatte.

»Ich auch nicht. Aber Ricky würde mich nie schlagen!« Ylvi nahm sich ein großes Stück. Ingwer war gut gegen die Übelkeit, die ihr noch im Magen lag.

»Ich weiß. Aber das, was er mit dir macht, ist seelische Misshandlung. Verbale Gewalt. Das finde ich fast noch schlimmer.«

Insgeheim gab ihr Ylvi recht.

Aber sie fühlte sich mitschuldig an der Situation, denn da war ihr schlechtes Gewissen Ricky gegenüber. Hätte sie nur nicht den Zeitpunkt verpasst, ihm die Wahrheit über Remy zu sagen, und ihn all diese Jahre belogen! Vielleicht waren die bösen Worte aus genau diesem dunklen Loch geboren, das ihre Lüge in ihre Beziehung gerissen hatte.

Ricky war so praktisch veranlagt. So wissenschaftlich. Wenn sie ihm damals alles gebeichtet hätte, hätte er nach dem ersten Schock wahrscheinlich gelacht. Er hätte gesagt: »Weißt du, eigentlich hast du das ganz gut gemacht. Wenn ich schon nicht zeugungsfähig bin, hast du uns immerhin ein Kind ermöglicht, das uns der leibliche Vater nicht streitig macht. Und um eine komplizierte Samenspende sind wir auch herumgekommen.«

Er hätte ihr den Seitensprung verziehen, denn auch er hätte gewusst, dass jene Nacht ein Ausnahmezustand gewesen war. Sie war in einem Rausch der Euphorie gewesen. Ricky kannte solche

Rauschzustände selbst. Er hatte sie immer, wenn ihm bei Herrn Nilsson ein Durchbruch gelang. Im Grunde hatte er sie schon hundertmal mit Herrn Nilsson betrogen. Möglich, dass er in einem solchen Zustand auch schon einmal mit einer Assistentin fremdgegangen war. Ylvi hätte es verstanden und ihm verziehen.

Doch nun war es zu spät. Ihr Versäumnis, ihm die Wahrheit zu sagen, ihre eigene Feigheit war längst mit keinem Rausch und keinem Mauerfall mehr zu entschuldigen.

»Ricky kann manchmal nicht anders, obwohl er sich Mühe gibt. Es passiert nur, wenn er im Stress ist«, verteidigte sie ihn gegenüber Trixie. »Und er entschuldigt sich jedes Mal. Es tut ihm wirklich leid. Er arbeitet an sich, und manchmal gelingt es ihm wochenlang, dass ihm kein einziges böses Wort entwischt. Und dann gibt es einen völlig lächerlichen Anlass, und alle Dämme brechen.« Ylvi nahm sich noch ein Stück Schokolade. »Das muss ein genetisches Überbleibsel sein. Wie so ein Affenkönig, der sich auf die Brust trommelt, um sich schlägt und die Weibchen beißt, wenn er sich in seiner Autorität angegriffen fühlt.« Bei dem Bild, das sie selbst heraufbeschworen hatte, musste sie unwillkürlich grinsen.

»Schön, dass du dir noch deinen Humor bewahrt hast.« Trixie nahm sich nun auch ein Stück.

Sie kannte eben keine jahrelange Partnerschaft. Sie wusste nichts von den Schätzen, die man in all der Zeit gewann und die so kostbar waren.

Die liebevollen Gewohnheiten: Ylvi presste immer eine Blume aus den Sträußen, die er ihr brachte, um sie vor der Zeit in Sicherheit zu bringen. Er pinnte die Fotos von ihren Lieblingsgärten, die sie ihm voller Stolz zeigte, an seinen Arbeitsplatz, weil sie, wie er sagte, damit Farbe in sein Leben brachte.

Da waren die unwillkürlichen Blickwechsel, wenn jeder vom anderen wusste, was er gerade dachte. Das einfache und doch großartige Wissen, dass der Partner auch vom neuen Tag ein Teil sein würde, ein Stück Zuhause, ein Stück Sicherheit. Gemeinsames Lachen, gemeinsames Zweifeln, gemeinsames Grübeln und Fragen und Hoffen und Planen. Die unbedingte Gewissheit, dass da jemand war, der zu einem gehörte.

Und alles, was sie gemeinsam mit Remy erlebt und durchgestanden hatten: die ersten Schritte, die ersten Worte, den Fahrradunfall, bei dem sie sich ein Bein und einen Arm gebrochen hatte. Das erste Lied, das sie an Rickys Geburtstag sang. Das erste Mal, als sie mit ihr in einem Schlauchboot fuhren und sie nicht mehr aufhörte zu lachen.

Sie stellte sich ein Gespräch mit Theo vor.

»Ricky meint das bestimmt nicht so«, hätte Theo gesagt. »Und denk an die Magie damals im geheimen Land, im vergessenen Garten. Vergiss nie, dass sie immer um dich ist! Du hörst die Musik. Du siehst den Horizont – er ist weit und offen, und du kannst ihn füllen, womit du willst. Er gehört dir, jetzt, da keine Mauern mehr da sind. Lass nie wieder eine Mauer um dich herum zu! Auch Ricky kann keine bauen.«

Sie machte das oft, wenn es ihr schlechtging. Dann führte sie in ihrem Kopf stumme Gespräche mit Theo.

Und jetzt wünschte sich Remy einen Vater, der anders war als Ricky! Eines Tages würde Ylvi zumindest ihr die Wahrheit sagen müssen. Wie würde Remy damit fertig werden? Wäre sie erleichtert? Doch sie würde Theo nie kennenlernen, wenn er nicht auftauchte. Würde das alles nicht noch schlimmer machen?

»Es geht nicht nur um Remy«, sagte Trixie kopfschüttelnd. »Willst du dich wirklich für immer so behandeln lassen?«

Was für eine Frage! Aber sie konnte sich einfach nicht vorstellen, einen Morgen ohne Ricky zu beginnen, ohne seine Ungeduld, ohne seinen Tatendrang. Doch so ein Morgen wäre auch endlich frei von der Angst, etwas falsch zu machen, ihn versehentlich zu verärgern und damit die schlimmen Worte zu provozieren.

Ja, eines Tages. Wenn Remy älter war. Vielleicht.

Das Klingeln des Telefons zerriss ihr Grübeln.

Und die Nachricht am anderen Ende der Leitung wischte vorerst jeden Gedanken an Trennung fort.

Myra

1947

13

Die Fremde

Myra gab auf. Der launige Septemberwind hatte etwas dagegen, dass sie die rot und golden leuchtenden Blätter von der Terrasse kehrte. Ehe sie alle in ihren Sack stopfen konnte, hatte eine Bö sie schon wieder vom Haufen gerissen, und sie tanzten in Spiralen um sie herum. Das erinnerte Myra an das Bild, das Nicholas mit zehn gemalt hatte: Henny, wie sie aus dem Herbstwald gerannt kam, umgeben von einem Wirbel aus Blättern. Auf dem Bild wirkte Henny wie ein lebendiger Teil vom Wind und dem Wald, völlig eins mit der Landschaft und der Zeit.

Genauso fühlte sich Myra gerade. Henny und Nicholas waren in der Schule, und die meisten Feriengäste hatten den Ort mit dem Sommer verlassen. Ausnahmsweise hatte Myra einmal ein wenig Zeit für sich. Übermütig ließ sie die Harke fallen, breitete die Arme aus und drehte mit dem Laub Pirouetten auf dem Gras. Von irgendwo her duftete es nach späten Falläpfeln. Liv ließ ihr Spielzeugauto sinken und sah ihrer Mutter mit offenem Mund zu. Dann juchzte sie, sprang auf und versuchte, es Myra gleichzutun. Ihre kurzen Beinchen machten ihr das nicht leicht, immer wieder verlor sie die Balance und fiel kichernd auf ihr kleines Hinterteil. Aber sofort stand sie wieder auf.

»Richtig so! Wir Webelhuths stehen immer wieder auf. Damit kann man gar nicht früh genug anfangen!« Myra hob sie auf und drehte sie herum. Liv strahlte sie an.

Mit Kjells Lächeln.

Jetzt war Liv schon zwei. Seit fast zwei Jahren bekam Myra mehrmals am Tag dieses Lächeln zu sehen. Und trotzdem wirbelte es noch immer jedes einzelne Mal ihre Gefühle durcheinander wie der Wind die Herbstblätter. Es machte sie weich und verletzlich, durchbrach all ihre Selbstbeherrschung. Es weckte das vergangene Glück mit Kjell in ihr und die Liebe, von der nichts verlorengegangen oder alt geworden war. Es weckte die Wut in ihr auf den Krieg, der sie getrennt hatte, und alle Umstände, die damit verbunden waren.

Manchmal hätte sie schwören können, dass Kjell noch lebte, obwohl sie nie wieder von ihm gehört hatte. An anderen Tagen war sie sich sicher, dass ihn dieser verdammte Krieg verschluckt hatte und sie ihn nicht wiedersehen würde.

Gelegentlich gab es auch dunkle Tage mit Zweifeln, ob ihm an einem Wiedersehen überhaupt gelegen wäre. An solchen Tagen dachte sie an Hendrik Badonin, der seine Frau nicht geliebt und sein Baby Henny im Stich gelassen hatte. Sie dachte an ihren Vater, der freiwillig in den Krieg gezogen war, und an Nicholas' Vater, der sein Kind misshandelt hatte. Von Männern hatte Myra nie viel gehalten. Daran hatte auch die Erfahrung mit Kjell nichts geändert.

Doch immer brannte die Erinnerung an das, was sie zusammen gehabt hatten, in ihr wie eine klare aufrechte Flamme, die kein Sturm löschen konnte und die sie stark machte. Die Erinnerung an die gemeinsamen Stunden unter dem Himmel, in den Dünen, auf den Wiesen und im Meer, die unerwartete und gewaltige, mal schweigende, mal wortreiche Nähe, das bodenlose Verständnis, als hätten sie sich ein Leben lang gekannt. Das übermütige und fassungslose Glück, inmitten all des Untergangs die Gegenwart trotzig auskosten zu können und die Tage zu einem Juwel zu schleifen, das unvergänglich glänzte wie der Bernstein.

Und sie hatte Liv, die aus diesem Glanz geboren war.

Myra lächelte zurück und hob ihre Tochter hoch in den blauen Himmel, in den die ersten Wildgänse auf ihrem Weg nach Süden Pfeile zeichneten.

»Mama, Meer?« Liv zupfte auffordernd an Myras Zopf.

»Das geht jetzt nicht, Kleines, der Hannes bringt nachher noch Fisch vorbei, weißt du.« Hannes und Anna arbeiteten am Hafen im Räucherhaus. Myra war lose mit ihnen befreundet, denn sie hatten auch eine Tochter in Livs Alter, und manchmal hüteten sie wechselseitig die Kinder.

»Da, Hannes!« Liv zeigte mit ihrem kurzen Ärmchen über ihre Schulter hinweg zum Gartentor, das hinter den verwilderten Fliederbüschen kaum zu sehen war. Myra spähte den Hang hinab. Tatsächlich, da stand eine schmale, dunkle Gestalt. Hannes war das aber nicht. Der wäre auch längst hereingekommen. Myra setzte das Kind ab und gab ihr einen zärtlichen Klaps auf den Po.

»Geh wieder spielen, ich seh mal nach, wer das ist.« Liv trollte sich zurück auf die Terrasse, um ihr Auto mit Eicheln zu füllen.

Die Frau am Tor schien zu zögern, bewegte sich ein paar Schritte fort und kam dann doch zurück, nur um ein paar Meter entfernt wieder stehen zu bleiben.

»Wollten Sie zu mir?« Myra lehnte sich über den Zaun. Gelegentlich kamen Feriengäste, weil sie gehört hatten, dass man bei ihr Bernstein kaufen konnte. Doch diese kleine Frau sah nicht aus wie ein Feriengast. Sie war dürr, dunkel gekleidet und hatte Schatten unter ihren Augen, die wie im Schreck geweitet wirkten und nervös hin und her huschten. Sie blickte zu Myra auf, dann wieder zu Boden.

»Kann ich Ihnen helfen?«, fragte Myra freundlicher und sanfter. Sie wusste, dass sie manchmal barsch klang. Und die Frau konnte ja nicht ahnen, dass Myra sich gerade in ihrer Zweisamkeit mit Liv und dem Herbst und Kjells unsichtbarer Gegenwart gestört gefühlt hatte.

Die Fremde kam wieder einen kleinen Schritt näher. Ihre Augen und ihre Haare waren dunkel wie ihre Kleidung, und an ihrer Schläfe zog sich eine graue Strähne zum Ohr. Jetzt, da sie näher stand, sah Myra, dass diese Frau längst nicht so alt war, wie sie zunächst angenommen hatte. Sie konnte nur wenig älter sein als Myra selbst.

»Sind Sie Myra Webelhuth?« Die Stimme war leise, unsicher. Voller Angst. »Ja, die bin ich. Wie kann ich Ihnen helfen?«, wiederholte Myra.

»Ich ... Ich möchte mit Ihnen sprechen.« Sie hatte einen Akzent in der Stimme, der Myra bekannt vorkam. Einen dänischen Akzent! Was wollte diese Frau ihr sagen? Sie öffnete das Tor.

»Kommen Sie herein. Lassen Sie uns auf die Terrasse gehen. Ich mache uns einen Tee.« Es war ein milder Tag, und doch sah die Fremde aus, als wäre sie völlig durchgefroren.

Außerdem würde ihr das Teekochen Zeit verschaffen. Zeit, um ihre Fassung wiederzugewinnen. Eben noch hatte sie an Kjell gedacht, und nun stand hier jemand vor ihr, der sprach wie er.

Die Frau saß stumm am Tisch und wärmte ihre Hände an der Tasse.

»Wie heißen Sie?«, versuchte Myra es schließlich.

»Randi. Ich bin aus Dänemark. Eine Freundin hatte hier Geschäfte, sie hat mich mitgenommen und holt mich später wieder ab. Ich wollte unbedingt mit Ihnen sprechen.« Randi zog ihren Schal noch enger um ihre Schultern und beobachtete Liv, die nur kurz von ihrem Spiel aufgesehen hatte. »Ich habe auch ein Kind. Arvo. Er ist drei Jahre alt.«

»Das ist schön«, sagte Myra.

»Als ich selbst drei Jahre alt war, ist eine neue Familie in das Haus nebenan gezogen«, sagte Randi und lehnte sich zurück. Jetzt starrte sie in den Himmel, als fiele es ihr schwer, Myra in die Augen zu sehen. »Sie hatten einen Sohn, der nur ein Jahr älter war als ich. Er hieß Kjell.« Sie nahm einen Schluck Tee.

Auch Myra hielt sich jetzt an ihrer Tasse fest. Dies musste die Frau sein, von der Kjell ihr erzählt hatte. Die er seit Kindertagen kannte und die zu beschützen er sich verpflichtet hatte.

»… es gibt eine alte Freundschaft, ein Nachbarsmädchen. Sie ist Jüdin. Sie war unter denen, die wir nach Schweden in Sicherheit gebracht haben. Doch ihre Familie war auf einem anderen Boot, und es ging etwas schief. Ich habe ihrem Vater einst versprochen, mich um sie zu kümmern, wenn etwas geschieht. Wenn ich in dieser Sache oder von meiner eigenen Familie gebraucht werde, werde ich bei ihnen sein.«

Dies war kein Mädchen mehr. Dies war eine Frau, der offensichtlich einiges geschehen war. Und die ganz sicher einen brauchte, der sich um sie kümmerte.

Myra wünschte sich für einen Moment, sie wäre jemand anders. Jemand, der unangenehmen Wahrheiten einfach aus dem Weg ging oder sie erfolgreich verdrängte. Oder, wie Henny, ein schönes Bild malte und sie dabei vergaß. Dann würde sie diese Frau jetzt wegschicken, deren nächste Worte sie nicht hören wollte, und mit Liv an den Strand gehen und eine Sandburg bauen.

Doch sie war Myra Webelhuth und sie war noch nie einer Wahrheit aus dem Weg gegangen. Sie atmete tief durch und streckte den Rücken gerade.

»Und Sie haben sich mit Kjell angefreundet«, half sie Randi weiter und goss ihr Tee nach.

»Ja.« Randi blickte versonnen in die goldene Flüssigkeit, als könnte sie dort zwei Kinder sehen, die sorglos durch die Tage sprangen und nichts von der tödlichen Zukunft ahnten, die auf sie wartete. »Ich dachte immer, wir würden eines Tages heiraten. Unsere Familien dachten das auch. Und dann kam der Krieg, und wir mussten nach Schweden fliehen. Aber …« Sie brach ab, und Verzweiflung flog über ihr Gesicht.

»Hat er Sie denn je gefragt? Ob Sie ihn heiraten wollen?« Myra wollte Randi von ihren düsteren Erinnerungen ablenken. Und sie musste unbedingt die Antwort wissen.

»Nein, er kam nicht dazu, er musste sich immerzu um den Krieg kümmern. Meine Familie floh auf dem Boot eines Freundes. Aber ich, ich wollte ja unbedingt mit Kjell fahren. Das Boot meiner Familie wurde versenkt. Niemand hat überlebt, nur ich. Nur ich! Ich hätte nicht überleben dürfen! Nicht als Einzige!«

Ich bin auch die Einzige meiner Familie, die überlebt hat, dachte Myra. Wenn auch anders.

Aber es hätte Randis Kummer wohl kaum erträglicher gemacht, wenn sie ihr das erzählt hätte.

»Aber nun haben Sie Ihr Kind und sind nicht allein«, versuchte sie Randis Gedanken in tröstlichere Bahnen zu lenken.

Auch wie ich, dachte sie. Seltsam, dass sie mit dieser ängstlichen, innerlich zerrissenen Frau so viel gemeinsam hatte. »Wer ist denn der Vater? Ist er bei Ihnen?« Selbstverständlich war das heute nicht. Wenn der Sohn schon drei Jahre alt war, konnte der Vater überall sein, wie so viele andere. In Kriegsgefangenschaft oder irgendwo in einem Grab in Russland oder anderswo.

»Nein. Ich weiß nicht, wo er ist. Deswegen bin ich ja zu Ihnen gekommen.« Randi hob ihre traurigen Augen und sah Myra zum ersten Mal voll ins Gesicht.

»Kjell ist der Vater! Und ich habe seit dem Sommer 1944 nichts mehr von ihm gehört.«

Kjell ist der Vater. *Kjell ist der Vater.* Dieser kurze Satz schoss in Myras Kopf hin und her wie eine eingeschlossene Fliege am Fenster.

Davon hatte Kjell nichts gesagt. Kein Wort. Er hatte nur von einem Nachbarsmädchen erzählt, einer alten Freundschaft, deren Vater er versprochen hatte, sich um sie zu kümmern.

»Weiß er das?«, brachte sie schließlich heraus.

»Natürlich weiß er das.« Randi setzte ihre Tasse so heftig ab, dass der Unterteller klirrte.

»Mama! Fisch!« Liv sprang auf und rannte den Abhang hinunter, Hannes entgegen, der sich zum Gartentor hereingelassen hatte wie immer. Liv mochte Hannes, der ihr oft kleine geschnitzte Holzfiguren schenkte. Er schwang sie mit einem langen Arm auf seine Schulter und winkte zu Myra hinüber, da er sah, dass sie Besuch hatte.

»Ich stell den Fisch in den Kühlschrank!«, rief er und verschwand mit Liv im Haus.

Randi beugte sich flehentlich vor. »Sie haben auch ein Kind. Und einen Mann! Sie verstehen doch, dass ich nicht länger allein sein kann. Ich habe Angst in der Nacht und jeden Tag, dass sie wiederkommen und … Und dass ich Arvo nicht beschützen kann.«

Myra mochte nicht nachfragen, was sie meinte. Sie konnte es sich denken. Und sie wusste selbst, dass der Hinweis, der Krieg sei lange vorbei, gegen solche Ängste nichts ausrichten konnte.

»Kjell hat mir von Ihnen erzählt«, fuhr Randi fort. »Ich dachte, vielleicht haben Sie eine Nachricht von ihm erhalten. Wenn überhaupt jemand, dann Sie, dachte ich.« In Randis Augen lag jetzt

Hoffnung. »Wir glaubten immer, seine Eltern würden vielleicht einen Brief erhalten oder irgendein Zeichen. Sein Vater ist krank. Er wartet jeden Tag, doch es kommt nichts.«

Eine tiefe Traurigkeit machte Myra wortlos. Wenn Kjell gekonnt hätte, hätte er seinen Eltern mit Sicherheit eine Nachricht zukommen lassen. Er kannte doch die Mittel und Wege. Wer, wenn nicht er, der erfahrene Schmuggler? Ihr wurde klar, dass sie insgeheim gehofft hatte, er wäre gesund nach Hause gekommen und einfach bei seinen Eltern und seiner Jugendfreundin geblieben, weil er sich diesen Menschen zuallererst verpflichtet fühlte.

Wenn dies aber nicht der Fall war, dann musste Kjell tot sein, gefallen oder mit seinem Schiff untergegangen.

Es sei denn, er war noch irgendwo in Gefangenschaft und hatte tatsächlich keinen Weg, eine Nachricht hinauszuschmuggeln. Oder er war krank oder verletzt.

»Es tut mir leid. Ich habe auch nichts gehört. Gar nichts«, sagte Myra.

Die Hoffnung in den Augen der anderen Frau verlöschte. Wieder beugte sie sich flehend vor und griff mit einer dünnen Hand fest nach Myras Ärmel.

»Aber wenn es doch einmal geschieht, wenn Kjell zu Ihnen kommt, dann schicken Sie ihn nach Hause, ja? Er hat mir gesagt, dass er Sie liebt und dass er mit Ihnen zusammen sein will, eines Tages. Aber Sie haben jetzt eine andere Familie! Sie schicken ihn nach Hause zu seinem Sohn und seinem Vater und zu mir. Das tun Sie doch, ja? Er hat versprochen, uns zu beschützen. Wir brauchen ihn. Sie nicht, Sie sind glücklich!«

Liv kam aus der Küche gesprungen, in der Hannes noch mit der Kiste herumpolterte, und lehnte sich an Myras Bein. Hoffentlich lächelte sie jetzt nicht! Randi würde Kjells Lächeln sofort erkennen. Doch Liv sah die fremde Frau nur ernst und prüfend an, den Finger im Mund. Myra sprang auf und nahm sie bei der Hand.

»Ich bin gleich wieder da«, sagte sie zu Randi und eilte in die Küche.

»Alles in Ordnung?«, fragte Hannes und sah sie ebenso prüfend an wie eben Liv.

»Ja. Nein! Ich brauche ein paar Stunden für mich allein. Würdest du Liv mit zu euch nehmen? Ich hol sie dann heute Abend ab.«

»Alles klar. Kein Problem. Willst du reiten, Maus?«

Myra sah ihnen nach. Dann kehrte sie auf die Terrasse zurück und fragte sich, warum sie sich auf einmal viel älter fühlte, als Randi es war.

Doch schon, als sie sich setzte, wusste sie die Antwort. Weil sie anders war! Vernünftiger. Sie hatte immer Verantwortung übernommen und würde es auch jetzt tun. Randi war nicht in der Lage, für sich selbst und ihren Sohn zu sorgen. Ganz im Gegensatz zu Myra.

Kein Wunder, dass diese Frau Kjells Beschützerinstinkt geweckt hatte. Dasselbe geschah in diesem Moment mit Myra. Dieser gemeinsame Wesenszug, sich um andere zu kümmern, war etwas, das sie immer mit Kjell verbinden würde.

»Ich verspreche es Ihnen, Randi«, sagte sie und sah der Frau in die Augen. »Sollte ich jemals eine Verbindung zu Kjell bekommen oder er hier auftauchen, schicke ich ihn zu Ihnen.«

Randi stand auf. »Danke! Ich wusste, dass Sie das Richtige tun würden. Kjell hätte Sie nicht so – gemocht –, wenn Sie nicht so wären. Ich muss gehen, meine Bekannte holt mich unten an der Straße ab. Wir müssen die letzte Fähre erreichen.«

»Ich wünsche Ihnen alles Glück. Ihnen und Ihrem Sohn.« Myra begleitete sie zum Tor und sah ihr nach.

Es hatte sie alle Selbstbeherrschung gekostet, Randi nicht nach Kjells Nachnamen zu fragen. Zu ihrem eigenen Schutz und im gemeinsamen Einverständnis hatte Kjell ihn ihr nie verraten.

Wenn sie ihn jetzt erfuhr, würde sie ganz sicher eines Tages der Versuchung nachgeben und nach Kjell forschen, und sie hatte der hilfsbedürftigen Mutter seines Sohnes gerade versprochen, sich aus seinem Leben herauszuhalten.

Randi drehte sich nicht um. Sie wirkte mit jedem Schritt gebeugter und zerbrechlicher, als würde der Wind sie mit der nächsten Bö wie die Herbstblätter auf und davon wehen.

Myra blieb lange regungslos stehen und starrte in die Ferne. Warum nur hatte Kjell ihr nichts von seinem Sohn erzählt? Warum hatte er behauptet, das Nachbarsmädchen sei nur eine alte Freundin? Er war eben auch nur ein Mann. Warum wunderte sie sich überhaupt darüber?

Und was zählte schon dieser kleine Verrat, diese verschwiegene Wahrheit, gegen die Tatsache, dass Kjell wahrscheinlich nicht mehr am Leben war. Verloren in den letzten schrecklichen Tagen eines sinnlosen Krieges, verloren für Randi, verloren für seine Kinder, die ihn nie kennenlernen würden. Und verloren für Myra. Nie wieder würde sie seine Arme um sich spüren, seinen Geruch einatmen. Nie wieder den Schalk in seinen Augen aufblitzen sehen, in denen sich der weite Horizont spiegelte, der ihn glücklich machte, auf dem er sich frei fühlte mit seinem Schiff, und der ihn ein letztes Mal fortgerufen hatte.

Wie blind öffnete Myra das Tor und ging nach nebenan. Ihre Füße fühlten sich schwer an wie Steine. Henny war noch in der Schule, aber Oma Matilda saß auf der Terrasse und stopfte Socken. Auch wenn Matilda eigentlich Hennys Oma war, nicht

Myras, und auch wenn sie gebrechlich und auf Myras Pflege angewiesen war, so war sie doch der einzige Mensch, bei dem Myra sich auch einmal anlehnen konnte. Sie machte fast nie Gebrauch davon, doch jetzt sank sie neben Matildas Stuhl auf die Knie und vergrub ihren Kopf wortlos in deren Schoß. Oma Matilda strich mit sanften wissenden Händen über Myras blonden Zopf.

»Ach, Kind. Ist es Frederic?«

Frederic. Den Decknamen hatte sie fast vergessen. Aber der Krieg war vorbei. Vorbei, egal was er angerichtet hatte. Decknamen waren überflüssig. Sie hob den Kopf.

»Kjell. Er heißt Kjell.« Seinen Namen aussprechen zu dürfen war ein klein wenig, als wäre er noch lebendig.

»Er wird nicht wiederkommen?«

»Nein. Er wird nicht wiederkommen.«

»Ich weiß, wie weh das tut.« Alte Trauer lag in Oma Matildas blauen Augen.

»Du? Du hattest doch immer Opa Winfried.«

»Nicht immer. Davor kannte ich einmal einen Matrosen … Aber du weißt, wie das mit Schiffen ist. Sie sinken in Stürmen. Dazu braucht es keinen Krieg.«

Myra spielte mit Matildas Rockfalten.

»Das tut mir so leid. Aber trotzdem konntest du dich wieder verlieben?«

Oma Matilda nahm die löchrige Socke wieder zur Hand.

»Ich habe ihn niemals vergessen. Er ist in mir immer lebendig geblieben. Aber entgegen der Meinung mancher kann man zwei Männer lieben, weißt du. Gleichzeitig oder nacheinander. Liebe reicht immer weiter, als man es für möglich hält. Und sie macht stark. Ganz gleich, wie traurig sie sein kann – wenn man sie lässt, macht sie einen stark.«

»Ich werde keinen anderen Mann lieben, nie«, sagte Myra heftig. »Ich brauche keinen Mann! Sie machen sowieso nur Ärger.«

Oma Matilda lächelte in sich hinein und schob ihr einen Teller mit Marmorkuchen zu.

»Du hast ja unser Baby«, sagte sie besänftigend. Auch wenn Liv schon ihren zweiten Geburtstag hinter sich hatte, so war die Angewohnheit geblieben, dass alle sie »unser Baby« nannten. Familie hatte Liv genug, auch ohne Vater.

Myra musste wider Willen lächeln. Oma Matildas Trostmarmorkuchen, in dem sich geheimnisvolle helle und dunkle Muster mischten! Wie im Leben. Sie schob ein Stück in den Mund, sprang auf und gab Oma Matilda einen Kuss.

»Ich gehe noch ein wenig zum Strand.«

»Das ist gut. Das Meer hat immer eine Antwort.«

Randi hatte sie für glücklich gehalten. Wie war sie wohl darauf gekommen?

Weil sie recht hatte.

Myra hatte ihre Kleider am Strand gelassen und war bis zum Bauch ins Wasser gewatet. Es war kühl, aber noch nicht kalt. Am Strand tanzten die Mücken im Abendlicht über dem Sand, aus dem noch die Wärme des Tages stieg. Die tief stehende Sonne tauchte die Dünen in ein rötliches Licht. Niemand war zu sehen. Obwohl … Myra kniff die Augen zusammen. Schon manches Mal hatte sie, wenn die Sonne morgens oder abends tief stand und es dunstig war, für einen Moment geglaubt, den alten Leuchtturm zu sehen. Wie einen flüchtigen Schatten, einen Nebel. Der Leuchtturm, der vor einer Ewigkeit in der Sturmflut versunken war. Wie ein Echo in der Zeit stand sein Abbild aufrecht im Meer. Im nächsten Augenblick war da nur noch Himmel und Wasser.

Und Myra.

Die Strömung trug allmählich den Schmerz und die Verwirrung mit sich fort. In Myra wurde alles ruhig. Wenigstens wusste sie nun endgültig, dass sie ihre Zukunft ohne Kjell gestalten musste. Sie stand und lauschte in sich hinein, spürte der Leere nach, die dieser Verlust hinterließ. Zu ihrem Erstaunen entdeckte sie, dass neben dem Schmerz auch ein noch zaghaftes Gefühl von Freiheit aufstieg.

Irgendwo lebte Kjell noch, das glaubte sie entgegen aller Wahrscheinlichkeit immer noch zu spüren. Aber er würde trotzdem keine Rolle in ihrer Zukunft spielen. Eine Zukunft hatte sie dennoch. Sie hatte den Krieg überlebt, und sie hatte Liv! Myra würde dafür sorgen, dass Liv nichts geschehen würde.

Und nichts und niemand konnte Myra nehmen, was sie mit Kjell erlebt hatte. Was ihnen geschenkt worden war und was sie sich genommen hatten in den kostbaren Augenblicken, die für die Ewigkeit reichten. Die Zeit war nicht fähig, diesen Momenten ihre Gültigkeit und ihre Schönheit zu nehmen.

Liebe macht stark, hatte Oma Matilda gesagt. Das stimmte.

Ja, sie war glücklich, solange sie hier sein konnte! Wenn sie im Wasser stand, fühlte sie sich, als ginge die Kraft zwischen Himmel und Erde durch sie hindurch. Henny war leicht, lachte, wenn die Wellen sie umwarfen und ließ sich tragen, trieb nachgiebig mit dem Wind. Doch an Myra brachen sich die Wellen; sie sprachen mit ihr, aber sie warfen sie nicht um.

Sie war Myra Webelhuth, und nichts würde sie umwerfen!

Sie hob die Arme und dirigierte den Wind und die Möwen, die um sie herum auf einem Aufwind segelten, zu einem unsichtbaren Orchester, einer stummen Melodie, die nur sie hören konnte. Die Wehmut in ihr fügte der Musik neue, tiefere Töne hinzu, die sie größer und runder und erstaunlicher machte; und sie fühlte sich mit all dieser Trauer und all diesem Glück, mit allen Fragen und allen Hoffnungen, die in ihr wirbelten, so tief lebendig wie das Meer es am Horizont war, wo das dunkle Blau anzeigte, dass man dort nicht mehr stehen, sondern nur noch segeln konnte, auf Tiefen, die einen tragen mochten oder verschlingen.

Ylvi

1996

14

Rickys beste Seite

Ihr Vater sah so seltsam leicht aus wie er da lag, in seinem Lieblingsliegestuhl unter dem Kirschbaum. Als hätte das Leben in ihm, als es noch da war, etwas gewogen.

Der Notarzt hatte sich zurückgezogen. Er saß auf der Terrasse und schrieb den Totenschein aus. Ylvis Mutter und Ylvi hielten sich fest an der Hand und sahen auf Rainer, der so entspannt wirkte, als wüsste er, dass er nie mehr aufstehen musste.

Ylvi würde dieses kleine Lächeln in seinen Mundwinkeln nie vergessen und auch nicht, wie unter der Krone des Kirschbaums, die sich wie ein Schirm über ihren Vater breitete, trotz des bedeckten Himmels ein seltsames Licht hing.

Der Schmerz war tief und unerträglich, und doch war auch eine Erleichterung darin. Erleichterung darüber, dass er so und nicht anders hatte gehen dürfen. Genau so hatte er es sich gewünscht.

»Er war müde, weißt du. Er war so müde«, sagte Ylvis Mutter durch die Tränen in ihrer Stimme hindurch.

»Ich weiß«, flüsterte Ylvi.

»›Der Morgen ist so hell‹, hat er gesagt, ehe er die Augen geschlossen hat.«

»Das ist schön.«

»Ylvi! Regina!« Ricky kam über den Rasen geeilt. Ein warmes Gefühl stieg in Ylvi auf. Sie hatte ihn angerufen, und er war sofort gekommen, obwohl er einen wichtigen Termin in der Uni hatte. Er kam immer, wenn sie ihn brauchte. Sie konnte sich auf ihn verlassen. Er war ihr Fels in der Brandung, was machte es da, wenn er manchmal hart war und scharfe Kanten hatte? Jetzt nahm er sie und Regina in den Arm, und der Boden wurde wieder fest unter ihren Füßen. Ihr Herz fing wieder an zu schlagen, und sie konnte sich vorstellen, dass die Welt sich auch ohne ihren Vater weiterdrehen würde. Auch wenn die Lücke, die er hinterließ, sich niemals schließen konnte.

Ricky kümmerte sich. Um die Papiere, die der Notarzt ausstellte, um das Beerdigungsinstitut, um Remy, Ylvi, das Abendbrot. Um den bodenlosen Riss, der durch ihre Welt gegangen war. Er sorgte in der Zeit bis zu der Beerdigung und auch in den folgenden Tagen dafür, dass sie in diesen Riss nicht hineinstürzten und dass er sich langsam wieder schloss, zumindest so weit, dass er keine Gefahr mehr bedeutete. Jedenfalls nicht für sie. Bei Regina war sie da nicht so sicher.

»Wir sollten wirklich einmal wieder nach Teneriffa fahren. Das wird deinem Vater guttun«, hatte sie am Nachmittag etwas vage gesagt, gerade nachdem sie die letzten Danksagungen für die Beileidsbekundungen eingetütet und adressiert hatten. Zehn Minuten später war sie wieder ganz sie selbst gewesen und hatte Himbeeren für Remy gepflückt mit der Bemerkung, dass sie davon nun mehr essen müssten, da Rainer nicht mehr mithelfen konnte.

Ylvi lag, in Rickys Arm gekuschelt, im Bett und beobachtete den Vollmond hinter den Birken, die sich im Nachtwind bewegten, so dass es wirkte, als ob der Mond ihr zuzwinkerte.

»Wahrscheinlich war es gerade nur alles zu viel für Regina. Sie muss jetzt, da die Beerdigung vorbei ist, zur Ruhe kommen und ihre Gedanken und Gefühle sortieren. Dann wird sie nicht mehr so durcheinander sein«, sagte Ricky, aber er klang selbst nicht davon überzeugt. »Im Übrigen würden dir etwas Ruhe und Abschalten auch guttun. Was meinst du, wollen wir ein paar Tage ans Meer fahren?«

Ylvi setzte sich auf und sah ihn forschend an. Meinte er das diesmal ernst?

Aber nicht nach Teneriffa! Dorthin mochte sie nicht mit ihm. Seltsam, sie hatte sich das immer gewünscht, aber jetzt auf einmal wollte sie Ricky auf keinen Fall in ihrem Kindheitsparadies haben. Ihrem Vater hätte das auch nicht gefallen. Rickys Art, wie er sie manchmal demütigte, bis sie sich innerlich schmutzig, dumm und unfähig vorkam, die Angst, die sie vor seinen Launen hatte – das alles hatte nichts an dem Ort zu suchen, der ihr so viel bedeutete. Teneriffa, das war Glück, Freiheit, Wärme, Herzlichkeit, Harmonie.

»Du bist harmoniesüchtig«, hatte Trixie einmal zu ihr gesagt. Wahrscheinlich hatte sie damit durchaus recht. Ylvi konnte Streit und Groll nicht ertragen, lieber gab sie nach, auch wenn sie sich selbst manchmal dafür verachtete. Sie brauchte das Gefühl, dass alles um sie herum in Ordnung war.

Auf Teneriffa war alles in Ordnung gewesen. Ihre sonst oft anfällige Mutter war gesund und glücklich, ihr Vater sorglos und fasziniert von allem, sie waren überall gern gesehen und herzlich aufgenommen, es wurde gelacht und erzählt, die Sommertage waren warm und endlos und der Himmel voller Sterne.

Jetzt war sie froh über Rickys Flugangst, denn Ricky passte beim besten Willen nicht in dieses Bild, das sie in ihrem Herzen trug wie einen Schatz.

»Hast du denn Zeit?«

Er fuhr mit dem Finger ihr Schlüsselbein entlang an und sah ihr etwas zerknirscht in die Augen.

»Nun ja, es gibt einen Kollegen, der auf Föhr wohnt. Ich würde mich gern einmal mit ihm unterhalten. Ich könnte also zwei Fliegen mit einer Klappe schlagen.« Er grinste sie etwas entschuldigend an. Von seinem jungenhaften Charme hatte er nichts verloren.

»Für dich und Remy hätte ich auch Zeit«, fuhr er fort. »Wir wollten ihr doch längst das Meer zeigen.«

Föhr. Föhr, das war Nordsee. Nordsee war gut, jedenfalls war es nicht die Ostsee. Dort war es grau gewesen und kalt, und es hatte ihr nicht gefallen.

Sie fühlte sich noch immer wie betäubt. Dass ihr Vater so abwesend sein konnte, dass überhaupt jemand einfach nicht mehr da war, das war so schwer zu begreifen. Sie hatte immer gedacht, sie wäre darauf vorbereitet, aber in Wirklichkeit war es ganz anders.

Auf einmal hatte sie Sehnsucht nach dem Meer, auch wenn es grau war. Kalter scharfer Wind in ihrem Gesicht, prickelndes Wasser an ihren Füßen würden sie wieder aufwecken, lebendig machen, bereit für die Zukunft. Sie musste nun auch für Regina da sein.

Und Remy würde es gefallen.

Sie lehnte ihren Kopf an Rickys Schulter.

»Ach ja. Das wäre schön! Ruf ihn gleich morgen an, deinen Kollegen, ja?«

Ricky sprang auf.

»Ach was. Achim arbeitet immer bis tief in die Nacht. Der sitzt bestimmt noch über seinen Büchern. Ich versuche es einfach jetzt.« Seine Augen funkelten. »In ein paar Tagen tanze ich mit dir durch die Wellen, und wir essen dabei Krabbensandwiches.«

Sie schlang die Arme um die Knie und hörte mit schiefgelegtem Kopf seinen Schritten nach, wie er die Treppe hinuntersprang. Sein Schritt war so vertraut, Teil der Musik des Hauses, Teil ihres Lebens. Ein Baustein in ihrem Luftschloss. Aber ob er halten würde?

Das Meer war gar nicht grau. Die Nordsee glitzerte und funkelte so hell um sie herum, dass Ylvi trotz ihrer Sonnenbrille die Augen zusammenkneifen musste. Die Fähre schwankte unter ihren Füßen, und sie musste sich an die Reling klammern, um nicht umzufallen. Remy hüpfte neben ihr auf und ab und lachte. Ricky stand hinter ihnen. Der Wind hatte das Gummi aus Ylvis Pferdeschwanz entführt und schlug ihr die Haare um die Ohren. Es fühlte sich wild und frei an.

Sie standen im Bug, und wenn sie sich umdrehte, sah sie den breiten, geschwungenen Weg aus hellem Schaum, den das Schiff hinter sich auf die Wellen malte. In der Ferne lag das Festland, vorne ahnte man im Dunst schon die Insel. Es war kühl, aber nicht kalt, und die Luft schmeckte nach Salz und war wunderbar klar und frisch. Ylvi konnte sich nicht erinnern, wann sie sich zuletzt so leicht gefühlt hatte.

Remys Augen strahlten. Aufgeregt beugte sie sich über die Reling. Rickys Hand schnellte vor und packte sie am Rücken ihrer Jacke. »Vorsicht!«

»Ich hab eine Robbe gesehen!«, rief Remy. »Da unten. Ein runder Kopf. Ganz bestimmt!«

Diese Tage würden ihnen allen guttun. Das würde sie Ricky nicht vergessen, dass er diesmal sein Versprechen gehalten hatte! Auch wenn es nicht selbstlos gewesen war, er war hier und lachte mit ihnen und beschützte sie, und diese Momente waren Wirklichkeit. Eine Wirklichkeit, an die Remy sich erinnern würde, wenn sie erwachsen war, egal, was noch geschah.

Ylvi zuckte zusammen. Auch Ricky duckte sich und Remy sprang einen Schritt zurück. Über ihnen rauschte es, ein lauter Ruf drängte sich durch den Motorenlärm der Fähre scharf in ihre Ohren, und etwas Großes, Helles landete auf der Reling zwischen Ylvi und Remy. Sie spürte den Luftzug an ihrem Ohr. Remy machte große Augen.

»Mama, die Möwe! Das ist die Möwe, die wir zu Hause auch schon gesehen haben. Glaubst du, die beißt?«

Ricky legte den Arm um Remy.

»Das ist ein Vogel. Der hat keine Zähne, auch wenn sie von den Dinos abstammen.«

»Das ist bestimmt nicht dieselbe Möwe wie in Berlin. Aber vielleicht ihre Cousine«, sagte Ylvi. Sie hatte das Bedürfnis, die Sache ins Lustige zu ziehen, denn der Vogel war ihr unheimlich. Sie dachte an den Tag, an dem Remy geboren wurde, und an den stechenden Blick der Möwe von damals, die dieser hier aufs Haar geglichen hatte. Allerdings kam ihr diese noch größer vor. Doch warum blickte sie so streng? Einen gewaltigen Schnabel hatte sie auch.

»Geh trotzdem lieber nicht allzu nah ran«, sagte sie. »Lasst uns runtergehen. Sieh mal, wie nah wir schon an der Insel sind. Wir werden gleich anlegen.«

Ricky kniff die Augen zusammen.

»Ja, lass uns runtergehen. Ich glaube, ich kann Achim am Hafen stehen sehen.«

Mit der Gastgeberfamilie mussten sie Kaffee trinken, Neuigkeiten austauschen, über die Arbeit und die Kinder sprechen und über das Wetter. Danach wurden sie in ein edles Fischrestaurant eingeladen, während draußen der Wind pfiff und die Wellen ihre eigene Melodie durch das offene Fenster bis in Ylvis Ohren schummelten. Es fiel ihr schwer, unter dem Tisch die Füße still zu halten, die sich danach sehnten, durch den Sand zu laufen. Auch Remy rutschte unruhig hin und her. Doch Ricky war in ein Gespräch vertieft und zeichnete eifrig ein Herr-Nilsson-Modell auf eine Papierserviette. Ylvi seufzte, rief ihre Füße zur Ordnung und widmete sich ihrer Schokoladencreme.

Am nächsten Morgen endlich machte Ricky sein Versprechen wahr, und sie erkundeten zu dritt den Strand. Der Sand war so fein unter ihren Sohlen und so hell! Ganz anders als auf Teneriffa. Und doch weckte er die Erinnerungen in ihr. Auf einmal war alles wieder lebendig. Yeray, der sie geneckt hatte und beschützt und ihr Spanisch beigebracht. Er nannte sie *Pinzón*, Fink, weil sie auf Grashalmen und hohlen Ästen und ihrer Flöte versuchte, für ihn die stille Musik der Landschaft hörbar zu machen. Und Maria, mit der sie Abenteuer am Berghang erlebt hatte, wo sie mit den Ziegen spielten und Kakteengärten anlegten. Die Gärten! Daran hatte sie lange nicht mehr gedacht. Ylvi blieb verblüfft stehen. Vielleicht hatte Theo nur etwas geweckt, was schon immer in ihr gewesen war.

»Was ist?« Ricky, der hinter ihr lief und fast in sie hineingelaufen wäre. Er nahm ihre Hand.

»Nichts. Es ist so schön, dass wir hier sind.« Sie sah sich um. Es war Ebbe, das Meer hatte sich weit zurückgezogen, so dass der Strand unendlich zu sein schien. In den Fluttümpeln glitzerte das Wasser silbern, und dazwischen schrieb der Wind Muster auf den Sand. Remy lief voraus und sammelte eifrig Muscheln.

»Ich hatte es dir doch versprochen. Komm!« Ricky begann zu rennen und zog sie mit sich.

Ylvi fing an zu lachen. »Wohin?«, japste sie atemlos.

»Da hinten. Zum Meer. Ich hatte dir versprochen, dass wir durch die Wellen tanzen und dabei Krabbensandwiches essen.«

Das Meer war ein heller Strich am Horizont. Es war ein frischer Horizont, leer und neu, nicht der Horizont, den sie in Theos Augen gesehen hatte und in dem sich ein Garten spiegelte und eine mögliche Zukunft im Geheimen Land. Dieser leere neue Horizont tat Ylvi gut. Sie musste nicht darüber nachdenken. Er war einfach nur da, und Rickys Hand lag warm und fest um ihre. Remy kreischte vor Vergnügen und ließ das Wasser in den Prielen hoch um ihre kleinen Füße aufspritzen. Schließlich waren sie dort, wo die Wellen schäumten.

Ricky tanzte mit Ylvi einen Walzer, der durch die Strömung um ihre Beine so lustig ausfiel, dass Remy sich vor Lachen krümmte. Ylvi wusste nicht, ob sie flog oder schwamm, sie wusste nur, dass sie sich leicht und übermütig und jung und geborgen zugleich fühlte.

Schließlich suchten sie sich ein trockenes Plätzchen zum Ausruhen.

»In einer halben Stunde müssen wir zurück, damit die Flut uns nicht überrascht«, sagte Ricky und stöberte in seinem Rucksack. »Aber vorher …« Er zog ein Päckchen heraus und hielt es triumphierend hoch.

Ylvi fing an zu lachen. »Krabbensandwiches. Tatsächlich!«

Lange hatte ihr nichts mehr so gut geschmeckt. Sie hatte vergessen, was das Meer für einen Appetit machen konnte. Mit einem solchen Hunger hatte sie sich mit Yeray und Maria damals auch auf Salvas frischen gegrillten Fisch gestürzt.

Diese Luft machte auch müde. Remy schlief am Abend sofort ein, und auch Ylvi und Ricky zogen sich früh in das kleine Gästehaus zurück.

Ylvi wusste nicht, wovon sie aufgewacht war. Sie brauchte einen Moment, um sich zu orientieren. Dann hörte sie den Wind draußen und wusste wieder, wo sie war. Rickys Atem ging gleichmäßig neben ihr, er schlief tief und fest. Aber irgendetwas stimmte nicht! Ylvi stand leise auf und schlich ins Nebenzimmer, um nach Remy zu sehen.

Sie knipste das Licht an. »Remy?« Sie hob die Bettdecke mit dem bunten Segelbootbezug an, die im Dunkeln ausgesehen hatte, als läge ein zusammengerollter Kinderkörper darunter. Nichts! Das Bett war nicht nur leer, sondern auch kalt.

Myra

1934

15

Das Geschäftskind

Myra wachte auf, weil der Sturm in der Nacht durch das undichte Fenster gepfiffen und den Vorhang beiseitegedrückt hatte. Nun schien die Sonne durch die Lücke und warf die tanzenden Schatten der Silberpappelblätter an die Wand. Die Sonne war gerade erst aufgegangen, und es war noch sehr früh. Myra überlegte, ob sie in ihrem neuen Buch lesen sollte. Auch wenn es noch ein wenig mühsam war, sie war sehr stolz darauf, dass sie jetzt sieben war und lesen gelernt hatte. Aber der Wind erzählte draußen immer noch Geschichten, und die Luft roch nach dem Meer. Es rief nach ihr. Und es war Sonntag. Am Wochenende kümmerte sich Papa um Mama, was bedeutete, dass sie ganz lange im Schlafzimmer blieben und Myra sie nicht stören durfte. Sie konnte also machen, was sie wollte, und jetzt wollte sie an den Strand.

Sie hüpfte in ihr Sommerkleidchen, obwohl es eigentlich nicht mehr Sommer war, sondern Ende September. Aber weil Myras Beine in letzter Zeit so gewachsen waren, war das Kleid so kurz, dass es nicht gleich nass werden würde, wenn sie damit am Flutsaum spielte. Auf Waschen und Zähneputzen verzichtete sie, und weil das Haustürschloss zu schwer ging, kletterte sie aus dem Fenster und hangelte sich an der Dachrinne herunter.

Es war noch so früh, dass das Meer hellgolden war und der Himmel auch. Man wusste nicht so genau, wo das Meer aufhörte und der Himmel anfing. Der morgendliche Nebel lag noch weich auf dem Wasser und war ebenfalls goldgelb. Das war Myras liebste Tageszeit. Sie gehörte ihr fast ganz allein. Kaum jemand war unterwegs, nur draußen sah man manchmal ein Fischerboot wie einen Schatten am Horizont.

Der Wind war jetzt sanft. Doch in der Nacht hatte der Sturm große Haufen Tang angespült und auch Muschelschalen und Sprockholz, das kohlschwarze rundgeschliffene Treibholz, das man oft zusammen mit Bernstein fand. Myra vergaß alles um sich herum und baute ein Schloss aus Sand, das großartige Fahnen aus Algen auf seinen Türmen trug und in einem verzauberten Garten stand, in dem Muschelwege an Tangbäumen vorbeiführten. Eine große Silbermöwe, die ebenfalls in den Haufen stöberte und die eine oder andere Krabbe herausfischte, sah ihr eine Weile dabei zu.

Die Wellen, die in der Nacht hoch auf das Land hinaufgetobt waren, plätscherten jetzt klein und friedlich. Doch auf einmal klatschte eine größere auf den Strand, als hätte der Sturm sie vergessen.

»He!«, rief Myra empört, denn fast wäre ihr schöner Garten geflutet worden. Schnell errichtete sie eine schützende Mauer davor. Mit einer Antwort hatte sie nicht gerechnet, doch auf einmal legte sie erstaunt den Kopf schief und lauschte.

Von dort, wo eben noch die Welle über den Sand gelaufen war, hörte sie eine dunkle, goldene Musik. Sie war sich nicht sicher, ob Musik golden sein konnte, aber es klang genau so. Sie war sich auch nicht sicher, ob sie diese Musik mit ihren Ohren hörte oder ob sie nur in ihrem Kopf war, so wie ein Traum. Aber es hörte sich wirklich an. Es klang so schön, dass sie aufstand und den Tönen folgte. Sie kamen aus einem der wirren Haufen aus Tang und zerbrochenen Muscheln. Myra hockte sich hin und zog den bizarren kleinen Berg mit beiden Händen auseinander. Da war nichts drin, was Musik machen konnte. Da war überhaupt nichts Ungewöhnliches drin. Myra war enttäuscht. Und auch ein wenig ärgerlich. Irgendwo mussten die Töne doch herkommen! Myra konnte es nicht leiden, wenn es für irgendetwas keine Erklärung gab.

Schmollend warf sie das letzte Büschel Tang beiseite und stand auf. Doch halt, da glitzerte etwas in der Sonne, die jetzt höher geklettert war! Es glänzte so golden, wie sich die Töne angehört hatten, so golden wie das Meer und der Himmel heute früh gewesen waren, so golden wie der Honig auf Oma Matildas Brötchen. Eigentlich sah es aus wie ein ganz normaler Kieselstein, aber Kieselsteine glänzten nicht golden. Myra hob den Stein auf. Aber er war viel zu leicht, um ein Stein zu sein. Vielleicht war es getrockneter Honig, der ins Meer gespült worden war? Myra roch daran, doch es war kein Geruch daran, und auch die Musik war jetzt verstummt. Sie hielt den komischen Stein gegen das Licht. Er war durchsichtig.

»Das ist aber ein schönes Exemplar«, sagte eine Männerstimme hinter ihr. »Verkaufst du ihn mir? Ich gebe dir eine Tüte von meinen Sanddornbonbons dafür.«

Myra hätte vor Schreck fast den Honigstein fallen lassen. Sie drehte sich um. Aber es war nur Oskar. Der Oskar, von dem ihr Vater und auch Opa Winfried behaupteten, er sei ein Tunichtgut. Myra wusste nicht genau, was ein Tunichtgut war, aber es hatte etwas mit Frauen zu tun und damit, dass diese den Schmuck, den Oskar verkaufte, zu schön fanden und auch die grauen Haare an seinen Schläfen. Eigentlich mochte sie Oskar. Er war nie unfreundlich zu Kindern, und manchmal verschenkte er auch eins von seinen Bonbons. Er machte sie selbst, genau wie den Schmuck. Oft baute er seinen Stand an den Seebrücken auf oder auch auf dem Marktplatz. So traf man ihn mal hier, mal dort. Myra hatte auch schon ein Päckchen für ihn ausgetragen und dafür Bonbons bekommen.

Jetzt schloss sie die Hand fester um ihren Fund. »Was willst du mit meinem Stein?«

Er beugte sich zu ihr herunter. Seine Augen waren freundlich, aber sie gefielen Myra heute nicht. Sie konnte sehen, dass er ganz unbedingt ihren Fund haben wollte. Sie versteckte ihn hinter ihrem Rücken.

»Das ist kein einfacher Stein, weißt du«, erklärte er. »Das ist ein Bernstein, und ich könnte ihn gut gebrauchen, um daraus neuen Schmuck zu machen.«

»Den Schmuck, der den Frauen gefällt?«

»Genau der. Du bist doch eine Frau. Ich könnte dir auch ein Armband für den Bernstein geben.«

Jetzt sah er wieder nett aus, so wie er sie anlächelte. Aber ein bisschen dumm war er auch. Myra war doch keine Frau. Und was sollte sie mit einem Armband? Dann lieber die Bonbons. Aber sie wusste aus Erfahrung, dass Oskars Bonbontüten sehr klein waren.

»Wo kommt der Bernstein her? Ist der aus Honig?«

»Nein. Er kommt aus einem Wald, den es vor vielen Millionen Jahren gegeben hat. Kennst du das Harz, das manchmal von den Kiefern tropft?«

Myra nickte. O ja, das kannte sie. Sie war schon oft auf eine Kiefer geklettert und hatte hinterher Schelte bekommen, weil Harz an ihrem Kleid klebte und auch von ihren Fingern nicht abgehen wollte. Jetzt fiel es ihr ein: Das Harz glänzte oft so golden wie dieser merkwürdige Stein. Aber der war hart und klebte nicht.

»Der Bernstein ist das Harz aus diesem ganz alten Wald. Es

wurde ins Meer gespült und hat dort so lange gelegen, dass es hart geworden ist«, erklärte Oskar und wühlte in seiner Tasche. »Schau her.« Jetzt hatte er auch einen Stein in der Hand, aber der war nur klein und dunkel und nicht besonders hübsch. Mit einer Nagelfeile kratzte Oskar daran herum und hielt ihn Myra dann unter die Nase. »Riechst du es?«

Myra schnupperte. Das war ja ulkig. Jetzt roch der Bernstein genau wie das Harz. Trotzdem war sie sich nicht sicher, ob Oskar vielleicht nur ein Märchen erzählte.

»Und wie kommt jetzt der Bernstein an den Strand?«

»Du bist ganz schön neugierig, was? Der Bernstein ist leicht. Im Herbst und vor allem im Winter, wenn sich das Wasser abkühlt, schwimmt er besonders gut, und wenn der Sturm kommt, spült er ihn mit den Wellen an Land. Dann sagt man, dass der Bernsteinwind weht. Jetzt ist das noch zu früh dafür. Deshalb habe ich nicht viel gefunden, nur kleine braune Stücke.«

»Und deswegen willst du jetzt meinen haben, damit du ihn den Frauen verkaufen kannst?«

»Ich würde ihn auch bezahlen. Das ist doch ein gerechtes Angebot.«

Jetzt hatte Myra verstanden, dass ihre Entdeckung einen Wert hatte. Und wenn das so war, dann wusste sie auch genau, was sie damit machen wollte.

»Ich will den aber gar nicht verkaufen, Oskar. Ich verkauf dir lieber den nächsten, den ich finde. Aber nur, wenn du mir zwei Bonbontüten dafür gibst.«

Oskar stand auf.

»Hoppla, du bist mir ja eine Geschäftsfrau«, sagte er. Myra merkte, dass er enttäuscht war, aber irgendwie hatte es geklungen, als ob er auch ein wenig stolz auf sie war.

»Nee, ein Geschäfts*kind*«, widersprach sie.

»Na schön, abgemacht«, sagte Oskar. »Pass auf, du bekommst eine Bonbontüte und mein berühmtes Rezept für Entenkeulen, das die Oma Matilda Petrik, die du so magst, mir schon immer abschwatzen wollte. Aber glaub bloß nicht, dass das so leicht ist, Bernsteine zu finden. Du hattest nur Glück. Wahrscheinlich passiert das nie wieder.«

Jetzt war Myras Ehrgeiz geweckt. Und das Rezept für die liebe Oma Matilda wollte sie unbedingt haben.

»Wetten, dass ich gleich jetzt einen finde?« Nicht umsonst trieb sie sich gern am Hafen herum. Dort wetteten die Männer immer um irgendetwas.

Oskar lachte laut auf. Myra merkte, dass er sie nicht ernst nahm. Er war doch wie die meisten Erwachsenen. Das machte sie wütend. Ein bisschen mulmig war ihr schon dabei. Wahrscheinlich hatte sie zu dick aufgetragen. Vielleicht würde sie die goldene Musik nie wieder hören. Aber jetzt gab es kein Zurück mehr.

»Wetten?«, bohrte sie nach. Die große Möwe, die sich immer noch in der Nähe herumtrieb, stieß einen Schrei aus, der wie ein Lachen klang. Dann nickte sie mit dem Kopf. Jedenfalls sah es so aus, obwohl sie bestimmt nur nach einer Krabbe pickte. Myra fühlte sich ermutigt.

»Wenn du wetten willst, dann musst du auch einen Einsatz machen, falls du verlierst«, sagte Oskar. »Ich gebe dir fünf Minuten Zeit. Wenn du bis dahin nicht einen zweiten Bernstein findest, bekomme ich den, den du mir nicht verkaufen wolltest. Wenn ich verliere, bekommst du Bonbons und das Rezept für die Oma. Schlag ein!«

Ja, das mit dem Einsatz, das wusste sie auch von den Männern am Hafen. So eine Wette, das war Ehrensache. Sie holte tief Luft und legte ihre Hand in Oskars große. Sie drückte so fest sie konnte und zog dann ihre Hand schnell wieder zurück.

Oskar fischte seine Uhr aus seiner Westentasche und blickte wichtigtuerisch darauf. »Eins, zwei, drei, los. Die Zeit läuft!«

Er verschränkte die Arme vor der Brust und blickte sie erwartungsvoll an. Es wäre ihr lieber gewesen, er hätte weggesehen.

Myra drehte sich um und ging ein paar Schritte auf die Buhne zu. Die Möwe watschelte neben ihr her, mit fast demselben wichtigtuerischen Gesichtsausdruck wie Oskar. Myra lauschte in das Wellenrauschen hinein, dann in den sanften Wind, der gerade gar nichts zu erzählen hatte, dann in sich hinein. Wo blieb die Musik, die bernsteingoldenen Töne? Vielleicht war das alles vorhin nur ein Zufall gewesen. Oder eine Art Zauber. Myra glaubte nicht an Märchen, lieber lauschte sie den Abenteuern der Seeleute. Wenn es aber doch so etwas wie Zauber gab, dann funktionierte er wahrscheinlich nicht, wenn man mit Absicht danach suchte. Schon gar nicht, wenn man damit eine Wette gewinnen wollte. Wetten war nicht anständig, jedenfalls sagte das ihr Vater.

Sie lief noch ein paar Schritte weiter und dann ein Stück ins Wasser hinein. Vielleicht sah es wenigstens so aus, als ob sie wüsste, was sie tat.

»Noch zwei Minuten!«, rief Oskar hinter ihr.

Myra ärgerte sich. Ihr blöder Ehrgeiz! Jetzt war sie ihren unerwarteten Schatz los und würde nie wieder einen finden.

In diesem Moment rauschte wieder eine Welle heran, die höher war als die anderen. Sie kam so plötzlich, dass sie Myra in den Kniekehlen traf und fast umgeworfen hätte. Bloß gut, dass sie das kurze Kleid anhatte.

Und dann hörte sie die Töne. Sie kamen von links, noch ein Stück tiefer im Wasser, direkt an der Buhne. Auf der saß inzwischen die Möwe und pickte an einer Muschel. Runde, leichte, goldene Töne, die sich genauso anhörten, wie der Bernstein aussah. Wie Honig. Myra legte den Kopf schief, um sie genauer zu hören, und watete darauf zu.

»Noch dreißig Sekunden!«, rief Oskar.

Myra hob abwehrend die Hand. Er sollte gefälligst ruhig sein, damit sie die Musik hören konnte.

»Da!«

War das jetzt eine Stimme in ihrem Kopf gewesen? Oder hatte das Meer mit ihr gesprochen? Egal. Sie bückte sich, griff tief in das Wasser und tastete mit dem Arm auf dem Sandboden herum. Zwischen Tang und den Pflöcken der Buhne fühlte sie etwas Rundes und zog es hervor. Mist! Nur eine Herzmuschel.

»Da!«, raunte die Stimme erneut, und die Töne in ihren Ohren wurden lauter. Myra bückte sich ein zweites Mal. Ja, da! Diesmal wusste sie instinktiv, dass sie einen Bernstein in der Hand hatte. Die Oberfläche war glatt, seltsam warm, und auch das Gewicht war ein anderes.

Rasch zog sie die Hand aus dem Wasser, warf nur einen Blick auf den Inhalt und hob sie hoch in das helle Sonnenlicht, damit Oskar ihren Fund gerade noch rechtzeitig glänzen sah.

»Hier! Gewonnen!«

Die Möwe stimmte mit einem lauten Ruf in Myras Triumphschrei ein.

»Ach was. Darauf falle ich nicht herein. Das ist doch nur einer dieser Kieselsteine, die dieselbe Farbe haben wie Bernstein.«

Myra watete etwas mühsam aus dem Wasser. Ihre Beine waren vor Kälte steif geworden.

»Stimmt nicht. Da, guck. Der ist echt. Die Musik hat es gesagt. Du hast deinen Bernstein, und ich habe die Wette gewonnen.«

»Was für eine Musik?« Oskar hob ihren Fund hoch gegen das Licht, wog ihn ungläubig in der Hand, schlug ihn gegen seine Zähne.

»Daran kann man einen Bernstein auch erkennen – an dem Geräusch, das er macht, wenn man ihn gegen die Zähne schlägt«, erklärte er. »Myramädchen, sapperlot, ein Mann muss wissen, wenn er verloren hat! Das ist wirklich ein Bernstein, und der ist noch größer als der erste. Du hast dir deine Bonbons verdient.«

Er polierte den Stein am groben Tuch seiner Hose. Myra sah zu, wie die Oberfläche immer glänzender und durchsichtiger wurde. Sie merkte sich genau, wie er das machte.

»Wie hast du das nur gemacht?«, fragte Oskar. »Es sah aus, als ob du den Bernstein riechst.«

»Wie machst du das denn, wenn du Bernstein findest?«, fragte Myra zurück.

»Na, ich suche eben. Mit Geduld. Ich weiß, wenn das Wetter günstig ist, und dann suche ich. Aber oft finde ich gar nichts. Und ich habe noch nie zwei so große Stücke auf einmal gefunden. Eigentlich noch nicht einmal eines.«

Oskar hörte also keine Musik. Myra beschloss, ihm nichts davon zu erzählen. Wenn man ein Geschäftskind sein wollte, war es bestimmt gut, solche Dinge für sich zu behalten.

»Wo sind jetzt meine Bonbons und das Rezept?«

Oskar wühlte in seinem Rucksack. »Hier, bitte.« Er legte ein Tütchen und einen aufgerollten Zettel mit einem Band darum in Myras auffordernd ausgestreckte Hand. Anscheinend bezahlte er öfter mit Rezepten. »Es war mir ein Vergnügen, mit dir Geschäfte zu machen. Wenn du wieder einmal gute Ware für mich hast, komm ruhig zu mir.«

»Was ist denn Ware?«

»In diesem Fall Bernstein. Ware ist etwas, womit man handelt. Und handeln, scheint mir, kannst du schon gut. Es wird dir einmal nützlich sein!« Er verbeugte sich ein wenig und tippte an seinen Hut. »Auf Wiedersehen, Myramädchen.«

Sie sah ihm nach, dann betrachtete sie die Bonbons in ihrer Hand. Nächstes Mal würde sie ihn nicht um Bonbons bitten. Wenn die Fischer am Hafen handelten, dann bekamen sie Geld für ihren Fang. Das wollte sie auch. Richtiges Geld.

Sie dachte an ihren Freund Martin, der in ihre Klasse ging. Sein Vater war krank und konnte nicht mehr arbeiten, und nun hatte Martin keine warme Jacke, keine richtigen Schuhe und auch nicht genug zu essen. Wenn in ihrer Familie einmal so etwas passieren würde, vielleicht konnte sie dann mit dem Bernstein selber Geld verdienen.

Wenn der Zauber blieb. Myra runzelte die Stirn. Es war ja nicht nur die Musik gewesen. Solche Musik im Kopf hörte sie auch manchmal, wenn der Sonnenaufgang besonders schön war oder wenn sie eine große bunte Blume entdeckte.

Aber bei beiden Bernsteinen war eine besonders große Welle gekommen, ehe sie sie gefunden hatte. Als ob ihr das Meer die Steine vor die Füße werfen wollte!

»Wer hat die Wellen gemacht?«, fragte sie die Möwe, die jetzt auf einem Bein aufgeplustert auf der Buhne saß und vor sich hin döste.

Aber der Vogel antwortete nicht. Er blinzelte nur einmal träge.

Myra lief nicht direkt nach Hause. Sie blieb am Gartentor des Nachbarhauses stehen, stellte sich auf die Zehenspitzen und machte den Hals lang. War da oben an dem Haus auf dem Hügel jemand auf der Terrasse?

»Oma Matilda?«, rief sie.

Ein grauhaariger Kopf spähte über den Zaun.

»Hallo Myrakind! Möchtest du hereinkommen? Es gibt noch Frühstück. Brötchen mit Wildapfelgelee.«

Das ließ sich Myra nicht zweimal sagen.

»Oma Matilda, ich hab auch was für dich. Das Entenkeulenrezept vom Oskar, das wolltest du doch immer, sagt er.« Stolz überreichte Myra ihr die Rolle.

»Oh!« Oma Matilda staunte. »Wie hast du das denn gemacht, Myrakind? Da freue ich mich aber! Und der Winfried auch. Danke!«

Seit im Nachbarhaus mit dem gemütlichen Reetdach Opa Winfried und Oma Matilda mit dem Baby Henny wohnten, war das Leben viel schöner geworden. So herzliche Menschen hatte Myra vorher noch nie kennengelernt. Sie durfte Oma und Opa zu ihnen sagen, obwohl sie gar nicht verwandt waren, und manchmal nahm Oma Matilda sie einfach in den Arm. So was kannte Myra nicht. Oma Matildas Marmorkuchen schmeckte auch wunderbar.

Das Beste aber war Baby Henny. Mit Puppen konnte Myra nichts anfangen, aber es machte ihr große Freude, sich um das Baby zu kümmern. Manchmal durfte sie es füttern oder beim Baden helfen. Und wenn Henny größer war, dann konnte sie Myras Freundin werden. Myra wollte immer auf sie aufpassen.

Jetzt beugte sie sich über das schlafende kleine Wesen im Kinderwagen und legte ihren ersten Bernstein, den sie inzwischen sorgfältig am Ärmel ihrer Jacke poliert hatte, neben Hennys rechtes Ohr. Dort fing er das Sonnenlicht ein und warf goldene Punkte auf die Wange des Babys. Ein Lächeln huschte im Schlaf über Hennys Gesicht.

»Oskar hat gesagt, Bernstein bringt Glück und beschützt«, flüsterte Myra. »Und außerdem ist da Zaubermusik drin.«

Oskars Entenkeulen

1 kg Rotkohl
Salz
2 EL Zucker
2 Zwiebeln
1 EL Butterschmalz
3 Lorbeerblätter
3–4 EL Rotweinessig
150 ml Geflügelbrühe
4 Entenkeulen
1 EL Honig
je 1 Messerspitze Anis, Zimt,
gemahlene Fenchelsamen, gemahlene Nelken
Schwarzer Pfeffer
1 TL Paprika edelsüß
2 EL Pflanzenöl
1 säuerlicher Apfel
3 EL Johannisbeergelee

Vom Rotkohl die äußeren Blätter entfernen und den Strunk keilförmig herausschneiden. Kohl in feine Streifen schneiden, in einer Schüssel mit Salz und Zucker würzen. Zwiebeln in feine Streifen schneiden.

Butterschmalz in einem großen Bräter erhitzen. Zwiebeln andünsten, Kohl und Lorbeerblätter zugeben und 5 Minuten unter Rühren mitdünsten. Rotweinessig und Geflügelbrühe zugießen und aufkochen.

Von den Enten die Oberschenkelknochen herausschneiden. Honig, Gewürze, Pfeffer, Salz und 2 EL Wasser vermischen, Öl unterrühren. Entenkeulen mit dem Würzöl kräftig einmassieren.

Den Ofen auf 200 Grad vorheizen. Bräter mit Rotkohl ohne Deckel auf den Ofenboden stellen und ein Ofengitter in die mittlere Schiene schieben. Entenkeulen auf das Gitter legen, damit das austretende Fett in den Rotkohl tropfen kann.

1¼ Stunden braten. Nach 30 Minuten Temperatur auf 180 Grad reduzieren.

Äpfel schälen und raspeln. Rotkohl und Entenkeulen aus dem Ofen nehmen. Apfelraspeln zum Rotkohl geben, mit Johannisbeergelee und Salz abschmecken.

Ylvi

1996

16

Ein Schatten in der Nacht

»Remy!« Ylvi lief barfuß in den Flur und schaltete auch im Badezimmer das Licht an. Leer. Hastig kehrte sie in Remys Zimmer zurück. Das Fenster war offen! Hatte sie es offen gelassen, als sie Remy ins Bett brachte? Nein, gewiss nicht! Es war viel zu windig. Ylvi lehnte sich hinaus.

»Remy? *Reeemy*!« Der Wind riss ihr das Wort aus dem Mund und trug es hinaus zum Strand, wo im Mondlicht weiße Schaumflocken glänzten. Der Mond erhellte auch die Priele und die feuchten Sandflächen. Es war wieder Ebbe. Doch wie lange noch? Zwischen dem Schaum hüpfte eine zarte Gestalt, die in der Ferne fast so leicht wirkte wie die Flocken. Ein Vogel? Ein Kranich vielleicht? Bei Nacht?

Ylvi kniff die Augen zusammen und fühlte, wie ihr der Schrecken in den Magen fuhr. Das war kein Vogel!

Das war ihre Tochter!

Und sie lief immer weiter ins Watt hinaus.

Der Wind hielt für einen Augenblick den Atem an. In der plötzlichen Stille war Ylvi, als hätte sie eine Stimme gehört. Eine tiefe Stimme aus der Ferne, vom Horizont her, die einen Namen rief.

»Remona!« Und noch einmal lauter: »*Reemooonaaa*!«

Ein vertrautes Frösteln lief unter Ylvis Schulterblättern entlang. Diesen Ruf hatte sie schon einmal gehört, ebenfalls an der See, kurz vor Remys Geburt.

Sie wusste auch diesmal nicht, ob es eine wirkliche Stimme gewesen war, oder ob sie nur lautlos in ihrem Kopf erklang, so wie sonst die Melodien der Landschaften.

Damals hatte sie, ohne es zu wissen, schon die ersten Wehen gehabt. War nicht ganz sie selbst gewesen. Wahrscheinlich lag es auch jetzt nur an der Aufregung.

Ylvi stürmte zurück ins Schlafzimmer und rüttelte Ricky wach. Dabei verlor sie kostbare Sekunden, denn er schlief wie immer unerschütterlich fest.

Als sie ihm die Situation endlich klargemacht hatte, stürzte auch er zum Fenster und entdeckte die kleine Gestalt, die offensichtlich unerschrocken auf dem nassen Sand spielte und sich dabei immer weiter entfernte.

Für einen Moment schoss Ylvi durch den Kopf, was dies für ein wunderschönes, verzaubertes Bild innerhalb des blau gestrichenen Fensterrahmens war: das Kind dort draußen in der teils dunklen, teils silbernen Weite, zwischen Schaum und Wind und Wellen, furchtlos und völlig eins mit sich und der Welt, elegant mit den Elementen tanzend.

Wenn es nur nicht so gefährlich gewesen wäre! Wie konnte Ylvi auch nur eine Sekunde über Schönheit nachdenken?

Und doch wusste sie, dass sie dieses Bild nie vergessen würde. Es brannte sich in ihr Gedächtnis ein, gemeinsam mit der stummen und gewaltigen Musik, die für einen Moment in ihr aufbrandete. Und zusammen mit dem unheimlichen Gefühl, dass sie dieses Kind zwar geboren hatte, dass Remy aber trotzdem nicht wirklich zu ihr gehörte, sondern Teil von etwas Größerem war, was jenseits ihres Wissens und ihrer Kontrolle lag.

»Oh, verdammt!«, entfuhr es Ricky. »Wir haben auflaufende Flut! Ich habe heute Mittag den Plan studiert. Wenn wir Remy nicht rechtzeitig erwischen, wird sie von den Prielen eingeschlossen. Komm!« Er stieg kurzerhand aus dem Fenster, ebenso wie es Remy gemacht haben musste.

»Ricky, warte!« Ylvi riss ihre Jacken vom Garderobenhaken und warf Ricky seine zu. Remys Jacke zog sie durch ihren Gürtel und band sie mit den Ärmeln zusammen.

Atemlos eilten sie zum Strand. Ihre Schritte hallten unheimlich auf dem Bohlenweg. Der Wind hatte wieder zugenommen. Remy konnte ihr Rufen unmöglich hören.

Ihrer Angst zum Trotz spürte Ylvi einen Anflug von Stolz auf ihre Tochter, die ohne Furcht allein in der Nacht unterwegs war.

Ricky blieb plötzlich verwirrt stehen und sah sich nach Ylvi um. »Hast du das auch bemerkt?«

»Was meinst du?«

»Ach, ich dachte, ich hätte eine Stimme gehört. Es klang, als ob ein Mann ›Remona‹ gerufen hätte. Aber es war sicher nur der Wind. Komm weiter. Warum dreht sie sich nur nicht um?« Er nahm Ylvis Hand, als sie stolperte.

»Ich habe die Stimme auch gehört«, sagte sie und schluckte. »Vorhin, als ich aus dem Fenster Remy da draußen gesehen habe. Es war wie damals, als sie geboren wurde.«

Ricky sah sie stirnrunzelnd an, sagte aber nichts, sondern griff ihre Hand noch fester. Was Ylvi für Nebelschwaden gehalten hatte, die über dem nassen Boden trieben, waren in Wirklichkeit feine Sandkörner. Der Wind jagte sie vor sich her, und Ylvi spürte sie an ihren Knöcheln wie Nadelstiche. Jetzt verschwand der Mond hinter einer Wolke. Warum hatten sie nicht an eine Taschenlampe gedacht?

»Au!« Ylvis Fuß rutschte plötzlich bis zum Knie in ein Schlickloch. Sie spürte etwas Scharfkantiges an ihrer Sohle, sicher eine von den Miesmuscheln, die überall in bizarren Haufen herumlagen. Der Fuß wollte nicht wieder heraus, so festgesaugt hatte er sich in dem schwarzen Schlamm.

Ricky befreite sie mit einiger Mühe. Was, wenn sie allein gewesen wäre? Darüber wollte Ylvi gar nicht nachdenken. Zum Glück war die Wolke dem Mond davongeeilt, und es lag wieder das silberne Leuchten über dem Watt. Remys kleine Silhouette war deutlich zu sehen, wie sie über die Priele hüpfte, dort, wo die Flut nun wieder auf die Insel zulief.

»Remy!« Sie schrien beide gleichzeitig gegen den Wind an, doch natürlich konnte Remy sie noch immer nicht hören. Aber was war das? Ylvi kniff die Augen zusammen. Remy war gar nicht allein! Da war ein großer Mann. Er stand wenige Meter neben ihr und streckte die Hand nach ihr aus.

»Ricky! Da ist jemand!« Ylvi klammerte sich an seinen Arm und deutete aufs Meer.

»Wo? Tatsächlich. Nein. Doch nicht. Das war ein Wolkenschatten. Da ist niemand. Leider, sonst hätte er sie bestimmt an Land gebracht.«

»Es sah aus, als wollte er sie ins Wasser locken!«

»Du siehst Gespenster, Ylvi. Komm schon, gleich haben wir sie. Verdammt, die Flut ist schnell. Die Priele werden schon tiefer. Durch diesen kommen wir nicht mehr, wir müssen außen herum. Hier lang!«

Sie rannten jetzt wieder. Endlich blickte Remy von ihrem Spiel mit den Wellen auf und bemerkte sie. »Hallo Mama, hallo Papa.« Sie schaute halb erstaunt, halb schuldbewusst. »Ich wollte euch nicht wecken. Ich wär gleich nach Hause gekommen.«

Ylvi kniete sich hin und fasste sie an den Schultern, strich ihr die windzerzausten Haare aus dem Gesicht.

»Remy, ist alles in Ordnung? Bist du okay? Wir hatten solche Angst, dass du dich verläufst!«

Auch Ricky kniete sich hin, ohne darauf zu achten, dass seine Hose noch nasser wurde.

»Remy, die Flut ist gefährlich, weißt du? Ich habe dir doch erklärt, dass man nie allein ins Watt laufen darf. Was hast du dir nur dabei gedacht? Du läufst doch zu Hause auch nicht alleine fort?«

»Bitte nicht böse sein. Ich war gar nicht alleine. Der Mann war doch da. Er hat mich gerufen. Er wollte mir das Meer zeigen, wenn der Mond scheint.«

Ylvi und Ricky wechselten einen Blick.

»Was für ein Mann? Wer hat dich gerufen?«

»Er hat vor dem Fenster gerufen. Er hat ›Remona‹ gerufen. Da bin ich rausgeklettert, weil ich ihm sagen wollte, dass ich Remy heiße und nur Remona, wenn ihr mit mir schimpft. Und dann hat er mich an der Hand genommen, und wir haben das Meer gesucht. Er war lieb. Und es war so schön hier.«

Ylvi wusste nicht, ob sie lachen oder weinen sollte. Remy hatte recht. Wenn sie nicht so eine Angst ausgestanden hätte, die ihr immer noch die Knie weich machte, dann wäre der Augenblick wunderbar gewesen. Es war tatsächlich märchenhaft hier draußen in der hellen Nacht, die Priele ein silbernes Schimmern um sie herum, der nasse Sandboden mit dem Muster, das Wind und Wellen hineingezeichnet hatten, die bizarren Muschelhaufen, die kleine Schatten warfen, der Duft nach Tang und Salz und Jod und Sommer. Ylvi hörte eine dunkle, warme Melodie in ihrem Kopf mit einem unwiderstehlichen langsamen Rhythmus, wie ein Herzschlag, wie ein Atmen. Doch jetzt war nicht der Moment, dieser nachzulauschen.

»Hast du denn gar keine Angst gehabt?«, fragte sie ihre Tochter, die sich warm und erstaunlich trocken anfühlte und glücklich wirkte. Sie zog ihr die Jacke über und knöpfte sie zu.

»Nee, der war doch lieb, hab ich doch gesagt.«

»Remy, *wie* oft haben wir dir erklärt, dass du nicht mit fremden Männern mitgehen darfst!? Ich dachte, du bist schon größer und vernünftiger!« Rickys Stimme war eine Mischung aus Zorn, Erleichterung und Ratlosigkeit.

»Aber der war doch nicht fremd! Der wusste doch, wie ich heiße!« In Remy Stimme lagen jetzt Tränen.

»Und wann ist der Mann weggegangen und wohin?«, fragte Ricky.

Remy drehte sich um und zeigte auf eine erhöhte Stelle. »Da isser doch – oh, jetzt isser weg. Der war gerade noch …« Sie lief, doch da schimmerte nur etwas Helles, wie ein Kieselstein, gerade so groß wie Remys kleine Handfläche. Remy hob es auf.

Ricky und Ylvi schauten sich um, doch nirgends war jemand zu sehen, auch nicht in der Ferne.

Dabei *hatten* sie ihn gesehen. Beide. Vorhin. Und für einen Schatten gehalten. Die Lichtverhältnisse im Watt waren trügerisch. Vielleicht hatte auch Remy nur einen Schatten gesehen. So musste es gewesen sein.

Einen Schatten, der ihren Namen rief?

Ylvi musste unwillkürlich an den alten Fischer Salva denken, den Guanchen, der wie seine Vorfahren – die Ureinwohner Teneriffas – glaubte, dass das Meer ein Ort der Dämonen war.

»Mensch, wir reden, und die Flut läuft weiter auf!« Ricky kniff die Augen zusammen. »Nichts wie weg hier! Huckepack, mein

Fräulein.« Er schwang Remy hoch und sah sich ratlos um. »Am besten da lang. Nein, hier.« Der Priel reichte ihm schon bis zur Hüfte, als er hindurchwatete. Remy, sicher und trocken auf seinen Schultern, quietschte vor Vergnügen. Ylvi folgte. Das Wasser war kalt, doch viel mehr Sorgen machte ihr die heftige Unterströmung, die an ihr zog. Und woher wollten sie wissen, ob sie richtig liefen? Man sah den Prielen nicht an, wie tief sie waren.

Aus dem Augenwinkel gewahrte sie eine Bewegung.

»Ricky, sieh mal! Die Möwe! Ich wusste gar nicht, dass die auch nachts fischen.«

»Ich auch nicht. Aber schau doch – sie steht! Sie steht im flachen Wasser. Dort kommen wir auch durch.« Ricky steuerte auf den großen Vogel zu, dessen weißes Gefieder gut zu erkennen war. Als sie näher kamen, flog er auf, als hätte er sich vor ihnen erschrocken, und landete bald wieder, ein Stückchen näher am Strand. Ylvi hätte schwören können, dass es tatsächlich die große Möwe war, die sie schon ein paarmal gesehen hatten, auf der Fähre und sogar in Berlin. Doch das war natürlich Unsinn. Alle Silbermöwen sahen schließlich gleich aus, und es gab gerade hier reichlich davon.

Ricky orientierte sich kurzerhand an den flachen Stellen, die der Vogel ihnen verriet. Erstaunlich schnell kamen die Lichter der Häuser näher, und bald spürten sie trockenen Sand unter ihren kältesteifen Füßen.

Eine heiße Dusche und einen Kakao später lagen sie im Bett. Ylvi konnte es nicht ertragen, Remy in dieser Nacht noch einmal aus den Augen zu lassen, und hatte sie zwischen Ricky und sich ins Doppelbett gelegt, wo sie sofort mit einem Lächeln in den Mundwinkeln eingeschlafen war.

Sie sah so klein und verletzlich aus. Wie hatte das nur passieren können?

Nein, Remy war keinem Trugbild gefolgt. Sie hatten den Nebelmann auch gesehen. Und seine Stimme gehört! Was hatte er nur von Remy gewollt? Warum hatte er sie in Gefahr gebracht?

Seltsamerweise schimpfte Ricky diesmal, da er Grund gehabt hätte, nicht mit Ylvi, nicht einmal, als sie ihre Gedanken laut aussprach: »Das hätte mir nicht passieren dürfen. Ich hätte sie niemals allein im Zimmer schlafen lassen sollen.«

»Unsinn. Die Tür zu uns war offen. Wie zu Hause. Niemand konnte ahnen, dass sie aus dem Fenster steigt. So etwas hat sie noch nie gemacht. Nun ist sie um eine Erfahrung reicher. Es ist ja nichts passiert.« Ricky streckte seinen Arm über Remy hinweg und strich Ylvi das feuchte Haar aus der Stirn. »Mach dir keine weiteren Gedanken. Du, Achim hat eine Idee, wie wir Herrn Nilsson wasserdicht bekommen können, ohne seine Beweglichkeit einzuschränken! Vielleicht kann er in solchen Situationen eines Tages so nützlich sein, wie es die Möwe uns eben war. Und jetzt schlaft gut, ihr zwei.«

Er drehte sich zufrieden um und rollte sich in seine Decke.

»Trotzdem«, sagte Ylvi leise, »lass uns nie wieder an die Nord- oder an die Ostsee fahren, ja? Wir können woanders Urlaub machen.«

Doch es kam keine Antwort. Ricky schnarchte bereits.

Ylvi stopfte die Decke um Remy zurecht und sah dabei etwas Helles schimmern. Behutsam löste sie es aus der kleinen Hand.

Es war der Stein, den Remy dort aufgehoben hatte, wo angeblich der Mann zuletzt gestanden hatte. Doch es konnte gar kein Stein sein, dazu war er viel zu leicht. Ylvi schlich ins Badezimmer und betrachtete den Fund im Licht.

Bernstein! Das musste Bernstein sein. Noch am Nachmittag hatte Astrid, Achims Frau, ihr einen Vortrag darüber gehalten und einige Stücke gezeigt. Astrid hatte erzählt, dass man hier viel seltener Bernstein fand als an der Ostsee.

Dieser hier war fast weiß und hatte eine längliche Form, die am Ende wieder breiter wurde. Er sah aus wie ein Fisch, und auf der Seite war eine natürliche dunkle Verfärbung, die wie eine Flosse wirkte. Oder? Ylvi sah genauer hin. Nein, keine Flosse. Das war ein Buchstabe. Es sah aus wie ein großes R.

R für Remy. Oder stand es für Ricky? Mitten durch den Buchstaben liefen gezackte feine Linien. Ylvi fuhr mit dem Fingernagel darüber. Es waren Risse! Risse, wie sie sich durch ihre Ehe zogen.

Sie starrte beklommen darauf. Es war nur ein Bernstein. Ein zufälliger Strandfund, wie die Muscheln, mit denen Remy ihre Taschen füllte.

Und doch stieg eine kalte Angst in ihr auf, dass nicht alles bleiben konnte, wie es war, und dass sie Remys Wege nicht immer würde behüten können.

Ylvi

2000

17

Erkenntnisse

Es war ein milder Februarmittwoch um viertel nach drei. Ylvi hatte gerade im Supermarkt Bananen abgewogen und nahm danach die Frühstücksflocken aus dem Regal, die sie alle drei gern aßen. Sie legte die Packung zu dem Obst in ihren Einkaufswagen. Und genau in diesem Moment, ehe sie die Schachtel losließ und zusah, wie sie in die Lücke zwischen den Bananen und dem Joghurt rutschte, wusste sie felsenfest und unwiderruflich, dass sie ihr Leben nicht mehr mit Ricky teilen konnte.

Vielleicht lag es an den Frühstücksflocken und dass es nicht mehr genügte, dieselben Dinge zu mögen und zu wissen, dass Ricky beim Frühstück meist gutgelaunt war.

Die Tage waren einfach länger als das Frühstück. Länger als Rickys gute Laune.

Gestern war ein Tag ohne böse Worte gewesen, ein guter Tag. Vorgestern nicht. Dass Rickys dunkler Wortschatz über die Jahre angewachsen war, war nichts Neues. Trotzdem musste irgendeines jener Worte in den letzten Tagen diesen Entschluss in ihr zum Reifen gebracht haben, ohne dass es ihr bewusstgeworden war.

Bis jetzt.

Von einer Sekunde auf die andere fühlte sich Ylvi so frei und leicht und ausgelassen, dass sie ihren Einkauf um einen Piccolo und eine Schachtel ihrer Lieblingskekse vervollständigte. Als sie die Lebensmittel in ihrem Kofferraum verstaut hatte, ließ sie den Wagen auf dem Parkplatz stehen, setzte sich um die Ecke auf eine

Bank, öffnete den Sekt und prostete einer Amsel zu, die voller Energie in der Erde herumstocherte. Es lag kein Schnee mehr, der Tag war mit zehn Grad mild für diese Jahreszeit, und die ersten Krokusse erzählten von einer neuen Gartensaison.

Die Jahrtausendwende lag gerade hinter ihnen. Wenn das kein guter Zeitpunkt für einen Neuanfang war, wann dann?

»Auf mein Leben!«, erklärte Ylvi der Amsel und nahm einen tiefen Schluck. Sie aß die Kekse auf und dachte nach. Das war also das Ende, aber wo war der neue Anfang?

Sie könnte zum Beispiel auf einem der Höfe im Geheimen Land zur Untermiete einziehen. Viele der netten Menschen, für die sie Gärten anlegte und die oft leerstehende Zimmer besaßen, hatten ihr das angeboten. Aber das wäre für Remy sicher nicht das Richtige, irgendwo auf dem Land, wo es keine gute Schule gab. Vor allem aber war ihre Mutter zu bedenken. Regina war immer öfter verwirrt und kam nicht mehr ohne Hilfe klar.

»Wie kann das sein, so alt ist sie doch noch nicht?«, hatte Ylvi den Hausarzt gefragt, der ihre Eltern schon lange betreute.

»Tja, ein früher Fall von Demenz. Liegt Ihrer Mutter irgendetwas auf der Seele? Manchmal wird so etwas ausgelöst durch eine psychische Belastung. Möglicherweise hat sie auch den Verlust Ihres Vaters nicht verkraftet. Es kann aber auch genetisch bedingt sein.«

So musste es wohl sein, denn soweit sie wusste, war ihre Großmutter auch früh dement geworden. Leider hatte Ylvi sie nicht mehr kennengelernt.

Regina hatte gute und schlechte Tage, doch die schlechten wurden häufiger. Noch erkannte sie Ylvi und Remy, aber mit dem Alltag kam sie nicht mehr gut klar. Zum Glück verstand sie sich wunderbar mit Elsa, die ihr nicht nur eine Haushaltshilfe, sondern auch Krankenschwester und Gesellschafterin war. Elsa hatte früher in der Praxis ihres Vaters gearbeitet und war ein Glücksfall. Doch aufs Land ziehen und Regina allein mit Elsa lassen war unmöglich. Außerdem würde Remy ihre Großmutter fehlen.

Der Sekt prickelte in Ylvis Magen, und sie fühlte sich erstaunlich unbekümmert. Wie konnte das sein, da sie so viele ungelöste Probleme hatte?

Im Grunde wusste sie genau, warum es ihr so gutging. Sie hatte die Entscheidung getroffen, um die sie sich schon seit einer Ewigkeit gedrückt hatte. Tief in ihr hatte sie die Unvermeidlichkeit gespürt, aber jetzt war sie so weit. Und es fühlte sich verdammt richtig an.

»Ich lasse mich nicht mehr fertigmachen«, sagte sie zu der Amsel und warf ihr den letzten Kekskrümel hin. »Wir hatten gute Zeiten, auch sehr gute Zeiten, und dann waren sie vorbei, und jetzt kommen neue. Ich lasse mich nie wieder beschimpfen! Das ist ein Versprechen.«

Eine Stunde lang ging sie am Kanal spazieren. An ihrer Entschlossenheit hatte sich nichts geändert. An ihrer Ratlosigkeit auch nicht. Aber sie fürchtete sich nicht vor der Zukunft. Nicht mehr. Nie wieder wollte sie Angst haben müssen, ein falsches Wort zu sagen, eine angeblich falsche Handlung zu begehen.

Sie war schon einmal spontan gegen den Strom in ein unbekanntes Land aufgebrochen, in eine unbekannte Situation. Mit Theo. Es hatte sich gelohnt. Dann konnte sie das jetzt auch.

Damals war eine Mauer gefallen, die zwei Hälften eines Landes getrennt hatte. Jetzt war die Mauer gefallen, die Ylvi um sich selbst gebaut hatte.

Als sie in die Einfahrt fuhr, sah sie Remy und ihre Freundin Nina im wässrigen Licht der tiefstehenden Sonne auf der Terrasse spielen. Sie traute ihren Augen nicht und wäre fast gegen das geschlossene Garagentor gefahren. Zwischen leeren Blumentöpfen und kahlen Büschen hatten die Kinder eine Picknickdecke ausgebreitet, Teller und Kekse und Plüschtiere, und saßen gemütlich auf dem kalten Boden.

Im Bikini! Beide.

»Was um Himmels willen treibt ihr da?«

»W-w-wir spielen Sommer, siehst du doch«, erklärte Remy zähneklappernd und ehrlich verwundert über die Begriffsstutzigkeit ihrer Mutter.

»Rein mit euch! Aber dalli! Zieht euch an, ich mache warmen Kakao.«

»Nicht böse sein, Mama. Es hat so einen Spaß gemacht.«

»Ich bin nicht böse, wenn ihr in drei Sekunden drin seid.«

Nein, sie war nicht böse. Das war *die* Idee! Sommer spielen!

Wenn das mit zehn Jahren ging, warum nicht auch mit achtunddreißig?

Einen langen, wundervollen Sommer, der nie endete.

Auf Teneriffa, wo der seit einer Ewigkeit friedlich gewordene Vulkan behäbig und unerschütterlich unter dem Himmel wachte.

Während die Mädchen am Tisch ihren Kakao schlürften, baute Ylvi gedankenverloren auf der Fensterbank aus den alten Steinen ein Luftschloss. Die durchsichtigen Bausteine waren nach all den Jahren zum Teil trübe und verkratzt, doch man konnte die eingeritzten Worte durchaus noch erkennen.

Remy brachte ihre Tasse in die Spüle und stellte sich neben Ylvi.

»Meer. Süden. Garten. Wind«, las sie. »Verreisen wir, Mama?

Fahren wir wieder an die Nordsee? Aber die ist ja nicht im Süden.« Sie beugte sich über das Schloss und suchte nach weiteren Worten. Dabei rutschte der Anhänger an ihrer Kette aus ihrem T-Shirt und leuchtete in den letzten Sonnenstrahlen, die zum Fenster hereinfielen.

Das dunkle R auf dem weißen Bernstein war deutlich zu sehen. Ricky hatte ihn damals für Remy einfassen lassen, nachdem sein Kollege Achim ihnen aufgeregt erklärt hatte, wie selten so ein Fund war.

»Weißer Bernstein war in alten Zeiten den Fürsten vorbehalten«, hatte er doziert. »Wenn die Untertanen welchen fanden, mussten sie ihn sofort abliefern, sonst stand eine Strafe darauf.«

»Ich habe ihn ja nicht gefunden. Der Mann hat ihn mir geschenkt«, hatte Remy widersprochen.

»Was für ein Mann?«, fragte Achim.

»Sie hat geträumt«, sagte Ylvi hastig. »Der Bernstein lag ganz weit draußen auf dem Kniepsand. Remy hatte Glück. Oder besonders gute Augen.«

»Vielleicht bringt er ihr noch mehr Glück. Sie kann ihn als Talisman an einer Kette tragen«, sagte Ricky und steckte den Stein ein. »Ich kümmere mich darum. Eine schöne Erinnerung an die Nordsee.«

»Was hältst du davon, wenn wir an ein ganz anderes Meer fahren, in den Süden, wo es auch im Winter warm ist? Erinnerst du dich an den Vulkan aus Opas Briefbeschwerersammlung, mit dem du so gerne gespielt hast? Den gibt es wirklich. Er steht auf einer Insel, und dort könnten wir für eine längere Zeit hinfahren. Würde dir das gefallen?«, fragte Ylvi Remy, als Nina fort war.

»Au ja. Opa hat gesagt, der Vulkan ist toll. Und Oma erzählt auch immer, wie schön es dort war. Aber es sind doch gar keine Ferien.«

»Du könntest ja dort in die Schule gehen. Und eine neue Sprache lernen.«

Remy liebte Wörter und wollte unbedingt später einmal Lehrerin werden. Jetzt suchte sie aus den alten Glasbausteinen einen heraus und setzte ihn oben auf das Luftschloss. *Abenteuer* war dort eingeritzt.

»Ich glaube, dazu hätte ich Lust. Die Lehrer sind dieses Jahr doof. Und dann brauche ich auch nicht Sommer spielen. Dort ist ja schon Sommer.«

»Naja, wir können nicht gleich losfahren. Ich habe vorher eine Menge zu erledigen. Erst mal bin ich froh, dass du dich darüber freuen würdest.«

»Kommt Papa mit?«

»Nein«, sagte Ylvi etwas zu laut. »Aber die Oma .«

»Das ist fein. Dann könnt ihr euch nicht streiten.«

Ylvi biss sich auf die Lippen. Hatte sie zu lange gewartet?

»Es tut mir leid, mein Schatz. Papa und ich vertragen uns einfach nicht immer.«

»Ich streite mich ja auch in der Schule. Die Lehrerin sagt, wenn man sich mit jemandem immer wieder streitet und sich nicht vertragen kann, egal wie oft man es versucht, dann soll man am besten einen Abstand halten. Die Vulkaninsel wäre doch ein Abstand, oder?«

»O ja. Ein ziemlich großer. Würdest du den Papa vermissen?«

»Nein. Erst mal nicht. Ich geh jetzt rauf, spielen.«

Beneidenswert, dieses Alter, in dem man noch gnadenlos ehrlich sein konnte, ohne Rücksicht zu nehmen.

Ricky hatte in den letzten Jahren immer weniger mit Remy

anzufangen gewusst. Er hatte sie dabei niemals beschimpft oder angeschrien. Es gab nur kaum noch Gemeinsamkeiten. Sie war wie eine fremde Sprache für ihn.

Würde er sie wohl vermissen?

Noch war er nicht zu Hause. Ylvi suchte ein altes Telefonbuch heraus und rief eine Nummer an, lauschte gespannt in den Hörer. Wie vertraut klang die Stimme am anderen Ende! Ein wenig älter, aber kaum verändert. Ylvi fühlte sich gleich wieder so jung wie Remy.

»Donna Aitana! Hier ist Ylvi.«

»Kindchen! Wie schön, von dir zu hören. Wie geht es deiner Mama? Wie geht es dir? Ach, wir sprechen so oft von euch und von den alten Sommern!«

»Donna Aitana, können wir zu Besuch kommen? Meine Tochter, meine Mutter und ich, für eine längere Zeit?«

Als sie den Hörer auflegte, war sie Mieterin eines kleinen Gästehauses in La Victoria. Donna Aitana hatte es für ihre Tochter Maria gekauft, doch die weilte bis auf weiteres in Amerika, so dass das Haus an Touristen vermietet wurde. In drei Wochen würde es frei sein.

Regina, da war sich Ylvi sicher, wäre begeistert. Oft hatte sie in letzter Zeit gesagt, dass ihr das Haus allein zu groß war und zu viel Arbeit machte. Dass sie es verkaufen oder vermieten wollte und sich eine kleine Wohnung suchen. Und ihre alte Freundin Donna Aitana wiederzusehen würde ihr ebenso guttun wie das warme Klima.

Blieb noch Ricky.

»Na endlich!«, sagte Trixie am nächsten Morgen, als Ylvi von ihrem Entschluss erzählte und sie fragte, ob Remy bei ihr übernachten konnte.

Ylvi wollte in Ruhe mit Ricky sprechen. Falls er ausrastete, sollte Remy nicht in der Nähe sein.

»Ich bin tieftraurig, dich als Freundin und als Mitarbeiterin zu verlieren. Aber noch froher als traurig bin ich, dass du endlich die Freiheit suchst«, erklärte Trixie.

»Nun übertreibe nicht. Eingesperrt hat er mich nie. Übrigens verlierst du mich nicht als Freundin.«

»Stimmt, und du kannst mir dieses leckere Quittenbrot schicken, das es dort gibt.«

»Na klar. Das wird dich mehr als entschädigen.« Ylvi grinste. Trixie würde ihr auch fehlen.

Ricky war schon da, als sie nach Hause kam. Seine Schuhe standen wie immer ordentlich nebeneinander im Windfang. Damit hatte sie nicht gerechnet. Sie hätte noch einen Moment Ruhe für sich gebraucht, um ihre Kräfte zu sammeln. Aber jetzt wollte sie nicht mehr warten. Entschlossen stieg sie die Treppe hinauf.

Die Tür zu Rickys Arbeitszimmer stand wie immer offen. Er saß am Schreibtisch und blätterte mit gerunzelter Stirn in Papieren, den Füllfederhalter in der Hand, den sie ihm zum fünften Hochzeitstag geschenkt hatte.

Ylvi lehnte sich gegen den Türrahmen und klopfte an das Holz. Ricky sah irritiert auf.

»Ich muss mit dir sprechen.« Ylvi war froh, dass ihre Stimme nicht zitterte.

»Ist was mit Remy?«

»Nein. Doch.«

»Was denn jetzt? Wirst du wieder kompliziert? Dafür habe ich keine Zeit.«

Ylvi holte tief Luft. Sie hatte es ihm schonend beibringen wollen, aber nach dieser Vorlage war das schwer möglich.

»Nein. Nicht kompliziert. Es geht um zwei einfache Tatsachen. Nummer eins: Ich beende hiermit unsere Beziehung.«

18

Aufbruch

Ricky erstarrte kurz, legte sorgfältig den Füller beiseite, lehnte sich zurück und widmete ihr ausnahmsweise seine volle Aufmerksamkeit.

»Du beendest unsere Beziehung?«, wiederholte er. »Wie, einfach so? Ist das dein Ernst? Oder wieder nur eine deiner Launen?«

»Du wolltest es doch einfach, nicht kompliziert. Aber es ist nicht einfach. Ich habe es mir weder leichtgemacht, noch ist es unüberlegt. Es ist ein Entschluss. Ich werde mich von dir nicht mehr beschimpfen lassen.«

»Aber Ylvi, ich habe mir Mühe gegeben. Es ist doch schon viel besser geworden.«

Es stimmte. Auf ihr wiederholtes Bitten hin hatte er sich tatsächlich Mühe gegeben. Aber es war zu spät. Sie hatte es versucht. Sie konnte nicht mehr. Ebenso wenig, wie er sich wirklich ändern konnte.

»Ich weiß, Ricky. Das Problem ist, dass du zwar begriffen hast, dass es mich ärgert, aber du hast nicht verstanden, wie sehr es mich verletzt. Und dass du kein Recht dazu hast. Ich will und kann so nicht mehr leben.«

Wenn er ausgerastet wäre, hätte er es ihr leichter gemacht. Aber er sah sie eher hilflos und verwirrt an. Sie spürte einen Impuls, zu ihm zu gehen und ihn tröstend in den Arm zu nehmen.

Doch die zukünftigen Jahre, die sie ohne einander verbringen würden, lagen bereits unsichtbar zwischen ihnen auf dem Teppich.

»Ich möchte keine Angst mehr vor dir haben müssen. Keine Angst davor, im nächsten Augenblick ein Wort zu viel zu sagen oder einen falschen Handgriff zu machen. Ich möchte einfach nur leben.«

Er atmete ein paarmal tief durch, und sie wusste, er beherrschte sich nur mit Mühe.

»Aber Ylvi, wir hatten doch so gute Zeiten. Wir haben es auch jetzt gut. Was willst du denn noch?«

»Das habe ich dir gerade erklärt. Du verstehst es nicht. Ich kann nicht mehr warten, bis du es endlich begreifst. Aber die guten Zeiten werde ich ganz sicher nie vergessen.«

»Ich auch nicht.« Er nahm den Füllfederhalter wieder in die Hand, ohne es zu merken. Seine Finger schlossen sich fest darum. »Und was willst du jetzt machen?«

»Ich werde ein paar Monate nach Teneriffa gehen. Für Remy ist es ein Abenteuer, und meine Mutter wünscht sich das schon lange. Dann werden wir weitersehen.«

Er legte den Stift hin. »Im Grunde habe ich schon länger gewusst, dass du bald gehen wirst. Ich hab es nur verdrängt.«

Schweigen dehnte sich zwischen ihnen aus, und Ylvi befürchtete für einen Moment, es werde nie wieder enden.

»Was war die zweite einfache Tatsache, die du mir mitteilen wolltest?«, fragte er schließlich.

»Die zweite?« Die Ungeheuerlichkeit des eben vollzogenen Schrittes hatte alles Weitere fast aus ihren Gedanken gefegt. Jetzt hatte sie Mitleid mit Ricky. Das war wirklich zu viel auf einmal. Doch es gab kein Zurück mehr.

Da er sie nun endlich einmal ansah, konnte Ylvi ihm direkt in die Augen sehen, so schwer das auch war.

»Du bist nicht Remys biologischer Vater.«

Sie war überrascht, wie sachlich ihre Stimme klang. Hastig schob sie eine Entschuldigung nach.

»Ricky, es tut mir so leid, auch, dass ich es dir nicht schon eher gesagt habe. Ich wusste nicht wie. Ich habe den Zeitpunkt verpasst …« Sie verstummte hilflos. Es gab einfach keine Entschuldigung für so etwas.

Verschiedene Gefühle huschten über sein Gesicht, aber es waren andere, als sie erwartet hatte. Erstaunen, Nachdenklichkeit, ein Anflug von Heiterkeit und schließlich – Erleichterung?

»Das hätte ich dir nicht zugetraut«, sagte er schließlich. Es klang nicht wütend. Es klang fast anerkennend. Ylvi biss sich auf die Lippen.

»Und ich dachte immer, ich hätte Schwierigkeiten mit Remy, weil sie ein Mädchen ist. Als sie klein war, ging es noch, aber jetzt entgleitet sie mir immer mehr. Ich finde es schwieriger, mit ihr klarzukommen, als Herrn Nilsson das Fliegen beizubringen.«

Die Erwähnung Herrn Nilssons war so vertraut, dass Ylvi jetzt doch zu ihm hinüberging und sich auf die Schreibtischkante setzte. Irgendwie stand Herr Nilsson für ihre ganze gemeinsame Vergangenheit.

Jetzt war die Wahrheit heraus. Sie fühlte sich unendlich erleichtert.

Unwillkürlich nahm sie seine Hand. »Es tut mir wirklich sehr leid, Ricky. Das hattest du nicht verdient, diese Lüge.«

»Wenigstens muss ich mich jetzt nicht mehr wie ein Rabenvater fühlen. Wer ist denn nun ihr Vater? Oder ist das ein Geheimnis?«

»In gewisser Weise ja, da ich nur seinen Vornamen kenne. Theo. Es war in der Nacht des Mauerfalls, von der ich dir erzählt hatte.«

»Ach, dieser Student, mit dem du den Ausflug in den Osten gemacht hast? Nun, das war ja auch eine verrückte Nacht. Ich hatte damals den Durchbruch mit Herrn Nilsson. Hast du ihn je wiedergesehen?«

»Nein. Nie.«

»Ich muss dir übrigens auch was beichten. Ich habe dich ebenfalls einmal betrogen. Naja, vielleicht auch zweimal. Mit Lisa vom Marine-Institut. Sie hatte mir einen Tipp gegeben, wie man Herrn Nilson zum Tauchen bringen kann, weißt du. Wir waren so euphorisch, und da ist es passiert. Es hatte nichts zu bedeuten.«

»Oha.« Ylvi versteinerte. Und sie hatte so ein schlechtes Gewissen gehabt!

»Ich schlafe heute Nacht bei Regina. Ich muss ihr alles erklären und ein paar Dinge regeln.« Der Schlusspunkt war gesetzt, nun musste sie die Seite auch umblättern. Sein Geständnis machte es ihr einfacher.

»Eins sollten wir noch gemeinsam tun«, sagte Ricky. »Remy sagen, dass ich nicht ihr Vater bin. Und dass ich trotzdem immer für sie da sein werde, so gut ich es kann.«

»Ja. Das machen wir morgen, wenn sie nach Hause kommt. Ich danke dir.«

Nachts lag sie in ihrem alten Kinderzimmer wach. In ihrer Phantasie wanderte sie durch die Räume ihrer Seele und Erinnerung und kehrte alle bösen Worte zusammen, die dort in den Ecken lagen.

Dann hängte sie an den Wänden ihrer Gedanken die Bilder der guten Erinnerungen auf. Ricky und sie beim Tanzen unter Lampions, bei einem Ausflug mit Remy, beim Skifahren und beim Luftschlossbauen …

Darüber schlief sie ein.

Später wusste sie kaum noch, wo die drei Wochen geblieben waren. Ricky war wenig zu Hause, er vergrub sich in seiner Arbeit. Wenn er da war, war er abwechselnd gereizt und sentimental. Nur mit Remy fand er plötzlich einen lockeren, kumpelhaften Umgangston, nun, da er sich nicht mehr zu Vatergefühlen zwingen musste.

Ylvi war froh, dass es ihrer Tochter trotz allen Schwierigkeiten zwischen ihr und Ricky so gutging. Remy bezauberte alle. Noch war sie ganz Kind, aber man ahnte eine Anmut in ihren Bewegungen, eine natürliche Eleganz, die unter anderen Kindern auffiel. An ihren etwas störrischen dunklen Haaren war nichts Außerordentliches bis auf die kleine weiße Strähne über ihrem Ohr wie Gischt auf einer Welle. Dort hatte sie sich bei einem Sturz eine Narbe zugezogen, als sie mit acht Jahren das Skateboard vom Nachbarsjungen lieh. Der Friseur wollte sie jedes Mal herausschneiden, doch Remy war stolz darauf.

»Andere müssen sich Strähnchen färben, bei mir ist sie echt«, sagte sie und fädelte manchmal Glasperlen darauf. Die anderen in der Klasse machten es ihr nach. Remy folgte keinen Trends, sie war schon mit zehn jemand, der sie erfand und dem andere folgten. Es war etwas an dem Blick ihrer ungewöhnlich hellen Augen, das die Leute in ihren Bann zog, vielleicht auch ihre freundliche Neugier an allem und ihre Begeisterungsfähigkeit. Sie würde sicher keine Schwierigkeiten haben, sich auf Teneriffa einzuleben und Freunde zu finden.

Einmal tauchte Ricky provokant mit Lisa auf. Ylvi nahm es kaum wahr. Es gab so unendlich viel zu tun in dieser kurzen Zeit.

Donna Aitana fand für Remy eine Schule auf Teneriffa. Ricky fand für Reginas Haus einen Mieter. Und Trixie fand einen Ersatz für Ylvi. Nur Kristianos vergoss eine Träne und beschwor Remy, ihn nicht zu vergessen.

»Aber Kristianos, du hast doch jetzt eigene Enkelkinder. Und ich werde dir alles schreiben.« Remy drückte ihm einen Kuss auf die Wange und schenkte ihm ein Lächeln, das ihn auch wieder zum Strahlen brachte. »Und ich schicke dir Samen aus Teneriffa«, versprach sie ihm.

Endlich stand das Taxi vor der Tür. Elsa schimpfte über den Koffer, den Ylvi ihr in die Hand gedrückt hatte.

»Was um Himmels willen ist da drin? Steine?«

»Fast. Briefbeschwerer.« Sie hatte sich von der Sammlung nicht trennen können, die immer, wenn sie ein Stück daraus in die Hand nahm, ihren Vater wieder lebendig zu machen schien. Da war unter anderem der gläserne Würfel mit der Pusteblume darin, natürlich das aus Lava geschnitzte Modell des Vulkans Teide, das Ylvi ihm einmal in den Ferien auf Teneriffa geschenkt hatte, und das schielende Flusspferd aus Keramik, das Remy so mochte, als sie klein war.

»Wir müssen sowieso Übergepäck bezahlen«, verteidigte sie sich.

Schließlich saß auch Regina im Taxi, und kein einziger Koffer stand mehr in der Einfahrt. Elsa kam nicht mit. Sie weigerte sich, in irgendein Ausland zu reisen. Aber Donna Aitana kannte eine junge einheimische Krankenschwester, die helfen würde.

Ylvi atmete tief durch. »Bitte fahren Sie los!«

Der Beginn eines neuen Lebens und der sanfte Passatwind warteten auf sie.

19

Neue Musik

»Mama, können wir hier auch eine Ziege haben?« Mit großen Augen beobachtete Remy durch die Windschutzscheibe, wie eine Ziegenherde in aller Ruhe die Straße überquerte. Ein Tier blieb sogar stehen und leckte über den Scheinwerfer. Die Autos warteten auf beiden Seiten geduldig.

»Mama, warum hupt denn hier niemand?«, war Remys zweite Frage.

In Berlin hätte es inzwischen schon eine Schlägerei gegeben. Aber sie waren nicht mehr in Berlin. Zum Glück.

»Ich glaube nicht, dass wir für eine Ziege Platz haben werden. Du musst in die Schule und ich mir so bald wie möglich einen Job suchen.«

»Ylvimädchen, ich habe dir doch gesagt, du musst nicht gleich Miete zahlen. Deine Mama ist meine Freundin. Ihr seid praktisch Familie. Ihr seid meine Gäste!« Donna Aitana wandte sich um und blickte streng auf die Rückbank. Der Sitz ächzte unter ihrem Gewicht.

»Aber Donna Aitana, ich brauche einen Job. Ich muss mich doch ablenken. Und ich liebe meine Arbeit.«

Donna Aitanas Gesicht wurde sanft.

»Du hast recht, Kleines. Grübeln ist nicht gut für eine Frau. Außerdem tust du sowieso, was du willst. Warst schon immer ein *cabeza quadrada.*«

»Was ist das, Mama?«

Ylvi musste lachen.

»Das heißt Quadratschädel. So nennen sie uns Deutsche hier gern. Es bedeutet, dass wir manchmal ein bisschen stur sind.«

»Ein bisschen?« Yeray, der am Steuer saß, grinste Ylvi im Rückspiegel an. Wie gut es tat, ihren alten Spielkameraden wiederzusehen.

Auch Regina war beim Anblick ihrer alten Freundin Aitana aufgeblüht. Ungewöhnlich aufrecht saß sie im Auto und betrachtete mit einem glücklichen Lächeln die Kakteen am Wegrand.

Die Ziegen waren weitergezogen, und Yeray gab Gas. Gewandt bewältigte er die Haarnadelkurven, die Ylvi noch immer unheimlich waren. Sie fuhren durch Weinberge und durch ein Dorf.

»Mama, die Polizei! Sind wir zu schnell gefahren?«

Ein Polizeiauto mit einem Lautsprecher überholte sie. Ylvi lauschte und wunderte sich, wie rasch ihre eingerosteten Spanischkenntnisse aus den Tiefen ihres Gehirns wieder an die Oberfläche kamen.

»Nein, Schatz. Das ist hier so üblich. Sie fahren herum und setzen die Menschen in Kenntnis davon, wenn jemand gestorben ist, und wo und wann er beerdigt wird. Hier werden die Leute sehr schnell beerdigt, und auf diese Weise weiß jeder Bescheid.«

»Das können sie bei mir dann auch so machen«, sagte Regina unvermittelt mit klarer Stimme.

Ylvi verschluckte sich. Donna Aitana behielt wie immer die Ruhe.

»Ich brauche dich in der Guanchinche, Gina. Unser Lehrling hat uns sitzenlassen, und ich werde auch nicht jünger. Weißt du noch, mit was du den *ropa vieja* immer gewürzt hast? Er hat den Gästen nie wieder so gut geschmeckt, seit du fort bist.«

Ein Lächeln stahl sich auf Reginas Gesicht.

»Natürlich weiß ich das noch«, sagte sie mit einem stolzen Klang in der Stimme. »Das machen wir wieder. Hast du noch den alten Herd?«

Zufrieden lauschte Ylvi den beiden Frauen beim Fachsimpeln. Es war doch eine gute Entscheidung gewesen, hierherzukommen. Für Regina ganz bestimmt. Auch Ylvi konnte sich erinnern, wie lecker der kanarische Eintopf geschmeckt hatte, wenn ihre Mutter und Donna Aitana gemeinsame Sache machten. Die Wirtschaft, die Guanchinche, war schlicht ausgestattet mit Holzbänken und Holztischen, aber das Essen zog die Menschen aus der ganzen Gegend an. Wahrscheinlich auch die herzliche Bewirtung.

»Yeray, hilfst du noch manchmal bei Doc Gonzo, ich meine, Doktor Gonzales aus?« fragte sie.

»Klar. Er ist alt geworden. Er ist froh über meine Hilfe.« Das war herrlich gewesen, wenn sie damals dem kinderlieben Tierarzt zur Hand gehen durften. Ylvi hatte sich am liebsten um die Vögel gekümmert, hatte die zarten Wesen beruhigt, während Doc Gonzo gebrochene Beine und Flügel schiente.

Remy hüpfte vor Aufregung auf dem Sitz auf und ab.

»Mama, die Palmen sind toll. Ich wusste nicht, dass sie so groß sind. Und die Kaktusse, guck mal! Bei Kristianos sind die ganz klein. Und hier wachsen sie ohne Topf, einfach so!«

»Kakteen, nicht Kaktusse.«

»Kakteen. Sind wir bald da?«

Yeray fasste mit seinem langen Arm nach hinten und zog sie am Ohrläppchen. »Du bist genauso ein kleiner Floh wie deine Mutter früher. Noch drei Kurven, dann sind wir da.«

In La Victoria. Der Name des Dorfes erschien Ylvi symbolträchtig. La Victoria, »der Sieg, die Siegreiche« oder »die Heldin«.

Eine Heldin war sie in den letzten Jahren gewiss nicht gewesen, aber sie wollte auch keine Verliererin mehr sein, die sich von ihrem cholerischen Mann beschimpfen ließ.

Das Dorf lag fünfhundert Meter über dem Meeresspiegel, hier würde sie wieder Überblick über ihr Leben bekommen. Ab jetzt hatte sie es selbst in der Hand.

Yeray bremste schwungvoll, öffnete Ylvi die Autotür und wies mit einer ausholenden Handbewegung auf das kleine Haus, das vor ihnen lag.

»Hier, bitte! Euer Reich. Willkommen auf der Insel!« Er wartete nicht, bis Ylvi ausgestiegen war, sondern ging auf die andere Seite, um seiner Mutter und Regina zu helfen.

Ylvi blieb einen Moment sitzen und versuchte, tief einzuatmen. Ein merkwürdiges, ungläubiges, zitterndes Glück erfüllte sie so plötzlich, dass ihr fast die Luft wegblieb. Sie hatte es geschafft! Sie war frei, und die Zukunft lag so neu und weit vor ihr wie das funkelnde Meer tief unten.

Das Haus war schneeweiß mit einer himmelblauen Tür und ebensolchen Fenstern, und obendrauf befand sich eine Dachterrasse, an der sich Grün mit violetten Blüten rankte.

In diesem Häuschen würde sie tun und lassen, was sie wollte. Remy würde wieder öfter lachen und Regina auch. Das Leben würde sanft zu ihnen sein wie der Passatwind, und alles andere war Vergangenheit.

Remy sauste neugierig hin und her.

»Mama, was ist das für ein Baum?«

»Das ist ein Drachenbaum«, sagte Yeray, der die Koffer hereinschleppte. »Wenn er hundert Jahre ist, wachsen Dracheneier daran.«

Remy war empört.

»Was ist denn das für ein Unsinn? Ich bin doch kein kleines Kind mehr.« Doch dann grinste sie. »Ist aber eine gute Geschichte.«

»Drachenbaum heißt er aber wirklich. Und sie werden sehr alt«, sagte Ylvi. Beglückt sah sie sich in dem winzigen Garten um. Der Drachenbaum nahm eine ganze Ecke ein, und darunter stand ein Tisch mit Stühlen. In der anderen Ecke blühte ein Mandelbaum, und an der Hauswand wucherten Strelitzien und streckten ihre paradiesvogelähnlichen Blüten in alle Richtungen. Es gab sogar ein kleines rundes Beet mit blühenden Kakteen. Für mehr war kein Platz, aber Ylvi reichte das voll und ganz.

Zumal da noch diese grandiose Dachterrasse war. Regina streckte sich sofort in einem Liegestuhl aus, seufzte und schloss die Augen.

»Angekommen«, sagte sie. »Es fühlt sich an wie zu Hause, findest du nicht?«

Ylvi stand neben einem Topf mit einem duftenden Oleander und sah zu dem Vulkan Teide hinauf, auf den man von hier einen phantastischen Blick hatte.

Er war unverändert, der Anker und Wächter ihrer schönsten Kindheitstage. Ein wenig Schnee lag auf seinem Haupt, als wäre er noch weiser geworden. Unerschütterlich stützte er den Himmel, damit dieser nicht einstürzen konnte.

»Ja, es fühlt sich an wie ein Zuhause«, sagte sie leise.

»Kein bisschen!«, widersprach Remy. »Es ist total anders als zu Hause, aber es gefällt mir riesig gut.«

Was für ein Glück. Ylvi war erleichtert. Wahrscheinlich hatte sie einen guten Zeitpunkt gewählt. Wenn Remy erst in der Pubertät gewesen wäre, hätte sich das Ganze wesentlich schwieriger gestalten können.

»Wie schön, dass es euch gefällt.« Donna Aitana strahlte. »Nun lassen wir euch in Frieden. Richtet euch ein. Macht, was euch gefällt. Aber heute Abend möchte ich euch in der Guanchinche sehen. Es gibt ein Willkommensessen.«

Ylvi musste lächeln. Natürlich. Was sonst? Sie hatte die Gastfreundschaft der Einheimischen nicht vergessen. Remy würde sich noch wundern, wie anders alles hier war als in Berlin. Ob man noch immer in den Läden begrüßt wurde mit »*Mi niña, que quieres?*« Mein Mädchen, was möchtest du haben? Egal, ob man zehn, zwanzig oder sechzig war.

Im Haus kehrte Stille ein. Remy richtete sich in ihrem neuen, hellen Zimmer ein, Regina war eingeschlafen, und Ylvi konnte sich am Vulkan nicht sattsehen. Und an dem vielen Platz zwischen hier und dort. So viel Luft, so viel Himmel, so viel Weite. Sie fühlte sich so leicht, als könnte sie wie einst Mary Poppins mühelos an einem Schirm bis zum kühlen Gipfel des Teide schweben.

Leicht und hell war auch die Musik, die in ihr aufklang. Sie legte den Kopf schief, um sie besser zu hören. Es war nicht die Musik, die sie insgeheim erhofft hatte. Die sie schon so lange suchte. Die magische Musik aus dem vergessenen Garten. Doch diese Musik hier war bunt und fröhlich und floss aus allen Ecken auf sie zu, und Ylvi fühlte sich wohl in ihr.

Gegen Abend klingelte Yeray.

»Ich habe den Auftrag, euch abzuholen.« Wie gut er aussah. Er hatte von seinem jungenhaften Charme nichts verloren.

»Das ist nett von dir. Erzähl, wie geht es dir und deiner Frau und deinem Sohn? Werde ich sie bald kennenlernen?«

»Ja, Carmen und Luis warten schon mit den anderen in der

Guanchinche. Mir geht es gut. Nur meine Schwester fehlt mir. Und wie geht es dir, *Pinzón?*« Er legte einen Finger unter ihr Kinn und sah sie prüfend an. »Du siehst aus, als hättest du in letzter Zeit nicht genug geflötet. Es ist gut, dass du hier bist. Ein Fink braucht Musik und Platz zum Fliegen. Ich hörte, dein Mann hat dir die Flügel gestutzt.« Er runzelte die Stirn. »Hier können sie wieder wachsen. Dafür sorgen wir schon!«

Sie war gerührt. *Pinzón*, der Fink. Wie lange hatte sie diesen Spitznamen nicht mehr gehört.

»Das ist lieb, Yeray. Aber ich bin jetzt ein großes Mädchen. Ich werde selbst dafür sorgen. Warte, ich hole Regina und Remy.«

In der Guanchinche merkte sie schnell, dass es sich gar nicht verhindern ließ, dass sich alle um sie kümmerten. So waren sie nun einmal.

»Ylvimädchen, ich habe einen Freund, der will ein billiges Auto verkaufen«, teilte ihr Salva voller Enthusiasmus mit. Er war grau geworden und umfangreicher, aber sonst ganz der Alte. Ylvi fühlte sich wieder wie sechs. »Ich glaube, das ist genau das Richtige für dich. Es kostet fast nichts. Jedenfalls nicht mehr, wenn ich fertig verhandelt habe«, fügte er mit einem Augenzwinkern hinzu.

»Danke. Das wäre toll«, sagte Ylvi. Es wäre albern gewesen, aus falschem Stolz dieses Angebot abzulehnen. Sie brauchte dringend ein billiges Auto.

»Ja, richtig. Ehe ich es vergesse, ich weiß von einer Arbeit für dich, Ylvi!«, rief Donna Aitana durch das Stimmengewirr. Sie schwang dabei energisch die Suppenkelle und sorgte dafür, dass kein Teller leer blieb, aber das hinderte sie nicht am Reden. »Ich habe einen Freund, einen Stammgast, er ist Deutscher und hat ein

Hotel, zwischen hier und Puerto. Wunderschön. Er möchte seinen Garten neu anlegen, besser für die Gäste, weißt du. Dabei braucht er deine Hilfe. Du kannst dich bei ihm vorstellen, sobald du Zeit hast. Nicht vergessen, Mädchen.«

»Möchte er wirklich seinen Garten neu anlegen oder möchtest du, dass er das möchte?«, erkundigte sich Ylvi. Im Grunde war es ihr schon beinahe egal. Sie wollte nur hier sitzen, diesen himmlischen Eintopf essen, den sorglosen, liebevollen Stimmen lauschen und das Lachen in sich aufsaugen wie ein Schwamm.

»Mit vollem Mund spricht man nicht, Mädchen. Natürlich will er es. Es ist besser für ihn und besser für die Gäste. Ich habe ihn nur auf die Idee gebracht. Warum lacht ihr?«

»Weil du so wunderbar bist, mein Engel! Du und dein Eintopf.« Salva sprang auf und küsste sie stürmisch, dann hob er sein Glas mit so viel Schwung, dass Wein auf den blankgewetzten Holztisch tropfte. Niemanden störte es.

»Auf unsere liebe Gina und ihre wunderbare Familie und auf Rainer, der heute leider nicht mehr hier sein kann. Aber ich bin mir sicher, er sieht uns und freut sich darüber, dass ihr hier seid!«, rief Salva.

»Ja«, sagte Aitana, »so ist es, und der Eintopf ist nur so wunderbar, weil Regina ihr geheimes Gewürz hineingetan hat, das sie mir noch immer nicht verraten will!«

»Niemals!«, sagte Regina und lachte mit den anderen.

Wie lange hatte sie das nicht mehr gehört! Ylvi gab allen Widerstand auf. Sie würde das Auto kaufen, und sie würde den Job annehmen, wenn sie ihn bekam.

Sie würde wieder Flöte spielen, und sie würde sich in diesem wunderbaren Klima beim Gärtnern austoben. Sie würde Ausflüge mit Regina und Remy machen, und die Krater in ihrer Seele, die Rickys Anfälle hinterlassen hatten, würden heilen. Irgendwann würde sie die Erinnerung daran im Meer versenken oder im Krater des Vulkans, und nur die guten Zeiten würden übrig bleiben.

»Wie heißt das Haus eigentlich?«, fragte sie. »Ich habe kein Schild gesehen.«

»Das hat noch keinen Namen«, sagte Yeray. »Vater hat es erst vor kurzer Zeit gekauft.«

»Es war eine gute Investition«, sagte Salva zufrieden, »und außerdem wird Maria eines Tages zurückkommen, und dann hat sie ein Zuhause. Du kannst ihm gerne einen Namen geben, Ylvimädchen.«

Insgeheim hatte sie das schon getan. Gleich morgen würde sie ein Schild basteln, aus Zweigen und Lavasteinen.

Refugio. Zuflucht.

Fast unmerklich rutschten sie in eine Alltagsroutine hinein, die ihnen so zwanglos und wunderbar passte wie die sommerlich leichten Kleidungsstücke, die sie sich auf dem Markt kauften. Remy fuhr mit dem Schulbus nach Puerto in die britische Schule, wo Englisch, Deutsch und Spanisch gesprochen wurde. Da sie Wörter und Sprachen liebte, fühlte sie sich pudelwohl und fand schnell Freunde.

Regina gewöhnte sich rasch an die Gesellschaft der lustigen Pflegerin Florentina, und an guten Tagen war sie bei Aitana in der Küche der Guanchinche.

Ylvi fuhr in ihrem knatternden kleinen Auto zu Aitanas deutschem Freund und stellte fest, dass die Hotelanlagen tatsächlich dringend gärtnerische Zuwendung benötigten. Mit Überzeugung konnte sie ihm einen Vorschlag machen. Zwar entpuppte er sich auch als ein *cabeza quadrada*, doch am Ende waren sie sich einig, und Ylvi stürzte sich mit Begeisterung in die Arbeit. Sie verdiente nicht viel, aber es genügte für den Anfang.

Manchmal, wenn sie frühmorgens auf die Dachterrasse trat, die Nase in den sanften Passatwind hielt, der nach Frühling duftete und Wirbel aus Blütenblättern auf die Steine malte, und dann zusah, wie sich langsam der weiche goldene Nebel an den Hängen des Vulkans hob, fürchtete sie, es wäre nur ein Traum.

Noch immer konnte sie kaum glauben, dass ihr hier niemand mehr ein schlechtes Gewissen machen würde. Dass man sie mochte, wie sie war, und mit Respekt behandelte.

Abends dagegen, wenn sie erschöpft von der Arbeit ins Bett fiel, nachdem sie mit Regina und Remy und Florentina beim Kartenspiel gelacht hatte und die stille, fröhliche Musik in ihr nachklang, war sie überzeugt, dass dies ihr Leben sein konnte, dass sie ihren Platz gefunden hatte.

Ein paar Wochen nach ihrer Ankunft saßen sie spätabends in Mesa del Mar am Strand. Hier hatte Salva sein Boot liegen. Die Nacht war schwarz und voller Sterne, und der vulkanische Sand war ebenso schwarz, nur hier und da glitzerte es silbern, wenn das Licht einer Laterne darauf fiel. Das waren die Schuppen, die die Fischer beim Säubern ihres Fanges hinterlassen hatten. Sie sahen aus wie ein Spiegelbild der Sterne. Ylvi erinnerte sich, dass sie diese Schuppen früher aufgehoben und sich vorgestellt hatte, sie wäre das Sterntalermädchen.

Reich bin ich auch so geworden, ohne dass die Sterne vom Himmel fielen, dachte sie und sah zu Remy hinüber. Wie früher Ylvi lauschte sie fasziniert Salvas Geschichten. Im flackernden

Licht des Lagerfeuers wirkte das Gesicht des alten Fischers wie aus einer längst vergangenen Zeit. Seine erfahrenen Hände knüpften im Dunkeln an einem Netz, während er von den Dämonen im Meer und im Vulkan erzählte.

Wie früher sagte Donna Aitana: »Setz dem Kind nicht solche Flausen in den Kopf. Das Meer ernährt uns, und weit und breit ist kein Dämon darin zu finden. Du bist doch nicht von gestern, Salvador.«

Remy setzte sich auf.

»Aber Dämonen sind doch so etwas wie Geister, oder nicht?«

»Im weitesten Sinne ja«, sagte Yeray amüsiert.

»Dann gibt es doch nicht nur böse, sondern auch gute Dämonen. Wie bei den Geistern«, erklärte Remy.

»Der Punkt ist«, sagte Yerays Frau Carmen und legte die Arme um den kleinen Luis, »es sind gute Geschichten, aber es sind nur Geschichten. Es gibt weder Geister noch Dämonen. Und ich hielte es auch für besser, den Kindern keine Angst zu machen. Wenn man zu viele Gruselgeschichten erzählt, glaubt man am Ende noch daran. Vor allem im Dunkeln.« Unwillkürlich sah sie hinter sich.

»Aber ich weiß, dass es Geister oder Dämonen im Meer gibt. Ich kenne einen, aber es ist ein guter«, sagte Remy mit seelenruhiger Überzeugung. »Der Mann, der mir den Bernstein geschenkt hat. Er kam aus dem Meer. Er lebt dort. Er hat es mir gesagt.« Sie zog den Anhänger aus ihrem T-Shirt und hielt ihn hoch. Er glänzte hell im Licht der Flammen.

Die anderen schwiegen. Salva runzelte die Stirn und starrte finster ins Feuer.

»Aber Remy, das hast du geträumt. Du hast geträumt und bist ins Watt gelaufen, und dass du den Bernstein gefunden hast, war einfach nur Glück«, sagte Ylvi bestimmt.

Aber sie fand selbst, dass es lahm klang.

»Es gibt ihn«, wiederholte Remy unerschüttert. »Und die Möwe ist seine Freundin.« Sie wies auf einen großen hellen Vogel, der gerade in den Lichtkreis des Feuers spazierte und mit seinem scharfen Schnabel nach einem Fischrest pickte.

Ylvi zog scharf die Luft ein und fühlte das vertraute Frösteln um ihre Schulterblätter laufen.

Hatte sie das Tier bis hierher verfolgt? Was für ein Unsinn! Was sollte eine Möwe von ihr wollen? Natürlich gab es auch hier Möwen. Das hatte sie vorher gewusst. Sie waren schließlich am Meer.

Der Vogel hüpfte näher und hob den Kopf. Für einen Moment sah es so aus, als ob er mit Remy einen Blick wechselte.

In diesem Moment ging weiter nördlich am Strand ein Feuerwerk los. Auf Teneriffa gab es ständig irgendwo ein Feuerwerk. Gewaltige silberne Blumen wuchsen am Himmel, warfen ihren Widerschein auf die Wellen und nahmen der Nacht die Dunkelheit.

Ylvi sah nur die hellen, strengen Augen der Möwe. Und das Gesicht ihrer Tochter. Remys Augen waren natürlich nicht gelb wie die des Vogels, und sie blickten nicht streng, sondern weich, aber sie waren ebenso neugierig, voller Energie und ebenso hell. Ungewöhnlich hellblau.

In beiden spiegelte sich der silberne Horizont, in den gelben und in den blauen Augen.

Warum war ihr nie aufgefallen, wie ähnlich sich diese Augen waren?

Ropa vieja

250 g Rindfleisch
250 g Hühnchenfleisch
2 Zwiebeln
Olivenöl
3 Knoblauchzehen
1 rote Paprika
4 Fleischtomaten
Parika rosenscharf, Pfeffer, Thymian,
Lorbeer, Gewürznelken
250 ml Weißwein
500 ml Brühe
600 g Kartoffeln
400 g Kichererbsen (Dose)
Salz

Fleisch in mundgerechte Stücke schneiden. Zwiebeln schälen und vierteln. Alles zusammen mit Olivenöl in einer Pfanne oder einem Bräter kräftig anbraten. Herausnehmen und beiseitestellen.
Knoblauch klein hacken, Paprikaschote in Stücke schneiden, Fleischtomaten einritzen und mit kochendem Wasser überbrühen. Schälen und kleinhacken. Alles mit Öl in der Pfanne kurz anbraten. Gewürze hinzufügen, kurz mitbraten, dann Wein und Brühe angießen.

Kartoffeln schälen, in Würfel schneiden und dazugeben.
Alles 30 Minuten kochen lassen.
Dann Kichererbsen dazugeben und weitere 10 Minuten kochen.
Am Ende kräftig mit Salz und Pfeffer abschmecken und servieren.

Myra

2005

20

Nachwuchs auf Naurulokki

»Verflixt, ich kann das nicht!«, schimpfte Carly und fuhr sich mit gespreizten Fingern durch die Locken, bis sie wild um ihren Kopf standen. Im Licht der tiefstehenden Herbstsonne vor dem offenen Fenster leuchteten sie rotbraun auf.

Amüsiert blickte Myra über die beträchtliche Länge der Küche hinweg zu Carly herüber. Wie Henny, dachte sie. Ihre eigenen Finger beschäftigten sich derweil weiter mit dem Saum des Hemdes, das sie gerade nähte. Oma Matildas alte Nähmaschine und Myra waren ein so eingespieltes Team, dass sie fast blind damit umgehen konnte.

Carly wirkte so zu Hause, als wäre sie hier unter dem alten Reetdach des Hauses »Naurulokki« aufgewachsen. Dabei hatte sie ihre Tante Henny, die hier gelebt hatte, gar nicht mehr kennengelernt. Myra freute sich immer wieder über das kleine Wunder, dass nach Hennys Tod nun Carly hier war. So war Hennys Fehlen nicht mehr ganz so schmerzlich.

Vor langer Zeit hatte hier in dieser Küche Oma Matilda genäht, während Myra und Henny Spiele spielten und später einander ihre Ängste und Träume anvertrauten.

Myra erinnerte sich an den Tag, als Liv unter diesem Dach geboren wurde. Da hatte das Haus noch keinen Namen. Henny hatte ihm diesen Namen zusammen mit ihrem Mann geben wollen, wenn sie heiratete. Aber sie hatte nicht geheiratet, und das Haus hatte seinen Namen »Naurulokki« erst bekommen, als Henny sich im Alter noch einmal verliebte. Ihr Freund Joram sagte, das Haus wirke mit seinem dunklen Reetdachschopf und den weißen Wänden oben auf Hennys blauweißem Gartenhügel wie eine Lachmöwe auf einer Welle. Naurulokki war das finnische Wort für Lachmöwe.

Das Haus hatte nun seinen Namen und seine Bestimmung gefunden und war ein gastfreundlicher, lebendiger Mittelpunkt der Nachbarschaft geworden.

Jetzt war Myra so alt wie Oma Matilda damals und saß an derselben Nähmaschine, während sie den Sorgen und dem Übermut der neuen Generationen lauschte. Myra kam das seltsam vor. Beide Zeiten schoben sich für sie oft ineinander, als fänden sie gleichzeitig statt.

Myra hatte ihre Stoffe auf dem ganzen Arbeitstisch ausgebreitet. Carly saß daher mit ihrem Computer am Esstisch.

»Was machst du da?«, erkundigte sich Myra.

Carly schob den Computer entnervt von sich.

»Ich soll etwas über die Bürgerinitiative und ihren großen Erfolg beim Küstenschutz schreiben. Für die Ostsee-Zeitung. Aber schreiben liegt mir einfach nicht. Ich mache viel lieber etwas mit meinen Händen.«

Das konnte man wohl sagen. Insgeheim war Myra stolz auf Hennys Nichte und ihren Erfolg als Künstlerin. Carlys Tonskulpturen waren bereits weit über Fischland-Darß hinaus bekannt. Henny wäre stolz gewesen, das wusste Myra, also freute sie sich nun an Hennys Stelle für Carly.

»Hast du nicht früher einmal einen Medienpreis für deinen Blog im Internet gewonnen?« Anders als viele Leute ihres Alters fand Myra das Internet interessant und konnte nach anfänglichen Schwierigkeiten gut damit umgehen.

»Ach das, ja.« Carly stand auf und ließ Wasser in den Teekessel laufen. »Dadurch sind sie ja ausgerechnet auf mich gekommen. Aber das ist sehr lange her. Damals war das einfach, weil noch kaum jemand im Internet schrieb. Jetzt bin ich komplett aus der Übung, und ich habe in der Richtung auch überhaupt keinen Ehrgeiz mehr. Es ist tausendmal aufregender, den feuchten Ton unter den Fingern zu spüren, als so eine dumme Tastatur oder einen Stift und Papier.«

»Kann nicht jemand anderes diesen Artikel schreiben?« Myra biss einen Faden mit ihren Zähnen ab. Sie war sich ziemlich sicher, dass ihre Mischung aus grünem Tee, Sanddorn und frischem Ingwer dazu beitrug, dass sie das trotz ihrer achtundsiebzig Jahre noch mit ihren eigenen Zähnen konnte.

»Nein. Ich bin es ihnen schuldig. Wir haben alle so genervt damals, und ich am meisten. Aber der Kampf hat sich gelohnt. Ich begreife nur immer noch nicht, dass eine einzige neue Buhne fast fünfzigtausend Euro kosten muss. Und es muss noch so viel getan werden, immer wieder.«

»Früher haben die Buhnen wenigstens länger gehalten. Aber das war, ehe der Schiffsbohrwurm eingeschleppt wurde. Der zerfrisst sie in Nullkommanix. Nur gut, dass eure Initiative Erfolg hatte! Die Sandaufspülungen haben einiges gebracht, der Strand ist wieder breit, und die neuen Buhnen schützen ihn erst mal. Wer weiß, wie viel von Ahrenshoop sonst in den nächsten Jahren übrig geblieben wäre. Das Meer ist hungrig und unser Strand so verletzlich.« Zufrieden betrachtete Myra die fertige Naht, legte das Hemd beiseite und begann, eine Brusttasche zuzuschneiden.

»Ich sehe ja ein, dass das schwierig zu finanzieren war und die Behörden nicht begeistert sind. Ich hoffe, es werden im Laufe der Zeit noch viele Spenden eingehen. Auch wenn es vielleicht gegen jede Vernunft ist, dieses schmale Land gegen Unwetter und Klimawandel halten zu wollen. Aber wir können es doch nicht aufgeben! Henny hätte das auch nicht zugelassen. Und jetzt ist es unsere Heimat. Nicht wahr, Kyana? Möchtest du eine Banane, Schatz? Oder auch einen Tee?« Carly bückte sich und spähte unter den Arbeitstisch. »Oh, das hast du aber wunderschön gemacht!«

Myra sah ebenfalls unter den Tisch und betrachtete das runde, filigrane Bild, das die kleinen Hände ihres Patenkindes dort aus den heruntergefallenen Stoffschnipseln gelegt hatten. »Deine Tochter hat eindeutig dein künstlerisches Talent geerbt«, bemerkte sie. »Und das zeigt sich schon im Alter von drei Jahren! Ein echtes Ahrenshooper Kind. Es wäre wirklich schön, wenn sie ihr Leben noch hier verbringen könnte, bevor sich die Küste ändert. Irgendwann wird das nicht mehr aufzuhalten sein.«

»Das is 'ne Pusteblume«, sagte Henrike Prevo und krabbelte unter dem Tisch hervor. »Auch Tee bitte!«

Anfangs hatten sie sie Henny genannt. Doch auf Naurulokki wurde so viel von Henny Badonin gesprochen, die immer noch gegenwärtig schien, dass es verwirrend war. So wurde es mehr und mehr zur Gewohnheit, die kleine Henny bei ihrem indianischen Namen zu rufen, den ihr ihre halbindianische Patentante Tiryn einmal gegeben hatte.

»Diese Augen. Mal grün, mal blau, mal grau, und dieses Funkeln!«, hatte sie gestaunt. »Kleines, ich verleihe dir den Namen Kyana, Göttin der Meerestiefe.«

»Es ist wohl eher Hennys Talent als meines, das sie da geerbt hat«, meinte Carly. In diesem Moment knisterte es in dem Babyphon, das auf dem Esstisch stand. Ein fröhliches Glucksen war zu hören, das sich schnell in Empörung wandelte.

Kyana kletterte auf die Sitzbank.

»Jori ist wach. Jori hat Hunger!«

Myra stand auf. »Geh nur, Carly, ich mache den Tee. Ich brauche dringend Bewegung. Das Wetter schlägt um. Ich spüre es in den Knochen. Wie früher Oma Matilda.«

Der Herbst war warm und sanft gewesen. Wenn jetzt Sturm aufkam, wehte endlich wieder der Bernsteinwind! So sehr sie es liebte, in der geselligen Küche von Naurulokki zu arbeiten und mit ihren jungen Freunden zu plaudern, die ihre Familie geworden waren, so sehr sehnte sie sich auch danach, wieder allein mit dem Morgengrauen im kalten Meer zu stehen und nach Bernstein zu fischen.

Manchmal spülten dann die Wellen für einen Augenblick die Jahre von ihr ab, und sie war wieder siebzehn und wartete auf Kjell. Doch das war nicht der einzige Grund.

Myra war am glücklichsten, am tiefsten sie selbst, wenn sie dort stand. Sie zog ihre Stärke aus dem Alleinsein, aus dem stummen Miteinander mit dem Himmel und dem Meer. So wie einst Hennys Freund, der ruhelose Joram Grafunder, der mit den Kranichen fliegen und das Ende des Windes finden wollte, so stellte sie sich vor, mit den Strömungen zu ziehen und mit der Brandung zu toben. Wenn sie lange genug dort stand, während der Tag geboren wurde, dann war ihr, als ob ihre Konturen sich auflösten und ihre Seele für einen Moment frei war von ihrem Körper. So wie in Hennys Aquarellen, die am Rand verschwammen, als hätten sie keine Grenzen, als wäre die Weite darin unendlich und nur das Papier zu klein. Während Myras Füße immer kälter wurden, stieg mit diesem Gefühl in ihr eine warme Kraft auf, die durch das Meer direkt aus der Mitte der Erde zu kommen schien, aus dem geheimen, glühenden Kern.

»Myra, bäckst du bald wieder Bernsteinkekse?«, unterbrach Kyana ihre Träumereien und hüpfte auf der Bank auf und ab. Sie liebte die Kekse mit den braunen Kandiszuckerstückchen obendrauf.

Myra prüfte den Tee, ob er auch nicht zu heiß war, und stellte ihn ihr hin.

»Das ist eine gute Idee, Kyana. Du kannst morgen zu mir kommen, und dann machen wir es zusammen, ja?«

»Au ja.«

»Hab ich etwas von Keksen gehört?«, kam eine Stimme von draußen vor dem offenen Fenster.

»Hallo, Tiryn. Möchtest du auch Tee? Bernsteinkekse gibt es erst morgen, aber hier sind noch Carlys Erdnussbutterkekse.«

»O fein. Ich wusste doch, dass ich was Leckeres gerochen habe. Und Tee ist auch gut. Hallo, Kyana.« Nicholas' Enkelin schwang ihre braunen Beine kurzerhand über das Fenstersims, hüpfte in die Küche, wie es auf Naurulokki üblich war, und griff sich einen Keks.

»Wo hast du Nicky gelassen?«, fragte Myra. Sie hatte eine Schwäche für Tiryns zweijährigen Sohn, der so ganz anders war als sein Urgroßvater. Er stapfte auf seinen kurzen Beinen schon so selbstsicher durch die Welt, als könnte ihn kein Unheil jemals erschüttern. Auch fror er im Gegensatz zu dem alten Nicholas niemals, sondern zog, wenn man nicht auf ihn aufpasste, am liebsten alle Kleidung aus und tanzte im Wind oder rannte in die Wellen.

»Der ist mit seinem Vater in Zingst. Sie wollten dort ein Boot angucken. Vielleicht ein Auftrag für Rune.« Tiryn schlenderte zum Arbeitstisch hinüber und betrachtete Myras Werk. »Oh, jetzt verstehe ich, wie du das mit dem Herrenhemd gemeint hast. Das sieht toll aus. Ich habe deine Idee für meinen Laden zuerst gar nicht so ernst genommen, als du neulich diesen Vorschlag gemacht hast. Aber das passt super zu dem Stoff! Ich kann kaum erwarten, es neben den Kleidern hängen zu sehen.«

»Das ging mir im Kopf herum, seit du Stoffe mit Motiven von Hennys Aquarellen drucken lässt. Ich finde einfach, wenn es ein Modell Myra Webelhuth und ein Modell Henny Badonin als Kleider gibt, müsste es auch ein Hemd Nicholas Ronning geben. Der Vollständigkeit halber. Ich weiß, das ist reine Sentimentalität, und mit Sentimentalität macht man keine guten Geschäfte.« Myra ärgerte sich, dass sie so zerknirscht klang. Eigentlich war sie von ihrer Idee überzeugt. »Hawaiihemden in Knallbunt können schrecklich sein. Aber die zarten Farben von Hennys Aquarellen sehen auf diesem Hemd edel aus«, fügte sie entschieden an.

»Unbedingt! Zumal die Modelle Henny und Myra so erfolgreich sind. Da wird bei Nicholas auch nichts schiefgehen. Du hast völlig recht! Diese drei gehören nun einmal zusammen, ganz egal, was die Zeit und das Schicksal mit ihnen gemacht haben.« Tiryn lächelte Myra an und umarmte sie spontan. Überrascht und gerührt erwiderte Myra die Umarmung, obwohl sie sonst lieber eine gewisse Distanz aufrecht hielt. Sie wollte das nicht mehr – Menschen zu sehr lieben. Es tat zu weh, wenn sie sich dann wieder auf die eine oder andere Art davonmachten.

Aber sie hatte sie eben doch zu gerne, die ganze Bande! Sie hatten sich in ihr Herz geschlichen, ohne um Erlaubnis zu fragen. Hartnäckig wie die Schiffsbohrwürmer in die Buhnen! Erst war es Carly gelungen, dann Tiryn, dann ihren Sprösslingen und am Ende sogar ihren Männern.

Tiryn tigerte unruhig durch die Küche, hob hier ein Messer auf, drehte dort an einer Dose. Myra wartete geduldig. Es hatte keinen Zweck zu fragen, was sie auf dem Herzen hatte. Irgendwann würde sie von selbst damit herausrücken.

»Halito, Ti.« Carly kam zurück in die Küche, Baby Jori auf dem Arm, und begrüßte Tiryn mit der liebgewordenen indianischen Version von »Hallo«.

»Halito, Carly.« Tiryn kitzelte Jori am Bauch, und die beiden strahlten einander an. Nicht nur Tiere flogen auf Tiryn, mit Kindern konnte sie ebenso gut umgehen. Carly, die leicht ungeduldig wurde, beneidete sie manchmal darum. Sicher lag es an Tiryns indianischen Genen.

Myra beobachtete beide amüsiert. Sie waren sich sowohl ähnlich als auch ganz unterschiedlich, diese Nachkommen von Henny und Nicholas. Und nun gab es eine neue Generation! Das Leben ging weiter. Wenn sie das nur gewusst hätten, damals im Krieg, als die Welt unterzugehen schien. Vielleicht hätte das alles leichter gemacht.

Umso mehr freute sie sich jetzt darüber. Es hätte anders kommen können. Aber sie hatten überlebt. Alle drei. Henny, Nicholas und sie!

Nur ihr Kind nicht.

Die neue Generation würde für immer eine Lücke haben. Von Henny und Nicholas würde etwas bleiben, aber nicht von ihr selbst.

»Myra, hast du ein paar schöne Bernsteinstücke für mich übrig?«, fragte Tiryn. »Ich habe beim Fischen kein Glück gehabt, ich bin einfach nicht so geschickt wie du. Außerdem fehlt mir die Zeit. Ich muss unbedingt mehr Schmuck für den Laden machen. Meine Vorräte gehen aus.«

»Ich habe auch gerade darüber nachgedacht, dass bald der Bernsteinwind wehen wird, wenn das Wetter umschlägt«, sagte Myra. »Wir finden auf Rav bis dahin bestimmt noch einige Stücke, die du verwenden kannst. Du hast aber sicher noch etwas auf dem Herzen, so finster, wie du in deine Teetasse starrst.«

»Ja, ich muss euch etwas erzählen. Ich wollte nur warten, bis Carly mithört.« Sie saßen jetzt alle in der Essecke. Jori nuckelte in Carlys Armen an seinem Fläschchen, Kyana malte mit dem Finger in dem Tee herum, der auf ihren Unterteller geschwappt war. Myra wärmte ihre Hände an der Tasse. Carly hatte das Fenster gegen die Abendkälte geschlossen.

Der Wind riss einige rote Blätter vom wilden Wein und drückte sie an die Scheibe.

Myra dachte an einen lang vergangenen Nachmittag zurück. An Hennys zehnten Geburtstag, an dem sie Nicholas kennengelernt und mit nach Naurulokki genommen hatte. Myra hatte gesehen, wie der kleine Nicholas ein rotgelbes Weinblatt einsteckte, das der Wind aus Hennys Richtung in seinen Schoß wehte. Er hatte seitdem alles, was von Henny kam oder mit ihr zu tun hatte, als einen Schatz angesehen. Bis er sie kurz vor der Hochzeit verließ.

Heute wusste Myra dank Nicholas' Enkelin Tiryn endlich, warum. Er hatte vorausgesehen, wie es kommen würde. Dass die DDR ihre Bürger innerhalb einer Mauer gefangen hielt und jeden einsperrte oder erschoss, der die Freiheit suchte. Myra verstand, dass Nicholas es nicht ertragen hätte, noch einmal eingesperrt zu werden wie früher in den Keller seines Vaters. Sie respektierte es heute, dass er damals heimlich floh, weil er Henny nicht in Gefahr bringen wollte.

Aber eines würde sie ihm niemals verzeihen.

»Ich habe ein Meeresbild gesehen!«, platzte Tiryn endlich mit ihrer Neuigkeit heraus. »Das ist mir hier noch nie passiert. Das letzte Mal war in Florida, als mir das Meer die Wahrheit über Nicholas und Henny verraten hat.«

Myra erinnerte sich. Als Tiryn hierher nach Ahrenshoop gekommen war, hatte sie erzählt, dass sie zu Hause in Florida manchmal Bilder aus der Vergangenheit auf dem Meeresboden sah, wenn die Sonne im flachen Wasser goldene Linien auf den Sand malte. Und dass sie diese Gabe von Nicholas geerbt hatte, der allerdings seinerseits nur Bilder aus der Zukunft sehen konnte.

Das Erstaunliche war, dass es sich hierbei immer um die Wahrheit gehandelt hatte. Myra fühlte ein Prickeln über ihre Kopfhaut laufen und dann eiskalt herunter um die Schulterblätter. Das hatte sie schon als Mädchen gehabt, oft vor einem Gewitter oder aber wenn irgendetwas Bedeutsames im Begriff war zu geschehen.

Carlys Erdnussbutterkekse

250 g Mehl
1 TL Backpulver
½ Teelöffel Natron
¼ TL Salz
125 g Erdnussbutter (zimmerwarm)
125 g Margarine
100 g brauner und 100 g weißer Zucker
2 Eier
100 g grobgehackte Erdnüsse

Den Ofen auf 175 Grad vorheizen. Mehl, Backpulver und Natron in eine Schüssel sieben und Salz untermengen. Beiseitestellen. Erdnussbutter, Margarine und den gesamten Zucker in der zweiten Schüssel mit einem elektrischen Mixer auf mittlerer Stufe schaumig schlagen. Die Eier einzeln zufügen und jedes Mal gut verrühren. Die Mehlmischung zugeben und gut einrühren, gehackte Erdnüsse unterheben. Den Teig mit den Händen oder einem Teelöffel zu 2–3 cm großen Kugeln formen und diese im Abstand von 4–5 cm auf ein mit Backpapier belegtes Blech setzen. Jede Kugel mit einer bemehlten Gabel zweimal flach drücken, so dass ein Karomuster entsteht und die Plätzchen gut 0,5 cm dick werden. In der Ofenmitte 12–14 Minuten goldbraun backen, dann auf einem Kuchengitter abkühlen lassen.

21

Claas und Orenda

Carly zog unwillkürlich das Fläschchen zurück und blickte fragend auf. Jori stieß einen Protestschrei aus.

»Was hast du denn gesehen, Ti?«

Tiryn lehnte sich zurück und verschränkte die Arme vor der Brust.

»Ich habe dich gesehen, Myra. Jedenfalls bin ich mir ziemlich sicher, dass du es warst, nur sehr viel jünger. Mit einem langen dunkelblonden Zopf, genauso lang, wie er jetzt ist. Hast du damals schon kurze Hosen getragen?«

»Ich hatte sie aus altem Zeltstoff geschneidert«, sagte Myra tonlos. »Oma Matilda fand sie unanständig. Ich fand sie praktisch, weil ich damit jederzeit ins Wasser waten konnte, wenn ich Bernstein dort vermutete. Und Kjell …« Sie brach hastig ab.

Tiryn sah sie forschend an. Sie las nicht nur die Vergangenheit auf dem Meeresboden, sie las auch manchmal in den Gedanken anderer Menschen.

»Kjell. Heißt so der Mann, der mit dir auf dieser Wiese saß?«

»Ja.« Ein zärtliches Lächeln flog über Myras Gesicht, ehe sie es einfangen konnte. Unwillkürlich fasste ihre Hand nach dem goldenen Anhänger, der noch immer an der Kette ihrer Mutter hing. Der Wikingeranhänger, der sagenhafte Thorhammer, der Blitze schleuderte und sie beschützte. Myra hatte nie etwas anderes getragen, seit Kjell ihr dieses Geschenk gemacht hatte.

Unglaublich! Dass diese Szene in ihr selbst noch so lebendig schien, als wäre sie gestern gewesen – kein Wunder. Doch dass die Wahrheit dieses Augenblicks noch so gültig war, dass Tiryn sie im Meer wahrnehmen konnte, berührte sie zutiefst.

»Das Meer ist unser gemeinsames Gedächtnis«, hatte Flömer einmal gesagt, der noch um einiges älter war als Myra. »Wie die Mineralien aus der Erde, die es salzig machen, so werden die Spuren von dem, was uns geschieht, in das Wasser gespült und von den Strömungen hierhin und dorthin getragen, fort und auch wieder zurück. Nichts geht verloren. Manches bleibt in den Tiefen erhalten, und anderes kommt überraschend wieder an die Oberfläche. Die Zeit ist keine Einbahnstraße, sondern ein Meer, das in Bewegung ist.«

»Tiryn hat also die Wahrheit gesehen?«, fragte Carly. »Dann ist die Frage – warum? Was hat das für eine Bedeutung? Du und dein Freund in der Wiese. Warum ist dieser Moment wichtig? War da noch etwas? Noch jemand?«

»Nein, wir waren allein. Es war Krieg, und Kjell wurde gesucht. Niemand durfte ihn sehen. Ich hatte allerdings manchmal das Gefühl, dass uns jemand beobachtete. Sicher Einbildung, aus lauter Sorge um ihn.«

»Das war keine Einbildung!«, sagte Tiryn. »Da war tatsächlich noch jemand. Claas. Ganz deutlich. Hast du ihn nicht gesehen?«

Myra starrte sie an.

»Claas? Nein. Henny hat ihn ein paarmal gesehen. Ich nie.« Sie dachte an diesen Tag zurück. Sie und Kjell in der Wiese. »Ich habe damals davon gesprochen, dass ich mir wünschte, man könnte solche Augenblicke für ewig in einem Bernstein festhalten. Niemand war zu sehen, aber plötzlich hatte ich dieses Gefühl, dass jemand in der Nähe sei.«

Nicht nur das. Jetzt fiel es ihr wieder ein. Für einen Moment hatte sie geglaubt, hinter Kjell einen Schatten wahrzunehmen. Danach war da diese Delle im langen Gras gewesen, als hätte dort jemand gestanden.

Und noch etwas fiel ihr ein. Der schmierige Deserteur, dem sie begegnet war! Irgendetwas hinter ihr hatte ihn in die Flucht geschlagen. War das vielleicht auch Claas gewesen, ihr gemeinsamer, sagenumwobener Vorfahr? Der Leuchtturmwärter, dessen pure Lebensenergie das Meer nicht hatte verschlingen können, als er vor mehr als hundertfünfzig Jahren ertrank. Diese Energie war auf geheimnisvolle Weise erhalten geblieben und in den Strömungen unterwegs, von denen Flömer sagte, dass es sie nicht nur im Wasser, sondern auch an Land gab. Und manchmal nahm er eine flüchtige, nur für wenige sichtbare Gestalt an.

Es hatte noch den dritten Vorfall gegeben, an den sich Myra nicht gern erinnerte. Als sie, hochschwanger, fast ertrunken wäre und eine unsichtbare Hand sie gehalten hatte. Zum ersten Mal brachte sie das nun mit Claas in Verbindung. Wenn es Claas gewesen war, dann hätte sie damals nicht so entsetzt sein müssen, weil sie dachte, Kjell sei gestorben.

»Was hat Claas an jenem Tag gemacht? Hat dir dieses komische Meeresbild gezeigt, was er dort wollte?«, fragte sie Tiryn.

»Er stand hinter euch und hatte drei längliche Bernsteine in der offenen Hand. Ich vermute, es waren die Bernsteine, aus denen die Schiffe gemacht wurden.«

»Das ist ja ein Ding!« Carly machte große Augen. »Was, glaubst du, will dir dieses Bild sagen? Warum hast du jetzt, nach all der Zeit, eines gesehen? Das passiert doch nicht ohne Grund.«

»Nein. Das glaube ich auch nicht. Das Merkwürdige war, dass Claas plötzlich den Blick hob. Es war, als könnte er mich sehen«, sagte Tiryn mit gerunzelter Stirn. »Und dann zeigte er auf den dritten Stein, als ob er mir sagen wollte, dass damit etwas Wichtiges zusammenhängt. Als ob ich mich darum kümmern soll.«

»Das ist wirklich merkwürdig«, fand Carly. »Es ist doch ein Bild aus der Vergangenheit. Du hast immer nur Bilder aus der Vergangenheit gesehen. Aber damals gab es dich noch gar nicht!«

»Vielleicht benutzt er sie jetzt, um zu kommunizieren. So wie die Vögel. Die Krähe Fula kam übrigens auch in dem Bild vor. Sie flog über Claas hinweg und dann zum Meer, wo sie sich auf die Buhne neben den Kormoran setzte. Und dann war da noch eine große Silbermöwe neben beiden.«

Die Silbermöwe. Die war damals auch da gewesen. Myra stand auf, um ihre Unruhe abzuschütteln.

»Möchte noch jemand Tee?«

»Ja, ich gerne«, sagte Carly.

»Tiryn?«

»Äh – bitte was?« Tiryn zuckte zusammen. Ihre Gedanken waren offensichtlich meilenweit fort gewesen.

Myra stemmte die Arme auf den Tisch und sah sie streng an. »Ist da noch etwas, Mädchen? Raus damit!«

»Naja, du sagtest gerade, du hast damals deinem Freund gegenüber den Wunsch geäußert, dass man kostbare Momente für immer im Bernstein konservieren könnte. Kann es nicht sein, dass Claas diesen Wunsch gehört hat? Und dass er dir genau diesen Wunsch erfüllt hat, als er dem alten Oskar die drei Steine gab und ihm befahl, die Schiffe herzustellen?«

Myra erinnerte sich. Oskar hatte eine wilde Geschichte von einer Begegnung mit dem geisterhaften Sturmflut-Claas erzählt und dass der ihn genötigt habe, aus den drei Steinen die Schiffe mit den silbernen Segeln zu fertigen.

»Warum sollte mir Claas einen Wunsch erfüllen?« Dieser Gedanke war Myra völlig neu. Es war eigentlich nie jemand da gewesen, der ihr Wünsche erfüllt hatte.

»Nun, immerhin bist du seine Ur-Ur-Urenkelin. Du bist ihm wichtig. Seine Familie ist ihm wichtig. Mit diesen Schiffen hat er es geschafft, Carly und mich nach Hause zu holen.«

Myra musste sich immer noch an den Gedanken gewöhnen, dass es diesen Claas wirklich gegeben hatte. Tiryn hatte in Oma Matildas alter Nähmaschine die lückenlose Ahnentafel gefunden, die bewies, dass der Wärter des versunkenen Leuchtturmes der gemeinsame Vorfahre von Henny, Nicholas und Myra gewesen war. Auch wenn das so lange her war, dass man kaum noch von Verwandtschaft sprechen konnte.

Es würde erklären, warum er mich vor dem Deserteur beschützt hat, dachte Myra. Ein warmes Gefühl stieg in ihr auf. Bis jetzt war sie immer diejenige gewesen, die alle beschützt hatte. Dass sie mit dieser Aufgabe nicht allein war, sondern ihr Ur-Ur-Urgroßvater mit dieser Absicht auf irgendeine Art anwesend sein könnte, war eine neue und tröstliche Vorstellung. Trotz allem, was sie schon über ihn wusste, erschien ihr Claas zum ersten Mal real.

»Das kann nicht sein«, wandte Carly ein. »In dem Brief von Claas, den du im Garten ausgegraben hast, Ti, stand doch, dass er diese drei besonderen Bernsteine von einer alten Frau namens Orenda erhalten hat, als Dank, weil er sie aus dem Meer gefischt hat.«

»Ich weiß«, sagte Tiryn und rührte heftig in ihrer fast leeren Tasse. »Aber ich habe recherchiert. Der Name dieser Frau kam mir bekannt vor. Es ließ mir keine Ruhe. Ich habe meinen Vater gefragt, und ich hatte recht. Orenda ist ein indianisches Wort. Es bedeutet eine besondere, alles durchdringende Lebenskraft, die die eigentliche Ursache jeden Geschehens ist. Orenda verbindet jedes Lebewesen mit allen Elementen. Durch Träume und Visionen kann Orenda in einem Menschen besonders mächtig werden.«

Carly wanderte mit Jori im Arm in der Küche auf und ab und klopfte ihm geistesabwesend den Rücken.

»Das klingt tatsächlich nach Claas. Du meinst, es hat diese Frau gar nicht gegeben?«, fragte sie.

»Ich glaube, dass Claas sie erfunden hat, weil es eine gute Geschichte war und viel einfacher, als die Kraft Orenda zu erklären. Meiner Meinung nach hat Claas in all den Stunden, die er im Leuchtturm und auf dem Meer verbracht hat, eine mächtige Orenda erlangt. Diese befähigt ihn, dass von seiner Persönlichkeit Spuren im Meer gelöst sind und er sie in bestimmten Momenten so versammeln kann, dass wir ihn wahrnehmen oder er wenigstens durch die Vögel kommunizieren kann – oder eben Tiryn Bilder zuspielen.«

»Und woher sollte Claas Kreyhenibbe aus Ahrenshoop ein indianisches Wort kennen?« Myra war skeptisch. Für Tiryn als halbe Indianerin waren solche Annahmen normal. Aber ihr kamen sie noch fremd vor.

»Er war doch auch in Florida. Mit den Strömungen auf der ganzen Welt unterwegs, wie in Flömers Theorie. Ich habe ihn dort gesehen.«

Tiryn goss sich Tee nach. »Also, angenommen, das stimmt. Claas hörte also damals Myras Wunsch, verlieh den drei Bernsteinen diese besondere Fähigkeit und beauftragte Oskar, die drei Schiffe herzustellen. Er sagte zu Oskar, dass diese Schiffe manches fort-, aber auch wieder hierhertragen würden.«

»Das hat sich erfüllt«, sagte Myra erstaunt. »Nicholas ging fort. Doch Nicholas' Enkelin kehrte, beeinflusst von dem Schiff und den lebendigen Erinnerungen darin, hierher zurück. Und Carly, Hennys Nichte, kam ebenfalls aufgrund des Schiffes nach Ahrenshoop, um zu bleiben. Claas hat also sein Ziel erreicht, langfristig die Familie in der alten Heimat zusammenzuhalten.«

»Und das nicht ohne Grund«, sagte Tiryn triumphierend.

»Ja, er hat mir schließlich das hier eingebrockt«, sagte Carly und zeigte mit gerümpfter Nase auf ihren angefangenen Artikel über die Bürgerinitiative zum Küstenschutz.

Tiryn träumte versonnen in ihren Tee, als wären auch dort Bilder zu sehen. Ein leises Lächeln umspielte ihre Mundwinkel. Myra betrachtete sie nachdenklich. Je länger Tiryn hier war, je ähnlicher wurde sie Nicholas, obwohl sie rein äußerlich ihrem indianischen Vater Sam glich.

»Das werde ich nie vergessen, wie Claas uns damals im Frühling mitten im Sturm nach draußen an den Strand rief«, erinnerte sich Tiryn. »Seine Stimme in meinem Kopf war so nachdrücklich, dass ich ihr folgen musste. Aber es hat eine Weile gedauert, bis mir klarwurde, dass es Claas war. Erst dachte ich, ich werde verrückt.«

»Mir ging es genauso. Ich war gerade in eine Tonskulptur vertieft und hatte nicht die geringste Lust, in den Sturm hinauszulaufen. Aber Claas ließ mir keine Wahl.«

»Außerdem habt ihr beide eine ausgesprochene Schwäche für den alten Burschen«, bemerkte Myra trocken.

»Kann sein«, gab Carly zu. »Er hat uns ja auch schon aus schwierigen Situationen geholfen.«

»Jedenfalls war er überzeugend«, ergänzte Tiryn. Wir haben ihn beide gesehen, wie er da im Meer stand, mitten zwischen den hohen Wellen, die ihn natürlich nicht umwerfen konnten. Er zeigte uns, wie die Brecher Meter um Meter vom Strand abrissen und ein ganzes Stück von der Steilküste mitsamt den Windflüchtern abstürzte und fortgespült wurde. Ich bekam Angst, dass sogar die Krähenkate in Gefahr geraten würde. Naurulokki ist hier oben auf dem Schifferberg zum Glück wohl das letzte Haus, das das Meer verschlucken würde.«

»Er war nicht nur überzeugend, er war streng«, sagte Carly. »*Ihr seid Töchter dieses Landes. Sorgt dafür, dass es erhalten bleibt.* Diese Worte habe ich noch immer im Ohr. Oder vielmehr im Kopf.«

Tiryn angelte sich ein Handtuch und fing an, die Teetassen abzutrocknen.

»Gut, wir haben also geholfen, den Küstenschutz in Schwung zu bringen, mein Bernsteinschmuck findet Freunde, und Carly führt die Kreativität der Familie ebenfalls fort. Wir haben Claas sogar eine neue Generation für die Familie geschenkt. Warum also taucht er jetzt nach Jahren wieder auf und versucht, mir etwas zu sagen?«

»Ja, warum?« Carly klappte den Computer zu. »Das mit dem Schreiben wird heute nichts mehr. Ich gehe Jori baden.« Sie warf einen Blick aus dem Fenster. »Tiryn, ich glaube, deine Männer kommen.«

»Rune ist nicht mein Mann«, sagte Tiryn nachdrücklich.

»Er hat dir doch bestimmt inzwischen den siebzehnten Heiratsantrag gemacht. Hast du den auch wieder abgelehnt?«

»Er ist bei Nummer achtzehn. Und ich werde auch den fünfzigsten ablehnen. Wir sind ohne Trauschein glücklich!«

»Sehr vernünftig.« Myra unterstützte Tiryn in dieser Sache. Irgendjemand musste ja auf ihrer Seite sein. Und warum sollte man sich unnötigerweise von einem Mann abhängig machen? Sie hatte selbst bewiesen, dass es auch ohne ging.

Im nächsten Moment klopfte es an der Tür, dann waren schwere Schritte und eine helle Kinderstimme im Flur zu hören. Rune fühlte sich auf Naurulokki zu Hause wie alle anderen auch und wartete nicht darauf, dass ihm jemand öffnete.

»Na, ihr habt ja Spaß gehabt«, sagte Tiryn und betrachtete ihren Sohn, der von oben bis unten mit Schlamm verschmiert auf Runes Arm saß und strahlend lächelte. Sein Geruch war ebenso deutlich wie seine Zufriedenheit. »Wo um Himmels willen habt ihr euch herumgetrieben?«

Rune küsste sie so stürmisch wie immer.

»In Zingst an der Seebrücke. Sie haben dort ganz weit draußen an den Pfeilern gearbeitet. Nicky war fasziniert von dem Baggerschiff. Es ist der Schlick aus der Tiefe, der so riecht. Bitte nicht böse sein. Wir haben dir auch ein Geschenk mitgebracht. Die Arbeiter haben in dem Schlamm eine alte Schiffsplanke gefunden mit einem Namen. Wir dachten, die würde gut in dein Baumhaus passen zu den anderen Planken mit Namen. Wir müssen sie nur ein bisschen sauber machen und aufpolieren. Dann riecht sie auch besser.«

Das alte Baumhaus im Wildapfelbaum der Krähenkate hatte einst Claas gebaut, aus den Planken alter Schiffe. Es war von seinen Nachkommen stets instand gehalten worden, und Tiryn liebte es.

Stolz zog Rune ein kurzes Stück Holz aus seinem Rucksack und hielt es in das letzte rotgoldene Tageslicht, das durch das Fenster fiel. Der Fund war von Schlamm und Salzwasser abgeschliffen und die Buchstaben des Namens waren mit Seepocken und Schlamm verkrustet.

Trotzdem waren sie deutlich zu erkennen.

Myra starrte auf die verwitterten Zeichen. Ihr Gehirn weigerte sich zuerst, die Bedeutung zu erfassen. Dann wurde ihr erst heiß, dann eiskalt. Sie bekam keine Luft. Hastig sprang sie auf und eilte nach draußen.

»Myra?«, hörte sie Tiryn und Carly besorgt rufen. Es klang merkwürdig gedämpft in ihren Ohren, als wäre sie tief unter Wasser.

Sie lief ziellos weiter. Der Name auf dem Schild stand immer noch vor ihren Augen, jetzt nicht mehr schlammverkrustet und verwittert, sondern so glatt und leuchtend wie sie ihn das erste Mal gesehen hatte.

Fremtid.

22

Wer die Bernsteinwellen macht

Die Dünen hatten sich verändert, waren unter der ständigen Kraft des Windes hin und her gewandert, waren abgeschliffen und umgeschichtet und wieder aufgetürmt worden. Doch Myra kannte die Stelle noch immer, die Kuhle unter den Silberpappeln und zwischen den Sanddornbüschen, wo sie sich mit Kjell getroffen hatte. Wo ihnen der Himmel und die Erde und die Gegenwart gehört hatten, wenn auch nicht die Zukunft. Wo Liv gezeugt wurde.

Die Silberpappeln waren alt geworden wie sie selbst, doch junge Ableger drängten zu ihren Füßen aufwärts. Myra blieb für einen Moment stehen, sah sich um und lief weiter zum Strand. Ungeachtet der Herbstabendkühle riss sie sich die Schuhe und die Socken von den Füßen und watete ins Wasser bis zu den Knien.

Das kalte Brennen an ihrer Haut half ihr, wieder klar im Kopf zu werden. Die Zeit schlug Purzelbäume in ihren Gedanken. Abwechselnd schien es ihr unvorstellbar lange her, seit Kjells Boot am Horizont verschwunden war, dann wieder, als wäre es gestern gewesen, so dass sie erschrak, als sie an sich herunterblickte und die braunen Altersflecken an ihren Beinen sah.

Fremtid. Die Zukunft.

Myra hatte trotz allem immer in einem Winkel ihrer Seele gehofft, dass Kjell am Leben und vielleicht mit Randi und seinem Sohn glücklich war.

Sie war sich nicht sicher, ob ihn das zu einem Schurken machen würde, weil er sich nie bei ihr gemeldet hatte. Er hätte ja das Anständige getan und sich um seinen Sohn und die seelisch kranke Randi gekümmert, wie er es ihrem Vater einst versprochen hatte.

War Myra da überhaupt befugt zu urteilen? Sie wusste doch, wie er war. Er hatte nie an sich gedacht, war immer anderen zu Hilfe geeilt.

Und doch, wenn er überlebt hätte, dann hätte er ihr sicher zumindest eine Nachricht zukommen lassen.

Sie musste sich endlich eingestehen, dass er wahrscheinlich sehr bald, nachdem er sie verlassen hatte, mit der *Fremtid* untergegangen war, abgeschossen von einem feindlichen Torpedo. Das alte Schild war der Beweis dafür.

Sie wusste nicht mehr, wann sie das letzte Mal um ihn geweint hatte, aber jetzt, da sie ihn endgültig losließ, tat sie es. Es sah sie ja keiner. Selbst eine Myra Webelhuth hatte das Recht, zu trauern! Auch wenn sie sich um nichts auf der Welt dabei erwischen lassen würde.

Die Sonne senkte sich rot zum Horizont und ließ die Wolken in sämtlichen Orangetönen aufflammen, wie um Myra eine passende Kulisse zu geben. Kjell hätte es gefallen, dachte sie, während sie den Ringen zusah, die eine ihrer Tränen auf das glatte Meer zeichnete, das ihre Traurigkeit verschluckte, auflöste und davontrug.

Aus dem Augenwinkel sah sie eine Bewegung. Eine große Möwe strich heran und landete auf der Buhne. Sie sah Myra eindringlich aus hellen gelben Augen an und stieß einen Ruf aus. Eine Silbermöwe. Davon gab es reichlich hier, aber Myra kam sie dennoch bekannt vor.

»Du schon wieder. Ich brauche dich nicht. Hier ist kein gefährlicher Deserteur. Und mit meiner Trauer werde ich allein fertig, danke schön.«

Die Möwe breitete die Schwingen aus, flog aber nicht davon, sondern faltete sie wieder zusammen und steckte den Kopf unter die Flügel, als ginge sie nichts etwas an. Wider Willen lachte Myra auf. Es hatte allzu sehr wie ein Schulterzucken ausgesehen.

Sie wandte sich ab und blickte zu den Wolken auf, die wie stolze graue Schiffe durch das tiefrote Glühen über dem Horizont zogen. Gelegentlich schob sich die Sonne durch eine Lücke und warf für einen Augenblick eine schmale rotgoldene Brücke aus Licht zu Myra hin. Sie lief in der schimmernden Bahn ein Stück zum Horizont hin. Es war ihr egal, dass ihre Hosenbeine nun doch nass wurden. Das Wasser war kalt, aber noch war darin auch die letzte Sommerwärme spürbar. Myra fühlte, dass das Meer sie trug wie immer. Das Meer war ihr zuverlässigster Freund, ihr engster Gefährte. Diese magische Mischung aus Wasser, Licht und Sternenstaub, aus dem alles Leben entstanden war und erst am Ende der Mensch, der immer noch zum größten Teil aus Wasser bestand – sie gab ihr eine uralte Kraft, die sie immer und immer wieder aufrichtete. Dieses Wasser, das um sie herum in Bewegung war, aus der Weite kam und wieder in sie zurückfloss, war im ewigen Kreislauf schon Teil von Pflanzen, Tieren und anderen Menschen gewesen, war zu den Wolken aufgestiegen und wieder herabgefallen und mit dem Wind und den Strömungen um den Planeten gezogen. An den Wassermolekülen blieb der Zauber alles gelebten Lebens haften, ein stilles Echo: die stumme, großartige Musik, die Myra in bestimmten Momenten hören konnte, die sie durchströmte wie das Blut in ihren Adern. Henny hatte immer von der Schönheit dieser Landschaft gelebt. Myra dagegen lebte von der Kraft des Landes, sog sie mit der Musik in sich auf. Diese Kraft war es, die ihr immer wieder Hoffnung gab, die sie neu begierig auf das Leben machte.

Wenn Tiryns Theorie stimmte, hatte Claas ebenfalls seine Kraft aus dem Wasser gesammelt. Er hatte diese Verbindung in den Jahren so zu nutzen gewusst, dass sie über seinen Tod hinaus bestehen blieb und er seine dort gelöste Energie mit Hilfe des Meeres gelegentlich wieder so auf einen Punkt zusammenziehen konnte, dass manche Menschen ihn sehen konnten.

Zum ersten Mal verstand Myra, was Tiryn gemeint hatte. Im Grunde tat sie selbst nichts anderes als ihr Ur-Ur-Urgroßvater. Zum ersten Mal empfand sie ihn ebenso wie Carly und Tiryn als lebendig, als ihren wirklichen Vorfahren. Sie war ihm ähnlich! Ihre Kraft kam aus derselben Quelle. Auf einmal fühlte sie sich nicht mehr so allein.

Kjell war tot, aber gewiss waren auch von ihm, der sich auf dem Meer so zu Hause gefühlt hatte, hier überall Spuren gelöst, war sein Wesen Teil der Wellen. Und die Wellen machten sie leicht, nahmen ihr das Gewicht der Jahre und der Trauer. Solange sie in der Nähe des Meeres war, konnte sie alles aushalten, auch Kjells Tod.

Jetzt wurde ihr bewusst, wie kalt ihre Füße waren. Sie drehte sich um und watete Richtung Strand, doch wie zur Antwort auf ihre Gedanken rollte über die heute so ruhige See eine plötzliche kräftige Welle, traf Myra in den Rücken und warf sie fast um. »Hoppla! Was soll das?«, sagte Myra unwillkürlich laut. Dann hielt sie inne und lauschte. Sie drehte sich zu der Möwe um. Hatte die gerufen? Nein, sie hatte noch immer den Kopf unter dem Flügel. Aber da war doch etwas! Ja, es waren Töne – weiche, honiggoldene Töne, die sich unter die Musik gemischt hatten. Die Töne kamen von Osten, dort, wo eine kleine Sandbank noch anzeigte, dass laut Überlieferung einst der alte Leuchtturm gestanden hatte. Myra bückte sich zielsicher und griff in ein Büschel Tang, das sich in einer Senke in der Strömung wiegte.

In der zunehmenden Dämmerung spürte sie vor allem am Gewicht und der Oberfläche, dass es ein Bernstein war. Gewohnheitsmäßig schlug sie ihn vorsichtig gegen ihre Zähne, wie es ihr Oskar einst gezeigt hatte. Er war groß und tropfenförmig, und nachdem sie ihn kräftig an ihrem Pullover gerieben hatte und ihn gegen den roten Sonnenball hielt, sah sie, dass zwei Blätter in ihm eingeschlossen waren, dicht nebeneinander.

Zwei. Ein Paar.

Wie sie und Kjell.

Woher nur kamen diese einzelnen Wellen, und warum konnte nur sie allein die Bernsteintöne hören? Auf diese alte Frage ihres Lebens hatte sie nie eine Antwort gefunden.

Sie steckte den Bernstein sorgfältig in ihre Tasche, und als sie aufsah, sah sie neben der Möwe auf der Buhne eine Gestalt sitzen. Oder war es nur der aufsteigende Nebel, der sich im warmen Aufwind über der Wasseroberfläche hier und da verdichtete? Die Sonne war hinter den Horizont gefallen, und der Himmel reflektierte ihr Licht nur noch. In diesem Moment zwischen Tag und Nacht sorgte das Licht oft für eigenartige Effekte. Myra zwinkerte, aber sie hatte sich nicht geirrt.

Es war ein großer Mann in einem Umhang. Sein Umriss war nicht ganz deutlich, eher ein flüchtiges Traumbild, wie der Leuchtturm, den sie morgens manchmal für einen Augenblick erahnte.

Claas Kreyhenibbe.

Myra wusste es sofort und fragte sich, warum sie Henny, Carly und Tiryn und all den alten Sagen nie geglaubt hatte.

Nun, da sie ihm gegenüberstand, schien es das Natürlichste auf der Welt. Sie spürte beides – die Blutsverwandtschaft und die Seelenverwandtschaft. In demselben Moment wurde ihr klar, wer die Wellen machte und ihr den Bernstein vor die Füße warf, seit sie ein Kind war.

Aus dem vergrabenen Brief von Claas, den Tiryn im alten Garten der Krähenkate gefunden hatte, hatten sie erfahren, dass Claas ebenso wie Nicholas und Tiryn Bilder aus dem Licht auf dem Meeresboden lesen konnte. Wenn Nicholas und Tiryn eine Gabe ihres Vorfahren geerbt hatten, war es gut möglich, dass es bei ihr, Myra, ebenso war.

Sie ging einen Schritt auf Claas zu. Er rührte sich nicht und sah sie unverwandt an. Seine Augen waren hell, ungewöhnlich hell.

»Du hörst die Musik auch, nicht wahr?«, fragte Myra. Sie hatte die Worte laut gesprochen, aber sie war sich nicht sicher, ob sie seine Antwort mit den Ohren hörte oder nur in ihrem Kopf. Sie konnte in der Dämmerung nicht erkennen, ob er den Mund bewegte. Seine Gestalt löste sich bereits wieder auf, seine Augen waren noch am deutlichsten zu sehen. Myra fand, dass sie besorgt blickten und auch verärgert.

»Ja, ich höre die Musik. Die Musik ist die Strömung der Seele, und sie trägt uns und hält uns zusammen ebenso wie die Strömung des Meeres. Aber darum geht es jetzt nicht. Es gibt jemanden, der wiederkehren sollte. Mein Plan ist nicht vollständig erfüllt!«

»Was meinst du?«

Doch die Buhne war leer, und auch die Möwe streckte ihre Flügel und flog davon, ohne Myra noch eines Blickes zu würdigen. Nur in der Abendluft lag zwischen dem Geruch nach Tang und Herbst ein leichter Duft von Zitrone, Zimt und Sandelholz. Claas' Rasierwasser. Genau wie Tiryn es beschrieben hatte.

Myra griff nach dem Bernstein in ihrer Tasche und umklammerte ihn. Wovon hatte Claas gesprochen? Tiryn und Carly waren der Meinung, dass die beiden Bernsteinschiffe dafür gesorgt hatten, dass Carly und Tiryn nach Ahrenshoop gekommen sind, in die Heimat ihrer Vorfahren. Dass dies der Plan von Claas gewesen sei. So ging es auch aus einem Bild hervor, das Henny gemalt hatte. Und zu Oskar hatte Claas etwas Ähnliches gesagt, als er ihn anwies, die Schiffe herzustellen.

Wenn Claas nun also verkündete, sein Plan sei nicht vollständig, dann sprach er gewiss von dem dritten Schiff. Aber er musste doch wissen, dass Liv tot war. Dass Myra keine Nachkommen hatte, die er zurück an diese Küste holen konnte. Oder wusste er doch nicht alles?

»Liv ist tot! Tot!«, schrie sie in die Nacht.

Wenn Kjell hier gewesen wäre, wenn Liv einen Vater gehabt hätte, dann würde sie wahrscheinlich noch leben. Dann hätte Myra nicht diesen entsetzlichen Fehler gemacht.

Der große Plan von Claas würde also unvollständig bleiben. Kjell war tot, und Liv war tot, aber dafür hatte Myra ihren Vorfahren wiedergefunden, und er schenkte ihr Bernstein. Er war immer in ihrer Nähe gewesen. Sie war nicht so allein, wie sie sich manchmal gefühlt hatte.

Und das, obwohl sie versagt und seinen Plan durcheinandergebracht hatte.

»Myra! Myra!«

Myra sah auf und bemerkte Carly, die mit einer Taschenlampe in der Hand am Strand stand und aufgeregt winkte.

»Alles gut!«, rief sie und winkte zurück, was Carly in der Dunkelheit wahrscheinlich gar nicht sehen konnte. Eilig watete Myra auf das Licht der Taschenlampe zu. Vorhin, als sie so unvermittelt das alte Brett mit dem vertrauten Schriftzug erblickt hatte, war es gewesen, als ob ihre Welt, die sie über all die Jahre zusammengehalten hatte, schließlich doch in Stücke fiel. Jetzt aber fühlte sie sich gestärkt. Gestärkt vom Meer, von der Musik und von Claas' Gegenwart.

»Mensch, Myra! Wir haben uns solche Sorgen um dich gemacht. Aber ich dachte mir, dass du irgendwo am Strand bist. Hier, ein Handtuch, und deine Jacke habe ich auch mitgebracht.« Carly legte ihr die warme Jacke um die Schultern und fing an, ihr die Füße trocken zu rubbeln. »Bist du in Ordnung? Deine Beine sind eiskalt.«

Myra sah gerührt auf sie hinunter. Und wie immer wenn sie gerührt war, klang sie barsch.

»Ach, Carly, mach nicht so einen Aufstand. Wenn meine Beine kalt sind, spüre ich wenigstens meine alten Knochen nicht. Tiryn und du, ihr geht doch selbst immer bei Eiseskälte ins Meer, wenn ihr Trost sucht oder übermütig seid. Wir sind eben alle Nachkommen von Claas, eine wie die andere. Er würde sowieso nicht zulassen, dass einer von uns etwas zustößt. Nicht im Meer.«

Carly hörte auf zu rubbeln und saß ganz still.

»Du hast ihn gesehen.«

Myra stützte sich auf Carlys Schulter und zog mit Mühe ihre Schuhe an.

»Ja, ich habe ihn gesehen. Und gesprochen. Er ist unzufrieden.«

Carly stand auf und schüttelte den Sand aus dem Handtuch.

»Unzufrieden? Dann hat Tiryn recht. Es hat etwas zu bedeuten, dass sie ausgerechnet jetzt ein Meeresbild gesehen hat! Myra, das Brett. Der Name. *Fremtid*. War das der Name von dem Schiff deines Freundes? Und was bedeutet er?«

»Ja. Das war Kjells Schiff. Und es bedeutet Zukunft«, sagte

Myra leise. »Wir hatten keine. Und das Schiff offenbar auch nicht.«

»Lass uns nach Hause gehen«, sagte Carly und schob ihren Arm durch Myras.

Ja. Der Gedanke an die warme Küche unter Naurulokkis tröstlichem Reetdach war unendlich verlockend. Dort hatte die Zeit keine Macht. Dort war nichts so schmerzlich, als dass man es nicht mit einer Tasse Tee und der Gegenwart von Freunden erträglich machen konnte.

»Es muss nicht sein, dass das Schiff untergegangen ist«, sagte Rune. »Sieh, das Holz ist zwar von den Schiffsbohrwürmern angefressen, aber doch an allen Kanten relativ glatt. Manchmal wurden von Schmugglern, Piraten und Seefahrern, die im Krieg etwas zu verbergen hatten wie dein Kjell, die Namensschilder nur provisorisch am Rumpf angebracht. Sie wurden eingeholt, wenn man nicht erkannt werden wollte, oder im Notfall auch über Bord geworfen. Das könnte auch hier passiert sein.«

»Vielleicht«, sagte Myra und fuhr mit dem Finger zärtlich die Buchstaben nach. »Im Grunde spielt es jetzt ohnehin keine Rolle mehr.«

»Aber Myra, warum denn nicht? Wollen wir es nicht herausfinden? Man kommt jetzt viel leichter an Informationen heran. Wir könnten es über das Internet versuchen.« Carlys Augen leuchteten voller Eifer im Schein der von ihr selbst gemachten Kerze, die sie auf den Tisch gestellt hatte. Die kleine Flamme leuchtete hell durch die Sandkruste und die Muscheln im Wachs. Heute schien niemand nach Hause gehen zu wollen. Jori und Kyana schliefen längst oben unter dem Dach und Nicky im Wohnzimmer auf dem Sofa.

Myra griff nach dem alten Anhänger an ihrem Hals und beobachtete, wie er im Kerzenlicht glänzte. Unvergänglich. Die Zeit, die sie mit Kjell gehabt hatte, war kurz, aber was sie gehabt hatten, war ewig. Solange sie sich erinnerte, blieb es lebendig. Und irgendwo in der Ferne gab es vielleicht noch das kleine Schiff mit den silbernen Segeln, in dem die Bilder ihrer Liebe für immer durch den goldenen Bernstein huschten.

»Lass gut sein, Carly. Ich bin alt. Und Kjell war noch etwas älter. Wir haben beide die statistische Lebenserwartung weit überschritten. Es spielt keine Rolle mehr, ob er den Krieg überlebt hat oder nicht, denn selbst wenn ist es sehr unwahrscheinlich, dass er noch lebt. Außerdem, was soll ich jetzt noch mit Liebe? Es ist, wie es ist.«

»Liebe geht immer«, sagte Rune mit Überzeugung.

»Myra hat mir auf dem Heimweg erzählt, dass sie eine Art Musik hört, die der Bernstein macht«, erklärte Carly Tiryn. »Und dass Claas sie offensichtlich auch hört. Sie hat diese Gabe wohl geerbt so wie du die Meeresbilder. Warum hast du uns das vorher nie verraten, Myra?«

»Erstens war es ein Geschäftsgeheimnis. Zweitens ist das eine sehr persönliche Sache. Und drittens habe ich angenommen, dass mir ohnehin niemand glauben würde.« Wie Nicholas, dachte sie. Nicholas dachte, ich würde ihm das mit den Bildern nicht glauben. Wenn er es mir doch nur erzählt hätte. Dann hätte ich Liv beschützen können.

»Wichtiger ist im Moment, was Claas gemeint hat«, sagte Tiryn mit zusammengezogenen Brauen. »Es war also kein Zufall, dass ich das Meeresbild gesehen habe. Claas ist unzufrieden, weil sich sein Plan nicht erfüllt hat. Sein Plan war ganz sicher, dass die drei

Bernsteinschiffe seine Nachfahren zurück nach Ahrenshoop bringen. Hennys Schiff hat Hennys Nichte Carly nach Hause gebracht. Nicholas' Schiff hat mich, Nicholas' Enkelin nach Hause gebracht. Doch Myra hat keine lebenden Nachkommen. Ist es also das Schiff, von dem er sagt, dass es fehlt?«

»Er sagte ausdrücklich es gibt *jemanden*, der wiederkehren sollte. Er sagte nicht es gibt *etwas*, das wiederkehren sollte«, sagte Myra. »Falls er nicht mitbekommen haben sollte, dass Liv jung gestorben ist, ich habe es ihm heute deutlich genug gesagt.«

»Ich kann mir nicht vorstellen, dass er das nicht mitbekommen hat. Er wusste ja schließlich auch, wo ich bin, obwohl das auf der anderen Seite eines anderen Meeres in Florida war«, sagte Tiryn entschieden. »Wir müssen das dritte Schiff finden. Einen anderen Anhaltspunkt haben wir nicht. Vielleicht löst sich dann das Rätsel von allein. Bitte Myra, erzähle uns doch endlich, wann du das Schiff das letzte Mal gesehen hast.«

Myra zögerte. Sie fühlte sich unendlich müde.

Carly beugte sich vor.

»Bitte, Myra. Die Meeresbilder quälen Tiryn, wenn sie nicht weiß, worum es geht. Auch ich habe merkwürdige Träume. Es beunruhigt uns. Claas wird keine Ruhe geben. Du hast ihn doch nun selbst getroffen.«

Ja. Das hatte alles verändert. Myra war seit dieser Begegnung klar, dass nicht alles Vergangene wirklich vergangen war. So einfach war das nicht. Nicht am Meer, wo die Wellen immer wieder das Unterste nach oben kehrten.

»Hast du es Kjell geschenkt? Hat er es mit in den Krieg genommen und es ist mit ihm verlorengegangen?«

Myra schüttelte den Kopf.

»Nein. Da hatte ich es doch noch gar nicht. Henny hat es mir erst Jahre später geschenkt.« Sie holte tief Luft. »Es wird euch nichts nützen, aber da ihr mindestens ebenso stur seid wie euer Claas, werde ich euch erzählen, wann ich es das letzte Mal gesehen habe.«

Myra

1961

23

Liv und das Bernsteinschiff

»Sieh mal, ich habe ein Frühlingsgeschenk für dich.« Henny überreichte Myra ein großes, flaches Päckchen, das sie hinter ihrem Rücken verborgen gehalten hatte. Es war in weißes Zeichenpapier eingewickelt, auf das Henny feine Gräser gemalt hatte und einen Schmetterling, dessen Farben so zart waren, dass man erst auf den zweiten Blick sicher sein konnte, ob er überhaupt da war.

»Ach, Henny, wenn du mir Bilder schenkst, weiß ich nie, ob das Bild schöner ist oder das Papier. Ich hänge immer beides auf. Bald gehen mir auf Rav die Wände aus!«

»Wir können ja eine Galerie bauen.«

»Dafür müsstest du deine Werke endlich verkaufen, anstatt sie im Keller zu horten. Dann könnten wir das locker finanzieren.«

Behutsam löste Myra die Verpackung.

»Ach was. Wir wollen doch sowieso nicht, dass Fremde in unseren Gärten herumtrampeln«, winkte Henny schnell ab. »Gefällt es dir? Es ist mein erstes Bild in diesem Jahr. Das Motiv war so wunderbar, es ging mir einfach nicht mehr aus dem Kopf.«

Myra hielt das Bild auf Armeslänge und betrachtete es sprachlos. Henny malte selten und nur ungern Porträts. Landschaften lagen ihr mehr, und alles was darin kreuchte und fleuchte, nur nicht die Menschen.

Porträts waren Nicholas' Spezialität gewesen.

Myra schloss für einen Moment die Augen. Warum nur tauchte

Nicholas selbst in glücklichen Augenblicken wie diesem immer wieder hartnäckig in ihren Gedanken auf, als müsste er jeden Augenblick zum Gartentor hereinstürmen und nach Henny rufen? Nicholas, ihr kleiner Nicholas, der sie so bitter enttäuscht hatte! Seit er zehnjährig so verängstigt und liebebedürftig in Hennys Schlepptau aufgetaucht war, hatte er Myras Beschützerinstinkt geweckt. Wie Henny war er für sie erst wie ein Kind, dann ein Freund. Sie war sich sicher gewesen, dass die beiden zusammen glücklich werden würden. Dass Nicholas immer für Henny da sein und auf sie aufpassen würde, so wie Myra auf ihn aufgepasst hatte.

Und dann war er kurz vor der Hochzeit ohne ein Wort des Abschieds und der Erklärung verschwunden. Henny hatte sich die Augen ausgeweint, aber Myra war hartnäckig seiner Spur bis nach Hamburg gefolgt und hatte festgestellt, dass er auf der Passagierliste eines Dampfers nach Amerika stand.

Es traf sie fast so hart wie Henny, weil Nicholas ihr Hoffnung gemacht hatte, dass nicht alle Männer unzuverlässig waren und verschwinden würden wie Hennys Vater, wie ihr eigener Vater und wie schließlich auch Kjell, warum auch immer.

Nicht nur, dass Myra Nicholas schmerzlich vermisste, sie musste auch noch mit ansehen, wie Henny sich veränderte. Sie zog sich zurück und wollte mit Menschen nur noch wenig zu tun haben. Myra konnte sie vor dem Schmerz nicht beschützen, und das machte sie noch wütender auf Nicholas. Aber was änderte das? Und warum wurde es mit der Zeit nicht besser?

Damals hatte sie mit Kapitän Flömer gesprochen.

»Nicholas wird einen Grund haben. Jeder muss seinen Weg gehen. Die Strömungen sind, wie sie sind. Lass sie fließen, Myra.

Eines Tages tragen sie die Antwort zu dir zurück«, hatte er gesagt. Wie sie ihn um seine Gelassenheit beneidete!

Myra schüttelte die trüben Gedanken ab und widmete sich wieder Hennys Werk. Diesmal ein Porträt – ein Porträt von Liv. Und was für eins!

»Oh, Henny, wie großartig! Ich glaube, das ist dein schönstes Bild seit langem.«

»Nicht das Bild ist schön.« Henny angelte sich einen von Myras Bernsteinkeksen vom Teller. »Liv ist schön! Und sie wird immer schöner. Sie hat Kjells Lächeln, aber weil sie eine Frau ist, ist es noch viel bezaubernder.«

»Sie ist keine Frau, sie ist ein Mädchen. Und was weißt du schon von Kjells Lächeln?« Aber Henny hatte recht. Deswegen traf das Bild Myra so direkt ins Herz.

»Liv wird einmal Herzen brechen. Alles, was sie tun muss, ist lächeln«, sagte Henny mit vollem Mund.

»Ist es nicht wunderbar, dass Liv sich auch mit sechzehn nicht zu alt findet, um Sandburgen zu bauen?«, fragte Myra.

»Sie schert sich nie um das, was andere Leute über sie sagen. Das hat sie von dir. Vielleicht wird sie Architektin. Solche Sandburgen habe ich noch nie gesehen.«

Das Bild zeigte Liv an einem Morgen, zu der Zeit, die auch Myras Lieblingszeit war, wenn die Sonne über den Wiesen in einem goldenen Nebel aufging und dieses goldgelbe dunstige Licht das Meer färbte. Liv kniete in kurzen Hosen am Flutsaum im Sand und baute mit Hilfe von Messern und Löffeln eine Burg, die so fein ausgearbeitet war, dass sie eher an ein Schloss erinnerte. Muscheln und Federn zierten die Wände und die Türme. Im Schlossgarten wuchsen bizarre Bäume aus Treibholz und Tang. Livs Gesicht war rosig von der ersten Frühlingssonne der vergangenen Tage, und ihr langes, dunkelblondes Haar flog im Wind. Sie trug es am liebsten offen, anders als Myra, die ihres stets in einem dicken Zopf bändigte.

Ja, Liv war schön, und sie wirkte, als wäre sie ein Geschöpf, das ebenso ins Wasser gehörte wie an Land. Ihr Ausdruck war völlig selbstvergessen, als wäre nichts und niemand wichtig außer der Form ihres vergänglichen Werks.

Für Bernstein dagegen interessierte Liv sich nie, und es gab auch kein Anzeichen, dass sie jemals irgendeine stumme Musik hörte.

»Sie hat mich nicht gesehen«, erklärte Henny. »Ich habe auch nur einen kurzen Blick hinter den Dünen hervorgeworfen. Ich wollte sie nicht stören, aber das Bild hat sich trotzdem in mein Gedächtnis eingebrannt, so dass ich es einfach malen musste. Das ist wie mit Ohrwürmern, weißt du. Man wird sie sonst nicht wieder los.«

»Danke! Das ist ein unglaublich schönes Geschenk. Es wird mir bleiben, auch wenn sie einmal keine Sandburgen mehr baut. Ach, Henny! Sie wird so schnell erwachsen. Ich bekomme sie kaum noch zu Gesicht. Wenn sie nicht mit ihrer Freundin Sonja in Zingst zum Segeln ist, ist sie in Wustrow in der Tanzschule. Sie liebt das Abenteuer und das Risiko und kennt keine Angst. Du solltest sie sehen, wenn sie auf Rollschuhen über den Deich fegt.«

»Sie ist wie ihr Vater. Wundert dich das? Bitte stell diese Kekse weg, ich esse zu viel davon.« Henny schob den Teller von sich.

»Es macht mir Angst«, sagte Myra. »Kjell hat genau das vermutlich das Leben gekostet. Und Nicholas sagte einmal etwas … Er sagte: *Pass auf Liv auf, Myra.* Er sagte es merkwürdig eindringlich und ohne jeden Zusammenhang. Ich frage mich, wie er darauf kam.«

Henny seufzte. »Nicholas hat viel gesagt, und nicht alles davon hat gestimmt. Aber Myra, das ist die ganz normale Pubertät. Meine Tante schreibt mir, dass mein kürzlich noch so kindlicher Cousin Thore kaum noch zu Hause ist, seit sie aus Dänemark nach Berlin gezogen sind. Ich glaube nicht, dass das an Berlin liegt. Sie sind jung, sie wollen etwas erleben, und es gibt heutzutage so viel zu entdecken. Das kannst du nicht verhindern. Diese jetzt Sechzehnjährigen werden einmal in die Welt hinausziehen, anders als wir. Ich könnte mir nicht vorstellen, irgendwo anders zu leben als genau hier. Aber für die Kinder ist es eine andere Zeit und eine andere Welt. Lass Liv ihre Freiheit! Freiheit ist doch etwas, was dir selbst sehr wichtig ist.«

Myra stellte das Bild vorsichtig an die Wand und umarmte ihre jüngere Freundin.

»Ich habe gar nicht bemerkt, wann du so weise geworden bist.«

»Seit ich allein bin und ohne Nicholas mit dem Leben klarkommen muss. Und weißt du was? Es geht immer besser. Ich kann mich auf das Malen konzentrieren, und es macht mich glücklich. Ich sehe Details, die ich vorher vor lauter Verliebtheit gar nicht wahrgenommen habe. Seit ich den Schmerz kenne, sehe ich viel mehr Farben. Ich glaube, dass nichts umsonst ist, auch Kummer nicht.«

»Mag sein. Aber ich möchte Liv trotzdem davor beschützen.«

»Das wirst du nicht können.« Henny stand auf und drückte ihr einen Kuss auf die Wange. »Du wolltest uns alle beschützen. Es hat nicht immer funktioniert. Aber weißt du was? Es hat genügt, dass du da warst. Du hast uns in jeder Situation Kraft gegeben. Das tust du für Liv auch. Mehr geht nicht! So, ich muss ins Dorf, Farben kaufen. Brauchst du etwas?«

»Eine Rolle blaues Garn, bitte. Ich muss Livs Rock schon wieder länger machen. Sie wächst schneller als die wilde Möhre auf der Wiese.«

In diesem Frühling war es tatsächlich so, als würde Liv jeden Tag wachsen. Und mit jedem Millimeter Körpergröße schien sie sich auch innerlich von ihrer Mutter zu entfernen. Zwar hielt sie sich mehr oder weniger an Myras Vorgaben, wann sie abends zu Hause zu sein hatte, aber im Kopf war sie meilenweit fort, selbst wenn sie brav am Abendbrottisch saß und von der Schule oder vom Segeln erzählte.

»Liv Webelhuth? Mit Liv ist alles in Ordnung. Machen Sie sich keine Sorgen«, sagte die Lehrerin, als Myra einmal um ein Gespräch bat. »Das ist völlig normal. Die Jugendlichen sind in der Pubertät. Sie sind alle mit ihren Gedanken woanders, gerade jetzt im Frühling und im Sommer. Livs Noten sind in Ordnung, glauben Sie mir, da gibt es Kinder, die mir wirklich ganz andere Probleme machen. Sie können froh sein!«

Myra war ja auch froh. Jedes Mal, wenn sie Liv zum Gartentor hereinkommen sah, war es ein kleines Glück. Zwar war sie mit ihren langen Gliedern noch ungeschickt wie ein Fohlen, stieß mit ihren lebhaften Gesten überall an, hatte sich schon zweimal den Arm und einmal das Bein gebrochen, weil sie keine Sportart und kein Spiel ausließ. Aber sie sprühte so vor Energie, dass es einfach eine Freude war. Wenn sie nicht gerade schmollte. Das konnte sie ebenso gründlich.

Um Ostern herum kam zu dieser Energie noch ein Leuchten in Livs Augen, das Myra geradezu unheimlich vorkam, ebenso wie die auffallend gute Stimmung ihrer kürzlich noch so launischen Tochter. Liv schwebte geradezu durch die Tage.

Auf den Grund dafür stieß Myra beim Staubwischen. Zärtlich polierte sie das kleine Bernsteinschiff mit den silbernen Segeln, das in der Küche auf der Fensterbank stand. Dann schloss sie für einen Moment die Augen, spürte das Schiff in ihrer Hand warm werden, konzentrierte sich darauf und öffnete wieder die Lider. Ja, da huschte durch die goldenen Tiefen für einen Moment Kjells Gesicht, und dann ein Bild von ihnen beiden, wie sie Hand in Hand über die Dünen rannten. Unvergänglich im Bernstein bewahrt, wie sie es sich einst gewünscht hatte.

Doch was war das? Myra zwinkerte und sah noch einmal genauer hin.

Jetzt war es nicht mehr ihr eigenes Abbild, das im Schiffsrumpf schimmerte. Es war Liv! Nicht die kindliche Liv, die dort öfters hindurchhuschte, sondern Liv, wie sie jetzt aussah – und sie war nicht allein! Sie ging Hand in Hand mit einem Jungen, dessen Gesicht abgewandt war und für Myra nicht erkennbar.

Ihr nicht mehr so kleines Mädchen war verliebt! Myra fasste sich an den Kopf. Darauf hätte sie auch so kommen können. Aber was machte das Bild dieses Jungen im Bernsteinschiff? Das beherbergte doch nur ihre eigenen Erinnerungen?

Doch Liv nahm das Schiff oft in die Hand, schon als Kind hatte es sie fasziniert. Einmal hatte sie Myra gefragt, wer der Mann darin sei. Myra war völlig verblüfft gewesen, dass sie nicht die Einzige war, die die Bilder darin sehen konnte, sondern auch ihre Tochter diese Fähigkeit besaß. Sie hatte ihr die Wahrheit gesagt und erzählt, dass dies ihr Vater sei, ihr Vater, der im Krieg vermisst wurde. Liv hatte das geholfen. Viele ihrer Freundinnen hatten keinen Vater, aber Liv hatte mehr als nur ein verblichenes Schwarzweißfoto von einem Unbekannten in Uniform. Liv konnte in das Bernsteinschiff blicken und Bilder erhaschen, wie ihr Vater und ihre Mutter Hand in Hand durch die Dünen liefen, und sie konnte sehen, dass sie ihr Lächeln von ihrem Vater geerbt hatte. Manchmal blickte er sie an, als könne er sie sehen. So wurde er in ihrer Vorstellung für sie lebendig. Aber so klein sie anfangs auch war, sie verriet es niemandem außer Myra. So blieb das Geheimnis ein Familiengeheimnis und das Bernsteinschiff in Sicherheit.

Vielleicht war auf diese Weise auch eine Erinnerung von Liv in das Schiff geraten, dachte Myra, als sie es nun sorgfältig zurück auf die Fensterbank stellte. Wie schön. Dann hatte der Bernstein diese Fähigkeit noch immer. Aber ein wenig mulmig war ihr dabei auch zumute. Das Schiff hatte stets nur die ganz wichtigen Erinnerungen aufgenommen. Wie wichtig war Liv diese erste Liebe?

Myra wollte nicht, dass sie von einem Mann verletzt würde, nicht Liv. Auch nicht, wenn dieser Unbekannte noch ein Junge war.

Es ließ ihr keine Ruhe.

»Liv«, sagte sie beim Frühstück geradeheraus, »ich habe dich im Bernsteinschiff gesehen, mit einem Jungen. Bist du verliebt?«

Liv ließ ihr Honigbrötchen sinken und sah verblüfft auf. Ausnahmsweise hatte Myra einmal ihre volle Aufmerksamkeit.

»In dem Schiff sind auch meine Erinnerungen? Oh. Das wusste ich nicht.« Sie runzelte die Stirn. Dann strahlte sie unvermittelt. »Ja, Mama, ich bin ein bisschen verknallt. Es ist wunderschön. Aber es ist nur eine Schwärmerei. Konntest du sehen, wie gut er aussieht?«

»Nein. So deutlich war das Bild nicht.« Myra war erleichtert. Nur eine Schwärmerei. »Wer ist er denn?«

Liv machte sich wieder über ihre Brötchen her.

»Ach, er ist nur für die Ferien hier. Tim Baumann heißt er. Er ist genauso alt wie ich, und ich habe ihn beim Segeln kennengelernt. Wir haben einfach nur Spaß zusammen.« Sie stand auf. »Ich muss jetzt auch los. Wir sind mit Sonja und ihrem Freund verabredet. Tschüss, Mama.«

Schon war sie draußen, ohne noch einmal vor dem Spiegel anzuhalten. Nein, allzu ernst schien das wirklich nicht zu sein. Liv war noch nicht einmal rot geworden. Sie zog sich nicht sorgfältiger an als sonst. Ihr Strahlen und ihre gute Laune waren das einzig Neue an ihr.

Myra sah ihr lächelnd nach. Wie schön, dass Liv ihre Jugend so genießen konnte, ohne sich um einen Krieg sorgen zu müssen. Noch einmal nahm sie das Bernsteinschiff in die Hand, bis für einen Augenblick Kjell darin auftauchte.

»Unser Mädchen wird erwachsen, Kjell. Sie wird es leichter haben als wir, Gott sei Dank.«

Myra dachte an den Tag zurück, als Henny ihr das Schiff geschenkt hatte. Es war ein Frühlingstag gewesen, in der Zeit, als sie alle zusammen in der Malschule waren. In der Mittagspause waren sie zum Strand gegangen. Myra hatte mit Nicholas darüber diskutiert, wie man am besten Schatten malte. Das mochte sie an Nicholas, schon als Kind und erst recht, als er erwachsen war, dass man mit ihm kluge Gespräche führen konnte, über Winkel und Lichteinfall und die Philosophie hinter den Farben und auch sonst über einiges. Henny war nicht so. Henny war durch und durch emotional, und das liebte Myra an ihr. Nur deshalb berührten Hennys Bilder die Menschen dermaßen. Aber Nicholas hatte auch seine Vorzüge.

Henny war an jenem Tag zurückgeblieben und hatte an Oskars Stand die drei Bernsteinschiffe mit den silbernen Segeln erstanden. Der Handel dauerte. Nicholas stand längst am Strand und wartete auf sie, und Myra hatte Liv geholfen, ihre Sandburg fertigzubauen, als Henny endlich wieder auftauchte.

»Hier, eins für jeden von uns!«, sagte Henny stolz und hielt ihnen die Schiffe auf der offenen Handfläche entgegen, wo sie in der Sonne leuchteten. Eines gab sie Nicholas und eines Myra. »Sie sollen unsere Glücksbringer sein und uns immer daran erinnern, wie es jetzt ist. Weißt du noch Myra, du hast einmal gesagt, du würdest dir wünschen, dass man die schönsten Erinnerungen für immer im Bernstein bewahren kann, so wie manchmal zerbrechliche Insekten oder Blüten darin eingeschlossen sind. Lass uns so tun, als wäre das möglich! Ich lege das Gelb vom ersten Löwenzahn und den Geruch von Frühlingswind in mein Schiff, zusammen mit dem Geschmack der Wellen heute. Ein Lachen von Liv und die Sandburg, die Myra für sie gebaut hat. Einen Kuss von dir, Nicholas, und die Art, wie du die Stirn in Falten legst, wenn du über die Verrücktheiten nachdenkst, die ich erzähle …«

Myra hörte nicht mehr zu. Fasziniert hielt sie das Schiff in die Höhe und sah ihr eigenes Gesicht darin und die kleinen Wolken am Himmel. Das funktionierte mit jedem gut polierten Bernstein, aber hier war irgendetwas anders. Das Licht in dem kleinen Schiffsrumpf schien lebendig, nicht nur wie eine Spiegelung der Umgebung, sondern als läge eine ganz eigene Kraft darin. Und tiefer konnte man hineinschauen, tiefer als der Bernstein groß war. Dass Henny sich ihren Wunsch gemerkt hatte, rührte sie. Was wäre, wenn das tatsächlich möglich wäre? Sie beschloss, Hennys Spiel mitzuspielen und konzentrierte sich darauf, was sie diesem kleinen Schiff anvertrauen würde, wenn man dort das Liebste für ewig unzerstörbar einschließen könnte.

Kjell natürlich. Die wenigen und doch so großen Momente mit

ihm in den Dünen und im Meer. Sein Lächeln. Der Horizont in seinen Augen, wenn er sie zärtlich ansah. Und Liv natürlich, so wie sie jetzt war und mit kindlichem Eifer und Lachen ihre Sandburg baute, als gäbe es nichts Wichtigeres auf der Welt. Und auch Nicholas und Henny, ihre Gefährten in guten und in schlechten Tagen, wie sie da am Flutsaum standen, eng beieinander wie zwei Hälften eines Ganzen.

Und das Meer, ihr Meer, wie es heute war, frühlingshaft launisch, mit dem leuchtenden Himmel darüber und den Möwen auf der Buhne, aufgereiht wie Noten aus der geheimen, großartigen Musik, die anscheinend nur sie allein hörte.

All das hätte sie ihrem Schiff anvertraut, wenn die Erfüllung ihres alten Wunsches möglich gewesen wäre. Sie starrte konzentriert hinein.

Doch es war für sie ein Spiel, mehr nicht, und sie erschrak, als sie Monate später zufällig das Schiffchen in die Hand nahm und meinte, eine Bewegung darin wahrzunehmen. Sie wischte sich über die Augen, doch es sah noch immer so aus. Myra hielt den Bernstein hoch gegen das Licht und hätte ihn beinahe fallen lassen, als Kjells Gesicht sie daraus anlächelte. Ungläubig starrte sie das winzige Abbild an, doch schon war es verschwunden. Stattdessen huschte Liv vom Heck bis zum Bug, danach war sie selbst, Myra, Hand in Hand mit Kjell unterwegs. Dann wanderte draußen eine Wolke über die Sonne, und die Bilder verschwanden aus dem Bernsteinschiff.

Myras Beine zitterten. Sie musste sich erst einmal setzen. In den Tagen danach nahm sie immer wieder das Schiff in die Hand. Es schien vom Licht draußen und auch von ihrer eigenen Stimmung abhängig, ob sie ihre Erinnerungen darin sehen konnte oder nicht.

Schließlich erzählte sie Henny davon und war erleichtert, als Henny sie entgeistert ansah.

»Du auch? Du siehst auch deine Erinnerungen darin? Ich dachte schon, ich werde verrückt. Es war doch nur ein Spiel.«

»Das soll es ja geben – dass aus einem Spiel Wirklichkeit wird«, sagte Myra langsam. Ihr Flirt mit Kjell damals war auch ein Spiel gewesen. Zuerst. Wie schnell war daraus Wirklichkeit geworden! So lebendig und wirklich wie mit Kjell hatte sie sich nie wieder gefühlt.

Und jetzt, neun Jahre später, beherbergte das Schiff sogar Livs Erinnerungen.

Hauptsache, aus Livs Schwärmerei würde nicht auch etwas Wirkliches. Es war zu früh! Viel zu früh für ihr Mädchen, um es mit den Männern aufzunehmen.

Die Osterferien waren bald vorbei, und Myra atmete auf, als Liv nicht sonderlich bedrückt schien.

»Ist dieser Tim abgereist?«, fragte Myra.

Liv sah von ihrem Buch auf.

»Wer? Tim? Ach so, der. Ja, der ist weg. Und Sonjas Freund auch. Wir hatten viel Spaß zusammen. Sag mal, weißt du was über die Verbreitung von Kegelrobben? Ich soll ein Referat halten.«

Myra war beruhigt. Vorerst. Aber als der Postbote ihr einen Brief in die Hand drückte, der an Liv adressiert war und als Absender den Namen Tim Baumann trug, fühlte sie Erschrecken in sich aufsteigen.

Sie dachte an Nicholas' seltsame Warnung. *»Pass gut auf Liv auf!«*

Liv zeigte keinerlei Anzeichen von Liebeskummer. Das sollte unbedingt so bleiben! Ein Junge aus der Großstadt, der ihr Liebesbriefe schrieb, konnte nur Unruhe in ihr Leben bringen. Liv sollte ohne Ablenkung ihren Schulabschluss machen. Männer bereiteten nur Ärger. Natürlich sollte sie eines Tages ihr Glück finden, aber erst, wenn sie reif und stark genug war, nicht von einem unzuverlässigen Dahergelaufenen enttäuscht zu werden.

In ihrer unerklärlichen Panik beging sie den größten Fehler ihres Lebens, den sie sich niemals verzeihen würde und der entsetzliche Folgen hatte.

Myra

2005

24

Wahrheiten und offene Fragen

»Du hast den Brief unterschlagen?«, fragte Tiryn erstaunt. »Aber Myra, das passt überhaupt nicht zu dir.«

Myra starrte auf ihre Hände, die ihre Teetasse wie einen Rettungsring umklammerten. Eine gekräuselte blaue Ader wirkte, als hätte die Zeit selbst auf ihrer Haut unterschrieben. Es war unendlich schwer gewesen, über Liv zu sprechen, und doch hatte es gutgetan. »Ja. Diesen Brief und die achtzehn anderen, die ihm folgten. Dieser Tim schrieb ungefähr jeden zweiten Tag. Nachdem ich den ersten Brief auf dem Dachboden versteckt hatte, gab es kein Zurück mehr. Jedenfalls bildete ich mir das ein. Und als er so aufdringlich schien, fühlte ich mich bestätigt.«

»Hast du einen davon gelesen?«, wollte Tiryn wissen.

Myra blickte überrascht auf.

»Nein. Auf den Gedanken bin ich nie gekommen. Sie liegen noch immer auf dem Dachboden, glaube ich.«

»Aber Myra, das ist zwar nicht anständig gewesen, aber doch kein Verbrechen«, fand Carly. »Es ist menschlich. Das haben schon zig besorgte Mütter gemacht, oder? Zumindest habe ich das schon in dem einen oder anderen Roman gelesen. Und wenn ich mir vorstelle, meine Tochter wäre zehn Jahre älter, weiß der Himmel, was ich dann als besorgte Mutter alles in dieser Richtung anstellen würde.«

»Es ist eine Bevormundung und eine Verletzung der Privatsphäre«, meinte Tiryn.

»Wieso Bevormundung? Myra war die Erziehungsberechtigte, und Liv erst sechzehn. Und da sie die Briefe nicht gelesen hat, war es auch nicht wirklich eine Verletzung der Privatsphäre. Ich sage ja nicht, dass ich es für richtig halte, aber ich finde, es ist ein verzeihlicher Fehler«, widersprach Carly.

Myra atmete tief durch und lehnte sich zurück.

»Nein. Nicht, wenn eine Folge dieses Fehlers mit einer Laune der Geschichte zusammentraf und zu einer Katastrophe führte.«

Carly beugte sich vor und legte eine Hand auf Myras.

»Wie ging es denn weiter, Myra?«, fragte sie sanft.

»Es wurde Sommer. Liv ging wie immer tanzen und segeln und wirkte unverändert, höchstens ein wenig ruhiger. Sie schloss ihre mittlere Reife mit guten Zensuren ab.« Myra schluckte. »Als ich am Tag danach vom Einkaufen zurückkam, lag ein Brief auf dem Küchentisch.

Liebe Mama,

mach dir keine Sorgen. Ich gehe nach Berlin, um Tim zu suchen. Mir ist klargeworden, dass er doch nicht nur ein Schwarm war, sondern meine große Liebe.

Als er ging, sagte er mir, ich solle auf ihn warten. Er würde in den großen Ferien wiederkommen, um zu bleiben, und wenn wir beide achtzehn sind, würden wir heiraten. Aber ich war dumm und stolz. Weil er so tat, als wäre das selbstverständlich, habe ich ihm gesagt, ich würde auf niemanden warten.

Da war er beleidigt und hat sich nie wieder gemeldet. Erst wollte ich mir nicht eingestehen, wie sehr er mir fehlt. Deswegen habe ich ihm auch nicht geschrieben. Und dann war es irgendwann zu spät. Ich muss es ihm persönlich sagen!

Ich will nicht sein wie du, zu stolz, um zuzugeben, dass ich jemanden brauche. Immer, wenn ich zu dir gesagt habe, lass uns herausfinden, was mit meinem Vater passiert ist, hast du gesagt, er ist tot, und wenn er nicht tot ist und nicht zu uns gekommen ist, dann brauchen wir ihn auch nicht. Aber ich bin anders, ich brauche Tim, und ich brauche ihn jetzt, denn ich will nicht mein ganzes Leben allein sein wie du. Bitte sei mir nicht böse. Ich nehme das Bernsteinschiff mit, dann ist es, als ob du und mein Vater bei mir seid. Ich bringe es bald zurück. Mit Tim.

Bis dann.

Liv

Myra konnte den Brief noch immer auswendig, so oft hatte sie ihn damals gelesen.

»Ihre Jacke und ihre Schuhe waren fort und ihr Rucksack und einige Kleider und Bücher. Und das Bernsteinschiff. Ich lief noch zur Bushaltestelle, und dann fuhr ich zum Bahnhof, doch sie war längst per Anhalter unterwegs.«

»Und dabei ist ihr etwas passiert?«, fragte Tiryn entsetzt.

»Nein. Nein, sie ist gesund in Berlin eingetroffen. Aber sie kam nie wieder. Nicht ganz ein Jahr später war sie tot. Ich weiß nicht einmal, wo sie beerdigt wurde. Und ehe ihr noch mal fragt: Nein, ich weiß auch nicht, was mit dem Bernsteinschiff geschehen ist! Nur damit ihr das endlich glaubt, habe ich euch das jetzt erzählt. Entschuldigt mich«, sagte Myra und stand mühsam auf. »Das muss euch genügen. Ich kann nicht mehr darüber sprechen.«

Sie fühlte sich noch älter, als sie ohnehin war. Vom langen Sitzen am Küchentisch waren ihre Beine steif geworden. Aber schlimmer war die Last der Erinnerungen.

»Aber Myra, du bist ganz sicher, dass sie tot ist?«

»Lass sie in Ruhe, Ti«, mahnte Carly.

»Ja, Tiryn. Im wahrsten Sinne des Wortes todsicher. Erstens gab es Zeugen, die mir bekannt sind. Zweitens habe ich es schriftlich, mit allen amtlichen Papieren und Stempeln, die dazugehören. Glaubst du nicht, wenn es irgendwelche Zweifel gegeben hätte, hätte ich es herausgefunden?«

»Tut mir leid, Myra.« Tiryn stand auf und umarmte sie. Carly tat es ihr nach. Myra hielt sich für einen Augenblick an ihnen fest. Sie taten ihr wohl. Dann floh sie in die Nacht. Eine Ahnung von Frost lag in der Luft, und die Sterne funkelten. In der Ferne rauschte das Meer. Myra blieb stehen, atmete die klare Luft und wartete darauf, dass sich die Wogen in ihrem Gemüt beruhigten. Sie hatte sich nie in der Dunkelheit gefürchtet, eher war sie ihr ein Schutz gewesen, wenn es ihr nicht gutging. Sie dachte an Kjells Dynamo-Taschenlampe, die noch immer auf ihrem Nachttisch lag. Wenn sie die jetzt hier hätte, würde sie damit Lichtblumen auf den Sand zeichnen, große, kräftige Blumen, die ihre Traurigkeit verdrängen würden.

Durch das Küchenfenster hinter sich hörte sie keine Stimmen. Carly und Tiryn mussten erst einmal verarbeiten, was sie ihnen erzählt hatte. Und auch, was sie ihnen nicht erzählt hatte.

Myra zögerte. Es war spät, und sie war todmüde und gleichzeitig hellwach. Es zog sie nicht nach Hause. Dort würden die Gedanken an Kjell und Liv sich nur noch dichter um sie drängen.

Stattdessen folgte Myra dem schmalen, von Treibholzrändern eingefassten Pfad zu Carlys kleiner Sternwarte hinauf, die oben hinter Naurulokki auf dem Hügel thronte.

Die Idee dazu war einst aus einer Nacht am Lagerfeuer geboren, als auf Naurulokki gegrillt, getanzt und Bowle getrunken wurde. In dieser Bowle war auch eine Flasche von Hennys selbstgemachtem Sommerträumlikör, und Carly schwor noch heute, dieser sei schuld daran gewesen. Das alte Fernrohr in der Sternwarte hatte Henny gehört, die der kleinen Liv einst damit die Sterne erklärt hatte. Zu dem alten war ein neues Fernrohr gekommen, und aus der provisorischen Hütte war ein kleiner gemauerter Rundbau geworden. Da Tiryn neben ihrer Boutique auch den alten Reetdachdeckerbetrieb ihres Urgroßvaters führte, hatte der Bau ein traditionelles Reetdach bekommen, das wunderbar zu Naurulokki passte. Nur befand sich oben in der Mitte eine Plexiglasluke, die sich öffnen ließ, wenn man das Teleskop benutzen wollte.

Myra sah zu dem Schild hinauf, das über der Tür hing.

SEH-STERNE

Auch dieser Name war an jenem verzauberten Abend geboren worden. Inzwischen war viel passiert. Carly hatte nach vielem Hin und Her die Genehmigung bekommen, hier kleine Veranstaltungen für die Feriengäste abzuhalten. Nun konnte sie stundenweise wieder als die gelernte Astronomin arbeiten, die sie war, ehe sie ihr Talent zum Töpfern entdeckt hatte.

Myra machte es glücklich, denn es war ein wenig, als ob etwas von Hennys Wesen noch lebendig wäre.

Myra setzte sich auf die Stufe vor der Tür, lehnte sich an die Wand und blickte hinauf in die dunkle Herbstnacht. Sie konnte sich die Sterne und die Sternbilder trotz Carlys Bemühungen einfach nicht merken. Aber wen kümmerte es, wie sie hießen, Hauptsache, sie waren hell und schön und ewig. Es tat gut, hier zu sitzen, es war ein so friedlicher Ort. Sie wusste nicht, wie viel Zeit vergangen war, als sie leise Schritte auf dem Sandpfad knirschen hörte und einen tanzenden Lichtpunkt sah. Es war Carly mit einer Taschenlampe in der Hand. Sie schien nicht überrascht, Myra hier zu sehen. Wahrscheinlich weil sie selbst oft hier Trost suchte.

»Ich wollte noch ein wenig in die Sterne sehen. Magst du auch?«

»Sehr gern.« Myra war froh, dass Carly das Thema Liv nicht noch einmal ansprach.

Drinnen war es kühl, aber die Dünenlandschaft vor dem Horizont, den die junge Kunststudentin Anna-Lisa von nebenan oben an die Wand gemalt hatte, wirkte warm.

Darunter hingen Aquarelle von Henny in meerblauen Holzrahmen. In Kerzenständern aus Treibholz steckten von Carly selbst gegossene Kerzen, umhüllt von einer Sandkruste mit Muscheln. Die Sternwarte war ein Seelenort, leicht und heiter und doch würdevoll durch seine direkte Verbindung zum Himmel, die einen andächtig machte, wenn man durch das Teleskop schaute.

Carly öffnete die Dachluke und richtete das Teleskop aus.

»Hier, sieh mal. Die Ringe des Saturn. Mich beruhigt es immer, sie anzusehen. Sie sind so unglaublich schön in ihrer Schlichtheit.«

Ja. Das ging Myra ähnlich. Je länger sie auf dieses wunderbare ferne Leuchten blickte, desto ruhiger wurde es in ihr.

»Als ich sie neulich einem kleinen Mädchen zeigte, fragte es mich, ob man darauf Rollschuh laufen könnte«, erzählte Carly. »Ich finde das eine hervorragende Idee. Immer wenn ich jetzt nicht einschlafen kann, stelle ich mir vor, dass ich das mache. Genau auf dem mittleren Ring, so dass ich die inneren und äußeren rechts und links von mir sehen kann. Ich fahre weiter und weiter und fühle mich leicht, und nichts ist mir im Weg, weil man unendlich im Kreis fahren kann. Sie haben einen Durchmesser von fast einer

Million Kilometern. Das ist doch mal eine Rollschuhbahn! Wenn ich da an unsere mickrige Halle in der Bismarckstraße in Berlin zurückdenke, mit dem zerkratzen Beton und der ausgeleierten Musikanlage …«

Musik. Myra starrte durch das Fernrohr. Ja, wenn sie alle Gedanken von sich schob und nur lauschte, dann konnte sie die stumme Musik hören, die zu dem Planeten gehörte, kühl und hell.

Aber die Gedanken kehrten bald zurück. Myra musste lächeln bei der Vorstellung, wie gut Liv die Idee vom Rollschuhlaufen auf den Saturnringen gefallen hätte. Doch wahrscheinlich hätte sie dort lieber getanzt. Und Kjell hätte voller Begeisterung mitgemacht.

»Dieser Ort passt zu dir, meine Bernsteinbeschwörerin«, hörte sie ihn sagen.

Warum nur waren sie heute Nacht so lebendig und so nahe bei ihr, diese beiden?

Carly bewegte das Fernrohr ein Stück.

»Sieh, der Mond. Wie schön die Kraterränder glänzen. Am faszinierendsten finde ich die Grenze zwischen Schatten und Licht. Dieses Teleskop ist nicht groß genug, aber auf Satellitenbildern hat man ganz deutlich die Spuren sehen können, die unsere Astronauten und die Mondautos darauf hinterlassen haben. Einige der Astronauten sind schon tot, aber ihre Fußabdrücke sind völlig unverändert. Und hier«, sie drehte das Rohr noch ein weiteres Stück nach Osten, »siehst du diese zwei Sterne, dicht nebeneinander?«

»Wo? Ah ja, jetzt habe ich sie.« Myra kniff die Augen ein wenig zusammen. Da waren sie, zwei funkelnde Stecknadelköpfe, die ihr durch das All hindurch zuzwinkerten. »Was ist damit?«

»Es gibt sie gar nicht mehr. Sie sind längst den Sternentod gestorben, aber ihr Licht ist so lange unterwegs bis zu uns, dass wir sie noch hell am Himmel leuchten sehen können.«

So wie Kjell und Liv noch immer um mich sind, dachte Myra.

»Danke, Carly. Du hast mir sehr geholfen. Ich gehe jetzt schlafen. Es ist spät für eine alte Frau.« Sie umarmte Hennys Nichte. Ein wenig von ihrer Wärme nahm Myra mit, als sie sich auf den Weg durch den dunklen Garten von Naurulokki machte und durch das kleine Tor zu ihrem Grundstück schlüpfte, wo auf Rav die Stille wartete.

Die Sanddornbeeren waren längst geerntet oder von den Vögeln aufgefressen und die Silberpappeln schon fast kahl, als Tiryn sich Wochen später zum Gartentor von Naurulokki hereinließ und den Hügel heraufstapfte, gefolgt von Nicky. Der stürzte sich begeistert in einen der großen Haufen Laub, das Carly, Myra und Kyana gerade zusammengeharkt hatten. Jubelnd sprang er darin herum. Kyana lachte laut auf und leerte mit ihren kurzen Ärmchen den Sack aus, den sie gerade befüllt hatte.

Auch Carly musste lachen, drohte ihm aber mit dem Finger.

»So wird das aber nichts mit den Kartoffeln, die wir ins Lagerfeuer legen wollten, wenn wir fertig sind!«

Myra benutzte die Unterbrechung, um sich auf ihre Harke zu lehnen und zu verschnaufen.

Tiryn hörte nicht zu, sondern stemmte die Arme in die Seite.

»Ich gebe es auf!«, rief sie. »Ich habe das gesamte Internet nach einem Hinweis auf unser Bernsteinschiff durchforstet. Sogar in der Bibliothek in Rostock war ich und habe nach alten Zeitungsartikeln gesucht. Es gibt zwar in Museen und auch bei manchen Händlern Bernsteinschiffe, doch da sind die Segel aus Bernstein und nicht silbern, und sie sehen unseren überhaupt nicht ähnlich. Davon, dass Erinnerungen darin lebendig bleiben, ist auch nirgendwo die Rede. Aber das ist auch kein Wunder. Wir erzählen ja auch niemandem davon, und ich werde ganz bestimmt keine Annonce in die Zeitung setzen, um nach dem dritten Schiff zu fahnden.«

»Bloß nicht!«, rief Myra entsetzt. »Warum ist das nur auf einmal so wichtig mit dem dritten Schiff? Ich sage doch, es ist verschollen. Es gibt nicht den geringsten Hinweis darauf, wo es sein könnte.«

Carly bückte sich nach dem leeren Sack und fing wieder an, Laub hineinzustopfen.

»Es ist wichtig, weil ich immer wieder davon träume«, sagte sie leise. »In dem Traum kommt das Schiff vor und ein Vulkan, und ich wache dann schweißgebadet auf. Und weil Tiryn neulich erneut ein Meeresbild gesehen hat. Und …«

»… und weil Claas gesagt hat, dass sein Plan nicht vollständig ist«, ergänzte Tiryn. »Es macht mich nervös, wenn mein sympathischer, aber ungewöhnlicher Vorfahr ohne Vorankündigung auftaucht und betont, dass ihm etwas nicht passt. Vorgestern stand er am Strand vor mir, nur für einen Augenblick, und sah mich streng an.

Das dritte Schiff muss seine Aufgabe erfüllen, sagte er. *Es wird Zeit!* Er hat aber nicht gesagt, was wir dazu beitragen können. Hoppla!« Sie zog den Kopf ein, weil die große Silbermöwe in den Garten gestrichen kam, dicht über Tiryn hinweg, und zwischen ihnen auf dem Rasen landete. Sie stieß einen lauten Ruf aus und legte den Kopf auffordernd schief.

»Ich habe alles versucht. Das kannst du deinem Claas sagen«, sagte Tiryn entschieden zu der Möwe. »Wenn er meint, dass in dieser Sache etwas unternommen werden muss, muss er es verflixt nochmal selbst tun!«

Carly gab die Sache mit den Blättern auf, ließ den Sack fallen und warf sich rücklings neben ihre Tochter in den Blätterhaufen.

Tiryn schnappte sich Nicky und tat es ihr nach. Zusammen lagen sie da im bunten Rest des Sommers und blickten in den Novemberhimmel. Myra sah amüsiert auf sie herunter.

Carly zeigte nach oben.

»Da ist Fula!«

Die Krähe, mit der Tiryn befreundet war, zog unter den Wolken Kreise auf einem Aufwind.

Tiryn setzte sich auf.

»Und der Kormoran!«

»Tatsächlich! Das ist aber ungewöhnlich für ihn, so zu fliegen.« Carly staunte.

»Hast du ihm eigentlich je einen Namen gegeben?«, fragte Tiryn. Carly hatte mit dem Vogel oft gesprochen, als sie neu in Ahrenshoop war und noch niemanden kannte. Irgendwie war der Kormoran immer da gewesen, wenn sie Trost und Unterstützung gebraucht hatte.

»Nein, ich habe ihn einfach ›Freund‹ genannt«, sagte Carly verlegen.

»Das ist doch ein guter Name«, befand Myra. »Er sagt die Wahrheit.«

»›Fula‹ ist ja auch nur das indianische Wort für ›Krähe‹«, meinte Tiryn. »Aber was treiben die beiden da oben?«

In diesem Moment breitete die Möwe die Schwingen aus und schwang sich ebenfalls in den Himmel. Das Rauschen ihrer Flügel verklang in der Höhe.

Während die Kinder sich kichernd mit Blättern bewarfen, beobachteten Myra, Carly und Tiryn, wie sich die Möwe zu den beiden anderen Vögeln gesellte. Sie kreisten gemeinsam dreimal über Naurulokki, dann drehte die Möwe ab und flog geradewegs nach Süden. Die andern beiden kreisten weiter, bis sie außer Sichtweite war, dann flogen sie in die entgegengesetzte Richtung zum Meer.

»Mir scheint, Claas hat gehört, dass er sich selbst kümmern muss. Der Vogel hat eindeutig etwas vor«, sagte Carly.

»Meinst du, die Möwe apportiert das Bernsteinschiff?«, fragte Myra belustigt.

»Wer weiß. Claas ist alles zuzutrauen. Es riecht nach Schnee, findet ihr nicht?« Tiryn krauste die Nase und schnupperte hoffnungsvoll. Sie liebte Schnee, Frost, Raureif und alles, was mit Winter zu tun hatte.

Myra betrachtete die grauen Wolken, die der frische Wind über das Blau jagte. Möglich war es. Also wieder ein Winter. Bald würde die Stille auf Rav dichter werden, sich mit Kälte und Dunkelheit in den Ecken festsetzen, und sie würde große, bunte Blumen malen müssen, um dagegenzuhalten.

Aber sie war sich nicht sicher, ob das nach all den Jahren diesmal noch genügen würde.

Ylvi

2006

Teneriffa

25

Der Vulkan

»In London wird es wohl nicht so gemütlich zugehen, was meinst du, Mom?« Remy blickte amüsiert auf die beiden Autos, die vor ihnen die Straße blockierten, weil die Fahrer das Fenster heruntergerollt hatten und einen Plausch hielten. Hier war das normal. Niemand hupte. Ylvi hatte sich daran gewöhnt und lehnte sich bequem zurück. Irgendwann würde es weitergehen. Heute war Samstag, sie musste nicht arbeiten.

»Nein. Ganz sicher nicht.«

Seit Remy auf die britische Schule in Puerto ging, hatten einige englische Worte den Weg in ihre Ausdrucksweise gefunden. »Mom klingt jünger und lustiger als Mama, es passt besser zu dir«, hatte sie irgendwann beschlossen.

Ylvi nahm es als Kompliment und gewöhnte sich daran. Viel schwerer für sie war, sich an den Gedanken zu gewöhnen, dass Ylvi im Herbst für ein ganzes Jahr einen Schüleraustausch in London machen würde. Ja, sie war sechzehn und selbstbewusst, und Ylvi zweifelte nicht daran, dass Remy wunderbar klarkommen würde. Aber ob sie selbst damit ebenso zurechtkommen würde? Es war Zeit loszulassen, aber leicht würde das nicht.

»Ich freue mich schon so«, sagte Remy und trommelte mit den Fingern auf der Armlehne. »Wenn ich Lehrerin werde, muss ich ein perfektes Englisch sprechen. Ich möchte nicht, dass die Schüler über mich lachen.«

»Oder die Hotelgäste. Neulich wolltest du doch ins Hotelfach.«

»Ja, das will ich immer noch. Ich will beides. Und eigentlich möchte ich auch Archäologie studieren. Am besten eröffne ich ein Hotel neben einer archäologischen Ausgrabung und lade Schüler zu einem Praktikum ein.« Remy lachte. »*Ein* Leben ist einfach zu wenig, hättest du aus mir nicht Drillinge machen können?«

»Du lieber Himmel, was für eine Vorstellung! Zusammen hättet ihr wahrscheinlich Trillionen Ideen ausgeheckt.«

Die Autos setzten sich in Bewegung, und Ylvi gab Gas. Remys Energie erinnerte sie allzu sehr an Theo. Sie sah ihn deutlich vor sich, wie er damals in der Dämmerung im vergessenen Garten auf und ab gelaufen war und lebhaft beschrieben hatte, wie er aus dem Todesstreifen einen Rosengarten machen würde, wenn er dürfte.

Ja, diese Energie hatte Remy von Theo, aber nicht ihr Aussehen. Ylvi sah ihre hübsche Tochter, die jetzt zum Fenster hinaus träumte und mit den Gedanken wahrscheinlich schon in London war, von der Seite an. Mit der natürlichen Eleganz ihrer Bewegungen, ihrem kurzen dunklen Pixiehaarschnitt und den ungewöhnlich hellen blauen Augen, die eigentlich hätten kalt wirken müssen, aber stattdessen von einer weichen Wärme waren und vor Neugier blitzten, zog sie oft Blicke auf sich. Auch die Blicke der Jungs am Strand. Zum Glück interessierte sie sich dafür anscheinend nicht. Noch nicht. Sie hatte viel zu viele wechselnde Interessen. Es gab kaum einen Beruf, für den sie nicht schon einmal Feuer und Flamme gewesen war. Ylvi war sehr gespannt, was einmal aus ihrem kleinen Mädchen werden würde.

Doch für den Moment war sie einfach nur froh, dass es erst Frühling war, die Mandelbäume rosa auf den Hängen blühten und es noch Monate dauern würde, bevor sie ihren Alltag ohne Remy bewältigen musste.

Nur gut, dass sie hier war, in ihrem Paradies, das sie geheilt hatte. Es hatte Jahre gedauert, bis sie bei einer lauten männlichen Stimme nicht mehr zusammenfuhr, bis sie kein schlechtes Gewissen mehr hatte, wenn das Geschirr klapperte oder ihr etwas herunterfiel. Erst nach einiger Zeit war ihr bewusstgeworden, welchen Schaden Ricky in ihr angerichtet hatte.

Doch hier in ihrem Refugium war alles so bunt und leicht, die Kleidung und das Gemüt der Menschen; der Passatwind war sanft und der Vulkan, der Anker ihrer Kindheit, so beruhigend aufrecht. Auf ihrer Dachterrasse und in ihrem kleinen Garten grünte und blühte es schon bald unter ihren Händen. Mit jeder Blume holte sie die Farbe in ihr Leben zurück, die Ricky nicht im Haus hatte haben wollen. Die Weihnachtssterne, die zu Hause im Topf kümmerlich blieben, wuchsen ihr hier buchstäblich über den Kopf. Hier fühlte sie sich sicher, hier wollte sie nie wieder fort!

Manchmal, wenn La Victoria tagelang im Nebel lag, schimpfte sie über das Wetter und fühlte sich bedrückt. Aber das wäre in Berlin auch nicht anders. Die Pflanzen gediehen gut bei der feuchten Luft, die Einheimischen sagten: »Sie melken die Wolken.« Ylvi fand, sie könne sich ein Beispiel daran nehmen und lernte mit der Zeit, sich die Ruhe aus den Wolken zu melken.

»Oma wird immer fröhlicher, je mehr sie vergisst«, sagte Remy mit einem ihrer abrupten Themenwechsel, denen Ylvi nicht immer sofort folgen konnte. Remys Hirn war wie ein Känguru, ihre Aufmerksamkeit hüpfte hierhin und dorthin und wollte überall zugleich sein. »Ist dir das auch aufgefallen?«

»Ja. Doktor Carmen hat gesagt, das ist manchmal so, wenn man Glück im Unglück hat. Die Erinnerungen verschwinden, aber die Sorgen auch.«

»Es ist so, als ob Oma mitsamt ihren Erinnerungen verschwindet. Sie wird immer kleiner und irgendwie durchsichtiger. Aber es scheint ihr nichts auszumachen. Gestern hat sie Zitroneneis mit mir gegessen und sich dabei riesig gefreut. Als ob es das Einzige wäre, was auf der Welt noch zählt: eine Riesenportion Zitroneneis.«

Ylvi steuerte vorsichtig um die Haarnadelkurven, die zu den wenigen Eigenarten hier gehörten, an die sie sich nie gewöhnen würde.

»Ja, du weißt ja, Doktor Carmen hat gesagt, dass Regina sich langsam verabschiedet. Aber so traurig es auch ist, für mich ist es fast ein schöner Abschied, wenn man das so sagen kann. Sie hat keine Schmerzen, sie ist fröhlich, sie mag Süßes und freut sich über die Blumen, über Florentina, über dich und mich und Donna Aitana. «

»Stimmt. Es ist ein bisschen, als ob sie friedlich davonschwebt wie ein Papierflugzeug.«

Remy liebte Papierflugzeuge. Sie faltete immer wieder neue Modelle. Wenn ihr danach war, bemalte sie sie kunstvoll und schrieb Zitate aus ihren Lieblingsbüchern darauf oder selbstverfasste lustige Gedichte. Dann ließ sie sie von der Dachterrasse hinunter ins Dorf segeln, und sie segelten so weit, dass niemand ahnte, wo sie herkamen. Die Leute rätselten schon, wer der rätselhafte Poet war.

»Aber eine Sache macht Oma doch noch Sorgen. Der Teide. Immer wieder zeigt sie drauf, packt mich am Arm und sagt: ›Der Vulkan wird das Geheimnis verraten! Die Dämonen zwingen ihn dazu. Die schlafen da drin, aber sie sind unruhig, und sie werden aufwachen und das Geheimnis verraten!‹«

»Ich weiß. Das macht sie bei mir auch. Aber ich habe wirklich keine Ahnung, was sie damit meint.« Ylvi bog in ihre Straße ab und sah wie jedes Mal mit Befriedigung das *Refugio* auftauchen. Strahlend weiß lag das Häuschen in der Sonne, umgeben von Blüten. Ihre Zuflucht. Die beste Entscheidung, die sie je getroffen hatte.

»Ich habe sie einmal gefragt, ob es ein gutes oder ein schlechtes Geheimnis ist«, sagte Remy. »Sie wurde ganz aufgeregt und sagte: ›Es ist ein Geheimnis, und ein Geheimnis muss ein Geheimnis bleiben, sonst gerät alles durcheinander. Wenn der Vulkan das Geheimnis ausspuckt, ist der Boden nicht mehr fest, und man kann nicht mehr darauf stehen und verbrennt sich.‹«

»Wirklich? Mir hat sie nie geantwortet«, sagte Ylvi nachdenklich. »Das klingt, als hätte sie einfach nur Angst vor einem ganz normalen Vulkanausbruch. Wahrscheinlich hat sie mal eine Dokumentation darüber im Fernsehen gesehen. Und Salva mit seinen Geschichten von den Dämonen hat diese Angst noch geschürt.«

Doch war da noch etwas, was Remy nicht wusste. Regina fürchtete nicht nur den Vulkan, sondern auch die große Silbermöwe, mit der Remy befreundet war. Sie tauchte nicht oft auf, aber gelegentlich landete sie auf der Dachterrasse und sah sich mit ihren strengen, gelben Augen um.

Wenn Regina den Vogel sah, wurde sie unruhig und zeigte aufgeregt darauf.

»Ylvi, der Dämon wacht auf. Schick ihn weg. Schick ihn weg! Er soll uns in Ruhe lassen.«

Ylvi verscheuchte dann den Vogel, der ihr selbst unerklärliches Unbehagen bereitete. Was wusste Regina über die Möwe? Meinte sie mit dem »Dämon« den Mann, der Ylvi einst nachts ins Watt gelockt hatte? Hatte sie ihn auch einmal gesehen? Oder entsprang diese Bezeichnung tatsächlich nur Salvas Geschichten? Doch woher kamen diese Geschichten? Hieß es nicht, dass Legenden immer einen wahren Ursprung hatten?

Fragen über Fragen, welche Regina, die im nächsten Moment über einen Schmetterling lachte und sich an die Möwe nicht mehr erinnerte, nicht beantworten konnte.

Die Mandelbäume waren gerade verblüht, als das Erwartete eintrat. Regina saß in ihrem Stuhl auf der Dachterrasse und sah in die Ferne über das Meer. Florentina war daneben mit Bügeln beschäftigt. Ylvi feilte an den neuen Luftschlosssteinen, die sie in den letzten Tagen gegossen und nun aus ihren Formen befreit hatte. Vor einigen Jahren hatte sie die Lust gepackt, neue herzustellen. Die alten waren zerkratzt, und es gab hier so viele Dinge, die man dafür verwenden konnte. Die bunten Federn der Finken und Papageien, die vielfältigen Blüten, die Kiesel und die Lavasteine.

Sie baute sie im Flur auf, und wie früher benutzten sie Würfel, in die sie Worte eingraviert oder eingegossen hatte, um sich gegenseitig Botschaften zu hinterlassen. Einmal kamen ihr Chef, der Hotelbesitzer und seine Frau zu Besuch. Vera war begeistert und fragte Ylvi, ob sie so einen Baukasten für ihren Enkel herstellen könnte, selbstverständlich gegen angemessene Bezahlung. Wenig später kamen weitere Anfragen. Auf einmal hatte Ylvi einen Nebenverdienst und meldete ein kleines Gewerbe an. Hatte sie nicht immer Luftschlösser bauen wollen?

Gerade legte sie eine frisch polierte Halbkugel mit einer Kaktusblüte darin beiseite, als Regina sich kerzengerade aufsetzte.

»Ylvi!« In ihrer Stimme lag etwas so Dringliches, dass Ylvi aufsprang, zu ihr hinüberging und ihre Hand nahm. Regina umklammerte sie fest und sah Ylvi mit einem glücklichen Lächeln in die Augen.

»Ylvikind, der Vulkan hat nichts verraten! Alles ist gut. Und ich glaube, die Himbeeren sind reif.« Sie lehnte sich zurück, seufzte tief und schloss die Augen. Das Lächeln blieb in ihren Mundwinkeln.

Ylvi wusste es, bevor Regina aufhörte zu atmen. Sie blieb einfach sitzen und hielt ihre Hand.

Himbeeren. Die Himbeeren, die ihr Vater so gerne gemocht hatte. Mit ihrem letzten Gedanken musste Regina in Berlin bei Rainer gewesen sein.

Florentina stellte das Bügeleisen beiseite, löste nach einer Weile sanft Reginas Hand aus Ylvis, faltete die Hände der Toten und steckte einen blühenden Oleanderzweig dazwischen.

»Ich habe Doktor Carmen angerufen. Für den Totenschein und alles. Und für Sie habe ich einen Kakao gemacht. Er steht in der Küche.«

In den nächsten Tagen ging alles so schnell, dass Ylvi froh war, dass sie und Remy zuvor so viel Zeit für den Abschied von ihrer Mutter gehabt hatten. Alle halfen und nahmen ihr etwas ab, alles wurde von irgendwem organisiert. Das Auto fuhr durch die Straßen und rief den Beerdigungstermin aus, und als es so weit war, kam fast das ganze Dorf und noch einige mehr, die Reginas fröhliche Freundlichkeit und ihren Eintopf gemocht hatten.

Am Grab fühlte sich Ylvi dennoch unter all den Menschen unendlich allein. Nun waren nur noch Remy und sie übrig.

Rainers Eltern waren in der Bombennacht von Dresden umgekommen. Reginas Brüder waren in Russland gefallen, ihr Vater hatte die Kriegsgefangenschaft nicht überlebt, und ihre Mutter war auf der Flucht gestorben. Ylvi hatte nie eine Chance gehabt, auch nur einen Großelternteil kennenzulernen. Die Cousins und Cousinen, die sie hätte haben können, waren nie geboren worden.

Salva und Donna Aitana waren wunderbar, aber sie hatten ihre eigene Familie. Selbst Kristianos in Berlin hatte inzwischen Enkel.

Nur Ylvi hatte niemanden mehr, an den sie sich anlehnen konnte.

Und was, wenn ihr selbst einmal etwas passierte? Was würde dann aus Remy werden?

Einige Wochen später saß Ylvi wieder auf der Dachterrasse, polierte mechanisch ihre Glasbausteine und versuchte, sich daran zu gewöhnen, dass Reginas Stuhl für immer leer bleiben würde. Auch Florentinas Weggang hinterließ eine Lücke. Alles war wie immer und doch ganz anders.

»Ist das in Ordnung, wenn ich nach El Bollulo zum Schwimmen fahre?«, hatte Remy mittags gefragt.

»Aber natürlich. Regina hätte nicht gewollt, dass du ihretwegen auf so etwas verzichtest. Sie ging selbst so gern schwimmen. Es ist vollkommen in Ordnung, wenn du dich amüsierst.«

So kam es, dass Ylvi nachmittags mit der Stille im Haus und dem weiten Himmel darüber allein war, als es klingelte.

Es war der Anwalt, der Familienanwalt von Salva und Aitana, der Ylvi mit allen rechtlichen Dingen wunderbar geholfen hatte. »Ich bringe Ihnen den Erbschein. Da Sie ein Einzelkind sind und es keine anderen Erben gibt, gibt es keine Probleme. Mein Kollege aus Berlin hat alles Nötige geschickt, und ich darf es Ihnen hiermit übergeben.«

Ylvi stieg mit dem Umschlag zurück auf das Dach und blätterte mit einem Gefühl der Unwirklichkeit die amtlichen Papiere durch. Es war tatsächlich alles unkompliziert. Ganz zum Schluss stieß sie auf einen kleinen Umschlag. Als sie ihn öffnete, fiel ihr eine handschriftliche Notiz ihres Vaters in die Hand. Seine Schrift war schon krakelig, er musste sie kurz vor seinem Tod verfasst haben, als seine rechte Hand durch die Schlaganfälle beeinträchtigt war.

»Ylvi, liebste Tochter, bitte sieh dir meine Briefbeschwerersammlung gut an und denke an meine Worte!«

Die Briefbeschwerersammlung? Und welche Worte meinte er? Warum drückte er sich so rätselhaft aus?

Ylvi stieg hinunter und holte den alten Schuhkarton aus ihrem Kleiderschrank. Sie baute alle Briefbeschwerer auf der Brüstung auf, wo sie vor dem blauen Himmel schimmerten. Der gläserne Würfel mit der Pusteblume darin, der sie zu den Luftschlossbausteinen inspiriert hatte. Der Dinosaurier aus Zinn und das aus Draht und Murmeln gefertigte Sonnensystem. Das schielende Flusspferd aus Keramik und das aus Lava geschnitzte Modell des Vulkans Teide. Insgesamt waren es fünfzehn Stück. Ylvi kannte sie alle, hatte als Kind mit ihnen gespielt, ebenso wie später Remy. Sie hatte jedes Stück hundertmal genau angesehen. Was meinte ihr Vater nur?

Dann kamen ihr seine Worte an einem seiner letzten Tage in den Sinn.

Ylvi, denke an den Vulkan!

Was war mit dem Vulkan? Hatte er etwa nicht den wirklichen Teide gemeint, sondern dieses alte kleine Modell? Ylvi griff danach und betrachtete es von allen Seiten. Es war kein Hinweis darauf zu erkennen. Auch auf dem Boden klebte keine Botschaft.

Sie stellte ihn ratlos zurück zwischen die anderen Stücke und goss sich ein Glas Wasser ein.

Ein lauter Ruf ertönte hinter ihr. Ein Schatten schoss über die warmen Fliesen. Ylvi zuckte vor Schreck so zusammen, dass sie ihr Wasser verschüttete.

Die Silbermöwe! Sie flog einen Kreis um die Terrasse, landete auf der Brüstung, stieß mit dem Schnabel den Vulkan und mit dem Flügel den Dinosaurier herunter, fixierte Ylvi einen Moment lang mit ihrem strengen gelben Blick und strich dann abwärts davon wie eines von Remys Papierflugzeugen.

»Du Plagegeist!«, schimpfte Ylvi, stellte den Dinosaurier zurück und bückte sich nach dem Vulkan.

In diesem Moment wusste sie, was ihr Vater gemeint hatte.

Der Vulkan war in zwei Hälften zerfallen! Die Fuge war so fein gewesen, dass sie sie in dem porösen Lavagestein nicht entdeckt hatte. Aus dem hohlen Inneren lugte ein gerolltes Papier hervor, von einem brüchigen Gummi zusammengehalten.

Woher hatte der Vogel das gewusst? Ylvi fühlte das vertraute Frösteln um ihre Schulterblätter kriechen.

Hatte etwa auch Regina den Briefbeschwerer gemeint und nicht den wirklichen Vulkan? War dies das Geheimnis, vor dem sie sich so sehr gefürchtet hatte?

»Ich bin wieder da!« Remy erschien auf der Treppe, die langen Beine schwarz paniert vom Lavasand, auf dem sie sich gesonnt hatte.

Rasch steckte Ylvi die Papierrolle in ihre Tasche und setzte unter dem Tisch unauffällig den Vulkan zusammen, ehe Remy ihn sah.

Wenn der Vulkan das Geheimnis ausspuckt, ist der Boden nicht mehr fest, und man kann nicht mehr darauf stehen und verbrennt sich, hatte Regina gesagt.

Ylvi war sich absolut nicht sicher, ob sie dieses Geheimnis kennen wollte.

26

Rainers Beichte

»Was wollen wir in den Sommerferien machen, bevor ich nach London fahre?«, fragte Remy beim Abendbrot. Ylvi schreckte aus ihren Gedanken hoch. Sie konnte nicht aufhören, an die Papierrolle in ihrem Schreibtisch zu denken.

»Willst du nicht Ricky besuchen?«

»Nein, diesmal nicht. Ich würde gern etwas Besonderes unternehmen. Und Ricky möchte mit seiner neuen Freundin nach Mallorca. Wir könnten doch mal nach Österreich, in die Berge. Ich wollte schon immer einmal wissen, wie es auf so einer einsamen Alm ist.«

Remy und Ricky hatten ein freundschaftliches Verhältnis, und sie hatte ihn gelegentlich besucht. Aber seine wechselnden Freundinnen gingen ihr auf die Nerven.

»Österreich. Ja, warum nicht«, sagte Ylvi zerstreut.

Remy kniff die Augen zusammen.

»Geht es dir nicht gut, Mom? Du siehst blass aus. Oder bedrückt dich etwas?«

»Nur ein wenig Kopfschmerzen.«

»Mir fehlt Oma auch. Und Florentina. Es ist still hier geworden. Du solltest dich wieder verlieben, Mom.«

»Bloß nicht.«

»Ich verstehe ja, dass du nicht verrückt nach Männern bist, nach der Zeit mit Ricky«, sagte Remy mit vollem Mund. »Ich habe übrigens nach meinem Vater gesucht, nach diesem Theo.

Im Internet. Aber es gibt zu wenig Anhaltspunkte. Kein Glück gehabt.«

Das hatte irgendwann kommen müssen. Ylvi hatte sich immer gewundert, wie gelassen Remy es sah, dass sie ihren leiblichen Vater wahrscheinlich niemals kennenlernen würde.

»Ist das schlimm für dich?«, fragte sie vorsichtig.

»Ich habe ihn doch für *dich* gesucht, nicht für mich. Alles o.k., Mom.«

»Aber früher hast du dir manchmal einen anderen Vater gewünscht.«

»Schon. Aber eigentlich nur, weil ich mir manchmal gewünscht habe, dass Ricky *nicht* mein richtiger Vater ist. Der Wunsch ist ja dann in Erfüllung gegangen.« Remy leckte gründlich den Honig von ihrem Löffel. »Wenn wir diesen Theo wirklich finden würden, könnte er sich ja auch als Flop herausstellen. Vielleicht ist es besser, sich ihn nur vorzustellen, so wie man ihn haben möchte.«

»Wann bist du bloß so weise und erwachsen geworden?«

Remy kratzte unbekümmert im fast leeren Honigglas herum, um auch den letzten Tropfen herauszubekommen. »Nie. Vielleicht war Theo ja in Wirklichkeit Peter Pan, und ich habe seine Fähigkeiten geerbt. Ich will nie ganz erwachsen werden und mein Leben lang alles ausprobieren und Papierflieger falten.«

Nachts fand Ylvi keinen Schlaf. Sie drehte sich hin und her, stand schließlich auf, holte sich ein Glas Wasser, sah nach Remy, die wie schon als Kind ein Bein aus dem Bett hängen ließ und einen glücklichen Traum zu haben schien. Dann wanderte sie in den warmen, nachtduftenden Garten hinaus. Es roch nach Vanille und Honig und Tau, und von irgendwo aus der Ferne trug der Passatwind ein paar verlorene Gitarrenklänge heran. Eine heftige Sehnsucht nach jener lang vergangenen Musik im vergessenen Garten packte Ylvi so sehr, dass es fast körperlich weh tat. Sie floh wieder ins Bett, fiel in einen unruhigen Schlummer und stand auf, als die erste Helligkeit vor das Fenster kroch.

Sie wusste, dass die Papierrolle oben in ihrem Schreibtisch ihr keine Ruhe lassen würde. Mit einer Tasse Kaffee in der Hand und dem Geheimnis aus dem Vulkan in der Tasche stieg sie leise auf die Dachterrasse. Ihre Lieblingstageszeit, die goldene Morgendämmerung, die wie ein nebelweiches Meer um das Haus und an den Hängen des Teide lag, gab ihr den nötigen Mut.

Das alte Gummiband zerstob in Krümel, als sie es abstreifte. Behutsam rollte sie das Papier auf und glättete es. Ein kleines, in blaues Seidenpapier gewickeltes Päckchen fiel heraus. Ylvi hob es auf und hielt es einen Moment in der Hand. Ein merkwürdiges Gefühl, nach all diesen Jahren ein letztes Geschenk von ihrem Vater zu erhalten! Um dieses Gefühl noch ein wenig auszukosten, legte sie das Päckchen ungeöffnet auf den Tisch, holte tief Luft und begann, den Brief zu lesen.

Er trug kein Datum, aber die Handschrift ihres Vaters war noch fest und gut leserlich, er musste ihn also geschrieben haben, bevor er krank wurde.

»Liebe Ylvi, geliebte Tochter, ich überlasse es dem Schicksal, wann und ob du diesen Brief findest. Ich wollte dir die Wahrheit schon lange erzählen, spätestens vor Remys Geburt, doch deine Mutter hatte zu viel Angst davor. Dafür gab es viele Gründe, und ich habe sie alle verstanden. Nun aber, da du diese Zeilen in den Händen hältst, wann auch immer, ist der Zeitpunkt für die wahre Geschichte gekommen.

Ich hoffe, du sitzt bequem und hast einen Ort, an dem du dich wohl fühlst. Ich weiß, wie wichtig Orte für dich sind und dass du aus den richtigen Orten immer deine Kraft gezogen hast. Und ich wünsche dir, dass diese Wahrheit dich am Ende an den richtigen Ort führen wird, an deinen ganz persönlichen Glücksort.

Doch lass mich am Anfang beginnen. Er liegt lange zurück.

Im letzten Kriegsjahr – damals kannte ich Regina noch nicht, du weißt ja, sie ist jünger als ich – habe ich eine Patientin aus dem zerbombten Berlin zu ihren Verwandten an die Ostsee begleitet. Ich war heilfroh, aus der Stadt zu kommen. Dort bin ich bei dem alten ortsansässigen Arzt untergekommen. Er war froh über die Hilfe. Eines Nachts wurde ich inmitten eines Sturms zu einer Geburt gerufen. Die Mutter war sehr jung und der Vater nicht anwesend. Der Strom fiel aus. Das Kind wurde bei Kerzenlicht geboren. Ich weiß nicht, wer erleichterter war, dass alles gutging, die tapfere junge Mutter oder ich.

Aus Dankbarkeit oder vielleicht auch nur, weil niemand anderes da war, machte Myra Webelhuth, so hieß sie, mich zum Patenonkel. Das kleine Mädchen nannte sie Liv, das bedeutet Leben. Ich fand das wunderbar passend, denn es war am letzten Kriegstag geboren. Wir hatten alle wieder Hoffnung, und Liv war ein Symbol dafür.

Ich habe Liv natürlich immer zum Geburtstag geschrieben und zu Weihnachten und ihr kleine Geschenke gemacht, und ich habe sie auch ein paarmal besucht, später mit Regina zusammen. Liv mochte uns, vor allem Regina, du weißt ja, sie war so warmherzig und mütterlich. Myra Webelhuth war anders, ein wenig forsch und direkt. Ich habe sie immer bewundert, sie war außerordentlich lebenstüchtig.«

Ylvi ließ den Brief sinken und nahm einen Schluck Kaffee. Was sollte das alles? Wollte ihr Vater ihr beibringen, dass er ein Verhältnis mit dieser Myra hatte? Wenn ja, wollte sie es nicht wissen. Was ging es sie an? Doch sie war es ihrem Vater schuldig, den Brief zu lesen, an dem ihm offenbar so viel gelegen hatte.

»Als Liv sechzehn war, verliebte sie sich in den Osterferien in einen Jungen ihres Alters, der als Feriengast in Ahrenshoop war. Im Sommer, nachdem sie ihren Schulabschluss gemacht hatte, lief sie heimlich fort, um ihre große Liebe in Berlin aufzusuchen. Myra hätte das nicht erlaubt, zumindest fürchtete Liv das.

Liv hat ihren Vater nie kennengelernt, angeblich ist er im Krieg gefallen, aber sie war immer der Meinung, Myra hätte ihn suchen müssen. Liv wollte daher unbedingt um ihre eigene Liebe kämpfen.

Sie fuhr also per Anhalter und tauchte bei uns in Berlin auf. Ich rief natürlich bei Myra an und sagte ihr Bescheid. Sie war schon fürchterlich in Sorge gewesen. Regina und ich freuten uns sehr über Livs Besuch. Ich machte mit Myra aus, dass Liv für einige Wochen bei uns bleiben und Berlin kennenlernen konnte. Schließlich war sie bei uns gut aufgehoben. Myra fand diesen Gedanken auch gut. Es war wohl ein wenig schwierig zwischen den beiden, seit Liv in der Pubertät und entsprechend launisch war.

Regina und ich hatten schöne Tage mit Liv. Dann machte sie den Jungen ausfindig, in den sie so verliebt war, doch ehe sie mit ihm sprechen konnte, sah sie, wie er ein anderes Mädchen küsste und Hand in Hand mit ihr spazieren ging. Liv war tief verletzt, obwohl sie sagte, es wäre ihre eigene Schuld gewesen. Wir versuchten, sie aufzuheitern – vergebens.

Das war im August 1961. Und dann wurde die Mauer gebaut.

Wir hatten das Glück, im freien Westen zu wohnen. Ich rief Myra an, und wir beratschlagten, was nun das Beste für Liv wäre. Ich war der Meinung, ich würde in den ersten Tagen der Verwirrung schon noch einen Weg finden, Liv irgendwie über die Grenze zu bringen und nach Hause zurückzuschicken.

Doch Myra fand das viel zu gefährlich und wollte außerdem unbedingt, dass ihr Kind in Freiheit leben konnte. Es war die schwerste Entscheidung ihres Lebens, aber sie bat mich, Liv bei uns zu behalten. Noch hielten wir ja die Mauer für einen Albtraum, der sich bald wieder erledigen würde. Die

Amerikaner würden das nicht lange zulassen, dachten wir. Es war unvorstellbar, dass so viele Familien auseinandergerissen bleiben sollten.

Regina war sehr glücklich darüber, du weißt ja, wir hatten uns immer ein Kind gewünscht.

Nur hatten wir Erwachsenen eines vergessen: Liv war kein Kind mehr. Und wir hatten sie nicht nach ihren Wünschen gefragt. Wir waren selbst verwirrt von den Ereignissen und wollten sie nur beschützen, aber das war ein Fehler.

Ja, und dann kam Liv einige Zeit später zu mir und sagte mir, dass sie schwanger wäre. Deswegen hatte sie den Jungen gesucht.

Myra konnten wir das nicht erzählen. Sie war eine Löwenmutter, sie hätte sofort um jeden Preis versucht, zu Liv zu kommen und sich um sie zu kümmern und wäre wahrscheinlich auf der Flucht umgekommen. Auch bat uns Liv verzweifelt, die Sache für uns zu behalten. Mir war nicht wohl dabei, aber es blieb uns nichts anderes übrig.

Liv brachte ihr Baby bei uns zu Hause zur Welt, und ich half ihr dabei, so wie ich ihr selbst in die Welt geholfen hatte.

Sie nannte es Ylvi.

Ja, Ylvi, nicht Elena von nebenan war deine Mutter. Zwar gab es Elena und ihre Krankheit, doch sie starb, bevor ihr Baby lebensfähig war.

Liv Webelhuth war deine Mutter. Den Namen deines Vaters hat sie nie verraten.

Es tut mir so leid, mein Kind, dass wir dich angelogen haben. Es gab Gründe.«

Ylvi sah zum Gipfel des Vulkans hinauf, der ungerührt in den Morgenhimmel zeigte.

Gott sei Dank, ihr Vater hatte Regina nicht mit dieser Myra betrogen.

Ihre Mutter hatte also nicht Elena geheißen, sondern Liv. Was machte das für einen Unterschied? Sie hatte beide nicht gekannt.

Aber warum die Lüge? Das passte überhaupt nicht zu ihren Eltern.

»Regina war überglücklich über das Baby im Haus. Liv aber war überfordert. Sie war jung, sie vermisste ihre Mutter, und sie hatte schreckliches Heimweh. Es fiel ihr schwer, eine Beziehung zu ihrem Kind aufzubauen. Sie versuchte, dich zu lieben, Ylvi, versteh mich nicht falsch. Aber sie war selbst noch fast ein Kind, und ihre Welt stand auf dem Kopf. Also kümmerte sich Regina um dich, und Liv begann irgendwann eine Schneiderlehre, dann eine Friseurlehre, aber sie hielt nichts durch. Liv fing an, abends auszugehen, sich mit Freunden zu treffen, und das waren die falschen Freunde.

Ja, und dann kam jener furchtbare Abend. Liv war mit ihren Freunden unterwegs, es war ein heißer Julitag, und sie hatten zu viel getrunken. Wir wissen nur, was einer aus ihrer Clique uns und der Polizei später erzählt hat. Sie hingen auf einem Feld an der Grenze herum und provozierten die Soldaten auf den Wachtürmen im Osten. Liv warf irgendwann eine Bierflasche in ihre Richtung und sagte zu ihren Freunden, dass hier alles Mist wäre und sie nun endlich nach Hause gehen würde, wo sie hingehörte, an die Ostsee, und zwar schnurstracks und sofort. Es war eine spontane Eingebung, geplant hatte sie das nicht, aber sie muss wohl viel darüber nachgedacht haben, ohne dass wir es wussten.

Ehe jemand sie aufhalten konnte, rannte sie zur Mauer, kletterte darüber und rannte quer durch den Todesstreifen. Die Mauer war damals noch teilweise behelfsmäßig und hatte Spalten und Löcher, an denen man sich hochziehen konnte. Liv war ja sportlich. Entsetzt spähten die anderen durch eines dieser Löcher und riefen sie zurück, nur einer der Jungs, Jürgen, der Liv sehr mochte, kletterte hinterher, um sie zurückzuholen.

Dann fielen Schüsse. Irgendein junger, nervöser Soldat auf dem Turm befolgte den Schießbefehl und feuerte auf die Eindringlinge, wahrscheinlich ohne zu sehen, dass es sich um ein junges Mädchen handelte.

Jürgen wurde angeschossen, ehe er Liv erreichen konnte, aber es gelang ihm, sich zurück zur Mauer zu schleppen. Die anderen zogen ihn herüber in Sicherheit. Liv aber brach tödlich getroffen zusammen. Erst Stunden später wurde sie abtransportiert. Es tut mir leid, Ylvi, dass ich dir diese Geschichte nun nicht mehr ersparen kann.«

Ylvis Hand zitterte. Sie erinnerte sich, dass sie 1989 in jener Nacht mit Theo, als die Menschen auf der Mauer tanzten und Stücke herausbrachen, nicht hatte fassen können, dass niemand schoss.

Aber es hatte jemand geschossen – nur nicht 1989, sondern achtundzwanzig Jahre früher. Und er hatte ihre Mutter erschossen!

Warum erzählte ihr Vater ihr diese schreckliche Geschichte nach all diesen Jahren?

»Es gelang mir, Myra eine Nachricht zukommen zu lassen. Du kannst dir vorstellen, wie furchtbar das für mich war, ihr das mitteilen zu müssen. Wir hatten doch alle angenommen, dass die Grenze bald wieder geöffnet werden würde und Liv dann zurückkehren konnte, vielleicht mit einer abgeschlossenen Ausbildung. Von den Behörden wurde Myra erst Wochen später benachrichtigt. Sie erfuhr nie, was mit Livs Leiche geschah. Jene, die im Todesstreifen umkamen, wurden nicht mit Respekt beigesetzt.

Regina und ich überlegten hin und her. Wir hätten Myra auch jetzt nichts von dir erzählen können, selbst wenn wir gewollt hätten. Ihre Tochter war erst Republikflüchtling gewesen und dann Eindringling, Myra war verdächtig und wurde bespitzelt. Ihr Telefon wurde abgehört und ihre Post geöffnet, wie das eben so war. Wenn sie von dir erfahren hätte, hätte sie sofort zu kommen versucht und wäre bei dem Fluchtversuch ebenfalls umgekommen oder bestenfalls in einem Gefängnis verschwunden. Schon gar nicht gab es einen offiziellen Weg, den wir gehen konnten. Niemals hätten die DDR-Behörden dich Myra übergeben. Sie hätten dich in irgendeiner Pflegefamilie oder einem Heim im Sinne des Sozialismus erzogen.

Ja, und außerdem liebten wir dich wie ein eigenes Kind und hätten es nicht ertragen können, dich wieder herzugeben.

Nun kam es mir zugute, dass ich Arzt war und jede Menge Kontakte hatte. Im Krieg hatte ich dem einen oder anderen geholfen und noch etwas gut bei manchen. So gelang es uns, dich auf nicht ganz legalen Wegen zu adoptieren. Nun warst du unser Kind!

Immer wieder habe ich überlegt, wann wir dir die Wahrheit erzählen sollten. Als du mit Remy schwanger warst, hielt ich den Zeitpunkt für gekommen. Die Mauer war endlich gefallen, und wir hätten Kontakt zu Myra aufnehmen und euch zusammenführen können. Ich hatte immer ein furchtbar schlechtes Gewissen wegen Myra, die sonst keine Familie mehr besaß und nun nicht einmal wusste, dass sie eine Enkelin und bald sogar eine Urenkelin haben würde. Aber deine Mutter hatte panische Angst!

Sie hatte Angst, dass du uns nicht mehr lieben würdest. Sie hatte Angst, dass Myra uns verklagen würde. Sie hatte Angst, dass ich meine Approbation verlieren und ins Gefängnis kommen würde. Ich hatte sie trotzdem schon fast so weit, da sahen wir im Fernsehen eine Dokumentation über Künstler in Ahrenshoop, und unter anderem gab es ein Interview mit Myra Webelhuth. Sie malt große bunte Blumen, ähnlich wie du sie gerne in Gärten pflanzt, und sie sind so ausdrucksvoll und voller Lebensfreude und Lebenskraft, dass ihre Bilder immer wieder Käufer finden. Sie sind ebenso voller Energie wie Myra selbst. Myra ist eine eindrucksvolle Persönlichkeit, sie ist sehr direkt und tritt oft forsch auf. Etwas an ihr bestärkte deine Mutter in ihrer Angst, und ich ließ die Sache auf sich beruhen. Es hat mir wohl auch selbst an Mut gefehlt.

Doch nun ist Remy auf der Welt, und ich finde, sie hat ebenso wie du ein Recht, eines Tages etwas über ihre Wurzeln zu erfahren, besonders da sie ihren leiblichen Vater wohl nie kennenlernen wird. Ich vertraue daher diese Geschichte unserem alten Freund, dem Vulkan oder vielmehr seinem Ab-

bild an und überlasse es dem Schicksal, wann du sie findest. Ich glaube an eine gute Fügung.

Natürlich ist es deine Entscheidung, was du mit diesem Wissen anfängst. Aber Ylvi, geliebte Tochter, ich habe eine große Bitte an dich. Sollte Myra Webelhuth noch leben, suche sie auf und sage ihr, wer du bist. Stell ihr Remy vor. Sage ihr, dass von Liv etwas geblieben ist und fortlebt. BITTE!

Ich bin so stolz auf dich, mein Mädchen. Ich weiß, dass du das Richtige tun wirst.

In Liebe, dein Vater.

PS: Ich lege etwas bei, das Liv gehört hat. Es war ihr Glücksbringer. Eigentlich gehört er Myra und bedeutete ihr sehr viel. Liv nahm ihn mit, als sie weglief, um etwas von zu Hause bei sich zu haben. Sie liebte ihn, obwohl er ihr kein Glück brachte. Sie sagte, es läge daran, dass sie ihn heimlich genommen hatte. Nun möge er dir mehr Glück bringen, und vielleicht kannst du ihn Myra eines Tages zurückgeben. Das wäre mein Herzenswunsch.«

Ylvi suchte nach einem Taschentuch und wischte sich die Tränen ab, bevor sie auf den Brief tropften. Sorgfältig faltete sie ihn zusammen und griff nach dem kleinen Päckchen. Behutsam wickelte sie das blaue Seidenpapier ab.

In ihrer Hand lag ein fingerlanges Schiff. Bewundernd hielt sie es gegen die Morgensonne. Der Rumpf war aus Bernstein, nicht weiß, wie Remys Anhänger, sondern klar und honiggolden. Die Segel aber waren aus Silber, und sie blähten sich in einem lautlosen Wind, als wäre das kleine Schiff zielstrebig in voller Fahrt. Sie waren ein wenig angelaufen mit der Zeit, und doch glänzten sie, spiegelten das Sonnenlicht und warfen silberne Funken auf Ylvis Gesicht und die Steinfliesen. Auch der Bernstein leuchtete von innen.

»Wie schön!«, flüsterte Ylvi unwillkürlich laut und fühlte sich nach der erschütternden Geschichte ihres Vaters von diesem Licht seltsam getröstet. Sie schloss die Hand um das kleine Schiff und spürte, wie es warm wurde. Für einen Augenblick hielt sie sich daran fest und wartete darauf, dass der Boden unter ihren Füßen auch wieder fest wurde.

Wenn der Vulkan das Geheimnis ausspuckt, ist der Boden nicht mehr fest, und man kann nicht mehr darauf stehen und verbrennt sich.

Ja. Regina hatte recht gehabt. Genau so fühlte sich Ylvi jetzt.

Unten hörte sie etwas klappern. Remy! Remy war aufgewacht. Was würde sie Remy sagen? Wie würde Remy damit umgehen? Und was sollte sie jetzt überhaupt machen?

Ylvi fühlte sich im Moment außerstande, all diese Fragen zu beantworten. Hastig sprang sie auf, schlich in ihr Zimmer und versteckte den Brief in ihrem Sekretär, in der flachen, klemmenden Geheimschublade, in der sie einst den Vaterschaftstest aufbewahrt hatte. Das Bernsteinschiff aber passte nicht hinein. Sie hörte Remys Schritte auf der Treppe und legte es rasch in ihre Schmuckschatulle, die sie gerade noch zuklappen konnte, bevor Remy den Kopf ins Zimmer steckte.

»Frühstück ist fertig! Ich hatte Lust, amerikanische Pfannkuchen zu backen.« Remy kniff die Augen zusammen. »Was ist los, Mom? Du siehst furchtbar aus. Hast du schlecht geschlafen?«

»Ich … ja. Ich hatte einen blöden Traum, und jetzt habe ich Kopfschmerzen. Frühstück wird mir guttun. Ich komme gleich.«

Im Bad hielt Ylvi ihren Kopf unter das kalte Wasser. Wie sollte sie es schaffen, Remy am Tisch gegenübersitzen und so zu tun, als wäre nichts?

Ihre Gedanken waren ein wildes Knäuel, und sie wusste nicht, wo der Anfang des Fadens war, den sie unbedingt finden musste, um alles wieder zu entwirren.

Sie musste mit jemandem reden. Sofort.

27

Neugier

Erleichtert sah sie nach dem Frühstück Remy auf dem Fahrrad Richtung Schule entschwinden.

Und jetzt? Früher hatte sie bei allem ihre Eltern fragen können, wenn sie nicht weiterwusste.

Sie steckte ihre Flöte in die Tasche und suchte einen alten Lieblingsplatz aus ihrer Kindheit auf, den Weinberg hinter Donna Aitanas Haus. Zwischen den Reihen alter Rebstöcke am Hang gab es einen sonnenwarmen Felsen. Auf den hockte sie sich wie damals und versuchte leise, ihre Empfindungen in einer Melodie auszudrücken.

»Du hast schon einmal fröhlicher geflötet, *Pinzón*«, sagte eine vertraute Stimme hinter ihr. Yeray kam lächelnd hinter dem Wein hervor und hockte sich neben sie.

»Da war alles einfacher.« Seine Gegenwart tat ihr wohl. Er strahlte noch immer dieselbe Zuversicht aus.

»Kann ich dir helfen?«, fragte er.

»In meinem Kopf herrscht ein Wirrwarr, und ich weiß nicht, ob du etwas dagegen tun kannst. Ich habe mich noch nicht daran gewöhnt, dass du kein frecher Bengel mehr bist, der mir Eidechsen in die Tasche steckt.«

Er grinste. »Und ich kann mich nicht daran gewöhnen, dass ich dich nicht mehr an deinem Pferdeschwanz ziehen darf.«

»Tu, was du nicht lassen kannst! Vielleicht bekomme ich davon einen klaren Kopf.«

Er zupfte liebevoll daran.

»Magst du mir nicht erzählen, was los ist? Schlimmstenfalls bin ich immer noch nur ein Bengel und kann dir nichts raten. Aber wer weiß?«

Sie hatte ihm immer alles erzählen können. Warum nicht jetzt? Daran hätte sie gleich denken können.

Sie suchte nach Worten. Wo sollte sie anfangen?

»Ach was, es ist zu kompliziert.« Sie zog den Brief aus ihrer Tasche und drückte ihn Yeray in die Hand. »Hier. Ich habe gestern diesen Brief meines Vaters gefunden.«

Während er las, versuchte sie, Kraft aus der Sonnenwärme und dem Duft der feuchten Erde zu tanken. In ein paar Monaten würde der Wein reifen und der goldene Geschmack dieses Sommers in Flaschen abgefüllt werden. Niemand, der ihn trank, würde ahnen, welche Probleme sie hier zwischen den grün leuchtenden Rebstöcken gewälzt hatten.

Yeray faltete den Brief sorgfältig zusammen und gab ihn ihr zurück.

»Nun verstehe ich, warum die Melodie in dir durcheinandergeraten ist. Wie geht es dir mit dieser überraschenden Bitte deines Vaters?«

»Ich darf ihn nicht enttäuschen. Er hat mich nie um etwas gebeten, daher kann ich mir nicht vorstellen, ihm diesen Wunsch nicht zu erfüllen. Aber Yeray, ich möchte hier nicht fort! Hier bin ich glücklich, hier ist meine kostbare Zuflucht. Hier ist alles leicht und bunt und voller Leben. Ich fühle mich endlich frei, und es geht mir gut. Ich habe vor nichts Angst, solange ich hier bin.« Sie schwang ein Bein über den Felsen und saß nun rittlings darauf wie in Kinderzeiten, damit sie Yeray ansehen konnte. »In Deutschland, da erinnert mich alles an meine gescheiterte Ehe.

Und an die Liebe, die ich verloren und nie wieder gefunden habe.«

»Du meinst Remys Vater?«

»Ja, Remys Vater. Außerdem ist es kalt und grau in Deutschland, und – ja, da ist noch etwas, aber wenn ich dir das erzähle, wirst du mich für verrückt halten.«

»Gib mir eine Chance.«

Sie zögerte, aber dann platzte die Geschichte doch aus ihr heraus. Sie berichtete von dem Nebelmann, der Remy ins Watt gerufen und in Gefahr gebracht hatte. Von der streng blickenden Möwe, die irgendetwas mit ihm zu tun hatte und immer wieder auftauchte. Die sogar gewusst zu haben schien, dass der Vulkanbriefbeschwerer ein Geheimnis barg.

»Diese Myra Webelhuth wohnt an der Ostsee. Ich wollte nie wieder mit Remy an die Ostsee oder an die Nordsee fahren. Mir sind sie unheimlich, diese grauen, kalten Meere mit ihren Geistern. Ich habe nie an die Dämonen im Meer geglaubt, von denen dein Vater erzählt, auch wenn ich gern seinen Geschichten gelauscht habe. Aber inzwischen bin ich mir nicht mehr so sicher. Ich spüre es, dass dieser merkwürdige Mann, den es nicht gibt, etwas von Remy will. So, jetzt kannst du mich auslachen!«

»Warum sollte ich? Ich bin Salvas Sohn. Die Guanchen haben immer an diese Geschichten geglaubt.«

»Ach, Yeray. Was soll ich denn nun machen?«

»›Diese Myra‹, wie du sie nennst, ist deine Großmutter. Familie! Vielleicht ist sie einsam. Vielleicht lebt sie aber auch nicht mehr. Ich denke, du solltest es herausfinden. Es wird dir sonst keine Ruhe lassen, vor allem nicht, da es der letzte Wunsch deines Vaters war. Außerdem ist es auch Remys Familie. Sie ist kein Kind mehr. Du solltest sie mitentscheiden lassen! Aber, kleiner *Pinzón*, es ist deine Geschichte. Ich kann dir nur sagen, was *ich* tun würde. Was würdest du denn am liebsten machen?« Er strich eine verschwitzte Haarsträhne aus ihrer Stirn.

»Am liebsten? Es ist es so leer und still ohne Regina und Florentina geworden, und Remy ist auch bald fort. Das Haus, so sehr ich es liebe, ist zu groß geworden. Wärt ihr böse, wenn ich ausziehen und mir eine eigene kleine Wohnung mieten würde, nur für mich?«, fragte Ylvi. »Eine kleine Wohnung mit einem Balkon, der so ein tolles schmiedeeisernes Gitter hat, wie ich sie schon als Kind bewundert habe?«

»Aber natürlich wäre niemand böse. Maria wird ohnehin bald zurückkehren und in dem Haus leben wollen. Aber *Pinzón!*« Yeray nahm ihre beiden Hände und sah sie eindringlich an. »Wenn die Stille und die Einsamkeit dich bedrücken, wäre eine lebendige Großmutter nicht wunderbar? Ich verstehe wahrscheinlich besser als alle anderen, wie sehr dein Mann dich verletzt hat. Wir waren uns als Kinder nahe, und diese alte Nähe ermöglicht es mir immer noch zu spüren, was in dir ist. Ylvi und Yeray, die Unzertrennlichen, weißt du noch? Es war richtig damals, dass du fortgelaufen bist von diesem Ricky. Es war auch richtig, dass du hierhergekommen bist, wo deine Seele heilen konnte. Aber ich glaube, in diesem Fall ist es nicht richtig, vor dem Wunsch deines Vaters wegzulaufen. Er kannte dich noch besser als ich. Und er kannte diese Myra Webelhuth. Deine Großmutter. Er wird sich etwas dabei gedacht haben.«

Ylvi saß einen Augenblick still. »Ja – schon. Aber Liv – meine Mutter – ist vor dieser Frau weggelaufen. Meine Mutter – Regina – hatte Angst vor ihr. Mein Vater schreibt, sie sei forsch und direkt. Sie klingt nicht wie eine liebe Großmutter. Ich habe auch Angst!« Jetzt zog sie selbst an ihrem Pferdeschwanz, wie immer, wenn sie nervös war. »Myra Webelhuth wird mir die Schuld am Tod ihrer Tochter geben. Wenn Liv nicht schwanger gewesen wäre, wäre sie nicht weggelaufen, um meinen Vater zu suchen. Ich habe mir nach der Scheidung von Ricky geschworen, dass mir niemand mehr Vorwürfe oder ein schlechtes Gewissen machen wird. Ich möchte mich nicht mehr beschimpfen und anschreien lassen.«

Sie lehnte sich an Yerays Schulter, einfach weil es sich gut anfühlte. »Und wie soll ich ihr bloß erklären, was meine Eltern getan haben? Warum sie ihr nichts von mir erzählt haben?«

»Aber *Pinzón*, hier handelt es sich um eine alte Dame, wenn sie überhaupt noch lebt. Es ist unwahrscheinlich, dass sie schimpft. Glaubst du nicht, sie wird glücklich sein, dass sie eine Enkelin und eine Urenkelin hat? Dein Vater scheint eine Menge von ihr gehalten zu haben. Ganz sicher ist sie nicht so dumm, dir die Schuld daran zu geben, dass du geboren bist. Wenn jemand schuld ist, dann der Junge, der in den Ferien mal eben eine Sechzehnjährige schwängerte. Und auch für das Verhalten deiner Adoptiveltern kannst du nichts. Sie wird es dir nicht anlasten.«

Etwas raschelte laut hinter ihnen im Wein, plumpste zappelnd neben Ylvis Fuß zu Boden und stieß ein Kreischen aus. Sie zuckte heftig zusammen.

»Nanu!« Yeray kniete sich hin und fing an zu lachen. »Das ist nur ein Vogel! Oh, ich glaube, er ist verletzt.«

»Das Gespräch über Dämonen scheint mich nervös gemacht zu haben.« Ylvi genierte sich. Vor so einem kleinen Wesen hatte sie sich erschrocken! Sie kniete sich neben Yeray und strich mit dem Finger über die weichen Federn, blickte in große, erschrockene schwarze Kulleraugen.

»Was ist das, ein Sittich? Wie wunderschön! Was hat er?«

Yeray hob den kleinen Körper behutsam hoch. In seinen Händen lag der Vogel vertrauensvoll still.

»Sein Flügel. Der kleine *demonio* hat einen gebrochenen Flügel. Wahrscheinlich aus dem Nest gestürzt, oder eine Katze hat ihn erwischt. Es ist ein Bourkesittich. Hier leben ein paar frei, die sind mal aus dem Loro Parque entflogen. Vielleicht ist es auch ein Haustier – nein, er hat keinen Fußring. Aber wenn er jemandem ausgebüxt ist, weiß es Dr. Gonzo. Hast du zufällig ein Halstuch in der Tasche?«

Sie fand nur eine Nagelschere. Schnell schnitt sie einen Streifen von ihrem Unterhemd ab. Yeray schnitzte Stöckchen mit seinem Taschenmesser zurecht. Sie hielt den Vogel still, während Yeray gekonnt den Flügel schiente.

»Ich nehme ihn mit nach Hause, bis du mit Dr. Gonzo gesprochen hast«, bot Ylvi an. Sie mochte sich gar nicht wieder trennen von diesem vom Himmel gefallenen Wesen. Ein wenig größer als ein Wellensittich war er. Aprikosenfarbene Federn am Bauch, darüber blaue, auch die Stirn war blau und die Flügeldecken zart rotbraun gemustert. Hinreißend. So bunt und weich und hilflos saß er in ihrer Hand, und doch gab er ihr Kraft und Mut. Er war das genaue Gegenteil von der Möwe. Ylvi fühlte sich auf einmal besser.

»Ist gut, *Pinzón*. Dann hast du Gesellschaft. Ihr könnt euch gegenseitig trösten. Wundere dich aber nicht, diese Art schläft mittags bis nachmittags. Sie sind dämmerungsaktiv, daher die großen Kulleraugen ohne Ring, anders als bei Wellensittichen. Diese Augen können gut mit weniger Licht auskommen.«

Ylvi war schon ein paar Meter weg, da rief er ihr nach. »*Pinzón*, hast du schon einmal in Betracht gezogen, dass dein Meeresdämon nichts Schlechtes von Remy will, sondern etwas Gutes? Die Dämonen sind nicht alle schlecht, weißt du.«

Da hatte sie gedacht, er würde über ihre Dämonengeschichte lachen, und jetzt tat er so, als wären Dämonen das Natürlichste von der Welt.

Auf dem Heimweg kaufte sie sich eine Zeitung und einen alten Käfig für ihren Schützling. Als sie ihn gut versorgt hatte und er in einer Ecke vor sich hindöste, nachdem er zu ihrer Erleichterung etwas getrunken und ein paar Körner gepickt hatte, betrachtete sie die Anzeigen, bis sie die Adressen von drei freien Wohnungen auf ihrem Notizzettel hatte.

Der Vogel schlief. »Ich bin gleich zurück, *Demonio*«, sagte sie leise. Der Name war so absurd für das friedliche kleine Tier, dass sie beschloss, ihn beizubehalten.

Ylvi sah sich die Wohnungen von außen an. Die dritte gefiel ihr, und sie hatte genau so einen Balkon, von dem sie immer geträumt hatte. Natürlich war der Blick nicht so schön wie von der Dachterrasse, aber hier war fast jeder Blick schön. Sie rief den Vermieter an und bekam ihn nach einigem Hin und Her ans Telefon. Er schien erfreut und gab ihr einen Besichtigungstermin.

Zufrieden mit sich selbst, weil sie sich diese Miete ohne Probleme würde leisten können, holte sie sich an einem Stand eine Portion Gambas al Ajillo und aß die heißen Garnelen auf einer Mauer sitzend. Hinter ihr wachte der Vulkan, um sie herum blühte verschwenderisch die Bougainvillea, und in der Ferne lag sanftblau das Meer.

Sie wollte hier nicht weg. Teneriffa war kein Luftschloss, aber sie fühlte sich wohl und sicher auf der Insel, und die Blumen waren bunter und wuchsen weiter in den Himmel als sonst irgendwo.

Aber die Melodie, die du suchst, hast du auch hier nicht gefunden, sagte eine Stimme in ihrem Kopf.

Ylvi zuckte zusammen. Wo kam die her?

Die Enthüllungen ihres Vaters hatten sie verwirrt. Das war ja kein Wunder. Auf einmal hatte sie zwei Mütter und eine Großmutter.

Aber warum sollte sie diese Großmutter nicht besuchen? Sie konnte jederzeit wieder zurück nach Teneriffa. Sie musste nicht dort bleiben.

Als sie zu Hause vorfuhr, saß Remy auf den Stufen vor der Tür und betrachtete etwas Leuchtendes auf ihrer Handfläche. Sie war so vertieft, dass sie erst aufblickte, als Ylvi vor ihr stand.

»Mom, wo kommt das her? Das habe ich noch nie gesehen.«

Sie hielt Ylvi das Bernsteinschiff hin.

»Wie kommst du an das Schiff?«, fragte Ylvi, um Zeit zu gewinnen. Sie hatte es doch in ihrem Schmuckkasten versteckt!

»Ich wollte mir eine Kette ausleihen. Heute Abend ist eine Party. Du hattest gesagt, ich kann das jederzeit tun. Wusstest du, dass man in diesem Schiff Gesichter sehen kann?«

»Gesichter? Wie meinst du das? Ich wollte dir das Schiff gerade zeigen. Ich habe es gestern erst bekommen.« Ylvi setzte sich neben Remy und betrachtete das Bernsteinschiff. Das Schiff gehörte immer noch dieser Myra. Liv hatte es nur mitgenommen, und sie, Ylvi, sollte es nun auf Wunsch ihres Vaters zurückbringen.

Remy hielt es ihr direkt vor die Nase und zeigte mit dem Finger auf den goldenen Rumpf.

»Hier! Innen im Bernstein. Sie kommen vom Bug und huschen hindurch bis zum Heck, und dann sind sie wieder fort. Wie ein

Licht oder auch ein Schatten. In der Mitte kann man sie für einen Moment erkennen. Es sind ein Mann und eine Frau. Manchmal sieht man sie einzeln, nur das Gesicht, als ob sie einen ansehen, und dann wieder laufen sie Hand in Hand einen Strand entlang. Und ein kleines blondes Mädchen taucht auch auf. Wie kann das sein? Und wer sind sie? Oder spinne ich? Siehst du sie auch?«

Ylvi blickte ungläubig in die goldenen Tiefen, in denen das Sonnenlicht spielte. Nein. Doch! Da bewegte sich etwas! Für einen Moment sah sie ein kleines Bild, das Gesicht einer schönen Frau mit einem langen Zopf. Dann war sie fort, und ein Kind mit wilden blonden Haaren sprang durch den Bernstein und verschwand. Ylvi fühlte das vertraute Frösteln um ihre Schulterblätter kriechen. Wie konnte das sein, und wer war das? Etwa Myra? Und das Kind? War es Liv? Ihre – Mutter?

»Mom?«

Ylvi atmete tief ein und versuchte, ihre Gedanken zu sortieren. Und ihre Gefühle. Jetzt, da sie diese unbekannte Mutter und Großmutter als lebendige Bilder gesehen hatte, wenn auch nur für einen winzigen Augenblick, erschienen sie ihr auf einmal real.

»Ja. Ich sehe sie. Gestern habe ich das nicht bemerkt. Lass uns auf die Terrasse gehen. Ich brauche etwas zu trinken. Dann erzähle ich dir die ganze Geschichte.«

»Warte.« Remy griff in ihre Hosentasche. »Ich habe auch etwas – seit einigen Tagen. Ich wusste nicht, ob ich es dir erzählen soll, weil ich weiß, dass es dich beunruhigen wird.« Sie hielt Ylvi einen Stein hin, der ungefähr die Form eines Ankers hatte.

Er leuchtete, mit einem inneren Feuer, wenn auch viel dunkler als das Schiff. Bernstein.

»Ich stieg gerade aus dem Wasser. Es war kaum Wind, und die Wellen waren ganz flach. Auf einmal kam von hinten eine einzelne größere Welle, und als sie auf ihrem Höhepunkt war, kurz bevor sie brach, lief für einen Moment ein Licht auf ihrem Kamm entlang. Ein goldenes Licht. Dann war es wieder weg, und die Welle brach und schäumte den Strand hinauf. Als das Wasser wieder ablief, lag dieser Bernstein direkt vor meinen Füßen. Ich wusste gleich, was es ist, als ich ihn aufhob. Er ist so leicht. Wie mein Anhänger.« Remy schwieg einen Moment. »Es klingt verrückt, aber das ist sowieso alles verrückt. In meinem Kopf war eine Stimme, die sagte: ›*Komm nach Hause, Remona!*‹ Ich habe niemanden gesehen, aber ich habe die Stimme wiedererkannt. Es war die Stimme von dem Mann an der Nordsee, der mich nachts gerufen hat.«

»Das ist doch so lange her.« Ylvi war entsetzt. Hier? Der Nebelmann war auch hier gewesen?

»Ich kann mich trotzdem ganz genau erinnern«, sagte Remy hartnäckig. »Und beim Schwimmen war es einmal kurz, als ob mich jemand berührte. Aber sicher war es nur eine Qualle …«

Ylvi rieb sich über die Stirn. Das wurde ihr alles gerade zu viel. Yerays Worte fielen ihr ein.

Hast du schon einmal in Betracht gezogen, dass dein Meeresdämon nichts Schlechtes von Remy will, sondern etwas Gutes?

Aber was sollte das sein? *Komm nach Hause*, hatte er gesagt.

Hatte der Nebelmann vielleicht etwas mit Myra Webelhuth zu tun? War er ihr Mann? Ihr Geist?

Nach Hause würde dann wohl Ahrenshoop bedeuten.

»Oh!« Entgeistert starrte sie Remy an, ohne sie wirklich zu sehen. In diesem Augenblick war ihr eingefallen, wo sie den Namen Ahrenshoop schon einmal gehört hatte. Das Wildapfelgelee aus dem Feinkostladen, nach dessen golden-fruchtig-süß-salzig-würzigem Sommergeschmack sie während der Schwangerschaft geradezu süchtig gewesen war. Es stammte aus Ahrenshoop.

»Chill mal, Mom! Entspann dich. Du bist ganz blass. So unheimlich sind Bernsteine nun auch wieder nicht. Aber was bedeutet das alles? Da ist doch was!«

Ylvi riss sich zusammen und öffnete die Haustür.

»Ja. Ich erzähle es dir oben.«

Nachdem sie ein Glas Limonade heruntergestürzt hatte, erzählte sie Remy von der Möwe und der Entdeckung im Vulkan, und dann drückte sie ihr kurzerhand Rainers Brief in die Hand.

»Uih. Cool«, sagte Remy, als sie mit Lesen fertig war, und drehte das Bernsteinschiff hin und her. »Glaubst du, das da drin sind diese Liv – meine Oma – und meine Uroma und mein Uropa? Das ist ja voll irre!« Sie runzelte die Stirn. »Hat man an der Grenze wirklich Menschen erschossen? Ich meine, ja, aus dem Geschichtsunterricht weiß ich das. Aber da war es so abstrakt. Jetzt war es deine Mutter, die da gestorben ist. Und sie war kaum älter als ich. Ich kann mir das gar nicht vorstellen.«

»Ich *will* es mir nicht vorstellen«, sagte Ylvi leise. »In der Nacht, als die Mauer fiel, hatte ich zuerst panische Angst, dass jemand schießen würde.«

»In der Nacht, in der ihr mich gemacht habt? Oh. Stell dir vor, sie hätten wirklich geschossen. Dann wäre dir dasselbe passiert wie deiner Mutter.«

Sie sahen sich an.

»Zum Glück sind ganz bald Sommerferien. Dann können wir los«, sagte Remy schließlich.

»Los? Wohin?«

»Na, nach Ahrenshoop natürlich, meine Uroma suchen, was denn sonst? Opa hat es sich doch so gewünscht, und außerdem möchte ich sie kennenlernen. Du etwa nicht?«

Ylvi sah in Remys helle Augen, die sie entgeistert ansahen.

Sie seufzte. »Ich muss mich noch an den Gedanken gewöhnen. Vielleicht lebt sie auch gar nicht mehr.«

»Warte, das wissen wir gleich. Wenn sie Künstlerin ist oder war, finde ich sie.« Schon hatte Remy ihren Computer aufgeklappt und tippte eilig auf den Tasten herum. Ylvi fühlte einen Anflug von Stolz auf ihre Tochter. Sie wusste sich zu helfen.

»Vielleicht gehe ich später in die Politik«, sagte Remy. »So was wie die Mauer, das darf es nie mehr geben. Hier, da ist sie ja! Myra Webelhuth. Lustiger Name übrigens. Viel steht nicht im Internet, auch kein Foto von ihr, aber es gibt einen Laden in Ahrenshoop, Tallulahs Meerdesign, die verkaufen Strandklamotten. Da wird sie erwähnt, als Schneiderin und Designerin. Und es gibt eine Galerie, ›Strandgut‹ heißt die, die Bilder von ihr verkauft. Es steht nirgends, dass sie gestorben ist. Hier, dieses Bild hat sie erst letzten Herbst gemalt. Ist nicht ungewöhnlich, aber hat was. Schön bunt. Irgendwie lebendig. Nun guck doch mal, Mom!«

Zögernd sah Ylvi über ihre Schulter.

Das Bild zog ihren Blick an und hielt ihn fest. Dahlien und Sonnenblumen, die sich gegen einen Herbstwind stemmten und zu glühen schienen vor Kraft und Lebendigkeit. So, wie Ylvi selbst die Blumen am liebsten hatte. Je länger sie hinsah, desto lauter hörte sie in ihrem Inneren eine Melodie aufklingen, der sie gern lange gelauscht hätte.

»Ist da eine Adresse angegeben?«

»Nein. Aber die krieg ich raus«, versicherte Remy. »Ich schreib die Galerie an und tu so, als ob ich das Bild kaufen möchte. Oder wir fahren einfach hin und fragen nach ihr. Komm schon, Mom. Wir müssen Opa seinen Wunsch erfüllen. Was anderes kommt nicht in Frage. Außerdem bin ich neugierig auf meine Großmutter. Und an die Ostsee oder Nordsee wollte ich schon immer mal. Auf Dauer sind Palmen langweilig. Ich mag es auch mal kalt und grau und vor allem stürmisch. Da kann ich mich gleich an das Wetter in London gewöhnen.«

Im Grunde hatte Ylvi es gewusst, seit ihr dieses leuchtende kleine Schiff in die Hand gefallen war. Die ganze Nacht war ihr im unruhigen Halbschlaf gewesen, als wäre sie darauf unterwegs und würde den Wind in den silbernen Segeln rauschen hören. Und als sie vorhin die lebendigen Gesichter im Bernstein gesehen hatte, hatte sich etwas verändert. Jetzt konnte sie es bei aller Angst kaum erwarten, ihre Großmutter kennenzulernen.

Sie war doch nicht allein mit Remy! Es gab noch Familie! Auf einmal hatte sie Herzklopfen.

Von unten kam ein Zwitschern. Demonio war aufgewacht.

»Was ist denn das für ein Patient? Der ist ja voll süß«, sagte Remy.

Ylvi erzählte ihr die Geschichte, während sie Demonio behutsam in die Hand nahm. Mit wachen Augen sah er sie an. Er schien keine Schmerzen zu haben. »Es geht ihm schon besser, dem kleinen Dämon, der mich so erschreckt hat. Ich glaube, er ist mein Glücksbringer. Er macht mir Mut, dass alles gut wird.«

»Und das hier ist meiner«, sagte Remy und hielt ihren Bernsteinanker hoch. »Du musst dir keine Sorgen machen, Mom. Wer immer dieser Nebelmann mit der Stimme ist, der mir Bernsteine zuspielt, er ist ein Freund und die Möwe auch. Glaub mir!«

»Woher willst du das wissen?«

»Instinkt. Ich bin mir einfach sicher.«

»Yeray hat so etwas Ähnliches gesagt. Remy, ich hab noch einen Termin. Siehst du nach Demonio? Ich bin bald zurück.«

Die Wohnung war ein Traum. Klein zwar, aber genau richtig für Ylvi, mit einem Gästezimmer für Remy, wenn sie da war, und einer kleinen Kammer, in der Ylvi ihre Luftschlossbausteine herstellen könnte.

Das Haus hatte Ylvi damals möbliert gemietet, daher hatte sie nur wenige eigene Sachen, die sie problemlos in der Wohnung unterbringen konnte. Dann würde sie mit Remy diese Reise an die Ostsee machen, und wenn sie zurückkehrte, hier neu anfangen.

Sie trat auf den Balkon hinaus und schloss die Hände um das sonnenwarme schmiedeeiserne Gitter. Vor ihr lagen die Dächer von La Victoria und dahinter das Meer, noch näher als von der alten Dachterrasse aus.

Und auf dem Dach des Nachbarhauses saß die große Silbermöwe mit schiefgelegtem Kopf und starrte Ylvi missbilligend an.

»Sie können es sich gern bis morgen überlegen«, sagte der Vermieter hinter ihr.

Statt nach Hause fuhr Ylvi die paar Kilometer bis nach El Bollullo, an Remys Lieblingsstrand. Im Kofferraum lagen immer ein Badeanzug und eine kleine Luftmatratze. Die hatte Luft verloren. Ylvi pustete sie mit einiger Anstrengung auf, lief rasch über den heißen schwarzen Sand, um sich die Fußsohlen nicht zu verbrennen, und paddelte hinaus auf das ruhige Meer. Dort legte sie sich auf den Rücken und träumte in den Himmel, träumte, wie es wäre, allein in dieser Wohnung zu leben. Ohne Verpflichtungen. Sie könnte tun und lassen, was sie wollte. Niemand würde ihr wegen irgendetwas Vorwürfe machen. Sie konnte Setzlinge in der Badewanne ziehen und auf dem Wohnzimmertisch Luftschlösser entwerfen so viele sie wollte, und wenn im Kühlschrank nichts als Knäckebrot und Marmelade war, störte es niemanden.

Aber die Stille, die würde mit ihr dort einziehen, und es würde niemanden geben, der Ylvi brauchte.

Was war das? Irgendetwas war von unten gegen die Luftmatratze gestoßen. Befand sich hier ein Felsen im Wasser? Ehe sie sich wieder auf den Bauch drehen konnte, kam ein zweiter, heftigerer Stoß, und sie landete im Wasser.

Der Strand war auf einmal weit entfernt. Warum war sie so weit abgetrieben, es war doch kein Wind und keine Strömung?

Sie hielt sich an der Luftmatratze fest und begann, auf das Land zuzuschwimmen, doch wie sehr sie sich auch anstrengte, sie kam keinen Zentimeter vorwärts. Sie hätte schwören können, dass jemand an der Luftmatratze zog!

So weit draußen war sie noch nie gewesen, und sie war nur eine mittelmäßige Schwimmerin. Plötzliche Angst lag ihr im Magen. Sie versuchte, wieder auf die Luftmatratze zu klettern und zu paddeln.

Als sie sich umdrehte, sah sie ihn und schluckte vor Schreck Wasser.

Am anderen Ende der Luftmatratze zog tatsächlich jemand!

Oder? Hinter ihm sah sie den ungebrochenen Horizont. Der Mann wirkte wie ein dichterer Teil des sommerlichen Dunstes, der über dem Wasser lag.

Der Nebelmann. Sie wusste es, ehe seine Stimme in ihrem Kopf erklang.

Was muss ich noch alles anstellen, damit du auf deinen Vater hörst? Es ist Zeit!

»Warum bringst du mich in Gefahr? Warum hast du Remy in Gefahr gebracht?«

Ich habe niemanden in Gefahr gebracht. Ich habe Remona gerufen, und jetzt rufe ich euch beide, und du hörst nicht. Warum hörst du nicht? Was willst du hier?

»Einen Platz für mich allein, wo ich in Sicherheit bin. Was ist falsch daran?«

Es ist der falsche Platz. Und wo ich bin, bist du in Sicherheit.

»Wer bist du?«

Finde es heraus.

Dann war er fort. Ylvi paddelte an Land.

Sie hatte schon vor dieser unerwarteten Begegnung beschlossen, die Wohnung jetzt nicht zu nehmen. Woher sollte sie wissen, wie lange es dauerte, eine Großmutter kennenzulernen?

Außerdem war da noch etwas.

Der Nebelmann hatte ihr da draußen zunächst einen gehörigen Schrecken eingejagt. Doch etwas an ihm zog sie an. Sie würde ihm gern wieder begegnen. Vor allem aber musste sie unbedingt herausfinden, wer er war.

Denn er hatte sie mit Remys hellen Augen angesehen.

Ylvi

2006

Ahrenshoop

28

Verwandte

»Stopp! Du hättest nach links abbiegen müssen, Mom. Auf dem Schild stand ›Fischland-Darß‹.«

Ylvi stieg auf die Bremse.

»Wo war denn da ein Schild?« Wie sollte man bei diesem Nieselwetter überhaupt ein Schild sehen? Alles war hier grau. Der Himmel, der Regen, die Straße, die Autos.

»Vor der Scheune da hinten. Es war hinter der Hecke versteckt.«

»Früher hat man in Deutschland die Hecken ordentlich geschnitten.« Ylvi suchte nach einer Stelle zum Wenden. »Ich wünschte, wir hätten doch ein Zimmer in einer Pension gebucht. Dann könnten wir uns erst einmal ausruhen.«

»Ach was. Deine Oma wird uns schon etwas empfehlen. Die kennt sich hier aus. Entspann dich, Mom. Das soll doch unser Abenteuer sein.«

Oma. Wie sich das anhörte. Ylvi bekam ihre Vorstellung von Myra Webelhuth und einer – ihrer – Oma noch nicht zusammen.

»Dich bedrückt bloß das Wetter«, meinte Remy. »Ich finde es herrlich! Guck mal, wie die Wolken da oben jagen. Und der Wind dreht die Baumkronen um wie Regenschirme. Hast du bemerkt, wie die Luft riecht? Frisch und würzig und aufregend.«

»Zu aufregend. Ein paar Meter Sicht wären schön.« Endlich hatte Ylvi den Abzweig gefunden und fuhr geradewegs über ein Schlagloch. Von irgendwo kam ein Zwitschern. Ylvi bremste den

Leihwagen, der ihr unsympathisch war, und sah sich entgeistert um.

»Hast du das gehört?«

»Was denn?«, fragte Remy.

»Es klang wie Demonio. Ich hab es ja gesagt, ich sollte mich ausschlafen. Ich halluziniere! Wie es ihm wohl geht?«

Es war ihr sehr schwergefallen, sich von ihrem kleinen Gefährten der letzten Wochen zu trennen. Demonio war so zutraulich geworden, saß am liebsten auf ihrer Schulter und kommentierte alles, was sie tat. Allein schon der Anblick seiner Farben heiterte sie auf, und sein verständnisvoller Blick tat ihr gut. Einen Verband trug er nicht mehr, aber laut Doktor Gonzos Diagnose würde er für immer flugbehindert bleiben. Yeray hatte versprochen, ein gutes Zuhause für ihn zu finden.

Remy nahm ihre Tasche auf den Schoß, kramte darin herum und sagte: »Es geht ihm gut, glaube ich. Er ist aufgewacht.«

»Wie bitte?« Ylvi wäre fast in den Graben gefahren und stieg zum dritten Mal auf die Bremse. Hinter ihr hupte jemand und fuhr wild gestikulierend vorbei.

Remy hielt ihr eine Schachtel mit Luftlöchern darin vor die Nase. Ungläubig schielte Ylvi durch die Löcher in das dämmrige Innere. Da saß ihr kleiner Freund und plinkerte sie verschlafen an.

»Gut, dass wir bald da sind«, sagte Remy. »Dann kann er in seinen Käfig. Der ist in meinem Koffer. Ein ganz geniales Ding, den kann man super zusammenklappen. Hat Yeray besorgt.«

»Du willst mir also erzählen, dass Yeray mit dir bei dieser Schmuggelgeschichte zusammengearbeitet hat? Hat er denn gar nicht daran gedacht, wie es Demonio im Flugzeug gegangen sein muss? War der die ganze Zeit in deiner Tasche?«

»Yeray hat ihm etwas gegeben. Was Unschädliches. Außerdem war es ja eh Demonios Schlafenszeit. Das Ganze war gar nicht meine Idee, sondern Yerays. Er hat gemerkt, wie deprimiert Demonio ohne dich war, als du ihn vor einigen Tagen bei Yeray abgegeben hast. Der fing an, seine Federn auszurupfen, wie es Sittiche und Papageien tun, wenn sie traurig und einsam sind. Yeray meinte, der kurze Flug wäre weniger schlecht für ihn als die Trennung von dir. Und ich glaube, er wollte dir auch eine Freude machen.«

»Und die haben am Zoll nichts gemerkt?«

»Nö. Ich hab sie abgelenkt.«

Ylvi fragte lieber nicht genauer nach.

Demonio! Ihre schlechte Laune war verflogen. Sie war doch nicht allein in dieser grauen Landschaft. Er brachte Farbe hinein und Zuversicht und mit seinem hellen Zwitschern auch Musik.

Die Musik. Das war es, was ihr fehlte. In ihr war Totenstille. Diese Landschaft sprach nicht zu ihr.

»Aber wir haben keine Papiere für ihn. Was ist, wenn wir zum Tierarzt müssen?«

»Bourkesittiche sind von der Meldepflicht ausgenommen. Wir haben recherchiert, es gibt eine Liste. Er ist ja kein Großpapagei. Du musst dir keine Sorgen machen. Freu dich einfach.«

»Ich freu mich! Ich freu mich sogar sehr. Danke! Ihr seid toll.«

»Gern geschehen.«

Man merkte, dass Hochsaison war. Trotz des Regenwetters flanierten Feriengäste auf den schmalen Bürgersteigen der kleinen Orte, durch die sie fuhren. Wustrow. Niehagen. Althagen.

»Da ist es!« Remy zeigte auf ein Schild, das diesmal gut sichtbar am Straßenrand stand: Ahrenshoop.

Sie fuhren an Häusern mit Reetdächern vorbei und auch an

moderneren. An einer Töpferei und einer Buchhandlung namens »Bunte Stube«.

»Guck mal, lustiger Name!« Remy betrachtete ein Haus, über dessen Tür stand: CAFÉ NAMENLOS. »Da gehen wir mal essen, ja?«

»Sicher. Warum nicht.« An Essen mochte Ylvi jetzt nicht denken. Ihr war flau im Magen. Vielleicht trennten sie nur noch ein paar hundert Meter von ihrer unbekannten, forschen Großmutter.

»Am Schifferberg«, las Remy. »Hier musst du rein, und dann kommt ein Abzweig. Sanddornweg. Da!«

Diese Straße war nur ein Sandweg, ohne Asphalt, und wirkte heller und freundlicher als die lange Hauptstraße.

»Stopp! Wir sind da.« Kaum hatte Ylvi gehalten, sprang Remy aus dem Auto. »Ja, hier steht es: Webelhuth.«

Zusammen standen sie vor dem schlichten Tor in einem blaugestrichenen Lattenzaun und spähten hindurch. Ein Pfad führte einen Hügel hinauf, durch einen leicht verwilderten Garten, in dem große Sonnenblumen, Rittersporn und erste Dahlien durcheinanderblühten.

Die müssten angebunden werden, und überhaupt gäbe es hier einiges zu tun, dachte Ylvi.

Oben auf dem Hügel war hinter einem alten Birnbaum das Haus zu erahnen. Die Wände waren holzverkleidet und im gleichen dunklen Blau gestrichen wie der Zaun. Das Dach war aus Schiefer, auf dem so viel Moos wuchs, dass es grün wirkte. Das Moos war offensichtlich schon so lange ungestört, dass es richtige Hügel gebildet hatte, wodurch das Haus einen leicht verwunschenen Eindruck machte, gemütlich und abweisend zugleich.

Niemand war zu sehen. Die Fenster waren alle geschlossen.

»Ich klingel mal«, sagte Remy und drückte auf einen angelaufenen Messingknopf.

Das Haus war zu weit fort, um zu hören, ob die Klingel funktionierte. Nichts passierte. Remy versuchte es noch einmal und ließ den Finger eine Zeitlang auf dem Knopf.

»Vielleicht lebt sie doch nicht mehr«, sagte Ylvi leise.

»Myra is nicht da. Aber wenn sie wiederkommt, bäckert sie mir Bernsteinkekse«, verkündete eine Kinderstimme hinter ihnen.

Da stand ein etwa vierjähriges Mädchen mit rotbraunen Locken und blaugrünen Augen und strahlte sie an, als würden sie sich jeden Tag sehen.

Remy hockte sich hin. »Ja, hallo, wie heißt du denn? Ich bin die Remy.«

»Kyana. Möchtest du auch Bernsteinkekse?«

»Ganz bestimmt. Sie klingen lecker. Wohnst du hier?«

Die Kleine zeigte nach nebenan. »Nee, wir wohnen doch da.«

»Kyana, was machst du hier? Myra ist noch nicht da.« Eine junge Frau kam aus der Richtung des Nachbargrundstücks. »Oh, guten Tag. Kann ich Ihnen helfen? Suchen Sie Frau Webelhuth?«

»Ja, ich … wir wollten sie besuchen«, sagte Ylvi.

»Oh, das tut mir leid. Sie ist für ein paar Tage nach Kühlungsborn gefahren. Ich bin Carlotta Prevo.« Man sah sofort, dass diese Carlotta Kyanas Mutter war. Sie hatte die gleichen rotbraunen Locken. Und die gleichen Augen, die sie jetzt nachdenklich zusammenkniff. »Sagen Sie, kennen wir uns?«

Ylvi gab ihr die Hand. »Nein. Wir kommen gerade aus Teneriffa. Ylvi Matthis.«

»Oh, Entschuldigung. Etwas an Ihnen kommt mir so vertraut vor. Das ist ja schade, dass Myra ausgerechnet jetzt weg ist. Sie müsste in zwei Tagen zurück sein.«

»Können Sie mir dann vielleicht eine Pension empfehlen?«

Carlotta Prevo blickte betreten. »Herrje, das wird schwierig. Es ist Hochsaison. Hier ist alles ausgebucht.«

Remy, die sich noch in der Hocke mit Kyana unterhalten hatte, stand auf.

»Meine Tochter Remy«, stellte Ylvi vor.

»Hallo.« Die beiden gaben sich die Hand, und Ylvi sah, wie Carlotta Prevo erstarrte. Offensichtlich konnte sie ihren Blick kaum von Remys Gesicht lösen.

Was war hier los?

Carlotta räusperte sich. »Weiß Myra, dass Sie kommen?«

»Nein. Wir wollten sie sozusagen überraschen. Das heißt, wir wussten gar nicht, ob sie überhaupt noch lebt. Wir …« Ylvi verhaspelte sich und wusste nicht weiter. Wie konnte man eine solche Situation einer Fremden erklären?

Aus dem Auto erklang ein lautes Zwitschern.

»Is da ein Vogel drin?«, fragte Kyana mit großen Augen.

Remy legte einen Finger vor den Mund. »Psst. Ja. Ein Vogelprinz. Komm, ich zeig ihn dir.« Behutsam hielt sie Kyana die kleine Schachtel vors Gesicht.

»Wir brauchen unbedingt eine Unterkunft. Demonio muss aus der Schachtel und in seinen Käfig, der noch im Koffer ist. Fällt Ihnen nicht doch etwas ein?«, wandte sich Ylvi bittend an Carlotta.

»Ich würde sagen, Sie kommen jetzt erst mal mit nach nebenan. In der Küche gibt es Tee. Sie können den Käfig auspacken und ihren kleinen Freund versorgen. Wir finden bestimmt eine Lösung.«

»Das ist furchtbar nett. Aber das kann ich nicht annehmen. Wir kennen uns doch gar nicht.«

»Ich glaube, das wird sich ändern. Wir sind praktisch Myras

Familie. Sie ist Kyanas Patentante, und es besteht sogar eine entfernte Verwandtschaft. Nennen Sie mich einfach Carly.«

Sie wollte nicht unfreundlich sein. »Danke. Ich bin Ylvi.«

Carly lächelte sie an. »Willkommen in Ahrenshoop, Ylvi.« Sie griff nach einem der Koffer, den Remy ihr aus dem Auto reichte.

Ylvi ahnte, was hinter Remys Stirn ablief. Entfernte Verwandtschaft, das bedeutete wohl, dass sie selbst auch mit Carly und Kyana verwandt waren. Im weitesten Sinne. Familie also. Daran hatte sie überhaupt nicht gedacht, dass es außer Myra Webelhuth noch jemanden geben könnte. Ihr Vater hatte nichts dergleichen erwähnt.

Carlys Haus war völlig anders. Das Tor war nicht schlicht, sondern apart aus unregelmäßigen Treibholzstücken geformt. Die Wände waren hell gestrichen, und unten lugten runde Natursteine aus dem Putz. Das Dach war aus dickem, gemütlichem Reet.

Zu der kleinen Terrasse neben einer Loggia hin stand ein Fenster offen, aus dem sich eine dunkelhaarige Frau beugte.

»Carly? Wo bleibt ihr denn? Die Suppe ist fertig.«

»Tiryn ist ein Indianer«, erklärte Kyana wichtig. Offensichtlich hatte sie Remy zu ihrer neuen Freundin erkoren, denn sie wollte ihre Hand gar nicht mehr loslassen.

»Naja. Ihr Vater ist Indianer«, sagte Carly. »Tiryn ist eine Freundin. Genau genommen ist sie Kyanas andere Patentante und gehört auch zur Familie.«

Ylvi fühlte sich überfordert. So viele Menschen! Nette Menschen, die sie alle kennen würde, wenn die Dinge anders gelaufen wären.

Sie würde dazugehören, wenn Liv nicht fortgelaufen wäre.

Jetzt war es zu spät. Oder? Aber sie war hier, und man begegnete ihr freundlich. Allerdings ohne zu wissen, wer sie war. Wie sollte sie ihnen das am besten beibringen? Auf jeden Fall so bald wie möglich.

»Cool!«, sagte Remy, stellte den Koffer ab und sah sich in der Küche um, die von einem Ende des Hauses zum anderen reichte und ganz offensichtlich nicht nur zum Kochen diente.

Außer der Sitzecke am Fenster gab es einen Arbeitstisch, auf dem ein Chaos aus Zeichenstiften, einer Nähmaschine, irgendwelchen Zangen und Rollen aus Silberdraht sowie einigen Klumpen einer Knetmasse lag.

Es roch köstlich aus dem großen Topf, in dem die dunkelhaarige Frau hantierte. Ein kleiner Junge, vielleicht zwei Jahre alt, saß am Tisch und aß mit großem Ernst eine Mandarine.

Kyana kletterte auf die Bank und setzte sich neben ihn.

»Nicky, die Remy hat einen Vogelprinz«, sagte sie.

»Er heißt Demonio, und er gehört meiner Mutter«, erklärte Remy, die damit beschäftigt war, den Käfig aufzuklappen und mit Wasser und Futter auszustatten.

»Demonio?« Die Frau namens Tiryn blickte amüsiert auf den kleinen bunten Vogel, der sich inzwischen auf Ylvis Schulter an ihr Ohr kuschelte. »Wie ein Dämon sieht er aber wirklich nicht aus.«

»Genau deswegen heißt er so«, erklärte Ylvi. »Das ist eine lange Geschichte.«

»Setzt euch. Die Suppe reicht für alle«, sagte Tiryn, nachdem Carly ihr die beiden Neuankömmlinge vorgestellt hatte. »Es sei denn, ihr mögt keine Sauerampfersuppe. Dann finden wir was anderes.«

»Oh, bestimmt. Sie riecht köstlich. Wir möchten aber wirklich keine Umstände machen.«

»Das macht keine Umstände. Auf Naurulokki sind jederzeit alle willkommen.«

Warum sah diese Tiryn immer wieder Remy von der Seite an und wechselte bedeutungsvolle Blicke mit Carly?

Die Suppe war wirklich köstlich. Mit vollem Bauch und in der warmen Küche, in der freundliche Worte und kindliches Gelächter hin und her flogen, fielen Ylvi fast die Augen zu. Remy saß inzwischen mit den Kindern an dem anderen Tisch, und sie zeichneten gemeinsam etwas.

Tiryn räumte schließlich ab, Carly stellte Tassen auf den Tisch und ein Stövchen, das sie anzündete. Wie hypnotisiert blickte Ylvi auf die Kerzenflamme. War sie wirklich hier oder träumte sie?

»So«, sagte Tiryn und stellte mit einem entschlossenen kleinen Knall eine dickbauchige Teekanne auf das Stövchen. »Und jetzt bitte Klartext!«, sagte sie energisch.

Ylvi zuckte zusammen.

»Tiryn, sie sind müde«, sagte Carly mahnend. »Das kann doch warten.«

»Kann es nicht. Ich bin viel zu neugierig. Ich möchte jetzt wissen, was ihr beiden mit Myra Webelhuth zu tun habt. Und vor allem: Warum sieht uns Remy mit den Augen von Claas an?«

Die Augen von Claas. Langsam kamen die Worte in Ylvis müdem Hirn an. Schlagartig war sie wach.

»Ihr kennt den Nebelmann? Und er hat einen Namen?«

Carly und Tiryn wechselten wieder einen Blick.

»Nebelmann? Ja, so könnte man ihn wohl bezeichnen.« Carly zögerte.

»Dann habe ich ihn mir wirklich nicht eingebildet?« Diese

Frauen hatten ihn auch gesehen! Ylvi war sich nicht sicher, ob er ihr dadurch noch unheimlicher wurde oder im Gegenteil.

»Mom hält ihn für einen Meeresdämon«, sagte Remy vom anderen Tisch her. »Ich habe immer gesagt, er ist ein Freund.«

»Ein Meeresdämon?«

Nach einer verblüfften Sekunde lachten Carly und Tiryn schallend los.

»Entschuldige, Ylvi«, sagte Carly, als sie wieder sprechen konnte, und wischte sich die Lachtränen aus den Augen. »Wir wollten dich nicht auslachen. Aber die Vorstellung, unseren guten alten Claas, der zugegeben manchmal unheimlich sein kann, wenn man ihn nicht gewöhnt ist, als Dämon einzuordnen, ist wirklich lustig.«

»Oh, immerhin war er in letzter Zeit recht ungehalten«, meinte Tiryn.

»Es lag an einem Freund, einem alten einheimischen Fischer auf Teneriffa. Die Guanchen glauben an Meeresdämonen, und er hat mir schon als ich ein Kind war gruselige Geschichten von ihnen erzählt«, verteidigte sich Ylvi.

»Ja, so etwas wird man nicht so schnell wieder los«, sagte Carly verständnisvoll. »Als ich klein war, glaubte ich, der Tod wohnt unter dem Teppich. Das lag an einer Bemerkung, die einmal jemand zu meiner Tante gemacht hatte.«

»Wenn dieser Claas kein Dämon ist, was ist er dann?« fragte Ylvi. »Ich hatte auch das Gefühl, dass er ärgerlich war. Er wollte unbedingt, dass wir hierherkommen. Er hat mich sogar mit der Luftmatratze auf See hinausgezogen, weil ihm das so wichtig schien.«

»Er hat dich auf See hinausgezogen?«, fragte Carly entgeistert. »Normalerweise ist er dafür bekannt, dass er Menschen aus dem Wasser rettet, wenn sie in Gefahr geraten.«

»Er hat mir einen riesigen Schrecken eingejagt.«

»Moment.« Tiryn beugte sich vor und sah Ylvi forschend ins Gesicht. »Er wollte also, dass ihr hierherkommt, ja?«

»Zu mir hat er gesagt, ich solle nach Hause kommen. Und dann hat er mir einen Bernstein geschenkt, schon zum zweiten Mal«, ergänzte Remy.

Tiryn räusperte sich. »Kann es sein – habt ihr vielleicht zu irgendeinem Zeitpunkt eine große Silbermöwe gesehen?«

Ylvi starrte sie an. »Das kann man wohl sagen. Woher weißt du …?«

»Claas wollte, dass wir jemanden finden. Jemanden, den es gar nicht geben kann. Das war natürlich völlig unmöglich, obwohl wir es versucht haben. Da habe ich ihm gesagt, er soll sich gefälligst selbst darum kümmern. Und dann hat er die Möwe losgeschickt. Er ist mit den Vögeln seelenverwandt, weißt du, und sie erledigen Dinge für ihn.«

»Ihr redet von ihm, als sei es selbstverständlich, dass es Dämonen – Geister? oder was ist er? – gibt. Das klingt völlig schräg.« Ylvi kam damit nicht zurecht.

Carly lächelte. »Sind Verwandte nicht oft schräg? Im Grunde ist das doch normal.«

»Verwandte?« Claas. Die Augen. Remys Augen.

»Carly, Tiryn, wer um Himmels willen ist dieser Claas?«

Tiryn lehnte sich zurück. »Claas Kreyhenibbe, geboren im Jahre 1801. Unser aller Vorfahr. Mein Urururururgroßvater. Carlys Ururururgroßvater. Und Myras Urgroßvater. Und wenn mich nicht alles täuscht, obwohl ich noch nicht weiß, wie das sein kann, seid auch ihr Nachkommen von ihm.«

»Er ist ein Patriarch.« Carly betrachtete belustigt Ylvis ungläubigen und Remys interessierten Blick. »Er möchte alle beschützen, und vor allem will er die Familie endlich wieder beisammen haben, hier, wo sie hingehört. Hör mal, Ylvi, die Frage mag dir seltsam vorkommen, aber weißt du vielleicht etwas von einem kleinen Schiff aus Bernstein und mit silbernen Segeln?«

Wortlos sah sich Ylvi nach ihrer Tasche um. Remy reichte sie ihr. Ylvi fischte das Schiff behutsam heraus und wickelte es aus seinem blauen Seidenpapier. Auf der offenen Handfläche hielt sie es den beiden anderen hin.

Carly und Tiryn saßen einen Augenblick bewegungslos da. Dann sprang Carly auf und lief aus der Küche. Ylvi hörte Schritte auf einer Treppe.

Als Carly zurückkam, streckte sie Ylvi ebenfalls ihre Handfläche hin.

Darauf leuchteten zwei Schiffe, die ihrem aufs Haar glichen, nur dass der eine Bernsteinrumpf dunkler, der andere heller war.

Die kleine Flamme aus dem Stövchen spiegelte sich in den drei Bernsteinen und brachte sie zum Leuchten. Die silbernen Segel aller drei Schiffe, die sich in einem lautlosen Wind blähten, fingen das Licht auf und warfen Funken in die drei Gesichter und an die Wände der Küche von Naurulokki.

»Das dritte Schiff!«, flüsterte Carly.

Darßer Sauerampfersuppe

200 g – 300 g frischer Sauerampfer
50 g Butter
1 l Gemüsebrühe
200 g Sahne
1 Eigelb
Salz & Pfeffer

Sauerampfer waschen, die groben Stiele entfernen und in feine Streifen schneiden. Butter in einem Topf zerlassen, Sauerampfer hinzufügen und schmoren, bis er zusammengefallen ist.
Gemüsebrühe hinzufügen, 10 Minuten offen kochen lassen. Suppe pürieren, Sahne hinzufügen und weiter 5 Minuten offen kochen. Dann von der Kochplatte nehmen. Mit einem schnell eingequirlten Eigelb binden, dabei nicht mehr aufkochen lassen. Mit Salz und Pfeffer abschmecken.

29

Verbindungen

»Endlich sind alle drei Schiffe wieder zusammen«, sagte Tiryn. Sie klang ergriffen und seltsam glücklich.

Carly nahm ein Bild von der Wand. Sie hielt es Ylvi hin. »Das hat Nicholas gemalt, Tiryns Großvater. Es zeigt meine Tante Henny. Henny und Nicholas' waren Myras beste Freunde.«

Ylvi und Remy betrachteten das Gemälde interessiert. Es zeigte eine junge Frau mit langen rotbraunen Locken, die Carly ähnelte. Sie stand am Strand, im Hintergrund die Dünen, und blickte den Betrachter erwartungsvoll lächelnd an. Auf ihrer ausgestreckten Handfläche leuchteten die drei fingerlangen Bernsteinschiffe in der Sonne, und in den filigranen silbernen Segeln war ein lautloser Wind unterwegs.

»Henny hat an jenem Tag diese drei Schiffe von einem Händler namens Oskar gekauft und zwei davon ihrer Freundin Myra und ihrem Verlobten Nicholas geschenkt. Sie schlug vor, dass dies von nun an ihre Glücksbringer sein sollten und dass sie ihre liebsten Erinnerungen darin speichern könnten, so dass sie für alle Zeit im Bernstein erhalten bleiben würden, wie es manchmal mit Mücken oder Samen geschah. Für Henny war es ein Spiel«, erzählte Carly. »Doch die drei Bernsteine hatte Oskar von Claas persönlich erhalten, und Claas hatte ihnen die Eigenschaft, Erinnerungen zu bewahren, tatsächlich gegeben. Auf die Idee hat ihn Myra gebracht, ohne es zu wissen.«

»Myra war einmal auf einer Wiese mit ihrer großen Liebe, dem

Vater ihrer Tochter Liv«, ergänzte Tiryn und sah Ylvi dabei forschend an. »Er hieß Kjell. Myra sagte zu Kjell, dass sie es schön fände, wenn man die Erinnerungen im Bernstein für alle Zeit bewahren könnte. Sie ahnte nicht, dass Claas anwesend war und sie hörte.«

»Und dann hat er Myra diesen Wunsch erfüllt?«, fragte Remy mit großen Augen. Sie liebte interessante und seltsame Geschichten.

»Ja, obwohl wir lange nicht wussten, dass er dahintersteckte. Er beauftragte Oskar, die Schiffe aus den Bernsteinen zu fertigen. Claas hatte dabei auch einen eigenen Plan im Sinn. Er prophezeite, dass diese Schiffe manches fort- und anderes wieder hertragen würden. Dann sorgte er dafür, dass Henny die drei Schiffe kaufte.«

»Und was haben sie fort- und wieder hergetragen?«, wollte Remy wissen.

»Nicholas ging fort, aber er nahm das Schiff mit. Das Schiff war der Grund dafür, dass seine Enkelin Tiryn hierherkam und blieb. Und dass Carly herkam, lag an dem Bernsteinschiff ihrer Tante Henny. Das dritte Schiff, das Myra gehörte, galt als verschollen. Und nun kommen wir zu euch«, sagte Tiryn, verschränkte die Arme vor der Brust und legte den Kopf schief, als würde sie einem Geheimnis lauschen, das sie nicht verstand. »Dies ist eindeutig Myras Schiff. Du, Ylvi, hast Haare wie Myra, nur weniger störrisch. Du hast ihre Augen, nur sanfter. Du bist kleiner als sie, du bewegst dich anders, aber die Ähnlichkeit ist deutlich. Und deine wunderschöne Tochter Remy hat weder mit Myra noch mit dir Ähnlichkeit, aber sie hat eindeutig Augen, die ich noch in keinem Gesicht gesehen habe außer in dem von Claas Kreyhenibbe.« Tiryn zögerte und räusperte sich. »Myra hat uns versichert, dass ihre Tochter mit knapp siebzehn Jahren starb. Sie ist nie darüber hinweggekommen. Und doch sitzt ihr hier in der Küche von Naurulokki, und genau das wollte Claas offensichtlich erreichen. Welcher Teil der Geschichte fehlt uns also?«

Ylvi öffnete den Mund, doch dann zog sie den Brief ihres Vaters aus der Tasche und legte ihn auf den Tisch.

»Es ist am einfachsten, wenn ihr das lest«, sagte sie. »Ich habe diesen Brief erst kürzlich nach dem Tod meiner Mutter gefunden. Die Silbermöwe hat übrigens dabei geholfen, es war also wohl kein Zufall.«

Tiryn erwischte den Brief zuerst, rutschte dann aber zu Carly auf die Bank, damit sie ihn beide lesen konnten. Der rotbraune Lockenkopf und der schwarze glatte beugten sich einträchtig über Rainers Zeilen. In der Küche machte sich Stille breit, nur Demonio zwitscherte gelegentlich leise. Die Kinder waren auf dem Sofa im Wohnzimmer eingeschlafen.

Ylvi saß wie versteinert und traute sich kaum, sich zu rühren. Sie war älter als die beiden anderen und fühlte sich doch in diesem Moment wie ein kleines Mädchen, das etwas ausgefressen hat und nun eine Beichte ablegte. Dabei war es die Beichte ihres Vaters. Aber wie würden die anderen darauf reagieren?

Schließlich faltete Tiryn mit gesenkten Augen den Brief übertrieben sorgfältig wieder zusammen. Carly blickte auf, und Ylvi sah, dass sie weinte. Tiryn gab ihr den Brief zurück, sprang auf und machte sich an einer Schublade zu schaffen, wobei sie sich unauffällig schnäuzte und dann Carly ein Taschentuch brachte. Ylvi entging nicht, dass auch Tiryn feuchte Augen hatte.

»Das ist so traurig!« Carly schniefte. »Kein Wunder, dass Myra nicht darüber sprechen mag. Sie hat uns nie erzählt, wie Liv ums Leben kam, weißt du. Sie konnte es einfach nicht.«

Tiryn ließ sich erschöpft auf ihren Stuhl fallen. »Das verstehe ich jetzt. Wie schrecklich das für sie gewesen sein muss. Aber wie wunderschön, dass Liv eine Tochter hatte!«

Carlys Gesicht hellte sich auf. »Und sogar eine Enkelin!« Sie lächelte Remy an, dann Ylvi. »Das macht uns zu einer Art Cousinen soundsovielten Grades. Zugegeben eine etwas weitläufige Verwandtschaft, aber ich finde es trotzdem schön.«

»Ich auch. Das ist ja ein Ding. Ich hab mir immer Tanten und Onkels und Cousinen gewünscht«, sagte Remy. »Du doch auch, Mom. Könnt ihr mir noch mal erklären, wie diese Verwandtschaft zustande kommt? Wie hängen diese Henny, dieser Nicholas und Myra zusammen?«

»Moment.« Carly ging hinaus und kam mit einer vergilbten Rolle Papier wieder, die sie behutsam auf dem Küchentisch ausbreitete und die Ecken mit den Teetassen beschwerte.

»Hier, das ist der Stammbaum, den Hennys Großmutter Matilda gezeichnet hat. Claas Kreyhenibbe und seine Frenja hatten vier Kinder, einen Sohn und drei Töchter. Cord, Hilde, Lisbeth und Senta. Henny stammt von Cord ab, Nicholas von Hilde, Myra von Lisbeth und der alte Flömer, den du sicher noch kennenlernen wirst, von Senta. Myra, Henny und Nicholas waren jedoch schon lange Freunde, ehe sie von ihrer Verwandtschaft wussten. Den Stammbaum hat Tiryn erst vor ein paar Jahren gefunden. Oma Matilda hatte ihn versteckt, wegen ihrer Erfahrungen im Dritten Reich.«

Remy fuhr mit dem Finger andächtig die Linien ab, die von einer Generation zur nächsten führten. »Cool! Alle gehören irgendwie zusammen, und alle haben hier gelebt.« Sie sah zu Ylvi auf. »Und wir sind die Gegenwart, Mom! Wir, und Carly und Tiryn und Nicky und Kyana.«

»Und Baby Jori, der oben schläft«, sagte Carly lächelnd. »Ihr seid nicht nur die Gegenwart, ihr seid auch die Zukunft. Ist das nicht großartig? Claas müsste nun eigentlich glücklich und zufrieden sein.«

»Warum ist dem eigentlich so wichtig, dass wir alle hier sind?«, erkundigte sich Remy.

»Das wissen wir auch nicht genau«, sagte Tiryn.

»Ich glaube, dass er einfach ein Familienmensch ist. Ein Patriarch. Er möchte seine Schäfchen alle zusammenhalten und auf sie aufpassen. Ein schönes Gefühl«, meinte Carly.

»Schon. Das glaube ich auch«, murmelte Tiryn, »aber trotzdem denke ich, dass er nebenbei auch noch ein ganz eigenes Motiv verfolgt. Wir werden sehen.«

Carly wühlte unterdes auf dem Arbeitstisch herum und tauchte triumphierend mit Lineal, Zirkel und einem Füller aus dem Chaos wieder auf. »Macht mal Platz. Und mehr Licht.« Sorgfältig legte sie das Lineal an die Stelle, wo mit dem Namen Liv die dritte Linie des Stammbaums im Nichts endete. Sie zog einen Strich, fügte einen Kreis daran, dann noch einen Strich und noch einen Kreis. In den ersten Kreis trug sie mit sorgfältiger Schönschrift Ylvis Namen ein, in den zweiten Remys. »So, nun brauche ich noch eure Geburtsdaten.«

Ehrfürchtig betrachteten Ylvi und Remy den Stammbaum, dessen Teil sie nun waren.

Ein unglaubliches Gefühl, dachte Ylvi. Zu groß, zu neu! Ich werde ewig brauchen, um das wirklich zu begreifen.

Bei Reginas Beerdigung hatte sie sich noch so allein und verloren gefühlt. Und nun war sie zumindest biologisch auf einmal Teil dieser weitverzweigten Familie! Eine Familie mit einer Geschichte, eine Familie wie eine lange Welle auf dem Meer der Zeit.

Und sie alle, die hier in dieser Küche saßen, waren der lebendige Schaum auf dem Kamm der Gegenwart.

»Da fehlt noch etwas.« Tiryn sah nachdenklich auf das Papier. »Den Namen deines Vaters, Ylvi – vielleicht kennt Myra den ja. Irgendwann kommt der Tag, an dem du sie danach fragen kannst.«

Auch Ylvi starrte auf den Stammbaum. Vater? Rainer war so sehr ihr Vater gewesen, dass sie noch gar nicht darüber nachgedacht hatte, dass es sehr wahrscheinlich war, dass ihr leiblicher Vater, jener Feriengastjunge, noch lebte. Dieser Gedanke war ihr im Moment zu viel. Sie schob ihn von sich. »Und mein Großvater?«, fragte sie stattdessen. »Da steht nur Kjell. Wie war sein Nachname, und was ist aus ihm geworden? Warum war Myra allein, als sie meine Mutter zur Welt brachte?«

»Niemand weiß, wie Kjell mit Nachnamen hieß, nicht einmal Myra. Er kam nie zurück und wusste nichts von seiner Tochter. Man nimmt an, dass er im letzten Kriegswinter gefallen ist«, erklärte Tiryn. »Wir haben allerdings schon mit dem Gedanken gespielt, zu versuchen herauszufinden, was mit ihm geschehen ist und ob er nicht vielleicht sogar noch lebt. Aber Myra wollte das nicht. Dabei wird sie noch immer rot, wenn sein Name fällt, und sie trägt noch immer den Anhänger, den er ihr geschenkt hat. Was meinst du, Carly? Die Situation hat sich verändert, oder?«

»Ja«, sagte Carly. »Jetzt *müssen* wir ihn finden oder sein Schicksal klären. Er hat eine Enkelin und eine Urenkelin! Wir müssen ihn für Myra finden und für euch zwei. Was meinst du, Ylvi?«

»Das wäre schön«, sagte Ylvi benommen. Sie fand es schwierig genug, ihrer Großmutter bald zu begegnen. Das mit dem Großvater hatte Zeit – aber es hörte sich ohnehin nicht so an, als ob er noch leben würde.

»Au ja!«, sagte Remy. »Wo fangen wir an zu suchen?« Ihre

Augen funkelten. Sie liebte nicht nur romantische Geschichten, sondern auch Rätsel und Herausforderungen. »Es ist doch ein komischer Zufall, Mom. Myra kennt den Nachnamen ihrer großen Liebe nicht und du auch nicht. Da habt ihr was gemeinsam.«

»Moment. Ehe wir irgendwen suchen, müssen wir noch überlegen, wie wir Myra am besten diese wundervolle Tatsache beibringen, dass sie doch Nachkommen hat«, sagte Carly. »Es wird sehr unerwartet für sie sein. Sie ist stark, aber nicht mehr die Jüngste.«

»Glaubt ihr, sie wird sich freuen?«, fragte Ylvi ängstlich.

Carly und Tiryn sahen sich an. »Sie wird sich mehr als freuen. Sie wird so glücklich sein, dass sie nicht weiß, wie sie damit umgehen soll«, sagte Carly. »Myra ist ein so liebevoller Mensch, aber sie hat so oft geliebt und verloren und musste so stark sein für andere, dass sie immer versucht, sachlich und vernünftig zu bleiben. Das kommt dann manchmal im ersten Moment ein bisschen schwierig an. Als ich sie das erste Mal am Gartenzaun traf, war alles, was sie zu mir sagte, ›Hmpf!‹«

»Ja, und als sie mich sah, war sie auch nicht gerade begeistert, denn sie wusste, dass ich die Enkelin von Nicholas bin. Und von dem war sie schwer enttäuscht und gar nicht gut auf ihn zu sprechen. Lange hat sie mich nur ›Mädchen‹ genannt«, ergänzte Tiryn.

»Ja, weil sie dich mochte. Aber sie wagte nicht, ihr Herz an dich zu hängen. Du hast dich dann doch reingemogelt, aber es hat gedauert.« Carly stützte nachdenklich ihr Kinn in ihre Hände. »Man braucht Geduld bei Myra und darf sich nicht alles zu Herzen nehmen, was sie sagt. Aber wenn sie dich einmal akzeptiert hat, gibt es niemanden, der wundervoller ist als sie.«

»Hmpf!«, sagte Remy. »Cool. Das werde ich adoptieren. Es gibt Situationen, da ist *Hmpf!* genau das angemessene Wort. Ich glaube, Uroma Myra gefällt mir.«

»Uroma Myra?« Carly lachte auf. »Ich weiß nicht, ob ihr das passt. Warte, bis du sie siehst.«

Ylvi gähnte. Auf einmal konnte sie kaum noch die Augen offen halten.

Carly stand auf. »So, für heute reicht's. Für euch eine Unterkunft suchen können wir jetzt nicht mehr, außerdem ist nirgendwo etwas frei. Wenn es euch recht ist, schlaft ihr hier. Wir haben zwar aus dem Gästezimmer ein Kinderzimmer gemacht, aber die Gästebetten stehen noch dort. Auf Naurulokki gibt es immer Gäste. Mein Mann ist ein paar Wochen in Kanada, deshalb kann Kyana bei mir schlafen, und Joris Wiege steht sowieso noch im Schlafzimmer.«

»Geht das wirklich? Ach, wie lieb von dir.« Ylvi war erleichtert. Der einzige Gedanke, den sie heute noch ertragen konnte, war der an ein Bett.

»Wohnst du auch hier?«, fragte Remy Tiryn.

»Nein. Wir wohnen in einem alten Haus weiter unten am Strand, in der Krähenkate. Es ist das Haus, in dem der alte Claas mit seiner Frenja gelebt hat. Aber mein Freund Rune hat mit Carlys Nachbarn Jakob eine Tagestour auf seinem Boot gemacht. Sie haben Feriengäste herumgefahren. Ich dachte, solange ich auf ihn warte, kann ich Carly Gesellschaft leisten. Die Männer müssten jetzt eigentlich längst zurück sein. Wenn du willst, trage ich Kyana hoch ins Schlafzimmer, Carly. Dann kannst du den beiden die Gästebetten zeigen.«

Das kleine weiße Zimmer lag unter dem Dach. Die Gästebetten standen vor dem Fenster, von dem aus man in der Ferne das Meer ahnen konnte. Carly öffnete es, um die würzige Abendluft hereinzulassen. Unten hörte man jetzt Schritte und Männerstimmen.

»Es war doch klar, dass sie mit den Schuhen früher oder später ins Wasser fallen würde. Wie kann man nur so dämlich sein!«, drang ein Gesprächsfetzen zu ihnen herauf.

Carly lachte. »Wenn der liebenswürdige Jakob so was sagt, muss allerhand los gewesen sein.«

Liebenswürdig? Ylvi war bei dem Wort *dämlich* zusammengezuckt. Noch ein Mann, der Frauen beschimpfte. Den musste sie hoffentlich nicht näher kennenlernen. Wenn das hier alles geklärt war, würde sie zurückkehren in ihr sanftes, buntes Teneriffa, wo die Blumen größer waren als sie und die Finken sangen.

»Auf Männer kann ich verzichten«, murmelte sie.

Carly drehte sich mit hochgezogenen Brauen um. »Ach ja? Na, dann hast du mit Myra noch etwas gemeinsam. Sie hält nicht viel von Männern. Hier in diesem Schrank sind frische Handtücher. Das Bad ist da drüben. Fühlt euch wie zu Hause!«

Remys Blick war an zwei Bildern hängengeblieben, die über dem Wickeltisch hingen. »Die gefallen mir. Wer hat die gemalt?«

Carly stellte sich neben sie. »Dieses zarte mit den beiden Schwalben über der Sommerwiese hat Henny an ihrem zehnten Geburtstag gezeichnet. Das andere entstand gleichzeitig, Nicholas hat es gemalt. Es zeigt Henny, wie er sie an dem Tag das erste Mal sah, als sie aus dem Herbstwald gelaufen kam.«

Zauberhaft, dachte Ylvi. So leicht und bunt und voller Lebensfreude. Ob ich mich jemals so unbeschwert fühlen werde wie diese Schwalben in diesem Himmel, der an keiner Seite zu enden scheint, genau wie diese Wiese? Sie hätte sich ewig hineinträumen können in dieses Bild. Und auch das andere hatte etwas, das sie nicht wieder loslassen wollte, das Leuchten der Farben, Gold und Herbstrot in den Blättern und Rot in den Haaren des Mädchens wie sprühende Funken, und alles voller Bewegung und Energie.

Nachts wachte sie von der Stille auf. Remy schlief tief und fest. Ylvi lehnte sich aus dem Fenster. So schwarz und tief und voller Sterne kannte sie den Himmel auch aus Teneriffa, aber die Stille war ihr neu. Und dieses Gefühl von Geborgenheit unter dem dicken Reetdach, das alle Geräusche und mit ihnen manche Sorgen zu schlucken schien. Ylvi fragte sich, was von den Hoffnungen, Ängsten und Gedanken der vielen Generationen, die unter diesem Dach gelebt hatten, wohl über die Jahrzehnte darin hängengeblieben war.

Sie nahm dieses Gefühl der Sicherheit mit in den Schlaf. Und träumte doch von Teneriffa, vom Schnee auf dem Vulkangipfel, von der Wärme des schwarzen Sandes unter ihren Füßen und den Blüten ihrer Lieblingskakteen.

Als sie aufwachte, war das Zimmer voller Sonnenlicht. Remy lag nicht mehr im Bett, aber ihre Stimme drang zum angelehnten Fenster herein. Ylvi beugte sich hinaus. Auf der kleinen Terrasse unter ihr hatte Carly einen Frühstückstisch gedeckt. Remy legte gerade Kissen auf die Stühle. Jori schlief im Kinderwagen, und Kyana hüpfte auf der Wiese herum.

»Guten Morgen!«, rief Carly und winkte. Sie sah wirklich aus wie jemand, der sich freute, dass zwei Wildfremde unter seinem Dach geschlafen hatten. War sie so gastfreundlich, oder betrachtete sie Ylvi und Remy tatsächlich als Familienmitglieder?

Ylvi beeilte sich mit der Dusche und biss bald herzhaft in ein frisches Brötchen. Diese kühle, frische Luft machte hungrig. Der Geschmack des durchsichtig in der Morgensonne schimmernden Gelees kam ihr merkwürdig bekannt vor. Sie musste in den Tiefen ihrer Erinnerung danach suchen, um ihn einordnen zu können. Das Wildapfelgelee aus Herrn Herbsts Feinkostladen! Es hatte also gestimmt, dass es von hier stammte.

»Hat Kaja Benjes dieses Gelee gemacht?«, fragte sie Carly.

Carly sah sie verblüfft an. »Woher kennst du Kaja? Nein, sie ist leider gestorben. Tiryn lebt jetzt in ihrem Haus und hat ihre Rezepte übernommen. Sie macht das Gelee aus den Früchten des alten Baums in Claas' Garten. Er hat damals selbst ein Baumhaus gebaut, das immer noch existiert. Wildapfelbäume können Hunderte von Jahren alt werden.«

»Cool, kann ich mir das Baumhaus mal ansehen?«, fragte Remy.

»Diese Früchte stammen von einem Baum in Claas' Garten?« Entgeistert starrte Ylvi ihr Brötchen an, als wäre es etwas Außerirdisches.

»Ja, warum? Was ist damit?«

Ylvi erzählte, wie sehr sie der Geschmack dieses Gelees in ihrer Schwangerschaft angesprochen hatte. Dass es sie beruhigt und ihr Kraft gegeben hatte und sie gar nicht genug davon bekam.

»Das wusste ich gar nicht«, sagte Remy erstaunt. »Hast du nie erzählt.«

»Ich wusste nicht, dass es wichtig ist. Aber findet ihr das nicht reichlich seltsam?«

Carly strich sich seelenruhig noch ein Brötchen. »Warum? Der Baum hat die Wurzeln tief in diesem Land und zieht seinen Geschmack und seine Kraft daraus. Claas kannte diesen Baum. Auch er zog seine Kraft aus diesem Land. Er ist dein Vorfahr. Etwas an dir hat gespürt, dass es eine Verbindung gibt.«

»Glaubst du an so etwas?« Ylvi fand diese Sache merkwürdig. Aber es war nun einmal, wie es war. Tatsache war, dass ihr der Wildapfelgeschmack damals besonders gutgetan hatte. Tatsache war auch, dass die Früchte und Claas beide aus Ahrenshoop kamen.

»Bei Tieren hat man nachgewiesen, dass die Erfahrungen der Vorfahren sich auf die Gene auswirken, und man vermutet, dass das auch bei Menschen der Fall ist, also warum nicht? Tiryn würde sagen, dass ihre indianische Hälfte absolut an so etwas glaubt, die andere aber skeptisch bleibt. Ich dagegen habe mit solchen Gedanken überhaupt keine Schwierigkeiten mehr, seit ich hier lebe. Zum Beispiel gibt es hier eine Vase, die im Flur stand, schon als ich das erste Mal ins Haus kam. Sie hat meine Hand magisch angezogen, ich musste immer über ihre Oberfläche streichen, wenn ich daran vorbeiging«, erklärte Carly. »Damals wusste ich nicht, dass Philip sie getöpfert hat. Ich wusste nicht einmal, dass er existiert. Und jetzt ist er mein Mann. Du solltest dich einmal mit Flömer unterhalten. Er sitzt meist im Hafen auf dem Steg. Er hat seine ganz eigene Philosophie und hinterher kommt einem nichts mehr merkwürdig vor.«

Vielleicht war das gar nicht mehr nötig. Ylvi ertappte sich dabei, dass sie vor sich hin summte, während sie Carly beim Abräumen half. Es war verrückt, aber dieses Wissen, dass damals schon Claas indirekt in ihrem Leben gewesen war und es positiv beeinflusst hatte, fühlte sich gut an. Es brachte ihr die Vorstellung näher, dass sie tatsächlich Teil dieser Familie war, auch wenn sie es nicht gewusst hatte.

Sie fütterte Demonio, gab ihm frisches Wasser und spielte ein wenig mit ihm. Remy spazierte unterdessen durchs Haus und betrachtete die Bilder an den Wänden.

»Das ist eine echt talentierte Familie, Mom!«, verkündete sie. »Kein Wunder, dass deine Luftschlösser so toll sind und die Gärten, wenn du mit ihnen fertig bist.«

»Luftschlösser?«, fragte Carly interessiert.

»Das erkläre ich dir ein andermal. Wann, sagtest du, kommt Myra wieder?«

»Frühestens in zwei Tagen. Bis dahin können wir noch überlegen, wie wir dieses Treffen am besten arrangieren, oder ob du möchtest, dass wir sie behutsam vorwarnen.«

»Das wäre bestimmt besser.« Ylvi sah sich um. »Ich würde mich gern nützlich machen. Soll ich deine Blumen ein bisschen beschneiden und anbinden, den Rasen mähen und mich um das Unkraut kümmern?«

»Du steckst ja voller Tatendrang!« Carly lachte. »Sehr gerne. Ich komme einfach nicht dazu. Werkzeug findest du dort oben im Schuppen.« Sie zeigte den Hügel hinauf. »Fühlt euch wie zu Hause. Ich muss in die Töpferei. Bis später!«

Selbstvergessen richtete Ylvi umgeknickte Stängel auf, rückte hier und da einen Stein zurecht und schnitt verwelkte Blüten ab. Gartenarbeit half ihr stets, ihre Gefühle zu ordnen und ihre Seele wieder ins Gleichgewicht zu bringen. Tief in Gedanken versunken, arbeitete sie sich den Hügel hinunter. Plötzlich tauchten weiße Sandalen in ihrem Blickfeld auf, mitten zwischen den späten Iris, die rechts und links vom Pfad blühten.

»Guten Tag! Ist Carly da? Wie schön, dass ihr jemand hilft, solange Philip mal wieder durch Abwesenheit glänzt.« Die Stimme war energisch.

Ylvi rappelte sich auf. Die Person, zu der die Füße gehörten, hatte sehr lange Beine, und Ylvi musste weit zu ihr aufsehen.

»Guten Tag, nein, Carly ist …«, begann Ylvi und brach ab.

Sie blickte in dunkelblaue Augen, die wie ihre waren, nur dass mehr Temperament daraus sprühte.

Sie wusste sofort, wer da vor ihr stand, in kurzen Hosen, die vielleicht nicht zu Myra Webelhuths Alter passen mochten, die ihr jedoch hervorragend standen.

In Ylvis Kopf, der eben noch voller Gedanken gewesen war, herrschte von einem Moment auf den anderen völlige Leere. Ihre Hand mit der Baumschere zitterte.

Der Keim des Zugehörigkeitsgefühls, der sich vorhin in ihr geregt hatte, war angesichts dieser beeindruckenden Frau spurlos verschwunden.

Ylvis Existenz war der Grund dafür, dass diese Frau einst ihre Tochter verloren hatte. Dieses Wissen lähmte sie.

In der Birke sang eine Amsel ein Lied vom kommenden Regen und begann mit der Tonfolge zum dritten Mal, ehe Ylvi überhaupt zu irgendeiner Reaktion fähig war.

Das Einzige, was sie schließlich zustande brachte, war ein schüchternes Lächeln.

Myra

2006

30

Schwierige Verhältnisse

Dieses Lächeln! Myra starrte auf die blonde Frau. Ihr wurde erst schwindelig, dann eiskalt.

Die Tage in Kühlungsborn hatten ihr gutgetan. Sie war dort gewesen, um Bernstein an einen Schmuckladen zu verkaufen, hatte gute Geschäfte gemacht und gute Gespräche geführt. Am Schleifstein saß ein Mann, der den Bernstein ebenso liebte wie sie, und während er polierte, tauschten sie Geschichten und Fachwissen aus. Die Kunden, die währenddessen ein und aus gingen, stellten eine Menge interessante Fragen.

Wenn Myra genug hatte vom Fachsimpeln, ging sie hinaus an den nahe gelegenen Hafen, setzte sich auf die Holztreppe und sah den ein- und auslaufenden Schiffen zu. So viele elegante weiße Yachten – schön anzusehen und doch kalt und austauschbar. Früher hatte es so etwas nicht gegeben. Aber die Segelschiffe, die sich wie Schmetterlinge zum Horizont hinbewegten, die mochte sie.

Am Steg schaukelten auch ein, zwei verlässliche alte Kutter aus Holz, die entfernt der *Fremtid* ähnelten. Ihr Anblick war gleichzeitig schmerzlich und wohltuend.

Wenn Kjell zurückgekommen wäre, zu ihr, ob sie dann mit ihm auf der *Fremtid* oder einem ähnlichen Schiff unterwegs gewesen wäre? Eine Kapitänsfrau? Fischerfrau? Schifferfrau? Aber nicht lange. Nicht weit. Sie gehörte nach Ahrenshoop, an ihren Strand.

Und doch, mit Kjell und dem Meer allein, manchmal, das wäre … das war unvorstellbar. Ihre Phantasie reichte nicht dafür aus. Sie war nicht wie Henny oder Nicholas. Sie hatte die Füße zu gern auf der Erde und in der Wirklichkeit. Das war vernünftiger.

Die gesamte Stimmung im Hafen gefiel Myra, sie war lebendig, voller Kommen und Gehen, Ankunft und Abschied. Wie das Leben.

Das war es, was am Ende blieb. Der Horizont, mit dem Licht und dem Duft und der Weite, und das kühle Meer an ihren Füßen. Und dass sie das alles hatte erleben dürfen über so viele Jahrzehnte hinweg, Tag für Tag, und jeder davon ein Geschenk, das nicht selbstverständlich war.

Nur eines wäre noch größer gewesen: wenn sie mehr dieser Tage mit Kjell hätte teilen können. Und wenn Liv nicht so furchtbar wenige davon gehabt hätte. Wenn Liv hier mit Myra sitzen und Fischbrötchen essen würde und ihr die Schrullen ihres Alters vorhalten und erzählen, was sie selbst am Leben verzauberte.

Myra hatte noch zwei Tage in der kleinen Pension gebucht, und eigentlich wäre sie auch gern noch geblieben. Doch etwas zog sie nach Hause. Sie konnte das Gefühl nicht einordnen, sie wusste nur, dass es dringlich war. Wahrscheinlich lag es einfach daran, dass sie es nicht gewöhnt war, länger fort zu sein. Aber vielleicht war eins von den Kindern krank, und Carly oder Tiryn brauchten ihre Hilfe.

Myra schüttelte den Kopf über sich selbst. Eines Tages würden die beiden sowieso ohne sie zurechtkommen müssen. Dafür waren sie stark genug.

Aber noch war sie hier. Und Kyana würde schon auf Bernsteinkekse warten. Das war auch gut so, denn die Stille auf Rav war in letzter Zeit wieder oft zu schwer und zu dick für Myra, so dass sie beinahe mehr Zeit auf Naurulokki verbrachte als zu Hause. Vielleicht sollte sie doch einmal darüber nachdenken, Feriengäste aufzunehmen. Sie würde Carly fragen, was die von dieser Idee hielt. Am besten gleich, ehe sie wieder kalte Füße bekam. Denn im Grunde mochte Myra keine Fremden im Haus.

Aber Carly war nicht da, und in ihrem Garten arbeitete diese blonde junge Frau, die Myra mit ihrem Lächeln mitten ins Herz traf und aus der Gegenwart schleuderte.

Dieses Lächeln, ein wenig schief, ein wenig melancholisch, mit dem Grübchen wie ein kleines Fragezeichen über dem rechten Mundwinkel! Dieses Lächeln, das wie ein stilles Versprechen war, dass im nächsten Moment alles gut werden würde und die Zukunft hell.

Kjells Lächeln. Livs Lächeln. Wie oft hatte sie es gesehen und wie unendlich lange nicht mehr. Es war so tief in ihrem Herzen verankert, und doch hatte sie es für immer verloren geglaubt.

Diese Frau stand einfach da, sah zu Myra auf und lächelte. In der Birke sang eine Amsel vom kommenden Regen. Sie begann ihre Tonfolge zum vierten Mal, und Myra wusste noch immer nicht, was sie jetzt tun sollte. Ihre Stimme war weg, und sie fühlte sich so bewegungslos wie der alte Baum.

Da bewegte sich etwas anderes. Ein Mädchen in einem Sommerkleid trat aus der Tür von Naurulokki und sprang auf langen Beinen barfuß den Hang herunter. Sie hatte kurze schwarze Haare und war größer als die blonde Frau.

»Oh!« Bewundernd betrachtete sie Myras kurze Hosen und stieß einen leisen Pfiff aus. »Hotpants! Cool!«

Myra spürte ein Zucken in ihren Mundwinkeln, als wäre ihr

Gesicht gar nicht ihr eigenes. Sie hätte gern gelacht. Aber sie konnte nicht, denn sie war noch verwirrter als zuvor.

Das Mädchen hatte Augen, die sie erst einmal zuvor gesehen hatte. Helle Augen.

Claas' Augen!

Sie tastete nach einem Baumstamm, nach irgendetwas, an das sie sich anlehnen konnte, doch die Birke stand zu weit weg. Der Rasen war plötzlich ein unscharfes grünes Meer um sie. »Ich glaube, ich muss mich setzen«, brachte sie heraus.

Dann war das Mädchen neben ihr und bot ihr einen Arm, auf den sie sich stützen konnte, und die blonde Frau mit dem Lächeln, das ihr nicht gehören konnte, hakte sie auf der anderen Seite unter.

»Wir bringen Sie ins Haus, dort ist es kühler«, sagte die Frau.

»Ich mache Eistee, das tut immer gut«, sagte das Mädchen, als sie Myra in der Küche in die Sitzecke bugsiert hatten, und machte sich am Herd zu schaffen, als wäre sie hier zu Hause. »Wahrscheinlich hat sie zu wenig getrunken, genau wie Oma Regina oft.«

Die Frau fühlte unterdessen Myras Puls. Ihre Hand war kühl und sicher.

Myra fand ihre Stimme wieder. »Das machen Sie gut. Sind Sie Ärztin?«

»Nein. Meine Mutter war lange krank, bevor sie starb, und wir haben sie gepflegt. Ich glaube, es geht Ihnen schon besser.« Sie ließ Myras Handgelenk los. »Ich heiße Ylvi. Ylvi Matthis.«

Das Mädchen stellte ein großes Glas Eistee vor Myra hin.

»Das ist meine Tochter Remona«, stellte Ylvi vor.

»Remy«, korrigierte das Mädchen. Sie hatte nicht das Lächeln ihrer Mutter, sondern ein ganz eigenes, sehr charmantes, und sie bewegte sich mit einer natürlichen Eleganz.

Myra trank einen Schluck. Angenehm erfrischend. Ihre Gedanken wurden wieder klarer und ihre Stimme fester. »Es tut mir leid, dass Ihre Mutter gestorben ist.« Wer war Ihre Mutter?, hätte sie gern gefragt, doch es schien eine zu persönliche Frage einer Fremden gegenüber. Myra hatte immer Wert darauf gelegt, sich nicht in fremde Angelegenheiten zu mischen und niemals ein neugieriges altes Weib zu werden.

Dann fiel es ihr ein. Dafür, dass diese Frau Kjells Lächeln besaß, konnte es nur eine Erklärung geben, und die war ganz natürlich. Randi, die Frau, die nach dem Krieg bei ihr gewesen war! Randis und Kjells Sohn Arvo musste der Vater dieser Ylvi sein. Nur, warum war diese dann jetzt hierhergekommen? Mit einer Nachricht von Randi? Wusste sie etwas über Kjell?

Myra war sich nicht sicher, ob sie die Antwort auf diese Frage hören wollte.

Und dann war da noch dieses Mädchen. Warum hatte es Claas' Augen?

»Woher hast du diesen Fisch?«, fragte Myra und wies auf Remys Anhänger, der ihren Blick anzog. Vor langer, langer Zeit hatte sie einmal einen sehr ähnlichen Stein gefunden.

»Den hat mir Claas gegeben«, sagte Remy. »Da war ich aber erst fünf und wusste noch nicht, wer er ist. Ich habe ihn Nebelmann genannt.«

»Remy!«, sagte diese Ylvi, als wollte sie ihre Tochter vor etwas warnen.

»Ihr kennt Claas? Aber ihr seid doch nicht von hier, oder?« Myra wusste jetzt, dass es immer Claas gewesen war, der ihr den Bernstein zugespielt hatte. Und dass er Tiryn in Florida einen zugesteckt hatte, um sie nach Ahrenshoop zu locken. Was aber hatte Claas mit diesem Mädchen zu tun?

Irgendwo zwitscherte ein Vogel. Es war eine fremde Vogelstimme. Myra kannte alle Vögel der Region. Diesen nicht. Und das Geräusch kam auch nicht von draußen. Myra sah sich fragend um. Sie entdeckte einen Käfig. Ylvi ging hin und kam mit einem Vogel auf der Schulter zurück. Er war wunderhübsch, mit exotischen Farben, Blau und Apricot. Aus großen dunklen Kulleraugen blickte er Myra mit schiefgelegtem Kopf an.

»Was ist das denn für ein zauberhaftes Wesen?«, fragte sie.

»Das ist Demonio. Eine Art Sittich. Mein kleiner Freund und Kamerad. Er ist flugbehindert.«

Der Vogel ließ Myra nicht aus den Augen. Er hüpfte von Ylvis Schulter ihren Arm herunter auf ihren Finger und von dort auf Myras Arm hinauf bis auf ihre Schulter, wo er zart an ihrem Ohr knabberte.

»Nanu? Sonst ist er bei Fremden eher schüchtern.« Ylvi wunderte sich. Myra war seltsam berührt von dieser Geste des exotischen Vogels, dessen kräftige, lebendige Farben sie direkt ansprachen. Gern würde sie ihn malen, in einem ihrer Blumenbilder platzieren, wo er wunderbar passen würde. Sie hatte viel zu lange nicht gemalt.

»Na, er ist eben pfiffig. Er hat schon gepeilt, dass sie keine Fremde ist«, bemerkte das Mädchen.

Der Vogel zwitscherte leise. Myra schloss die Augen und genoss für einen Moment die kleine Wärme auf ihrer Schulter und die tröstlich unbekümmerten Töne dicht an ihrem Ohr. Einfach einen Moment an nichts denken. Warum nur war Carly nicht hier? Sie hätte Myra diese beiden beunruhigenden Gäste vorstellen können und die Zusammenhänge erklären, und dann wäre alles einfacher gewesen.

Inzwischen war die Sonne um die alte Birke herumgewandert, die ihren Schatten auf die Terrasse vor dem Küchenfenster warf.

Ein Lichtstrahl schlich sich über die warmen Steinfliesen, an der Hauswand hoch und über das Fensterbrett. Dort traf er auf drei fingerlange Schiffe, die nebeneinanderstanden, den Bug zum fernen Horizont gerichtet. Eine aufrechte Flotte, in deren silbernen Segeln ein stiller Wind unterwegs war. Der Sonnenstrahl ließ die Segel funkeln und den Bernstein aufleuchten, aus dem die Schiffe gefertigt waren.

Myra zuckte zusammen, und der Vogel hüpfte erschrocken von ihrer Schulter.

Drei Schiffe. *Drei* Schiffe!

In der Küche herrschte Totenstille. Die beiden fremden Frauen sagten nichts, sie schienen den Atem anzuhalten. Auch der Vogel gab keinen Laut mehr von sich. Sogar der verspielte Sommerwind draußen schwieg.

Drei Schiffe waren es nicht mehr gewesen, seit Nicholas seines vor einem halben Jahrhundert auf der Flucht nach Amerika mitgenommen hatte.

Langsam, ganz langsam streckte Myra die Hand nach dem hellsten Schiff aus. Sicher war es nur ein Trugbild. Sobald sie es berührte, würde es verschwinden. Es war ihr Schiff! *Ihr* Schiff, das Liv mitgenommen hatte.

Das Schiff war warm von der Sonne, und seine glatte Oberfläche fühlte sich so vertraut an. Es war kein Trugbild. Es lag in Myras Hand, als wäre es nie fort gewesen, unverändert, nur ihre Hand, die es hielt, hatte jetzt Altersflecken. Für einen Moment kam ihr das komisch vor. Nicht das Schiff, sondern ihre Haut. Die Zeiten drohten zu verschwimmen. Sie blickte gebannt in die goldenen Tiefen. Zuerst sah sie nur Licht und die kleinen Blasen und Fasern und erdigen Einschlüsse, die in Bernsteinen zu finden sind.

Dann entdeckte sie, worauf sie wartete. Ein Huschen wie ein

heller Schatten lief vom Bug her durch den Rumpf, wurde zu zwei Figuren, die Hand in Hand liefen und Richtung Heck wieder im Licht verschwanden. Dann wurde ein Glänzen dichter und schärfer, wurde ein Bild, wurde Kjells Gesicht, mit diesem Lächeln, nur für sie. Lebendig, jung, wie damals vor so unendlich langer Zeit. Einen Wimpernschlag lang sah er ihr direkt ins Auge, ehe der Sonnenstrahl von einer Wolke verdeckt wurde und das Leuchten im Bernstein erlosch.

Myras Hand schloss sich um das Schiff. Sie zitterte. Hilflos blickte sie Ylvi an. Sie hatte sich geirrt. Nicht Arvo konnte Ylvis Vater sein. Sie hatte etwas mit Liv zu tun, sonst hätte sie nicht das Bernsteinschiff nach Hause gebracht.

»Es tut mir leid«, sagte Ylvi.

Myra spürte Ärger in sich aufsteigen. Sie brauchte Antworten. Sofort!

»Was genau tut Ihnen leid?«

»Alles«, sagte die Frau mit Kjells Lächeln und tränenerstickter Stimme. Anscheinend fühlte sie sich ebenso hilflos wie Myra. »Blödsinn!«, sagte Myra barsch. »*Alles* muss einem nie leidtun.«

Das Mädchen trat hinter ihre Mutter, einen ramponierten und vergilbten Umschlag in der Hand.

»Gib ihr einfach den Brief«, sagte sie. »Keiner kann es so gut erklären wie Opa.«

Ylvi schien erleichtert. »Ja.« Sie schob Myra den Brief zu. »Bitte lesen Sie.«

Myra faltete die vergilbten Seiten auseinander, die aussahen, als wären sie schon sehr oft gelesen worden. Zum Glück war die Handschrift groß und ordentlich. Trotzdem rückte Myra ungeduldig an ihrer Brille herum. Sie spürte, wie sich ihr Puls beschleunigte, riss sich zusammen und begann zu lesen.

Es dauerte, ehe sie begriff, wer diesen Brief geschrieben hatte. Dann geriet die Zeit wieder durcheinander, und sie war zurück in jener stürmischen Nacht unter dem Reetdach, als der Strom ausfiel und ein nervöser junger Doktor ihr half, Liv zur Welt zu bringen, während irgendwo draußen der Krieg zu Ende ging.

Rainer Fellner. Der Berliner Patenonkel, zu dem Liv damals gegangen war, um jenen Jungen zu suchen, den sie liebte. Der Patenonkel, der sie aufgenommen und behalten hatte, als die Mauer von einem Tag auf den anderen das Land und die Familien und damit auch Myra und ihre Tochter trennte.

Liv sollte in Freiheit leben können, doch sie starb, als sie nach Hause kommen wollte.

Das stand in dem Brief, doch das hatte Myra gewusst.

Aber dann stand noch mehr in dem Brief.

Liv war schwanger gewesen, als sie fortlief? Myra klammerte sich an die welken Seiten, damit ihr nicht wieder schwindelig wurde. Niemals hatte sie an diese Möglichkeit gedacht! Wie sollte sie auch darauf kommen, dass Doktor Fellner ihr so etwas nicht mitteilte? Dass Liv kein Wort gesagt hatte?

Die Zeit, die erst durcheinandergeraten war, lief jetzt auf einmal ganz langsam. Myra war, als sähe sie sich selbst hier in der Küche sitzen, den Brief in der Hand. Sah, wie sie versuchte, die Puzzleteile zu ordnen und die Geschichte zu begreifen.

Zu begreifen, dass Liv ein Kind zur Welt gebracht hatte. Ein Mädchen, das sie Ylvi nannte. Und weil es Livs Kind war, war es Myras Enkelkind. Nur dass es längst kein Kind mehr war, sondern eine Frau. Und diese Frau saß ihr hier gegenüber in der Küche von Naurulokki mit einem absurd bunten Vogel auf der Schulter und sah sie ängstlich an. Genau dieser Vogel war es, der ihr Hoffnung machte, dass dies Wirklichkeit sein könnte und nicht die Verwirrung einer alten Frau. So einen Vogel hätte sie sich niemals ausdenken können.

Myra faltete den Brief behutsam zusammen, um Zeit zu gewinnen, und versuchte, ihn wieder in den Umschlag zu stecken. Er wollte und wollte nicht hineinpassen. Ebenso wie die ganze Sache nicht in ihre Gedanken passen wollte. Sie wagte nicht zu glauben, dass von Liv etwas geblieben war. Nicht nur ein, sondern sogar zwei lebendige Menschen, die zu ihr gehörten. Nur dass sie nichts davon geahnt hatte.

Es war alles zu viel.

»Möchten Sie noch etwas trinken?«, fragte Ylvi.

Myra war ihr dankbar, dass sie die ratlose Stille brach.

»Ja, bitte.«

Das Mädchen Remy kam mit einer Rolle an und setzte sich neben Myra. »Das mit dem Sie könnt ihr jetzt aber langsam mal lassen.«

Myra kannte die Rolle. Das war der Stammbaum, den Oma Matilda aufgezeichnet hatte. Remy breitete ihn sorgfältig auf dem Tisch aus und beschwerte die Ecken mit den Gläsern. »Hier«, sagte sie und zeigte auf zwei neue Kringel unter Livs Namen, wo vorher nichts gewesen war. »Carly hat uns eingezeichnet. So kann man es sich viel besser vorstellen.«

Tatsächlich! Von Livs Namen, der unter Myras stand, führte ein neuer Strich, eine deutlich und sauber gezeichnete Verbindung, zu dem Kringel mit Ylvis Namen und von dort zu einem Kringel mit Remonas Namen.

In diesem Moment wurde es für Myra Wirklichkeit. Hier wurde es sichtbar. Livs Name führte nicht mehr ins Leere! Es ging weiter nach ihr. Myras Teil der Familie starb nicht mit ihr aus. Und die

Verbindung zu diesen beiden Menschen, die sie gestern noch nicht gekannt hatte, war real.

Myras Verstand begriff es jetzt. Ihre Gefühle aber waren wie gelähmt. Sie blickte auf Kjells Namen auf dem Pergament, neben ihrem und über Livs. Carly hatte ihn ebenfalls eingezeichnet. Auch von ihm lebte also etwas weiter. Von ihm und ihrer beider großen Liebe. Sein Name sah seltsam kurz aus unter all den anderen Namen. Das lag daran, dass der Nachname fehlte.

Aber es gab noch einen anderen so kurzen Namen. Neben Ylvi Matthis stand »Theo«. Nur Theo.

Myra blickte auf. »Warum steht hier kein Nachname bei Remonas Vater?«

»Aus denselben Gründen wie bei Livs Vater. Ich kenne den Nachnamen nicht.« Diesmal hielt Ylvi Myras Blick stand. Zum ersten Mal schien für einen Augenblick ein Verstehen zwischen den beiden Frauen auf, lag fein und flüchtig und glänzend in der Luft wie der Faden einer Spinnwebe im Altweibersommer.

»Macht doch nichts«, sagte Remy munter. »Hauptsache ist, es hat sich gelohnt, oder?«

Die Haustür klapperte. »Jemand zu Hause? Ylvi?«, klang Carlys Stimme aus dem Flur. »Jakob hat vorgeschlagen, nachher mit seinem leckeren Rehrücken rüberzukommen und ein paar von unseren besten Freunden mitzubringen. Wir könnten Gemüse dazu grillen und Brot. Ich habe ja gesagt …« Carly erschien auf der Türschwelle und brach ab, als sie Myra sah. »Oh.«

Sie blieb einen Moment stehen und sah fragend von einer zur anderen, dann ging sie zu Myra und umarmte sie. »Du bist früher nach Hause gekommen. Ist so weit alles in Ordnung?«

Myra atmete durch. »Doch. Schon. Die Überraschung ist ziemlich – groß. Und plötzlich.« Aber jetzt, wo Carly da war, ging es ihr besser. Carly war vertraute Wirklichkeit. Mit dem Rest würde sie schon noch fertig werden.

»Dann sage ich Jakob ab«, sagte Carly. »Ich dachte, es ist eine gute Gelegenheit, Ylvi mit den anderen bekannt zu machen. Aber das wird jetzt zu viel für dich.«

»Nein!« Myra hielt sie am Ärmel fest. »Ich möchte heute Abend nicht allein sein.« Auch nicht allein mit diesen vom Himmel gefallenen Verwandten. »Wenn die anderen es begreifen, begreife ich es vielleicht selbst auch. Wer kommt denn?«

»Nur Jakob, Daniel und Elisa. Myra, möchtest du das Gemüse schneiden? Du kannst sitzen bleiben, ich bringe es dir.«

Sie wusste wohl, dass es Myra beruhigen würde, wenn sie eine eintönige praktische Arbeit zu tun bekam.

Myra schnitt sorgfältig Zucchini, Paprika und Auberginen in ordentliche Scheiben, die man gut grillen konnte. Dabei beobachtete sie ihre neue Enkelin, die ein wenig wie Liv und ein wenig wie sie selbst aussah und Carly eifrig mit dem Salat zur Hand ging. Myra wartete darauf, dass Ylvi Kjells Lächeln lächelte. Aber Ylvi wirkte nervös. Myra seufzte, leise, so dass es nur die Auberginen hörten. Bestimmt war es nicht einfach, eine neue Großmutter kennenzulernen. Sie sollte das Kind in den Arm nehmen, egal wie erwachsen es war.

Doch im Moment konnte sie Ylvi nicht helfen. Sie hatte genug mit sich selbst zu tun.

Energisch griff sie nach der nächsten Paprika. Sie war wütend über ihre Schwäche. Das passte nicht zu ihr.

Der bunte Vogel lief über den Tisch, kletterte wieder ihren Arm hoch. Seine kleine bunte Wärme tröstete sie seltsam.

Später schlich der Sommerabend langsam den Gartenhügel herauf. Er machte das Licht sanfter und die Luft weich und brachte einen Duft nach Klee und Meer mit sich und flirrende Libellen, die in der tiefstehenden Sonne leuchteten. Er mischte sich mit dem Geruch von Rehbraten, Preiselbeeren und warmen Zucchini und mit dem Lachen und den Gesprächsfetzen von Menschen, die hier zu Hause und einander vertraut waren und schon so viel Helles und Dunkles miteinander geteilt hatten. Ylvi saß still dabei und aß wie Myra nur wenig, während Remy sich den Teller zum dritten Mal belud und fröhlich mit Daniel plauderte.

Vor dem Essen hatte Carly den beiden alle vorgestellt. Jakob, den kochfreudigen Nachbarn. Elisa, der die Galerie gehörte, die sich um Hennys Bilder kümmerte. Und Daniel, den Teeladenbesitzer.

»Ylvi und Remy sind meine Gäste. Nach dem Essen haben wir mit Myras Einverständnis eine Neuigkeit zu verkünden«, sagte Carly. »Aber erst wollen wir Jakobs Meisterwerk nicht kalt werden lassen.«

Myra tat es gut, dass der Abend so normal wirkte. Es zeigte ihr, dass das Leben weiterging und nicht alles ins Wanken geriet, obwohl so etwas Ungeheuerliches passiert war. Sie hörte zu und lauschte auf den fernen Rhythmus der Wellen hinter dem Deich. Auf den konnte sie sich verlassen. Nichts würde das Meer erschüttern. Ihre alte Kraftquelle würde nie versiegen. Sie brauchte nur Zeit, Zeit um diese Kraft zu schöpfen und ihr Gleichgewicht wiederzufinden.

»So, jetzt aber heraus mit der Neuigkeit. Ich sterbe vor Neugier!«, sagte Elisa, als alle satt waren.

Es war fast dunkel. Carly hatte Lampions in die Birke gehängt.

Sie warfen grüne Lichtkreise und ließen die freche rote Strähne aufleuchten, die Elisa in ihre weißen Haare gefärbt hatte.

Carly räusperte sich. »Myra, möchtest du?«

Myra schüttelte nur den Kopf.

»Ylvi?«

»Ich glaube, du kannst es besser, Carly.«

»Ja, also, es ist so – hm.« Carly fuhr sich durch die Locken. »Das ist schwieriger, als ich gedacht habe.«

Remy stellte ihren leeren Eisteller beiseite und stand auf.

»Also, dann werde ich euch jetzt die Geschichte erzählen. Ich liebe romantische und traurige und schöne Geschichten, und ich will vielleicht Lehrerin werden, also muss ich üben. Stellt euch einfach vor, ich habe mir die Geschichte ausgedacht, auch wenn ihr die Figuren kennt. Dann ist es leichter. Also …« Sie machte eine dramatische Pause, bis sie sich sicher war, dass sie die Aufmerksamkeit aller hatte.

»Es war einmal ein Mädchen, das lebte hier an der Küste, und es verliebte sich in einen Jungen, der in den Ferien zu Besuch war …«

Gebannt lauschten sie alle der frischen Stimme, die an den richtigen Stellen langsam und leise, an anderen schneller und lauter erzählte, die mit lebhaften Gesten betonte, was unterstrichen werden sollte, und sanft wurde und still, wenn die Zuhörer Zeit brauchten, das Gehörte zu begreifen. Die Grillen zirpten im Gras das Lied des Sommers wie eine Hintergrundmusik.

Ihre Urenkelin! Im Schutz der Dunkelheit fühlte Myra, wie sich ein Keimling von Stolz und Freude in ihr regte.

»… die tödliche Mauer hat Myra einst die Tochter genommen«, klang die junge Stimme unter der Birke. »Aber in der Nacht, als diese Mauer endlich fiel, schenkte sie ihr dafür eine Urenkelin. Denn ohne den Mauerfall gäbe es mich gar nicht. Und jetzt sind wir hier, und es ist ein unglaubliches Gefühl, ein Kringel am Ende dieses langen und spannenden Stammbaums zu sein«, endete Remy schließlich. »Außerdem, wer weiß, was für Kringel da noch kommen.«

Niemand regte sich. Remy ging zu Myra hinüber und legte eine vorsichtige Hand auf ihre Schulter.

»War das o.k. so, Uroma?«

Alle schienen den Atem anzuhalten. Ylvis Arm zuckte nervös und stieß ein Glas um, das mit leisem Klirren ins taufeuchte Gras rollte.

Myra schluckte. »Das war mehr als o.k.«, sagte sie schließlich heiser. »Aber wenn du Teil dieses Stammbaums bleiben willst, Mädchen, nenne mich nie wieder Uroma, sonst streite ich jede Verwandtschaft ab. Ich bin Myra und sonst gar nichts, verstanden?«

»Alles klaro, Uroma Myra. Dazu sind deine Shorts auch echt zu cool.« Im Schein der Lampions zwinkerte Remy ihr zu, und dieses Zwinkern flog wie eine der hellen Nachtmotten in Myras Seele und machte sie leichter.

Jakobs Rehrücken

2 Rehrückenfilets à 400 g
3 Nelken
1 Zimtstange
je 10 Wacholderbeeren,
schwarze Pfefferkörner und Pimentkörner
250 g Preiselbeeren
125 ml roter Portwein
2 Birnen
1½ EL Butter
1 TL Zucker
50 ml Orangensaft
Salz, Pfeffer
2 EL Öl

Fleisch von dem Häutchen befreien. Gewürze im Mörser zerdrücken und mit Fleisch, 1 EL Preiselbeeren und Portwein in eine Schüssel geben. Zutaten gut mischen und bei Raumtemperatur 4 Stunden marinieren.
Birnen schälen. Früchte halbieren und das Kerngehäuse entfernen. Butter in einer Pfanne erhitzen, darin die Birnen offen bei kleiner Hitze auf beiden Seiten in 6–8 Min. goldbraun braten. Zucker über die Birnen streuen, hell karamellisieren und mit Orangensaft ablöschen.

Backofen auf 120° vorheizen. Fleisch aus der Marinade nehmen, trocken tupfen, salzen und pfeffern. Öl in einer Pfanne erhitzen und beide Rückenstränge bei starker Hitze von jeder Seite 1–2 Minuten braun anbraten. Jedes Filet fest in Alufolie wickeln und sofort in den Ofen (Mitte, Umluft nicht empfehlenswert) auf einen Rost legen und in ca. 12 Minuten rosa garen. Nach 6 Minuten einmal wenden. Fleisch aufschneiden, mit Birnen und restlichen Preiselbeeren servieren. Dazu passt eine kräftige Wildsauce.

Ylvi

2006

31

Myra und Ylvi

Es klopfte an der Tür.

»Kann ich kurz reinkommen?«, kam Carlys Stimme von draußen.

»Ja, gerne!« Ylvi saß im Schneidersitz auf dem Bett und versuchte, ihre Gedanken zu ordnen. Remy war im Bad.

»Na?« Carly setzte sich neben Ylvi. »Wie geht es dir jetzt? Myra kann ein wenig überwältigend sein, nicht wahr? Aber ich finde, für den Anfang ist es gut gelaufen.«

»Sie hat gesagt, wir sollen ab morgen bei ihr wohnen, solange wir hier sind. Das gehöre sich natürlich so und sie hätte jede Menge Platz, hat sie gesagt.«

»Nun, das stimmt. Ich glaube, sie ist manchmal sehr allein auf Rav. So könnt ihr euch auch besser kennenlernen. Möchtest du das nicht?«

»Doch, schon.« Ylvi zögerte. »Es ist nur, ich glaube, sie hat das gesagt, weil sie denkt, dass es sich so gehört, aber nicht, weil sie es sich wünscht.«

»Lass ihr Zeit. Myra ist wie Thore. Im Zweifel entscheiden sie erst mit dem Verstand, weil sie ihren Gefühlen nicht trauen. Zu den Gefühlen kommen sie dann später.« Carly lächelte vor sich hin.

»Wer ist Thore?«, fragte Ylvi. Eine Ablenkung war ihr willkommen.

»Thore ist Hennys jüngerer Cousin. Er war mein Professor an der Uni und später mein Chef. Ich fiel ihm auf, weil ich Henny so ähnlich sehe. Damals war ich sehr verliebt in ihn. Er hat mir das Bernsteinschiff geschenkt und mich hierhergeschickt. Da wussten wir noch gar nicht, dass Henny meine Tante war. Eine lange Geschichte. Ich musste in den letzten Tagen oft an Thore denken, ich weiß gar nicht warum.« Sie runzelte die Stirn, als ob sie etwas schwer beschäftigte.

»Und ich muss oft an Theo denken«, sagte Ylvi. Es tat gut, mit jemandem darüber reden zu können. Man konnte überhaupt gut mit Carly reden, auch wenn sie jünger war.

»Möchtest du noch einmal versuchen, ihn zu finden? Oder ist es dir lieber, dass er eine Erinnerung bleibt?«, fragte Carly.

Ylvi zuckte mit den Schultern. »Ich weiß nicht, was besser ist. Aber die Frage ist müßig, denn ich habe alles versucht, und er ist unauffindbar. Jetzt will ich nach vorne schauen.«

»Bitte sehr!«, sagte Myra und stieß das Gartentor von Rav auf. Mit einem langen Arm bedeutete sie ihnen, vorauszugehen. Sie hatte Ylvi und Remy nach dem Frühstück persönlich auf Naurulokki abgeholt und sich den größten Koffer geschnappt. Ylvi protestierte und wollte ihn ihr wieder abnehmen, aber das war zwecklos.

»Uroma Myra ist auch ein *Cabeza quadrada*«, sagte Remy halblaut zu Ylvi.

»Das habe ich gehört, Mädchen. Und es stimmt«, sagte Myra über ihre Schulter hinweg. »Nun kommt schon, vergesst euren kleinen, bunten Gefährten nicht.«

Ylvi hatte schon bemerkt, dass sich zwischen Demonio und Myra eine Freundschaft angebahnt hatte. Das machte sie zuversichtlich. Wenn ihr kleiner Glücksbringer das konnte, dann würde es ihr auch irgendwann gelingen.

Sie stiegen den zugewucherten Pfad hinauf. Oben blieb Ylvi so plötzlich stehen, dass Remy in sie hineinlief.

Dass das Holz, mit dem das Haus verkleidet war, dunkelblau gestrichen war, hatte sie schon am ersten Tag von unten gesehen. Ylvi wusste nicht, ob es ihr gefiel. Das Haus bekam eine eigentümliche Strenge dadurch, und trotzdem passte es. Doch jetzt entdeckte sie, dass diese Strenge mehr als aufgehoben wurde durch die Blumen, die unten herum mannshoch auf die Wände gemalt waren. Sonnenblumen, Rittersporn und Dahlien waren naturgetreu wiedergegeben, in kräftigen, lebensfrohen Farben. Sie wirkten noch lebendiger als ihre Vorbilder. Es sah aus, als wären sie miteinander im Gespräch und als wollten sie dem Besucher verkünden, wie großartig und vielfältig das Leben war.

»Oh, wie schön!«, entfuhr es Ylvi.

»Echt klasse. Hast du das gemalt, Ur… – ich meine, Myra?«, fand auch Remy.

»Ja. Manchmal habe ich nichts anderes zu tun. Freut mich, dass es euch gefällt. Nun kommt schon rein.«

Drinnen war es still und kühl. Fast unheimlich. Ylvi fand die Stille so dick, dass es sich anfühlte, als müsse man hindurchwaten. Dabei wurde ihr wieder einmal bewusst, wie sehr ihr die Musik fehlte. Landschaft gab es hier genug, aber sie sprach nicht zu ihr. Lange konnte sie hier nicht bleiben.

Myra führte sie die Treppe hinauf und zögerte im Flur vor einer Tür. Schließlich legte sie die Hand auf die Klinke. »Das hier war Livs Zimmer. Es ist nicht so wie in den Romanen, dass ich es unberührt gelassen habe. Ich habe einiges weggeräumt, und es haben auch schon Gäste hier geschlafen. Aber es sind noch ein paar Sachen von ihr da, und ich glaube, es könnte dir gefallen, Remona.« Sie stieß die Tür auf.

Remy sah sich um. In der Ecke stand ein Leuchtturm, der aus einer alten Stehlampe, einem Garderobenständer und viel Papier gefertigt war und fast bis zur Decke reichte. Außerdem gab es einen riesigen, etwas abgenutzten Seehund aus Plüsch, auf dem man sitzen oder sich daran anlehnen konnte. Auch standen da noch ein weißer Schreibtisch, auf dem altmodische Füller und Notizbücher herumlagen, ein paar Schränke und ein altes Ruderboot, in dem eine Matratze lag und Bettzeug.

»Cool! Das gefällt mir sehr. Danke!« Remy stellte ihren Koffer ab und strich über den Seehund. »Es ist eine merkwürdige und schöne Vorstellung, dass meine Oma hier gelebt hat, als sie so alt war wie ich.«

Myra räusperte sich. »Ylvi, für dich gibt es nebenan ein Zimmer. Dort haben früher meine Eltern geschlafen, es steht aber ein neues Bett darin, und auch sonst habe ich es gründlich renoviert.«

Das Zimmer war schlicht und freundlich, und aus dem Fenster blickte man über weite Wiesen. In der Ferne war ruhiges blaues Wasser zu sehen, auf dem Boote mit braunen Segeln kreuzten wie Nachtfalter.

»Das ist der Bodden«, erklärte Myra.

Aus den Wiesen stieg ein Duft nach Sommer und Kräutern herauf bis in das Zimmer.

»Danke, Myra. Das ist sehr schön«, sagte Ylvi, und fühlte sich schrecklich unbeholfen dabei. Warum konnte sie nur nicht so unbekümmert mit der Situation umgehen wie ihre Tochter?

»Fühlt euch wie zu Hause«, sagte Myra. Täuschte sich Ylvi, oder war Myra bei all ihrer scheinbaren Souveränität ebenso befangen wie sie selbst?

»Wenn ihr ausgepackt habt, findet ihr mich im Garten.« Myra verschwand, die Tür fiel ins Schloss, und Ylvi war allein.

Demonio zwitscherte in seinem Käfig und versuchte, die Tür zu öffnen. Ylvi schloss das Fenster und ließ ihn heraus, so dass er sich auf seinen Lieblingsplatz auf ihrer Schulter kuscheln konnte.

Nebenan hörte sie Remy poltern. Ylvi musste lächeln. Das Zimmer war wirklich wie für Remy gemacht.

Ihre Mutter war dort aufgewachsen! Ihre leibliche Mutter. Und nun wohnte ihre Tochter dort.

Wie sollte sie sich da nicht irgendwann zu Hause fühlen hier?

Es war nicht das Haus, das das Problem war, es war diese kühle Distanz, die Myra ausstrahlte.

»Naja, wir haben sie mächtig überrumpelt. Wahrscheinlich hat Carly recht, und sie braucht einfach Zeit. Dich mag sie ja schon«, sagte Ylvi zu Demonio.

Myra hatte gestern das Bernsteinschiff wieder zurück auf die Fensterbank zu den anderen gestellt, als hätte sie sich die Finger daran verbrannt. Heute Morgen hatte Ylvi es sorgfältig in die Tasche gesteckt. Nun wickelte sie es aus seinem Tuch und hielt es gegen das warme Licht, das draußen sommerweich über den Wiesen lag. Einen Augenblick passierte nichts, dann sah sie das Gesicht eines Mannes, der ihr aus dem Bernstein entgegenlächelte. Er sah so sympathisch aus. Dann war er verschwunden, und es erschien ein kleines Mädchen mit einem blonden Zopf, das lachend durch die goldenen Tiefen hüpfte, vom Bug bis zum Heck, und dann verschwand.

Liv. Ylvis Mutter. Wie schön und wie ungeheuerlich, dass sie in irgendeinem Wellenschlag der Zeit noch immer lebendig und glücklich war! Ylvis Hand schloss sich fest um das Bernsteinschiff.

Sie ging hinunter. Myra war auf der Terrasse und hängte Wäsche auf. Zwischen den Fliesen wucherte Unkraut.

»Du hast das Bernsteinschiff gestern auf Naurulokki vergessen«, sagte Ylvi und streckte Myra das Schiff auf ihrer offenen Handfläche entgegen, wie es einst Henny getan hatte. »Es war der größte Wunsch meines Vaters, dass ich es dir zurückbringe, deswegen möchte ich es dir nun gerne ganz offiziell in seinem Namen geben.«

Myra zögerte und befestigte ein Unterhemd mit überflüssig vielen Klammern an der Wäscheleine. »Es gehört eigentlich zu den beiden anderen.«

»Es gehört dir.« Ylvi hielt Myras Blick diesmal stand. »Der sympathische Mann darin – ist es Kjell? Mein Großvater? Deine große Liebe, von der du den Nachnamen ebenso wenig kennst wie ich den von Theo?«

»Du kannst ihn sehen?« Jetzt nahm Myra das Schiff behutsam an sich.

»Ja, ich kann ihn sehen, und euch beide zusammen, und Liv.«

»Dann bist du wirklich meine Enkelin.« Myra flüsterte es fast, als würde sie diese Tatsache jetzt erst glauben können. »Ja, es ist Kjell.« Sie sah Ylvi an. »Und du hast sein Lächeln, genau wie Liv.« Myra hob den Arm, und für einen Augenblick schien es, als wollte sie Ylvi über das Haar streichen, doch dann ließ sie die Hand wieder fallen und ging ins Haus. Ylvi sah, wie sie das Schiff in der Küche auf die Fensterbank stellte, dort wo das Sonnenlicht hinfiel.

Ylvi hängte den Rest der Wäsche auf.

»Mom? Ach, da bist du. Brauchst du mich? Ich möchte auf Entdeckungstour gehen.« Remy kam aus dem Haus geschossen.

»Geh nur. Du sollst ja was von deinen Ferien haben.«

»Fein. Ich finde die allerschönsten Plätze, und dann schleppe ich dich überall hin. Tschüs, Mom!« Auf langen Beinen sprang sie den Abhang hinunter. Das Gartentor klapperte.

»So ist Liv auch immer da runtergerannt«, sagte Myra aus dem Küchenfenster heraus.

»Myra, hast du etwas dagegen, wenn ich mich nützlich mache? Ich bin doch Gärtnerin. Es juckt mich in den Fingern, dir hier ein wenig zur Hand zu gehen. Das Unkraut da …« Ylvi zeigte auf die Fliesen. »Und es müsste gemäht werden, und die Sonnenblumen und die Dahlien werden abbrechen, wenn ich sie nicht anbinde. Sie sind so wunderschön groß und kräftig. Düngst du sie mit etwas Bestimmtem?«

Myra lehnte sich hinaus und lächelte etwas verkrampft. »Das verrate ich dir später einmal. Ja, ich würde mich freuen, wenn du dich ihrer annimmst. Mir fehlt allmählich Kraft, und das mit dem Bücken geht nicht mehr so gut. Hinter dem Haus findest du einen Schuppen mit Werkzeug und dem Rasenmäher. Ich danke dir.« Ihre Worte klangen freundlich, aber sie wandte sich hastig ab und schloss das Fenster wieder.

Bekümmert machte Ylvi sich auf den Weg zum Schuppen. Insgeheim hatte sie gehofft, dass sich Myra in einen Liegestuhl legen würde und Ylvi um sie herum arbeiten konnte und sich ihr dadurch auf irgendeine Weise annähern. Sie konnte die Spannung, die in der Luft lag, schwer aushalten.

Die Gartenarbeit würde helfen. Mit Energie machte sie sich daran, das Unkraut aus den Ritzen zu kratzen. Es ging schwer, sie konnte sich wunderbar daran austoben. Danach mähte sie den Rasen, was am Abhang schwierig war. Schnaufend schob sie den Mäher herauf und herab, leerte den Rasenschnitt in den Kompost, kratzte die Maschine sauber, stellte sie zurück in den Schuppen und machte sich dann mit einem Bündel Stangen und Draht auf den Weg zu den Sonnenblumen, um sie zu stützen. Der Wind war hier zu heftig, lange würden sie ihm trotz ihrer Kraft nicht widerstehen können. Ylvi liebte Sonnenblumen. Es berührte sie merkwürdig, dass Myra dieselben Lieblingsblumen hatte wie sie. Groß und bunt und übermütig und voller Lebendigkeit: Rittersporn, Fingerhut, Dahlien und Mohn, alles, was Myra auf die Hauswand gemalt hatte. Genau dieselben Blumen hatte Ylvi in allen Gärten gepflanzt, die sie im Geheimen Land betreut hatte, bevor sie nach Teneriffa ging.

Auf dieser Gemeinsamkeit musste man doch aufbauen können?

»So geht das nicht!«, sagte Myra laut hinter ihr.

Ylvi hatte sie nicht kommen gehört und erschrak so sehr, dass sie einen Schritt rückwärts machte und fast über den Eimer gefallen wäre. Sie zog unwillkürlich den Kopf ein und überlegte fieberhaft, was sie falsch gemacht hatte. Sie hatte den Rasenmäher nicht kaputt gemacht und keine einzige Sonnenblume abgebrochen!

»Ich muss dir die Wahrheit sagen und dir das hier geben«, sagte Myra mit einem Bruch in der Stimme und wedelte mit einem Päckchen. »Ich kann nicht mit euch zusammenleben, wenn du nicht weißt, was ich getan habe! Du wirst mich dafür hassen und so bald wie möglich abreisen wollen, und ich weiß nicht, wie ich das ertragen soll, aber ich kann nicht anders, denn ich kann die Lüge ebenso wenig ertragen.«

Was redete sie da? Ylvi verstand kein Wort. Immerhin schien es nicht darum zu gehen, dass sie bei der Gartenarbeit einen Fehler gemacht hatte.

Sie wischte sich die Hände an der Hose ab. »Wollen wir uns nicht setzen? Bitte reg dich nicht so auf.« Sie nahm Myras Arm und bugsierte sie sanft zu einer Bank, die so von Reben eines süß duftenden Jelängerjelieber umwuchert war, dass Ylvi erst einige davon beiseiteschieben musste, bevor sie sich setzen konnten.

»Soll ich uns was zu trinken holen?«, fragte Ylvi, die jetzt erst merkte, wie staubig und trocken ihr Hals war.

»Nein! Nein, erst die Wahrheit!« Myras Hand schloss sich fest um Ylvis Arm, wie um eine Flucht zu verhindern. Mit der anderen Hand schob sie Ylvi das geheimnisvolle Päckchen zu.

Briefe. Vergilbte Briefe, ein ganzer Stapel. Sie lagen mit der Rückseite nach oben. Ylvis Blick fiel auf einen Absender, der dort mit Tinte geschrieben stand, die wohl einmal schwarz gewesen und nun mit den Jahren zu einem blassen Braun verblichen war. Die Schrift war ungestüm, noch nicht fertig geformt, ähnlich wie Remys.

Tim Baumann, las Ylvi. Nur ein Name, keine Adresse.

»Was sind das für Briefe, Myra? Was haben sie mit mir zu tun? Und warum regen sie dich so auf?«

Ylvi war völlig verwirrt. Myra war ihr so überlegen vorgekommen. Und jetzt schien es, dass Myra ihr gegenüber ein schlechtes Gewissen hatte. Aber warum um Himmels willen? Myra hatte nicht ahnen können, dass Liv schwanger war und weglaufen würde. Auch den Mauerbau hatte sie nicht vorausahnen können. Warum sollte sie an etwas Schuld haben?

Myra hielt das Gesicht in den Händen vergraben und schwieg.

Ylvi versuchte es anders. »Myra, wer ist Tim Baumann?«

Jetzt sah ihre fremde Großmutter auf, Verzweiflung in den Augen.

»Dein Vater, Ylvi. Dein leiblicher Vater.«

Ylvi starrte auf den verblassten Namen. Der Umschlag war noch zugeklebt. Sie fuhr mit dem Daumen darüber, prüfte auch die anderen Umschläge. Keiner davon war je geöffnet worden.

»Der Feriengast? Der Junge, von dem Liv schwanger war? Aber Myra, warum hat Liv sie nicht gelesen? Oder war sie schon weggelaufen, als die Briefe ankamen?«

»Das ist es ja«, stöhnte Myra. »Sie wäre gar nicht weggelaufen, wenn ich die Briefe nicht unterschlagen hätte! Sie sagte mir, dieser Tim wäre nur eine unwichtige Schwärmerei gewesen. Ich wollte sie beschützen. Sie war doch noch nicht volljährig! Sie sollte ihren Schulabschluss machen, sich konzentrieren. Ich habe einen schrecklichen Fehler gemacht.«

»Du hast die Briefe abgefangen? Das heißt …« Ylvi versuchte, mit ihren Gedanken hinterherzukommen.

»Das heißt, wenn ich nicht dieses Furchtbare getan hätte, würde deine Mutter noch leben und wäre vielleicht sogar mit deinem Vater zusammen, und du wärst hier aufgewachsen. Es ist alles meine Schuld! Meine Schuld, dass sie tot ist und dass wir uns so fremd sind.« Myra, die sonst so gelassen und souverän wirkte, rang die Hände, bis ihre Knöchel weiß waren. »Ich musste dir das einfach sagen. Dir die Briefe geben. Und ich verstehe es, wenn du jetzt nichts mehr mit mir zu tun haben willst und sofort abreist. Ich gehe jetzt besser.« Myra stand auf, mühsam, erschöpft.

In Ylvis Gehirn war ein Wirbelsturm an Gefühlen unterwegs. Das stärkste davon war seltsamerweise Erleichterung. Jetzt wusste sie wenigstens, woher diese Distanziertheit kam! Myra wurde mit ihrem Gewissen nicht fertig. Das hatte gar nichts mit Ylvi persönlich zu tun.

»Warte! Bleib hier!« Sie griff nach Myras Handgelenk und zog sie wieder auf die Bank herunter. »Von schlechtem Gewissen verstehe ich etwas. Ich bin sozusagen Expertin dafür! Seit ich von meiner Schwangerschaft erfuhr, habe ich es lange nicht fertiggebracht, meinem Mann zu sagen, dass er nicht Remys Vater ist.

Jedes Jahr wurde mein schlechtes Gewissen schlimmer. Ohne das wäre ich selbstbewusster gewesen und hätte mir seine cholerischen Anfälle nicht gefallen lassen. Vielleicht wäre dann unsere Ehe nicht gescheitert und Remy hätte in einer intakten Familie aufwachsen können. Ich bin also ganz sicher niemand, der andere für ihre Fehler verurteilen darf!«

Myra atmete tief durch. »Das Schlimmste ist, dass man sich selbst nicht verzeihen kann. Aber deine Tochter macht keinen unglücklichen Eindruck.«

»Nein. Sie ist wunderbar. Lass uns die Briefe lesen, Myra.«

»Lies du sie. Ich habe kein Recht dazu. Mich geht es nichts an.«

Ylvi schob den Finger unter die Lasche des ersten Umschlags. »Ich glaube doch«, sagte sie sanft. »Sie werden dir etwas von Liv erzählen.«

Während der Mittag Wärme auf den grünen Hang legte und der Wind einen Duft von reifen Brombeeren und das Flüstern des Meeres in der Ferne herantrug, las Ylvi die Worte ihres unbekannten Erzeugers. Wenn sie eine Seite fertig hatte, reichte sie sie an Myra weiter.

Auf den brüchigen Seiten wurde eine junge Liebe noch einmal lebendig. Die Worte trugen sie aus dem Meer der Zeit an die Oberfläche und ließen sie erneut im Sonnenlicht helle Wirklichkeit werden. Zart und unsicher war diese Liebe und ungestüm und kindlich und doch voller Ernst und voller Hoffnung.

»Liebste Liv,

ich habe dir versprochen, zu dir zurückzukommen, sobald ich kann. Der Sommer ist doch gar nicht so fern, auch wenn es jetzt unendlich scheint. Dann habe ich meinen Abschluss und werde mir bei dir in der Nähe eine

Arbeit suchen. Mein Vater wird entsetzlich wütend sein, wenn ich nicht studiere, aber das ist mir egal! Ich möchte keinen Tag mehr als nötig von dir getrennt sein. Aber ich habe Angst! Du hast beim Abschied so stolz gesagt, du würdest auf keinen warten, auch nicht auf mich. Du brauchst niemanden, hast du gesagt. Bitte warte auf mich, liebste Liv. Bitte vergiss nicht, wie es mit uns war! Du hast selbst gesagt, das Meer ist unser Zeuge, dass wir zusammengehören und dass die Tage nur so golden und so stürmisch und so duftend und bunt und süß und salzig sind, wenn wir uns haben …«

»Bitte, Liv, Liebste, warum schreibst du mir nicht? Du hast mir verboten anzurufen, und ich habe es trotzdem getan, aber niemand hat geantwortet. Ich versuche es nicht mehr, denn ich will nicht riskieren, dass du mir böse bist.

Ich kann nicht schlafen, weil ich immer an dich denken muss. Ich höre deine Stimme im Wind und rieche den Duft deiner Haut in deinem Nacken, und wenn ich nicht bald wieder dein Lachen höre, werde ich verrückt. Ich starre auf mein Schulheft und sehe dich am Wasser entlangrennen und die silbernen Tropfen in alle Richtungen spritzen. So soll unsere Zukunft sein, so wie diese Tropfen, glänzend und ganz weit oben im Himmel! Hab Geduld, bitte! Am liebsten würde ich sofort losfahren und zu dir kommen, aber wenn ich meinen Schulabschluss vermassele, dann wird mein Vater so wütend, dass alles noch viel schwieriger für uns wird. Bald ist Sommer, dann sind wir wieder zusammen, versprochen. Du kannst nicht vergessen haben, was zwischen uns war. Bitte warte auf mich … und schreib mir doch!! Ich habe mich an das gehalten, was du wolltest, und niemandem von uns erzählt und auch nie meinen richtigen Namen auf diese Briefe geschrieben, so wie du es wünscht. Aber auch wenn der Name ausgedacht ist, meine Liebe ist echt, und daran sollst du niemals zweifeln! Ich werde es dir beweisen, wenn ich komme.«

Die Sonne wanderte weiter, und die Schatten waren bereits lang, als Ylvi den letzten Brief zurück in den Umschlag steckte. »Wie schön«, flüsterte sie und wischte sich die Tränen ab. »Auch wenn diese Liebe keine Zukunft hatte, sie müssen eine wunderbare Zeit gehabt haben. Jetzt habe ich das Gefühl, meinen leiblichen Vater ein bisschen zu kennen.«

Myra blickte wie blind auf den Rasen. »Er hat es ernst gemeint! Und ich dachte, es wäre einfach nur ein Junge aus der Stadt, der ein Mädchen abschleppen wollte. Wie konnte ich nur so arrogant sein?«

Ylvi dachte an Remy. »Du wolltest sie beschützen. Das war nicht richtig, aber ich kann es verstehen.«

»Aber ich nicht. Ich nicht! Ich kann mich selbst nicht verstehen.«

Ylvi legte vorsichtig einen Arm um Myras Schultern, doch Myra entzog sich und stand hastig auf.

Das tat weh. Ylvi hätte selbst Trost gebrauchen können. Warum nur konnten sie nicht zusammen trauern und sich gegenseitig helfen?

Myras Beichte hatte an der kühlen Distanz offenbar nichts ändern können.

Eines aber musste Ylvi trotzdem unbedingt wissen.

»Warum wollte Liv nicht, dass er seinen richtigen Namen nennt?«

»Ich habe nicht die leiseste Ahnung«, sagte Myra. »Ich hatte ja offenbar von gar nichts eine Ahnung.«

Sie wandte sich um, stieg langsam den Abhang hinauf und verschwand im Haus.

Ylvi blieb in Gedanken versunken sitzen. Sie fühlte sich allein. Am liebsten wäre sie hinaufgegangen, um sich wenigstens von Demonio trösten zu lassen, aber ihr fehlte die Energie aufzustehen. Es schien ihr unerträglich, jetzt auch ins Haus zu gehen und weiter diese Kälte zu spüren, die von Myra ausging.

Etwas später klapperte das Gartentor. »Mom, es ist großartig hier! Ich habe diesen Flömer kennengelernt, von dem Carly erzählt hat.« Remys kurze Haare waren windzerzaust und die Beine ihrer Shorts feucht. »Mom, was ist denn?«

»Hier. Du bist alt genug. Ich finde, du solltest alles wissen. Die Zeit für Geheimnisse ist vorbei. Mir ist gerade bewusstgeworden, wie gefährlich Geheimnisse sind und dass man junge Leute nicht unterschätzen sollte.« Ylvi drückte ihr die Briefe in die Hand und erklärte kurz die Sachlage. »Der, der gar nicht Tim hieß, ist dein Großvater, und seine Worte von damals sind alles, was wir je von ihm erfahren werden. Ich glaube, er war in Ordnung.«

Remy nahm die Briefe und setzte sich neben sie. »Meinst du? Aber als sie ihn suchen ging, hat sie ihn doch mit einem anderen Mädchen zusammen gesehen? Da hat er sich ganz schön schnell getröstet.«

»Nun, da Liv ihm nie geantwortet hat, muss er gedacht haben, dass sie wirklich nicht auf ihn gewartet hat und nichts mehr von ihm wissen wollte. Wahrscheinlich war er zutiefst gekränkt und das andere Mädchen eine Trotzreaktion. Du musst Hunger haben. Wollen wir irgendwo etwas essen gehen?«

»Ich hatte ein Fischbrötchen. Am Hafen. Sie sind lecker. Mom, du siehst ganz schön fertig aus.«

»Es ist Myra. Ich glaube, es gelingt ihr nicht, uns zu mögen.«

»Also, ich mag sie. Du, dieser Flömer ist klasse. Man kann sich super mit ihm unterhalten. Ich finde, du solltest einen Spaziergang machen und mit ihm sprechen. Du musst nur nach rechts gehen und den Weg über die Wiesen nehmen, dann kommst du direkt zum Hafen. Dort gibt es coole Boote. Und die Fischbrötchen. Flömer sitzt auf einem Steg. Du erkennst ihn daran, dass er ein Stück Kreide hinter dem Ohr trägt.« Remy legte sich gemütlich ins Gras und nahm den ersten Brief aus dem Umschlag. »Ach, und Mom, du hast doch noch ein oder zwei von den Luftschlossbaukästen, die du noch nicht verkauft hast, oder? Nimm einen mit. Ich glaube, er würde Flömer gefallen.«

»Herrn Flömer, heißt das«, korrigierte Ylvi. »Wenn er so alt ist wie Carly sagt, solltest du Respekt zeigen.«

»Er ist vierundneunzig. Und er sagt, Flömer genügt. Er ist zu alt für unnötige Anreden, sagt er. Und er sagt Du zu allen, weil er zu alt ist, um sich zu merken, wen er siezt oder duzt. Sagt er.«

»Soso. Er scheint ja eine Menge gesagt zu haben.«

Dieser Flömer klang merkwürdig. Aber Ylvi wollte im Moment auf keinen Fall hier bleiben. Sie musste unbedingt etwas gegen die ratlose Einsamkeit tun, die unerträglich in ihr brannte, und Carly war nicht zu Hause, sondern bei der Arbeit. So schlich sie sich an Myra vorbei, die in der Küche polterte, steckte einen der Luftschlossbaukästen in ihre Tasche und machte sich auf den Weg durch die schweigenden Wiesen, in denen keine Musik war. Sie waren ein grünes Meer aus tiefer Stille, einer Stille, in der man ertrinken konnte.

Hoffentlich hatte dieser Flömer Worte dagegen. Worte, an denen sie sich festhalten konnte.

Myra

2006

32

Blaue Stunde

Sie hatte in ihrem ganzen Leben noch nie so eine sinnlose Putzwut gehabt. Was war nur los mit ihr? Myra ließ den Lappen sinken, als sie bemerkte, dass sie das Küchenregal nun schon zum dritten Mal auswischte. Als ob sie damit etwas bessermachen konnte. Erbost feuerte sie den Lappen in den Eimer und sah aus dem Fenster. Remona stand gerade vom Rasen auf. Myra beneidete sie ein wenig darum. Wie lange war es her, seit sie bäuchlings im Gras hatte liegen können und nicht darüber nachdenken musste, wie sie wieder hochkam!

Was hatte das Mädchen für lange braune Beine! Sie steckten in ähnlichen Shorts wie sie Myra trug, nur hatten sie Fransen unten herum. Myra überlegte, was Oma Matilda wohl zu Fransen gesagt hätte. Sie hatte schon die kurzen Hosen an sich für einen Skandal gehalten.

Remona kam ins Haus, das Päckchen Briefe in der Hand. An der Küchentür blieb sie stehen.

»Schade, dass wir nicht wissen, wie mein Großvater wirklich hieß«, sagte sie. »Ich würde ihn gern kennenlernen. Es klingt nett, was er schreibt. So ehrlich und lebendig. Er war in meinem Alter, als er diese Briefe schrieb. Dadurch kommt er mir fast so vor, als könnte er gleich um die Ecke kommen, um mit mir segeln zu gehen.«

»Es tut mir leid, Remona.« Das Mädchen sah sie ohne Vorwurf in ihren hellen Augen an. »Warum? Dafür, dass er wegen seinem

Namen geschwindelt hat, kannst du doch nichts. Das wollte Liv so. Und wenn du die Sache mit den Briefen meinst – naja. Wenn du die nicht geklaut hättest, dann gäbe es mich gar nicht. Jedenfalls nicht so. Und ich finde das Leben ziemlich prima. Besonders jetzt, wo auf einmal eine Menge spannender Leute zu meiner Familie gehören, von denen ich gar nichts wusste. Tiryn, die Bilder im Meer sieht, die von der Vergangenheit erzählen. Carly, die Künstlerin. Du, die Bernsteinfrau. Flömer, der Weise. Und Claas, der Urahne mit einer geheimnisvollen Kraft, der immer noch hier auftaucht. Sagenhaft! Ich wollte schon immer eine große Familie. Das sind die spannendsten Ferien, die ich je hatte.«

Das Mädchen strahlte Myra an. Man musste sie einfach mögen. Aber Myra fühlte nicht, was sie hätte fühlen sollen und so verzweifelt fühlen wollte. Sie war innerlich wie unter einer Glasglocke eingesperrt und erkannte sich selbst nicht wieder. Was konnte sie nur dagegen tun?

Myras Blick fiel auf den fischförmigen Anhänger an Remys Hals, der aus fast weißem Bernstein war. Ein paar dunkle Spuren darin formten etwas, das man als den Buchstaben R interpretieren konnte.

»Komm mit. Ich möchte dir etwas zeigen«, sagte Myra und ging voraus, durch das Wohnzimmer in einen angrenzenden Raum. Remy sah sich neugierig um. Recht staubig war es hier und kühl. Ein alter Tisch stand herum und an den Wänden mehrere Schränke und Regale, denen man ansah, dass sie irgendwo übrig geblieben waren und nicht zusammengehörten. Ein vernachlässigter Raum, eigentlich nur ein Abstellraum, wenn er nicht so groß gewesen wäre.

»Was ist das für ein Raum?«, fragte Remy. »Warum wirkt er so vergessen?«

»Weil er einen vergessenen Traum beherbergt.«

Myra ging zu einem Schrank und nahm ein Kästchen heraus, das sie zärtlich öffnete. Sie hielt es ihrer Urenkelin hin.

»Oh!« Staunend nahm Remy den Bernstein heraus. Er ähnelte auch einem Fisch, war in Form und Größe fast mit ihrem Anhänger identisch. Nur war es kein weißer Bernstein, sondern teils honigfarben, teils dunkel. »Da ist sogar ein Krümel eingeschlossen, genau da, wo das Auge sein müsste. Und diese Luftblasen sehen aus wie Fischschuppen! Toll. Vorn ist er heller und hinten dunkler, und die Schwanzflosse wird wieder hell. Wunderschön. Aber ist es nicht merkwürdig, dass meiner und deiner sich so ähnlich sind?« Remy sah zu Myra auf. »Ist der auch von Claas?«

»Damals wusste ich das nicht. Heute denke ich, ja. Ich fand ihn an einem dunklen, traurigen Tag im Krieg, und er hat mir Mut gemacht. Vermutlich war das die Absicht von Claas.«

»Als ich den anderen Bernstein gefunden habe, der wie ein Anker aussieht, habe ich ein Licht auf der Welle entlanglaufen sehen, die ihn mir vor die Füße gespült hat. Ist das bei dir auch so, wenn du Bernstein findest?«, wollte Remy wissen. »Dass du ein Licht auf einer Welle siehst, meine ich?«

Myra stellte das Kästchen zurück in den Schrank und schloss ihn wieder. Erstaunt sah sie Remy an. »Ein Licht? Nein.« Sie zögerte und sagte dann doch, was sie noch niemandem gesagt hatte. »Ich höre Musik. Eine bestimmte Tonfolge, die ebenso golden klingt, wie es der Bernstein ist.«

»Echt? Mama hört auch oft solche Musik, die kein anderer hört. Aber bei ihr hat es nichts mit dem Bernstein zu tun, sondern mit Landschaften. Sie sagt, bestimmte Orte haben eine bestimmte Musik. Und wenn sie einen Garten gestaltet, ist sie erst dann zufrieden, wenn die Musik richtig klingt.«

Myra stand ganz still. »Ja. An bestimmten Morgen, wenn das Meer und der Wind und das Licht und der Duft aus den Dünen stimmen, dann höre ich auch manchmal Musik, die nichts mit dem Bernstein zu tun hat, sondern damit, dass man im richtigen Moment am richtigen Ort ist. Dort, wo man hingehört und ganz man selbst ist. Frei.«

»Na, cool, das beweist doch, dass ihr verwandt seid! Und was ist das nun für ein Traum, den du hier vergessen hast? Und warum schließt du den Fisch ein?«

»Weil ich mich schäme. Ich bin dem Bernstein nicht gerecht geworden. Der Fisch sollte einmal das erste Stück für eine Sammlung sein, die ich interessierten Menschen zeigen könnte. Ich möchte ihnen zeigen, wie in diesem Bernstein der Duft und die Seele eines alten Waldes lebendig sind. Eines Waldes und einer Landschaft, die viel älter ist als die Menschen. Hier«, Myra nahm einen Krümel Bernstein aus einer anderen Schachtel und rieb mit einem Stück Sandpapier daran. Dann hielt sie es Remy unter die Nase.

Die schnüffelte begeistert. »Tatsächlich! Das riecht total nach Sommer. Einem Sommer, der seit Jahrmillionen vorbei ist, und trotzdem kann man ihn riechen, als ob man mittendrin steht. Das ist großartig. Bernstein ist toll. Der enthält nicht nur Bilder und Erinnerungen, sondern auch noch Duft.«

»Und das Licht!«, sagte Myra. »Auch an grauen Tagen ist immer Sonnenlicht darin. Und er fühlt sich nie kalt an. Sieh mal hier«, sie nahm ein anderes Kästchen heraus und zeigte Remy ein Stück hellen Bernstein, in dem ein Käferpaar mit grünlichen Flügeldecken eingeschlossen war. Sie wirkten verliebt, als hätten sie ihren Tod vor Millionen Jahren nie bemerkt.

»Wahnsinn!« Ehrfürchtig steckte Remy die Nase in das Kästchen. »Der Bernstein ist wie Seiten aus einem Buch, bevor die

Buchstaben erfunden worden. Aber mit einem ganz besonderen Zauber, den man nicht in ein Buch bekommt. Oder doch? Ich will vielleicht mal Archäologie studieren, weißt du. Oder doch Geologie? Oder Meereskunde? Ozeanographie? Am liebsten alles. Ach ja, und Lehrerin möchte ich auch noch werden, um den Menschen von alldem zu erzählen.«

Myra sah in das offene junge Gesicht, das vor Begeisterung glühte.

»In ein Leben passt eine Menge hinein, wenn man neugierig genug ist«, sagte sie.

Remy stellte das Kästchen vorsichtig zurück in den staubigen Schrank und sah sich um. »Warum hast du deinen Traum vergessen, Ur-…, ich meine, Myra?«

»Ich weiß nicht. Ich habe den Zeitpunkt verpasst. Nachdem Liv fort war, hat mir der Schwung gefehlt. Es erschien nicht mehr wichtig. Und jetzt bin ich zu alt. Aber schön, wenn es dir gefällt. Ich kann dir in den nächsten Tagen gern noch ein paar andere Stücke zeigen. Jetzt lass uns wieder an die frische Luft gehen.«

»Aber Myra, du bist doch gar nicht alt. Nicht von innen, meine ich. Ich könnte dir helfen mit der Ausstellung. Da hätte ich riesige Lust dazu. Und ich könnte Fotos machen und sie ins Internet stellen, und wir schreiben Texte dazu. Tiryn würde bestimmt auch mitmachen. Und Carly.«

»Tiryn und Carly haben genug um die Ohren. Und du gehst bald nach London. Es gibt genug Bernsteinmuseen. Da braucht die Welt meine kleine Ausstellung bestimmt nicht.«

»Also ich glaube, niemand versteht den Bernstein so gut wie du«, behauptete Remy. »In den anderen Museen sind nur Wissenschaftler. Aber du kannst was über den Zauber erzählen. Das würde Claas bestimmt auch gefallen.«

»Was weißt du schon über Claas.«

»Na, schließlich kenne ich ihn, seit ich klein bin«, sagte Remy. »Ich glaube, ich werde jetzt schwimmen gehen. Vielleicht treffe ich ihn ja. Oder kann ich dir etwas helfen?«

»Nein, geh nur. Ich muss zu Carly und ein Hemd für Tiryns Laden fertig nähen.«

Das war nicht ganz richtig. Das Hemd war längst fertig. Aber Myra musste unbedingt mit jemandem reden und war froh, als sie sowohl Carly als auch Tiryn in der Küche von Naurulokki antraf. Die beiden waren über eine Zeichnung gebeugt. Unter dem Tisch spielten Kyana und Nicky mit dem Luftschlossbaukasten, den Ylvi ihnen geschenkt hatte.

»Was habt ihr da Interessantes?« Myra hatte nichts dagegen, ihr Problem ein wenig aufzuschieben.

»Das ist ein Entwurf von Rune. Seine neueste verrückte Idee.« Tiryn hielt die Zeichnung hoch. Myra sah ein breites, zuverlässig und etwas altmodisch wirkendes Holzboot mit einem kleinen Segel und großen Rudern. Am Bug prangte eine Galionsfigur in Form eines Seepferdchens.

»Ist das nicht das Boot von Claas, mit dem er unterging? Das man auf dem einen Gemälde sieht?«, fragte Myra.

»Genau. Rune und Jakob möchten es nachbauen. Ich finde das eine großartige Idee«, sagte Carly. »Und es würde bestimmt nie untergehen, weil Claas gut darauf aufpassen würde. Da es so schön breit ist, wäre es nicht kippelig und wunderbar geeignet, um die Kinder damit auf dem Bodden herumzufahren.«

»Wirklich eine schöne Idee«, fand Myra.

»Ja, aber ich bin der Meinung, dass man einen durchsichtigen Boden einbauen sollte, so wie wir es in Florida hatten«, erklärte Tiryn. »Dann könnten die Feriengäste die Fische sehen.«

»Das müssen wir nur noch Rune beibringen«, ergänzte Carly.

»Rune macht alles, was sich Tiryn wünscht«, sagte Myra, setzte sich mit an den Tisch und stützte den Kopf in die Hand. Alles war so schön, das junge, kreative Leben um sie herum. Und nun hatte das Schicksal ihr auch noch dieses späte Geschenk einer Enkelin und einer Urenkelin gemacht. Warum nur fühlte sie sich innerlich so erstarrt wie die Käfer im Bernstein?

Carly stand auf. »Ich mach mal einen Tee«, sagte sie mit einem Seitenblick auf Myra.

»Was ist los, Myra?«

Das mochte Myra an Tiryn, dass sie immer gleich zur Sache kam. So war sie selbst einmal gewesen.

»Ach, ihr zwei! Ich habe Henny und Nicholas geliebt wie meine Kinder. Und ihr zwei Verrückten habt euch auch in mein Herz geschmuggelt, genau wie die beiden Zwerge da«, sie wies unter den Tisch. »Aber jetzt weiß ich nicht weiter. Ich kann mich selbst nicht mehr ausstehen, weil ich Livs Kind und Enkelkind einfach nicht als meine Familie begreifen kann. Sie sind mir sympathisch. Ich bin gern mit ihnen zusammen. Aber mehr kann ich nicht fühlen, und das macht mich verrückt. Ich fühle mich fremd in meinem eigenen Haus, seit sie da sind, weil sie mir fremd sind. Die verlorenen Jahre sind wohl nicht aufzuholen. Ich war immer gut Freund mit der Zeit, obwohl sie mir manchen Streich gespielt hat. Aber diesmal hat sie mich besiegt!«

Carly stellte einen dampfenden Tee vor sie hin. Tiryn rutschte mit ihrem Stuhl heran und legte einen Arm um Myras Schultern.

»Das kam ja auch ganz schön plötzlich.«

Myra atmete tief durch und nahm einen Schluck. Hier unter dem alten Reetdach von Naurulokki fühlte sie sich geborgen und gleich besser.

»Wenn Kjell noch da wäre«, sagte sie nachdenklich, »dann könnte ich es vielleicht leichter begreifen, dass wir beide lebendige Nachkommen haben. Dann könnten wir uns gemeinsam an diesem Glück freuen. Jetzt, wo das Bernsteinschiff wieder hier ist und ich darin Kjells Gesicht sehe, muss ich ständig an ihn denken. Und es liegt natürlich auch daran, dass Ylvi sein Lächeln hat. Und Livs.«

Carly rutschte ebenfalls heran, bis Myra ihre Wärme an ihrer anderen Seite spürte. »Ich glaube, ich weiß was los ist«, sagte Carly. »Es ist die Ungewissheit, die dich ausbremst. Als ich mich nicht erinnern konnte, wie meine Eltern gestorben sind, und niemand mit mir darüber reden wollte, hat es mich auch belastet.«

»Na dann!« Tiryn schlug mit der flachen Hand auf den Tisch. Myra zuckte zusammen, und ihre Teetasse hüpfte ein wenig. »Dann ist jetzt der Zeitpunkt gekommen, an dem wir herausfinden müssen, was aus Kjell geworden ist! Jede Geschichte braucht ein Ende. Sonst kann es keine neuen Anfänge geben. Wie machen wir das am besten? Myra, weißt du etwas über ihn, außer dass er Däne war, sein Schiff *Fremtid* hieß und er wohl im letzten Kriegswinter verschollen ist?«

Myra zögerte. Sollte sie Randi und ihren Sohn erwähnen? Nein, das war Kjells Privatsache. Wenn er wiedergekommen und zu Randi zurückgekehrt war, ohne sich jemals bei ihr zu melden, dann wollte sie ihn nicht finden. Und wenn er im Krieg gefallen war, dann spielte diese Information keine Rolle.

»Nein.« Und macht euch nicht zu viel Mühe, wollte sie sagen und sagte es doch nicht, denn Carly hatte recht. Nun, da sie wusste, dass Kjell und sie gemeinsame Nachkommen hatten, musste sie wissen, was ihm geschehen war. Auch wenn es wahrscheinlich sehr weh tun würde. Die Vorstellung, dass er in Kriegsgefangenschaft einsam an Hunger oder einer Krankheit gestorben war, oder noch schlimmer, dass ein Torpedo die *Fremtid* getroffen und ihn in den Tod gerissen hatte, war ihr unerträglich.

»Ich habe im Internet neulich schon alles versucht, nachdem Myra von Kjell erzählt hat«, sagte Carly. »Da gibt es so viele Listen vom Roten Kreuz, Suchdienste und so weiter. Aber ich hatte keinen Erfolg.«

»Dann gibt es nur noch eine Möglichkeit«, sagte Tiryn.

»Und die wäre?« Carly sah sie neugierig an, Myra skeptisch.

»Claas!«, sagte Tiryn triumphierend. »Kjell war mit einem Schiff unterwegs. Da muss Claas doch etwas wissen oder herausfinden können! Zumindest besteht die Chance.«

»Claas? Das ist eine gute Idee, nur …« Carly zögerte.

»Was?«, fragte Tiryn ungeduldig.

»Naja, Claas taucht selten auf und nur, wenn es ihm passt. Wir können ja schlecht einfach an den Strand spazieren und ihn fragen.«

Tiryns Augen blitzten spitzbübisch. »Warum nicht? Es käme auf einen Versuch an. Wir haben nichts zu verlieren. Claas müsste blendende Laune haben, schließlich sind Ylvi und Remy nun hier. Mitsamt dem dritten Schiff. Das wollte er doch! Da könnte er uns den kleinen Gefallen tun.« Sie sprang auf. »Ich weiß. Remy! Claas mag Remy. Sonst hätte er ihr keinen Bernstein geschenkt und sie durch die Silbermöwe all die Jahre im Auge behalten. Myra, es ist am allermeisten dein Anliegen, etwas über Kjell herauszufinden. Geh doch mit Remy heute Abend an den Strand. Zwischen Tag und Nacht, wenn die Zeit für einen Moment den Atem anhält, in der blauen Stunde. Die mag Claas. Was meinst du, Myra?«

»Wenn du glaubst, das funktioniert? Ich bin skeptisch. Aber warum nicht.« Jetzt konnte sie nicht mehr zurück. Sie gestand sich endlich ein, wie sehr die Ungewissheit sie all die Jahre gequält hatte. »Aber Remy müsst ihr selbst diese Sache erklären. Ich komme mir dabei zu verrückt vor.«

Tiryn lachte. »Kein Problem. Sie wird begeistert sein. Je unheimlicher und verrückter und romantischer etwas ist, desto besser. Ach, da kommt sie ja.«

Remy stand vor dem Küchenfenster. Sonnenlicht glitzerte in ihren tropfnassen Haaren, und ihre Augen wirkten in ihrem frisch gebräunten Gesicht noch heller als sonst. »Das Wasser war toll. Tiryn, du wolltest mir doch zeigen, wie man Silberschmuck macht. Hast du jetzt Zeit?«

»Ja, komm rein, wir machen ein einfaches Collier. Das ist nicht schwer. Übrigens, würdest du uns heute Abend helfen? Wir haben einen Plan und brauchen dich.«

»Klar, worum geht's denn?«

»Um Blödsinn, darum geht es!«, murmelte Myra.

»Blödsinn? Super! Ich bin dabei.« Remys Augen funkelten unternehmungslustig.

Die Sonne versank und hinterließ einen flammenden Streifen Orange, Tiefrot und Hellgrün über dem Horizont. Das Meer wurde dunkel, nur die Wellenkämme leuchteten weiß wie eine schräge Handschrift. Die Möwen stritten sich auf der Buhne um die besten Schlafplätze. In der Luft lag ein leiser Geruch nach Wehmut und einer Ahnung von Frühherbst. Man spürte, dass nun, Ende August, der Sommer seinen Höhepunkt überschritten hatte.

Myra und Remy folgten dem Pfad, der vom Deich herunter zwischen den Silberpappeln über die Dünen führte.

Es war derselbe Strand, an dem Henny ihnen einst die Bernsteinschiffe überreicht hatte. Für einen Moment war es Myra, als würde sie Nicholas, Henny und Liv dort stehen sehen. Sie wünschte sich, Nicholas wäre hier. Er war außer ihr der Einzige, der sich an die alten Zeiten erinnern konnte. Sie vermisste ihn. Merkwürdig, seit Ylvis Ankunft war ihre Wut auf ihn verflogen. Vielleicht auch verjährt, abgeschliffen von der Zeit, bis nichts mehr übrig war. Jetzt, in diesem Moment, hätte er hier sein sollen, wo er hingehörte.

»Ist der Kormoran da?«, fragte Remy. »Tiryn hat gesagt, es wäre gut, wenn die Vögel in der Nähe sind.«

Myra kniff die Augen zusammen und spähte in die blauen Schichten der Dämmerung. »Ja, er sitzt auf seinem Platz am Ende der Buhne.«

»Gut.« Remy legte die Hände zu einem Trichter an den Mund und rief über die Dünen: »*Fuuula –a –a-a!*« Nichts geschah.

»*Fuuula –a –a-a!*« Diesmal strich ein schwarzer Schatten über die Wipfel der Silberpappeln heran und landete auf dem Sand, dort, wo die Buhne begann. »Cool!«, sagte Remy. »Die Krähe kennt mich nicht, und trotzdem kommt sie, wenn ich sie rufe. Das hab ich Tiryn erst nicht geglaubt.«

»Ich auch nicht. Ich glaube das alles immer noch nicht ganz«, murmelte Myra.

Remy sah sich um. »Fehlt noch eine. *Möööwe!*«, rief sie.

Als hätte der Vogel nur gewartet, erhob er sich von irgendwo im Dünengras, strich über ihre Köpfe hinweg und landete nahe der Krähe.

Das Blau wurde tiefer. Nur an einem letzten Nachklang des Tages konnte man ahnen, wo das Meer endete und der Himmel begann. Der Abendstern war ein silberheller Punkt und der Mond eine schmale Sichel über den Dünen. Eine Mücke sirrte um Myras Ohren. Es war fast windstill, und die Wellen flüsterten nur leise.

Einen Moment lauschten sie in die Stille.

»Claas! Bist du da?«, rief Remy über das Meer, nicht laut, aber vernehmlich.

Irgendwo an der Buhne sprang ein Fisch. Sonst regte sich nichts.

»Claas, bitte komm! Wir wollen dich was fragen!«, versuchte es Remy noch einmal. »Du hast mich auch schon mal gerufen, und ich bin gekommen, weißt du noch?«

Myra schwieg. Ihr Anliegen kam ihr hier draußen so klein vor, so unwichtig. Was galt schon eine Liebe aus der Vergangenheit, egal wie groß, in dieser zeitlosen Weite aus Wasser, Licht, Sand und Firmament.

»Claas, ich möchte dich so gern wiedersehen!« Remys klare Stimme war so hell wie ihre Augen.

Sie warteten.

Eine Welle, die größer war als die anderen, näherte sich langsam, brach sich an ihren bloßen Füßen und lief weiter den Strand herauf.

»Hast du das Licht in ihr gesehen?«, fragte Remy leise.

»Nein. Aber es war ein Klang darin. Nicht der Bernsteinton. Ein anderer.«

Remy hob die Hand. »Psst. Warte. Ich sehe etwas. Da!« Sie wies in Richtung der Buhne. Da war die Dämmerung dichter, wie ein Schatten, wie eine Gestalt. Durchsichtig wie die klare Luft, und dann doch nicht.

Jetzt gewahrte Myra ihn auch. Ein Mann saß dort, ein großer Mann, mit den Füßen im Wasser, seinen Umhang um sich gebreitet. Er sah sie aus hellen Augen an. Hinter ihm, durch ihn hindurch sahen sie in der Ferne den Leuchtturm vom Darß blinken.

»Was wollt ihr?« Seine Stimme in ihren Köpfen klang verwaschen und mürrisch. »Ihr seid hier, Ylvi und du, meine Remy, das ist gut. Aber etwas stimmt nicht. Es hat nichts genützt. Nicht genug.«

Remy trat einen Schritt vor. »Warum hast du schlechte Laune, Urgroßvater Claas?«

Keine Antwort.

»Wenn du uns nicht sagst, warum du traurig bist, können wir nichts machen«, bohrte Remy.

Er setzte sich aufrechter. Seine Gestalt wurde deutlicher und seine Worte auch. »Es ist gut, dass ihr da seid. Die Schiffe sind zusammen. Sie haben die Familie nach Hause geführt. Ich finde Kraft in eurer aller Anwesenheit. Ich habe an Stärke gewonnen. Aber das Licht! Das Licht lässt weiter nach. Ich kann es kaum noch sehen.« Er klang verzweifelt. »Ich glaubte, es würde wieder hell, wenn die Familie beisammen ist. Doch ich irrte wohl.«

Jetzt trat Myra vor. »Welches Licht, Claas?«, fragte sie. »Meinst du Frenjas Licht? Das Licht in der Krähenkate?«

»Ja. Das Licht, das sie für mich anzündet. Sie wagte sich nie auf das Wasser. Sie litt an der Seekrankheit. Doch ihr Licht brannte stets für mich. Ich hole meine Energie aus dem Meer. Frenjas Kraft kommt aus der Familie, aus den Gefühlen füreinander. Jemand ist nicht glücklich, es ist nicht alles in Ordnung, und darum wird ihr Licht dunkler. Ich verstehe es nicht. Das darf nicht sein! Ohne Frenja bin ich verloren.«

»Du verstehst Gefühle nicht, weil du ein Mann bist«, sagte Myra. »Ich dagegen kann Frenja gut verstehen.«

»Sie sagte immer, man muss die Familie hüten wie das Baumhaus im Wildapfelbaum. Man muss die Lücken füllen, die Balken müssen sich gegenseitig stützen und tragen, ganz gleich, wie der Wind sie schüttelt und schleift.«

»Du kannst uns helfen, eine Lücke zu füllen«, sagte Myra. »Auch Tiryn hat bemerkt, dass Frenjas Licht nachlässt. Auch sie und mich schmerzt das. Bitte hilf uns, dann können wir dir auch helfen!«

Fast hielten sie den Atem an. Nichts.

»Von welchem Licht spricht er?«, fragte Remy leise.

»Das Licht, das nachts im Dachzimmer der Krähenkate brennt, dem alten Haus, in dem Claas mit seiner Frenja lebte und wo jetzt Tiryn wohnt. Wenn man im Haus ist, sieht man es nicht, aber manche sehen es von außen. Seit Claas ertrank, seit über hundertfünfzig Jahren, brennt es dort für ihn, damit er immer nach Hause findet und weiß, dass Frenja an ihn denkt«, erklärte Myra.

»Irre. Irre schön«, fand Remy. »Das darf auf gar keinen Fall ausgehen!«

Endlich kamen Worte von der Buhne her, ein Flüstern nur in ihren Gedanken.

»Was wollt ihr wissen?«

Remy ging einen weiteren Schritt auf Claas zu. »Myra muss wissen, was aus ihrer großen Liebe Kjell geworden ist. Du liebst Frenja. Du kannst das sicher verstehen, dass Myra Gewissheit haben muss. Und Kjell ist mein Urgroßvater. Ich möchte es auch wissen. Kannst du uns etwas über ihn oder sein Schiff, die *Fremtid*, sagen?«

»Ihr sucht etwas? Ihr habt schon zuvor Dinge gefunden. Warum sucht ihr nicht dort, wo man findet?«

Ein Wind kam auf, eine zweite höhere Welle rollte heran, und mit ihr verschwand Claas. Nur Dunkelheit lag noch auf der Buhne, und die Möwe und die Krähe flogen zu dem Kormoran am Ende und setzten sich ihm zur Seite.

»Na toll! Ein Rätsel. So weit waren wir auch schon«, sagte Remy.

»O, doch, wir haben einiges erfahren. Wenigstens wissen wir jetzt, warum es so wichtig für ihn war, dass wir alle zurückkehren«, sagte Carly, als Myra und Remy von ihrer Begegnung berichteten. »Es ist nicht nur, weil er ein Patriarch ist und die Familie zusammenhalten möchte. Wir geben ihm Kraft, weil wir seine Nachfahren sind. Wir sind seine Verbindung zum Leben. Ohne uns würde er vielleicht doch irgendwann in der Zeit und im Meer verlorengehen. So aber ist er stark genug, um gelegentlich mit uns sprechen zu können und sich sichtbar zu machen.«

»Ja. Aber sein Hauptgrund ist Frenja«, sagte Myra leise. Die Verzweiflung in Claas' Stimme hatte sie traurig gemacht. Sie ahnte, wie ihm zumute war. Wie viel schlimmer als bei ihr musste es wohl sein, wenn man weit über hundert Jahre um die letzte Verbindung zu dem Menschen bangen musste, der einem am liebsten und kostbarsten war?

»Und nun?«, fragte Carly.

»Also, ich weiß jetzt, wo wir nach Hinweisen suchen sollten«, sagte Tiryn. »Claas hat es deutlich gesagt. Wir hätten auch allein drauf kommen können. Denk nach, Carly!«

»*Ihr habt schon zuvor Dinge gefunden. Warum sucht ihr nicht dort, wo man findet?*«, wiederholte Carly. »Was meinst du, Ti – was für Dinge haben wir denn gefunden?« Sie runzelte die Stirn, dann wich ihr verwirrter Ausdruck einem Lächeln. »Ach so! Natürlich! Henning Weritz' Dachboden!«

Ylvi

2006

33

Luftschlösser und braune Flügel

Ylvi dachte erst, sie hätte den Weg zum Hafen verfehlt. Die Wiesen dehnten sich endlos, dann war Schilf rechts und links vom Weg, fast doppelt so hoch wie sie selbst. Es versperrte ihr jede Sicht. Auf einmal aber öffnete sich alles zum Wasser hin, und vor ihr lagen Holzstege, kleine Holzhäuser und Boote mit hölzernen Rümpfen und braunen Segeln. Wie Spielzeug wirkte alles im ersten Moment. Es duftete nach Räucherfisch und nach sonnenwarmem Holz. Einige Menschen spazierten hin und her oder saßen auf Bänken und aßen, aber viel war nicht los. Ylvi holte sich ein Fischbrötchen an einem Stand. Es schmeckte frisch und leicht und auf eine ungewohnte Art so würzig, dass sie es bedauerte, als es alle war. Sie brachte den Teller zurück an den Stand und sah sich suchend um. Ganz hinten auf einem langen Steg, dessen Ende fast im spätsommerlichen Dunst über dem Wasser verschwand, sah sie einen Mann sitzen. Nach Remys Beschreibung musste das Flömer sein.

Sie lief den Steg entlang und lauschte auf das hohle Geräusch, das ihre Schuhe auf den Bohlen über dem Wasser machten. Wie die Taktschläge vor einem Musikstück klangen sie, das in kurzer Zeit beginnt, der Moment, wenn in der Konzerthalle die Zuschauer in erwartungsvolles Schweigen verfallen und alle auf den ersten Ton warten.

Es tat ihr gut, überhaupt einen Ton zu hören nach dem beharrlichen Schweigen, das ihr die Wiesen entgegengebracht hatten.

Zwischen den Brettern konnte sie das Wasser darunter sehen. Fasziniert von dem Farbspiel wäre sie fast über etwas Weißes gestolpert, das auf einmal vor ihren Füßen lag. Unwillkürlich blieb sie stehen. Doch da lag gar nichts. Es war nur ein Buchstabe aus Kreide, den jemand auf das Holz geschrieben hatte. Ein G. Dem G folgte ein E. Ylvi lief an dem Wort entlang.

GEGENWART las sie. Kurz nach dem T war der Steg zu Ende, und auf diesem Ende saß der Mann und baumelte mit den Beinen im Wasser. Er trug eine abgewetzte Kappe und ein Stück Kreide hinter dem rechten Ohr. Eindeutig Flömer, wie ihn Carly beschrieben hatte.

»Hallo! Darf ich mich setzen?« Ylvi zog Schuhe und Strümpfe aus.

Sein Lächeln war fast zahnlos, aber in seinen Augen lagen eine heitere Ruhe und eine blitzende Lebensfreude, die von seinem Alter einen Teil abzogen.

»Sehr gerne, Ylvi, Livs Tochter. Willkommen.«

Anscheinend hatte Remy sie angekündigt.

Willkommen. Was für ein schönes Wort. So klar und einfach. Das war eigentlich alles, was sie sich von Myra gewünscht hätte. Aber nur Carly hatte es gesagt.

Unwillkürlich äußerte sie ihren Gedanken laut. Da war etwas an Flömer, das dies möglich machte. »Was für ein schönes Wort. Darf ich es neben Ihres auf den Steg schreiben?« Die anderen hatten schon erzählt, dass Flömer jeden Tag ein Wort auf den Steg schrieb, um es zu betrachten und darüber nachzudenken. Er tat dies, seit er nicht mehr auf den Meeren der Welt als Kapitän unterwegs war.

»Jedes Wort ist ein Meer an Möglichkeiten. Sie werden mir nie langweilig«, pflegte er zu sagen.

Er zog das Stück Kreide hinter seinem großzügigen Ohr hervor und reichte es ihr. »Unbedingt. Es passt wunderbar zu meinem Wort.«

GEGENWART

WILLKOMMEN

stand da nun. Die großen weißen Buchstaben leuchteten unternehmungslustig auf dem altersdunklen, von vielen Füßen geschliffenen Holz. Unter dem Steg klatschte eine kleine Welle gegen einen Pfeiler, und ein Spritzer Wasser zeichnete einen nassen Punkt hinter das N.

»Warum Gegenwart?«, fragte Ylvi.

»Nun, es ist ein so kantiges, sachliches Wort, und doch ist es wie eine Blume, findest du nicht?« Flömer steckte die Kreide wieder hinter sein Ohr. »Die Gegenwart ist das, was zählt. Wir sind lebendig in ihr. Ihre Farben, ihr Duft, ihre Menschen und ihre Worte sind die Krönung der Wirklichkeit. Sie öffnet sich zum Himmel wie eine zerbrechliche Mohnblüte, flüchtig, leuchtend, schön. Aber sie wurzelt in der Vergangenheit, zieht ihre Kraft daraus und verdankt ihr den aufrechten Stand.«

»Ja.« Ylvi betrachtete die beiden Worte. »In meiner Vergangenheit gab es Adoptiveltern, die mich liebten, aber Angst vor der Wahrheit hatten. Und in meiner Gegenwart gibt es eine Großmutter, die mich nicht lieben kann, und ein Land, das mir ebenso fremd ist wie sie. Meine Mohnblume hat keinen Stiel. Die Blüte schwebt ohne Wurzeln in der Luft und kann sich nicht öffnen.«

Diese bildliche Vorstellung half ihr, ihr eigenes Unbehagen der letzten Tage zu begreifen. In Flömers Gesellschaft fühlte sie sich zum ersten Mal, seit sie Myra begegnet war, entspannt.

»Ich denke, du siehst ihn nur nicht«, widersprach Flömer. »Deine wundervolle Tochter, das Mädchen mit den Augen ihres Urahns, hat mir die Geschichte von dem Wildapfelgelee erzählt. Dessen Geschmack hat zu dir gesprochen, damals, als du schwanger warst. Die Frucht aus dem Garten von Claas und Frenja hat dir von deinen Wurzeln erzählt, und du hast die Verbindung gespürt. Sie ist also vorhanden. Du musst nur die Angst davor verlieren und die Zweifel.«

»Es wäre leichter, wenn ich etwas davon spüren würde.« Ylvi wies auf das zweite Wort. *Willkommen*. Es war ein weiches Wort, wie ein lauer Sommerwind. Es gefiel ihr, wie es da auf dem Steg stand und Richtung Horizont führte. »Nicht nur meine Großmutter schweigt mich an. Es ist auch die Landschaft. Jeder Ort, der mir gefällt und wo ich mich willkommen fühle, hat eine besondere innere Musik für mich. Aber hier ist nur Stille! Stille, die mich immer unruhiger macht. Ich fühle mich fehl am Platz und einsam.« Sie malte mit ihren Zehen Kringel auf die glatte Wasseroberfläche. Auch der Bodden war still, so anders als das Meer. Faszinierend, dass sich hier zwei so verschiedene Gewässer so nahe waren. Nur dieser schmale Streifen Land dazwischen, den ihre ihr bis vor kurzem unbekannte Familie Heimat nannte.

»Besondere Musik wird nur aus Stille geboren«, sagte Flömer. »Sie kann nur aus den Tiefen in dir aufsteigen. Das braucht Zeit. Und du musst die Töne zulassen. Sie müssen dir willkommen sein, sonst kannst du sie nicht hören. Dieses Wort da, das dir so gefällt, das ist keine einseitige Sache. Es genügt nicht, darauf zu warten, dass du es von anderen hörst. Es muss auch aus dir kommen.«

Beschämt sah Ylvi auf ihre Füße, die wie zwei Fische im Wasser schimmerten. Fische, die nicht wussten, ob sie vor- oder zurückschwimmen wollten. Er hatte recht. Hatte sie denn in sich selbst eine Zuneigung für Myra zugelassen? Hatte sie nicht unbewusst das Gefühl gehabt, ihren Adoptiveltern gegenüber illoyal zu sein, wenn sie ihre wirkliche, leibliche Familie mochte? Und hatte sie nicht dieses Land abgelehnt, weil sie Claas' Absichten gegenüber Remy misstraute?

Sie atmete tief durch. Wie blau der Spätsommerhimmel über dem Bodden lag! Das Schilf spiegelte sich im Wasser wie eine feine Tuschezeichnung, und die Boote schaukelten leise an ihren Ankerplätzen. Ihr fiel der Luftschlossbaukasten ein, den sie auf Remys Geheiß hin eingesteckt hatte. Nun wusste sie, warum dies ein gutes Geschenk für Flömer war.

»Hier. Für Sie – für dich«, korrigierte sie sich.

Flömer hob den Deckel und nahm einen der durchsichtigen Würfel heraus. Er hielt ihn gegen das Licht und drehte ihn hin und her. Eine zarte Flaumfeder war darin eingeschlossen und zeichnete filigrane Schatten auf Flömers Handrücken. »Schön! Zeitlos gefangen wie im Bernstein«, sagte Flömer. »Aber aus der Gegenwart. So durchsichtig, fast unsichtbar und doch greifbar und unzerbrechlich.«

»Auf einigen Stücken sind Worte eingraviert«, sagte Ylvi. »Früher haben wir uns in der Familie gegenseitig damit Nachrichten hinterlassen, indem wir ein kleines Schloss bauten – statt Notizzetteln.« Sie nahm einen weiteren Würfel und einen Zylinder heraus. »Süden« stand auf dem einen, »Begegnung« auf dem anderen. Flömer betrachtete sie und legte sie zu dem Würfel auf den Steg, durchforstete den Kasten und fand »Ausflug«, »Musik«, »Rückkehr«, »Laune«, »Sandburg« und »Rennen«. Und es gab auch die kleinen Worte, »dem« und »das«, »und«, »mit« oder »wie«. Ebenso Muscheln, Kiesel, Äste und Blätter, alles in kristallklaren Formen eingeschlossen.

»Wer hätte gedacht, dass einer von Claas' Nachkommen einmal ebenso mit Worten spielen würde wie ich?«, sagte Flömer sichtlich erfreut. Er begann, an der Kante der letzten Holzbohle aus den Klötzen ein Schloss zu bauen, nein, einen Torbogen, der von zwei Leuchttürmen flankiert war.

Zwischendurch unterbrach er, blickte mit einem Augenzwinkern Ylvi an. »Mit diesen Steinen kann man auch die Zeit durcheinandermischen, und sie trägt trotzdem, sieh!«

Er stapelte fünf Steine aufeinander mit den Worten »Letztes Jahr, Gestern, Heute, Morgen, Zukunft«. Sicher ruhte die Zukunft auf dem Morgen, Gestern auf dem letzten Jahr, das Heute in der Mitte. Nun stapelte Flömer die Steine um. Die Zukunft lag jetzt in der Mitte, das Morgen war die Basis der Säule, und das letzte Jahr wurde sicher davon getragen.

»Nichts wird wackliger, wenn man es umschichtet. Beweist das nicht, dass alles zusammengehört und im Grunde alles in diesem Augenblick Gültigkeit hat?«, fragte Flömer verschmitzt. »Ich sage immer, für mich spielt es kaum eine Rolle, wer noch hier und wer schon gegangen ist. Für mich sind sie alle anwesend. Sie hinterlassen zu viele Spuren, um ganz fort zu sein. Und Claas ist der Beweis. Er ist schon so lange verstorben und dennoch hier. Ihr, seine Nachkommen, tragt und stützt ihn, und er euch, genau wie diese Würfel.«

Nun fügte er die Würfel in die Türme ein und setzte als Krönung auf jeden eine Kugel, in der sich die Sonne fing. In der einen war eine Pusteblume eingeschlossen, in der anderen eine Löwenzahnblüte.

So schön hatte noch nie eines ihrer Luftschlösser ausgesehen, fand Ylvi. Das lag am Standort. Wenn sie sich bäuchlings auf den Steg legte, wirkte es wie auf den Horizont gebaut. Man sah das glitzernde Wasser dahinter und den nachmittäglichen August-himmel, an dem sich Schäfchenwolken sammelten, wie um Flömers Werk zu bestaunen.

Ein brauner Fleck erschien schmetterlingsgleich hinter dem rechten der Türme. Die Form war unscharf, gebrochen durch die Kanten der Würfel. Erst, als er sich in die Öffnung des Torbogens bewegte, erkannte Ylvi, dass es ein Boot war, aus Holz und mit den hier traditionellen braunen Segeln, die zunächst ungewohnt wirkten und dann urig. Zuverlässig wie etwas, das aus der Erde geboren war.

Der Mann, der es steuerte, hob grüßend die Hand. Geschickt legte er am Steg an, sprang heraus und wickelte das Tau an einem Poller fest.

»Hallo Ylvi, hallo Flömer!«

Jetzt erkannte sie ihn, an seiner Stimme, die klang, als wäre ein Donnergrollen darin unterwegs. Das wirkte jedoch nicht unfreundlich. Eher wie das Versprechen eines Regens am Ende eines langen heißen Sommertages.

Es war Jakob, Carlys Nachbar.

Carly hatte sie einander vorgestellt und erklärt, dass Jakob und sie sich natürlich fortan duzen würden, da Ylvi ja zur Familie gehörte.

An jenem Grillabend, an dem er so lecker gekocht hatte, hatte Ylvi im Halbdunkel mit Genuss dieser tiefen Stimme gelauscht. Seine Nähe hatte sie jedoch gemieden. Sie konnte nicht vergessen, dass er am Tag ihrer Ankunft das Wort »dämlich« benutzt hatte. Natürlich hatte er nicht sie gemeint, doch er hatte von einer Frau gesprochen. Männer, die solche Worte in Bezug auf Frauen gebrauchten, wollte sie nie mehr kennenlernen.

Jetzt aber konnte sie ihm nicht ausweichen. Er stand in seiner ganzen beträchtlichen Größe auf dem Steg zwischen ihr und dem Land und lächelte sie an. Doch dann ging sein Blick an ihr vorbei. »Oh, was ist das?« Begeistert kniete er sich hin und betrachtete das schimmernde Miniaturbauwerk, das zwischen den soliden, praktischen Booten wunderbar absurd wirkte.

Jakob strich mit seinem großen Finger zärtlich über den Torbogen. »Das erinnert mich an meinen geliebten finnischen Patenonkel. Onkel Viljami. Er erzählte mir Geschichten von seinem Gewächshaus, das auch kleine Türme an den Ecken hatte und in dem er wunderbare exotische Blumen zog, während draußen der finnische Winter tobte. Er nannte es *Pilvilinna*, das heißt Luftschloss.« Er blickte lächelnd zu Ylvi auf. »Als Carly mir neulich deinen Namen nannte, musste ich auch daran denken, weil es zwei Silben aus diesem Wort sind, das für mich Kindheitsträume verkörpert. P-ilvi-linna.« Behutsam rückte er einen Baustein zurecht. »Bei Onkel Viljami klang es so, als sei alles möglich, wenn man es nur will. Warum nicht Orchideen züchten, wenn draußen minus fünfzehn Grad sind? Man braucht nur durchsichtige Wände. Damals nahm ich mir vor, als Erwachsener einen Wintergarten an mein Haus zu bauen und es auch Pilvilinna zu nennen.«

»Und ich bin Architektin geworden, weil ich als Kind Luftschlösser bauen wollte«, sagte Ylvi verblüfft. »Am Ende kamen aber nur die Luftschlossbaukästen heraus, und jetzt bin ich Gärtnerin.«

»Wieso ›nur‹? Diese Bausteine sind eine wundervolle Idee. Wie wäre es, Luftschloss-Ylvi, was hältst du von einer kleinen Fahrt auf meinem Boot?«

Sie zögerte. Hätte er nur nicht dieses Wort gesagt. *Dämlich.* Das klang ihr immer noch im Ohr und weckte die Erinnerungen an alles, was Ricky ihr an den Kopf geworfen hatte. Aber Jakob blickte sie freundlich an, und der Tag war so schön. Und sie hatte es nicht eilig, zurück nach Rav zu kommen.

Flömer hinter den Bausteinen auf dem Steg wurde immer kleiner. Ylvi fragte sich, ob es für ihn nun durch die durchsichtigen Steine hindurch so aussah, als ob sie auf einem braunen Schmetterling im Luftschloss verschwanden.

Jakob hantierte lässig mit einer Hand am Steuer. Ylvi saß auf dem sonnenwarmen Deck. Das Holz knarrte, der Mast knackte, die Fahne knatterte, die Segel knisterten.

»Du sitzt da mit schiefgelegtem Kopf, als ob du eine Musik hörst«, sagte Jakob.

»Keine Musik. Aber das Schiff erzählt etwas.«

»Nun, es hat eine Menge mit mir zusammen erlebt, von dem es erzählen kann. Vor ein paar Tagen zum Beispiel ist eine Frau ins Wasser gefallen, weil sie mit ihren Stilettoabsätzen an einem Tau hängen geblieben ist. Ich hatte sie gewarnt, dass das nicht die richtigen Schuhe sind.«

»Hast du deshalb gesagt, sie war dämlich?«

»Ich gebe zu, das gehört sich nicht. Deshalb habe ich es auch nicht zu ihr gesagt, obwohl ich sie herausfischen musste und sie wütend war, anstatt sich zu bedanken. Aber es *war* dämlich, findest du nicht?«

»Doch. Schon.« Ylvi war erleichtert. Sie hatte ganz vergessen, dass das Wort auch manchmal seine Berechtigung hatte.

Sie lehnte sich entspannt zurück. Um sie waren nur der Himmel, das Wasser und der Horizont. Fische sprangen, Möwen segelten, in der Ferne tanzte das Schilf am Ufer langsam im Wind. Alles war in Bewegung. Sie fühlte sich leicht.

»Danke für den Ausflug!«, sagte sie. »Ich wusste es nicht, aber es ist genau, was ich gebraucht habe. Am liebsten würde ich ewig so weitersegeln.«

»Ist nicht so leicht mit Myra, oder? Eure Verwandtschaft kam ja ziemlich überraschend.«

Es klang so einfach, wie er es sagte. Wie ein ganz natürliches Problem, an dem niemand schuld war.

»Jakob hat mir sehr geholfen, als ich hier ankam und alles fremd war«, hatte Carly erzählt. »Er hat eine so beruhigende, hilfsbereite Ausstrahlung. Er tut einfach gut. Ich bin so froh, dass er mein Nachbar ist.«

Sie hatte recht gehabt. Jakobs Gegenwart war beruhigend. Und dann dieses warme, leise Donnergrollen in seiner Stimme. Die Vibration schien über die Planken zu laufen wie eine heimliche Erwartung und sich dann in dem Kräuseln auf dem Wasser fortzusetzen. Auf einmal schien alles nicht mehr so aussichtslos. Hier war so viel Luft, so viel Platz. Sie musste an Theo denken und fragte sich, warum. Dann fiel es ihr auf. Genau dieses Gefühl hatte sie damals auch gehabt! Diese Aufbruchstimmung, diese Überzeugung, dass auf einmal alles möglich war.

Ob es wohl wirklich Theo gewesen war, den sie die ganze Zeit vermisst hatte, oder vielmehr ebendiese Aufbruchstimmung?

Angenommen, sie würde Myra, diese liebenswerte, unmögliche, kratzbürstige, halsstarrige, großartige Frau doch noch für sich gewinnen. Und wenn nicht, waren da ja Carly, Tiryn, ihre Männer und ihre Kinder. Würde sie vielleicht hierbleiben wollen, ein ganz neues Leben in dieser Großfamilie anfangen, die sie sich immer gewünscht hatte? Hier, am äußersten Rande des ehemals

Geheimen Landes? Auf der Halbinsel, zu der sie eine uralte Verbindung besaß, die sie vor vielen Jahren in einem Apfelgelee geschmeckt hatte?

Unvermutet schien es zumindest eine Möglichkeit zu sein. Eine, an die sie nie zuvor ernsthaft gedacht hatte.

»Flömer hat gesagt, dass ich mich selbst nicht genug für Myra geöffnet habe«, sagte sie zu Jakob. »Ich will mir mehr Mühe geben. Ich werde mit dem anfangen, was ich am besten kann. Gärtnern. Sie mag große, bunte, lebensfrohe Blumen. Am liebsten würde ich nach Berlin fahren und bei einem befreundeten Gärtner ein paar exotische Kübelpflanzen holen und ihren Garten umgestalten. Solche Blumen, wie ich sie auf Teneriffa in meinem Garten hatte. Vielleicht kann ich so eine Brücke zu ihr bauen.« Diese Idee war Ylvi gerade gekommen. Dann könnte sie auch Kristianos wiedersehen. Es wäre eine Gelegenheit, hier einmal herauszukommen und ein wenig Abstand zu gewinnen.

»Hast du Heimweh nach Teneriffa?«

»Ja. Nach der Wärme und nach den kräftigen Farben. Und Blumen, die in den Himmel wachsen. Die Weihnachtssterne sind dort größer als ich.«

»Ist das wichtig? Ich finde gerade die kleinen, zarten Blüten so faszinierend, die sich hier gegen den Sturm behaupten. Gern zeige ich dir einmal, was alles am Deich wächst. Was sich so hartnäckig mit seinen kleinen Wurzeln in den losen Sand klammert und unbeirrt blüht. Und die bizarren Disteln zum Beispiel, die werden ebenfalls mächtig groß.« Er wandte den Kopf und lächelte sie an. »Farben kann ich dir auch zeigen. Sie sind nicht so grell und leuchtend wie im Süden, dafür aber voller Licht. Hast du nicht die reifen Sanddornbeeren gesehen, dieses Orange, das sich völlig selbst genügt und so seltsam vollständig ist? Nirgends woanders gibt es diese Farbe. Und dann das Weiß der Silberpappelblätter von unten. Es leuchtet von innen heraus, aber nur, wenn der Wind es weckt. Auch das habe ich noch nirgendwo gesehen. Es heißt, Weiß ist gar keine Farbe, aber hier wird es zu einer.« Er redete sich in einen Rausch, breitete seine Arme weit aus, als wollte er die ganze Halbinsel umfangen. »Dann der junge Farn im Darßwald im Frühling, wenn die Sonne tief steht. Dieses leuchtende hoffnungsvolle Hellgrün ist eine Offenbarung. Und wieder ein anderes Grün, ein ganz zartes, magisches findest du manchmal am Anfang des Sonnenuntergangs über dem Meer. Und dann natürlich die Farbtöne im Wasser … Aber du wirst es selbst herausfinden. Tut mir leid, ich wollte dich nicht bedrängen! Jeder hat ein Recht auf seine eigenen Vorlieben. Wenn du Lust hast, würde ich dir aber gern einmal meinen Garten zeigen und die kleinen Gesichter, die darin wachsen.«

»Unbedingt. Du hast recht, ich weiß zu wenig über die Vegetation hier.«

Die Sonne war tiefer gewandert, und Jakob steuerte das Boot zurück in den Hafen. Ylvi beobachtete, wie sich ein Rudel Wolken in seiner Brille spiegelte und mit ihnen der Horizont, der jetzt voller Farben war.

»Übrigens, du sagtest, Berlin«, meinte er, als er das Boot wieder vertäute und ihr die Hand reichte, damit sie auf den Steg springen konnte. »Ich habe einen kleinen Bus, mit dem hole ich manchmal für die Kurklinik Patienten aus Berlin ab und fahre sie später wieder zurück. Übermorgen muss ich eine alte Dame mit ihrem Gepäck zurückbringen. Wenn du Lust hast, könntest du mitkommen, und auf dem Rückweg hätten wir dann Platz für Pflanzen.«

Ylvi sah ihn verblüfft an. »Das wäre toll! Ich wollte Tiryn fragen, ob sie mir ihr Auto leiht, aber da passt nicht viel rein. Sehr gerne! Könnte Remy mitkommen?«

»Selbstverständlich. Ich freue mich, wenn ich auf der Rückfahrt Gesellschaft habe.«

Es stellte sich heraus, dass Remy lieber in Ahrenshoop bleiben und mit Tiryn weiteren Schmuck basteln wollte. »Das macht solchen Spaß, Mom. Du brauchst mich doch nicht, oder?«

So saß Ylvi allein mit Jakob und mit der netten Frau Ammanns im Auto, die sie mit heiteren Geschichten über Pannen in der Kurklinik bestens unterhielt. Zusammen brachten sie die alte Dame noch hinauf in ihre Wohnung.

»So, und wo ist jetzt deine Gärtnerei?«, fragte Jakob, nachdem sie bei einem nahe gelegenen Italiener eine Pizza gegessen hatten.

Kristianos strahlte, als Ylvi vor ihm stand. »Mädchen, was für eine Überraschung. Gut siehst du aus! Passen Sie auch gut auf sie auf?«, fragte er Jakob.

»Aber selbstverständlich«, sagte der todernst.

»Das ist nur ein Freund. Ein Nachbar. Er hat mich mitgenommen«, sagte Ylvi hastig. »Wir brauchen ein paar Pflanzen. Kann ich mir was zusammensuchen?«

Kristianos breitete die Arme aus. »Alles, was du willst, mein Mädchen. Ich mache dir einen Sonderpreis.« Doch seine Augen ruhten weiter prüfend auf Jakob. Er schien ihm zu gefallen.

Ylvi nahm sich Zeit, schlenderte durch die Anlage und wies hier und dort auf eine Pflanze. Jakob trug sie widerspruchslos alle zur Kasse. »Myras Garten wird ein Dschungel«, bemerkte er amüsiert. »Da hat sie auf Jahre hinaus neue Malmotive.«

Auf dem Rückweg duftete es im Auto. Bei jedem Schlagloch raschelten die Blätter geheimnisvoll.

Ylvi träumte vor sich hin, wie sie ihre Beute auf der Hanglage im Garten von Rav am besten sinnvoll anordnen konnte. »Stopp!«, rief sie plötzlich und setzte sich kerzengerade auf.

Jakob fuhr zusammen und trat auf die Bremse. Hinter ihnen hupte jemand und zeigte ihnen einen Vogel, als er vorbeibrauste.

»Was ist?«

»Diese Abzweigung da! Können wir einen ganz kurzen Abstecher machen? Bitte, es ist wichtig.«

Diese Abzweigung hätte sie immer wieder erkannt. Sie hatte sich unauslöschlich in ihr Gedächtnis eingebrannt. Schon allein vom Geruch der Erde wusste sie, dass dies der Weg war, den sie in jener Nacht mit Theo genommen hatte.

Sie musste noch einmal dorthin, noch einmal den vergessenen Garten und den Walnussbaum sehen, um endgültig Abschied zu nehmen. Es schien gerade gar nicht mehr so wichtig, Theo wiederzusehen. Wichtig war jetzt, loszulassen.

»Klar, wenn du möchtest. Wir haben Zeit.«

»Es geht um eine alte Erinnerung.«

»Du musst mir nichts erklären. Sag einfach, wenn wir da sind.«

»Wir sind schon da«, sagte Ylvi tonlos. Es waren ja nur ein paar hundert Meter gewesen. Sie wusste, dass sie sich nicht irrte. Dies war der Ort. Da war sogar der Walnussbaum.

Doch er war nur noch ein abgesägter Stumpf, auf dem ein hässlicher Blumenkübel mit vertrockneten Geranien und einer Werbung für Wühlmausfallen stand.

Den Garten gab es nicht mehr und den verfallenen Schuppen, in dem Remy gezeugt worden war und in dem Ylvi später ihre Nachricht hinterlassen hatte, auch nicht.

Es gab nur einen Supermarkt. Einen ganz gewöhnlichen, zweckmäßigen, scheußlichen modernen Supermarkt.

Und die Musik aus jener Nacht würde sie nie wieder hören.

Jakob hielt auf dem Parkplatz und machte den Motor aus. »Das war wohl nicht, was du gesucht hast?«, fragte er sanft und sah sie von der Seite an.

»Nein. Hier war mal ein Garten … egal. Ich wollte ja Abschied nehmen. Loslassen. So ist es leichter.« Sie schluckte die Tränen herunter und öffnete energisch die Autotür. »Lass uns etwas zu trinken und ein paar Kekse kaufen. Dann wird es realer. Dann kann ich es besser begreifen.«

Merkwürdigerweise half das tatsächlich. Ware aussuchen, bezahlen, das profane Klingeln der Kasse. Die Welt hatte sich geändert. Überraschend war das nicht. Die Vergangenheit war endgültig vorbei. Aber es gab Remy, und es gab die Zukunft.

Die Drehtür spuckte sie wieder aus. Zwischen Reihen ordentlicher Begonien in schnurgeraden Blumenbeeten schlenderten sie den Weg zum Parkplatz zurück.

Da fiel Ylvis Blick auf eine Pflanze, die bestimmt nicht zwischen die ordentlichen einheitsgelben Begonien gehörte.

Eine einzige Rose stand dort. Ein gesunder, dichter Rosenbusch mit glänzenden dunkelgrünen Blättern und drei Blüten, die sich in einem zarten und doch leuchtenden Apricot mit goldgelben Rändern zum Himmel hin öffneten.

»Die ist schön«, sagte Jakob anerkennend. »Die strahlt Freude und Zuversicht aus, findest du nicht? Sie würde auch nach Ahrenshoop passen. Diese Farben! Die Begonien dagegen finde ich hässlich.«

»Ich auch«, sagte Ylvi. »Warte, ich will sehen, was für eine Sorte das ist. Oft ist ein Schild dran. Meistens heißen sie ›Luise von Preußen‹ oder ›Ottilie vom Wiesengrund‹ oder so. Wer die wohl hier gepflanzt hat, so allein, wo sie gar nicht hingehört?«

Behutsam schob sie die Zweige beiseite und suchte nahe der Wurzel nach dem Etikett. Dabei stieg ihr der Duft in die Nase, vertraut, nur stärker.

Der Duft aus dem vergessenen Garten! War es nur die Erde, die noch so roch wie damals?

Ihre Hand zitterte, als sie das Schild fand.

»Nun? Ist es Ottilie vom Wiesengrund?«, fragte Jakob.

»Nein. Nicht Ottilie«, flüsterte Ylvi.

Auf dem Schild stand etwas anderes.

Ylvi vom neunten November.

34

Viele Fragen

»Willst du mir nicht erzählen, was es mit dieser Rose auf sich hat? Ich verstehe, dass du aufgewühlt bist. Du warst auf den Spuren einer Erinnerung und triffst auf eine Rose, die deinen Namen trägt. Ich gebe zu, dass ich neugierig auf die Geschichte bin, die dahintersteckt.«

Jakobs große Hände lagen ruhig auf dem Steuer. Ylvis Hände zwirbelten aufgeregt den Stiel der Blüte hin und her, die sie abgebrochen hatte und die jetzt das Auto mit ihrem Duft erfüllte. Der Duft gehörte der Vergangenheit und war doch so gegenwärtig, dass er Ylvi völlig durcheinanderbrachte.

Jakob warf ihr einen Seitenblick zu. »Es ist aber auch in Ordnung für mich, wenn das deine private Angelegenheit bleiben soll. Ich wollte damit nur sagen, meine Ohren sind hier, wenn du sie brauchst. Ich benötige sie nicht zum Fahren. Jedenfalls nicht beide«, fügte er an.

Ylvi musste lachen und atmete tief durch. Dann platzte die ganze Geschichte aus ihr heraus. Es tat gut, weil sie dabei ihre Gedanken und Gefühle ordnen konnte, und es war überraschend leicht, weil Jakob eigentlich ein Fremder war. Wenn sie ins Stocken kam, fragte er behutsam nach, und das tiefe Grollen in seiner Stimme, in dem so viel Energie lag, gab ihr den nötigen Schubs. Und so erzählte sie vom Mauerfall und der Begegnung mit Theo und der magischen Nacht im »Geheimen Land«. Von dem Walnussbaum und dem alten Schuppen und dem Rosenableger, den Theo mitgenommen hatte. Von seinem alten Traum, den Todesstreifen mit Rosen zu bepflanzen und davon, dass dann sie, Ylvi, es gewesen war, die alte Gärten im Geheimen Land nach der Wende neu verzaubert hatte. Sie erzählte von Remy und ihrer Nachricht an Theo auf dem Zettel im Schuppen, erzählte von ihrer Ehe und von ihrer Flucht nach Teneriffa und dem Geheimnis im Vulkan. Und als sie fertig war, war sie erschöpft und erleichtert und fühlte sich innerlich wie frisch geduscht.

»Ich mag es, wie du beim Erzählen alles mit beiden Händen in die Luft malst«, sagte Jakob.

»Ich bin ein Tollpatsch«, sagte Ylvi zerknirscht. »Ich werfe ständig Dinge herunter, weil ich immer so in der Luft herumfuchtele. Ricky hat deswegen oft geschimpft.«

»Ich mag es«, wiederholte Jakob. »Ich kann mir alles dadurch sehr gut vorstellen. Die magische Nacht und die Begegnung. Was für ein großartiges und einmaliges Erlebnis, Ylvi! Und was für ein schöner Anfang für ein Menschenleben. Remy kann sich glücklich schätzen. Kein Wunder, dass sie etwas ganz Besonderes ist! Möchtest du Theo denn jetzt wiedersehen? Die Rose ist doch ein Hinweis, der das vielleicht möglich macht.«

»Ich weiß es nicht. Anfangs wollte ich ihn unbedingt finden, um ihm von Remy zu erzählen. Später habe ich mich an die Gedanken an Theo festgeklammert, weil ich in meiner Ehe unglücklich war. Auf Teneriffa dann habe ich ihn als Ausrede benutzt, um mich nicht auf Beziehungen einlassen zu müssen«, sagte Ylvi nachdenklich. »Das wird mir erst jetzt bewusst. Aber seit ich diese neue Familie hier kennengelernt habe und Remy bald fortgehen wird, hat ein anderer Lebensabschnitt begonnen. Auf einmal scheint mir Theo nicht mehr so wichtig. Deswegen wollte ich mich ja heute an der alten Stelle verabschieden und die Erinnerung loslassen. Und jetzt das!« Nachdenklich sah sie auf die Rose. Sie duftete auf einmal aufdringlich süß. Ylvi legte sie zwischen die Seiten von Jakobs Straßenatlas und klappte ihn fest zu. »Theo muss diese Erinnerung also etwas bedeuten. Immer noch.«

»Und? Was macht das mit dir?«

»Merkwürdigerweise kein Herzklopfen. Aber ich denke, um Remys willen muss ich noch einmal versuchen, ihn zu finden.«
»Hat sie jemals gesagt, ob es ihr wichtig ist, ihren leiblichen Vater kennenzulernen?«, fragte Jakob.

»Bis jetzt sagt sie nein. Sie hat einmal versucht, ihn zu finden, aber eher meinetwegen. Aber das kann sich später ändern.« Sie goss den Kirschsaft, den sie gekauft hatten, in zwei Pappbecher und reichte Jakob einen. Vor ihnen flimmerte die Straße in der Sommerhitze, als wären sie auf dem Weg in eine Illusion. »Ich zum Beispiel würde nun doch gern wissen, wer mein leiblicher Vater ist. Ich habe Myra kennengelernt, so weit sie es zulässt. Liv kann ich nicht mehr kennenlernen. Aber mein Vater ist wahrscheinlich irgendwo da draußen und weiß nichts von mir. Ich wüsste einfach gern, wie er ist. Und so wird es Remy eines Tages auch gehen – deshalb sollte ich Theo suchen.«

»Gibt es denn keine Chance, deinen Vater ausfindig zu machen?«

»Nein. Die Briefe, die Myra zurückgehalten hat, hatten keinen Absender außer dem falschen Namen. Das hätte ja auch keinen Sinn gemacht. Und Liv hat nicht einen einzigen Hinweis hinterlassen.«

»Hm. Gut, also suchen wir Theo.«

»Wir?«

»Nun, wir sind hier, es ist ein schöner Tag, und wir haben noch Zeit. Ich hätte eine Idee – wenn du möchtest.«

Das »Wir« hatte sich gut angehört. Es hatte sie nur überrascht.

»Erzähl!«

»Du sagtest, du hast hier in der Nähe auf alten Höfen einige Gärten neu angelegt.«

»Ja. Bei der Gelegenheit war ich ja damals hier und habe die Nachricht im Schuppen hinterlassen.«

»Würdest du nicht gerne sehen, was aus den Gärten geworden ist? Wir könnten den einen oder anderen besuchen. Bestimmt zeigen die Besitzer ihn dir gern, wenn sie dich wiedersehen. Und es könnte doch sein, dass du dort auch eine ganz bestimmte Rose findest und die Besitzer, anders als der Leiter vom Supermarkt, vielleicht wissen, wer sie gepflanzt hat.«

»Du meinst, Theo hat überall in der Gegend diese Rose gepflanzt, damit ich sie finde? Oder einfach aus Sentimentalität?« Das war ihr noch gar nicht eingefallen, dass er diese Züchtung bestimmt nicht nur einmal im Supermarkt gepflanzt hatte.

»Er wusste ja damals aufgrund deiner Nachricht möglicherweise sogar, wo du arbeitest. Es ist nur ein Versuch. Schlimmstenfalls siehst du einfach, was aus deinen Gärten geworden ist.«

»Ja, das wäre schön! Warte.« Sie schlug seinen Straßenatlas auf. »Hier. Der erste Hof damals war genau hier, du musst den nächsten Abzweig nach links nehmen. Und beim Nachbarn waren wir auch tätig. Die haben uns immer gleich weiterempfohlen.«

Sie fanden den Hof ohne Schwierigkeiten. Frau Heidebrink öffnete und war nur kurz verwirrt, ehe ein Strahlen über ihr Gesicht ging. »Frau Matthis! Wie schön. Sie ahnen gar nicht, wie oft wir von Ihnen sprechen. Der Kräutergarten ist unsere Leidenschaft geworden. Wir machen Kräuterbutter, Kräuterdrinks und keinen Braten, keine Soße, keinen Salat ohne Kräuter. Wir verschenken sogar Kräuterkissen. Und an Tagen wie heute liegt ein Duft über dem Garten, um den uns jeder Gast beneidet. Kommen Sie doch herein, und sehen Sie es sich an.«

»Sehr gerne«, sagte Ylvi.

Tatsächlich war es eine Freude zu sehen, wie sowohl die Kräuter als auch die Stauden sich vermehrt hatten und in voller Blüte standen. Nicht nur der Duft war ein Vergnügen, sondern ebenso das kräftige Farbenmeer. Hier tobte das Leben.

»Großartig«, sagte Jakob und sah sich um. »Hier sieht es aus wie auf Myras Bildern. Es ist doch nicht zu leugnen, dass ihr verwandt seid.«

Ylvi schritt die Beete ab und suchte unauffällig nach einer Rose, doch bis auf die Kletterrosen an der Wand, die sie selbst damals gepflanzt hatte, fand sie keine.

Dafür aber die Gewissheit, dass sie dazu beigetragen hatte, dem Geheimen Land seine Farben und den alten Höfen ihre Würde wiederzugeben.

Frau Heidebrink bewirtete sie mit Kräutertee und einem köstlichen selbstgebackenen Johannisbeerkuchen und ließ sie erst gehen, als Ylvi den Wunsch äußerte, auch bei der Nachbarin vorbeizuschauen.

»Natürlich, natürlich. Gisela wird sich ebenfalls freuen. Sie werden staunen, wie sich bei ihr der Blauregen am Laubengang entwickelt hat.« Frau Heidebrink ließ es sich nicht nehmen, ihre Gäste persönlich nach nebenan zu bringen. Gisela Breuer freute sich tatsächlich und bat sie überschwänglich herein. Jakob bewunderte gebührend den Laubengang, während sich Ylvi unauffällig auf die Suche nach der Rose machte. Sie erwartete nicht, sie zu finden, und war bereits wieder am Umkehren, als sie zwischen Lupinen und Zinnien einen apricotfarbenen Schimmer entdeckte und ihr ein vertrauter Duft in die Nase stieg. Sie wusste schon, was sie auf dem Schild finden würde, ehe sie sich bückte.

Ylvi vom neunten November

»Die Rose?«, sagte Frau Breuer. »Ja, über die habe ich mich auch gewundert. Sie stand eines Tages einfach da, frisch gepflanzt, und ich wusste nicht von wem. Ich dachte erst, die Kinder wollten mich damit überraschen. Aber die stritten es ab. Da fiel mir ein, dass der nette junge Mann der Einzige gewesen ist, der hier war. Ich glaube, es war so eine Art Werbegag für Kunden.«

»Was für ein junger Mann? Wie sah er aus, und wie hieß er?«, fragte Ylvi hastig. Frau Breuer wirkte überrascht.

»Entschuldigen Sie, aber Frau Matthis hat ein persönliches Interesse daran, diesen Mann zu finden«, schaltete sich Jakob ein.

»Oh, ich verstehe. Er war ja auch ganz reizend. Er war Antiquitätenhändler, wissen Sie. Er war interessiert an der alten Kommode auf dem Dachboden und hat sie mir abgekauft.«

»Antiquitätenhändler? Dann kann es nicht Theo sein. Der war Gärtner«, sagte Ylvi und war sich nicht sicher, ob sie enttäuscht oder erleichtert sein sollte.

»Doch, Kindchen, doch. Er hieß tatsächlich Theo! Theo Winterling, glaube ich. Warten Sie, er hat mir seine Karte gegeben. Vielleicht finde ich sie noch.« Frau Breuer verschwand.

Dicht und golden lag das Spätnachmittagslicht auf der Straße, als Jakob und Ylvi sich auf den Heimweg machten. Ylvi hatte die edel geprägte blaue Visitenkarte in ihre Brieftasche gesteckt, die auf einmal merkwürdig schwer wog.

Theo Winterling, Antiquitätenhändler, stand tatsächlich darauf, samt einer Berliner Adresse und Telefonnummer.

»Seltsam. Er war doch Gärtner. Warum ist er jetzt Antiquitätenhändler?« Ylvi war immer noch verwirrt. Aber Frau Breuers Beschreibung passte auf Theo.

»Menschen ändern sich. Du bist ja auch keine Architektin mehr, sondern Gärtnerin. Bist du eigentlich Theos wegen Gärtnerin geworden?«

Ylvi sah auf seine Hände, die entspannt auf dem Steuerrad lagen. Sie mochte es, wie behutsam er es bewegte. Überhaupt gefielen ihr seine Hände. Sie gaben ihr das Gefühl, dass er immer ankommen würde, an einem Ort, der es wert war, anzukommen.

»Eher nicht. Es hat mir einfach mehr gelegen. Vielleicht hatte er einen indirekten Einfluss. Möglicherweise war ich seinetwegen offener dafür. Und ohne die Suche nach ihm hätte ich Kristianos nicht kennengelernt, dem ich die Gärtnerlehre zu verdanken habe.«

»Es ist schon seltsam, wie durch manche Begegnungen die Menschen einander auf einen anderen Weg leiten«, sagte Jakob. »Wirst du Theo anrufen?«

»Wenn ich das wüsste. Doch, ich glaube schon. Ich bin es Remy schuldig. Aber ich muss darüber nachdenken.« Die freudige Aufregung, die sie erwartet hatte, als sie Theos Namen auf der Karte las, war ausgeblieben. Sie wusste nicht genau, was sie machen sollte.

»Nach all den Jahren besteht ja keine Eile«, sagte Jakob beruhigend.

»Doch. Ich möchte mein Leben aufräumen. Weniger Vergangenheit, mehr Zukunft.«

»Das hört sich gut an.«

Kurz nach der Ortsgrenze von Ahrenshoop hielt Jakob am Straßenrand. »Ich will dir etwas zeigen.« Er winkte ihr, auszusteigen. Sie folgte ihm einen steilen Dünenpfad entlang durch ein Sanddorndickicht. Als sie ausrutschte, nahm er ihre Hand und ließ sie nicht wieder los, bis er sie auf eine Lichtung zog. »Sieh mal, das ist eine Stranddistel. Sie sind selten geworden und gehören zu den geschützten Arten. Ist sie nicht wunderschön?«

Die Pflanze wuchs allein in einer sandigen Kuhle, dort, wo sich das Dickicht zum Meer hin öffnete. Sie stand aufrecht, bestimmt einen halben Meter hoch. Ihre Blüte war so blau wie das Meer im Hintergrund, mit einem violetten Anflug wie der Abendhimmel. Ihre blaugrün schimmernden gezackten Blätter liefen in wehrhaften Dornen aus. Ihre Silhouette vor dem Horizont wirkte bizarr und elegant, als würde sie im nächsten Augenblick eine Tanzbewegung vollenden. Sie war wie dieses Land, schlicht und doch extravagant. Zart und zäh zugleich. Unauffällig und doch einzigartig.

Ylvi berührte die dornigen Blätter vorsichtig, fuhr mit dem Zeigefinger über die weiche Blüte, die von diesen wehrhaften Blättern geschützt wurde, geborgen in ihrer Mitte.

»Sie ist wie Myra«, sagte sie verwundert.

Jakob legte wie selbstverständlich den Arm um ihre Schultern. Die leichte Berührung fühlte sich an, als wäre sie schon hundertmal geschehen.

»Wenn du das weißt, bist du ihr schon näher gekommen, als du denkst.«

Diese Pflanze gefällt mir besser als Rosen, dachte Ylvi. All diese verhaltenen Farbschattierungen. Auch die vielen Formen. Rund, spitz, kantig. Und alles harmoniert.

»Die Stranddistel hat eine bis zu zwei Meter lange Pfahlwurzel, mit der sie sich im Sand festklammert, wenn sie ihren Ort gefunden hat«, erklärte Jakob.

»Zwei Meter!«

»Ja. Sie ist konsequent und hartnäckig. Das ist nicht verkehrt, wenn man sich hier behaupten will.«

Noch einmal strich Ylvi über die schimmernden, festen Blätter. Wie es sich wohl anfühlte, mit einer Wurzel verankert zu sein, die länger war als man selbst? Für einen Augenblick glaubte sie, es zu spüren. Claas und Frenja, ihrer aller Urahnen, waren die Wurzeln, weit in den Tiefen der Zeit. Myra, sie selbst und Remy, ebenso wie Carly, Tiryn und die anderen waren die Pflanzen, die auf der Oberfläche in der Gegenwart dem Wind trotzten und dem Licht entgegenstrebten. Und wenn der Sand um sie herum ins Rutschen kam, war die Wurzel ein Anker, der sie halten konnte.

Als Jakob vor Myras Gartentor den Motor abstellte, kamen gerade Carly und ein Mann Hand in Hand heraus. Carly leuchtete förmlich vor Freude.

»Hallo Ylvi, hallo Jakob. Ylvi, mein Mann ist zurück aus Kanada! Darf ich dir Philip vorstellen? Philip, das ist Myras Enkelin, ich hab es dir ja erzählt.«

Philip war schlank, mit einem aufmüpfigen dunkelblonden Schopf und einem spöttischen, aber sympathischen Lächeln. Was an ihm auffiel, waren seine großen, blaugrauen Augen, in denen Geheimnisse und Geschichten unterwegs waren.

Sein Händedruck war fest und warm. »Willkommen, Ylvi. Ich kann mir in etwa vorstellen, wie es dir geht. Ich habe auch einige Überraschungen erlebt, was meine Eltern angeht. Mein Vater war nicht mein Vater, und meinen leiblichen Vater lernte ich nicht mehr kennen, weil er schon tot war, als ich von ihm erfuhr.« Er lächelte Ylvi verständnisvoll an. »Dafür lebe ich nun zwischen seinen Möbeln. Aber das ist eine lange Geschichte. Ich hoffe, es gefällt dir hier. Myra ist ein großartiges altes Mädchen. Ich bin froh, dass es doch noch so etwas wie ein Happy End für sie gibt.«

»Ich weiß noch nicht, ob sie das möchte«, sagte Ylvi. »Wir arbeiten noch daran.«

»Lass nicht locker«, ermunterte Philipp sie. »Was habt ihr da für einen Dschungel angeschleppt, Jakob? Braucht ihr Hilfe beim Ausladen?«

»Das wäre toll. Es hat etwas mit der Arbeit am Happy End zu tun. Schön, dass du wieder da bist, Freund!« Jakob klopfte ihm auf die Schulter. »Wie war es in Kanada?«

»Faszinierend. Ich habe einen Töpfer kennengelernt, der mit Asche und Sand auf der Glasur arbeitet. Ich kann es kaum erwarten, das auszuprobieren.« Mit Schwung hob Philip große Töpfe mit Engelstrompeten, Zitronenbäumen und Hibiskus aus dem Auto, als wögen sie nichts. Eine energiegeladene Spannung umgab ihn. Ylvi konnte durchaus verstehen, warum Carly sich in ihn verliebt hatte.

Gemeinsam schleppten sie Ylvis Beute in den Garten.

»Die beiden hier, rechts und links vom Tor innen«, wies sie die Männer an. »Und die dort – und den da – und die hier an die Terrasse, bitte. Und die, die ich einpflanzen muss, am besten hier in den Schatten.«

»Was wird das denn?« Myra stand mit verschränkten Armen auf der Terrasse und sah sich stirnrunzelnd um.

Ylvi hoffte, dass ihre Stimme nicht vor Nervosität zitterte. »Du hast doch gesagt, ich darf den Garten schöner machen. Ich dachte, ein paar große, bunte, exotische Blüten könnten dir vielleicht gefallen. Im Winter kommen sie mit einem Frostwächter in den Schuppen, das vertragen sie gut.« Myra wanderte schweigend von Pflanze zu Pflanze, berührte die Blüten mit dem Finger, spähte in die Kelche. »Wenn es dir zu viel ist, können wir welche bei Carly unterbringen«, sagte Ylvi hastig und sah hilfesuchend zu Carly hinüber. Philipp betrachtete die Szene amüsiert. »Natürlich«, beeilte sich Carly zu versichern. »Kyana würden sie gefallen. Sie spielt gern Südseeprinzessin. Und sie hat noch nie eine Zitrone vom Baum gepflückt.«

»Na, das kann sie ja auch hier machen«, sagte Myra. »Mir gefallen sie tatsächlich. Aber du bringst hier so eine Art Ordnung hinein, ja?« Sie machte eine weitausholende Geste, die den gesamten Garten umfing. »Also, ich meine nicht wirklich Ordnung, sondern ein harmonisches Gesamtbild.«

»Aber natürlich. Ich habe schon alles im Kopf«, versicherte Ylvi erleichtert.

»Dann können wir euch ja nun allein lassen«, sagte Carly. «Unsere Kinder haben ihren Vater viel zu lange nicht gesehen.«

Ylvi sah den beiden nach. Philipp hatte den Arm um Carly gelegt, und sie lehnte ihren Kopf an seine Schulter.

Auch Jakob blickte ihnen einen Moment nach, bevor er sich an Ylvi wandte. »Kann ich euch noch irgendwie behilflich sein?«

»Nein, alles in Ordnung. Hab vielen Dank für die Hilfe und den schönen Ausflug. Du hast mir sehr geholfen.«

»Jederzeit gern wieder. Tschüs, Myra! Ich soll dir übrigens liebe Grüße von Anna-Lisa bestellen.«

»Anna-Lisa ist seine Tochter«, erklärte Myra. »Seit kurzem lebt sie nicht mehr bei ihm, weil sie Kunst studiert. Ich glaube, er fühlt sich einsam. Ein feiner Mensch, der Jakob.«

»Wo ist Remy?«, fragte Ylvi.

»Immer noch bei Tiryn. Die sind noch am Basteln. Sie scheint an allen Dingen interessiert, deine Tochter. Das gefällt mir.«

Es war ein guter Tag, dachte Ylvi, als sie unter der altmodischen Dusche stand.

Nur, was sollte sie nun mit der Visitenkarte anfangen, die in ihrer Brieftasche unter dem Kassenbon der Gärtnerei steckte?

Sie konnte nicht einschlafen in dieser Nacht. Es war nicht nur Theo, der durch ihre Gedanken geisterte wie ein fremdgewordener Gast, der um viele Jahre zu spät zu einer Einladung kam. Vielmehr beschäftigte sie, warum der kurze Ausflug auf dem Boot mit den erdbraunen Segeln sie so verändert hatte, dass sie sich selbst kaum wiedererkannte.

Oder musste es vielmehr heißen: dass sie sich selbst zum ersten Mal wirklich erkannte? Die zwei Stunden waren wie eine Reise von einem Leben ins andere, von der Vergangenheit in die Zukunft gewesen. Sie war sich nicht sicher, ob es Jakob war, der etwas mit ihr gemacht hatte. Oder ob die Auguststille auf dem Bodden, in der das Boot knarrend Geheimnisvolles flüsterte, sie verändert hatte. Oder war es das weiche Zwillingslicht auf dem Wasser und im Himmel gewesen, über und unter ihr, so dass man sich ganz leicht dazwischen fühlte?

Als Jakob ihr wieder auf den Steg geholfen hatte, war etwas anders gewesen. Sie war nicht mehr fremd an diesem neuen Ort, vielleicht weil sie die Seele des schmalen Landes zum ersten Mal gespürt hatte. Fort war das Gefühl, dass alles davon abhing, Myras Zuneigung zu gewinnen.

Ausgerechnet dort draußen auf dem schwankenden Gefährt hatte sie zum ersten Mal seit jener lang vergangenen Nacht des

Mauerfalls festen Boden unter den Füßen gespürt. Die ewige Unsicherheit war verschwunden.

Eine freudige Aufregung kribbelte in ihr, wie am Beginn einer Reise. Alles schien neu, und wenn sie wollte, konnte sie danach greifen!

Da war Berlin gewesen. Dann Teneriffa. Ihre Kindheit, ihre Ausbildung, ihre Ehe, ihre Mutterschaft. Lebensabschnitte. Doch diese Ehe war längst vorbei und Remy nun fast erwachsen. Zum ersten Mal war Ylvi völlig frei. Was jetzt noch kam, war ein Geschenk, und es lag allein an ihr, es zu gestalten, wie es ihr gefiel.

Das fühlte sich atemberaubend groß an.

Und so aufregend, dass an Schlaf nicht zu denken war. Schließlich stand sie auf und machte sich auf den Weg nach unten in die Küche, um sich etwas zu trinken zu holen. Die Uhr zeigte zwei Uhr morgens.

Sie fand den Lichtschalter im Flur nicht und tappte im Dunkeln zur Treppe. Aber sie kam nicht weit. Staunend setzte sie sich auf der dritten Stufe und betrachtete die dunkelblau gestrichene Wand.

Dort wuchs ein märchenhafter Garten. Auf jeder Stufe wuchs eine Pflanze bis fast zur Decke und trug große, lebensfrohe Blüten. Sie waren mit nachtleuchtender Farbe gemalt, die das Licht des vergangenen, erstaunlichen Tages gespeichert hatte und es nun herausfordernd der Dunkelheit entgegenhielt. Je länger Ylvi hinsah, desto zauberhafter wirkte es. Die Blumen schienen sich zu bewegen, als wären sie im Gespräch oder einem geheimen Tanz, der nicht für den Morgen bestimmt war.

Ylvi wusste nicht, wie lange sie dort gesessen hatte, als hinter ihr der Boden knarrte. Myra bewegte sich den Flur entlang wie ein dünner, hochgewachsener Geist in einem altmodischen weißen Nachthemd. Wortlos setzte sie sich auf dieselbe Stufe, aber so weit entfernt wie möglich von Ylvi.

»Ich habe nicht gewusst, dass man mit nachtleuchtender Farbe so wunderschön malen kann«, sagte Ylvi.

»Manchmal kann ich nicht schlafen, wie gerade jetzt, weil es so still im Haus ist. Dann male ich sie«, sagte Myra. »Mir war selbst nicht bewusst, wie viele es geworden sind.«

»Und seit wir hier sind? Hast du da auch noch welche gemalt?«

»Nein. Es ist nicht mehr so still.«

Es war zu dunkel, um zu sehen, ob Myras Mundwinkeln ein Lächeln entwischte, aber Ylvi war recht zufrieden mit der Antwort. Es war ein Anfang.

»Auch wenn es nur kurz war – warst du so glücklich mit Kjell wie Carly mit ihrem Philip?«, fragte Ylvi.

»Glück hat nichts mit Zeit zu tun. Ja. Ja, das waren wir. Mindestens. Wie kommst du jetzt darauf?«

»Was macht Jakob eigentlich so?« Die Frage war nicht geplant gewesen, sie war ihr einfach so herausgerutscht, vielleicht weil Fragen im Dunkeln mutiger sind.

»Jakob? Seit seine Frau mit dem Auto verunglückt ist, vor über acht Jahren, hat er seine Tochter allein erzogen.« Myra lehnte sich gegen das Geländer. »Seine Eltern waren einst Fischer in Zingst. Als er sich verliebte, kauften seine Frau und er das Haus neben Naurulokki von einem Künstler. Am liebsten ist er mit seinem Zeesboot auf dem Wasser. Er verkauft den Fisch, den er fängt, an Restaurants, und er kutschiert Feriengäste über den Bodden. Manchmal hilft er Rune in seiner Werkstatt, der hölzerne Galionsfiguren für Boote macht. Gelegentlich springt Jakob sogar für Daniel im Teeladen ein. Jakob ist wie das Meer, immer da und immer zuverlässig. Tatsächlich ist er der einzige Mann, dem ich blind vertraue. Jakob hat einen tiefen Respekt vor allen Lebewesen, sogar vor Dingen.« Sie schwiegen gemeinsam, bis Myra sagte: »Und warum kannst du nicht schlafen?«

»Ich habe Remys Vater gefunden. Nun weiß ich nicht, ob ich ihn anrufen soll.«

»Ich würde viel darum geben, wenn ich dir deinen Vater finden könnte«, sagte Myra heftig. »Wenn ich nicht so verdammt dumm und arrogant gewesen wäre, hättest du sehr wahrscheinlich deinen Vater und deine Mutter immer schon und immer noch. Ich werde mir das niemals verzeihen! Vielleicht hilft dir das bei deiner Entscheidung, ob du Remy und ihren Vater zusammenbringst.« Sie stand mühsam auf. Ylvi wollte sie stützen, aber Myra schob sie weg und zog sich stattdessen am Treppengeländer hoch. Ohne ein weiteres Wort kehrte sie um und machte sich auf in Richtung ihres Zimmers.

»Myra, ich hatte eine glückliche Kindheit!«, sagte Ylvi laut und deutlich zu der Silhouette von Myras Rücken, die sie im Licht der Wandblumen gerade noch erkennen konnte. »Ich habe meine Eltern geliebt, sie waren großartig. Vielleicht hilft es dir, wenn ich dir sage, dass ich dir verzeihe?«

Myra blieb einen Augenblick stehen, dann setzte sie ihren Weg fort, und kurz darauf fiel die Tür ihres Zimmers ins Schloss.

Am Morgen stattete Ylvi Naurulokki einen Besuch ab. Sie fand Carly und Tiryn in der Küche, noch damit beschäftigt, den Kindern Frühstück zu machen.

»Störe ich?«, fragte Ylvi durch das offene Fenster.

»Nein, gar nicht. Die Männer sind schon weg.«

»Immer noch das Claas-Boot-Projekt?«

»Ja. Ihr neuestes Spielzeug. Sie benehmen sich wie kleine Jungs damit.«

»Ich brauche euren Rat.«

35

Alte Liebe

»Komm rein!«

Ylvi stieg durch das Fenster, wie es hier üblich war, und stellte dabei fest, dass sie sich hier, anders als auf Rav, bereits ganz zu Hause fühlte.

Sie setzte sich an den Tisch und sah Kyana und Nicky zu, die sich Apfelsinenschnitze in die Münder schoben.

»Was ist los?«, fragte Tiryn.

Ylvi zögerte. Sie wusste nicht, wie sie anfangen sollte.

»Was gefällt euch besser, eine Rose oder eine Stranddistel?«, fragte sie schließlich.

Tiryn goss energisch Wasser in eine Teekanne.

»Kannst du dich nicht entscheiden, was du in Myras Garten pflanzen möchtest? Also, ich ziehe eine kratzbürstige, schlichte, zähe Stranddistel so einer hochgezüchteten, verweichlichten, parfümierten Primadonna jederzeit vor.«

»Ich auch.« Carly wischte Kyana klebrigen Saft vom Kinn. »Erstens, weil die Distel hier und nur hier wächst und zu Hause ist, im Sand und im Sturm. Wie ich!« Sie lächelte Ylvi zu. »Und zweitens, weil sie in allen Farben von Meer und Himmel schimmert. Das kann keine Rose.« Sie befreite ihre Tochter und Nicky von ihren Lätzchen.

»Dürfen wir auf der Holzgans spielen?«, fragte Kyana.

»Ja, aber nicht zu wild!«, mahnte Carly. »Und lasst die Tür offen!« Die Kinder entschwanden in die kleine Bibliothek, in der die enorme hölzerne Gans stand, auf der man wahlweise sitzen, liegen oder spielen konnte. Der Holzkünstler Joram Grafunder, Philips Vater, hatte sie einst geschaffen.

Carly setzte sich Ylvi gegenüber. »Es geht nicht um Gartenbepflanzung, richtig?«

»Worum dann?« Tiryn kam mit der Teekanne zum Tisch und setzte sich ebenfalls.

»Die Rose steht für Ylvis altes, knallbuntes, warmes und leichtes Leben auf Teneriffa und ihre verklärte Jugendliebe zu Theo. Die Stranddistel dagegen steht für Myra und unseren rauen Küstenstreifen«, vermutete Carly.

»Ah, und für uns, ihre dornige, zähe neue Familie, die sich hier in den Sand klammert und nie mehr woanders sein möchte. Nun, Ylvi Matthis, wofür wirst du dich entscheiden?«

»Ich weiß es nicht«, sagte Ylvi. »Myra bleibt auf bemüht freundlicher Distanz und kann es nicht einmal ertragen, Remy oder mich zu berühren. Das Meer ist kalt und der Himmel oft grau, die meisten Blumen klein und unauffällig, und ich habe mit euch keine gemeinsame Geschichte, auch wenn wir biologisch verwandt sind. Ich war von Anfang an fest entschlossen, nach Teneriffa zurückzukehren. Aber jetzt ist doch alles anders! Was ist los mit mir?«

»Vielleicht bist du angekommen«, sagte Carly einfach. »Für immer. Mir ging es mal genauso.«

»Mir auch.« Tiryn sah Ylvi genauer an und kniff die Augen zusammen. »Fällt dir was auf, Carly?«, fragte sie. Carly beugte sich vor, sah Ylvi ebenfalls forschend ins Gesicht und zwinkerte dann Tiryn zu. »O ja! Dieses verschämte Leuchten in den Augen.«

»Hmmm. Diesen Blick habe ich kürzlich schon bei jemand anderem bemerkt. Sie ist verliebt!«

»In das Land oder in Jakob?«

Ylvi fühlte sich wie ein Teenager, obwohl die anderen beiden jünger waren.

Gleichzeitig war sie glücklich. Dieses familiäre Geplänkel war das, was sie sich immer gewünscht hatte. Nun da sie es zum ersten Mal erleben durfte, fühlte es sich noch besser an als in ihren Träumen. Verlegen war sie trotzdem. Remy *war* ein Teenager, für die war das kein Problem. Aber sie selbst war über vierzig. Durfte man sich da überhaupt noch so benehmen?

»Ach ja, diese blauen Augen!«, sagte Tiryn mit einem theatralischen Seufzer.

»Jakob hat keine blauen Augen. Sie sind hellbraun. Wie dunkler Bernstein«, widersprach Ylvi.

Tiryn grinste verschmitzt. »Ich meinte selbstverständlich den Bodden an einem heiteren Sommertag, wenn sich der Himmel darin spiegelt.«

Carly schlürfte nachdenklich ihren Tee. »So, so, Jakob also. Das erklärt, warum mir bei ihm gestern das gleiche Leuchten in den Augen aufgefallen ist. Ylvi, tu mir einen Gefallen und verletze ihn nicht. Er ist der anständigste Mensch, den ich kenne.«

Tiryn lachte auf. »Tss. Lass das nicht Philip hören.«

Carly lächelte. »Ich liebe Philip. Aber ich weiß nicht, ob ich ihn als grundsätzlich anständig bezeichnen würde.«

Tiryn wurde ernst. »Jakob ist jedenfalls ein Schatz. Er verträgt eine Menge, aber er verdient es, dass man ehrlich zu ihm ist.«

»Ich weiß.« Ylvi lehnte sich zurück, auf einmal entspannt, weil ihr gerade etwas klarwurde, das alles einfacher machte. »Es hat gedauert, aber ich glaube, ich bin gerade alt genug geworden, um endlich ehrlich sein zu können. Mir selbst, Myra und Theo gegenüber, und das gilt auch für Jakob.«

»Theo? Hast du ihn etwa gefunden?«, fragte Carly.

»Ja. Das war es, was ich euch eigentlich fragen wollte. Ich habe seine Telefonnummer. Soll ich ihn anrufen oder nicht?«

»Willst du ihn denn anrufen?«, wollte Tiryn wissen.

»Ich glaube, ich muss es um Remys willen tun. Und um mein Leben aufzuräumen. Um ehrlich zu sein.«

»Dann tu es. Trefft euch am besten an einem neutralen Ort, wenn er dazu bereit ist. Vielleicht hier in unserem Café Namenlos«, schlug Carly vor. »Ein Tagesausflug an die Ostsee ist von Berlin aus doch problemlos.«

»Mach es sofort«, schlug Tiryn vor. »Je eher du Ordnung in deinen Kopf bekommst, desto besser für alle. Und in dein Herz«, fügte sie hinzu.

»Geh in mein Büro. Da kannst du in Ruhe telefonieren. Der kleine Raum hinter der Bibliothek«, sagte Carly.

Nun saß sie allein in dem winzigen Raum mit dem großen Schreibtisch und starrte den Telefonhörer an. Sollte sie wirklich? Wie würde es sein, Theos Stimme zu hören, die aus der Vergangenheit auferstehen und in ihre Gegenwart eingreifen würde?

Sie zögerte und begann, mit einem hölzernen Kreisel zu spielen, der auf dem Tisch lag. Er wollte und wollte sich nicht drehen. Immer wenn sie dachte, ihm den richtigen Schwung gegeben zu haben, fiel er wieder um und rollte aus. Ylvi steigerte sich hinein. Wenn sie es fertigbrachte, dass er sich anständig um seine Achse drehte und aufrecht blieb, dann würde das Gespräch mit Theo gut verlaufen.

Vergeblich. Der Kreisel wollte nicht, wie sie wollte. Wahrscheinlich funktionierte er einfach nicht. Bestimmt war der Schwerpunkt falsch.

Sie gab sich einen Ruck und wählte endlich Theos Nummer.

Siebenmal klingelte es irgendwo ins Leere. Fast erleichtert wollte sie schon auflegen, als er abnahm.

»Theo Winterling am Apparat, wie kann ich Ihnen helfen?«

Die Jahre waren deutlich in seiner Stimme, und doch erkannte sie ihn sofort. Von einer Minute auf die andere war sie wieder siebenundzwanzig und fuhr auf seinem Gepäckträger mit ihm in das unbekannte Geheime Land, die Arme um seine Taille gelegt und das Abenteuer vor ihnen. Die Welt, die sich änderte und die Angst, ob jemand aus dem Dunkel auf sie schießen würde. Die ungläubige Euphorie, dass das Unmögliche möglich war, vielleicht nur für diese eine Nacht.

Es war ein wenig so, als wäre sie ein Würfel in dem Zeitturm, den Flömer aus ihren Bausteinen auf- und dann umgeschichtet hatte.

Gestern war auf einmal oben statt unten.

»Theo, hier ist Ylvi.«

Schweigen, dann Schlucken, dann ein Räuspern.

»Ylvi. Vom neunten November.«

»Ja.« Sie wartete, wusste nicht, worauf.

»Das ist ja eine Überraschung.« Sie konnte nicht feststellen, ob er erfreut oder erschrocken klang. Eher neutral. So als wüsste er nicht, welches restaurierte Möbelstück er ihr empfehlen sollte.

»Ich habe deine Rose gefunden«, sagte sie schließlich.

»Oh. Die habe ich schon vor einiger Zeit gepflanzt«, sagte er. Es klang, als ob er sich genierte. »Da habe ich gerade meine Scheidung durchgemacht. Ein seelischer Ausnahmezustand sozusagen. Ich war ein wenig sentimental.«

Ermutigend klang das nicht. Ylvi wünschte sich, dass das Telefon noch wie früher eine dieser spiralförmigen Kabelschnüre hätte, die man sich um den Finger drehen konnte, wenn man nervös war. Stattdessen nahm sie wieder den Kreisel in die Hand.

»Theo, ich möchte dich gern treffen. Es gibt etwas Wichtiges zu besprechen.«

»Treffen? Warum nicht? Das wäre sicher nett.« Er klang jetzt munterer. Offenbar hatte er sich von seiner Verblüffung erholt. »Aber was kann denn nach siebzehn Jahren so wichtig sein?«

»Das würde ich dir lieber persönlich sagen.«

In der Stille konnte sie förmlich hören, wie seine Gedanken ratterten. Und wie er langsam darauf kam, dass es eigentlich nur eine einzige Sache geben konnte, um die es ging.

»Gut«, sagte er zögernd. »Wo bist du, und wann können wir uns treffen? Lebst du noch in Berlin?«

»Im Moment bin ich in Ahrenshoop, auf dem Darß an der Ostsee. Es ist schön hier. So viel Luft. Ich weiß, das ist viel verlangt, aber könntest du nicht für einen Tag hierherkommen?«

»Warte mal.« Sie hörte ihn blättern. Wahrscheinlich in einem Kalender. Sie fühlte sich wie ein Patient, der einen Arzt um einen Termin bat.

»Doch. Das geht. Ich wollte sowieso in Ribnitz einen alten Schrank ansehen. Das könnte ich verbinden.«

»Und?«, fragten Tiryn und Carly gleichzeitig, als Ylvi in die Küche zurückkehrte.

»Er kommt. Übermorgen. Übrigens, dieser Kreisel in deinem Büro. Er funktioniert nicht, oder?« Warum beschäftigte sie das so?

Carly und Tiryn wechselten einen Blick.

»Den hat Joram gemacht«, sagte Carly schließlich. »Philips Vater. Er funktioniert nur dann, wenn derjenige, der ihn dreht, mit sich selbst im Reinen ist. Wenn das seelische Gleichgewicht stimmt, findet auch der Kreisel sein Gleichgewicht und dreht sich perfekt um seine Achse, ruhig und aufrecht. Wenn die Dinge im Lot sind, eben.«

»Wenn das *Leben* im Lot ist«, korrigierte Tiryn. »Bei uns beiden hat es lange gedauert. Aber dann ist es gelungen. Das mit dem Kreisel haben wir erst nicht geglaubt. Aber es stimmt.«

Auf dem kurzen Weg zurück nach Rav wunderte sich Ylvi über sich selbst. Der Gedanke an Theo war gerade nicht der wichtigste in ihrem Kopf, auch nicht der an Remy und wie es für sie sein würde, ihrem Vater zu begegnen. Oder die Frage, wie es mit ihr selbst und Myra weitergehen würde. Oder mit Jakob.

Das Wichtigste schien ihr im Moment unsinnigerweise zu sein, ob dieser verflixte Kreisel sich auch für sie drehen würde. Das wünschte sie sich mit einer Sehnsucht, die fast weh tat.

Vielleicht würde er ihr die Antwort geben, was richtiger war: hier bleiben, an dieser rauen Küste voller Überraschungen und Ungewissheiten, oder zurückkehren in ihre vertraute, sanfte Zuflucht Teneriffa.

Als sie Theo auf der Terrasse des Café Namenlos sitzen sah, erkannte sie ihn sofort. Sie wusste nicht genau, warum. Es war wohl etwas an der Haltung seines Kopfes und seiner Schultern von hinten, das ihr vertraut vorkam, vielleicht weil sie damals so lange hinter ihm auf dem Gepäckträger gesessen hatte. Als er sie entdeckte und hastig aufstand, wurde er gleich fremder. Er war ein wenig fülliger, obwohl immer noch schlank. Sein dunkles Haar war weniger lockig und an den Schläfen silbergrau. Es sah gut an ihm aus.

Verlegen standen sie sich gegenüber. Dann mussten sie beide lachen. Sie gaben sich die Hand.

»Ach, komm her!«, sagte Theo und umarmte sie ein wenig zu stürmisch und ein wenig zu hölzern.

Sie konnte sich genau an seinen Duft erinnern. Für einen Augenblick war sie wieder in dem dunklen alten Schuppen im vergessenen Garten. Da war der modrige Geruch der alten Decke und eben Theos Duft. Aber er verursachte diesmal kein Kribbeln im Bauch. Es fühlte sich an, wie wenn man einen alten Lieblingspullover, aus dem man längst herausgewachsen ist, aus dem Schrank nimmt und daran schnuppert, weil er einen an längst vergangene Zeiten erinnert.

Dann saßen sie sich gegenüber an einem der kleinen Tische wie all die Ehepaare um sie herum und studierten die Speisekarte, als täten sie das seit zwanzig Jahren gemeinsam. Ylvi hatte sich schon längst für eine Nussecke entschieden, da schwankte Theo immer noch zwischen Birnen-Schokoladentorte und Rhabarberquarkkuchen, als gäbe es nichts Wichtigeres. Wo war seine Spontanität geblieben? Ylvi beobachtete ihn und fand endlich heraus, was noch anders war an ihm. Er trug keine Brille mehr. Ylvi fühlte eine flüchtige Trauer, als sie sich erinnerte, wie sich damals der morgendliche Horizont hinter dem Feld und dem vergessenen Garten wie ein hoffnungsvolles Bild der Zukunft in den dicken Gläsern gespiegelt hatte.

»Trägst du jetzt Kontaktlinsen?«, fragte sie.

Er legte die Speisekarte beiseite. »Nein, ich habe mir die Augen lasern lassen.«

Ylvi wartete, bis die Kellnerin ihre Wünsche notiert und samt der wippenden Schleife auf ihrem Rücken wieder in der Tür verschwunden war. »Und warum bist du jetzt Antiquitätenhändler und nicht mehr Gärtner?«

Theo lehnte sich zurück, schlug seine Beine übereinander, die in Hosen mit perfekten Bügelfalten steckten und lächelte sie an.

Ja, dieses jungenhafte verschmitzte Lausbubengrinsen zumindest hatte sich nicht verändert.

»Merkwürdig, oder? Ich wundere mich selbst noch manchmal darüber. Das war so: Kurz nach unserer Begegnung damals rief mich mein Onkel Konrad an und fragte mich, ob ich mir etwas dazuverdienen wollte. Er hatte ein Antiquitätengeschäft, aber er hatte eine Knieoperation hinter sich und konnte nicht Auto fahren. Er wollte auf die alten Höfe in den neuen Bundesländern, um alte Möbel aufzustöbern. Und ich sollte ihn chauffieren. Es machte mir einen großen Spaß, und das Jagdfieber steckte mich an. Alte Schränke, alte Schreibtische. Alle mit einer Geschichte. Wir haben einiges vor dem Sperrmüll retten können und anderes vor den Holzwürmern.«

Die Kellnerin brachte den Kuchen und den Kaffee und verschwand, während Theo zwei Zuckerwürfel in seine Tasse warf und sorgfältig umrührte.

Wie konnte eine solche Begegnung nach siebzehn Jahren so unspektakulär und normal wirken? Ylvi wusste nicht, ob ihr nach Lachen oder nach Weinen zumute war. Eigentlich weder noch.

»Irgendwann wurden die Möbel wichtiger als die Pflanzen. Und als Onkel Konrad starb, übernahm ich sein Geschäft. Es macht mir immer noch Freude. Und dafür bist du jetzt Gärtnerin. Seltsam, oder? Wie kam es dazu?«

»Ja, merkwürdig. Am Ende lag es mir mehr, mit den Händen in der Erde zu wühlen, als Luftschlösser zu bauen.« Ylvi nahm einen Schluck Kaffee und verbrannte sich fast die Zunge. »Eins führte zum anderen, wie bei dir. Erst die Begegnung mit dir. Dann die Begegnung mit einem Gärtner, als ich eigentlich nach dir suchte. Und dann ist es vielleicht auch eine geerbte Vorliebe für große bunte Blumen, auch wenn ich das zu dem Zeitpunkt nicht wissen konnte.«

»Du hast nach mir gesucht?«

»Ja. Und du? Hast du meine Nachricht gefunden?«

»Ja. Ich habe sie gelesen und mir gemerkt, wo du arbeitest, aber dann habe ich sie verloren. Ich habe oft an dich gedacht, vor allem da der Rosenableger zu meiner Überraschung anwuchs und ich die Züchtung perfektioniert habe und mit einem neuen Namen versehen. Ylvi vom neunten November. Für mich war es eine Art Denkmal für jene magische Nacht. Aber ich war glücklich in meiner Ehe mit Julia. Damals. Und dann war da ja mein Sohn. Ich wollte meine Familie nicht gefährden.«

»Und dann hast du dich doch scheiden lassen?« Die Nussecken schmeckten köstlich. Sie hatte sie nur bestellt, weil es so passend schien. Passend zu der Erinnerung an den Walnussbaum im vergessenen Garten. Aber jetzt schmeckten sie einfach gut, und ihr schoss der Gedanke durch den Kopf, dass sie hier einmal mit Jakob Kaffee trinken könnte.

Da hatte sie siebzehn Jahre auf ein Wiedersehen mit Theo gewartet, und nun dachte sie über Nussecken nach.

»Ja, irgendwann haben wir uns auseinandergelebt. Julia fand, dass mir meine Arbeit zu wichtig war. Dass ich ihre Bedürfnisse nicht genug respektieren würde. Ich weiß auch nicht, ich habe nie ganz verstanden, worum es ihr ging. Jedenfalls hat sie mich verlassen. Es ist etwa zwei Jahre her. Mein Sohn war schon volljährig. Er hat sein eigenes Zimmer in einer Studenten-WG. Eine Zeitlang ging es mir nicht gut mit der Trennung. Da wurde ich sentimental und suchte nach dir. Aber das Architektenbüro, das du angegeben hattest, gab es nicht mehr an der genannten Adresse. Und so habe ich in den Gärten in der Nähe unserer alten Stelle die Rose gepflanzt und gedacht, vielleicht siehst du sie eines Tages. Inzwischen hatte ich das fast vergessen. Und du? Bist du noch glücklich mit deinem Mann?« Er kratzte die letzten Krümel seiner Torte auf dem Teller sorgfältig zusammen und sah dabei fragend zu ihr hin. Er hatte schöne Augen, fiel ihr auf, jetzt, da sie nicht mehr hinter der Brille versteckt waren.

»Nein. Ich bin schon viel länger geschieden.« Sie atmete tief durch. »Theo, was ich dich fragen wollte, ich meine, was ich dir sagen, also mit dir besprechen wollte …« Verflixt, so schwierig hatte sie sich das nicht vorgestellt. »Hast du ein gutes Verhältnis zu deinem Sohn?«

Er schob den Teller von sich, faltete die benutzte Papierserviette wieder zusammen und legte sie unter den Teller, lehnte sich zurück und sah sie erstaunt an. »Du hast mich hierhergebeten, weil du mich fragen wolltest, ob ich ein gutes Verhältnis zu meinem Sohn habe? Ylvi, nun spuck es schon aus. Ich habe seit deinem Anruf gegrübelt, was es sein kann, was du mit mir zu besprechen haben könntest, und mir ist nur eine mögliche Sache eingefallen. Aber das ist es doch nicht, oder?«

Seine Augen waren zwar schön, aber auch sehr dunkelbraun, und sie konnte den Ausdruck darin nicht ganz deuten. Fast wirkte es, als wollte er sich eine Hoffnung verbieten, aus Angst, enttäuscht zu werden. Abwehr oder Ablehnung konnte sie nicht darin lesen. Das machte ihr Mut.

»Doch, Theo. Du hast eine Tochter. Es tut mir leid, dass du es jetzt erst erfährst. Du weißt ja, warum. Ich habe dich wirklich gleich gesucht, damals. Aber nicht in einem Antiquitätenladen.«

Es war, als ob seine Augen heller würden. Jetzt konnte sie sie lesen. Ungläubige Freude stand darin. Er beugte sich ohne Rücksicht auf seine Bügelfalten vor und griff nach ihren Händen.

»Ylvi, wirklich? Ist das wirklich wahr?«

Sie musste lächeln angesichts seiner ehrlichen Freude. Und weil sie so erleichtert war. »Ja, Theo. Ja.«

Sie befreite eine Hand und zog das Foto aus ihrer Tasche, das sie extra eingesteckt hatte. »Hier, das ist sie. Du kannst es behalten.«

Er griff eifrig danach, hielt es sich dicht vor die Nase. So ganz erfolgreich schien das Augenlasern doch nicht gewesen zu sein. Oder er begann, alterssichtig zu werden. Dieser Gedanke weckte eine wehmütige Zärtlichkeit in ihr. Was waren sie doch jung und sorglos gewesen damals. Unvorsichtig.

Zum Glück.

»Sie ist großartig, Theo, unsere Tochter. Ein ganz besonderer Mensch. Ich danke dir für dieses Geschenk.«

»Sie ist wunderschön!«, sagte er andächtig. »Wie heißt sie? Was will sie einmal werden? Wann darf ich sie kennenlernen? Ist sie hier?«

»Remona. Sie heißt Remona. Wir nennen sie Remy. Und sie will ungefähr alles werden, was ihr einfällt. Archäologin. Lehrerin. Hotelfachfrau. Im Augenblick ist sie hier, aber wenn die Ferien zu Ende sind, geht sie für ein Austauschjahr nach London.«

Erschrocken sah er sie an, als ihm etwas einfiel. »Ich hätte dir doch Unterhalt zahlen müssen. Das holen wir nach! Ich hätte es gern getan. Du wirst es nicht glauben, aber ich habe mir immer so sehr eine Tochter gewünscht. Eigentlich wollte ich fünf Kinder.« Er klang traurig.

»Das brauchtest du nicht«, beruhigte sie ihn. »Ricky ist nach dem Gesetz ihr Vater. Es hat ihr nie an etwas gefehlt. Allerdings hat sie sich, als sie älter wurde, einen anderen Vater gewünscht. Ich denke, sie wird sich freuen, dich kennenzulernen.«

»Wie gefällt dir eigentlich die Rose?«, fragte Theo.

Ylvi lächelte. »Sie ist bestimmt schön. Es freut mich, dass sie gedeiht, weil sie zu damals gehört. Eine lebendige Erinnerung. Aber ich habe gerade festgestellt, dass ich Disteln lieber mag.«

Er nahm erneut ihre Hand. »Es ist sonst nichts übrig von damals – oder?«

»Doch. Remy.«

»Ja. Das ist ein Wunder. Ein Kind der Wiedervereinigung. Aber ich meine uns.«

Sie erwiderte seinen behutsamen Händedruck. »Nein. Ich glaube nicht. Das war aus der Euphorie jener Nacht geboren. Es war einmalig. Der Mauerfall, das friedliche Wunder, das Unglaubliche, die Aufbruchstimmung, alles schien möglich. Ein Rausch.«

»Und von einem Rausch bleibt nur ein Kater?«

»Diesmal nicht. Es bleibt eine schöne Erinnerung, ein geteiltes Erlebnis – und Remy. Lass uns an den Strand gehen. Ich schreibe Remy eine SMS, sie soll dort hinkommen.«

»O ja! Ich kann es nicht erwarten, sie zu sehen. Ich kann es noch gar nicht glauben. Zahlen, bitte!« Er winkte der Kellnerin. »Meinst du, sie wird mich mögen?«

»Lernt euch halt kennen. Dann werden wir es erleben.«

»Ylvi«, sagte er und blieb auf dem Deich stehen, ehe sie den Weg zum Strand betraten. »Ich werde mich um Remy kümmern, wenn sie mich lässt. Sie besuchen, mit ihr ins Kino gehen, ihr schreiben, was immer sie will. Und dir – dir wünsche ich sehr, dass du bald wieder glücklich wirst. Mit jemandem, der zu dir passt.«

»Danke. Das wünsche ich dir auch, Theo.« Sie berührte leicht seine Wange. Er sah so allein aus. Nun, wenn das jemand ändern konnte, dann war es Remy.

Sie waren erst ein paar Schritte am Strand entlanggelaufen, als Remy ihnen entgegenkam. Erwartungsvoll blieb sie vor ihnen stehen und musterte Theo von oben bis unten. »Du hast Theo gefunden, oder? Meinen Vater?« Sie streckte Theo die Hand hin und schenkte ihm ihr bestes Lächeln. »Ich will Biologin werden, weißt du. Ich finde das so spannend mit dem Familienstammbaum und der Vererbung und so.«

Theo schüttelte vorsichtig ihre Hand. Ein rührend glückliches Lächeln breitete sich auf seinem Gesicht aus.

»Biologin? Seit wann denn das?«, fragte Ylvi interessiert. »War es nicht vorgestern Astronomie, weil du Carlys Sternwarte so aufregend findest?«

»Ja. Auch. Ich mache einfach alles gleichzeitig.« Sie grinste Theo verschmitzt an. »Findest du auch manchmal Dinge so spannend, dass du sie am liebsten gleich machen willst?«

»Ja. Schon. Früher waren es Blumen. Jetzt sind es alte Möbel. Und …«, er machte eine Pause und grinste ebenso verschmitzt zurück.

Aha. Das Lausbubengrinsen. Das hat sie von ihm, fiel Ylvi auf.

»Was?«, wollte Remy wissen.

»Papierflugzeuge! Ich mache ständig Papierflugzeuge und lasse sie überall runterfliegen. Ich habe schon zig Modelle entworfen, manche total verrückt.«

»Echt? Das ist ja cool! Ich auch! Auf Teneriffa habe ich die immer von unserer Dachterrasse ins Dorf fliegen lassen. Und ich habe Gedichte oder Botschaften draufgeschrieben. Glaubst du, das ist erblich, Mom? Können Papierflugzeuge in die Gene geschrieben sein?«

»Wohl eher ein Hang zu Übermut und Unfug«, meinte Ylvi amüsiert. »Papierflugzeuge sind sicher zu spezifisch für die Genetik.«

»Bringst du mir bei, wie man dein tollstes Modell faltet und lässt du es mit mir vom Schifferberg fliegen?«, fragte Remy Theo und hängte sich mit einer Hand bei ihm, mit der anderen bei Ylvi ein. Einträchtig wanderten sie am Flutsaum entlang. »Dabei können wir uns prima kennenlernen, wenn wir doch jetzt eine Familie sind. Tiryn muss deinen Nachnamen noch im Stammbaum eintragen. Wie heißt du denn? Ich bin so froh, dass Mom jetzt nicht mehr allein ist, weißt du.«

Theo und Ylvi sahen sich an.

»Remy, ich glaube, da hast du etwas missverstanden«, begann Ylvi.

»Wieso?«

Theo blieb stehen und nahm Remys Hände. »Remy, du ahnst nicht, wie froh ich bin, dass es dich gibt. Du bist die tollste Überraschung meines Lebens. Ich möchte wahnsinnig gern, dass wir uns kennenlernen und Zeit miteinander verbringen. Aber das bedeutet nicht, dass deine Mutter und ich … das war nicht so, weißt du – und es ist so lange her.«

Ylvi kam ihm zu Hilfe. »Wir sind nur alte Freunde, Remy. Und so bleibt es auch. Theo wird dein Vater sein, in welcher Form auch immer du dir das vorstellen kannst. Aber mehr nicht. Es tut mir leid, wenn du dir das anders gewünscht hast.«

Remy trat einen Schritt zurück. »Keine Familie? Wir werden nicht alle zusammengehören?«

»Irgendwie schon. Aber …«

»Aber nicht richtig«, beendete Remy den Satz. Sie funkelte ihre Mutter an, und Ylvi stellte fest, dass die hellen, sonst so sanften Augen ihrer Tochter ebenso wütend blicken konnten wie die von Claas damals im Meer bei Teneriffa.

»Remy ….«

»Ach, lass, Mom. Du kannst einfach nie was richtig machen!«, fauchte Remy, drehte sich um, rannte die Dünen hinauf und verschwand im Sanddorndickicht.

Nussecken aus dem Café Namenlos

Für den Mürbeteig:
300 g Mehl
130 g Zucker, 130 g weiche Butter
2 Eier
2 Päckchen Vanillezucker
2 gestrichene TL Backpulver
Für den Belag:
Aprikosenkonfitüre
200 g Butter
200 g Zucker
2 Päckchen Vanillezucker
200 g Haselnüsse, gemahlen
200 g Haselnüsse, gehackt
4 EL Wasser
1 Tafel Kuvertüre

Teig: Aus allen Zutaten einen glatten Teig kneten und auf ein mit Backpapier belegtes Backblech ausrollen. Anschließend mit Aprikosenmarmelade bestreichen.
Belag: Butter, Zucker und Vanillezucker im Kessel schmelzen. Die Nüsse mit dem Wasser unterrühren. Die Masse anschließend auf dem Teig verteilen. Im vorgeheizten Backofen (175–200 °C) ca. 20–30 Minuten backen.

Nach dem Backen die Nussecken schneiden. Auf dem Blech etwas abkühlen lassen. Dann die Ecken in die geschmolzene Kuvertüre tauchen und kalt werden lassen.

Myra

2006

36

Ein Wiedersehen

»Nun sitz endlich still, Demonio! Was ist bloß los mit dir?«, fragte Myra irritiert. Der kleine Sittich rannte aufgeregt auf der Oberkante ihrer Staffelei hin und her, flatterte schließlich auf Myras Schulter und knabberte an ihrem Ohr. Sie spürte den leichten, warmen Körper mit den weichen Federn an ihrem Hals und lächelte unwillkürlich. Dann wieder überkam sie Traurigkeit. Wie konnte es sein, dass sie zu dem Vogel ihrer Enkelin mehr Nähe verspürte als zu ihrer Enkelin selbst?

Sie schüttelte heftig den Kopf, um diesen Gedanken loszuwerden, und tauchte energisch den Pinsel in die rote Farbe. Das Bild mit den feuerfarbenen Dahlien, auf denen Demonio herumturnte, versprach gut zu werden. Der bunte Vogel zwischen den großen knalligen Blüten strahlte genau das aus, was Myra gern in ihren Bildern hatte: Energie und Lebensfreude. Aber es fehlten noch Details, und Demonio war ganz offensichtlich heute nicht dazu bereit, weiter Modell zu sitzen.

Myra gab es auf, wusch ihren Pinsel aus, trug den kleinen Unruhestifter in seinen Käfig, gab ihm Wasser und Futter und zog ihre Jacke an. Am Vormittag hatte sie gebacken und wollte ein paar Muffins hinüber zu Carly bringen.

Draußen war es nach den letzten schwülen Tagen kühl geworden. Am Morgen hatte es Gewitter gegeben. Myra spürte selbst eine merkwürdige Unruhe, genau wie Demonio. Mit gerunzelter Stirn sah sie zum Himmel auf. Eine tiefliegende Wolkendecke hing darunter. Wahrscheinlich war der Luftdruck plötzlich gesunken. Jetzt, da sie älter war, spürte sie das gelegentlich in ihren Knochen. Der kleine Vogel hatte das wahrscheinlich auch gemerkt.

Myra klopfte energisch an die Tür von Naurulokki. Carly öffnete erst nach einer Weile. »Entschuldige bitte, aber die Kinder machen uns heute fertig! Ich weiß nicht, was mit ihnen los ist. Im Moment spielen sie auf der Holzgans, ich kann nur hoffen, dass sie dort einmal zehn Minuten bleiben. Komm rein, ich war gerade damit beschäftigt, Tiryn die neuesten Fotos von Orje junior zu zeigen.«

»Hier!« Tiryn saß am Küchentisch und hielt Myra das Bild eines strahlenden Babys entgegen. »Der Kleine macht sich gut. Man sieht ihm nicht mehr an, dass er ein Frühchen war.«

»Wie schön.« Myra mochte Carlys besten Freund Orje, den Maler und Drehorgelspieler aus Berlin. »Meinst du, Orje und Synne kommen uns bald mal wieder besuchen?«

»Ja, ganz bald. Ich habe ihn viel zu lange nicht gesehen. Außerdem werde ich Patentante von Klein-Orje. Er soll hier in der Schifferkirche getauft werden, wie einst Synne.« Carly betrachtete das Bild mit einer Art Besitzerstolz.

»Carly? Myra! Seid ihr hier?«, hörten sie Ylvi draußen rufen. Die Tür flog auf. Ylvi stand mit aufgelösten Haaren und außer Atem auf der Schwelle und sah sich suchend um. »Ist Remy hier? Habt ihr sie gesehen?«

»Nein, warum?«, fragte Tiryn.

»Auf Rav ist sie auch nicht. Ich komme gerade von dort. Warum, ich dachte du wolltest ihr ihren Vater vorstellen?«, fragte Myra. »Hat das nicht geklappt?«

Ylvi schlang ihre Arme um ihre Taille. »Doch. Sie mochte ihn spontan so gern, dass sie dachte, Theo und ich werden jetzt zusammenbleiben und eine heile Bilderbuchfamilie werden.«

»Und dem ist nicht so?«, erkundigte sich Tiryn.

»Auf gar keinen Fall. Wir sind alte Bekannte, mehr nicht!«

»Das wird Jakob freuen«, sagte Carly.

»Remy hat das nicht gefreut. Remy hat mich angeschrien und ist weggelaufen. Und sie geht nicht an ihr Handy.«

»Sie wird sich schon wieder beruhigen«, sagte Tiryn gelassen. »Das muss sie erst einmal verdauen. Lass ihr Zeit. Sie ist fast erwachsen. Myra, was ist? Schau doch nicht so entsetzt.«

Myra fühlte förmlich, wie sie vor Schreck steif wurde. *Weggelaufen.* Das Wort erschütterte sie zutiefst.

»Remona ist nicht erwachsen. Sie ist ein Teenager in der Pubertät. Sie ist sechzehn!« Myra klammerte sich an die Rückenlehne von Carlys Stuhl. »Sie ist sechzehn«, wiederholte sie heiser. »Wie Liv. Und sie ist weggelaufen. Wie Liv.«

Tiryn sprang auf. »Setz dich, Myra. Sie ist nicht wie Liv weggelaufen. Hat sie etwas mitgenommen, Ylvi? Kleider, eine Tasche?«

»Nein.« Ylvis Stimme klang ähnlich heiser wie Myras. »Ich habe nachgesehen. Aber ich habe kein gutes Gefühl.«

»Blödsinn. Die Geschichte wiederholt sich nicht. Das gibt es nur in Büchern. Und die Mauer gibt es auch nicht mehr.« Tiryn sagte es etwas zu laut. »Myra hat ganz recht, Remy ist ein Teenager. Ein launischer Teenager. Sie wird in irgendeinem Winkel schmollen, und dann kommt sie wieder, um Ylvi noch mehr Vorwürfe zu machen. Dann redet ihr und klärt die Sache.«

»Es wird dunkel«, sagte Carly.

»Also gut«, sagte Tiryn. »Ich rufe Rune an. Er ist mit Philip und Jakob nach Warnemünde gefahren, irgendwelche Schiffsteile besorgen. Sie müssten bald auf dem Rückweg sein. Sie sollen nach Remy Ausschau halten. Ich gehe ins Büro, telefonieren, falls die Kinder es zulassen, bei dem Krach, den sie machen.«

Carly hielt inne. »Ich höre gar nichts mehr.«

Tiryn verschwand und kehrte nur einen Augenblick später wieder zurück. »Carly, sind sie nach oben gelaufen? Sie sind nicht mehr auf der Holzgans und auch sonst nirgends.«

»Nein, das kann nicht sein. Jori schläft. Ich hätte sie im Babyphon gehört.«

Ein Windstoß fegte Blätter gegen die Scheibe. Im Flur flog die Haustür auf und krachte gegen die Wand.

Sie sahen sich an. »Die Tür war nicht richtig zu. Wir müssen sie suchen.« Carly bemühte sich, in die Ärmel ihrer Jacke zu fahren. Auch Tiryn fischte nach ihrem Pullover. »Ylvi, du bleibst hier bei Myra und Jori. Es muss ja jemand hier sein, falls die Kinder nach Hause kommen. Wir werden auch nach Remy suchen, keine Sorge.«

»Halt! Keiner von euch kann jetzt hinausgehen und jemanden suchen.«

Myra hatte wie eingefroren vor sich hin gestarrt. Das Wort *weggelaufen* irrte immer noch wie ein Pingpongball in ihrem Gehirn herum, ein endloses Echo. Doch bei dem Klang dieser Stimme aus der Vergangenheit flog ihr Blick zur Tür.

Eine lange Silhouette stand dort im merkwürdig schwefelgelben Abendlicht. Schlank, fast mager, bis auf …

Myra holte tief Luft und bemühte sich, den aufsteigenden Strudel von Zuneigung, Wehmut, Trauer, Freude und Beschützerinstinkt zu unterdrücken, indem sie sich an das Praktische hielt. Das hatte noch immer geholfen.

»Nicholas«, sagte sie ohne mit der Wimper zu zucken, »ist es möglich, dass du noch immer denselben viel zu großen Trenchcoat trägst wie vor fünfzig Jahren?«

»Sechsundfünfzig. Du hast ihn mir vor sechsundfünfzig Jahren geschenkt. Damals konnte man sich die Größe nicht immer aussuchen.«

Ach, Nicholas! Ihr kleiner Nicholas, den sie im Krieg großgezogen und vor seinem gewalttätigen Vater beschützt hatte, wo sie konnte. Die Löcher in seinen Hosen gestopft, ihn getröstet, zum Essen überredet und sein Talent gefördert. Ihn hatte sie, anders als Liv, großbekommen, er war ein anerkannter Künstler geworden und auf seine Art beinahe glücklich. Leider in Florida, weit weg von ihr. Myra bedauerte die lange Entfremdung inzwischen zutiefst. Nicholas hatte Fehler gemacht, ja, aber sie selbst war so verdammt stur und unerbittlich gewesen. Dabei fehlte er ihr so! Als er kein Kind mehr war, waren sie die besten Freunde geworden. Mit kaum jemandem hatte sie so interessante Gespräche führen können. Und seit Hennys Tod teilte niemand mehr mit ihr die alten Erinnerungen.

»Was machst du hier?« Ihre schlichte Frage erschien ihr selbst unzulänglich. Aber es war nicht der Zeitpunkt für mehr.

Er sah ihr in die Augen, über den Küchentisch und all die langen Jahre hinweg. »Ich habe mir endlich Claas' Lieblingsspruch zu Herzen genommen. *Es ist Zeit.*«

»Opa Nick! Opa Nick!« Tiryn stürzte sich in seine Arme. »Opa Nick, du bist endlich da!«

Nicholas hielt sie fest, aber sein Blick über Tiryns Schultern hinweg war ernst. »Niemand darf das Haus verlassen«, sagte er. »Macht die Tür zu und die Fensterläden. Es gibt Sturm.«

»Sturm ist nicht angesagt«, sagte Carly zerstreut. Sie bemühte sich noch immer, den Reißverschluss ihrer Jacke zu schließen. »Tiryn, los, komm, ihr könnt später reden. Wir müssen Nicky und Henrike finden!« Die Tatsache, dass sie Kyana bei ihrem richtigen Namen nannte, zeigte, wie viel Sorgen sie sich machte.

»Keinen normalen Sturm«, korrigierte sich Nicholas. »Eine Windhose. Ein kleiner Tornado.«

»Hier gibt es keine Tornados, Opa Nick«, sagte Tiryn.

»Falsch. Du weißt so gut wie ich, dass sich das Klima ändert. In Deutschland hat es in den letzten Jahren immer wieder Tornados gegeben. Und jetzt gibt es hier einen. Es geht jeden Moment los.«

»Hast du mal wieder Bilder im Meer gesehen?«, fragte Myra skeptisch.

»Nein. Es ist die Wetterlage. Eine Kaltfront trifft auf eine Warmfront. Eine Wolkenschicht hängt tief. Und dazu gegenläufiger Wind aus zwei verschiedenen Richtungen. Oben ist er ablandig, das siehst du an den Wolken. Unten ist er auflandig. Und dann diese Spannung in der Luft und die Farbe des Himmels. Glaubt mir doch, das ist mir aus Florida nur allzu vertraut.«

Tiryn starrte ihn an. »Verdammt, du hast recht! Ich hätte es merken müssen. Ich war schon den ganzen Tag so unruhig und die Kinder auch. Schnell, Carly, wir haben keine Zeit zu verlieren!«

Nicholas stellte sich ihr in den Weg und zog die Tür zu. »Du bleibst hier! Die Windhose ist bald durchgezogen. Dann suchen wir. Vorher nicht.«

Bei all dem Chaos in Myras Gedanken freute sie sich doch unwillkürlich über eines: die Entschiedenheit in Nicholas' Stimme. So bestimmt und sicher war er früher nie aufgetreten.

»Was fällt dir ein, Opa Nick! Lass mich durch, oder muss ich aus dem Fenster klettern?«

Myra sah, wie sich Tiryns Hände an ihren Schal klammerten. Sie sah Carlys weißes Gesicht. Tiryns Mutter hatte einmal einen schlimmen Unfall gehabt. Carly hatte ihre Eltern einst auf dem Meer verloren. Sie, Myra, musste jetzt stark sein für die anderen, wie sie es immer gewesen war.

Draußen setzte ein merkwürdiges Heulen ein, leise erst und aus weiter Ferne, dann lauter, wie ein sich nähernder Zug. Es wurde schneller dunkel, als es zur einsetzenden Dämmerung passte. Die Tür klapperte im Schloss, die Fensterscheiben vibrierten. »Carly, Tiryn, Nicholas hat recht.« Myra stand auf, rückte ihre Schultern gerade und bemühte sich um Festigkeit in ihrer Stimme. »Ihr könnt jetzt nicht hinaus. Ihr werdet ohnehin nichts sehen. Vielleicht sind die Kinder nur nach nebenan gelaufen. Sie haben einen guten Instinkt. Sie werden von sich aus Schutz gesucht haben. Wenn nicht, hat sie bestimmt jemand gesehen und sich um sie gekümmert. Seid vernünftig!«

Wie um ihre Worte zu unterstreichen, knallte ein Ast mit einem lauten Klirren gegen die Fensterscheibe. Alle Blicke richteten sich auf den Sprung, der jetzt schräg hindurchverlief.

»Ich ruf die Küstenwache an«, sagte Carly und zog mit zitternden Händen ihr Handy aus der Tasche. Verzweifelt starrte sie darauf. »Ich kann mich nicht an die Nummer erinnern. Bitte sag mir jemand die Nummer!«

»Claas wird auf sie aufpassen«, sagte Tiryn tonlos.

»*Claas?*« Ylvi hatte so regungslos in der Ecke gesessen, die Arme um sich selbst geschlungen, dass sie ihre Gegenwart fast vergessen hatten, ebenso wie die Tatsache, dass auch Remy verschwunden und vielleicht irgendwo da draußen war, wo sich der Wind in die Dünen fraß. Die Luft vor dem Fenster war nun so voller Sand, dass man tatsächlich nichts mehr sah. Das leise Prasseln der feinen Körner gegen die kaputte Scheibe klang gefährlich laut. Es übertönte fast das Heulen des Sturms

Ylvi sprang auf. »*Claas*? Du vertraust einem Geist, dass er auf unsere Kinder aufpasst?« Sie hatte die Fäuste geballt und starrte Tiryn aus aufgerissenen Augen an, mit einer Mischung aus Unglauben und Wut.

»Er ist eher eine Kraft als ein Geist«, versuchte Tiryn, ihr und sich selbst Mut zu machen. »Und er war zu Lebzeiten Leuchtturmwärter. Er hat Leute bei Unwettern gerettet. Wenn einer sich mit Stürmen auskennt, dann er.« Nicholas drückte sie mit seinem langen Arm an sich.

»Ja. Claas weiß, was er tut«, sagte er ruhig.

Ylvi blickte wild um sich auf der Suche nach jemandem, der begriff, wie ihr zumute war. »Ich wusste es! Ich habe immer gewusst, dass dieser Mann aus den kalten grauen Meeren eine Gefahr für Remy ist! Aber es ist ja meine Schuld, dass Remy wütend und traurig irgendwo im Dunkeln herumläuft. Ich habe alles vermasselt. Von Anfang an. Nie einen richtigen Vater für Remy gehabt. Kein Wunder, dass die sich seit der Nacht im Watt von dem Nebelmann angezogen fühlt, der scheinbar freundlich zu ihr war. Jetzt ist es passiert, jetzt ist sie sicher zu ihm gelaufen, mitten in den Sturm und ins Meer!«

Ihr Blick traf Myras. Blieb dort hängen.

In diesem Sekundenbruchteil spannte sich eine Verbindung wie eine geheime Leine zwischen ihnen. Als wären sie allein im Raum, gab es nur noch sie und Ylvi. Ylvi, in deren Augen sie sich selbst erkannte: die schreckliche Angst um ein Kind, das Wissen um die eigene Schuld, quälende Zweifel und unbeantwortete Fragen, Einsamkeit, die sich anfühlte wie ein freier Fall.

Ylvi mit dem Lächeln von Kjell und Liv.

Liv war tot, aber Ylvi lebte.

Ylvi, ihre, Myras Enkelin.

Und Ylvi brauchte sie.

Myra öffnete ihre Arme. »Komm her, Kind.«

Sie fühlte sich so klein an, klein und zerbrechlich und doch tapfer. Ylvi, die nicht wusste, wo sie hingehörte. Ylvi, die große bunte Blumen liebte wie Myra. Ylvi, die so voller Ideen war wie Liv.

Ylvi, die jetzt an ihrer Schulter weinte und dabei Schluckauf bekam wie einst die kleine Liv.

Die unsichtbare Wand, die seit Ylvis Auftauchen um Myra gewesen war und sie gelähmt hatte, stürzte in sich zusammen. An ihrer Stelle tauchte das Wissen, dass sie zusammengehörten, auf, als wäre das alles schon vorher da gewesen. Wie die Blumen an der Wand im Treppenhaus auf Rav, die man nur im Dunkeln bemerkte, obwohl sie immer dort waren.

Mit der Liebe aber gesellte sich auch in Myra die Angst um Remy zu der um Kyana und Nicky.

Sie drückte Ylvi an sich. »Alles wird gut, Kind«, sagte sie. Woher diese plötzliche Gewissheit kam, wusste sie nicht, aber sie spürte es deutlich. Sie sah zu Nicholas hinüber, der ihr beruhigend zunickte und den Kopf lauschend schief legte.

»Die Windhose ist weitergewandert. Wir haben hier Glück gehabt«, sagte er. »Jetzt gehen wir suchen! Ich möchte endlich meinen Urenkel kennenlernen.«

In diesem Augenblick polterte es hinter ihm an der Tür, und er zuckte erschrocken zusammen, dann öffnete er.

Dort stand Remy, tropfnass und mit Sand in den Haaren, in einem Arm Nicky und an der Hand Kyana. Ihre Augen funkelten. »War das nicht ein irrer Sturm? Grandios!«

»Meine Rosine hat auf uns aufgepasst«, verkündete Kyana wichtig.

Remy lachte. »Cousine. Ich hab die zwei unten am Strand gefunden. Claas hat uns eine Höhle in der Steilküste gezeigt, wo wir uns unterstellen konnten. Kyana hat mich gefragt, ob ich ihre Tante bin, und ich habe ihr erklärt, eher so einer Art Cousine. Mom, warum weinst du denn? Es tut mir leid, dass ich dich angeschrien habe. Du, ich glaube ich werde Meteorologin. Es gibt sogar Sturmforscher. Die fahren Tornados hinterher und fotografieren sie. Das wär doch cool! Vielleicht kann ich das mal mit Theo versuchen.«

»Wage es nicht. Das überlebe ich nie!«, stöhnte Ylvi.

»Wolltest du nicht mein Bernsteinmuseum verwalten?«, fragte Myra.

Remy winkte lässig ab. Selbst in ihrem verdreckten, aufgelösten Zustand schaffte sie es, unglaublich elegant auszusehen. »Das mache ich nebenbei.«

Myra spürte, wie der Stolz kam, der Stolz auf diese Urenkelin, die so lebendig war, so begeisterungsfähig und so wunderschön. Ja, sie gehörte hierher, in dieses Land. Genau in dieses. Und zu ihr.

Aber sie geht nach London, fiel ihr ein.

»Würdest du mal herkommen, Remona? Ich möchte dich umarmen.«

Remy blickte erstaunt. »Was ist denn mit dir los, Urmyra?«

»Wir haben uns Sorgen gemacht, verflixt nochmal.« Tiryn hatte Handtücher geholt und warf Nicholas eines zu. »Da, du kannst deinen Urenkel abtrocknen, dann lernst du gleich sein Temperament kennen. Carly, wenn du Kyana für drei Sekunden loslassen könntest, ziehe ich ihr die nassen Klamotten aus. Und du kochst Tee. Wir brauchen jetzt alle einen Tee.«

Später erfuhren sie, dass die Windhose vom Meer gekommen war, eine schmale Schneise der Verwüstung knapp an Tiryns Krähenkate vorbei über den Deich und die Boddenwiesen gerissen hatte, dabei sieben Autos in die Vorgärten der Ferienhäuser geschoben und drei Dächer abgedeckt, im Hafen zwei Zeesboote umgeworfen, die alte Scheune von Bauer Fenrich in ihre Einzelteile zerlegt und in den Bodden gewirbelt hatte und schließlich den Schifferberg heraufgewandert war. Durch den Auftrieb am Abhang hatte der zerstörerische Wirbel den oberen Teil des Hügels übersprungen und dann über den Wiesen und dem Bodden an Kraft verloren. So war Naurulokki, Rav, Jakobs Haus und den anderen in der Straße wenig passiert bis auf fehlende Ziegel, kaputte Fenster und seltsame Dinge im Garten wie fremde Bettbezüge mit Asterixmotiven und ein rosa gestrichener Melkschemel.

Abends wartete Myra, bis Ylvi aus dem Bad gekommen und in ihrem Zimmer verschwunden war. Myra blieb einen Moment stehen und genoss die lebendigen Geräusche im Haus, die leise Musik aus Remys Radio und die junge Stimme, die mitsummte, das Klappern von Schranktüren aus Ylvis Zimmer und der Geruch nach Zahnpasta, den ihre Enkelin im Flur hinterlassen hatte. Dann klopfte sie.

»Komm rein!« Ylvi saß im Bett und wollte gerade nach einem Buch greifen. Mit ihren offenen sonnengebleichten Haaren und dem zu weiten Nachthemd sah sie so kindlich aus, dass Myra fast das Bedürfnis spürte, ihr eine Gutenachtgeschichte vorzulesen. Stattdessen setzte sie sich auf die Bettkante und hielt Ylvi etwas auf der Handfläche hin.

»Du hast mir mein Schiff zurückgebracht, wie es dein Vater

wünschte. Nun möchte ich es dir gern schenken. Damit du immer hierher zurückfindest, wo du willkommen bist.«

Ylvi sah sie mit großen Augen an. »Aber es ist deins. Das kann ich nicht annehmen. Kjells Bild ist doch darin.«

»Kjells Bild ist in meinem Herzen, wo es all die Jahre war. Carly hat Hennys Schiff, und Nicholas hat seines Tiryn geschenkt. Es ist gut und richtig, dass du meines haben sollst. Für mich ist das das schönste Geschenk: dass ich es weitergeben kann! Ich dachte immer, es wäre verlorengegangen und ich hätte sowieso niemanden, dem ich es hätte schenken können. Ihr seid die Zukunft. Es ist gut so.«

»Danke, Myra. Remy und ich werden es gut hüten.« Andächtig hielt Ylvi das Bernsteinschiff gegen das Licht ihrer kleinen Nachttischlampe und fuhr mit dem Finger über das uralte, geheimnisvolle Glänzen.

Es war fast Mitternacht, als Myra und Nicholas allein in der Küche von Rav saßen. Myra hatte ihm angeboten, bei ihr zu übernachten, da sie am meisten Platz hatte. Nicholas rührte in seinem Ingwertee. Ylvi und Remy schliefen längst.

»Wie kommt es, dass du heute hier aufgetaucht bist? Warum jetzt, nach all den Jahren?«

»Ich habe vor ein paar Tagen Claas gesehen. An einem regnerischen Abend am Strand in Florida. Zum ersten Mal. Ich kannte ihn ja nur aus Tiryns Beschreibungen. Einen großen Fremden in einem Umhang und mit hellen Augen. Trotzdem war er seltsam vertraut. Es war eine flüchtige Erscheinung, nur für einen Augenblick. Aber ich hörte seine Worte so deutlich in meinem Kopf. *Es ist Zeit*, sagte er. *Komm nach Hause, Nicholas*. Und auf einmal wusste ich, er hatte recht. Es war Zeit.«

»Bist du gekommen, um zu bleiben, Nicholas?«

Er sah sie offen an. »Wenn du damit leben könntest? Ich möchte gern hier sterben. Wenn es so weit ist. Vorher will ich noch einige Zeit mit meinem Urenkel verbringen. Und am Strand lange Diskussionen über Kunst und Leben mit dir führen.« Er lachte auf. »Ein Urenkel! Ich! Ich bin alt, Myra. Und weißt du was? Ich finde es schön.«

Sie dachte an den mageren, verstörten Elfjährigen, den die kleine Henny einst mitgebracht hatte. Und wie er jetzt vor ihr saß, nach einem langen kreativen Leben gereift und in sich ruhend.

»Ich auch. Und eine Urenkelin habe ich nun auch. Nicht zu fassen!«

»Sie ist toll. Wie du«, sagte Nicholas so sachlich, dass es ein wirklich wunderbares Kompliment war.

»Ja. Das ist sie. Toll.«

»Endlich hat sie es kapiert.« Remy kam in einem unglaublich kurzen Schlafanzug in die Küche gewandert und nahm sich ein Glas Saft aus dem Kühlschrank. »Ich will euch nicht stören. Ich hatte nur Durst. Sand im Hals, vom Sturm. Gute Nacht, Florida-Nick. Ich finde es phantastisch, dass der Clan immer größer wird. Sagenhaft. Von so was hab ich immer geträumt. Gute Nacht, Urmyra! Schlaft schön. Falls ihr nicht bis morgen früh durchquatscht.« Sie drückte Myra einen Kuss auf die Stirn und verschwand im Dunkel des Treppenhauses, ein schlanker Schatten vor den nachtleuchtenden Blumen.

»Toll«, wiederholte Nicholas. »Genau wie du früher, nur …«

»Moderner«, beendete Myra den Satz für ihn. »Da siehst du es. Du bist willkommen hier. Es wäre schön, nein, wunderbar, wenn du bliebest.«

»Letztes Mal warst du nicht begeistert, mich zu sehen. Als

Henny gestorben war und ich ihr Grab besucht habe. Du kannst es ruhig zugeben. Du hast mir nie verziehen, dass ich sie verlassen habe und nach Amerika ging.«

Myra seufzte und faltete die Hände auf dem Tisch. »Damals nicht. Inzwischen schon. Ich kann sehr gut verstehen, nachdem dein Vater dich so oft im Keller eingesperrt hat, dass du nicht in einer Diktatur leben konntest, wo die Gefahr bestand, dass du jederzeit im Gefängnis landen würdest. Ich glaube inzwischen sogar, dass du richtig gehandelt hast, was Henny angeht. Sie hätte dich begleitet und alles für dich aufgegeben, aber sie wäre woanders seelisch zugrunde gegangen. Noch wahrscheinlicher ist, dass sie spontan versucht hätte zurückzukehren, und es wäre ihr genau das geschehen, was mit Liv passiert ist.« Sie nahm einen Schluck Tee und verbrannte sich die Zunge. »Es war aber etwas anderes, das ich dir nicht verzeihen konnte. Du hast damals einmal zu mir gesagt *Pass auf Liv auf*. Aber du hast mir verschwiegen, dass du in den Meeresspiegelungen manchmal die Zukunft ahnen kannst. Wenn ich das gewusst hätte, dann hätte ich besser auf Liv aufpassen können! Ich hätte deine Warnung ernster genommen.«

»Hättest du mir denn geglaubt?«

Sie dachte nach, senkte den Blick. Ihre Tasse hatte einen feuchten Ring auf dem Tisch hinterlassen und drei Spritzer. Es sah aus wie ein hämisches Gesicht.

»Nein. Wahrscheinlich nicht. Ich hätte es für die überreizte Einbildungskraft eines jungen Künstlers gehalten.«

»Siehst du.« Er beugte sich vor. »Ich habe damals nicht verstanden, was passieren würde. Ich habe nur undeutlich gesehen, wie Liv panisch über Sand rannte und plötzlich zusammenbrach. Ich war mir nicht einmal sicher, ob sie es war. Ich wusste auch nicht, wo es war. Ich konnte es nicht einordnen, ich habe nur die Gefahr gespürt. Aber glaub mir, ich habe mir selbst jede Menge Vorwürfe gemacht seitdem, dass ich nicht mit dir darüber gesprochen habe.«

»Es ist vorbei. Es ist nicht mehr zu ändern. Dass Liv weggelaufen ist und Ylvi ihren Vater nicht kennt, war außerdem allein meine Schuld. *Ich* habe die Briefe unterschlagen. Dir habe ich längst verziehen. Mit mir konnte ich nicht leben. Aber jetzt …«

»Jetzt ist Ylvi hier. Und Remy. Verzeih dir selbst, Myra. Es gibt tiefe Wellentäler, und es gibt leuchtende Schaumkronen. Alles gehört zusammen.«

»Es ist gut, dass du hier bist. All das junge Gemüse um mich! Ich brauche dich.« Myra legte ihre Hand auf seine. »Meine Liebe zu Kjell hatte keine Zukunft, aber ein alter Freund wie du ist auch etwas Feines.«

»Von wegen keine Zukunft.« Nicholas wies auf den Anhänger an ihrem Hals. »Du liebst ihn immer noch. Ob er hier ist oder nicht.«

»Apropos hier«, wechselte Myra hastig das Thema. »Nun, da Ylvi und Remy zu Hause sind, und du auch endlich wieder, frage ich mich, ob jetzt der verzweifelte Wunsch von Claas erfüllt und Frenjas Licht wieder stärker wird, anstatt zu verlöschen.«

»Frenjas Licht?«

Ylvi

2006

37

Neue alte Töne

»Es ist zum Verzweifeln«, sagte Tiryn, während sie eines der neuen Strandkleider sorgfältig in dem Schaufenster ihres Ladens drapierte. Carly und Ylvi waren dabei, weitere aus einem Karton zu nehmen und so aufzuhängen, dass sie gut zur Geltung kamen. Ylvi strich bewundernd über die Stoffe.

»Ich finde es so großartig, dass du die alle selbst entworfen und genäht hast. Und dann noch bedruckt mit diesen dezenten Motiven aus Hennys und Nicholas' Bildern! Einzigartig und gleichzeitig praktisch. Kein Wunder, dass sie sich gut verkaufen. Ich glaube, sie wären auch auf Teneriffa ein Erfolg.«

»Ach nein. Sie gehören wohl nur hierher. Aber was hältst du davon, wenn wir hier deine Luftschlossbaukästen verkaufen würden? Einer davon wäre eine wunderbare Ergänzung im Schaufenster. Hast du einen übrig?«

»Das würdest du machen? Das wäre großartig. Myra hat mir einen Kellerraum zur Verfügung gestellt, in dem ich neue machen könnte. Ich habe schon lauter Ideen.«

»Aber was war es, was du zum Verzweifeln findest, Ti?«, hakte Carly nach.

»Frenjas Licht in der Krähenkate. Es wird immer noch schwächer! Neulich war es gar nicht zu sehen. Das macht mich so traurig. Da brennt dieses Licht seit über hundertfünfzig Jahren, gibt Claas einen Punkt der Kraft und Orientierung und uns als Familie eine Art privaten Leuchtturm, und dann das!« Energisch zog sie eine Falte glatt. »Ich dachte, nun, da Myra Ylvi und Remy bei sich aufgenommen hat und sogar Nicholas zurück ist, müsste Frenja zufrieden sein mit der Familie. Mir scheint aber, sie will uns etwas mitteilen. Gestern Abend hatte ich eine rätselhafte Begegnung mit Claas. Er wartete am Strand auf mich, als ich nach Hause kam. Ich habe ihn nicht wirklich verstanden. Ich glaube, er sagte so etwas wie, dass seine Frenja stur war, wenn sie sich etwas in den Kopf gesetzt hatte. Er ist schrecklich unglücklich, weil er Angst hat, dass ihr Licht für immer verlöscht. Ich spüre es. Das Meer selbst scheint diese Traurigkeit auszustrahlen, und es steckt mich an. So geht das nicht weiter.«

»Das Einzige, was mir einfällt, was wir noch tun können, ist, Kjell endlich zu suchen. Für Myra. Und für dich, wenn du es möchtest«, sagte Carly zu Ylvi.

»O ja. Für Myra. Und ich würde es auch schön finden, meinen Großvater kennenzulernen.«

»Aber Kjell ist kein Nachfahre von Claas und Frenja. Glaubst du wirklich, er könnte Frenja so wichtig sein?« Tiryn runzelte skeptisch die Stirn.

»Keine Ahnung. Aber wir wollten es doch sowieso tun. Lass uns zu Henning Weritz fahren und seinen Dachboden nach einem Hinweis durchstöbern, wenn wir hier fertig sind.«

»Kann ich mitkommen?« Remy kam aus der Umkleidekabine, in der sie sämtliche Kleidermodelle durchprobiert hatte. »Ich glaube, das hier gefällt mir am besten.« Sie sah hinreißend aus in Tiryns allerkürzestem Modell, das mit fein gezeichneten zarten Schwalben aus einem von Hennys frühen Bildern bedruckt war.

»Es wird bald Herbst. Die Saison für solche Kleider ist absolut vorbei, vor allem in diesem kalten Land«, sagte Ylvi.

»Deswegen werde ich es diesen Sommer auch nicht mehr los.

Ich schenke es dir«, sagte Tiryn. »Für nächstes Jahr. Wenn du aus England zurückkommst. Aber jetzt ziehst du es besser wieder aus. Auf Hennings Dachboden liegen die Sedimente von Jahrzehnten.«

Staunend sah sich Ylvi um. Der Dachboden von Henning Weritz war eine Art inoffizielles Trödelgeschäft, hatte Carly ihr erklärt. Hennings Vater hatte vor, während und nach dem Krieg alle möglichen und unmöglichen Dinge gesammelt, die ihm in die Hände fielen. Henning versuchte nun, sie nach und nach wieder loszuwerden, ohne sie zu entsorgen. Fast wirkte der lange niedrige Raum wie ein Museum. Seltsam still war es hier oben, als ob die Zeit diesen Dachboden vergessen hätte und die Dinge auf ewig hier erhalten blieben wie ein Insekt im Bernstein.

»Mensch, hier liegt eine Stoffrolle mit Gräserdruck. Die muss ich mitnehmen«, sagte Tiryn erstaunt, nachdem sie unter eine ausgeblichene Gardine gespäht hatte.

»Schau mal, hier sind merkwürdige Blechdosen. Die könnte ich wunderbar zum Kerzengießen gebrauchen. Gerade weil sie so verbeult sind.« Das Blech schepperte gewaltig, als Carly die Dosen in einer Tüte verstaute.

»Das kann man doch hier nicht alles umsonst mitnehmen, oder?«, sagte Ylvi verwirrt.

»Nein, aber mit Henning wird man sich schnell handelseinig. Schau dich ruhig um, ob du etwas findest, was du gebrauchen kannst.« Tiryn öffnete eine Kommode und stöberte darin herum. Eine Staubwolke leuchtete in den Sonnenstrahlen, die durch das kleine Fenster drangen, golden auf. »Wir dürfen nur nicht vergessen, warum wir eigentlich hergekommen sind. Haltet die Augen auf nach einem Hinweis auf Kjell oder sein Schiff, die *Fremtid*.

Wenn es hier nichts zu finden gäbe, hätte Claas uns nicht hierhergeschickt.«

Ylvi nieste. Als sie in ihrer Tasche nach einem Tuch suchte, fiel ihr Blick auf einen Strohhut, der unter einem Schrank hervorlugte. Sie zog ihn heraus und staubte ihn ab. Er war filigran mit großen exotischen Blüten in allen Farben bemalt, von jemandem, der sein Handwerk verstand. Auf dem nur leicht ausgeblichenen grünen Band war eine Muschel befestigt. Die Krempe war an einer Stelle ausgefranst, doch das würde sich mit einigen Stichen beheben lassen. Dieser Hut musste einfach auf Myras Kopf, wenn sie im Garten malte oder arbeitete. Er war wie für sie gemacht.

Seit Myra ihre kühle Zurückhaltung aufgegeben und sie und Remy ins Herz geschlossen hatte, war Ylvi glücklich. Es war so schön, wieder jemanden zu haben, an den sie sich anlehnen, um den sie sich kümmern und zu dem sie gehören konnte. Sich willkommen zu fühlen. Familie. Sie würde Rainer und Regina niemals vergessen und immer als ihre Eltern betrachten. Aber dass ihr und auch Remy nach so langer Zeit doch noch der Wunsch nach einer wirklich großen Familie erfüllt wurde, das war ein Wunder, das sie jetzt ausgiebig genießen wollte.

Das würde allerdings bedeuten, dass sie hierbleiben musste, und sie war sich nicht sicher, ob sie sich dazu entschließen konnte. Manches Mal, wenn ihr ein kalter Wind in die Ohren fuhr, Myra mürrisch war und Himmel und Meer dasselbe Grau trugen, hatte sie schmerzliche Sehnsucht nach ihren Gärten auf Teneriffa, nach dem weichen Passatwind und der majestätischen Gegenwart des Vulkans. Auch der Kreisel von Joram Grafunder wollte sich nicht für sie drehen, obwohl sie sich immer wieder in Carlys Büro schlich und es versuchte. Für Carly und Tiryn hatte er sich gedreht, als sie hier Fuß gefasst hatten und mit sich im Reinen waren.

Aber für Ylvi wollte er nicht einmal jetzt, da Myra sie ins Herz geschlossen hatte, aufrecht stehen bleiben. War das ein Zeichen, dass sie trotz allem nicht hierhergehörte?

Remys Ferien waren bald zu Ende, und wenn sie fort war, würde Ylvi ihre Antwort finden. Bis dahin galt es erst einmal, Kjell zu finden. Nur …

»Es ist aber wirklich unwahrscheinlich, dass er noch lebt, oder?«, sprach sie ihren Gedanken laut aus. »Myra ist fast achtzig, und er war sogar noch älter.«

»Oh, das ist nicht wirklich ein Grund. Ich kenne eine Menge Männer, die mit achtzig noch topfit sind. Aber ich bin ziemlich sicher, dass er doch im Krieg gefallen ist. Warum sonst hätte er sich nicht bei Myra melden sollen?« Tiryn schob energisch Kisten hin und her.

»Egal, wir müssen herauskriegen, was mit ihm passiert ist. Myra braucht Gewissheit, sonst findet sie keinen Frieden.« Carly lief von Ecke zu Ecke, soweit das bei dem Gerümpel möglich war, und suchte systematisch jeden Quadratmeter ab.

»Wie aufregend! Ich hätte nicht gedacht, dass ich einmal an einer echten Schatzsuche teilnehmen darf«, bemerkte Remy.

Schweigend suchten sie weiter.

Ylvi strich fasziniert über einen alten Globus, der in einem Regal stand, und entdeckte daneben Werkzeug und Instrumente, die nautisch aussahen. Sie zog etwas Rundes, Hölzernes hervor, an dem ein Ring angelaufenen Messings dunkel glänzte. Ein Barometer? Nein, ein Kompass! In dieser Größe konnte es nur ein Schiffskompass sein. Das Holz war verzogen, als hätte es einmal länger im Wasser gelegen, und am Rand war ein Stück herausgesplittert. Das gebogene Glas darüber war trübe und verschmiert, doch nachdem Ylvi einige Male darauf gehaucht und es mit ihrem

Ärmel poliert hatte, sah sie, dass die halb silberne, halb schwarze Nadel sich bewegte und tatsächlich dorthin zeigte, wo draußen vor dem kleinen Fenster am Horizont Norden war. Sie betrachtete die Rückseite, um zu sehen, ob und wie es einmal an etwas befestigt gewesen war, und hätte vor Schreck das schöne Stück fast fallen lassen. Sie pustete heftig, um den Staub zu entfernen, und sah ein zweites Mal hin.

»Kommt mal her!«, rief sie aufgeregt. »Ich glaube, ich habe es gefunden!«

In das dunkle Holz etwas unbeholfen eingefräst waren Buchstaben, nur geringfügig heller, aber doch lesbar.

For min søn
Kjell Swanstrom
1943
så du altid finde hjem
Mads Swanstrom

»Für meinen Sohn Kjell Swanstrom 1943, damit du immer heimfindest«, übersetzte Henning Weritz, als sie mit ihrem Fund wieder unten in der altmodischen Wohnstube waren.

»Wissen Sie, wie Ihr Vater zu diesem Kompass kam?«, fragte Carly.

»Er fand ihn vor langer Zeit nach einem Sturm am Strand, verfangen in Treibholz und einem alten Netz. Wie viele der Dinge, die da oben lagern. Er war immer einer der Ersten am Strand nach einem Unwetter. Er liebte es, kuriose Schätze zu finden. Freut mich, dass ihr etwas damit anfangen könnt.«

Es war, wie Tiryn vermutet hatte. Sie wurden sich in allen Dingen rasch handelseinig. Tiryn bekam ihren Stoff, Carly ihre

Dosen, Ylvi den Kompass, den exotischen Strohhut und einen beschädigten Beistelltisch aus Holz, den sie unbedingt haben wollte. Und Remy ein dickes Notizbuch mit Goldschnitt und der kunstvollen Zeichnung einer alten Landkarte auf dem Deckel, das sie aus einer Bücherkiste gezogen hatte und seitdem nicht mehr losließ. »Da steht meine Zukunft drin«, verkündete sie.

»Zeig mal. Ein schönes Stück. Aber die Seiten sind doch leer?«, fragte Carly.

»Eben drum«, sagte Remy geheimnisvoll.

»Swanstrom also«, sagte Carly gedankenverloren, während sie alles in Tiryns kleinem Auto verstauten. »Das trage ich gleich in den Familienstammbaum ein.«

»Geben wir den Kompass Myra?«, fragte Ylvi.

»Wir wollen ihr nicht unnötig Hoffnung machen. Gib mir ein paar Tage Zeit, bis ich mehr weiß«, sagte Tiryn. »Mit seinem Namen und dem Namen seines Vaters und seines Schiffes müsste ich etwas herausbekommen. Sollte er tatsächlich noch leben und herkommen, kannst du deinem Großvater den Kompass schenken. Du hast ihn gefunden. Kjell wird sich sicher freuen, ihn wiederzubekommen, da es ein Geschenk seines Vaters war.«

»Das mit dem Immer-Heimfinden hat wohl nicht funktioniert«, sagte Ylvi traurig.

»Wer weiß.« Tiryn schlug den Kofferraumdeckel zu. »Wir werden sehen.«

Auf Rav zog sich Ylvi mit dem kaputten Tisch in den Kellerraum zurück, den Myra ihr zur Verfügung gestellt hatte. Seine drei Beine waren intakt, aber die apart ungleichmäßig geformte Tischplatte aus hellem Holz wies Vertiefungen auf, wo Stücke herausgesplittert waren, wahrscheinlich bei einem unsachgemäßen

Transport oder einem Sturz. Ylvi schliff sie sorgfältig mit Sandpapier glatt, ordnete darin etwas Sand, Muscheln, Kieselsteine und ein wenig getrockneten Seetang an und füllte sie mit dem Gießharz auf, das sie sonst für ihre Bausteine verwendete. Später, als dieses ausgehärtet war, polierte sie die Oberfläche. Nun wirkten die Einschlüsse wie Fluttümpel. Aus dem Stück Sperrmüll war etwas Besonderes geworden.

Und sie wusste auch, für wen. Ein Dankeschön an Jakob für den Ausflug in seinem Boot und den nach Berlin war längst überfällig.

Das Tischchen unter dem Arm machte sie sich auf den Weg zu Carlys Nachbar. Bis jetzt hatte sie sich Jakobs Haus noch nicht einmal von außen angesehen. Sie war überrascht. Im Gegensatz zu der gemütlichen Urtümlichkeit von Naurulokki unter dem Reetdach und der etwas strengen, kantigen und dunklen Größe von Rav wirkte Jakobs Haus hell und leicht, beinahe nicht wirklich.

Die tönernen Dachziegel waren von einem sanften Pastellgrün, das Haus selbst mit Holz verkleidet, in jenem schimmernden Silbergrau, das Holz annimmt, wenn es jahrelang Wind und Wetter ausgesetzt ist und mit Würde altert. Die Türen und Fensterrahmen waren weiß gestrichen, und auf die Wand neben der Tür hatte jemand einen mannshohen, springenden Fisch gemalt, der so lebendig wirkte, als würde er jeden Augenblick ins Wasser zurückfallen. Ylvi hatte das Gefühl, er sähe ihr genau in die Augen. Er blickte freundlich und Jakob noch freundlicher, als er ihr entgegeneilte. Es war deutlich, wie sehr er sich über Ylvis Besuch freute.

»Hier! Ein kleines Dankeschön für die wunderbaren Ausflüge mit dir und für deine Hilfe. Auch dafür, dass du mich mit der Stranddistel bekannt gemacht hast.« Sie überreichte ihm das Tischchen. »Ich habe es auf Henning Weritz' Dachboden gefunden und ein wenig ergänzt.«

Bewundernd strich er darüber. »Oh, Ylvi, wie wundervoll! Meiner Tochter Anna-Lisa wird es auch sehr gefallen, wenn sie wieder mal heimkommt. Sie studiert Kunst, weißt du. Bitte komm herein, wir finden den perfekten Platz dafür.«

Im Haus war die Atmosphäre ebenso hell und leicht, wie es von außen gewirkt hatte. Weiße Korbmöbel und ein Glastisch, in den eine Dünenlandschaft geschliffen war.

»Oh!« Ylvis Ausruf der Begeisterung galt dem dicken Treppenpfeiler im Flur, der die Form eines weißen Leuchtturms hatte, von dem aus sich die Treppe ins Obergeschoss schwang. Das Licht des Turms brannte wirklich und erhellte den Flur. Die Treppenstufen, oben mit Holz belegt, trugen auf der Vorderseite heitere Landschaftsgemälde, die sich zusammenfügten, so dass man, wenn man vom Eingang auf die Treppe blickte, eine ganze Dünenlandschaft komplett mit Himmel, Meer und Möwen vor sich sah.

»Ja, mir gefällt es auch immer noch sehr. Wir haben das Haus einst von einem Künstler gekauft. Das Einzige, was mir noch daran fehlt, ist ein Wintergarten. Ich wollte immer schon einen anbauen, bin aber nie dazu gekommen. Der letzte überzeugende Grund hat mir wohl gefehlt.«

»Dann mach es doch jetzt! Es würde wunderbar passen.« Ylvi wanderte durch das Erdgeschoss, auf einmal wieder ganz Architektin. »Hier! Genau hier. Ich sehe es schon vor mir. Soll ich dir eine Zeichnung machen?«

Jakob stellte das Tischchen an ein Fenster, wo der Glanz des Tages darauf fiel und sich darin spiegelte. Dann wandte er sich Ylvi zu und sah sie ernsthaft an.

»Nicht nur eine Zeichnung, Ylvi! Baue ihn mit mir. Für uns. Könntest du dir das vorstellen – hier zu bleiben in Ahrenshoop und uns die Chance zu geben herauszufinden, was aus uns werden kann? Ich will dich nicht drängen. Du hast so viel Zeit, wie du brauchst. Aber bitte, würdest du darüber nachdenken?«

Er hatte recht. Es fühlte sich alles unglaublich richtig an. Aber sie hatte Angst. Angst, dass ihm irgendwann ein böses Wort entfahren und sich nichts mehr richtig anfühlen würde.

Außerdem, würde sie wirklich einen Winter hier erleben wollen? »Manchmal habe ich Heimweh nach den Gärten von Teneriffa. Nach dem Himmel, wenn im Frühling das Kreuz des Südens über den Horizont steigt und man weiß, alles fängt von vorne an.«

»Das verstehe ich.« Er dachte kurz nach. »Würdest du heute Abend mit mir an den Strand gehen? Ich hole dich ab. Ich möchte dir etwas zeigen.«

»Sehr gerne.« Er geleitete sie zum Tor und zeigte ihr dabei voller Stolz seinen Garten. »Ich habe extra keine Erde angekarrt und keine fremden Pflanzen. Ich habe nur die vorhandenen Sanddünen ein wenig vor dem Wind geschützt und Pflanzen angesiedelt, die es hier ohnehin gibt. Sie sind alle meine Freunde, Gefährten meines Lebens, wind- und wetterfest. Grasnelken und wilde Möhre, Disteln, Storchschnabel und Hahnenfuß, Sanddorn, Margeriten, Heckenrosen und Silberpappeln. Findest du nicht, dass sie zusammen eine wunderbare natürliche Harmonie ergeben? Ein bisschen wie ein Aquarell von Henny Badonin. Sie hat diese Landschaft verstanden wie kein anderer.«

Ylvi stand still und sah sich um. Sie versuchte zu sehen, was Jakob sah, zu fühlen, was er wahrnahm, den Garten, die Dünen, und den Horizont dahinter mit seinen Augen zu betrachten.

Der Spätsommerwind wisperte leise in ihren Ohren. Irgendwo rieselte Sand.

Und dann hörte sie es.

Ganz leise erst, wie die Erinnerung an einen Traum, der beim

Aufwachen so schnell verblasst, dass man ihn nicht festhalten kann. Dann deutlicher, klarer. Ylvi schloss die Augen, legte den Kopf schief und lauschte tief in sich hinein, lauschte den Farben um sich herum und der Seele des Gartens.

Sie erkannte die Melodie wieder, als hätte sie sie nicht vor siebzehn Jahren das erste und letzte Mal gehört, sondern erst gestern. Es war die stille, glückliche Musik, die sie damals mit Theo im vergessenen Garten gehört und nach der sie sich seitdem gesehnt hatte, nur runder und reifer noch. Es war die Melodie von *ihrem* Ort, von dem Ort, an dem sie ganz sie selbst war, an dem sie zu Hause war, an den sie schon immer gehört hatte, ohne es zu wissen.

Schon damals in Berlin, in dem Wildapfelgelee aus der Krähenkate musste sie das geschmeckt haben, als sie mit Remy schwanger war. Sie hatte es nur nicht einzuordnen gewusst. Alles, was seitdem geschehen war, hatte auf diesen Ort hin- oder eher zu ihm zurückgeführt. Zu ihren Wurzeln.

Und hier, wo ihre Wurzeln waren, konnte sie in den Himmel wachsen. Wie die Stranddistel, der sie sich so wesensgleich fühlte.

Aber waren es nur der Ort und die Familie – oder war es auch Jakob, der dazugehörte, zu dieser Erkenntnis und dieser neuen Gewissheit, zu diesem Wachsen und ihrem persönlichen Himmel?

»Ist alles in Ordnung, Ylvi?«, drang Jakobs besorgte Stimme zu ihr durch, und sie spürte eine warme Hand an ihrem Ellenbogen. Schnell öffnete sie die Augen.

»Ja! Ja, natürlich. Du hast es wunderschön hier. Ich muss schnell nach Hause, Myra und Remy warten. Bis heute Abend!« Sie floh, vor ihm, vor all dem Neuen in ihr. Sie brauchte etwas Zeit für sich.

Auf dem Weg nach Rav zögerte sie an Naurulokkis Gartentor, ging dann hinein und sah ins Küchenfenster, das wie immer offen stand. Jori und Kyana spielten auf einer Decke auf dem Boden. Carly saß am Arbeitstisch und schliff eine tönerne Möwe glatt.

»Hallo, Carly. Kann ich einen Augenblick in dein Büro?«

Carly blickte auf. »Na klar. Die Tür ist offen. Fühl dich wie zu Hause. War es nett bei Jakob?«

Ylvi wurde rot. Daran musste sie sich erst noch gewöhnen, dass jeder in dieser fabelhaften und unmöglich großen Familie stets zu wissen schien, was die anderen gerade taten. Ganz sicher würde ihr das gelegentlich auf die Nerven gehen. Gleichzeitig fand sie es wundervoll.

Ylvi hatte es geahnt. Sie setzte sich an den Tisch, nahm Joram Grafunders hölzernen Kreisel in beide Hände und ließ die Gefühle in sich zur Ruhe kommen. Die alten. Und die neuen.

Alles passte endlich zusammen.

Der Kreisel wurde warm in ihrer Hand. Seine Oberfläche war von all den Händen, die ihn berührt hatten, seidenglatt und glänzend. Ylvi atmete tief durch, stellte ihn aufrecht und gab ihm einen gleichmäßigen Schwung. Dann ließ sie los.

Er blieb ruhig aufrecht stehen und drehte sich um seine Achse. Nur ein kleines Stück wanderte er auf dem Tisch hin und her, doch er wurde kaum langsamer und geriet nicht ins Schwanken.

Die Uhr über dem Schreibtisch tickte Minuten herunter, doch der Kreisel hatte durch Ylvis Hände seine Mitte gefunden.

»Das freut mich aber.« Carly lehnte in der Türöffnung, und in ihren Mundwinkeln saß ein kleines, wissendes Lächeln.

Der Himmel war bedeckt, als die Dämmerung vom Land her über die Boddenwiesen und dann über die Dünen schlich und sich auf den Weg übers Meer machte. Der Horizont glomm noch rötlich, wo die Wolken über dem Wasser ein Echo des Tages festhielten, als ob sie ihn nicht gehen lassen wollten.

Der nahende Herbst hatte einen Biss in die Luft gelegt und einen würzigen Duft nach feuchtem Gras und sterbenden Blättern. Aber Ylvi fror nicht, denn Jakob hatte darauf bestanden, dass sie eine warme Jacke anzog. Er hatte ein längliches Bündel unter den Arm geklemmt. Mit der freien Hand ergriff er die von Ylvi und zog sie ungeduldig über den Deich und durch das Silberpappelwäldchen an den Strand, übermütig wie ein Junge.

Der Strand war leer, viele Feriengäste waren nicht mehr im Ort, und nach Sonnenuntergang zog die Verbliebenen nichts mehr hierher, schon gar nicht ein Abend, an dem es keine Sterne zu sehen gab. Ylvi und Jakob waren allein. Jakob legte das Bündel auf den Sand und wickelte es aus.

»Ein Drachen? Du willst im Dunkeln einen Drachen steigen lassen?«

»Ja, warum nicht?« Jakob wickelte Schnur von der Spule. »Der Wind ist genau richtig.«

Ylvi sah ihm zu und fühlte sich dabei so leicht, dass es sie nicht gewundert hätte, wenn sie gleich mit dem Drachen in die Höhe geflogen wäre. Einen Mann, der im Dunkeln einen Kinderdrachen steigen ließ, musste sie lieben. Sie hatte gar keine andere Chance. Sie wollte auch keine. Seit sich der Kreisel für sie gedreht hatte, schienen ihr ihre Ängste und Bedenken wie etwas aus einem anderen, längst vergangenen Leben.

Sie fühlte sich jung, fast so jung wie Remy, nur ein wenig weiser, und sie wollte es genießen. Egal, was da kam.

»Hier, nimm du die Schnur.« Jakob hatte ein ganzes Stück abgerollt, ging nun zu dem Drachen und legte ihn auf den Wind. Ylvi umklammerte die Spule, spürte überrascht, wie sehr der Drachen zog, mit welcher Kraft er in den dunklen Himmel aufstrebte. Sie gab Leine nach, und schon konnte sie den Drachen nicht mehr sehen, nur noch spüren.

Dann war Jakob neben ihr. »So, jetzt pass auf!« Er griff in seine Tasche, sie hörte ein leises Klick, und dann sah sie den Drachen wieder.

Denn nun leuchtete er. An den beiden hölzernen Stangen, über die das Papier gespannt war, waren kleine Lämpchen befestigt, die ein helles Kreuz in den Nachthimmel malten wie aus Sternen. Es schien vor Freude zu zittern und zu springen, als ein Seewind den Drachen tanzen ließ.

»Du hast gesagt, du vermisst das Kreuz des Südens«, sagte Jakob leise, so dicht an ihrem Ohr, dass sie seinen warmen Atem spüren konnte. »Wie du siehst, kannst du das auch hier haben. Ich schenke dir das Kreuz des Nordens. Bitte bleib bei mir. Lass uns zusammen herausfinden, was wir unter diesem Himmel und mit diesem Wind anfangen können und wohin und wie hoch er uns trägt, in hellen und in dunklen Zeiten.«

Ylvi hielt die Schnur ganz fest, damit das Licht nicht aus dem Himmel fiel, während sie ihn küsste.

Myra

2006

38

Carlys Erkenntnis

»Ich freue mich so, dass Ylvi bleibt und dass Jakob endlich jemanden gefunden hat, mit dem er glücklich ist«, sagte Carly.

Es war einer der letzten wirklich warmen Tage zwischen Sommer und Herbst, der es verlangt, dass man jede Minute draußen genießt.

Carly und Myra saßen auf einer Decke im Sand. Carly stillte Jori und beobachtete dabei Kyana, die am Flutsaum mit Nicky und Nicholas eine Sandburg baute. Tiryn und Ylvi standen daneben und diskutierten über etwas. Tiryn hatte die Hände in die hinteren Taschen ihrer Jeans gesteckt. Ylvi dagegen gestikulierte lebhaft wie immer, als ob sie zu einer unhörbaren Musik dirigierte. Möwen flatterten um sie herum, weil sie dachten, dass Ylvi vielleicht Brotkrumen in die Luft warf, wie es die Feriengäste oft taten.

Carly lachte. »Man merkt, dass sie deine Enkelin ist. Sie muss ihr Temperament von dir geerbt haben. Jetzt, wo sie nicht mehr so zurückhaltend und schüchtern ist, kommt es an die Oberfläche.«

Myra genoss die Wärme der Sonne, die ihren Knochen guttat. Sie streckte ihre langen Beine aus, die wie gewohnt in kurzen Hosen steckten. Manch einer von den Feriengästen, die vorbeischlenderten, warfen ihr einen verwunderten, aber auch anerkennenden Blick zu. Myra amüsierte sich. Es war einer der Vorteile des Altseins, dass es einem völlig egal war, was andere Leute über einen dachten.

»Ja, ich freue mich auch für Jakob. Er gehört zu den wenigen Männern, die wirklich etwas taugen.«

Kyana klopfte mit ihrer Schaufel einen Turm fest und kreischte vor Vergnügen, als eine Welle den Burggraben füllte.

Wie einst die kleine Liv an einem Tag vor langer Zeit, als Henny Badonin ihren Freunden Myra und Nicholas die Bernsteinschiffe schenkte und sie ihre Erinnerungen für alle Zeit darin bewahrten.

Myra zuckte zusammen, als sich Carly plötzlich kerzengerade aufsetzte und mit aufgerissenen Augen zum Meer blickte. Tiryn und Ylvi waren dort gegen die Helligkeit der tiefer sinkenden Sonne fast nur noch als Silhouetten zu erkennen. Jori erschrak und protestierte.

»Was ist? Du siehst aus, als hättest du einen Geist gesehen.«

Carly schluckte. »Das hab ich auch.« Mehr wollte sie nicht sagen.

»Carlotta Prevo«, sagte Myra schließlich streng, »lenk nicht ab. Spuck es aus!«

Carly räusperte sich. »Seit ich Ylvi das erste Mal gesehen habe, kam sie mir bekannt vor. Nein, nicht bekannt, eher vertraut. Ganz merkwürdig. Als ich dann wusste, wer sie ist, habe ich es darauf geschoben, dass sie mit dir verwandt und dir ähnlich ist.«

»Und?«, hakte Myra schließlich nach, als sich wieder eine Pause zwischen ihnen auf dem Sand breitmachte.

Carly holte tief Luft. »Liv und Thore haben sich doch gekannt, oder?«

»Natürlich. Thore war Hennys Cousin und hat von klein auf meist die Ferien hier verbracht. Liv hat sich gefreut, dass nebenan ein gleichaltriger Spielkamerad war. Sie haben sich gezankt und wieder vertragen und jede Menge Unsinn gemacht, wie es Kinder eben tun. Warum?«

»Wann war er das letzte Mal hier, ehe Liv nach Berlin weglief?«

Myra dachte nach. »In den Osterferien, glaube ich. Was soll das jetzt?« Dann dämmerte ihr, worauf Carly hinauswollte. Wie absurd! »Du glaubst doch nicht – du denkst, Thore könnte etwas mit Liv gehabt haben?«

Carly drückte Jori an sich. »Myra, Thore war mein Professor an der Uni. Jahrelang habe ich ihm zugesehen, wie er vor der Tafel hin und her lief und gestikulierte, wenn er Dinge erklärte. Ylvi ist ebenso klein wie er. Ylvi bewegt sich wie er. Und Ylvi benutzt genau dieselben Gesten. Schau hin, du kennst Thore doch auch! Nur dass sie blond und blauäugig ist wie du, während Thore dunkel ist. Sonst wäre ich wohl eher darauf gekommen. Übrigens hat er mir einmal erzählt, dass er unter der Birke im Garten von Naurulokki zum ersten Mal ein Mädchen geküsst hat. Hat Thore damals schon in Berlin gewohnt?«

»Ja, sein Vater hat eine Zeitlang dort gearbeitet.« Myra blickte wie betäubt auf ihre Enkelin. Carly hatte recht. Und wie sie recht hatte! Warum nur hatte sie die Ähnlichkeit nicht selbst bemerkt?

»In all der Zeit bin ich niemals auf den Gedanken gekommen, dass zwischen Liv und Thore etwas gewesen sein könnte! Sie waren wie Geschwister. Und warum um Himmels willen hätten sie uns das verheimlichen sollen? Es hätte doch niemand etwas dagegen gehabt. Thore wäre mir bedeutend lieber gewesen als irgendein fremder Junge.« Myra erholte sich ein wenig. »Carly, deine Theorie kann nicht sein. Warum sollte Thore einen falschen Namen auf seine Briefe an Liv schreiben?«

Carly dachte nach. »Nun, in einem der Briefe stand doch, dass Liv nicht wollte, dass ihr Freund seinen richtigen Namen nennt, oder?«

»Aber warum nur?«

»Hast du noch einen der Briefe?«, fragte Carly.

»Nein, ich habe sie alle Ylvi gegeben.«

»Könntest du unbemerkt einen … ausleihen? Ich kenne Thores Schrift genau. Ich habe lange genug für ihn gearbeitet und sie entziffern müssen.«

»Ausleihen? Unbemerkt? Ich möchte keine Heimlichkeiten mehr! Niemals wieder. Sie können tödlich sein, wie wir wissen.«

»Aber wir sollten Ylvi keine falschen Hoffnungen machen. Sie hat genug hinter sich. Wir müssen erst Gewissheit haben. Und hören, was Thore dazu sagt.«

Am nächsten Tag klopfte Myra zögernd an der Tür von Naurulokki. Carly öffnete sofort. »Myra, sieh mal, wer hier ist!«

»Orje! Wie schön!« Myra ließ sich gern ablenken. Sie freute sich, Carlys alten Freund wiederzusehen. »Wo ist Synne?«

»Hallo Myra. Bei ihren Eltern. Wir sind zwei Wochen hier, damit sie unseren neuen Knirps kennenlernen können. Und ich dachte, Carly bekommt in der Zwischenzeit von mir, was sie sich wünscht.« Er wies auf die Wand über der Treppe, die ins obere Stockwerk führte.

»Wird das nicht toll?«, fragte Carly begeistert. »Ich wollte das schon immer, aber erst jetzt, da das dritte Schiff wieder da ist, scheint mir der Zeitpunkt richtig zu sein.«

»Der Familienstammbaum? Was für eine gute Idee.« Myra betrachtete Orjes begonnenes Werk näher. Ein Baum, der an der Wand elegant emporwuchs, über die Treppe gebeugt wie die Kiefern am Weststrand vom Wind. Auf den Blättern, die er trug, standen Namen. Auf der untersten Stufe entsprang der Baum zwei starken Wurzeln, die den Namen Claas und Frenja trugen.

Alle Generationen folgten, bis ganz oben die jüngsten Blättchen mit den Namen Joram, Henrike, Nicholas und Remona hellgrün leuchteten. Im Hintergrund sah man einen angedeuteten Horizont, auf dem drei Schiffe unterwegs waren, mit Rümpfen aus Bernstein und mit silbernen Segeln, die sich in einem lautlosen Wind bauschten. Auch der Leuchtturm war zu sehen, in dem vor langer Zeit Claas bei Wind und Wetter und tiefer Nacht über die Seefahrer und die Küste gewacht hatte, während an Land in der Krähenkate seine Kinder schliefen und Frenjas Licht für ihn brannte, ihm Mut machte und ihm zeigte, dass sie in Gedanken bei ihm war.

»Großartig, Orje!« Ein warmes, dankbares Gefühl stieg in Myra auf. Noch vor einigen Wochen hätte der Ast, der ihren und Livs Namen trug, einfach geendet, wäre abgestorben und vertrocknet. Es wäre nicht schlimm gewesen, denn der Baum war stark und hatte genug andere junge Zweige. Aber die grünen Blätter, die nun doch unerwartet an gerade diesem Ast wuchsen und die Namen Ylvi und Remona samt Geburtsdaten trugen, trieben ihr Tränen in die Augen. Verschämt wischte sie sie weg und hoffte, dass Carly sie nicht gesehen hatte. Orje kehrte zu seinen Farbtöpfen zurück.

Carly zog Myra in die Küche und schloss die Tür. »Die Kinder sind bei Tiryn im Laden. Hast du den Brief?«

»Hier.« Myra reichte Carly beklommen das vergilbte Papier. Sie wusste nicht, was ihr lieber wäre: dass die Schrift die von Thore war oder nicht. Sie wusste überhaupt nicht, was sie mit dem Gedanken anfangen sollte, dass Hennys kleiner Cousin von nebenan Ylvis Vater sein sollte. Der angeblich fremde Junge, vor dem sie Liv hatte bewahren wollen und von dem Liv damals behauptet hatte, er sei nur eine flüchtige Schwärmerei gewesen.

Carly starrte auf den Brief.

»Du lieber Himmel – es stimmt! Eindeutig. Man merkt, dass er noch jung war. Fast kindlich. Aber ich kenne dieses ›S‹ nur allzu gut. Und das ›F‹ und das ›R‹ und wie er die Buchstaben verbindet.« Sie sah auf. »Myra, wir rufen Thore an! Zusammen.«

»Gut.« Myra atmete tief durch. Ihre Knochen mochten nicht mehr jung sein, aber sie war immer noch Myra Webelhuth, und sie war noch nie vor etwas weggelaufen. »Bringen wir es hinter uns.«

Carly stellte das Telefon auf Lautsprecher, legte es zwischen sie auf den Küchentisch. Myra zählte die Klingeltöne, die unheimlich laut durch den Raum hallten. Eins. Zwei. Drei. Vier. Vielleicht war er nicht zu Hause.

»Thore Sjöberg.«

»Thore, hier ist Carly.«

»Carly! Süße! Wie schön, dass du anrufst. Du, ich habe hier einen Antrag für das neue Fernrohr liegen, mit dem komme ich einfach nicht klar. Kann ich ihn dir faxen? Du kriegst das doch hin, oder? Geht es dir gut? Ich muss gleich los an die Uni. Wann, glaubst du, kannst du den Antrag fertig haben?«

Carly schnitt Grimassen, und Myra hätte gelacht, wenn die Situation nicht so ernst gewesen wäre. Seit Carly mit Philip zusammen war, war sie über ihre alte Liebe zu ihrem Chef zum Glück hinweggekommen. Nur eine tiefe Freundschaft war übrig geblieben.

»Thore, halt! Die Uni kann zehn Minuten warten. Es gibt etwas Wichtiges zu besprechen.« Myra bewunderte die Festigkeit in ihrer Stimme und dachte an die unsichere Carly zurück, die vor sieben Jahren hier aufgetaucht war und nicht wusste, wo sie hingehörte und was sie mit ihrem Leben anfangen sollte. Hoffentlich würde Ahrenshoop für Ylvi ebenso richtig sein wie für Carly und Tiryn.

»Ja?« Er klang erstaunt. Wahrscheinlich hatte er sich auch noch nicht so richtig an die neue Carly gewöhnt.

»Thore, als du früher Henny besucht hast, da warst du doch mit Myras Tochter Liv befreundet, nicht wahr?«

Er zögerte. »Ja. Und bis heute hat mir niemand gesagt, was für ein Unfall es war, bei dem sie ums Leben kam. Auch Myra nicht.«

Myra hörte den Schmerz in seiner Stimme und fühlte sich schuldig. Als sie die Briefe unterschlug, hatte sie keine Sekunde daran gedacht, was sie dem Jungen damit antat, der ihre Tochter liebte. Ein Feriengast aus der Großstadt, hatte sie damals angenommen, für den Liv ein naiver Ferienflirt war, ohne Bedeutung und schnell vergessen.

»Myra ist hier und hört mit, Thore«, sagte Carly hastig.

»Es tut mir leid, Thore«, sagte Myra. »Es war mir unerträglich, darüber zu sprechen. Ich erzähle dir alles, wenn du das nächste Mal hier bist.«

»Schon gut, Myra. Danke. Aber was bezweckst du jetzt mit deiner Frage, Carly? Du sagtest, es wäre wichtig?«

»Thore«, sagte Carly sanft, »kann es sein, dass dich mit Liv mehr als nur Freundschaft verbunden hat?«

Myra sah förmlich, wie das Schweigen aus dem Telefonhörer tropfte, dick und klebrig wie Honig.

»Ja. Viel mehr«, sagte Thore schließlich. »Sie war meine erste große Liebe. Aber ich war ihr peinlich. Es war ihr peinlich, dass sie sich in ihren Spielkameraden aus Kinderzeiten verliebt hatte. Es war ihr peinlich, dass ich kleiner war als sie. Sie hatte Angst, ihre Freundinnen würden sie auslachen. Es war ihr sogar Myra und Henny gegenüber peinlich, dass sie sich einfach nur in den Nachbarsjungen verliebt hatte anstatt in irgendeinen tollen Hecht. Deshalb wollte sie, dass wir es geheim halten. Ich habe sie gebeten, auf mich zu warten. Ich wollte nur die Schule fertig machen, und dann wäre ich gekommen und bei ihr geblieben.« Sie hörten beide, dass er diese Geschichte auch fünfundvierzig Jahre und eine gute Ehe später noch nicht verwunden hatte. »Ich wollte mein Leben mit ihr verbringen, und ich glaube bis heute, dass wir wundervoll zusammengepasst hätten. Ich hätte sie glücklich gemacht, Myra, zumindest hätte ich alles dafür getan!« Es lag ein Zittern in seiner Stimme, das er zu unterdrücken versuchte. »Aber sie war zu stolz. Ich warte auf niemanden, auch nicht auf dich, sagte sie zu mir. Trotzdem war ich fest entschlossen, im Sommer zurückzukommen, um zu bleiben. Als ich wieder in Berlin war, schrieb ich ihr jeden Tag. Sie hatte mir einen falschen Namen gegeben, unter dem ich ihr schreiben sollte, damit niemand die Wahrheit erfuhr. Aber sie hat mir nicht ein einziges Mal geantwortet! Sie hat mich auch nicht angerufen. Ich war verzweifelt, dann verletzt und schließlich wütend. Ich versuchte, sie zu vergessen, indem ich mich mit anderen Mädchen traf. Es hat nicht funktioniert. Und dann kam der Mauerbau, und auf einmal lag der Todesstreifen zwischen uns. Liv war unerreichbar verloren für mich. Im Jahr danach schrieb Henny mir, dass Liv tödlich verunglückt sei. Mehr habe ich nie erfahren.«

Keine Geheimnisse mehr, dachte Myra. Nur keine Geheimnisse mehr, sie bringen nur Unglück. »Thore, sie hat die Briefe nie bekommen.« Myra musste zweimal schlucken, ehe sie weitersprechen konnte. »Ich habe sie unterschlagen. Sie hatte mir versichert, dieser Junge wäre ein harmloser Ferienflirt gewesen und hätte keine Bedeutung. Ich wollte nicht, dass sie belästigt oder verletzt wird. Ich dachte, sie wäre zu jung. Ach, ich weiß nicht mehr, was ich dachte! Ich habe einen furchtbaren Fehler gemacht. Glaub mir, Thore, es tut mir unendlich leid. Es vergeht kein Tag, an dem ich das nicht bereue.«

»Schon gut, Myra. Du wolltest sie beschützen. Genau wie ich«, sagte Thore nach einer Pause. »Wahrscheinlich hat sie sogar die Wahrheit gesagt. Sicher habe ich ihr wirklich nicht viel bedeutet. Aber warum sprechen wir gerade jetzt, nach all den Jahren davon?«

»Thore …« Carly brach ab, holte Luft und versuchte es von neuem. »Thore, Liv hat eine Tochter hinterlassen. Wir haben es erst kürzlich erfahren. Sie ist hier. Sie wurde neun Monate nach den Osterferien 1961 geboren. Und ich bin mir sicher, dass es deine Tochter ist, so ähnlich ist sie dir in vielen Dingen.«

Am anderen Ende der Leitung scharrten Stuhlbeine. War er aufgesprungen, oder hatte er sich jetzt erst hingesetzt?

Sie ließen ihm Zeit.

»Carly, Myra – ist das wahr? Kann das wahr sein?«

»Ja, Thore.« Jetzt konnte Myra in Carlys Gesicht doch noch etwas von ihrer alten Zärtlichkeit Thore gegenüber entdecken.

»Carly, keiner kennt mich so wie du. Wenn du das sagst, glaube ich dir.« Das ungläubig aufkeimende Glück in seiner Stimme rührte Myra. »Dann ist doch etwas geblieben von Liv und mir, von den verzauberten Wochen, die wir erleben durften?«

Myra wusste nur allzu gut, wie er sich fühlte. Ihm gingen dieselben Gedanken durch den Kopf wie ihr, als sie gemerkt hatte, dass sie von Kjell schwanger war. Thore hatte mit Liv ebenso wenig Zeit gehabt wie sie mit Kjell, und doch hatte er sie nie vergessen.

Liebe und Zeit hatten am Ende wohl nicht viel miteinander zu tun.

»Wie heißt sie? Wie sieht sie aus? Was macht sie bei euch? Kann ich sie kennenlernen? Verzeihung. Das ist gerade alles ein bisschen viel für mich. Paul ist schwanger, weißt du, Carly. Ich meine natürlich seine Freundin. Du, ich werde Großvater! Kannst du dir das vorstellen?«

Carly sah Myra an. »Keine Geheimnisse mehr«, flüsterte Myra.

»Thore, da ist noch was«, sagte Carly entschlossen. »Du wirst nicht Großvater. Du *bist* Großvater. Deine Tochter Ylvi hat selbst eine Tochter. Remy.«

»Ihr macht mich fertig.« Aber die Freude in seiner Stimme war größer als die Verwirrung. »Wissen sie von mir? Wann darf ich sie kennenlernen?«

»Nein, sie wissen nichts. Wir wollten uns erst vergewissern, ob mein Verdacht wahr sein kann.«

»Ich werde sie fragen«, sagte Myra. »Ob und wann sie dich kennenlernen möchten. Es ist gerade sehr viel geschehen in ihrem Leben. Ich weiß nicht, ob Ylvi das jetzt auch noch verkraftet. Aber sie sagte einmal, sie wüsste gern, wer ihr leiblicher Vater ist.«

»Ich will sie nicht überfordern«, sagte Thore hastig. »Es ist auf jeden Fall zu spät, irgendetwas nachzuholen. Aber ich würde sie sehr, sehr gern kennenlernen, wenn sie so weit ist, und für sie da sein, soweit sie das möchte. Egal in welcher Form.«

»Das kriegen wir schon hin«, sagte Carly. »Jetzt verdaue du das erst einmal und erhole dich. Wir melden uns bei dir.«

»Ich komme, wann immer ihr wollt«, versprach Thore.

Myra starrte mit zusammengezogenen Brauen vor sich hin, als Carly aufgelegt hatte. »Er war ihr peinlich. Warum war er ihr peinlich? So habe ich Liv nicht erzogen!«

»Ach, Myra. Sie war in der Pubertät. Ein unsicherer Teenager. Erinnerst du dich nicht, was für komische Launen wir selbst in dem Alter hatten?«

»Ich hatte keine Zeit für Pubertät und Launen. Es war Krieg.«

Carly umarmte sie schweigend.

An diesem Abend war Myra erschöpft. Auch sie musste erst verdauen, dass ausgerechnet Thore Ylvis Vater war und sie sich damals dermaßen geirrt hatte.

So kam ihr die Ablenkung gerade recht, auf der Remy bestand.

»Bitte, Urmyra, gehst du morgen früh mit mir Bernsteinfischen? Du hast es versprochen, und meine Ferien sind bald zu Ende!«

39

Als die Zeit verschwand

»Es ist noch nicht kalt genug, und es weht kein Bernsteinwind. Wir würden kaum etwas finden«, wehrte Myra ab, doch dabei bemerkte sie, dass sie selbst Sehnsucht danach hatte. Wieder bei Sonnenaufgang im kühlen Wasser stehen, das Prickeln fühlen, an nichts denken als an den Himmel und das Meer, eins sein mit der Weite, bis sich die Ruhe in ihr wie eine Flut ausbreitete.

»Das macht doch nichts. Ich will einfach wissen, wie es geht, und es mit dir erleben.«

»Also gut. Aber dann musst du früh aufstehen. Und wenn ich früh sage, *meine* ich früh. Vor der Sonne!«

Es war doch schon recht kalt. Myra atmete beglückt tief durch. Sie liebte diese Zeit zwischen Sommer und Herbst, die so wehmütig intensiv war. Bunte Erinnerungen an einen ereignisreichen Sommer, ein Duft von letzten Blüten, überreifen Früchten und einer Ahnung von Frost, all das lag in der Luft, zusammen mit einem weichen Nebel, der aus den Wiesen und dem Wasser stieg. Noch war die Sonne nicht aufgegangen, aber hinter den Dünen war der Himmel bereits goldgelb und erfüllte Myra mit einer tiefen Freude. Sie war glücklich, dies alles Remy zeigen zu können.

»Jetzt erlebe ich das seit fast achtzig Jahren, und trotzdem finde ich diese Schönheit immer wieder unfassbar«, sagte sie zu Remy, die eben noch neben ihr eifrig den Kescher geschwungen hatte.

Aber Remy war nicht mehr da. Wahrscheinlich war sie zwischen den Kiefern verschwunden, um ein dringendes Bedürfnis zu erledigen. Wenn man mit den Füßen im kalten Wasser stand, konnte das vorkommen. Myra lächelte. In diesem Moment stieg die Sonne über dem Dünenkamm empor. Ihr Leuchten erhellte den Nebel, färbte ihn golden und wanderte über den Strand auf das Meer hinaus. Das Lächeln noch auf den Lippen und den Kescher aufrecht in der Hand wie Neptuns Forke wandte sich Myra um. Sie wollte sehen, wie dieses erste Morgensonnenlicht über dem Horizont zu dem hellblauen Versprechen eines neuen Tages wurde.

Ein Boot tauchte aus dem Nebel auf, erst verschwommen wie aus einem Traum, dann so deutlich, dass der Wind jeden Zweifel forttrug. Der Nebel verschluckte das Geräusch des Ruders, doch die Silhouette des Ruderers erkannte sie sofort.

»Neptuns Tochter! Meine Bernsteinbeschwörerin.«

Wie vertraut seine Stimme war. Voller als damals, ebenso wie sein Umriss, aber vertraut, als hätte sie ihn vor Tagen erst verabschiedet.

Die Zeit fiel aus der Welt, und alles war Gegenwart, damals wie heute. Es machte keinen Unterschied, ob sie achtzehn war oder achtzig. Die Wirklichkeit war dieselbe, und Kjell kam, um bei ihr zu sein.

Und weil die Zeit sich aufgelöst hatte und Myra keinen Halt mehr gab, fühlte sich der Boden nicht mehr fest an und auch ihre Knie weich. Ihr war schwindelig, doch nur für einen Moment.

Denn sie war Myra Webelhuth, und sie würde ganz gewiss keinen Schwächeanfall bekommen, nur weil ein Mann aufgetaucht war.

Sie atmete die goldene, würzige Meeresluft tief ein.

»Du hast lange gebraucht«, sagte sie.

Auf seinem Hemd glänzte der Bernstein, den sie ihm geschenkt hatte, und fing und vergoldete das Morgenlicht. Unwillkürlich griff Myra nach dem Wikingeramulett an ihrem Hals.

Weit hinter ihm im Dunst, dort wo das Wasser tiefer war, sah sie ein Schiff ankern.

»Warum heute?«, fragte sie, um Zeit zu gewinnen. Zeit, um aufzuwachen, falls dies ein Traum war.

»Nicholas hat mich angerufen. Der kleine Nicholas, dem ich damals Geschichten erzählt habe. Ich habe seine Stimme natürlich nicht erkannt, aber als er seinen Namen sagte, wusste ich sofort, wer er war. Und ich bekam Herzklopfen, weil es nur eine Nachricht sein konnte, die mit dir zu tun hat.«

Er paddelte näher an sie heran und reichte ihr die Hand.

»Komm! Damals warst du nie auf meinem Schiff. Jetzt zeige ich es dir.«

Myra nahm seine Hand und ließ sich in das Boot ziehen. Es ärgerte sie nur kurz, dass sie nicht mehr so leichtfüßig hineinhüpfen konnte, wie es ihr damals gelungen wäre. Dann fiel ihr etwas ein und sie blickte zum Strand. »Moment! Ich bin nicht allein hier.«

»Deine Urenkelin weiß Bescheid.«

Sie saßen nun sicher im Boot, und er hätte ihre Hand loslassen können, aber er hielt sie fest und sah Myra einfach nur an. Sie konnte seinen vertrauten Duft riechen.

Remy also. Remy hatte sie mit Absicht hierhergelockt und dieses Treffen arrangiert, vermutlich mit Tiryn und Carly zusammen.

Deine Urenkelin hatte er gesagt.

Keine Geheimnisse mehr, dachte Myra.

Sie fand nicht die Worte, es ihm schonend beizubringen. Warum auch? Die Zeit war zu kurz und zu kostbar geworden, um drumherum zu reden. Und ein Mann, der einen Krieg überlebt hatte und alles was danach kam, der konnte Wahrheiten vertragen und musste nicht geschont werden.

»Sie ist auch *deine* Urenkelin«, sagte sie.

Kjell saß ganz still.

Er hatte früher schon die Haare kurz getragen. Nun hatte er keine mehr. Seine Schultern waren breiter und ein wenig gebeugt. Die Jahre hatten wie in Myras auch in sein Gesicht Geschichten geschrieben. Sie liebte es dafür umso mehr, jede Linie darin. Sie hatte keine Schwierigkeiten, ihn wiederzuerkennen, weil er noch tiefer er selbst war als damals.

Sie sah, wie es in ihm arbeitete und er in Gedanken Puzzleteile seines Lebens neu ordnete. Als er sich noch immer nicht regte, ließ sie seine Hand los und begann zu rudern, auf das Schiff zu, das jetzt, da der Dunst sich hob, deutlicher wurde.

Ein stabiler, verlässlicher Segler mit einem breiten Rumpf, geeignet, um Dinge zu transportieren. Das Holz war blau gestrichen. Am Bug war eine Sonne gemalt und am Heck ein Mond, dazwischen Sterne. Und ein Name prangte da.

MYRA 3

Myra ließ die Ruder sinken. »Myra?«

Kjell schrak zusammen und fand mit einem Ruck wieder in die Gegenwart zurück.

»Die *Fremtid* wurde von einem feindlichen Torpedo versenkt, zwei Wochen nachdem ich dich verlassen hatte, nicht weit vom Darß. Jedes Schiff, das ich seither besaß, hieß Myra.« Er beugte sich vor und griff diesmal nach ihren beiden Händen. »Warum ist dieses Mädchen meine Urenkelin? Wie kann das sein?«

»Ja, wie wohl? Denk mal scharf nach. Es gibt ja wohl nur eine Möglichkeit.«

Wenn sie aufgewühlt war, hatte Bissigkeit ihr noch immer geholfen, die Fassung zu bewahren. Kjell konnte das vertragen. Er hatte sie geliebt, wie sie war. Wenn das jetzt nicht mehr galt, war sowieso alles egal.

Aber es galt noch. Es galt alles noch. Sie spürte es, und es war so unendlich groß. So groß, dass sie nicht wusste, ob sie noch stark genug dafür war.

»Aber Myra, was … Randi hat gesagt …«

»Ja? Was hat Randi gesagt?«

Sie hatten nicht aufgepasst. Der Wind trieb das Boot hart gegen die Wand der *Myra* 3. Hastig griff Kjell nach der Leiter.

»Komm an Bord. Dann reden wir.«

Die Leiter war zum Glück kurz. Leitern lagen Myra nicht mehr. An Bord gab es eine bequeme Taurolle, auf der sie sich ausruhen konnte. Kjell holte eine Thermoskanne aus der Kombüse und setzte sich dazu.

Myra nahm einen tiefen Schluck aus der Tasse, die er ihr reichte. Grüner Tee mit Ingwer, Zitrone und Honig. Ihr Rezept.

»Ich trinke ihn immer so. Seit damals«, sagte er. »In der Kriegsgefangenschaft habe ich davon geträumt. Dann konnte ich manchmal Wärme spüren. Deine Wärme.«

»Was ist passiert, Kjell? Damals? Warum bist du nicht zu mir zurückgekommen? Hast nicht einmal eine Nachricht geschickt? Ich wusste nicht, ob du noch lebst. Bis heute wusste ich nicht, ob du noch lebst.« Jetzt flossen ihre Tränen. Verdammt! Myra Webelhuth heulte wie ein Kind und konnte es nicht aufhalten. Hilflos schlug sie mit der Faust auf sein Knie ein. »Warum?«

Er schloss seine große Hand um ihre. »Ich habe Nachrichten

geschickt. Aus dem Lager. Ich habe es versucht. Es tut mir leid, dass keine angekommen ist. Als die *Fremtid* sank, hat mich ein befreundeter Kapitän aus dem Wasser gefischt. Dann wurde auch sein Schiff versenkt, vor Swinemünde, in den letzten Kriegstagen. Wir waren dabei, Flüchtlinge zu retten. So geriet ich in russische Kriegsgefangenschaft. Erst 1956 kam ich frei. Ich wollte direkt zu dir, aber ich hörte, dass mein Vater im Sterben lag, und fuhr natürlich sofort zu ihm. Danach wäre ich gekommen. Doch mein Vater erholte sich, wahrscheinlich vor Freude, mich zu sehen. Aber er brauchte Pflege. Er brauchte mich. Ich konnte nicht gleich wieder fortgehen. Ich hätte dich angerufen, dir geschrieben, aber da war Randi.« Kjell pustete heftig in seine Tasse. Der Dampf beschlug seine Brille, so dass Myra seine Augen nicht sehen konnte. Sie hätte schwören können, auch Tränen darin entdeckt zu haben.

Sie öffnete ihre Faust und erwiderte seinen Händedruck. Hielt ihn fest, ganz fest, und lehnte sich vorsichtig an ihn.

»Randi hatte sich all die Jahre um meinen Vater gekümmert, so gut sie konnte. Aber es ging ihr nicht gut. Sie musste ja auch noch für ihren Sohn sorgen.«

»Für *euren* Sohn.«

Er sah sie erstaunt an. »Arvo ist nicht mein Sohn. Myra, ich habe dir doch damals gesagt, dass nie etwas zwischen Randi und mir gewesen ist. Daran hat sich auch nie etwas geändert. Allerdings hat sie ihm erzählt, dass ich sein Vater sei. Ich kann das verstehen. Randi wurde von einem Soldaten vergewaltigt. Das wollte sie Arvo natürlich nicht sagen, und sie selbst musste es auch verdrängen, um es ertragen zu können. Ich denke, am Ende hat sie selbst geglaubt, ich wäre der Vater.« Er stellte die Tasse ab und legte den Arm um Myra.

Es fühlte sich so richtig an. So selbstverständlich vertraut, vielleicht, weil in all der Zeit kaum ein Tag vergangen war, an dem sie nicht davon geträumt hatte.

»Ich habe ihn in dem Glauben gelassen, lange Zeit. Es war das einzig Richtige für den Jungen. Er hatte es schwer genug. Als später mein Vater starb, starb auch Randi bald darauf. Ich fuhr zur See, und Arvo mit mir. Er ist ein guter, tüchtiger Kapitän geworden. Er hat eine Familie. Und ich – ich hatte gelegentlich eine Beziehung, aber nichts, was blieb.«

»Was hat dir Randi damals noch erzählt?«

»Dass sie mich bei dir gesucht hat. Und dass du einen Mann und eine Tochter hast und glücklich bist. Ich war erst wütend und traurig und verletzt, und danach wollte ich dein Glück nicht in Gefahr bringen. Und ehrlich gesagt, mir ging es anfangs schlecht. Mir fehlte Kraft. Die Jahre in Gefangenschaft …« Er brach ab. »Stimmt es denn nicht, was sie gesagt hat?«

Myra drehte an dem Knopf seines Ärmels. »Es ist auch meine Schuld. Ich habe sie in diesem Glauben gelassen. Sie brauchte dich nötiger als ich, das war offensichtlich. Es tut mir leid. Ich habe einfach für uns entschieden. Ich habe auch meinen Stolz und meine Sturheit.«

»Ich weiß, Rav.« Ach, diese raue Zärtlichkeit in seiner Stimme. Dass sie das noch einmal hören durfte.

»Der Mann war ein Nachbar, der mir Fisch brachte. Und Liv war deine Tochter.«

»War?« Er sah sie forschend an, bereit für jede Wahrheit. Sie sah in seinen Augen, dass ihn nichts mehr zerbrechen würde. Nicht nach allem, was er in der Gefangenschaft erlebt haben musste.

»Sie ist tot. Ich habe einen unverzeihlichen Fehler gemacht und für sie entschieden, dass der Junge, in den sie verliebt war, nicht gut genug war, und am Ende habe ich sie damit getötet.«

Er stieß sie nicht von sich. Er hielt sie nur fester. »Die ganze Geschichte kannst du mir später einmal erzählen. Aber findest du nicht, dass du ein bisschen viel für andere entscheidest, Tochter Neptuns?«

Sie vergrub das Gesicht in ihren Händen. »Ich weiß. Aber schon lange nicht mehr. Ich habe dazugelernt, ob du es glaubst oder nicht. Frag Ylvi. Deine – unsere Enkelin. Und Remy. Unsere Urenkelin.«

Er zog sie in seine Arme. »Ich habe auch getötet, im Krieg, wenn ich mich verteidigen musste. Wir werden das nie los. Aber Rav, wir haben unser Bestes getan oder es zumindest versucht. Und wir haben wahr gemacht, was du einmal im Trotz über das Meer hinausgeschrien hast. Wir haben überlebt. Sieh mich an!«

Sie hob den Kopf.

»Ich bin der Kapitän«, sagte er streng, »und ab jetzt entscheide ich.« Er lächelte dabei.

»Das hättest du wohl gern. Was entscheidest du denn?«

»Ich entscheide, dass wir lange genug gewartet haben und dass du mich heiraten wirst. Außerdem bin ich ein Mann der alten Schule. Ich denke gar nicht daran, eine uneheliche Enkelin und Urenkelin zu haben.«

Myra legte den Kopf schief und runzelte die Augenbrauen.

»Ich habe schwer an meinem Ruf gearbeitet. Ich bin dafür bekannt, dass ich keine Männer mag.«

Er lachte schallend. »Das hat dir noch nie jemand geglaubt, der dich in diesen Hosen gesehen hat. Ich bin so froh, dass du sie immer noch trägst. Sie stehen dir kein bisschen schlechter als damals.«

»Glaubst du, Heiraten lohnt sich noch?«

»Jeder einzelne Tag, den wir zusammen haben, lohnt sich. Das weißt du genau. Außerdem war ich damals der Schmugglerkönig, und du mit deinem Bernstein hast die härtesten Verhandlungen auf dem nördlichen Schwarzmarkt geführt.« Er legte einen Finger unter ihr Kinn und hob es sanft an. »Wenn jemand dem Tod noch eine Schonfrist abschwatzen kann, dann doch wohl wir zwei zusammen?«

Es waren weniger seine Worte, die sie beeindruckten, als die Gedanken, die seine leichte Berührung in ihr weckten.

Und dann küsste er sie, und sie war zu Hause.

Angekommen.

Alles war wie damals, nur fühlte es sich jetzt so leicht an, so unglaublich leicht. Warum nur? Dann wurde es ihr klar. Damals hatten sie um die Zukunft bangen müssen, hatten gewusst, dass es vielleicht keine gab.

Jetzt gab es nur noch die Gegenwart. Und die war golden und kostbar und groß wie der Himmel, das Meer und der Wind über den Dünen, der sich noch an sie erinnerte, an die zwei, die damals unter den Silberpappeln und Sanddornbüschen geflüstert hatten.

Es spielte keine Rolle, wie lange diese Gegenwart dauerte. Sie waren es gewohnt, mit wenig Zeit auszukommen.

Kjell beugte sich über die Reling und fischte ein Knäuel Seetang aus dem Wasser. »Myra, ob es an den unruhigen Zeiten oder unserer eigenen Dummheit lag, was gewesen oder vielmehr nicht gewesen ist – wir sind eindeutig zu alt, um noch einen einzigen Tag mehr zu verlieren.« Er sank gespielt theatralisch und etwas mühsam auf ein Knie, bot ihr das unordentliche Büschel galant an und fragte: »Würdest du mich heiraten, Bernsteinbeschwörerin, unserem sturen Stolz und der Verspätung zum Trotz?«

»Du willst wirklich eine schwierige alte Frau heiraten? War dein Leben nicht schwer genug?«

Er zwinkerte ihr zu. »Ich kann hervorragend mit schwierigen alten Frauen umgehen.«

»Das glaube ich dir aufs Wort.« Myra nahm ihm lachend das nasse Büschel ab und setzte es ihm auf den Kopf.

»Wenn ich jemals heirate, habe ich mir als Mädchen geschworen, dann an Silvester, mit Feuerwerk und Knallern. Als Krönung des alten Jahres und damit ich das nagelneue mit meinem Mann zusammen beginnen kann. Und zwar in einem kurzen Kleid, mit dem ich die Leute in der Kirche schockieren kann. Das trifft sich jetzt gut, denn in meinem Alter geht das noch viel besser, das mit dem Schockieren. Allein deswegen werde ich dich heiraten.«

Er schüttelte die glänzenden Tropfen ab, die aus dem Tang in seine Ohren liefen.

»Silvester also. Abgemacht! Aber bis dahin führen wir eine wilde Ehe. Ich lasse dich nicht mehr aus den Augen.«

»Total wild. Versprochen.« Myra lächelte. Hinter Kjell sah sie ihr Spiegelbild in der Fensterscheibe der Kajüte. Sie fand, dieses Lächeln wirkte wesentlich jünger als achtzig Jahre. »Ich glaube, das passt zu mir. Eine wilde Ehe und eine Urenkelin«, sagte sie. »Cool.«

Ylvi

2006

40

Frenjas Vermächtnis

»Ich bin froh, dass du Thore treffen möchtest. Ihm liegt so viel daran, und es ist auch für ihn nicht einfach, weißt du.« Carly trocknete eine riesige Thermoskanne ab. »Und Tiryns traditionelle Sommerendfeier ist eine gute Gelegenheit, zwanglos ein wenig zusammen zu sein.«

»Jetzt habe ich euch alle verkraftet, da werde ich meinen Erzeuger wohl auch noch aushalten.« Aber so locker, wie sie vorgab, war Ylvi nicht zumute.

Carly warf ihr einen verständnisvollen Blick zu. »Es ist einfach, mit Thore auszukommen. Auch wenn er ein paar Eigenarten hat. Die haben wir schließlich alle. Er wird gleich hier sein.«

Ylvi bemühte sich, so zu tun, als sei es ein ganz normaler Tag. »Was ist das für eine Feier heute Abend?«

»Die hat Tiryn eingeführt. Wir sitzen alle zusammen am Strand bei der Krähenkate, Freunde und Familie, und feiern den vergangenen Sommer. In den anderen Jahren haben wir immer gerätselt, wo das dritte Bernsteinschiff ist und wem es gehört und ob es eines Tages auftauchen wird. Da dies nun geschehen ist, gibt es natürlich einen besonderen Grund zu feiern. Lagerfeuer ist am Strand nicht erlaubt, aber wir stellen Windlichter auf, und Jakob bringt etwas Gutes zu essen mit. Diesmal ist auch noch Orje mit seiner Drehorgel hier, dann haben wir Livemusik. Es wird dir gefallen.«

Draußen ertönte eine Hupe. Dreimal. »Das ist Thore«, sagte Carly, ließ das Geschirrtuch fallen und ging öffnen.

Dann standen sie sich gegenüber. Seine Augenhöhe war genau dieselbe wie ihre. Das machte den ersten Blickkontakt besonders intensiv und Ylvi besonders verlegen.

»Ich muss kurz weg, etwas aus Daniels Teeladen holen«, sagte Carly und hängte ihre Schürze weg. »Ihr könnt mir einen großen Gefallen tun und die Kartoffeln für den Salat schälen. Hier!« Sie schob Ylvi auf die Bank am Tisch und Thore in einen Stuhl gegenüber, drückte jedem ein Messer in die Hand und stellte eine enorme Schüssel auf den Tisch. »Man kann sich sowieso viel besser unterhalten, wenn die Hände etwas zu tun haben.« Sie zwinkerte ihnen zu, griff nach ihrer Jacke, und schon fiel die Haustür hinter ihr ins Schloss. Ylvi und Thore waren mit der Stille und ihrer Verlegenheit allein, zwischen ihnen der Tisch, die Kartoffeln, die unsichtbare Gegenwart von Liv und die Fremdheit, die nicht hätte sein dürfen.

Beide breiteten gleichzeitig weit die Arme aus, um ihre Verlegenheit auszudrücken, weil ihnen die Worte fehlten. Es war genau dieselbe, spiegelbildliche Geste.

Sie erkannten sich im anderen wieder und fingen an zu lachen.

»Da haben wir immerhin eine Gemeinsamkeit gefunden«, sagte Thore. »Was willst du über mich wissen?«

»Erzähl mir doch einfach ein paar Sachen über dich. Was dir gerade einfällt. Wie du jetzt bist, du und dein Leben.« Ylvi setzte das Messer an einer Kartoffel an. »Und dann, am liebsten ein andermal, wenn wir uns besser kennen, wie es mit Liv und dir war. Darüber weiß ich schon ein bisschen, denn ich habe deine Briefe an sie gelesen.«

»Oh.« Traurigkeit flog über sein Gesicht, ehe es sich wieder aufheiterte. »Dann waren sie doch nicht umsonst geschrieben.«

»Es hat mir gutgetan. Ihr seid darin lebendig für mich geworden.«

Thore griff nun auch in die Schüssel. »Gut, dann lass uns einander abwechselnd etwas erzählen.«

So entdeckte mit jeder Kartoffel, bei der unter der schmutzigbraunen Schale der duftende hellgelbe Kern zum Vorschein kam, jeder etwas über den anderen. Der Druck wich, es wurde mehr und mehr wie eine nette Begegnung unter Fremden, wenn man sich sympathisch und interessant findet.

Es gab Pausen, in denen sie kameradschaftlich schwiegen, und Ylvi freute sich, dass auch das gutging mit Thore.

Sie war froh, dass sie dabei unter dem alten Reetdach in Naurulokkis Küche saßen. Ganz sicher lag es an der Atmosphäre hier, dass diese Situation nicht schwieriger war und zunehmend eine Freude wurde. Sie mochte Rav, aber dort war es strenger, dunkler und kühler. Pilvilinna war hell und fröhlich und wunderbar. Doch hier auf Naurulokki war immer ein Zauber zu spüren, der alles Zwischenmenschliche leichter und besonders machte.

Später, als dieser denkwürdige Tag sich mit einem flammenden Wolkenmeer in Orange, Violett, Rot und zartem Grün über dem Horizont verabschiedete, saß Ylvi auf einer Decke im Sand, an Jakob gelehnt, und beobachtete Thore, der ein paar Meter neben ihr auf einer anderen Decke mit Carly und Philip plauderte. Jori schlief im Kinderwagen daneben, und Kyana saß auf Carlys Schoß, den Daumen im Mund, und träumte mit großen Augen in den Sonnenuntergang. Die Kleine hatte es gut, sie würde hier aufwachsen. So hätte es auch für Ylvi sein können und für Remy, wenn die Mauer nicht gewesen wäre. Aber ohne die Mauer hätte es Remy nicht gegeben, nicht so, wie sie war. Ylvi hätte Rainer und Regina nicht als Eltern gehabt, und das wollte sie sich gar nicht vorstellen.

Nicht alles war gut. Die Narben der Ehe mit Ricky würden bei ihr und Remy bleiben. Auch Myras Schuldgefühle und das Unrecht, das Myra durch Rainer und Regina angetan wurde, indem sie ihr die Enkelin verschwiegen, auch nach dem Mauerfall noch. Da waren die Jahrzehnte, die Myra und Kjell durch den Krieg und Randis Bedürftigkeit verloren hatten. Liv, die durch den Schießbefehl an der Mauer um ihr Leben betrogen wurde. Und Ylvi selbst um ihre Heimat, die sie nun gefunden hatte und die ihr dennoch immer ein wenig fremd bleiben würde.

Aber es gab die Familie, diese großartige weitläufige Familie mit den tiefen Wurzeln.

Ylvi hatte in den letzten Tagen an verschiedenen Orten Flöte gespielt und auf die Musik der Landschaft gelauscht. Im Wald, am Hafen, auf den Boddenwiesen, am Strand, in Jakobs Garten. Nun wusste sie: Sie würde bleiben.

Sie würde sich um Gärten kümmern, Luftschlossbausteine erschaffen und verkaufen, Jakob mit den Feriengästen auf dem Zeesboot helfen. Mit ihrer neuen Familie lachen und die neue Generation aufwachsen sehen.

Ja. Das wollte sie, mehr als sie je etwas gewollt hatte. Und es war kein Luftschloss. Es war wirklich, auch wenn sie es noch kaum glauben konnte.

Jakob stand auf, um nachzusehen, ob jemand noch Suppe wollte oder ein Glas von dem geheimnisvollen Sommertraumpunsch, den Carly und Tiryn zusammengemischt hatten und der nach Früchten und nach Kräutern aus dem Garten der Krähenkate schmeckte. Aus dem Garten, den Frenja Kreyhenibbe vor fast hundertachtzig Jahren angelegt hatte.

Ylvi sah sich um. Remy und Flömer saßen in einem Strandkorb

und malten im Lichtkegel einer Taschenlampe mit einem Stock Worte in den Sand, die sie gerade interessant fanden.

Tiryn kam mit einem Teller, hockte sich neben sie und bot ihr Kräuterbrot mit Wildapfelgelee an. Sie wies auf das Dachfenster der Krähenkate. »Siehst du den matten Lichtschimmer da oben? Ich habe in dem Zimmer kein Licht angelassen. Es ist Frenjas Licht für Claas. Früher war es viel heller. Ich dachte, da die Familie endlich zusammen ist, würde es wieder so hell werden. Jetzt weiß ich auch nicht mehr weiter.« Bekümmert machte sie mit ihrem Brot weiter die Runde.

Ylvi blickte nachdenklich auf das kaum wahrnehmbare Leuchten. Seltsam, früher hatte sie Claas so gefürchtet. Nun wollte sie auch, dass er seinen Frieden fand.

In der Nähe stand Carlys alter Freund Orje und bediente seine historische Drehorgel. Der Wind nahm die Töne von »My Bonnie is over the ocean« auf und ließ sie mal lauter, mal leiser über die Dünen wirbeln. Dorthin, wo Myra und Kjell in einer geschützten Senke in einem anderen Strandkorb zusammen unter einer Decke saßen und sich dem leisen Lachen nach Dinge erzählten, die sicher nicht für die Ohren ihrer Enkelin bestimmt waren.

Nicholas und Rune schlenderten am Flutsaum auf und ab, während sie über Nicky wachten, der selig in einem kleinen Zelt schlief.

»Ich möchte Porträts von allen malen, die zur Familie gehören«, sagte Nicholas. »Carly kann sie auf Naurulokki aufhängen, als Ergänzung zu Orjes wunderbarem Stammbaum, was meinst du, Rune?«

Alle gehörten sie zu ihrer Familie, dachte Ylvi beglückt. Was für ein Geschenk. Und sie hatte erst begonnen, es zu entdecken.

»Das hat Remy von dir«, sagte Carly, die sich ebenfalls zufrieden umgesehen hatte, zu Thore. »Diese lebendige Neugier, dieses leidenschaftliche Interesse an allem, den brennenden Wunsch, nichts zu versäumen.«

»Und du bist ganz die stolze Tante, was Carly?«

»Remy wird einmal unwiderstehlich sein und alles erreichen, was sie sich in den Kopf setzt. Weil sie den Sjöberg-Charme hat.«

Ylvi sah, wie Thore und Carly einen Blick tauschten und sich zulächelten, wie sie sich aus alter Vertrautheit ohne Worte verstanden.

Ob es zwischen ihr und Thore auch einmal so sein würde? Nein, dazu musste man sich jahrzehntelang kennen. Aber sie mochten sich, und sie würden sich mit der Zeit näherkommen. Es tat gut zu wissen, woher sie kam, wo ihr Platz in dem Stammbaum an Naurulokkis Treppenwand war und wer vor ihr gewesen war.

Und wer nach ihr kam.

Ylvi schlenderte barfuß ans Meer. Auch wenn eine Ahnung von Herbst in der Luft lag, war die Kühle an den Füßen doch angenehm. Ja, sie würde sich an dieses Meer gewöhnen. Jetzt schon mochte sie seine Musik.

Sie dachte an die Zeilen, die Theo ihr damals in der magischen Nacht des Mauerfalls auf das alte Brett geschrieben hatte.

Ylvi, möge deine Zukunft in einem geheimen Land voller Wiesen, Wind und Wunder stattfinden.

Nun waren sie wahr geworden. Das Brett hatte sie immer noch. Sie würde es in das Gartenhaus einbauen, das Jakob und sie planten. Als Glücksbringer.

Remy sah so schön aus von hier, im Schein der flackernden Flammen der Windlichter. Sie hatte ihre weiße Haarsträhne durch weiße Muscheln gezogen und trug eines von den langen weichen Kleidern aus Tiryns Laden. Nun trat sie in den Kreis der Lichter.

»Ich möchte etwas sagen!«, rief sie und wedelte mit einer Zeitung und einem Buch.

Sie ist wie Frenja, sprach lautlos eine Stimme in Ylvis Kopf.

Claas.

Ylvi wandte sich um und zuckte zusammen, als sie ihn direkt neben sich stehen sah, eine gerade noch wahrnehmbare Silhouette. Sehnsüchtig blickte er zu Remy hin. Seine Worte waren so deutlich wie noch nie.

Ich wusste es immer. Sie ist elegant und stark, lebenstüchtig und leidenschaftlich, voller Neugier. Sie sieht aus wie Frenja, und sie hat Frenjas Wesen geerbt.

Ich finde meine Kraft im Meer und der Familie. Frenja fand ihre in dem Land und in allen seinen Menschen. Sie war eine Erzählerin, sie liebte diese Menschen und fabulierte eindrucksvoll von ihnen und ihrem Leben, damit sie nicht vergessen wurden. Man kam damals von weit her, um ihr zu lauschen. Trauer und Wehmut lag in seiner Stimme. *Doch Frenjas Licht wird verlöschen und nichts wird bleiben. Es ist gut, dass ihr alle versammelt seid, und euer Anblick erfreut mich, aber ohne ihr Licht bleibt es in mir für immer dunkel.*

Ylvi öffnete den Mund, um ihn zu trösten, doch die Nacht war dichter geworden, und sie konnte ihn nicht erkennen. Oder er war fort. Sie hörte ihn nicht mehr.

Ihre Füße waren kalt, sie kehrte auf ihre Decke zurück, um Remy besser verstehen zu können.

Auch die anderen waren näher gerückt, erwartungsvolle Stille breitete sich aus.

»Wir hören«, sagte Jakob, der wieder zu Ylvi kam und eine Decke um sie beide legte. Sie kuschelte sich an ihn. Was hatte Remy wohl nun wieder für eine Idee?

»Liebe Familie, ich habe einen Entschluss gefasst, und ich hoffe, Mom, du wirst damit einverstanden sein.« Remy verbeugte sich ein wenig in Ylvis Richtung, und Ylvi musste schmunzeln. Remy hatte ein Gespür für dramatische Pausen und Gesten.

»Sie hat rhetorisches Talent«, flüsterte Jakob ihr ins Ohr.

»Sie hat beängstigend viele Talente«, flüsterte Ylvi zurück.

»Auf Herrn Weritz' Dachboden habe ich das hier gefunden«, fuhr Remy fort und hob das dicke alte Notizbuch. »Die Seiten waren leer, und mit diesem Platz wollte ich etwas anfangen. Ich hatte Carlys Zeitungsartikel über den Küstenschutz gelesen und dachte, so was kann ich auch. Denn in der Zeitung war ein Wettbewerb ausgeschrieben, an dem man teilnehmen konnte, wenn man unter achtzehn war. Ich schrieb mein Erlebnis im Sturm auf und schickte es dorthin. Das Schreiben hat mich glücklich gemacht, es war wie ein Rausch. Als ob der Sturm noch einmal da war und mir der Sand um die Ohren flog, nur noch großartiger und wilder, und es waren Stimmen darin, die mir Dinge erzählten. Als ob ich mehrere Leben gleichzeitig erleben konnte.« Remy sah sich um, vergewisserte sich, dass ihr alle zuhörten. Dann fuhr sie fort. Ihre klare Stimme erreichte alle, fing jeden Einzelnen ein mit ihrem Zauber und spann eine Verbindung zwischen ihnen. Ylvi dachte an die zarten Fäden des Altweibersommers, die auf dem Weg zum Strand vorhin silbern geglänzt hatten und sich wie eine zärtliche Berührung um alles legten, das sie streifte.

»Ich habe das fotokopiert und an die Zeitung geschickt. Vor drei Tagen habe ich die Nachricht bekommen, dass ich den Wettbewerb gewonnen habe. Stellt euch vor, der Artikel wurde gedruckt, hier ist die Zeitung, die morgen erscheint, und …«, es folgte noch eine dramatische Pause, in der Remy die Zeitung in den Himmel hob. Oben zwinkerte der Abendstern, während auf dem Horizont nur noch ein schmaler aprikosenfarbener Streifen als Echo des Tages lag.

»Der erste Preis ist ein Volontariat bei der Zeitung, im Jugendbereich. Ich kann das neben der Schule machen, haben sie gesagt. Natürlich nur mit deiner Einwilligung, Mom, du müsstest unterschreiben.«

»Ja, selbstverständlich, aber du gehst doch nach London …«, begann Ylvi, zugleich verwirrt von dieser neuen Wendung und glücklich über Remys Erfolg.

Remy hob die Hand, und das freudige Flüstern, das rundherum aufgekommen war, verstummte.

»Das ist der Beschluss, von dem ich sprach. Was soll ich in England? Ihr seid alle viel exotischer, und Englisch kann ich schon. Aber ich habe auf einmal eine große Familie, wie ich sie mir immer gewünscht habe, und über die möchte ich alles erfahren. Warum sie so wurden, wie sie sind. Ich werde Journalistin oder Schriftstellerin oder beides. Ich werde die Geschichten erzählen von diesem Land und von diesem Meer, von der Kunst und von den Menschen. Die Menschen, die malen wie Henny oder töpfern wie Carly und Philip. Von weisen Menschen wie Flömer und starken wie meinen Großeltern Myra und Kjell. Von solchen, die mehr sehen als andere, wie Tiryn und Nicholas. Von solchen, die anderen zuhören und ihre Arbeit lieben, wie Daniel und Jakob und Rune. Von den Kindern, die zwischen Sand und Wind, Bodden und Kranichen aufwachsen wie Kyana, Nicky und Jori. Von den Kreativen, Ruhelosen wie Joram Grafunder und von denen, die für immer bleiben wie Claas. Ich werde ihre Geschichten erzählen, damit sie nicht vergessen werden. Ich werde mit Worten die Menschen lebendig halten wie der Bernstein die eingeschlossenen Insekten – und wie die drei Schiffe unsere ganz persönlichen Erinnerungen.«

Remys Worte sind wie Henny Badonins Aquarelle, dachte Ylvi, leicht und hell und offen, aber auch mit der Kraft von Nicholas' Porträts darin und mit der Lebensfreude von Myras großen, bunten Blumen.

»Ich habe schon telefoniert und gefragt«, wandte sich Remy bittend an Ylvi. »England zu stornieren kostet nur eine Bearbeitungsgebühr, die bezahle ich selbst. Und das Gymnasium in Wustrow würde mich nehmen, da kann ich Abitur machen. Wohnen kann ich bei Kjell und Urmyra, wenn sie einverstanden sind, und mich dabei um die Bernsteinsammlung kümmern. Oder bei dir und Jakob auf Pilvilinna. Wie ihr wollt. Aber ich darf doch bleiben? Darf ich, Mom?«

»Ich halte das für eine hervorragende Idee.« Myras Stimme in der Dunkelheit. Allein die Freude, die darin lag, genügte, um Ylvis kurze Bedenken wegzufegen.

»Ich bin sehr einverstanden. Es ist gut, wenn wir hier alle zur Ruhe kommen. Zeigst du mir den Artikel?«

Sie trat zu Remy in den Lichtkreis und betrachtete erstaunt die Worte unter dem Artikel. »Da steht ja ›*Autorin: Remona Kreyhenibbe*‹!«

»Ja«, sagte Remy voller Stolz. »Das ist mein Pseudonym. Kreyhenibbe ist ein großartiger Name für eine Autorin. Er bedeutet Krähenschnabel. Krähen sind klug, haben gute Augen, und weil sie fliegen können, haben sie den Überblick. Sie sind geschickt und sehr neugierig, aber auch hartnäckig. Sie scheuen sich nicht, im Müll zu wühlen, schwatzen viel und stecken ihren Schnabel überall rein. Genau wie es sich für Autoren gehört. Und außerdem ist der Name ungewöhnlich. Man wird ihn sich merken. Aber vor allem ist es für Claas. Mit ihm und Frenja fing alles an. Und da ich von ihnen abstamme, ist es mein gutes Recht, diesen Namen zu tragen.«

In der Dunkelheit war nicht zu sehen, wo der Jubel aufkam, aber wie eine Welle schwoll er an und legte sich um Remy und Ylvi wie ein erneutes Willkommen.

Ylvi umarmte Remy und trat rasch aus dem Licht. Ihr war warm vor Aufregung, und sie ging zurück zum Flutsaum, der Kühle entgegen.

Remy hat nicht nur etwas von Frenja, dachte sie. Sie hat Carlys humorvoll-romantische Kreativität, Tiryns Loyalität und hartnäckiges Organisationstalent, Myras Ehrlichkeit und Zähigkeit.

Für einen Augenblick hörte sie seine Stimme wieder. Sie sah ihn nicht, aber sie spürte seine Gegenwart. Claas.

Diesmal klang er atemlos, aber glücklich. Vielleicht hörte sie ihn als Einzige, weil sie gerade selbst so glücklich war.

»Sieh! Sieh hin, Nachfahrin! Dass Remona hier am Ort bleibt und die Geschichten erzählt und in die Welt trägt, dass die Geschichten einst noch lebendig sein werden, selbst wenn dieses Stück Land im Meer versunken ist, das war meiner Frenjas Wunsch!«

Ylvi wandte sich um und sah zum Dachfenster der Krähenkate auf.

Der matte Schein dahinter flackerte, gewann an Kraft und leuchtete schließlich hell und beständig.

Das Licht war zurück.

Außer Ylvi hatte es noch niemand bemerkt. Sie waren mit etwas anderem beschäftig. Remy war zurück im Strandkorb und zeigte Flömer den Artikel. Carly dagegen stand jetzt im Lichtkreis. »Ich habe auch noch etwas auf dem Herzen. Tiryn, Ylvi, bitte kommt her!«

Ein Wind trug die ersten braunen Blätter von den Dünen herunter. Sie raschelten und brachen unter Ylvis Füßen, als sie zu den anderen trat. Zwischen den Silberpappeln hinter dem Deich sangen die Grillen, als wüssten sie, dass ihnen nur noch wenige Tage blieben.

»Ich habe die Bernsteinschiffe mitgebracht«, sagte Carly. »Hier ist deines, Tiryn, und hier deins, Ylvi. Wir sind uns einig, dass sie gemeinsam am Dachfenster von Naurulokki stehen sollen und über das Meer sehen. Wann immer aber einer aus der Familie in die Ferne reist, soll er eines mitnehmen, damit es ihn wieder nach Hause führt, wie sie uns hierhergeführt haben. Vorher jedoch wollen wir, hier und jetzt an diesem Tag und an diesem Ort, unsere wertvollsten Erinnerungen hineinlegen zu den anderen, die darin lebendig sind.«

Freude und Gewissheit stiegen in Ylvi auf wie die Wärme der Lichter in die kühle, salzige Nachtluft. Sie nahm ihren Platz zwischen den anderen ein und spürte, wie das Schiff in ihrer Hand warm wurde.

Die Bernsteine fingen und vervielfachten das Licht der Flammen in ihren Tiefen und funkelten golden. Irgendwo in diesen Tiefen lag die geheimnisvolle, kostbare Ladung der Vergangenheit geborgen, sichtbar nur für die Nachfahren von Claas Kreyhenibbe.

Ein Dreiviertelmond über den Dünen ließ die silbernen Segel aufblitzen, die ein lautloser Wind füllte und in die Zukunft trug.

Epilog

Ich hatte hinter einem Sanddornbusch gesessen. Der Duft der reifen Beeren stieg mir in die Nase, und ich musste ein Niesen unterdrücken, um mich nicht zu verraten.

Jetzt, da ich den rotbraunen, den dunklen und den blonden Schopf konzentriert über die Bernsteinschiffe gebeugt sah, wusste ich, dass meine Arbeit getan und der Zeitpunkt gekommen war zu gehen.

Nur Jakob sah mich, als ich davonschlich.

»Darf ich Ihnen auch etwas Kräuterbrot anbieten?«, fragte er freundlich. Ich legte einen Finger auf die Lippen. »Danke. Ich bin nur die Autorin. Ich dürfte gar nicht hier sein.« Ich wollte nicht riskieren, dass mich zum dritten Mal einer von ihnen ansprach und ein weiteres Buch forderte. Inzwischen kamen sie gut allein zurecht.

Jakob nickte und zwinkerte mir zu.

Ich stieg über die Dünen und blickte noch einmal zurück.

Draußen auf dem Ende der Buhne im Mondlicht saß Claas, neben ihm der Kormoran, die Krähe und die Silbermöwe. Er wandte den Blick nicht von dem Fenster am Strand, hinter dem das Licht für ihn brannte.

Es war schwer zu erkennen, aber ich hätte schwören können, dass er mit den Füßen im Wasser planschte wie ein Kind.

Ich ging an Naurulokki vorbei, um mich zu verabschieden. Dunkel und still lag das Haus auf dem Hügel. Bald würde es wieder voller Leben und Stimmen sein, wenn alle vom Strand zurückkehrten.

Dann stieg ich zu Carlys kleiner Sternwarte auf – ich wusste ja, wo der Schlüssel lag – und sah durch Hennys altes Fernrohr. Da waren die Mondmeere, das »Meer der Ruhe« ein dunkler Fleck unter den anderen im so fernen, einsamen Silber. Auch dort gab es einst Strömungen, Ströme heißer Lava, lange bevor auf der Erde die Zeit der Lebewesen begann, lange auch, bevor ein längst vergangener Nadelwald den Bernstein entstehen ließ, der später seinen Weg ins Meer fand. In das Meer, das wie die Zeit ist. Die Wellen tragen an die Oberfläche, was unten war, sie mischen alles neu. Die Spuren aller, die hier waren, sind im Meer gelöst, und die Zeit hat weniger Macht, als wir denken.

Nach dem Mond betrachtete ich Carlys Lieblingssternbild, die Kassiopeia. Das Himmels-W, den großen, etwas schiefen Buchstaben, der das Symbol der ewig brennenden menschlichen Fragen für uns alle stets sichtbar auf das Firmament schreibt, damit wir unsere Neugier nicht verlieren: Wer? Warum? Wie? Wann? Wozu? Wo? Wohin?

Ich richtete den Blick schließlich auf den Strand und sah auch dort Lichter und lebendige Schatten in Bewegung. Tanzten sie dort jetzt, zu Orjes Musik? Sie waren so klein von hier aus, und das Meer so weit, und der Himmel mit der Milchstraße darüber so hoch.

Die Menschen unter all dieser Größe sind winzig wie die Muscheln und ebenso hin und her geworfen. Die Muschelschalen werden zu Körnern zerrieben, und doch bauen sich aus genau diesen Sandkörnern neue Küsten auf, dort, wohin die Strömung sie trägt. Nichts geht verloren.

Und es gibt noch so viele Geschichten über die Menschen zu erzählen, wie es Sterne am Himmel gibt und Muscheln im Meer.

Danksagung

Ein ganz großes DANKE allen, die meine Ostsee-Trilogie möglich machten:

Meinem Mann Peter Schneider für seine Liebe, Geduld und Unterstützung.

Meinen Eltern Elisabeth und Heinz-Hermann Koelle für die Samen der Phantasie, die sie in meine Kindheit gesät haben.

Ronald Henss für seine Unterstützung und Ermutigung und seinen langjährigen unermüdlichen und unverzagten Einsatz.

Susanne Kiesow, meiner wunderbaren Lektorin, nicht nur für ihre Tatkraft und ihren Optimismus, sondern auch, weil sie immer zum richtigen Zeitpunkt an der richtigen Stelle die richtige Idee (oder den richtigen Einwand) hat. Vor allem aber für die Initiative, die Rezepte in das Buch einzubauen – und für die unvergesslich leckeren Testläufe!

Irina Taurit für alle Stunden, die ich mit ihr an Stränden (und woanders) träumen durfte.

Den Lesern, die meinen Geschichten ihre Zeit schenken.

Und dem Meer – für alle Geschenke, die es uns macht.

Leseprobe aus dem Roman

»Die eine, *große* Geschichte«

von

Patricia Koelle

1

Nichts Ungewöhnliches schlug eine Welle auf der Oberfläche des Tages, an dem Kalle Brennicke mit seinem Fahrzeug zum ersten Mal im Leben von der vorgeschriebenen Route der Buslinie 141 abwich.

An der viertletzten Haltestelle stieg wie an jedem späten Nachmittag die schmale Frau aus, die in ein Eckhaus schlüpfte. Es wirkte ebenso von Jahren gebeugt wie sie. Ihr dunkler Faltenrock und ihre wollenen Kniestrümpfe erschienen Kalle wie eine Uniform, die sie zusammenhielt und durch die Tage trug. Es hätte ihn beunruhigt, wenn diese Frau in einer Hose erschienen wäre.

Heute trug sie zärtlich einen selbstgepflückten Strauß in der Hand. Mohnblumen, Rainfarn, Weizen- und Roggenähren. So etwas fand man jetzt wieder in der Stadt, um die Straßenbäume herum. Vogelfutter fiel von Fensterbrettern, wuchs mit dem Sommer. Die Stadt hatte kein Geld mehr, um Wildwuchs zu entfernen.

Trotz der sehnsüchtigen Behutsamkeit der alten Dame streifte sie die scharfkantig aufgefaltete Bustür mit einer reifen Ähre, die abbrach und zwischen die schlammigen Fußabdrücke fiel. Es war kein Fahrgast mehr im Bus. Kalle starrte eine Weile auf die blonde Ähre, die so widersprüchlich perfekt aussah auf dem schmutzigen Blechboden, dann bückte er sich und hob sie vorsichtig auf.

Er sah der Frau nach, die sich in ihre Haustür fädelte, dann lief sein Blick an der Fassade hoch. Alte Antennen noch auf dem

Dach, Skelette einer anderen Zeit. Dazwischen fingen Satellitenschüsseln den Himmel ein. Schwere Wolken jagten über den First, der Wind ahnte schon den Herbst. Nach Norden, pfeilgerade nach Norden waren diese Wolken unterwegs.

Kalle kannte die Himmelsrichtungen. Er hatte nie woanders gelebt als in dieser Stadt, er hatte nie etwas anderes werden wollen als Busfahrer und mit dem »Großen Gelben« Doppeldecker durch die vertrauten Straßen kreuzen. Auch wenn sein Vater, der ewige Oberschullehrer, das nie verstanden oder verziehen hatte.

Einen langen Moment sah Kalle diesen eiligen Wolken nach. Nie zuvor war ihm aufgefallen, wie zielstrebig Wolken reisen können, wenn der Wind stimmt. Dann kehrte er zurück auf seinen Sitz, drückte auf den Knopf, der die Türen zuschob, und gab Gas. Es war sechzehn Uhr.

An der nächsten Haltestelle stand ein Pärchen. Kalle hielt nicht an. Der Mann schüttelte die Faust. Seine stummen Schimpfwörter prallten an der Heckscheibe ab. Auch an dem nächsten gelben Schild, an dem drei Frauen warteten, fuhr er vorbei, und den Rest der Route kürzte er ab, indem er eine ganz andere Straße nahm, in der es gar keine Haltestellen gab. Die Ähre hatte etwas in ihm geweckt, das es ihm unmöglich machte, noch ein einziges Mal zu halten. Endlich erreichte er das Betriebsgelände und stellte den Bus ordnungsgemäß ab.

Er ging einmal von vorn bis hinten, wie immer, um nachzusehen, ob niemand auf einer Sitzbank eine Leiche oder eine Million vergessen hatte. Beides war schon vorgekommen, zum Glück nicht in seinem Dienst. Vorsichtshalber faltete er seine lange, dünne Gestalt neben jeder Bank einmal zusammen und spähte darunter, teils weil er ein gründlicher Mensch war, teils weil ihm diese Gymnastik nach dem Tag im Sitzen wohltat. Ein kleines

Stück Bezug hing von der Ecke einer Bank herunter. Der Stoff hatte ein gewollt wildes Muster, auf dem man die allgegenwärtigen Schmierereien nicht sehen konnte. Sie waren darauf ebenso unsichtbar wie alle Spuren, die Kalles Fahrten Jahr für Jahr in dieser Stadt hinterlassen hatten. Kalle riss das Bruchstück vollends ab und legte es in seine Brieftasche.

»Schon Feierabend, Kalle?« Wer hier fünf Minuten zu früh war, fiel den Kollegen auf. Alles ging seinen geregelten Gang.

»Wenig los auf der Strecke«, gab Kalle zurück, wurstelte sich aus seiner Uniform und in seinen Lieblingspullover. »'n schönen Abend, Fritze.«

Er hängte die Uniform auf, suchte auf dem Tisch im Aufenthaltsraum nach Zettel und Stift, schrieb etwas. Er klopfte an die Tür des Chefs.

»Herein!«, rief eine vertraute Frauenstimme.

»Tach, Anneliese. Chef nicht mehr da?«, fragte Kalle die mütterliche Frau mit der Vorliebe für enge Jeanswesten.

»Schon lange weg. Wat kann ick für dich tun? Kaffee?« Sie zupfte ein Herbstblatt aus seinen kurzen silbergrauen Locken, dort, wo die Geheimratsecken ausliefen.

»Gib ihm das morgen, bitte, ja?« Kalle schob ihr ein zusammengefaltetes Blatt, Fahrzeugpapiere und einen Schlüsselbund hin. »Tschüs, Anneliese!«

Weg war er. Stellte sich vor, wie Anneliese verwundert auf den Schlüssel starrte, überlegte, was das jetzt sollte. Der Zettel steckte nicht in einem Umschlag. Also würde sie ihn lesen.

Kurze Zeit später flog die Bürotür auf. »Kalle? Det kannste doch nich machen, Junge! Wieso …?«

Kalle war schon um die Ecke, halb auf der Straße. »Da hat der doch einfach jekündigt!«, hörte er Anneliese fassungslos in die Leere rufen, ahnte, wie sie mit dem Papier wedelte. Ihre hilflose Geste würde sich im Linoleum spiegeln, das auch von Kalles Schritten blankgewetzt war.

»Fristlos!«, sagte Anneliese anklagend zu ihrem Schatten.

2

»Hallo Jens«, grüßte Kalle den Kollegen, dessen Buslinie ihn täglich vor seiner Wohnung ausspuckte.

»Hallo, Kalle, alles klar?«

Kalle saß auf dem Sitz hinter Jens wie jeden Tag, und sie hielten ein Schwätzchen über den Verkehr und das Pokalspiel.

»Bis morgen!«, sagte Jens und tippte an seine Mütze, als Kalle ausstieg.

Vor der Haustür legte Kalle den Kopf in den Nacken. Auch hier waren die Wolken über dem First schnurgerade auf dem Weg nach Norden.

Warum sollte er noch hinaufgehen? Im Kühlschrank lagen nur Pumpernickel und ein Stück Butter. Seine morgendliche Schrippe aß er immer in der Bäckerei Hanne, seine mittägliche Currywurst bei Wurst-Emil und die Feierabend-Pizza bei Mutlu. Manchmal kellnerte Kalle dort abends, wenn viel los war. Die Bewegung tat ihm gut nach dem langen Tag im Fahrersitz. Es lag eine gewisse Ästhetik darin, die vollen Teller unbeschadet und eilig durch die Schwingtüren zu jonglieren. Kalle fand das entspannend.

Mutlu war Türke, aber er wollte nie Döner verkaufen. Er wollte Pizza backen, so wie Kalle Bus fahren wollte, und er wurde der beste Pizzabäcker im Wedding. Kalle fragte sich, ob Mutlu jemals aufhören würde, Pizzen zu backen, ob er irgendwann doch Döner verkaufen würde oder Currywurst oder eines Tages einfach gehen und Gärtner werden.

Anneliese hatte inzwischen wahrscheinlich das gesamte Band des Anrufbeantworters vollgepredigt. Kalle drehte sich um und stieg hinunter in den U-Bahnhof.

Während der Zug ihn unter dem brausenden Wuseln der Stadt hindurchtrug, lehnte Kalle in einer Ecke und betrachtete die Ähre in seiner Hand. Im Neonlicht des Waggons ging ein sommerwarmes Leuchten von ihr aus. Susanna hatte ihren honigfarbenen Zopf so geflochten, Ährentechnik nannte sie das. Das war noch länger her als seine erste Busfahrt.

Später war er zehn bunte Jahre mit Kerstin verheiratet gewesen. Seit ihrem Tod vor vier Jahren hatte er sich noch immer nicht daran gewöhnt, dass zu Hause niemand mehr auf sein Klingeln öffnete.

Aber nicht einmal Kerstin hatte gewusst, dass er gelegentlich Gedichte schrieb, in den Pausen im Bus, an der Endstation. Manchmal auch Geschichten. Kalle sah so viel auf seinen Touren, dass sein Hirn überlief. Er ließ nur Dampf ab, sagte er sich. Dann hatte er im Radio von einem Wettbewerb gehört, in einer Frauenzeitschrift. Aus Daffke hatte er ein Gedicht eingeschickt und einen Römertopf gewonnen, den er Kerstin zu Ostern schenkte. Das Gedicht wurde gedruckt und später eine Geschichte von einem Penner und einem Punker, die sich auf einer Busfahrt angefreundet hatten. Kerstin hatte sie in der Zeitung gelesen und ihm gezeigt. »Hier, lies mal, da kommt ein Busfahrer drin vor!«

Er hatte ihr nicht gesagt, dass er der Bruno Bernhard war, der das geschrieben hatte. Seine Worte waren sein Geheimnis, sein Schatz, den er unbemerkt in der Großstadt aufstöberte. Bruno Bernhard, der Klang hatte ihm einfach gefallen, grundlos. So hatte er diesen Namen als Pseudonym in das Formular der Redaktion eingetragen. Kerstin hätte es nicht für sich behalten können, und der Gang über den Flur im Betrieb wäre zum Spießrutenlauf geworden. Anneliese wäre begeistert gewesen und hätte unabsichtlich dafür gesorgt, dass der Spott der Kollegen nie versiegte.

Zufrieden war er nicht mit dem, was er in dem alten Haushaltsbuch seines Vaters zusammenschusterte. Die zweite Hälfte des abgegriffenen grünen Notizbuchs war noch frei gewesen, und er füllte Seite um Seite mit literarischen Versuchen, gleich nach dem letzten Eintrag des alten Hubert Brennicke von Socken für zwei Mark fünfzig und einer Zigarre für etwas mehr. Das dunkle Gefühl trieb Kalle um, dass es EINE, große Geschichte gab: so wenig perfekt wie seine schmutzige, großartige, geschundene Stadt, aber eben richtig, voll der Farben, die wie ein Herzschlag pulsten, der dichten Gerüche, des aufbrandenden, verzweifelten Lachens, des trotzigen Lebens um ihn. Nicht nur die Gesichter der Menschen, die in den vielen Jahren an ihm vorbei durch seinen Bus gegangen waren: alles, einfach alles müsste in dieser Geschichte vorkommen, scharf gezeichnet und doch versöhnlich, mit heiterem Ernst und liebevollem Ärger, bodenlos wahr und zärtlich. Es war die Geschichte, die unruhig durch seine Adern floss, in seiner Schläfe pochte, seinen Magen knurren ließ und seine Füße hungrig machte auf Ferne und Nähe zugleich. Die Geschichte, die Farben hinter die geschlossenen Lider zauberte, die Sehnsucht auf seine Haut brannte und nach Lindenblüten und Benzin duftete, die nach Asche, Kartoffeln und Currywurst schmeckte.

Man bräuchte die richtigen Wörter für diese Geschichte, voll stummer, gnadenloser Musik, und sie müssten sich nahtlos ineinanderfügen zu einer sinnvollen, klaren Form, ein sattes Ganzes ergeben, genau wie Susannas Zopf und die Körner in der Ähre, die in seiner Handfläche so leicht wog.

Doch er hatte keine Zeit mehr, auf die Wörter zu warten.

Genau heute, um fünfzehn Uhr achtundfünfzig hatte er gewusst, dass er nicht mehr warten konnte, bis sie ihm begegneten. Er würde sie in der Stadt nicht erkennen unter all den anderen. Sie war erstickend eng geworden, zum Platzen voll, dröhnend laut. Die Wörter verschwanden in einem immer schneller werdenden Strudel, der Kalle gleich mit verschlingen würde. Ab heute würde er den Wörtern entgegengehen, sie suchen, überall, nur nicht mehr hier, wo ihn alles bedrängte, wo sie sich versteckten, wo er sich zu winzig fühlte für sie.

Die Ähre kitzelte seine Haut. Er fühlte sich lebendig wie seit damals nicht mehr. Vielleicht würde er auf der Suche nach den Wörtern Susanna wiederfinden, Susanna mit dem langen Zopf – aber er wusste nicht einmal mehr ihren Nachnamen.

»Drei Gründe sind Grund genug, um sich auf einen Weg zu machen«, dachte er.

Die Wörter für die eine, große Geschichte suchen.

Den Anfang eines neuen Traumes entdecken, der auf den vom Busfahrer folgen und füllen konnte, was von seinem Leben blieb.

Und noch einmal das längst verlorene Gefühl von damals wiederfinden, als er, achtzehnjährig, mit Susanna auf der Wiese am Teufelsberg gesessen hatte.

Am zentralen Busbahnhof kaufte er sich Zahnbürste, Seife und andere Kleinigkeiten, Wäsche und Schlafanzug, Äpfel und Brot, ein neues grünes Notizbuch und eine Fahrkarte für den ersten Bus, der wie die Wolken Richtung Norden über Land fuhr. Morgen früh um sieben Uhr dreißig. Warnemünde. Warum nicht? Mündung. Ein Ende, ein Anfang. Passte. Oder sollte er die Warnung beachten, die auch in dem Namen steckte?

Er aß schweigsam eine Currywurst an einer Bude und ging früh schlafen in einer schlichten Pension, deren Zimmer so neutral eingerichtet waren, dass er sich angenehm anonym fühlte. Sollten Anneliese, der Chef oder die Kollegen mit vorwurfsvollem Zeigefinger in einem Albtraum bei ihm hereinschauen wollen, würden sie ihn hier kaum finden. Es war nicht seine Absicht gewesen zu verschwinden. Er wollte nur woanders hin. Doch als ihm klarwurde, dass niemand wusste, wo er war, machte ihm diese Tatsache solchen Spaß, dass er bar bezahlte und mit »Bruno Bernhard« unterschrieb, als müsse er Spuren verwischen. Nur seine Nachbarin rief er an, um ihr zu sagen, dass er einige Tage in dringender Angelegenheit fort sein würde, und sie zu bitten, ob sie bei Bedarf den Briefkasten leeren und vielleicht einmal die Topfpflanzen gießen könne.

Mit dem Geld auf seinem Konto würde er einige Zeit klarkommen, so sparsam wie er in den letzten Jahren gelebt hatte. Dann war da der Erlös aus dem Verkauf des von seinem Vater geerbten Oldtimers. Er hatte es nie gebraucht. Den Wagen hatte er an einen Kenner abgegeben, der ihn zu schätzen wusste. Kalle hatte kein schlechtes Gewissen deswegen. Was sollte er damit, er fuhr ja sowieso den ganzen Tag.

Er schlief tatsächlich traumlos, bequatschte die Pensionswirtin, ihm seine nagelneue Thermoskanne mit Tee zu füllen – endlich würden die Kollegen ihn nicht mehr auslachen, weil er Tee statt Kaffee trank –, und saß pünktlich im Bus, der ihn seltsam weich durch die Landschaft trug. Er kam sich ohne seine Uniform in einem Bus zuerst unvollständig vor. Das ständige Stoppen an den Haltestellen fehlte ihm, das Trampeln der Fahrgäste auf dem Oberdeck, auch das sirenengetupfte Brummen, Quietschen und Hupen des Stadtverkehrs. Hier draußen verschlang das Fahrzeug so zielstrebig die Kilometer wie die Wolken von gestern, die heute ähnlich unterwegs waren, nur nicht mehr so eilig. Mit dem Fahrstil des Kollegen war er nicht immer einverstanden. Erst ein Druck im Fuß ließ Kalle merken, dass er die ganze Zeit abwechselnd auf ein eingebildetes Gaspedal und die Bremse trat. Er legte den Fuß hoch, auf eine Strebe vor ihm, entspannte sich, vergaß die Zeit, die hinter ihm auf der Autobahn liegen blieb.

Die Felder waren abgeerntet. Braune Zeilen zogen sich durch blonde Stoppeln. Nur am Straßenrand beugten sich vergessene Ähren in den Fahrtwind. Rainfarn setzte gelbe Doppelpunkte dazwischen. Kalle dachte an die alte Dame. Heute würde Holger den Bus fahren, Holger, der immer einsprang, wenn einer fehlte. Die Dame würde es wohl nicht bemerken, so gebückt, wie sie ging.

Der Himmel wirkte nach drei Stunden unvermittelt anders, höher, heller, durchsichtiger. Leichter. So als reichten die Ränder nicht mehr ganz bis zur Erde. Kalle musste über sich selbst schmunzeln.

»Das Meer ist schon ganz in der Nähe«, sagte ein Mann neben ihm, in rotem Anorak und mit weißem Bart. – Wie ein Weihnachtsmann, dachte Kalle. – »Sie sehen es am Himmel. Man sieht es immer am Himmel.«

Patricia Koelle
Die eine, große Geschichte
Roman
FISCHER Taschenbuch

ISBN 978-3-596-29601-9

Voraussichtlicher Erscheinungstermin:
25. August 2016

Patricia Koelle

Das Licht in deiner Stimme

Roman

Band 03297

Die tiefen Wellen des Meeres.
Die leise Stimme der Sehnsucht.
Die langsame Rückkehr zu dir.

Tiryn wächst an der Küste Floridas auf. Wenn sie Kummer hat, lauscht sie am liebsten den Geschichten ihres Großvaters Nicholas von seiner Heimat, dem schmalen Land an der fernen Ostsee. Bald wünscht sich Tiryn nichts sehnlicher, als dorthin zu reisen. Doch ist es ihre eigene Sehnsucht oder die ihres Großvaters? Und wie wird man sie in Ahrenshoop empfangen, wo Nicholas als Verräter gilt? Das Meer selbst und ein Fremder mit hellen Augen, den sie am Strand trifft, drängen sie zu einer Entscheidung …

Das gesamte Programm gibt es unter
www.fischerverlage.de

fi 03297 / 1

Patricia Koelle
Die eine, große Geschichte
Roman

Band 29601

Wenn nicht jetzt, wann dann?

Er fährt einen gelben Berliner Doppeldeckerbus. Er ist Busfahrer mit Leib und Seele. Doch eines Tages stellt Kalle seinen Bus ab und lässt sein bisheriges Leben hinter sich. Auf seiner Reise in Richtung Meer, in der er den Wolken folgt, sucht er die eine, große Geschichte, die alle schönen Dinge der Welt beschreibt. Doch er entdeckt nicht nur Worte, sondern trifft auch besondere Menschen – darunter eine Frau, deren Lächeln sich in seinen Gedanken festsetzt. Wird Kalle in den Wassern und Stränden des Nordens seine *eine, große Geschichte* finden?

fi 29601 / 1